MOEWIG
ROMAN

Zum Buch

Elisabeth Dored hat für ihren Roman aus dem Rom der Kaiserzeit einen gewaltigen Stoff gewählt: das Leben der Julia, des einzigen Kindes von Kaiser Augustus. Julia erscheint hier in neuem Licht: lebendig und ungeheuer gegenwärtig in Liebe und Haß.
Julias Schicksal wird im wesentlichen bestimmt von ihrer Stiefmutter, der berechnenden und machtgierigen Livia Drusilla, der zweiten Frau des Kaisers Augustus und Mutter von Tiberius. Vierzehnjährig wird die Tochter des Augustus mit ihrem wenige Jahre älteren Vetter Marcellus verheiratet. Nach dessen Tod wird sie, inzwischen siebzehn Jahre alt, von ihrem Vater gezwungen, den wesentlich älteren Heerführer Agrippa, den engsten Getreuen ihres Vaters, zu heiraten. Als Agrippa und die beiden Söhne aus erster Ehe mit Julia sterben, sieht Augustus die julische Dynastie in Gefahr. Deshalb erhält Tiberius, der Jugendgespiele Julias, den kaiserlichen Befehl, sich von seiner Frau zu trennen und Julia zu heiraten. Die Geschichte behauptet, Julia und Tiberius hätten nicht zueinander gepaßt; des lasterhaften Lebens Julias überdrüssig, habe sich Tiberius freiwillig nach Rhodos ins Exil begeben. Elisabeth Dored korrigiert dieses Urteil über Julia und entwirft das Bild einer wehrlosen Frau, die zu Unrecht der harschen Kritik der zeitgenössischen Geschichtsschreiber ausgesetzt war.
Fundiertes historisches Wissen, Einfühlungsvermögen und erzählerisches Talent machen dieses Buch zu einem packenden historischen Roman, der 2000 Jahre zurückliegende Geschehnisse eindringlich als eigenes Erleben vergegenwärtigt. Elisabeth Dored setzte die Geschichte der Julia fort in ihrem ebenfalls bei Moewig erschienenen Roman: *Die phönizische Treppe.*

Elisabeth Dored

Ich liebte Tiberius

MOEWIG

MOEWIG Band Nr. 2548
Verlag Arthur Moewig GmbH, Rastatt

Titel der Originalausgabe: Jeg elsket Tiberius
Erschienen bei H. Aschehoug & Co. – W. Wygaard, Oslo
Aus dem Norwegischen von Werner Krebs
Deutsche Rechte bei der F. A. Herbig Verlagsbuchhandlung
Lizenzausgabe mit Genehmigung der F. A. Herbig Verlagsbuchhandlung
Dieser Titel erschien erstmals als Band 2114 bei Moewig
Umschlagentwurf und -gestaltung: Franz Wöllzenmüller, München
Umschlagillustration: Nikolai Lutohin
Verkaufspreis inkl. gesetzl. Mehrwertsteuer
Auslieferung in Österreich:
Pressegroßvertrieb Salzburg, Niederalm 300, A-5081 Anif
Printed in Germany 1988
Druck und Bindung: Elsnerdruck, Berlin
ISBN 3-8118-2548-8

Meiner Mutter

1

Meine Großmutter Attia war in wohlhabender Umgebung aufgewachsen. Schön und verwöhnt, hatte sie von ihrer Mutter, Julius Cäsars Schwester, die eitle Natur der Julier geerbt, und als ihr Vater sich nach einem Schwiegersohn umsah, fiel seine Wahl auf den einzigen Sohn seines besten Freundes, Gaius Octavius, der einer reichen und angesehenen Familie des Bankgewerbes entstammte. Aber Geborgenheit in der Ehe bedeutete wenig für Attia, die an das uradlige Geschlecht ihrer Mutter dachte und von einem Leben unter Patriziern träumte – und als Vater und Tante Octavia geboren wurden, übertrug sie ihren ganzen Ehrgeiz auf sie.

Großvater war ein tüchtiger, besonnener Mann, der die Beamtenleiter Stufe um Stufe erstieg und schließlich zum Gouverneur von Mazedonien ernannt wurde. Attia und er waren gerade acht Jahre verheiratet, als er plötzlich auf dem Heimweg nach Rom in Nola starb. Großmutter heiratete bald darauf Konsul Marcius Philippus, einen Sohn des bekannten Redners. Da Wohlstand zu Wohlstand kam, bestand über diese Verbindung auf beiden Seiten vollste Zufriedenheit.

Philippus, ein Freund des Cicero und eher Republikaner als ein Anhänger Cäsars, versuchte Attias wegen politische Gespräche im häuslichen Kreise zu vermeiden. Er erwartete, daß seine Frau das gleiche tun werde, aber Großmutter lag es nicht, Rücksicht zu nehmen, und so kam es zwischen beiden immer häufiger zu scharfen Auseinandersetzungen. Vater und Tante Octavia saßen dann mit niedergeschlagenen Augen im Nebenzimmer und jammerten laut bei jedem heftigen Wort, das drinnen hervorgeschleudert wurde. Als der Sturm verebbt war, wurden sie zu Großmutter gerufen, mit Küssen und Tränen überschüttet und mit Süßigkeiten vollgestopft. Vater, der eine schwache Gesundheit besaß, verdarb sich seine Verdauung für den Rest des Lebens; aber beide empfanden fortan einen Abscheu vor gewaltsamen Gefühlsausbrüchen und wurden in ihrem Wesen beherrschter als andere Kinder.

Attia kleidete ihre Kinder mit großer Sorgfalt, aber in ihrer Eitelkeit legte sie mehr Gewicht auf Schönheit, und sogar zur Mittwinterzeit gingen beide in ziemlich leichten Gewändern einher. Vater bekam eine Blasenentzündung und wurde so krank, daß Philippus eingriff. Er ließ einen Freigelassenen namens Antonius Musa rufen, der am Äskulaptempel in Athen Medizin studierte und als einer der meistversprechenden jungen Ärzte galt. Ein Blick ins Nachtgeschirr genügte dem Arzt, um zu erkennen, was dem Jungen fehlte. Vater und Octavia mußten künftig warme Kleider tragen, Süßigkeiten und gewürzte Weine wurden verboten, und Vater durfte nur noch Gemüse und säurefreies Obst genießen. Außerdem mußte er riesige Mengen Quellwasser trinken. Attia machte eine Szene und behauptete, der Arzt versuche, ihrem Sohn das Leben zu nehmen. Auch Philippus begann skeptisch zu werden, aber er meinte, man müsse Musa eine Chance geben.

Von dem Tage an, da Vater auf Diät gesetzt wurde, begann er – anfangs langsam, später schneller – zu gesunden. Als der Grieche merkte, daß die Verdauung jedesmal versagte, wenn die Nerven des Jungen durch die Auseinandersetzungen der Eltern überreizt waren, schlug er vor, ihn in den Männerflügel übersiedeln und dort mit anderen Kindern zusammenleben zu lassen. Die Söhne des Nachbarn wurden herbeigerufen, und der jüngste, Marcus Agrippa, der mit Vater gleichaltrig war, wurde sein bester Freund.

Es gab verschiedene Gründe dafür, daß Philippus diese Kameraden für seinen Stiefsohn Octavius ausgewählt hatte. Erstens waren sie munter und aufgeschlossen und außerdem von so einfacher Herkunft, daß niemand nach ihrer politischen Einstellung fragte. Aber Philippus wußte, daß sie aus einem republikanischen Heim stammten, und er hoffte, Octavius werde sich durch das Zusammensein mit ihnen nicht von Attias Cäsar-Anbetung beeinflussen lassen. Denn von allen Steinen des Anstoßes in seiner Ehe war Attias Verwandtschaft mit Julius Cäsar der größte.

Als Cäsar eines Tages bei ihnen weilte, verzögerte sich sein Aufbruch, und sein Gefolge hielt bereits wartend an der Treppe. Die Pferde waren ausgeruht, Cäsars Hengst tänzelte vor Wohlbehagen; Marcus Agrippa hielt ihn am Zügel und starrte erwartungsvoll zum Eingang. Cäsar trat gerade aus der Tür. Nach einem musternden Blick auf sein Gefolge wandte er sich seinen Gastgebern zu, um Abschied zu nehmen. Dann ging er mit festen Schritten die Treppe hinab. Mit einer einzigen gleitenden Bewegung schwang er sich in den Sattel und ergriff die Zügel. Auf der einen Hand hatte er einen Handschuh, die andere war bloß, und Agrippa sah, daß der linke Handschuh unter dem Schulterriemen steckte. Als Cäsar den Mantel hintenüber warf, glitt der Handschuh heraus und fiel zwischen die tänzelnden Hufe des Pferdes. Wie ein Blitz sprang Agrippa hinzu, riß ihn an sich und reichte ihn dem Reiter hinauf. Cäsar nahm ihn lächelnd entgegen. „Hellwach, sehe ich, und entschlossen! Ich liebe Jungen, die nicht zaghaft sind."

Bisher war Alexander Marcus Agrippas Ideal gewesen, aber von diesem Augenblick an trug der Mazedonier Cäsars Züge. Der Gedanke, daß sein Freund Octavius ein Verwandter des großen Helden war, gestaltete die Freundschaft zwischen ihnen noch wärmer.

Im März dieses Jahres wurden Vater und Agrippa, nachdem man ihnen die Mannestoga verliehen hatte, auf dem Forum eingeführt. Philippus hätte sie am liebsten in Ciceros Schülerkreis gesehen, aber der alte Redner hatte sich auf seinen Landsitz zurückgezogen. Durch seinen Freund Cilnius gelang es Philippus jedoch, die Jungen bei einem anderen bekannten Rechtsanwalt anzubringen, bei dem auch Cilnius' eigener Sohn Mäcenas in Lehre war. Die drei jungen Leute schlossen sich einander an und waren bald untrennbar.

Vater wurde seines sicheren Auftretens, seines angenehmen Wesens und seiner Intelligenz wegen oft gelobt, aber Großmutter Attia war damit nicht zufrieden. Sie hatte ihre Patrizierträume nicht aufgegeben und bat ihren Onkel, dem Sohn voranzuhelfen. Cäsar verschaffte Vater Aufnahme in das Priesterkollegium des Jupitertempels; als Pontifex Maximus bereitete es ihm keine Schwierigkeiten, einen Verwandten in dem Kollegium unterzubringen, das für einen jungen Mann der beste Ort war, würdiges Auftreten zu lernen. Dort würde Vater auch Beziehungen erlangen, die ihm im späteren Leben nützlich sein konnten, denn hinter den Tempelvorhängen wurden erheblich mehr politische Fäden gesponnen, als die Leute gemeinhin ahnten.

Cäsar besaß einen großzügigen Charakter und liebte es, als Gönner zu erscheinen. Da Attias Sohn ein ungewöhnlich begabter Junge war, wünschte er, ihn soviel wie möglich um sich zu sehen, und zu Großmutters unverhüllter Freude durfte Vater im Siegeszug Cäsars dem Wagen des Triumphators unmittelbar folgen. Noch besser dünkte sie jedoch, daß sein Name auf der Liste jener Männer stand, die aus Anlaß des Festes in den Patrizierstand erhoben wurden. Vater nahm dieses Ereignis mit weit größerer Ruhe auf als seine Mutter, denn er hatte – wenn von ihm die Rede war – stets von einer leuchtenden Zukunft reden hören und meinte, Erfolg sei eine Selbstverständlichkeit.

Während der Festlichkeiten hatte ihn Marcus Agrippa aufgesucht. Er war bedrückt und traurig, denn als Cäsar die Republikaner schlug, war sein ältester Bruder in Gefangenschaft geraten und erwartete jetzt in einem Lager sein Schicksal. Cäsar war milde gestimmt und vergab gern, aber ohne Fürsprecher würde Agrippas Bruder die Behandlung erfahren, die Gefangenen gegenüber üblich war. Agrippa lief von einem Bekannten zum anderen, aber alle waren zu bedeutungslos, als daß sie ihm hätten helfen könnnen. Erst als er seinen Freund Octavius in Cäsars unmittelbarem Gefolge erblickte, sah er einen Ausweg.

Vater versprach sein Bestes zu tun, und schon am nächsten Tag bot sich Gelegenheit. Als Cäsar im Zirkus dem Geschehen auf der Bahn nur unaufmerksam folgte und sich statt dessen lebhaft mit seinem Gefolge unterhielt, erkannte Vater seine Gelegenheit und bat Cäsar, Agrippas Bruder freizulassen. Cäsar erteilte Befehl, über den Gefangenen genauere Auskunft zu beschaffen, und einige Tage später erhielt er die Freiheit, nachdem er sich eidlich verpflichtet hatte, nicht mehr gegen Cäsar zu kämpfen. Danach hätte Agrippa sein Leben für Vater geben können, aber der erwiderte nur, es sei selbstverständlich, daß man im Notfall seinem Freunde eine hilfreiche Hand leihe. Agrippa jedoch schwor, diesen Freundschaftsdienst nie zu vergessen.

Bei Vollendung seines achtzehnten Lebensjahres hatte Vater seine Bürgerpflichten erfüllt und sowohl die zivile Ausbildung auf dem Forum als auch den Militärdienst abgeschlossen, so daß er nun seine eigentliche Ausbildung beginnen konnte. Es war Großvater Octavius' Wunsch gewesen, daß sein Sohn Beamter werden sollte wie er selber, und in seinem Testament hatte er ihm geraten, an der Akademie in Apollonia zu studieren. Sie hatte unter seinem besonderen Schutz gestanden, als er Gouverneur in Mazedonien war, und hatte einige der besten Lehrkräfte ihrer Zeit an sich gezogen. Philippus, der seinen Stiefsohn nur zu gern Cäsars Einfluß entzogen sah, empfahl ihm, dem Rat seines Vaters zu folgen, und so entschied Vater sich für Apollonia. Er lud Marcus Agrippa ein, das Studium mit ihm zu teilen, und auch Mäcenas schloß sich ihnen an.

Diese Jahre bildeten die sorgloseste Zeit in Vaters Leben. Er besuchte die Vorlesungssäle fleißig, dennoch blieb ihm genügend Zeit für Raufereien und Liebschaften. Agrippa, der sich auch weiterhin für alle militärischen Dinge lebhaft interessierte, besuchte eines Tages die Garnison der Stadt, und Vater leistete ihm Gesellschaft. Als bekannt wurde, daß er Julius Cäsars Adoptivsohn war und an seinem Triumphzug teilgenommen hatte, war er bald ein Mittelpunkt der Messe. Attia schrieb ihm regelmäßig und unterrichtete ihn von allem, was daheim geschah. Julius Cäsar weilte diesen Winter in Rom und bereitete sich auf den Feldzug gegen die Parther vor.

So ging der Winter still vorüber, und in Apollonia war bereits der Frühling eingezogen, als eines Tages mit einem von Großmutters Freigelassenen eine Eilnachricht für Vater eintraf. Der Brief trug das Datum vom fünfzehnten März und enthielt einige in aller Hast hingeworfene Zeilen.

„Julius Cäsar ist ermordet. Komm sofort. Deine Zeit ist da.

Attia." „Deine Zeit ist da!" Wie ähnlich war ihr das! Wäre es nicht besser gewesen, sie hätte Genaueres berichtet, ob es ein Meuchelmord oder Aufruhr war, und wer hinter dem Ganzen stand? Aber vielleicht hatte sie keine Zeit gehabt, denn der Brief war ohne Philippus' Wissen geschrieben, sonst hätte dort nicht gestanden, seine Stunde sei gekommen.

Die Nachricht von Cäsars Tod verbreitete sich in Apollonia wie Feuer in dürrem Gras, und doch wußte man so betrüblich wenig. Attias Brief war das einzige, an das man sich halten konnte, abgesehen von dem, was der Freigelassene erzählte. Es war weder Aufruhr noch Krieg gewesen – Cäsar war einer Verschwörung im Senat zum Opfer gefallen. Aber wer der Urheber war und was geschehen war, nachdem der Kurier Rom verlassen hatte, konnte man nur raten.

Die Gemeindeverwaltung sandte eine Delegation, um Vater ihr Beileid auszusprechen. Großvater Octavius habe so viel für Mazedonien getan, als er dort als Gouverneur wirkte, daß Vater sich unbesorgt auf die Treue der Provinz verlassen könne. Man bot ihm Asyl in Apollonia an, denn alle wußten, daß er Cäsars Haupterbe war, und man mußte damit rechnen, daß die Mörder auch ihm nach dem Leben trachten würden. Vater bedankte sich und sagte, er werde sich des Angebotes gern bedienen, wenn es sich als notwendig erweisen sollte, aber erst müsse er heimkehren und sehen, wie es dort stehe. Agrippa meinte, er solle die mazedonische Legion zu seiner Unterstützung mitnehmen, doch Mäcenas riet ihm, so unauffällig wie möglich aufzutreten. Es handle sich um eine Testamentsauseinandersetzung, eine zivile Angelegenheit also. Auch Vater zog es vor, jedes Aufsehen zu vermeiden, und pflichtete Mäcenas bei.

So verließen sie Apollonia mit kleinem Gefolge und landeten in Kalabrien. Dort erfuhren sie Einzelheiten des Geschehens am 15. März. Cäsars Freund und Waffenbruder Antonius war eigenartigerweise verschont worden. Vermutlich besaß er Freunde unter den Verschworenen, vielleicht hatte man auch gezögert, beide Konsuln des Jahres gleichzeitig zu ermorden. Aber es bestand kein Zweifel, daß die Massendemonstration, die an Cäsars Bahre stattfand und später in Plünderung und Brandstiftung übergegangen war, Antonius' Werk war. Mit ihr hatte er sowohl die Mörder als auch die Handhaber des Gesetzes so heftig erschreckt, daß sie aus der Stadt flohen. In Brundisium erhielt Vater einen Brief, der in einem ganz anderen Ton gehalten war als der, den Attia nach Apollonia gesandt hatte. Beide, sie und der Stiefvater, empfahlen ihm auf das dringlichste, auf das Erbe des Onkels zu verzichten. Auch die beiden im Testament genannten Vettern hatten ihrem Erbteil entsagt als etwas Belastetem, mit dem sie nicht in Berührung kommen wollten. Octavius sollte das gleiche tun. Aber er solle unter keinen Umständen etwas unternehmen, ohne erst mit den Eltern konferiert zu haben, die sich in ihrer Villa in Baiae aufhielten.

Das stimmte mit Vaters eigenen Plänen überein, denn er wünschte mit seiner Mutter unter vier Augen zu reden, ohne daß Philippus als Zensor zugegen war. Es reizte ihn, herauszufinden, was sie veranlaßt haben mochte, ihm davon abzuraten, das Erbe anzunehmen. Bei ihrem Ehrgeiz mußten für einen solchen Meinungswechsel gewichtige Gründe vorliegen.

Es war unvermeidlich, daß Vater in Brundisium bemerkt wurde, und ehe er zur Weiterreise bereit war, wußten alle, daß sich Cäsars Erbe in der Stadt befand. Die Anhänger Cäsars versammelten sich vor dem Gasthaus und winkten ihm zu, als er auf die Feitreppe trat. Das Gerücht von seiner Ankunft eilte ihm voraus, und an vielen Orten war er gezwungen, anzuhalten und zu der Menge zu sprechen, ehe er weiterreisen konnte. Vater hatte gewußt, daß Cäsar im Heer beliebt war und rundum in Italien viele Anhänger besaß. Aber daß man ihn so verehrte, daß er als sein Erbe auf diese Weise gefeiert wurde, bedeutete eine Überraschung für ihn.

Agrippa betrachtete die Armee als den wichtigsten Teil des Erbes, während Mäcenas das größte Gewicht auf Cäsars Vermögen legte. Für Attia wiederum war die soziale Stellung, die der Name der Julier ihm bot, der wesentlichste Teil des Testaments. Aber auf der Via Appia zwischen Brundisium und Neapel gewann Vater Klarheit darüber, daß das politische Erbe Cäsars von größter Bedeutung war. Die Massen vor ihm glichen den Beeren einer überreifen Traube; wenn er vorsichtig zu Wege ging, konnte er Cäsars Ernte vielleicht sicher einbringen.

Cäsar war zu offen und zu schnell zu Werke gegangen.

„Festina lente" – eile bedachtsam! – sollte sein eigenes Motto sein ... Er war neunzehn Jahre alt und hatte das Leben vor sich. Zeit und Geduld sind Waffen, die sehr wenige zu gebrauchen verstehen ... In den Villen rund um Baiae saß eine ratlose Versammlung einflußreicher Römer. Cäsar waren sie losgeworden, aber sein Kollege Antonius hatte dessen Platz eingenommen, und niemand wagte ihm zu vertrauen. Gegenüber dem Senat gab er sich den Anschein, Republikaner zu sein, aber dem Mob gegenüber war er Cäsars Freund. Die Führer der Republik weilten weit in der Ferne, um Truppen zu sammeln für den Fall, daß Antonius sich widerspenstig zeigte, und in Rom herrschte die reine Anarchie. Bekannte Männer wurden auf offener Straße ermordet; alle, die nur konnten, reisten aufs flache Land, um die Zeit vorbeigehen und die politische Situation in der Hauptstadt sich klären zu lassen.

Der einzige, der dieses Mal nicht Zweifel hegte, war Philippus. Er hatte kaum seinen Stiefsohn begrüßt, als er ihm auch schon seine Meinung über das Testament und die eventuelle Adoption auszulegen begann; er riet ihm entschieden ab, das Erbe anzunehmen.

Vater hörte aufmerksam zu und gab sich den Anschein, mit ihm gleicher Meinung zu sein; aber er wolle erst mit einem Juristen über die Sache reden, meinte er. Da Cicero Philippus' Freund und nächster Nachbar und zudem Rechtsanwalt und Politiker sei, habe er gedacht, sich an ihn zu wenden. Philippus fand das sehr vernünftig, denn er konnte sich nur vorstellen, daß sein alter Freund Octavius dringend abraten werde, sich mit dem Erbe Cäsars zu befassen.

Aber Cicero, der das Testament kannte, wußte, daß das Erbe an Antonius fallen würde, wenn Cäsars drei männliche Verwandte es ausschlugen. Zwei von ihnen hatten ihm bereits entsagt, und schloß Octavius sich ihnen an, würde Antonius auf gesetzmäßigem Wege das große Vermögen des Verstorbenen zu seiner Verfügung haben

– Antonius Stellung war leider schon allzu stark. Als Vater den Rat des berühmten Redners in der Erbangelegenheit erbat, betonte Cicero deshalb, daß es nicht mehr als billig sei, wenn er beanspruche, was ihm gesetzmäßig zustehe. Und er fügte hinzu, daß er bereit sei, Vater mit Rat und Tat beizustehen, wenn er das Erbe annehme.

Von Cicero ging Vater zu Cäsars Finanzmann Balbus, der ganz in der Nähe wohnte. Über Balbus war der 15. März wie eine Katastrophe hereingebrochen, und er wartete gespannt auf die weitere Entwicklung – er wie alle anderen. Als der Haushofmeister meldete, Cäsars Großneffe sei zu Besuch gekommen, wurde Vater auf das herzlichste begrüßt.

Auch Balbus empfahl ihm, sein Erbe zu beanspruchen, und bot ihm seine Unterstützung an. Im Vorbeigehen erwähnte er, daß die Geldkasse für den Krieg gegen die Parther kurz vor der Ermordung Cäsars nach Osten gesandt worden sei und daß Vater sie zurückerhalten könne, sobald das Testament gesetzlich vollstreckt sei. Vater dankte und begab sich auf den Heimweg.

Unterwegs setzte er sich an den Strand und erwog seine Chancen. Er besaß ein eigenes Octavianisches Vermögen und war gewiß, daß seine Mutter ihm ihre bedeutenden Mittel zur Verfügung stellen würde. Außerdem konnte er auf Balbus' Unterstützung rechnen und hatte Cäsars Vermögen und die Kriegskasse gegen die Parther in Aussicht. Wirtschaftlich war er demnach stark genug, sich gegen jeden beliebigen Gegner zu behaupten, aber politisch gesehen war er unerfahren und schwach, obwohl Ciceros Hilfeversprechen ein Glückswurf war, der ihn vielleicht das Spiel gewinnen lassen konnte. Der in Aussicht stehende Gewinn war jedenfalls so überwältigend, daß er ein Risiko wert war.

Er erhob sich entschlossen, und als er das Landhaus der Eltern erreicht hatte, begab er sich sofort in Attias Flügel.

Sie war allein und schien über sein Kommen erfreut.

„Ich nehme das Testament an", sagte er ohne Einleitung.

Attia stand auf.

„Das ist ein gefährlicher Entschluß", erwiderte sie, „aber eine große Aufgabe – groß genug für dich, mein Sohn . . . Venus sei mit dir.“ Stolz strahlte aus ihren Augen, und Vater hatte sich seiner Mutter nie so nahe gefühlt wie in diesem Augenblick.

„Venus sei mit dir!“ Attia hatte bereits den Segen der Julier gebraucht, doch als Vater abends in seinem Zimmer saß und die Zukunft überdachte, fragte er sich, ob nicht der alte Gruß der Octavier „Mars sei mit dir!“ für diese Situation geeigneter gewesen wäre. Es würde noch viele harte Kämpfe geben, ehe das Ziel erreicht war.

2

Das erste, woran ich mich erinnern kann, ist ein helles Zimmer. Ich saß warm und geborgen auf einem Schoß, aber das Gesicht, das sich über mich neigte, war so ernst, daß ich es nicht unterlassen konnte zu weinen. Phöbe kam, hob mich auf und wiegte mich hin und her, während sie mich zur Tür trug; doch obwohl die vertraute Stimme des Kindermädchens an mein Ohr drang, hörte ich nicht auf zu weinen, denn ich wollte zu dem guten Schoß zurück. Aber die Tür schloß sich erbarmungslos zwischen uns.

Phöbe behauptet, es sei unmöglich, daß ich eine Erinnerung an Mutter bewahrt haben könne, denn ich sei viel zu klein gewesen, als ich ihr fortgenommen wurde. Vielleicht habe ich die Geschichte so oft erzählen hören, daß ich nun selber glaube, mich ihrer zu erinnern – auch Erwachsenen kann ein Geschehen mitunter zum echten Erlebnis werden, wenn sie es wiederholt erzählen hören.

Um Mutters Gesicht erkennen zu können, schloß ich oft die Augen so heftig, daß es schmerzte, aber ihre Züge waren wie ausgelöscht, und nur der Eindruck einer sanften Liebe blieb. Diese schwache Erinnerung wurde zum teuersten Schatz meiner Kindheit, den ich mit niemand als Phöbe teilte, denn es gab keinen, der sonst mit mir über Mama gesprochen hätte. Vater erwähnte sie nie, und auch Tante Octavia, die so viele Probleme meiner Kindheit kannte, sprach in meiner Gegenwart nicht von ihr. Als ich groß wurde, fragte ich Tante Octavia einmal nach dem Grund. Sie habe noch vor meiner Geburt Antonius geheiratet und in Athen gewohnt, erwiderte sie, sie habe Mutter also nur sehr oberflächlich gekannt. Außerdem habe sie nicht an Dinge rühren wollen, die für mich vielleicht schmerzlich gewesen wären. Einen anderen Grund habe es von ihrer Seite nicht gegeben.

Phöbe allein hielt die Erinnerung an Mutter in mir wach. Jeden Abend setzte sie sich zu mir auf den Bettrand und begann zu erzählen. Sie senkte ihre Stimme, und alles, was rein und gut und edel war, wurde durch sie im Bewußtsein der Tochter ein Besitz ihrer Mutter. „Ja, sie liebte ihre Juliola", pflegte Phöbe zu sagen. Ich fühlte dann eine warme Ruhe meinen Körper durchströmen, und wenn ich einschlief, sank ich in den ruhigen, schützenden Schoß meiner Mutter.

Oft sehnte ich mich so danach, diese herrlichen Worte zu hören, daß ich Phöbe mitten in einer Erzählung unterbrach und sie fragte, ob es denn wirklich wahr sei, daß Mutter mich geliebt habe. „Deine Mutter liebte dich von dem Augenblick an, da sie dich in ihrem Leib empfing", antwortete sie unweigerlich. Was diese Worte bedeuteten, verstand ich nicht, aber sie waren jedesmal von gleich feierlicher Überzeugungskraft.

Mäcenas war der erste Außenstehende, der mit mir über Mutter sprach, und er tat es nicht, ehe ich erwachsen war. Bei meiner ersten Hochzeit kam er zu mir, und ich sah, daß er innerlich sehr bewegt war. Später erfuhr ich, daß er einer von Mutters alten Freunden war. „Es ist eigenartig und wunderbar, dich heute zu sehen, Julia!" sagte er. „Du gleichst deiner Mutter auf ein Haar!"

Ich stand damals gerade in meinem schlimmsten Pfauenalter und fragte sofort, ob sie schön sei. Er schenkte mir sein feines, leichtes Lächeln.

„Du wirst wahrscheinlich enttäuscht sein, wenn ich sage, daß sie nicht eigentlich schön ist, aber daß sie Eigenschaften besitzt, die mehr wert sind als Schönheit – sie ist verständnisvoll und empfindsam und besitzt ein warmes, echtes Gefühl."

Mäcenas hatte einst die Ehe zwischen Vater und Mutter zustande gebracht; es war eines seiner vielen diplomatischen Kunststücke gewesen. Vater hatte damals gerade seinen Freundschaftspakt mit Antonius erneuert und ihm zum Unterpfand ihrer Versöhnung seine Schwester Octavia zur Frau gegeben.

Wenige seiner Taten beweisen Vaters Härte so deutlich wie diese, denn Antonius war als Frauenjäger bekannt, und als er die Ehe mit Tante Octavia einging, kam er so frisch von Kleopatra, seiner ägyptischen Geliebten, daß er noch weithin nach Ambra duftete. Zwar war Tante bereits einmal verheiratet und nun Witwe, aber ein Zug des Erhabenen und Reinen lag über ihr, und daß Vater diese Ehe befürwortete, erschien mir, als habe er einer Vergewaltigung zugestimmt. Nachdem Tante Octavia nun den Frieden mit Antonius garantierte, galt es, die Lebensmittelversorgungsprobleme der Hauptstadt zu lösen, denn die Flotte der Republikaner blockierte die Küste, und Rom hatte beständig unter Brotmangel zu leiden. Mäcenas erhielt den Auftrag, Verhandlungen mit dem Führer der Republikaner, Sextus Pompejus, zustande zu bringen, und er entwarf dafür einen Plan, dem Vater zustimmte.

Zuerst suchte er Scribonius Libo, den Schwiegervater des Sextus Pompejus, auf. Scribonius hatte alles auf die Karte der Republik gesetzt und sah nach Vaters Siegen und seinem Freundschaftspakt mit Antonius der Zukunft mit großer Sorge entgegen. Als Mäcenas nun mit einem Versöhnungsvorschlag und einem Angebot der Erstattung aller durch den Krieg erlittenen Verluste bei ihm erschien, erhielt er einen herzlichen Empfang. Die Bedingung für das großzügige Angebot war, daß Scribonius seinen Schwiegersohn beeinflussen sollte, Verhandlungen über die Aufhebung der Blockade einzuleiten, und wenn dies gelinge, meinte Mäcenas, sei eine Familienverbindung zwischen Vater uns Scribonius am Platze, und er fragte, ob nicht Scribonius' Schwester frei sei.

Scribonius' Schwester war wohl frei, aber als der Eheplan im Familienrat zur Erörterung gelangte, widersetzte Scribonia sich. Zweimal hatte sie bereits familienpolitische Ehen eingehen müssen – die erste mit Lentulus, die zweite mit Scipio –, der Gedanke an eine neue Ehe erfüllte sie mit Entsetzen. Als sie dazu erfuhr, daß es sich bei dem Bewerber um Cäsars Erben handelte, der als der schlimmste Feind der Scribonier galt und wegen seiner Grausamkeit bekannt war, erklärte sie, sich lieber mit eigener Hand umbringen zu wollen. Als aber Scribonius und Mäcenas sie unter Druck setzten und behaupteten, Krieg und Frieden hingen von dieser Verbindung ab, gab sie schließlich nach. Mäcenas erstattete Vater Bericht, und bald danach gab man die Verlobung bekannt.

Ich fragte Mäcenas einmal, wie Mutter diese Verfügung über sich aufgenommen habe. Habe sie geweint? Habe sie getobt? Sei sie in Ohnmacht gefallen? Es wäre gewiß nicht unnatürlich gewesen, wenn sie ähnlich reagiert hätte. Aber er blickte mich verständnislos an. „Deine Mutter ist ein gebildeter Mensch, Julia“, erwiderte er, „und gebildete Menschen besitzen Selbstdisziplin. Deine Frage ist modern und schockierend vulgär.“

Ich bat Phöbe, mir von Vaters und Mutters Hochzeit zu erzählen. Sie war selbstverständlich bei der Trauung nicht zugegen gewesen, hatte jedoch geholfen, die Braut zu schmücken. Mutter wurde stärker geschminkt als gewöhnlich, doch als sie fertig war, konnten alle noch durch den roten Schleier erkennen, daß sie unter dem Puder grau war.

In der ersten Zeit nach Mutters Einzug in das Haus der Octavier in der Ochsenkopfstraße auf dem Palatin war Vater sehr beschäftigt, aber als die Konferenz mit Sextus Pompejus vorbereitet werden sollte, sahen sie sich des öfteren. Weil sie Sextus persönlich kannte, war sie in der Lage, so viele gute Vorschläge beizutragen, daß Vater sie zu dem Treffen in Misenum mitnahm. Mutter erhielt ein großes offizielles Gefolge, und so durfte sie schließlich spüren, daß die Ehe wirklich von der politischen Bedeutung war, die man ihr vorgegaukelt hatte.

Als einstige Gemahlin zweier Konsuln war Scribonia es gewohnt, ein großes Haus zu führen. Während Mäcenas als Mittler arbeitete, bemühte sie sich nach Kräften um das Gelingen der Geselligkeit. Sie genoß den großen Vorteil, die Teilnehmer beider Seiten persönlich zu kennen, und da sie wußte, wie irritiert Vater über Sextus' meergrüne Toga und die Neptungabel war, mit der er auftrat, führte sie ein vertrauliches Gespräch mit ihrer Nichte, der Frau des Sextus, mit dem Erfolg, daß Sextus am nächsten Tag wie die anderen in Weiß erschien.

Während des Banketts manövrierte sie die Zuschauer und Beobachter außer Hörweite, so daß Vater, Sextus und Antonius sich unter dem mildernden Einfluß des Weines untereinander aussprechen konnten. Zu guter Letzt gelangte man auch zu einem Vorschlag, der für alle annehmbar war. Das Ereignis wurde zu Wasser und zu Lande festlich begangen, und Mutter war wieder der Mittelpunkt, um den sich alles bewegte.

Doch trotz der großen Publizität, die dieser Pakt rundum in der Welt erhielt, gewann er nur für Mutter und mich bleibende Folgen. Dieser Übereinkunft von Misenum schulde ich nämlich meine Existenz – auf den Erfolg politischer Verhandlungen ist es zurückzuführen, daß ich, Cäsars Tochter, empfangen wurde.

Nachdem das Abkommen unterzeichnet war, kehrte Sextus Pompejus nach Sizilien zurück, und Mutter begab sich nach Rhegium, um dort mit ihrem Bruder und anderen Verwandten zusammenzusein. Tante Octavia erwartete ein Kind, und sobald die Entbindung überstanden war, segelte sie mit Antonius nach Athen, während Vater sich auf den Heimweg nach Rom begab.

Vater war von den Verhandlungen erschöpft, und als der Hausarzt ihm Ruhe verordnete, entschloß er sich, einige Tage bei seinem Stiefvater in Baiae zu verbringen. Philippus war ein wortkarger Mann, und Vater brauchte nach endlosen Erörterungen vor allem Ruhe. Außerdem war er seit dem Tod seiner Mutter nicht in dem elterlichen Landhaus in Baiae gewesen und wollte gern seine Erinnerung an sie erneuern. Bis in die letzten Jahre hatte eine herzliche Beziehung zwischen ihnen bestanden, und das Haus trug das Gepräge ihrer Persönlichkeit. Er freute sich darauf, die Sommerresidenz seiner Kindheit wiederzusehen und beobachtete aufmerksam jede neue Wendung des Weges.

Seine Freude erhielt jedoch einen Stoß, als er vernahm, daß es noch einen Gast im Hause gab – eine junge Frau namens Livia

Drusilla. Sie sei die Tochter eines alten Freundes des Philippus, erfuhr er; nachdem sie das letzte Jahr in Landsflucht verbracht habe, sei sie erst kürzlich nach Italien zurückgekehrt. Ihr Mann sei Tiberius Claudius Nero, einer der ersten Führer der Republikaner. Vater runzelte die Brauen. Tiberius Claudius Nero? Der Führer des Aufruhrs und einer seiner schlimmsten Gegner? Es war ihm nicht in den Sinn gekommen, daß sein Stiefvater Damenbesuch haben könne und schon gar nicht einen Besuch solcher Art.

Aber Vater beruhigte sich, als er sie zu sehen bekam, denn Livia Drusilla war außergewöhnlich schön und führte eine angenehme Konversation. Fast mit Bedauern sah er sie nach der Abendmahlzeit sich erheben und zurückziehen. Philippus war nie sehr elastisch gewesen und in späterer Zeit ziemlich verkalkt, so daß Livia im Grunde genommen eine unterhaltsame Abwechslung bildete.

Am nächsten Morgen unternahm Vater eine Runde durch das Haus. Er suchte das alte Knabenzimmer auf und nickte wiedererkennend der Kritzelei am Türrahmen und einem schlimmen Einstich in der Schreibtafel zu. Er erinnerte sich noch immer des neuen Messers, das er bei dieser Tat benutzt hatte. Im Flügel seiner Mutter drüben war alles wie zu ihren Lebzeiten. In einer Nische über ihrem Bett fiel sein Blick auf eine Bronzestatuette, die ihn selber als Knaben darstellte. Gajus Octavius Thurinus stand auf ihrem Sockel. Arme Mutter, wie innig hatte sie ihn geliebt! Sie hatte es gar nicht leicht im Leben gehabt, und er hatte es verstanden. Sie war übrigens auch die einzige, die ihn verstand – absolut die einzige . . .

Er nahm die kleine Statue mit sich auf sein Zimmer. Im Arbeitsraum auf dem Palatin hatte er eine Büste seiner Mutter stehen, diese Bronze wollte er neben ihr aufstellen.

Als der Tag fortgeschritten war, wanderte er hinaus, um alte Erinnerungen aufzufrischen. Als er wieder hereinkam, war noch immer reichlich Zeit bis zum Essen, und er streckte sich auf dem Diwan aus, den seine Mutter immer benutzt hatte. Sie hatte diesen von Säulen und Bougainvilleas eingefaßten Blick auf den See geliebt.

Plötzlich raschelte es an der Portiere, und Livia Drusilla trat in den Raum. Ohne ihn zu bemerken, ging sie schnurstracks an ihm vorbei auf die von einer Balustrade gesäumte Terrasse. Dort blieb sie stehen. Die Mittagsbrise wehte ihr nußbraunes Haar nach hinten und ließ ihn die feine Zeichnung ihres Nackens und ihrer Schultern sehen. Hin und wieder ergriff der Wind ihr Gewand, daß es sich eng an ihren Körper schmiegte. Eine Diana hätte nicht graziler und schlanker sein können; er sog ihr Bild mit den Augen ein und wünschte nur, sie möge lange so stehen bleiben. Doch plötzlich holte sie tief Atem und schritt die Treppe hinab. Er wollte ihr nacheilen, aber eine seiner Sandalen war unter den Diwan geraten, und ehe er sie anbekam, war Livia verschwunden.

Am Nachmittag ertappte er sich dabei, wie er herumspazierte und sie suchte, und beim Abendessen fragte er beiläufig konversierend, wie sie den Tag verbracht habe.

„Am Vormittag war ich draußen und habe geschwommen", erwiderte sie, „am Nachmittag habe ich nur die Zeit vertan. Ich entdeckte einen Diwan mit einem bezaubernden Ausblick aufs Meer, dort blieb ich liegen und verträumte die Zeit."

Während er, nachdem sie sich zurückgezogen hatte, mit Philippus plauderte, mußte er unablässig an sie denken. Als er sich selber zur Ruhe begab, sah er sie vor sich, wie sie schwamm, wie sie auf dem Diwan lag, und er biß sich verärgert auf die Lippen.

Am nächsten Tag hätte er seinen Stiefvater segnen mögen, denn er schlug Livia vor, mit Vater nach Rom zu reisen – Philippus selber wollte auf lange Zeit hinaus nicht nach Rom, und er hätte es gern gesehen, wenn sie nicht mit der kleinen Begleitung, die ihr zur Verfügung stand, hinaufgereist wäre. In der Gesellschaft seines Stiefsohnes jedoch war er gewiß, daß sie unterwegs keinerlei Unbehaglichkeiten ausgesetzt sein würde.

Vater verwandte mehrere Stunden darauf, herauszufinden, wo man am besten rastete und übernachtete. Alles, was in Wagen und Sänften Leder hieß, wurde überprüft und gut geölt. Auch die Verpflegung, die stets spartanisch war, wenn es ihn selber betraf, unterzog er einer gründlichen Überprüfung.

Noch nie im Leben hatte er sich für jemand so bemüht. Dennoch wurde die Reise nicht zu dem, was er erhofft hatte. Bald würden sie nun am Ziel sein, und er war ihr nicht einen Schritt näher gekommen als am ersten Abend, da sie sich trafen. Wenn er die Mauer der Zurückhaltung, mit der sie sich umgab, überwinden wollte, mußte er sich zu einem entscheidenden Angriff zusammenreißen.

„Ich selber werde vor übermorgen keine Konferenz haben“, sagte er tastend, „aber vielleicht eilt es Ihnen, in die Stadt zu kommen . . .“ Sie blickte ihn unsicher an.

„Ich meine, dort unten am Nemisee liegt ein alter versteckter Dianaaltar, den ich Ihnen gern gezeigt hätte. Als kleiner Bursche glaubte ich immer, der einzige zu sein, der ihn kannte. Heute nacht ist Vollmond – wollen wir bis morgen hierbleiben?“

„Ich habe keine Eile“, sagte sie. „Im Grunde wünschte ich, nie ans Ziel zu gelangen“, fügte sie hinzu, ohne den Ton zu ändern. Vater hoffte, sie werde nicht bemerken, wie sehr er sich freute, rief seinen Sekretär und gab Befehl, zu halten.

Das Abendessen nahmen sie vor dem Rasthaus ein. Hinter dem Berghang stieg der Mond auf, und in seinem schimmernden Licht wurde das schmutziggraue Dorf unter den Zypressen silberhell.

Der See lag so tief und versteckt, daß es Zeit erforderte, den Weg dorthin zu finden. Der Pfad war uneben und steil, aber Livia schritt sicher dahin, so daß er ihr nicht den Arm zu bieten wagte. Im Grunde der kreisförmigen Senke lag das Wasser so blank wie der Spiegel der Diana. Die Hälfte des Tales schimmerte im Mondlicht, die andere lag nachtschwarz im Schatten. Hinter einigen Büschen am Seeufer stand der alte Altar. Er wurde jetzt nicht mehr benutzt, und auf seinen Stufen wuchs Moos.

Vater legte einen Zipfel der Toga über den Kopf, und mit den zu einer Schale geformten Händen goß er Wasser über die Opferstätte. Livia hatte sich auf einen Stein gesetzt, doch da nur Platz für einen auf ihm war, ließ er sich an ihrer rechten Seite auf dem Berghang nieder.

„Einige Stätten sind heiliger als andere“, sagte sie leise.

„Ja, ich bin Diana hier näher als in ihren Tempeln in Rom“,

erwiderte er. „Wenn ich bei meinen Großeltern in Velitrae war, habe ich immer darum gebettelt, einen Ausflug hierher zu unternehmen. Während sie im Tempel dem König von Nemi opferten, spielten Octavia und ich dort drüben.“

So saßen sie lange am See und erzählten bis in die Nacht hinein. Livia Drusilla berichtete aus ihrer Jugendzeit, und er erzählte von seiner Mutter und dem Heim seiner Kindheit. Auf dem Rückweg spürte er, daß die nächtliche Stimmung sie verbunden hatte; aber als sie dort den Pfad vor ihm hinaufschritt, sehnte er sich so danach, sie an sich zu reißen, daß es ihm die Kehle abschnürte. Es gelang ihm gerade, vor dem Rasthaus ein kurzes Gute-Nacht-Wort zustande zu bringen.

Am nächsten Tag befand er sich in rabenschwarzer Stimmung, und er machte auch keinen Versuch, es zu verbergen. Als sie bei Porta Capena von den Wagen in Sänften überwechselten, war er fast abweisend, als sie plötzlich vor ihm stand.

„Es gibt so viele, die am Ziel auf Sie warten, daß ich mich gerne hier verabschieden möchte“, sagte sie still. „Leider bin ich eine langweilige Reisebegleitung gewesen, aber Sie wissen, es gibt Zeiten, in denen man sich beengt fühlt. Es wird gewiß schwieriger werden, als ich dachte, von neuem zu beginnen – nach all dem, was ich erlebt habe. Aber Sie dürfen auf keinen Fall glauben, daß ich nicht bemerkt hätte, was Sie für mich taten und wie rücksichtsvoll Sie auf der ganzen Reise gewesen sind. Wenn ich mich wieder erholt und mein Haus instand gesetzt habe, würde ich es sehr zu schätzen wissen, Sie wiederzusehen.“

Sie schwieg einen winzigen Augenblick und fuhr dann, ohne eine Antwort abzuwarten, fort: „Ich hoffe, Sie werden kommen, wenn ich Ihnen einige Zeilen sende – dann, wenn ich keine Rücksicht mehr brauche.“

Ehe er auch nur einen Seufzer ausstoßen konnte, hatte sie schon ohne ein Abschiedswort ihre Sänfte bestiegen und war durch das Tor entschwunden. Im allgemeinen ließ er sich nicht überrumpeln, aber jetzt war er völlig perplex. Durch den Straßenlärm und den Anstieg zum Palatin hinauf hörte er ihre Worte. Als er auf der

Treppe willkommen geheißen wurde, pochten sie in seinem Kopf, und sogar in der kühlen Halle fühlte er noch seine Wangen brennen. „Wenn ich keine Rücksicht mehr brauche“, konnte ja nur eines bedeuten.

Es hatte sich viel an Arbeit angehäuft, und vom Augenblick seines Erwachens an umgab eine Schlange von Antragstellern sein Bett. Später mußte er sich dann die Post vornehmen. Zu Versammlungen ging er nur, wenn zwingende Probleme zur Verhandlung standen. Auf diese Weise hoffte er, im Laufe einiger Wochen durchgearbeitet zu haben, was sich während seiner Abwesenheit angesammelt hatte. Eines Tages unterbrach ihn der Sekretär in einer wichtigen Besprechung und fragte, welche Priorität private Angelegenheiten besäßen. Ihm wurde heiß. War es Livia?

„Sind ohne Rücksicht auf Ort und Zeit sofort vorzulegen“, erwiderte er, und ein Kurier trat mit einem Brief für ihn ein. Vater war so erwartungsvoll, daß er einen Blick auf das Siegel zu werfen vergaß – es war eine weibliche Handschrift –, und er riß die Rolle auf, um die Unterschrift zu betrachten. Da stand: „Deine Dir eigene Scribonia . . .“ Darüber war er so gereizt, daß er den Brief ungelesen in den Korb warf. Seit er Misenum verlassen, hatte er sie völlig vergessen, und wenn sie vielleicht seine Gedanken gestreift hatte, war sie doch auf keinen Fall „Deine Dir eigene“ Scribonia. Er ließ den Sekretär eine Quittung über den Empfang des Briefes ausfertigen, und als Unterschrift warf er sein unleserliches Cäsar darunter. Eine andere Antwort sandte er nicht; er hoffte, es werde sie davon abhalten, ihn weiter mit Post zu plagen. Einige Wochen vergingen, ehe der Sekretär wieder eine private Angelegenheit meldete. Dieses Mal betrachtete Vater das Siegel, ehe er es aufbrach – es war nicht Scribonias. Der Brief enthielt eine einzige Zeile: „Treffen Sie mich morgen bei Sonnenuntergang vor Kybeles Tempel. L.D.“

Sie war nicht verschwenderisch mit Worten, die liebe Livia Drusilla. Wenn es ein Billet d’amour sein sollte, hätte es nicht kürzer sein können. Kurz mußte daher auch seine eigene Antwort sein:

„Ich komme. C.“

Seit seiner Studentenzeit in Apollonia hatte er kein Stelldichein gehabt, und er kam sich im Grunde etwas lächerlich vor, als er unter einem Gebüsch verborgen zum Eingang des Tempels hinüberblickte. Außer dem Gefühl der Erwartung empfand er eine gewisse Unruhe, denn er war nicht sicher, ob es nicht doch ein Hinterhalt war. Ehe er sie zu Gesicht bekam und wußte, daß sie allein war, wollte er sich deshalb im Schatten halten. Er blickte sich um, der Platz lag verlassen. Aus der Tür des Tempels drang weicher Tenorgesang. Die Sonne war bald ganz gesunken, und seine Spannung wuchs. Plötzlich wurde er eine einsame Frauengestalt gewahr, die aus einer Seitentür des Tempels trat und zum Hauptportal ging. Sie blieb stehen und blickte sich um. Er wartete, bis sie unsicher wurde, ehe er aus dem Schatten unter den Bäumen hervortrat. Sobald sie ihn sah, lief sie auf ihn zu, und als er merkte, daß sie erleichtert war, ihn zu sehen, drückte er sie an sich, ohne daß sie Widerstand leistete. Er schlug die Toga um sie, und eng umschlungen verließen sie den Tempel.

An einer unansehnlichen Mauer blieb sie plötzlich vor einem Tor stehen, und ehe er sich bedenken konnte, hatte sie es geöffnet. „Hier ist unser Ziel“, sagte sie. „Willkommen.“

Das kam so überraschend, daß er zögerte, denn er hatte erwartet, daß sie sich zum Hause der Claudier begeben würden. Sie brach in ein herzhaftes Lachen aus. „Komm, mein Freund, hier lauert kein Attentat . . . dies ist mein eigenes Nest, das ich erst instand setzen wollte. Jetzt ist es bereit . . . Komm, oder meinst du nicht, daß wir lange genug gewartet haben?“

Eine ganze Woche mußte er ein Wolltuch um den Hals tragen und tun, als habe er sich ein Halsleiden zugezogen. Nur Musa, der darauf bestand, ihn zu untersuchen, und ihm in den Schlund blicken wollte, bekam die großen blauen Flecken, die von ihren Zähnen herrührten, zu sehen. So eine Wildkatze! Ja, das waren die stillen Wasser und tiefen Gründe. Und er hatte sie für kalt und beherrscht gehalten! Einige Male hatte er fast das Gefühl gehabt, daß sie ihn zu erwürgen versuchte, ein richtiges Weibstier war sie . . .

Am ersten Abend hatte er sie in Verdacht, betrunken zu sein – sie hatte glänzende Augen, ein hektisches Wesen und eine rote Farbe auf den Wangen, die sie früher nicht gehabt hatte. Aber allmählich merkte er, daß sie ganz nüchtern war.

„Du hast dich verändert", sagte er.

„Zum Schlechteren?" fragte sie zurück.

Er blickte sich um. Welch eigenartiger Raum! Sie hatte das Haus geerbt und einen Teil davon modernisiert. Es lag auf einem Grundstück, das einmal Kybele gehört hatte. Damals, vor fast 200 Jahren, als die Göttin von Asien nach Rom geholt wurde, lief das heilige Schiff auf einer Sandbank des Tibers auf Grund. Aber kraft ihrer Tugend hob die Vestalin Claudia das Schiff vom Grunde, und als Dank für dieses Wunder hatten die Claudier ein Stück vom Grundbesitz der Großen Mutter erhalten. Deshalb war es wohl für sie zur Natur geworden, den Tempelplatz der Göttin zum Treffpunkt zu wählen.

Er sah, sie hatte sich Mühe gegeben – es war behaglich warm, und im ganzen Haus hing ein sauberer Geruch nach Thymian. Ein kleines Essen mit kalten Gerichten, die sie selber bereitet hatte, stand im Speiseraum. Sie wies auf ein Wandgemälde mit einer Dianatrophäe. „Dies soll mich stets an die Nacht am Nemisee erinnern", sagte sie. Nein, es war wirklich behaglich bei ihr und sie selber unbeschreiblich. Und doch – etwas Unbestimmbares blieb, das er sich nicht erklären konnte. Irgend etwas, das sie vor ihm verbarg, etwas, das sie ihm nicht offenbaren wollte und das ihm entglitt.

Er wurde sie nicht mehr los. Auch wenn er arbeitete, dachte er an sie. Jede einzige Nacht verbrachte er bei ihr, und jedesmal pflegte er ihr ein kleines Geschenk mitzubringen: eine Kamee, eine Vase oder irgendeinen anderen Gegenstand, der ihm außergewöhnlich erschien. Auch während der wichtigsten Konferenzen konnten ihn Gedanken überraschen an Dinge, die sie brauchen konnte; er notierte sie geschwind auf seiner Merktafel und sandte den Sekretär aus, sie zu kaufen.

Eines Tages fiel ihm ein, sich den Vollbart rasieren zu lassen, und eine Delegation mußte eine volle Stunde warten, bis er fertig war. Er freute sich wie ein Junge, Livia damit zu überraschen. Um so früh wie möglich zu ihr zu gelangen, arbeitete er in aller Hast, aber es wurde wie immer spät, und er eilte durch das Atrium auf die Straße. Vor dem Haus hörte er Lärm, und als er die Ausgangstür erreichte, kam ihm Scribonia mit ausgestreckten Armen entgegen. Hinter ihr stand das ganze Reisegefolge und grüßte.

„Guten Tag!" rief Mutter strahlend. „Du ahnst nicht, wie wir uns beeilt haben. Du verstehst, ich war ganz verzweifelt, die Reise aufschieben zu müssen, und wollte doch unbedingt an dem Tag eintreffen, den ich dir geschrieben hatte. Ich bin völlig erschöpft. Aber um alles in der Welt, hast du dir den Bart abnehmen lassen –? Ja, ich glaube, es gefällt mir ... doch, durchaus ... welch eine Überraschung ... du ahnst nicht, wie ich mich gesehnt habe ..."

Er hatte es stumm über sich ergehen lassen. Jetzt unterbrach er sie. „Du hättest dir Zeit lassen sollen, Scribonia. Ich sitze bis über die Ohren in Arbeit und bin gerade auf dem Weg zu einer Konferenz. Es ist unangenehm, daß du heute abend allein bist, aber es läßt sich nicht ändern."

Er sah, wie enttäuscht sie war, und beeilte sich hinauszugelangen. Auch als Livia ihn anerkennend betrachtete, weil er glatt erschien, konnte er sich von seiner schlechten Stimmung nicht befreien. Livia spürte es und rieb ihre Wange an der seinen.

„Es ist doch etwas Schönes und Männliches um solch ein glattrasiertes Kinn", sagte sie.

„Dann ist es nicht das erste Kinn, das du so liebkost", brach er streitlustig aus.

„Claudius, mein Mann, ist auch glattrasiert", erwiderte sie.

Es ärgerte ihn, sie so beherrscht zu sehen.

„Komisch, daß du mit Claudius daherkommst, gerade jetzt, da Scribonia aufgetaucht ist. Zum Teufel ... ich hatte ihre Existenz vergessen, und nun steht sie plötzlich vor mir. Sie hatte offensichtlich einen liebevollen Empfang erwartet ... findest du es so eigenartig, daß ich heute abend nicht aufgelegt bin?"

„Du hättest nicht kommen ... hättest heute daheim bleiben

sollen – wenn eine Ehe Bestand haben soll, muß man etwas für sie tun.“

So war Livia. Beherrscht, ruhig und klug. Eines Tages würde er sie geradeheraus fragen, ob sie bereit sei, Claudius aufzugeben und ihn selber zu heiraten. Er ertrug den Gedanken an Scribonia nicht und wollte sich von ihr trennen, ob es nun politisch klug war oder nicht. Als er eines Morgens bei der Arbeit saß, kam Mutter zu ihm herein. Er hatte gerade eine Depesche erhalten, die andeutete, daß Sextus bereits daran denke, den Misenumpakt zu brechen.

Irritiert blickte er auf.

„Ich hörte, du seiest allein, und komme, mich ein wenig mit dir zu unterhalten – ich bekomme dich ja nie zu Gesicht“, begann sie.

„Es sollte dir nicht unbekannt sein, daß ich mit Arbeit beschäftigt bin . . . nicht so furchtbar viel selbstverständlich, aber genug, um mich den ganzen Tag und auch den größten Teil der Nacht in Gang zu halten.“

Sein spöttischer Ton ließ ihre Mundwinkel zittern.

„Gewiß, ich weiß es . . . deshalb bin ich auch nicht eher gekommen. Aber es gibt etwas, worüber wir uns freuen können, etwas, das ich dir gern erzählen wollte. Kannst du heute abend nicht daheim bleiben und mit mir zu Abend essen?“

Bittend blickte sie ihn an.

Er wich ihren flehenden Augen aus. – Gerade heute hatte er Livia versprochen, ganz besonders früh zu kommen. Nein, heute sei es unmöglich, aber er werde es einen anderen Tag einzurichten wissen. „Du wirst von mir hören, wann es paßt – eines Tages, wenn ich nicht beansprucht bin“, schloß er.

Mutter wandte sich um und ging zur Tür. Sie sagte kein Wort, aber Tränen rannen ihr die Wangen hinab.

Er blieb sitzen und blickte ihr nach. Was hatte sie gesagt? Ein Ereignis, über das sie sich freuen könnten? Das konnte nur bedeuten, daß sie ein Kind erwartete . . . Es war nur gut, daß er eine Reise nach Gallien unternehmen mußte, denn hier daheim begann es recht bunt zu werden. Was würde geschehen, wenn auch Claudius sich plötzlich einfand? Und was sollte er Livia erzählen von seinem

Verdacht, daß Scribonia schwanger sei? Gerade über solche Dinge pflegten die Leute zu reden, und es würde ihr ziemlich schnell zu Ohren kommen.

Er meinte, die Gerüchte in alle Windrichtungen eilen zu hören, wenn bekannt wurde, daß sich Scribonia in anderen Umständen befand . . . Cäsar Octavianus erwartete einen Erben. Ein eigenartiger Gedanke übrigens. Er fühlte sich Mutter so wenig verbunden, daß es im Grunde genommen nur sie anging. Aber es war auch sein Kind . . . vielleicht gar ein Sohn – einer, der seine Nachfolge antreten konnte, der sein Werk weiterführen konnte . . .

Er blieb lange in Gedanken versunken sitzen und überlegte. Nein, noch würde er sich nicht von ihr trennen. Er wollte warten, bis das Kind – der Knabe – geboren war. Aber er mußte es Livia sofort erzählen, damit sie nicht glauben sollte, er habe mit Scribonia noch verkehrt, nachdem er sie getroffen hatte.

Im allgemeinen zauderte er nie, einen Entschluß zu verwirklichen, wenn er einmal gefaßt war, aber dieses Mal zögerte er. Eigenartig, mit welchem Respekt Livia sich umgab. Plötzlich erkannte er, welche Macht sie bereits über ihn besaß.

Endlich brachte er es heraus, abrupt und plump. Er sah, wic sic zusammenzuckte und innerlich erstarrte. Dann riß sie sich zusammen. „Ein freudiges Ereignis im Hause der Octavier – ich gratuliere dem werdenden Vater . . .“

In ihrer Stimme lag eisiger Hohn.

„Du beginnst mich zu überzeugen, Livia. Zum erstenmal spüre ich, daß du dich echt gibst. All deine Hingabe hat mir weniger gesagt als der Haß, den du eben zeigtest. Jetzt weiß ich, daß ich dir etwas bedeute – gerade jetzt, da ich zu Scribonia halten muß. Ich hatte daran gedacht, mich von ihr zu trennen und dich zu bitten, das gleiche Claudius gegenüber zu tun, aber ich bin gezwungen zu warten und kann dich deshalb nicht um etwas bitten. Aber wenn du mir mehr geben willst, als du bereits gegeben hast, komme ich, denn dir gehöre ich, Livia . . . unsere künftige Beziehung liegt in deiner Hand.“

Als er heimkam, war er erregter, als er sich eingestehen wollte. Er hatte gehofft, daß Livia es „vernünftig“ aufnehmen werde und daß er zu ihr kommen könne wie bisher. Aber gleichzeitig empfand er einen Anflug von Freude bei der Erinnerung an den steinharten Blick, den sie ihm zugeworfen hatte. Jetzt wußte er, daß er mehr für sie bedeutete, als er zu hoffen gewagt hatte.

Jetzt waren seine Abende frei, und er hätte sich Scribonias annehmen sollen, aber er ertrug ihre nervöse Art zu sprechen nicht und fürchtete ihre Sentimentaliät. So schlug er sich den Gedanken an Scribonia aus dem Sinn und verschob ihr Zusammentreffen von Tag zu Tag. Plötzlich stand sie wieder in seinem Arbeitszimmer, offensichtlich bemüht, beherrscht zu erscheinen.

„Da du stets von Staatsangelegenheiten in Anspruch genommen bist, habe ich den Glauben aufgegeben, daß du Zeit für mich haben wirst“, sagte sie. „Aber ich meine, du mußt wissen, daß ich im November ein Kind erwarte.“

Sie brachte es zustande, ihrer Stimme einen gleichmäßigen, gedämpften Ton zu geben, und er war sich bewußt, daß er nun zu ihr hinübergehen und sie in die Arme nehmen müßte, aber er spürte Livias eiskalten Hohn im Herzen, und ohne sich dessen bewußt zu sein, wiederholte er ihre Worte. „Ein freudiges Ereignis im Hause der Octavier – ich gratuliere der werdenden Mutter.“

Zum erstenmal sah er Mutters Augen Blitze schießen. Sie starrte ihn an wie eine giftige Schlange, und ohne ein Wort der Erwiderung wandte sie sich ab. Doch ehe sie entschwand, sah er ihre Schultern in verhaltenem Schluchzen zucken . . . Welch ein Segen, daß er bald nach Gallien reisen mußte! Daß es mit Frauen doch immer Szenen gab! Er erinnerte sich der Auftritte zwischen seiner Mutter und dem Stiefvater. Und jetzt das hier. Sogar die ausgeglichene Livia hatte gezischt. Wenn sie ahnen würde, wie er sich nach ihr sehnte. Nie hatte er eine solche Auslösung und Ruhe gefunden wie dort im Haus in der Straße der Kybele.

Wider alle Vernunft hoffte er, daß sie ihn durch Boten rufen lassen werde, aber als er erfuhr, daß Claudius in die Stadt gekommen war, gab er jeden Gedanken an ein Wiedersehen auf. Jetzt würde sie selbstverständlich bei ihm sein.

Er begann, die Wochen bis zur Abreise zu zählen, und entdeckte, daß glücklicherweise nur noch vierzehn Tage fehlten, als der Sekretär ihm plötzlich eine private Angelegenheit meldete und einen Brief überreichte. Vater riß ihn auf:

Komm. L. D.

Das war alles. Er unterbrach sofort seine dringende Arbeit und machte sich daran, einen Brief zu schreiben; einen Liebesbrief – länger, wärmer und spontaner, als er ihn je zuvor geschrieben hatte.

Livia war dann zu ihm wie an jenem ersten beglückenden Abend. Freudig erregt, hektisch fast, mit eigenartig glänzenden Augen – sie wirkten beinahe schwarz, so groß waren ihre Pupillen. Keine Fragen, keine Erklärungen – Livia gab . . .

Die Abreise, der er mit großen Erwartungen entgegengesehen hatte, wurde plötzlich zur schweren Pflicht. Jeden freien Augenblick verbrachte er bei Livia, und erst, als sein Reisegefolge vor dem Tor bereitstand, ging er zu Scribonia hinein. Sie hatte ihn offensichtlich erwartet.

„Ich stehe im Begriff, nach Gallien zu reisen", sagte er.

„Ich habe es mir erzählen lassen", erwiderte sie. „Gute Reise."

Er schritt hinaus, erleichtert, einem Auftritt in letzter Minute entgangen zu sein.

Vater hielt sich nicht einen Tag länger als notwendig in Gallien auf. Die Heimreise verlief glatt, und Mitte September gelangte er nach Rom zurück. Wie es seiner Gewohnheit entsprach, hatte er dafür Sorge getragen, abends heimzukommen, um einem offiziellen Empfang zu entgehen. Er stattete Scribonia, die schwer und unförmig zu werden begann, einen kurzen Besuch ab. Unter dem Vorwand, der Ruhe zu bedürfen, zog er sich dann jedoch sofort zurück, und nach einer erfrischenden Abkühlung beeilte er sich, zu Livia zu gelangen. Sie konnte zwar unmöglich wissen, daß er kommen würde, aber er hoffte von ganzem Herzen, daß sie daheim sein werde.

Die Tür war unverschlossen, und mit einem einzigen Blick erkannte er, daß sie ihn erwartet hatte – mit heißen roten Wangen und in intensiverer Spannung denn je. Sogar der kleine Tisch mit kalten Gerichten fehlte nicht. Sie wollte nicht damit heraus, woher sie wußte, daß er heute eintreffen würde, aber sie sagte, sie sei dessen gewiß gewesen, daß er sofort zu ihr kommen werde. Er lachte.

„Wenn du wüßtest, wie ich mich nach dir gesehnt habe – wir hatten glücklicherweise Mitwind und gelangten in Rekordzeit von Massilia heim.“

„Ich habe jeden Tag und jede Stunde gezählt“, erwiderte sie, „es ist gut, daß wir sie jetzt gemeinsam zählen können.“

Sie sah, daß er ihre Worte nicht erfaßt hatte.

„Wir haben etwas, wonach wir die Tage zählen können – etwas, dem wir entgegenblicken können . . .“ Ihre Stimme bekam einen suchenden Ton.

„Du verstehst, im Februar werden wir ein Kind haben.“

Einen Augenblick saß er stumm da.

„Findest du es so unglaublich?“ fragte sie.

„Unglaublich“, wiederholte er, „selbstverständlich ist es unglaublich . . . obwohl es vielleicht unglaublicher gewesen wäre, wenn du es nicht empfangen hättest. Du verstehst, es gibt Dinge im Leben, die man nicht zu glauben wagt. Es ist eine schwere Plage gewesen, zu den Sternen zu gelangen, aber jetzt endlich . . . jetzt bin ich da.“

„Dann bist du also froh?“ fragte sie fast triumphierend.

„Froh? Froh trifft es nicht – sogar glücklich wäre zu schwach . . .“

Mit der neuen Situation meldeten sich eine Reihe praktischer Probleme. Die Frage war nicht länger, *ob* Livia und er heiraten sollten, sondern wann. Leider stand ihnen Scribonia im Wege. Gesetzt, sie bekam einen Jungen und Livia ein Mädchen. Sein erster Impuls war gewesen, sich sofort von ihr zu trennen und Livia zu heiraten. Aber das mußte er reiflich überlegen. Festina lente – eile bedachtsam, war ein Wahlspruch, der immer nützlich war.

Livia erklärte er, daß sie sich politischen Rücksichten beugen und mit der Trennung bis zu Scribonias Entbindung warten müßten. Er wußte, daß sie ihn durchschaute, denn sie erwiderte nur, ihr

Kind werde ein Knabe sein. Er mußte über ihre Sicherheit lächeln, aber sie stimmte ihn froh.

Als er in einer Novembernacht spät aus der Straße der Kybele heimkehrte, lag eine Mitteilung für ihn vor, daß Scribonias Wehen begonnen hätten. Der ganze nächste Tag verging, und erst als der Abend weit vorgeschritten war, erhielt er Nachricht, daß sie mit einem wohlgestalteten Mädchen niedergekommen sei.

Daß sie ihm keinen Sohn geboren hatte, war eine Enttäuschung – eine größere Enttäuschung, als er geglaubt hatte. Ärgerlich machte er sich daran, einen Scheidungsbrief zu diktieren, und sandte den Schreiber in die Wochenstube, um ihn laut verlesen zu lassen, ehe er sich selber dorthin begab.

Mutter war durchsichtig blaß, und als Vater erschien, schloß sie die Augen und wandte sich ab. Vater hob mich auf und nannte mich Julia. Ohne Mutter oder mir noch einen weiteren Blick zu gönnen, eilte er aus dem Zimmer.

Mutter blieb regungslos liegen.

Es war eine schwere Geburt gewesen, denn sie war zehn Jahre älter als Vater und über das Alter hinaus, in dem Frauen sonst im allgemeinen Kinder zur Welt bringen. Phöbe bezweifelte, daß sie es überstehen werde, und die Hebammen hielten ihr Spiegel an den Mund, um festzustellen, ob sie noch atme.

Schlimmer als die Geburt war jedoch alles, was ihr voraufgegangen war. Mutter war so gewiß gewesen, daß ihre Ehe sich gut gestalten würde, wenn sie nur ein Kind empfing; sie wußte, wie sehr Vater sich nach einem Erben sehnte. Aber als sie nach hartem Kampf und großer Selbstüberwindung soweit gelangt war, hatte Vater diese Nachricht wie eine Meldung aufgenommen, daß ein ihm völlig gleichgültiger Gesetzesvorschlag im Senat bestätigt worden sei. Er fuhr fort, jede Nacht außer Hause zu sein, und äußerte Mutter einmal ein Wort des Vorwurfs, bat er sie gereizt, sich zu beherrschen. In ihrer Verlassenheit hatte sie an Sextus' Ehefrau geschrieben und zur Antwort erhalten, die ganze Welt kenne Cäsars Untreue – aber es füge sich insoweit recht gut, als Sextus erwogen habe, die Getreideblockade wiederaufzunehmen.

Mutter hatte Vater zwar im Verdacht gehabt, ein Verhältnis zu unterhalten, aber daß es ausgerechnet geschehen würde, während sie ein Kind erwartete, war verletzend und entwürdigend für sie. Vaters Geliebte befand sich übrigens auch in anderen Umständen – und bereits in weit vorgeschrittenem Zustand. Vater und sie unternahmen keine Versuche mehr, ihr Verhältnis zu verbergen; offenkundig suchten sie gemeinsam gesellschaftliche Veranstaltungen auf. Der Klatsch umspülte sie mit hohem Schwall, und niemand begriff, daß Livias Mann sich in ihr Gebaren fand.

An Mutter dachte niemand. Der einzige, der nach ihr fragte, war Scribonius Libo, und auch er warf ihr nur vor, daß sie die Aufgabe nicht bewältigt habe, Vater an sich zu binden.

Ich wiederhole diese Geschichte nicht, um einen alten Skandal ans Tageslicht zu heben, aber wenn ich an meine Geburt denke und an das, was vorher geschah, finde ich es schreiend ungerecht, daß Leute ohne weiteres als gegeben hinnehmen, was Vater als Scheidungsgrund angab: Scribonias schwierigen Charakter und ihre abstoßenden Gewohnheiten in der Liebe. Und nun wird man verstehen, weshalb ich Mutter Venus bitte, sie zu segnen, da sie mich liebte und nicht haßte, als ich das Licht der Welt erblickte.

Sobald Mutters Gesundheit es zuließ, siedelten wir aus der Ochsenkopfstraße in die Villa der Scribonier bei Rhegium über. Dort wohnte ich, solange ich zu klein war, um ihr genommen zu werden. Aber eines Tages erschienen Vaters Leute und holten mich und das Kindermädchen Phöbe fort.

Dieser Abschied, glaube ich, ist es, der mir in Erinnerung blieb.

3

Was Phöbe mir von Mutters Liebe erzählte, wurde der feste Halt meiner Kindheit, aber ich habe Mutter für diese Liebe nie gedankt. Das ist eigenartig – wenn ich zurückdenke, quälen mich nicht die

Dinge am meisten, die ich im Leben falsch gemacht habe, sondern eher die guten Dinge, die ich zu tun unterließ. Deshalb ist der Gedanke an Mutter schmerzlich für mich, schmerzlich vor allem auch die Zeit, da ich erwachsen und selbständig genug war, etwas für sie zu tun. Weshalb habe ich ihr nicht geschrieben? Weshalb habe ich sie nicht aufgesucht? Weshalb habe ich mich ihrer nicht angenommen?

Mit Scham muß ich gestehen, daß, abgesehen vom Traum meiner ersten Kindheit, Mutter aus meinem Leben entschwand und ich kaum mehr an sie dachte, als Vater mich holen ließ und ich zu ihm auf den Palatin übersiedelte.

Von jenem Tage an bin ich Vaters Tochter geworden.

Wann dies genau geschah, wage ich nicht mit Gewißheit zu sagen, denn Phöbe pflegte nur zu erzählen, daß ich ganz klein gewesen sei; und Vater und Livia vermieden es aus gutem Grund, Ereignisse aus den Jahren um Drusus' Geburt und ihre Eheschließung zu erwähnen. Meine eigenen Erinnerungen aus der ersten Zeit in der Ochsenkopfstraße sind losgerissene Bilder, denn kindliche Erinnerung ist gleich einem kurz aufflammenden Licht im Dunkel ohne chronologischen Zusammenhang.

Ich erinnere mich zur Beispiel einer Treppe, so leuchtend weiß und hoch, daß sie aussah, als führe sie geradewegs in den Himmel. Aber die Stufen waren steil, und meine Beine reichten für sie nicht aus, so daß ich meist an Vaters Arm in der Luft hing, während er mich hinaufzog. Das geschah gewiß, als der Altar in Apollos Tempel eingeweiht wurde; ich höre noch die herrliche Musik. Dann erinnere ich mich eines Balles, den ich über alles liebte. Vater hatte ihn mir aus dem Ausland geschickt. Er war vergoldet und mit eigenartigen Blumen verziert. Als ich ihn in die Luft warf, landete er in einem gewaltigen Mörteltrog, und ich vergoß bittere Tränen, während er abgewaschen wurde. Dieses unvergeßliche Unglück muß geschehen sein, als der Haupteingang unseres Hauses Säulen und eine breite Treppe erhielt, so daß er neben den Apollo-Altären standesgemäß aussah. Sonst besitze ich keine Kindheitseindrücke vom Haus in der Ochsenkopfstraße, es war eben da, so selbstverständlich da, wie es jedes Heim für Kinder ist, ob sie nun in einem Haus oder in einer Hütte wohnen. Erst als ich längere Zeit von Hause fort war, ging mir auf, wie spartanisch und unbequem Vater wohnte. Im Verhältnis zu dem großen Eingang wirkte das Atrium klein und dunkel. Es war in Tuffstein ohne Marmorverkleidung gehalten und zu ebener Erde mit grobem Mosaik ausgestattet. Hinter dem Impluvium stand eine riesige Statue von Julius Cäsar, und rund um sie waren griechische Kunstwerke aufgestellt. Aber die weißen Gestalten ließen den Raum nur noch düsterer und grauer erscheinen. Zur Rechten des Einganges lag die Hauskapelle. Dort befand man sich Angesicht zu Angesicht Julius Cäsar gegenüber, während Venus, Äneas und Rea Sylvia die drei anderen Ehrenplätze einnahmen. Rundum wimmelte es von Juliern in allen Ausgaben, während die Octavier, deren Kapelle es eigentlich war, in einer Ecke zusammengepfercht standen.

Zur Linken der Halle, wo in anderen Häusern der Pförtner und der Hofhund wohnen, lag die Wachstube. Dort hingen die Wände voll Waffen aller Art. An jeder Straßentür unseres Hauses standen zwei batavische Legionäre und zwei am Eingang zum Hofraum, wo Vaters Arbeitszimmer lag. Viermal täglich wurden sie abgelöst, und nach dem Wachewechsel ließ die Reserve sich in der Wachstube nieder. Sie versuchten, sich die Zeit mit Würfelspiel und Geschichtenerzählen zu vertreiben, und es war uns Kindern streng verboten, dort zu sitzen. Dennoch stahlen wir uns jeden Augenblick in die Wachstube, um ihrer gebrochenen Sprache und den eigenartigen Geschichten, die sie erzählten, zu lauschen. Sie sprachen meist von der Heimat, wie schön und blond die batavischen Frauen seien, aber wenn sie die Mädchen am Kücheneingang trafen, sah es nicht aus, als ob sie dunkelhaarige verachteten.

Außer den Türen zur Kapelle und zur Wachstube ging von der Halle ein Eingang zu Livias Flügel auf der einen und Tante Octavias Flügel auf der anderen Seite aus. Auch hier hielten zwei Bataver Wache.

Tante Octavia war aus Athen zurückgekehrt, als Antonius zu Kleopatra reiste. Mit ihrer ganzen Kinderschar ließ sie sich in der

Ochsenkopfstraße nieder. Außer ihrem Sohn Marcellus und den Töchtern Marcella Major und Marcella Minor aus der ersten Ehe hatte sie die ältere und jüngere Antonia aus ihrer Ehe mit Antonius und obendrauf die beiden Söhne des Antonius mit Fulvia bei sich. Sie hießen Anthylus und Julus und waren mutterlos, deshalb nahm sich Tante ihrer an. Außer ihrer großen Auswahl an Kindern brachte sie Sklaven und Freigelassene aus drei Haushalten mit, so daß es im Grunde ziemlich gerechtfertigt war, daß Livia gegen diese Invasion protestierte. Aber Vater kaufte einige Nachbarhäuser auf und gab seiner Ehefrau und seiner Schwester je einen separaten Flügel, während er selber in der Mitte residierte.

Ich liebte es, bei Tante Octavia zu sein, denn dort war Leben und Freude, und sie war bei weitem nicht so streng wie Livia. Die ältere Antonia war in meinem Alter, und wir waren die besten Freundinnen, teilten uns in ihr Zimmer und flüsterten und wisperten bis weit in die Nacht hinein. Im Hofraum hinter der Küche, hatten wir einen herrlichen Tummelplatz, wo wir spielen konnten und uns mit den anderen Kindern schlugen und vergnügten.

Tante selber saß in einem großen Zimmer und stickte oder empfing Besuche und gab sich den Anschein, den Lärm, den wir veranstalteten, nicht zu hören. Aber war mit einem von uns etwas schiefgegangen, war sie sofort zur Stelle – und sie klatschte nie. Wenn jemand von Livia herüberkam, nach mir zu fragen, konnte Tante sich nicht erinnern, ob sie mich an dem Tag überhaupt gesehen hatte oder nicht – bei ihr flatterten beständig so viele Kinder ein und aus, daß sie sich dessen einfach nicht erinnern konnte.

Livia liebte Gelächter und Vergnügen nicht. Spielen hieß für sie die Zeit vergeuden, anstatt zu lernen, ein nützlicher Mensch zu sein. Sie hatte für mich und ihre beiden Jungen Tiberius und Drusus einen festen Arbeitsplan entworfen, und wenn wir ihr gefolgt wären, hätten wir vom Aufstehen bis zum Schlafengehen nicht einen Augenblick Ruhe gehabt. Aber die Freizeit, die wir nicht erhielten, wenn sie daheim war, nahmen wir uns, sobald sie außerhalb des Hauses weilte, und weder Phöbe noch die Pädagogen verrieten uns, wenn sie ihre Berichte ins Hausbuch eintrugen.

Livia gab sich immer den Anschein, als verachte sie Luxus und Behaglichkeit, aber ich habe den Verdacht, daß sie nicht nur aus purem Zufall den Teil des Hauses wählte, den Vater von Hortensius erworben hatte. In ihm gab es nämlich Mosaikfußböden, Wandgemälde und marmorverkleidete Säulen. Und gerade die Tatsache, daß die Ausstattung sonst einfach gehalten war, verlieh dem Ganzen einen vornehmen Charakter. Doch wenn ich mich auch von klein auf über alles Schöne freute, betrat ich Livias Flügel nie ohne zwingenden Grund. Ich pflegte dort zu essen, und wenn Vater abends daheim war, spielten wir Brettspiele oder saßen draußen im Peristyl und unterhielten uns. Im allgemeinen hielt ich mich jedoch in meinen eigenen Gemächern auf oder lief zur älteren Antonia hinüber. Wenn Vater auf Reisen oder im Felde war, pflegte ich ganz zu Tante überzusiedeln und bei ihr zu wohnen.

Daß Antonius Tante Octavia Kleopatras wegen im Stich gelassen hatte, bot Vater einen guten Vorwand, mit seinem Schwager zu brechen, aber er zögerte, denn Antonius hatte noch immer zahlreiche Anhänger in der Heimat. Dennoch begannen viele, sich wegen seines Verhältnisses zu der ägyptischen Königin zu beunruhigen, denn seit Hannibal war niemand in Rom mehr gefürchtet gewesen als Kleopatra. Diese Unruhe wollte Vater ausnützen, um Antonius' Stellung zu untergraben, bevor es zum anscheinend unvermeidlichen offenen Kampf kam.

Grübelnd ging er ins zweite Stockwerk hinauf, um die Sache in Ruhe zu überdenken – dort besaß er einen Raum, den er sein Syrakus nannte und in dem ihn niemand stören durfte. Er lag hinter meinen eigenen Zimmern, und Phöbe und ich mußten flüstern und auf Zehen gehen, wenn er sich dort aufhielt. Ich habe deshalb immer den Wunsch gehabt, daß es Vater erspart bleiben sollte zu denken.

Sobald er fertig war, pflegte er zu verwirklichen, was er ausgebrütet hatte, denn nur solange er seine Pläne entwarf, ‚eilte er bedachtsam'. Hatte er seinen Entschluß erst gefaßt, war er wie ein Tiger, der lange genug auf die Beute gelauert hat – der Sprung kam plötzlich und sicher.

Diesmal verdoppelte er seine Leibwache und begab sich mit Mäcenas und einigen anderen Freunden zum Hof der Vesta, wo er bat, die oberste Vestalin sprechen zu dürfen. Sie erschien und war offensichtlich betroffen, als sie die Wache gewahr wurde. Aber Vater blickte sie hart an und befahl ihr, ihm Antonius' Testament auszuhändigen, das sie zur Aufbewahrung erhalten hatte.

Zornig wies sie ihn zurecht, daß er mit bewaffneten Leuten einen befriedeten Platz betreten habe, und weigerte sich, das Geforderte herauszugeben. Mit eindrucksvoller Würde erklärte sie, das Testament stehe unter ihrem heiligen Schutz und sie werde weder dieses noch andere Dokumente anders als unter den gebotenen gesetzlichen Formen herausgeben.

„Wir werden bald sehen, was mehr Gewicht hat, deine Heiligkeit oder Roms Macht und Majestät", erwiderte Vater und gab der Wache einen Wink. Die schob sie zur Seite, und Vater schritt in das Gewahrsamsgewölbe voran und nahm mit eigener Hand das Testament des Antonius vom Regal. Im Hof vergewisserte er sich, daß Schnur und Siegel ungebrochen waren, worauf er die Rolle unter der Tunika verbarg und seiner Wege ging. Die Leute auf der Straße hatten nicht bemerkt, daß etwas Ungewöhnliches im Gange war, doch als die Gruppe das Forum erreichte und Vater die Rednertribüne betrat, strömte die Menge von allen Seiten hinzu. Auf der Rostra* zog Vater die Pergamentrolle hervor und bat alle, zu bezeugen, daß sie ungeöffnet sei, ehe er das Siegel aufriß und Antonius' letzten Willen laut zu verlesen begann.

Daß ein römischer Feldherr sich in den Dienst einer ägyptischen Frau begab, hatte die Herzen der Römer seit langem geschmerzt. Doch da sie nun vernahmen, daß er an seine Kinder mit dieser Sittenlosen ohne weiteres römische Provinzen verteilte, packte sie glühender Patriotismus. Und als das Testament mit Antonius' ausdrücklichem Wunsch endete, im Schlamm des Nillandes ruhen zu wollen statt unter Roms sieben Hügeln, schlug der Haß in lodernder Flamme empor. Sie drängten sich um die Tribüne, for-

* Die mit Schiffsschnäbeln – lat. rostrum – verzierte Rednertribüne auf dem Forum

derten blutige Rache und schwuren, Vater zu folgen, wohin er sie auch führe.

„Du bist kühn, Cäsar“, flüsterte Mäcenas ihm auf dem Heimweg zu. Vater lächelte triumphierend. Jetzt konnte Antonius nicht mehr auf Hilfe aus der Heimat rechnen, von heute an mußte er anderenorts Unterstützung suchen. Seine Anhänger erhielten sogar freies Geleit, um sich zu ihm zu begeben, aber es waren nur wenige, die davon Gebrauch machten.

Sobald Vater heimgekommen war, eilte er zu Livia, um ihr von dem gelungenen Anschlag zu berichten. Fast hatte es den Anschein, als habe sie schon davon gehört, und Vater blickte sie forschend an. Aber Livia ließ sich nicht einen Augenblick anmerken, daß sie den Verdacht hege, hier liege eine Fälschung vor und er habe ein anderes Testament hervorgezogen, als er unter die Tunika gesteckt hatte.

„Du bist listig, Cäsar“, war ihre ganze Antwort.

Sie mochte mitunter fast abschreckend wirken, wenn sie so in sich gekehrt unverwandt auf den Spinnrocken oder Herd blickte. Das Unergründliche, das ihn bei seiner ersten Begegnung gefesselt hatte, hielt ihn noch immer wie durch Zauber fest. Sie war wie ein See, dessen Tiefe er nie hatte loten können.

Hin und wieder empfand er Unruhe darüber, daß sie so verschlossen war, aber letztlich war es doch ungerecht, ihr kein Vertrauen entgegenzubringen nach allem, was sie für ihn getan hatte, denn in tausend kleinen Dingen bewies sie ihr fürsorgliches Bemühen um ihn. Das harte Brot in der Sänfte, das er zwischen Versammlungen und Besprechungen zu kauen pflegte, wenn seine Verdauung keine andere Nahrung vertrug, besaß keinen dumpfen Geschmack mehr, nachdem Livia ins Haus gekommen war. Wenn er sich draußen ergehen wollte, eilte sie mit dem großen Strohhut herbei, den er zum Schutz gegen die Sonne trug, und mit besonderem Eifer achtete sie darauf, daß Musas Vorschriften befolgt wurden. Vater wurde nie mit häuslichem Ärger gequält und genoß ihre Ausgeglichenheit und die wohlgeordnete Ruhe, mit der sie sich umgab.

Wenn sie fern voneinander waren, schrieben sie sich regelmäßig, und er fuhr fort, ihr ebenso viele Geschenke zu machen, wie in der ersten Zeit. Eines Tages erhielt sie einen herrlichen alten Ölbaumhain bei Prima Porta von ihm. Dort baute sie sich ein Haus, das sie nach eigenem Geschmack einrichtete: Durch Wandgemälde wurde die Natur bis in die Gemächer gezogen, und im Gartenzimmer schien es, als sitze man unter Blumen, Bäumen und Vögeln. Sie hielt sich oft in dieser Villa auf, und während der langwierigen Kriege, die Vater gegen Antonius und Sextus führte, wohnte sie dort. Auf diese Weise entging sie dem Übelstand, mit Octavia unter einem Dach hausen zu müssen, wenn Vater nicht daheim war. Die Schwägerinnen waren wie Katze und Hund zueinander, und beide spickten ihre Briefe mit haarscharfen Spitzen gegen die andere.

Während er auf Sizilien beschäftigt war, schrieb ihm Octavia, sie habe Livia in der Stadt getroffen. Sie sehe besser aus denn je, trage eine neue Frisur und sei auch eleganter gekleidet. Die Leute erzählten sich, sie sei viel unterwegs und besuche Claudius fast täglich.

Livia ihrerseits schrieb ihm gerade während der Schlußauseinandersetzung in Ägypten, sie kenne keinen so aufopfernden Menschen wie Octavia. Dennoch werde es gut sein, wenn er demnächst heimkomme, denn ihre Kinder gewännen bald die Oberhand, was sich selbstverständlich ändern werde, wenn sie wieder unter seine feste Hand gelangten. Im übrigen wußte sie zu berichten, daß der älteste Sohn des Antonius zwei von jenen besucht hatte, die in dem berühmten Testament als Zeugen genannt waren. Vater strich sich über die Stirn und seufzte. Daß sie nie Frieden halten konnten . . .

In Alexandrien war es unbehaglich heiß. Vater mißfiel dort alles; von dem überladenen Luxus, den glühenden Farben, der Trägheit und den Fliegen bis zu den starrgeschminkten Frauen und den scharfgewürzten Speisen, die seinem Magen nicht bekamen.

Am meisten hatte ihn gereizt, daß es Kleopatra gelungen war, sich das Leben zu nehmen, denn er hatte sich seit langem darauf gefreut, sie in seinem Triumphzug vorführen zu können. Außerdem hätte er sie auch gern Livia gegenüber im Hintergrund behalten. Vielleicht konnte der Gedanke an ihn und die Ägypterin sie so eifersüchtig machen, daß sie sich ihm hemmungslos ergab – wie er es sich immer erträumte. Ein anderer Strich durch die Rechnung war für ihn, daß Kleopatras Sohn mit Julius Cäsar entkommen war, obwohl er klaren Befehl erteilt hatte, ihn umzubringen. Antonius hatte den Jungen geschont, der zu diesem Zeitpunkt siebzehn oder achtzehn Jahre alt sein mußte. Seine Schuld als Erbe des Großonkels hatte Vater mit festlichen Spielen und Gedenktafeln beglichen. Cäsarion leben zu lassen, war ein zu großes Risiko. Den anderen Kindern Kleopatras gegenüber konnte er Milde erweisen, denn es war oft nützlich, Zeugen für seine Güte zu besitzen. Aber Cäsarion mußte sterben, und die auf seinen Kopf ausgesetzte Belohnung war nochmals erhöht worden, so daß es wenig wahrscheinlich war, daß der Junge noch viele Tage zu leben hatte.

Alles war zur Heimreise bereit. Die Neuordnung in Ägypten war durchgeführt und der Getreideexport nach Rom nun ausschließlich in seiner Hand. Wenn man es realistisch ansah, hatte er sich zum Grundeigentümer des ganzen Niltales gemacht, und die Patrizier daheim waren, mit ihm verglichen, kleine Bauern. Das war ein ermunternder Gedanke, aber er brauchte auch Trost, wenn er an die Post von daheim dachte. Er trommelte nervös auf den Tisch, während er Octavias Brief zum zweiten Male überflog. Er ärgerte sich jedesmal, wenn er an Claudius erinnert wurde – daß Livia sich um ihn kümmerte, versetzte ihn in Zorn. Was Livia von den Kindern der Schwägerin erzählte, beunruhigte ihn nicht weniger. Was betrieb der Sohn des Antonius, wenn er die Unterzeichner des Testamentes aufsuchte? Hatte er etwa von einer Fälschung Witterung bekommen? Wollte er das Andenken seines Vaters reinwaschen? Anthylus hatte eben die Mannestoga erhalten, und in jungen Jahren war man noch idealistisch verrannt und töricht. Er mußte doch wissen, daß ihm – Cäsar – entgegenzuarbeiten, den eigenen Untergang vorbereiten hieß. Es war wohl am besten, sich seiner zu entledigen.

Er läutete nach einem Schreiber und diktierte einen Todesbefehl auf Anthylus' Namen. Während er ihn unterzeichnete, erhielt er die Nachricht, daß Cäsarion liquidiert sei. Ein Ägypter habe den Kopf bei sich und komme, den ausgesetzten Lohn zu erheben – er warte draußen und bitte, zu Cäsar vorgelassen zu werden. Hereingeführt, blieb der Mann neben dem Posten an der Tür stehen, dennoch ließ der Verwesungsgeruch, der von ihm ausging, Vater Übelkeit empfinden. Er dankte deshalb so kurz wie möglich und beauftragte den Sekretär, ihm den Lohn auszuzahlen. Doch der ob seiner Tat stolze Ägypter schlug die Decke zurück und wies den Inhalt seines Korbes vor. Vater war gezwungen, einen kurzen Blick hineinzuwerfen, ehe der Mann wieder hinausgeführt wurde.

Allein geblieben, läutete er wie rasend mit der Tischglocke, denn zwei große blaue Fliegen, die aus dem Korb aufgestiegen waren, summten im Zimmer umher. Der süßliche Geruch hing noch immer im Raum, und selbst als die Fliegen getötet waren und große Fächer frische Luft von außen hereintrugen, bedrückte ihn der Ekel zum Erbrechen. Er ging in den Garten und legte sich dort auf eine Bank, aber sobald er nur das Summen einer Fliege vernahm, stand wieder der Anblick des Korbes vor ihm. Er sah die Schnittfläche des Halses, die dunkle Speiseröhre, das schwarze geronnene Blut, das graue fahle Gesicht und das an die Stirn geklebte Haar. Man hatte oft bezweifelt, daß Cäsarion Cäsars Sohn war, und auch er selber war dessen bisher nicht sicher gewesen. Jetzt wußte er es. Er sah den Großonkel vor sich als jungen Mann, nicht wie er ihn selber gekannt hatte mit den ausgeprägten Zügen des Alters. Dieser Kopf war jung und edel – ein Julierkopf, den Eitelkeit und Machtbegier geprägt hatten. Nur die Nase war die der Mutter, um ein geringes größer und gewölbter als die im Geschlechte der Venus.

Im Laufe des Tages wurde Musa gerufen, der die Meinung äußerte, Vater sei überarbeitet. Er bereitete ihm stärkende Arzneien und empfahl ihm Klimawechsel. Die Hitze sei ungesund für ihn, und forderte Vater auf, Ägypten zu verlassen. Diesmal war es leicht, dem Rat des Arztes zu folgen, denn nach Cäsarions Tod gab es nichts, was Vater zurückgehalten hätte.

Die Reise über das Mittelmeer gestaltete sich zu der Erholungsreise, die Vater brauchte. Sonne und sprühender Seegischt waren Heilmittel; er wurde das würgende Gefühl im Schlunde los und freute sich auf die Heimkehr. Jetzt wollte er Triumphe feiern, die die des Großonkels in den Schatten stellen sollten. Eine ganze Flotte war mit Schätzen, Gefangenen und Geiseln, Kunstwerken und wilden Tieren vorausgeschickt worden. Nun stand er sicher auf dem Gipfel der Macht und war stark genug zu beweisen, daß er allein dort stand.

In Brundisium erwartete ihn gute Nachtricht. Anthylus, Antonius' ältester Sohn, war getötet worden. Er kam vom Hofe der Vesta, als Vaters Leute ihn umringten. Von dort lief er zur Quelle des Jugurtha und zu Julius Cäsars Heiligtum. Als die Mörder ihn erreichten, klammerte er sich am Altar fest und berief sich beim Andenken seines Vaters, der Julius Cäsars bester Freund und Mitkonsul gewesen sei, auf den Tempelfrieden. Ein Dolchstoß ins Herz machte seinem Schreien ein Ende.

Auch Claudius war schon lange zu Asche geworden. Lange hatte er gehofft, daß das Glück sich wenden werde, aber als er begriff, daß Vater siegen werde, erklärte er, sterben zu wollen. Er hörte auf, Nahrung zu sich zu nehmen, und blickte nur stumm vor sich hin. Livia begann, sich um ihn zu kümmern, aber sein Lebensmut war erloschen, und bald darauf war es zu Ende.

Nach seiner Einäscherung wurde das Haus der Claudier geschlossen, und Tiberius siedelte zu seiner Mutter nach Prima Porta über. Den jüngsten Sohn Drusus hatte Livia stets bei sich gehabt. Wenn sie draußen weilten, pflegte sie oft in die Stadt zu fahren, um an Gottesdiensten teilzunehmen. Meist ging sie zu Kybele, der sie sich immer verbunden fühlte und durch die sie oft Nachrichten von der Front erhielt, denn die Verehrung der Großen Mutter war um das ganze Mittelmeer weit verbreitet.

Als Livia eines Tages von einem Tempelbesuch heimkehrte, geschah ein himmlisches Zeichen. Sie stand im Garten, als sie plötzlich Schwingenschläge vernahm und ein Adler über das Haus dahinflog. In seinen Klauen hielt er ein Beutestück, doch gerade über Livias Kopf öffnete er die Fänge, und ein weißes Huhn fiel zu ihren Füßen nieder. Sie hob es auf und lief dem Hause zu, während sie nach Leuten schrie. Sklaven, Freigelassene und Nachbarn kamen herbeigelaufen, und ganz außer Atem berichtete sie ihnen, was geschehen war. Man schickte Boten zu den Priestern, um dieses Zeichen deuten zu lassen, und die Auguren meinten, es sei eine Offenbarung der Götter, daß Cäsar den Krieg gewinnen werde.

Den ganzen Tag strömte das Volk zu Livias Haus bei Prima Porta, wo die Tore offenstanden, damit die Leute das wunderbare Huhn sehen konnten, das dort umherlief und Körner pickte. Daß es weder zerzaust noch blutig war, war auch ein Zeichen, daß höhere Mächte im Spiele waren. Es gab natürlich Leute, die nicht an das Wunder glauben wollten, doch das waren böse Menschen und nur wenige. Noch ehe der Tag zur Neige gegangen war, war Livias Siegesprophezeiung über die ganze Stadt bekannt. Und als die Nachricht von der Schlacht bei Actium Rom ein paar Tage später erreichte, hatte Livia ebenso großen Anteil am Siege wie irgendein Heerführer, denn sie war es, die die Gunst der Götter errungen hatte.

Livia sorgte dafür, daß sie die erste war, die Vater willkommen hieß, und sobald sie Nachricht erhalten hatte, daß die Flotte in Brundisium gelandet war, reiste sie ihm entgegen. Sie trafen sich in Beneventum, und bis Baiae, wo der Rest der Familie versammelt war, hatte sie ihn ganz für sich. Unterwegs erzählte sie ihm alles, was sich inzwischen ereignet hatte, und wenn Vater sich vorher über ihre Besuche bei Claudius geärgert hatte, war er jetzt aufgebracht darüber, daß Octavia es unterlassen hatte zu erwähnen, wie krank Claudius gewesen war. Es war geradezu böswillig von ihr, eine reine Barmherzigkeitstat zu verdächtigen, und er war sehr kühl, als er die Schwester begrüßte.

Octavia kannte ihren Bruder besser als die meisten. Sie wußte, wie einfach er in seinen alltäglichen Ansprüchen war, aber auch, wie steinhart er werden konnte, wenn ihm etwas mißfiel. Sie erinnerte sich ihres Großvaters, wenn er von Geldern und Eintreibungen in Velitrae sprach; den gleichen kalten Blick hatte der Bruder, wenn etwas nicht so geschah, wie er wollte.

Sie selber besaß zwar auch eine willensstarke Natur, aber ihre Mutter hatte stets die Partei des Sohnes genommen, und Tante

Octavia hatte es früh gelernt, einem Druck auszuweichen. Im Laufe der Jahre war ihr diese Lehre gut zustatten gekommen, nicht zum mindesten, als Vater verfügte, daß sie Antonius heiraten solle. Sie hatte sich vor dieser Ehe fast krank gefürchtet, aber eigenartigerweise war es besser gegangen, als sie zu hoffen gewagt hatte. Denn Antonius beherrschte die Kunst der Bezauberung, und seine stürmische Courtise machte tieferen Eindruck auf sie, als jemand ahnte. Deshalb war es so qualvoll, daß er sie dann doch im Stich ließ, und als er sich schließlich in Alexandria das Schwert durchs Herz jagte, war ihr, als habe die scharfe Schneide des Schwertes auch die Wurzeln ihres eigenen Herzens gestreift. Sie beklagte ihre vaterlosen Töchter und war voller Mitleid zu Antonius' beiden Söhnen, die sie zu sich nahm. Als Vater den ältesten töten ließ, konnte sie es nicht unterlassen, ihm seine Härte vorzuhalten, und als sie vernahm, daß Antonius' ägyptische Kinder im Triumphzuge der Öffentlichkeit preisgegeben werden sollten, mußte sie sich für sie einsetzen. An Livia dachte sie nur mit Haß im Herzen. Sie wußte sehr wohl, daß die Schwägerin hinter dem abweisenden Wesen des Bruders stand und daß Livia von Beneventum bis Baiae nur darum bemüht gewesen war, die herabzusetzen, die Vater nahestanden. Es war nur so unverständlich, daß er, der sonst einen so scharfen Verstand besaß, vor unterernährter Verliebtheit taub wurde, wenn er in die Nähe dieser scheinheiligen Hexe kam.

Bei allen Veranstaltungen saßen Livia und Tante Octavia gemeinsam auf der Tribüne, Livia zur Rechten und Octavia zur Linken. So saßen sie auch während der Triumphfestlichkeiten in Erwartung des Zuges, der die Via Sacra herabkommen sollte. Sie sahen einander nicht an, aber die eine spürte die Anwesenheit der anderen; zwischen ihnen ragte eine eiskalte Wand empor.

Mitten in dieser eiskalten Wand hatte ich auf der teppichgeschmückten Tribüne meinen offiziellen Platz. Von Tiberius und Marcellus abgesehen, die in der Prozession mitritten, mußten die anderen Kinder Tante Octavias und Livias auf der Bank hinter mir sitzen. Das machte mich sehr stolz, und ich versuchte, mich allen Instruktionen Phöbes entsprechend aufzuführen.

Aber es wurde eine lange Wartezeit, und als mir das eine Bein einschlief, mußte ich aufstehen. Die Menge begann zu winken und ‚Julia‘ zu rufen, und ich winkte hingerissen zurück. Aber Livia packte mich am Arm und zog mich so heftig auf die Bank zurück, daß ich fast in Tränen ausgebrochen wäre und Tante mir ihren Arm um die Schultern legen mußte. Hinter mir hörte ich die Kusinen kichern, und den Rest der Wartezeit saß ich still.

Es war ein wolkenloser Tag mit hohem blauem Himmel. Die ganze Stadt war auf den Beinen, und längs der Triumphstraße stand die Menge dichtgedrängt bis an die Häusermauern. Die Dächer waren überfüllt, und sogar an Säulen und Gedenksteine klammerten sich Menschen. Alle Gebäude waren mit Teppichen und Girlanden behängt, und die Luft war von Weihrauch und festlicher Stimmung erfüllt.

Unmittelbar bevor die Sonne ihren Höhepunkt erreichte und der Wächter seinen Mittagsruf über das Forum sang, konnten wir die ersten Fanfarenstöße von der Via Triumphalis hören. Alle wandten sich um und blickten nach Velia. Aber die Sonnenstrahlen, die sich in den silbernen Posaunen spiegelten, blendeten uns, so daß im ersten Augenblick niemand es bemerkte, daß die Väter der Stadt nicht an der Spitze des Zuges schritten. Vater hatte ihnen den Platz hinter sich zugewiesen, um die künftige Stellung des Senats im Hinblick auf ihn anzudeuten, aber noch ehe jemand die Bedeutung dessen erfaßte, rollte bereits die Kriegsbeute heran, und alles andere war vergessen. Es glitzerte von Gold, Edelsteine funkelten, und Hunderte von Kunstwerken und Prachtgegenständen in Alabaster, Porphyr und Onyx ließen das Volk vor Bewunderung stöhnen.

Um einen Eindruck vom Umfang des Sieges zu vermitteln, wurden riesige plastische Modelle der wichtigsten Städte und Verteidigungsanlagen Ägyptens vorgeführt. Und während die Rammschnäbel von Actium, Wurfmaschinen und Belagerungsleitern vorbeirollten, stieg ein siegesstolzer, brausender Jubel zum Himmel empor. Nur die weißen Opferochsen für Jupiter waren von der festlichen Stimmung unberührt. Mit Kränzen und wollenen Gebinden geschmückt, schritten sie in fatalistischer Ruhe dahin und bestimmten die Geschwindigkeit des ganzen Zuges. Hinter ihnen folgten die Gefangenen – hier hätte Kleopatra zwischen drohenden Fäusten und unter einem Regen von Schimpfworten und Verwünschungen einherschreiten sollen. Statt dessen wurde eine Statue von ihr, in Körpergröße aus reinem Golde geschaffen, vorbeigetragen. Um sie folgte die Königsfamilie in Ketten, und ihre Kinder Helios und Selene wurden hoch emporgehoben, damit alle sie sehen sollten. Aber den meisten taten die beiden todmüden Kleinen leid, und erst als die ägyptischen Höflinge kamen, stieg wieder die Stimmung. Hohnrufe in griechischer und lateinischer Sprache begannen auf sie herniederzuhageln, aber die Ägypter gaben sich den Anschein, nichts zu verstehen, und verzogen auf der ganzen Strecke keine Miene.

Im Gegensatz zu den Gefangenen, die sich vorwärts schleppten, kamen die Liktoren in ihrer strammsten Paradetracht einhermarschiert. Sie hielten die lorbeerumkränzten Rutenbündel hocherhoben, und bei ihrem Anblick tobte das Forum von Vivatrufen, denn hinter ihnen sahen wir das erste goldene Funkeln des Triumphwagens blitzen. Er war vierspännig, und die Pferde waren die edelsten, die Roms Rennpferdställe bieten konnten – so eingeübt und dressiert, daß jeder Hufschlag dem Takt der Instrumente und dem Schritt der Liktoren folgte.

Hoch auf dem vergoldeten Wagen stand Vater mit erhobenem Arm und hielt in der Hand den elfenbeinweißen Triumphatorstab. Über der breiten ruhigen Stirn lag der Lorbeerkanz, und er war so siegesfroh und schön, daß er aussah, als gehöre er mehr dem Olymp an als dieser irdischen Welt. Die Tunika war mit Siegespalmen bestickt, und von den Schultern floß ihm die golddurchwirkte, purpurrote Toga in reichen Falten. Er war fünfunddreißig Jahre alt, aber es lag eine Würde über ihm, als hätten ihn die Götter von Anbeginn zum Sieger ausersehen.

Tante Octavia mußte an Attia denken. Großmutter hatte an Vaters Wiege den Triumph vorausgesagt, und als Julius Cäsar ermordet wurde, war sie die einzige, die Phantasie und Voraussicht genug besaß, sich ihren Sohn an Cäsars Platz zu denken.

Sogar Livia stieg Farbe in die Wangen, als der Wagen sich näherte. Sie sah in dieser Stunde wieder sehr jung und liebreizend aus. Mit einem Blick hatte sie den Zug der Gefangenen und der Schätze umfaßt, und nun sah sie Roms ganze Ehre und Macht vor sich. Alles konnte sie bekommen – alles gehörte ihr . . .

Da streifte ihr Blick die beiden Jungen, die zu jeder Seite des Triumphwagens ritten: ihr eigener Sohn Tiberius und Tante Octavias Sohn Marcellus. Tiberius ritt an Vaters linker, Marcellus an Vaters rechter Seite. Octavias Sohn hatte den Ehrenplatz erhalten.

Livia preßte die Lippen zusammen und warf den Kopf herrisch zurück. Als der Wagen die Tribüne erreichte und Vater grüßte, schienen von ihrem Gesicht Blitze auszugehen. Ich hatte mich erhoben. Keine Macht der Erde konnte mich länger stillhalten. „Vater", schrie ich, „Vater . . ." Ich streckte ihm die Arme entgegen, hüpfte und winkte.

Aber Vater sah mich nicht an . . . er sah auch Octavia nicht. Er starrte nur Livia an – stolzer und begehrenswerter war sie ihm nie erschienen. Sogar als er die Lorbeerzweige in Jupiters Schoß niederlegte, sah er sie vor sich. Kein Sieg war zu teuer, keine Anstrengung zu schwer für eine Frau wie Livia.

4

Nach dem Triumphzug gewann das Leben in der Ochsenkopfstraße sein alltägliches Gepräge zurück. Vater war wieder daheim, Livia mit Tiberius und Drusus aus Prima Porta zurückgekehrt, und Phöbe und ich siedelten von Tante Octavia wieder zu Vater über.

Im zweiten Geschoß des Hauses hatte Vater über seinem eigenen Arbeitszimmer eine Wohnung für mich herrichten lassen mit einem Schlafzimmer, einem Ankleidezimmer und einem Leseraum, auch Phöbe besaß dort einen Alkoven mit einem Bett. Nachts schlief eine Magd auf dem Treppenabsatz vor meiner Tür, und die Treppe war so angelegt, daß Vater sie im Auge behielt, wenn er am Schreibtisch saß. Ich mußte mich immer still verhalten, um ihn und die anderen, die im Hofraum arbeiteten, nicht zu stören, und ich lernte früh darauf achten, daß alles, was ich sprach und tat, von anderen bemerkt wurde.

Phöbe hatte sich bemüht, meine Räume mit Kissen, Vorhängen und kleinen Teppichen behaglich zu machen. Es war alles äußerst einfach, aber dieser weibliche Einschlag ließ mein Zimmer im Vergleich zu Vaters Gemächern luxuriös erscheinen. Er schlief in demselben Raum, in dem er arbeitete. Am äußersten Ende vom Eingang befand sich das Bett mit einem Regal, in dem sein Tagebuch und die Bücher einiger griechischer Philosophen lagen. Am Fußende stand eine Büste seiner Mutter und die kleine Bronze, die ihn selber als Knaben darstellte. An einer Längswand des Raumes stand eine Bank, hochaufgeschichtet voller Dokumente, und unmittelbar vor der Tür, so daß das Licht voll auf die Tischplatte fiel, stand der Arbeitstisch mit dem sehr abgenutzten Stuhl. Unter ihm stand ein Schemel für seine Besucher; meist mußten sie, die ihn in seiner Arbeitszeit aufsuchten, jedoch stehen.

Wenn es warm war, ließ er sein Bett auf den Hof tragen, um unter freiem Himmel zu schlafen. Er litt sehr unter Schlaflosigkeit, und um die Nachtstunden hinzubringen, mußte ein Schreiber ihm vorlesen. Wenn ich nachts erwachte, konnte ich die monotone Stimme des Schreibers unten hören. Wie andere, die einen leichten Schlaf haben, schlief Vater in den Morgenstunden am besten, und um ihn nicht zu wecken, blieb ich oft bis in den frühen Vormittag liegen. Die anderen neckten mich deshalb und nannten mich eine Siebenschläferin, aber ich fand mich gern in diese Unbehaglichkeiten, gaben sie mir doch das Gefühl, daß Vater auch mir gehöre und nicht nur Livia.

Die Elementarfächer Schreiben, Lesen und Rechnen lernte ich bei Vater. Er war streng und ganz besonders genau darin, daß ich ebenso schreiben sollte wie er. Und ich saß stundenlang über der Schreibtafel und malte seine Buchstaben nach, denn ich wollte von niemandem lieber gelobt werden als von Vater.

Griechische Pädagogen, die im Hause wohnten, unterrichteten mich in Philosophie und Literatur, Geschichte, Astronomie und Mathematik. Außerdem hatten wir zwei Professoren für Latein und Rhetorik. Die Fächer hatte ich mit Tiberius, Drusus und Tante Octavias Kindern gemeinsam, und da keiner der Lehrer mit dem Stock sparsam umging, konnte es mitunter recht lebhaft werden. Wenn wir etwas nicht verstanden oder unsere Aufgaben unsicher beherrschten, schlugen sie wollüstig auf unsere Rücken nieder. Die Jungen erhielten mehr Schläge als wir Mädchen, denn sie setzten ihre Ehre darein, nicht zu schreien, während wir aus vollem Halse losbrüllten. Besonders Marcella die Ältere veranstaltete einen großen Lärm, weil sie schon zu schreien anfing, noch ehe sie begannen.

Ich selber kam ganz gut davon, denn es fiel mir nie schwer, etwas zu begreifen, und ich habe immer ein gewisses Geschick besessen, zu bluffen. Ich hatte herausgefunden, daß es nützte, nach der Stunde zum Lehrer zu gehen und um Erklärung zu bitten. Wenn ich ihn dann ganz intensiv anblickte, pflegten die Wolken seines Mißtrauens zu schwinden, und anstatt den Stock zu nehmen, begann er mich freundlich zu streicheln. Wenn er dann allzu wohlwollend wurde, erklärte ich, ich hätte verstanden, und lief zur Tür. Wenn Vater uns so gesehen hätte, würde er den Lehrer gewiß haben umbringen und uns hinfort von Eunuchen unterrichten lassen.

„Julia kokettiert“, sagte Marcella die Ältere böse.

„Sie kokettiert mit allen Jungen“, sekundierte die jüngere Antonia. Sie umringten mich, und die Situation nahm einen gefährlichen Charakter an, aber Phöbe rettete mich mit dem Hinweis, ich solle mich beeilen, zu Livia zu kommen. Das bedeutete übrigens, vom Regen in die Traufe zu geraten, denn ich wäre lieber zwischen meinen Kusinen Spießruten gelaufen als allein zu Livia gegangen. Aber es stand auf dem Plan, daß ich bei ihr Handarbeit lernen sollte; es gab also keinen Ausweg. Ich fürchtete mich vor Livia und bekam stets feuchte Hände und einen trockenen Schlund, wenn ich mit ihr allein war. Mein Weg durch die Halle in ihr Allerheiligstes war ebenso schicksalsschwer für mich wie der eines zum Tode verurteilten Verbrechers zur Hinrichtungsstätte.

Sie hatte mich stets mit Grauen und Unbehagen erfüllt, und eines Tages erlebte ich einen Alptraum, den ich nie wieder loswerden sollte. Es war unmittelbar nach dem Mittagessen, und Vater wollte sich ausruhen. Um ihn nicht zu stören, war ich mit Corinna, meiner Puppe, hinter das Sofa gekrochen. An Vaters Atem hörte ich, daß er schon schlief, denn er atmete schwerfällig ein und stieß den Atem dann mit kleinen Pfeiflauten wieder aus. Das geschah so regelmäßig, daß auch ich zu dösen begann und, Corinna als Kopfkissen benutzend, mich ganz auf die Erde legte.

Unter dem Sofa hervor konnte ich Livia in ihrem Stuhl erblicken, denn wenn sie sich ausruhte, streckte sie sich nie aus, sondern schlief im Sitzen. Draußen war es warm und still, und durch die offene Tür fiel das Licht direkt auf sie. Die Spindel lag in ihrem Schoß, und ihr Kopf war rücklings an den Stuhlrücken gelehnt. Die Augen waren nicht ganz geschlossen, statt dessen aber die Augäpfel nach oben gekehrt, so daß ich nur das Weiße unter ihren Wimpern sah. Das sah zum Entsetzen aus, fast als sei sie tot, und ich empfand plötzlich einen lähmenden Schrecken.

Ich wollte mich zur Wand wenden, konnte mich aber nicht bewegen . . . ich wollte Vater rufen, aber die Stimme versagte mir . . . ich versuchte wegzusehen, konnte die Augen aber nicht von ihr lösen. Und je länger ich sie anstarrte, desto furchtsamer wurde ich, denn jetzt hatte sie kein Menschenantlitz mehr, sondern eine versteinerte Maske, unwirklich und dämonisch. Ihre schmalen Lippen lächelten böse und geheimnisvoll, und das Kinn schob sich in haßerfülltem Hohn vor. Wie ein bleischweres Gewicht legte sich die Angst auf mich und kettete mich an die Erde.

Plötzlich gähnte Vater, und Livia zuckte zusammen. Er streckte sich und setzte erst das rechte, dann das linke Bein zur Erde – in solchen Dingen ist Vater abergläubisch. Er hat kleine Füße, verwendet aber furchtbar dicke Sohlen, damit Livia nicht größer wirken soll als er selber. Unter dem Sofa hatte ich nun nur seine Stiefel vor mir, sie versperrten mir die Aussicht und brachen den furchtbaren Anblick. Ruckartig setzte ich mich auf und rieb den Kopf an meinem Arm. Ich zitterte wie Espenlaub, aber als Vater zu reden begann, wurde ich ruhiger. Schließlich kroch ich hervor und schlich hinaus. Später versuchte ich, mir klarzumachen, daß die Maske nur ein Alptraum gewesen sei – ich war vermutlich eingeschlafen und träumte schlecht, weil ich auf dem kalten Steinfußboden lag. Aber der Schreck blieb in mir haften; sobald ich einmal mit Livia allein war, legte er sich mir wie eine eisige Hand aufs Herz.

Handarbeiten haßte ich. Während die Spindel, dieses widerwärtige Gerät, in meinen Fingern herumschnurren sollte, las Livia mir laut aus irgendwelchen uralten Stoikern vor. Das war durchaus keine Jungmädchenliteratur; aber ließ ich meine Gedanken wandern und die Spindel in den Schoß sinken, hörte ich sofort ein „Wiederhole, Julia" oder „Nachts wird geschlafen, Julia". Oft war ich vom langen Geradesitzen so müde, daß mich der Rücken schmerzte.

Auch mit meinem besten Willen bin ich in Handarbeiten stets nur wenig geschickt gewesen, aber ganz abgesehen davon, daß mir die Begabung fehlte, hielt ich es für überflüssig, spinnen und weben zu lernen. Wenn ich einmal heiratete, würde meine ganze Familie nur herrlich weiche Handelsstoffe benutzen. Livia fertigte Vaters Gewänder selber an, aber es war nicht schwer zu erkennen, daß er wenig begeistert davon war. Tiberius und Drusus weigerten sich standhaft, die heimgewebten Togen ihrer Mutter zu tragen. Ich selber war glücklicherweise nicht würdig genug, eines ihrer prächtigen Gewandstücke zu erhalten, aber sie hielt daran fest, daß ich mich nicht schmücken durfte. Ich träumte davon, erwachsen zu sein, um so endlich den entsetzlich strammen Zöpfen zu entgehen, die ich tragen mußte. Goldgewirkte Bänder würde ich im Haar und Perlen um den Hals tragen; und um die Schultern würde ich einen ebenso feinen, leichten Schleier haben, wie ihn Venus erhielt, als sie aus dem Meer emportauchte.

Livia bemerkte gewiß, was in meinem Kopf vorging, wenn die Spindel unaufhörlich versagte oder die Finger vom Weben wund wurden, denn mitunter legte sie plötzlich die Stoiker beiseite und begann, einen Vortrag über den Leichtsinn der Zeit und die Widerspenstigkeit der Jugend zu halten. Eines Tages entdeckte sie, daß

Phöbe auf mein Unterkleid rund um den Hals kleine Zungen gestickt hatte; sie verbot mir, es zu benutzen, denn Stickereien seien Unsinn und Tand.

„Mäcenas hat gestickte Manschetten", wandte ich ein.

Sie wurde rot vor Zorn.

„Mäcenas ist ein Narr", wies sie mich zurecht.

Ich erwiderte kein Wort, aber sobald die Stunde beendet war, lief ich zu Vater hinüber.

„Mäcenas ist ein Narr", sagte ich.

„Was sagst du da?" fragte er.

„Mäcenas ist ein Narr", wiederholte ich, „das sagt Livia."

Er erhob sich plötzlich und ging zu ihr hinüber, während ich schadenfroh in Tantes Flügel hinüberlief.

Doch schon im Eingang hörte ich, daß die Stimmung nicht war, wie sie hätte sein sollen. Im Peristyl stand Tiberius mit essigsaurem Gesicht, und am Springbrunnen saßen Drusus und Agrippas Tochter Vipsania bedrückt zusammen. Da heute Marcellus' Todestag war, hatte Tante sich mit den Kindern ins Mausoleum begeben und geopfert. Das war traurig, aber ich war auf Vergnügen aus.

„Wollen wir Romulus und Remus spielen?" fragte ich.

Wir pflegten uns dazu die Hündin vom Hinterhof zu leihen, und zwei Puppen, die Romulus und Remus darstellten und auf einem Holzbrett im Lilienteich schwammen, wurden an Land geholt und an die Zitzen der ‚Wölfin' gelegt. In seiner Eigenschaft als Hirte Faustulus bekam Drusus meinen Bettvorleger über die Schultern und ich war Rea Sylvia mit einem Blumenkranz im Haar. Wenn wir dann zur Gründung Roms gelangten, war Tiberius Romulus und Julus Antonius oder Marcellus waren Remus.

„Wer soll denn heute Remus sein?" fragte Drusus. „Das kann ich sein", erwiderte ich schnell, „erst Rea Sylvia und dann Remus."

Tiberius bestritt entschieden, daß ein Mädchen Remus sein könne. Ich beugte mich einem so realistischen Argument und schlug vor, Patrizier und Plebejer zu spielen. „Wir beide können Patrizier sein und Drusus und Vipsania Plebejer."

Ich hatte mich zu Tiberius gewandt und meinte, auf jeder Seite würden dann ein Junge und ein Mädchen sein. Das hörte sich vernünftig an, auch wenn es zu meinem Vorteil ausfiel, aber Tiberius hatte heute seinen garstigen Tag.

„Drusus kann nicht Plebejer sein, denn Vater war Patrizier, deshalb müßt ihr, du und Vipsania, es sein“, sagte er überheblich.

„Mein Vater ist ebenso Patrizier wie deiner“, protestierte ich böse. „Das ist er ganz und gar nicht . . . dein Vater war Plebejer, als er klein war, aber wir sind immer Patrizier gewesen – das wissen alle.“ Mir begann sich der Hals zusammenzuschnüren, aber ich wollte nun einmal spielen. „Und Tarquinius?“ weinte ich fast.

„Dann magst du also Tarquinius sein“, sagte Tiberius, „denn dazu eignest du dich am besten.“

„Weshalb?“ fragte ich kriegerisch, denn König zu sein war eine Kränkung.

„Weil dein Vater König ist oder auf jeden Fall fast König.“

Weiter kam er nicht, denn jetzt explodierte ich. Ich fuhr auf ihn los und biß und kratzte, während mir die Tränen aus den Augen strömten. Plötzlich durchschnitt Vaters Stimme den Lärm, und als ich mich jäh umwandte, stand er direkt hinter mir. Ich barg mich schluchzend in den Falten seiner Toga. Er klopfte mich begütigend und fragte, worüber ich mich denn so errege. „Er sagt, du seiest Plebejer gewesen, als du klein warst, und jetzt seiest du ein König“, schluchzte ich hervor und war so erregt, daß ich gar nicht merkte, daß ich petzte. Tiberius war aufgestanden und versuchte zu vertuschen, daß seine Toga in Fetzen gerissen war. Vater drehte sich um und faßte ihn ins Auge.

„Hast du das gesagt, Tiberius?“

„Ich sagte, du seiest Plebejer gewesen, als du klein warst.“

Vater nickte.

„Weiter“, sagte er kurz.

„Dann sagte ich, du seiest König, auf jeden Fall fast König.“

Tiberius’ Stimme war etwas unsicher, aber er blickte Vater voller Trotz gerade in die Augen.

Vater blieb einen Augenblick stehen, ehe er sich zu mir umwandte.

„Geh hinein und wasch dich, Julia. Bleib in deinem Zimmer und sag Phöbe, daß du kein Abendessen bekommst. Du darfst lernen, dich zu beherrschen und nicht wegen Kleinigkeiten und Unsinns außer dir zu geraten . . . Du, Tiberius, darfst mir folgen, denn du brauchst offensichtlich eine Lektion in patrizischem Auftreten und römischer Verfassung."

Damit marschierte er mit Tiberius an seinen Fersen hinaus, und ich schlich auf mein Zimmer. Während ich dort hungrig und verlassen saß, begriff ich, wie niedrig ich gehandelt hatte. Ich hatte Vater gegenüber, der Tiberius immer mit kalten harten Augen betrachtete, geklatscht. Jetzt verprügelte er ihn gewiß oder tötete ihn vielleicht sogar, denn ich wußte sehr wohl, daß Vater den älteren Bruder von Julus Antonius hatte ermorden lassen, auch wenn die Erwachsenen nicht darüber sprachen. Und nun gerade Tiberius, der der hübscheste aller Jungen war, der nie Furcht zeigte, der Vater gerade in die Augen zu blicken wagte . . .

Als es dunkel wurde, kam Phöbe. Sie tröstete mich, denn sie hatte Tiberius sowohl zu Vater hineingehen als auch lebendig wieder herauskommen sehen. Und nachdem ich entdeckt hatte, daß sie in ihrer Tasche kleine Gebäckstücke hatte, erhellte sich das Dasein wieder beträchtlich. Wenn ich Tiberius um Verzeihung bat, wurde vielleicht alles wieder gut. Aber am nächsten Morgen wandte Tiberius sich ab, als ich zu ihm kam, und schob meine Hand verächtlich beiseite. Ephialtes* hätte sich nicht unbehaglicher fühlen können, und um seine Vergebung zu erkaufen, kletterte ich in den höchsten Birnbaum hinauf. Ich bin leicht von Gewicht und konnte die besten Birnen im Wipfel erreichen, aber Tiberius tat, als sehe er nicht, daß ich sie herabwarf. Und als ich einen tollkühnen Überfall auf die Kuchenregale in der Küche unternahm und meine Beute in seine Hände steckte, warf er sie überlegen beiseite und pfiff seinem Hund.

Am Abend war ich so tiefunglücklich, daß ich den Steilhang zum Forum hinabspringen wollte, wenn ich am nächsten Tag nicht Vergebung erlangte. Wenn ich dann zur Ochsenkopfstraße getra-

* Griechischer Verräter, der die Perser in den Rücken der Verteidiger der Thermopylen führte

gen wurde und Tiberius mich dort kalt und bleich liegen sah, würde es ihm wie ein Messer durchs Herz fahren. Aber dann war es zu spät, dann war ich tot. Und wenn er dann daran dachte, daß ich bald verbrannt werden würde, würde er eine solche Reue empfinden, daß auch er sich den Abgrund hinabstürzen würde. Unsere Asche würde in dieselbe Urne gelegt werden, und es würde der größte Leichenzug Roms werden. Das war so traurig, so furchtbar traurig, daß alle Menschen weinten, und am meisten weinte ich selber, denn ich weinte mich in Schlaf . . .

Tiberius ist nachtragend, und unaufhörlich beging ich Selbstmord. Schließlich begann Musa mich kritisch zu betrachten, aber glücklicherweise bot sich mir bald Gelegenheit, mein Vergehen zu sühnen.

Als ich eines Nachmittags in den Garten hinauskam, sah ich die Jungen auf allen vieren herumkriechen. Ich näherte mich furchtsam, denn ich war es jetzt gewohnt, verächtlich behandelt zu werden, aber als keiner mich fortjagte, fragte ich vorsichtig, was sie da spielten.

„Wir spielen nicht – wir suchen", erklärte Drusus. „Tiberius hat Vaters Messer genommen und es verloren."

„Ich habe es nicht genommen, habe es mir nur ausgeliehen", sagte Tiberius, „aber jetzt ist es weg."

„Hat es jemand gestohlen?" fragte ich, und in der Freude darüber, daß die Jungen wieder mit mir redeten, vergaß ich ganz, darüber unglücklich zu sein, daß Vaters Schreibtischmesser verschwunden war.

„Nein, es liegt hier irgendwo, aber das Schlimmste ist, daß Mutter uns hat rufen lassen und wir hineingehen müssen, und Vater kommt jetzt bald nach Hause . . ."

Sie gingen fort, und ich fing systematisch zu suchen an und fand es auch. Ich steckte das Messer in eine Rockfalte und lief in Vaters Zimmer hinüber, aber zu meinem Erschrecken saß er bereits an seinem Schreibtisch. Vorsichtig klopfte ich an den Türrahmen und ging hinein.

Er sah einen Augenblick auf, fuhr dann aber fort zu lesen. „Bist du es, Juliola? Übrigens, da ich gerade daran denke, hast du nicht mein Messer gesehen? Es lag hier, und jetzt ist es fort."

Glücklicherweise blieben seine Augen auf die Buchrolle gerichtet, und er bemerkte nicht, wie rot ich wurde. Ich tauchte schnell unter den Tisch, und von dort rief ich einen Augenblick später triumphierend: „Hier liegt es" und reichte es ihm hinauf.

„Das war doch eigenartig, Julia, aber deine Augen sind wohl besser als meine . . . vielen Dank. Komm her zu Vater, jetzt hast du einen Finderlohn verdient. Komm, setz dich auf meinen Schoß und sag, was du dir wünschst."

Ich wußte, jetzt konnte ich wählen, wonach mir der Sinn stand, denn wenn Vater auch nicht verschwenderisch war, geizte er andererseits auch nicht, und einzelne Male konnte er sogar großzügig sein. Ich saß auf seinem Knie, spielte mit seinem Siegelring und überlegte. Es gab einen Gegenstand, nach dem ich immer gelechzt hatte, aber es war sehr schwierig, es zu sagen. Er sah, daß ich etwas wünschte und nicht damit herauskommen konnte.

„Eine Perlenkette?" versuchte er.

Ich schüttelte den Kopf.

„Ein Armband?"

„Nein."

Schließlich legte ich die Arme um seinen Hals und flüsterte:

„Einen Schleier . . ."

„Einen Schleier?"

„Ja, einen Schleier – so fein und leicht, wie ihn Venus hatte, als sie aus dem Meere emporstieg."

Er überlegte.

„Doch", sagte er, „ich werde dir einen solchen Schleier beschaffen . . . aber wozu willst du ihn haben, Juliola? Du willst doch wohl nicht tanzen?"

Ich geriet ganz aus den Fugen. Nein . . . ich wollte ihn nur haben und ansehen und befühlen. Ich konnte Dinge nicht leiden, die grob und unbehaglich waren. Dieses Kleid, das ich trug, war für mich das Allerschlimmste, und Vaters Toga konnte mich zum Frieren bringen, aber seine Tunika war weich und gut. Alles, was schön war, war herrlich und gut. Vater lächelte. Langsam erhellte sich sein Gesicht und wurde warm, fast milde ...

„Leider nein, kleine Freundin, leider ist nicht alles Schöne herrlich und gut. Aber Venus ist verführerisch, und selbst wenn sie aus ihrer Muschel blickt, verleugnet sie sich nicht. Sag nichts davon, worüber wir gesprochen haben, kleine Göttin, dann sollst du von deinem Vater einen Schleier bekommen."

Ich glitt von seinem Schoß und hüpfte vor gespannter Erwartung. Draußen traf ich Tiberius und erzählte ihm von dem Messer und daß ich einen Schleier bekommen sollte, aber nicht, was Vater gesagt hatte, denn das war ein Geheimnis.

„Bravo", rief er aus, und ich wurde heiß vor Stolz.

„Aber ich habe Vater belogen, und das bereue ich, da ich ja nun einen Finderlohn bekomme", sagte ich, denn wenn Tiberius so gestimmt war wie jetzt, konnte ich mit ihm über alles reden.

„Erwachsene lügen auch", sagte er, „und öfter als du glaubst."

Sein Gesicht verfinsterte sich, als er fortfuhr: „Wenn ich einen Finderlohn bekäme, würde ich mir das schnellste Pferd der Erde wünschen und meiner Wege reiten, fort von Vater und Mutter und allen miteinander."

„Dann mußt du dir zwei Pferde wünschen", erklärte ich bestimmt, „denn wenn du fliehst, begleite ich dich."

Der Schleier, den Vater mir schenkte, war meerblau mit Silberzierstich, und ich war selig vor Entzücken. Immer wieder legte ich ihn mir um und war eine Dame, die in Gesellschaft wollte, oder ich trug ihn auf dem Kopf und war Braut. Abends breitete ich ihn über das Bett, streichelte ihn, legte meine Wange an ihn und träumte.

Weil Vater mich bat, niemandem zu sagen, worüber wir gesprochen hatten, fragte ich mich, ob er wohl viele Geheimnisse habe. Bisher hatte ich geglaubt, er erzähle Livia alles, denn die Erwachsenen und Verheirateten wußten meist über alles Bescheid, aber jetzt war ich dessen nicht mehr so ganz gewiß. Ich begann darüber nachzudenken, wie es sein mochte, Mann und Frau zu sein, und eines Abends fragte ich Phöbe, ob sie jemals verheiratet gewesen sei.

„Ja und nein", erwiderte sie.

„Was meinst du damit?" fragte ich neugierig; denn entweder war man verheiratet, oder man war es nicht.

„Ja", sagte sie, „ich hatte einen Mann, mit dem ich zusammen war."

„Mit dem du schliefst und aßest und so?" fragte ich, und sie nickte.

„Aber wir hatten keine Hochzeit, verstehst du?"

Ihre Stimme klang eigenartig, und ich versuchte, ihr Gesicht zu sehen, aber sie schlang ihre Arme um mich und drückte mich an sich.

„Weshalb hattest du denn keine Hochzeit, Phöbe?" fragte ich ernst.

„Weil deine Mutter mich bat, bei dir zu sein, Juliola", flüsterte sie.

Ich saß eine Weile still, in meinem Bewußtsein begann zu dämmern, daß es vielleicht doch nicht so selbstverständlich war, daß Phöbe bei mir war.

„Du bist das Liebste, was ich weiß", murmelte ich und lehnte mich an ihre Brust, „und ich habe dich so gern, daß es wehtut." Plötzlich bekam ich eine Idee und riß mich los. Ich nahm den blauen Schleier und legte ihn ihr über den Kopf. „Den sollst du von mir haben", rief ich stolz, „der ist viel schöner als alle Brautschleier."

Aber ich weiß nicht, ob sie froh war, denn als sie mich küßte, hatte sie Tränen in den Augen.

Nicht lange danach wurde meine Kusine Marcella die Ältere mit Vaters General Agrippa verlobt. Sie tat uns leid, weil er so furchtbar alt war, aber wir beneideten sie um die vielen Geschenke und waren begeistert darüber, zum Verlobungsfest neue Kleider zu bekommen. Ein halbes Jahr darauf sollte die Hochzeit stattfinden, und mit Antonia der Älteren, meiner besten Freundin, begann ich allmählich, über die verschiedenen Mysterien der Liebe zu philosophieren. Sie war seit ihrer Kindheit mit Domitius verlobt und füllte einige Lücken, die Phöbe in meinem Wissen von der Ehe gelassen hatte. Je näher Marcellas Hochzeitstag kam, desto stärker wuchs unser Interesse an ihm, und in der Schule ging es nur schlecht voran. Als ich hörte, daß ich Brautjungfer sein und die Schleppe tragen sollte, war ich so erregt, daß ich kaum noch schlafen konnte. Phöbe mußte unaufhörlich Frisuren ausprobieren, und die Frage, ob ich ein Halsband tragen sollte oder nicht, war weit wichtiger als Essen und Trinken. Eine ganze Woche vorher mußte sie mein Kleid hervorholen und plätten. Und ich bestand darauf, es anzuprobieren, um zu sehen, ob alles in Ordnung sei. Zu meinem Entsetzen entdeckten wir, daß ich seit der Verlobungsgesellschaft herausgewachsen war, und in düsterer Verzweiflung stürzte ich zu Vater. Er war in Arbeit vertieft, und ohne aufzublicken erwiderte er nur, daß ich über meine Kleider mit Livia sprechen dürfe. Einen Augenblick zögerte ich, aber dann faßte ich mir ein Herz und ging zu ihr hinein. Sie blickte von der Spindel auf.

„Wieder ein neues Kleid?“ rief sie aus. „Als ich ein kleines Mädchen war, mußte ich meine Kleider tragen, bis sie zerschlissen waren. Du darfst dich mit dem abfinden, was du hast. Deine Eitelkeit nimmt überhand.“

„Aber sieh, wie kurz es ist“, rief ich verzweifelt.

„Zieh deinen Gürtel nicht so eng um den Leib, dann wird es länger.“

„Aber dann sieht es ja aus wie ein Sack“, erwiderte ich den Tränen nahe.

„Es wird dich doch niemand bemerken“, meinte sie und nickte zum Zeichen, daß die Audienz beendet war.

Ich ging auf mein Zimmer, zog mein Alltagskleid an und warf mich schluchzend aufs Bett. Aber Phöbe rettete die Situation, indem sie ein Band an den unteren Saum setzte, so daß das Kleid dadurch länger wurde. Und mein Haar frisierte sie in Form einer kleinen Krone, das sah sehr erwachsen aus. Am Hochzeitstag tanzte ich fast zu Vater hinein, um mich ihm vorzustellen. Er war gerade dabei, die Toga zu wechseln, blieb stehen und betrachtete mich, während ich mich im Kreise drehte.

„Aber Juliola, du bist ja schon eine Dame . . . kein kleines Mädchen mehr, und das bist du geworden, ohne daß ich es bemerkt habe. Warte, du sollst etwas haben, das ich für dich bereitgelegt habe.“ Aus einem Schränkchen zog er eine kleine Schachtel hervor. In ihr lag ein Paar wie Muscheln geformte Ohrringe, und in jeder Muschel saß eine rosa Perle.

„Ich ließ sie anfertigen, als wir von Venus sprachen“, vertraute er mir an; völlig überwältigt, warf ich mich ihm an den Hals.

In diesem Augenblick erschien Livia mit den Jungen.

„Findest du nicht, daß sie für diese Dinge zu klein ist?“ fragte sie mit ihrer eiskalten Stimme.

„Nein“, erklärte Vater entschieden, „ich fürchte, wir sind ihrem Wachstum nicht gefolgt und betrachten sie noch als Kind, während sie es nicht mehr ist.“

Ich hatte die Ohrringe an Ort und Stelle gebracht und war heiß vor Entzücken. Livia betrachtete mißbilligend meine Frisur.

„Du wirkst übertrieben“, sagte sie. Ich sah Vater an, daß er sich ärgerte.

„Ich finde, sie ist hübsch“, kam es plötzlich laut von Tiberius. Mein Herz tat einen gewaltigen Satz, und das Blut schoß mir in die Wangen, aber Livia wandte sich so scharf zu den Jungen um, daß sie es nicht bemerkte.

„Gewiß, Geschmack und Gefallen sind verschieden, aber was du meinst, Tiberius, interessiert niemanden, deshalb darfst du deine Meinung ruhig für dich behalten.“

Tiberius bekam einen harten Zug um den Mund, und Vater war verstimmt, denn er äußerte kein einziges Wort, während wir zu Tantes Flügel hinüberschritten.

Marcella war eine liebliche Braut. Vater führte sie zum Altar, und allmählich gelangte er wieder in gute Stimmung, aber Livia war den ganzen Abend eine finstere Gewitterwolke. Sie und Tante Octavia hatten einander nie ausstehen können, und es ärgerte sie, daß Tantes Tochter eine gute Partie machte.

Antonia die Ältere und ich waren Brautjungfern, Terentia war Brautführerin und geleitete Marcella ins Brautgemach. Danach kam sie mit Mäcenas zu mir und sagte: „Nächstes Mal bist du an der Reihe, Julia." Selbstverständlich scherzten sie nur, aber es machte Freude, daß alle bemerkten, wie groß ich geworden war. Hätte ich nicht die ganze Zeit Livias Blicke auf mir gefühlt, wäre ich glücklich gewesen. Aber ich hatte das ungewisse Gefühl, daß etwas geschehen werde.

Am nächsten Tag wurde ich mitten aus der Griechisch-Stunde herausgeholt, weil Livia nach mir hatte schicken lassen. Da kam, was ich geahnt hatte – irgend etwas braute sich zusammen. Mein Atem ging schneller, und vor ihrem Zimmer bat ich Mutter Venus, mir beizustehen. Ich hatte ein würgendes Gefühl im Hals und mußte beständig schlucken; einen Augenblick schloß ich die Augen, um Mut zum Anklopfen zu fassen.

Sie war nicht allein, aber ich küßte ihre Hand, wie ich es immer zu tun pflegte, und grüßte dann, so nett ich konnte, die andere Dame. Keine von ihnen sprach mich an, und so blieb ich wartend stehen. Sie wurden und wurden nicht fertig, aber ich wagte nicht, mich zu setzen, und war nahe daran umzufallen, als der Gast endlich ging.

Als wir allein waren, gab Livia mir ein Zeichen, zu ihr zu kommen. Ich stellte mich vor sie.

„Nein, hierher", sagte sie und klopfte auf die Stuhllehne. Ich ging hin, und sie faßte mich ums Handgelenk. Die andere Hand glitt den Arm hinauf und fuhr mir über die Brust. Ich zuckte zurück, als ob eine Schlange mich gebissen hätte.

„Eigenartig, wie schreckhaft du bist. Ich spüre, es ist an der Zeit, mit dir darüber zu reden, was es bedeutet, Frau zu sein. Oder hast du mit Octavia geredet?"

Es sauste mir in den Ohren nach ihrer Berührung, und über den ganzen Körper spürte ich eine Gänsehaut, aber ich brachte es doch fertig, den Kopf zu schütteln.

„Gut", sagte sie, „bleib dort stehen."

Und nun beschrieb sie mir, was es heißt, Frau zu sein.

Ich war unter Phöbes Obhut allein aufgewachsen. Anderen gegenüber geriet ich leicht in Verlegenheit, und schon als Kind habe ich meinen Körper nur ungern gezeigt. Wenn meine Kusinen nach dem Bad am Strand nackt umhersprangen, lief ich schnell aus dem Wasser, und wenn Phöbe nicht sofort mit einem Handtuch bereitstand, wurde ich fuchsteufelswild. Tante Octavia hatte mich hin und wieder zu Venusfesten mitgenommen, und das Bild der Göttin hatte sich in mir zu einem Traum gestaltet. Ich sah den liebreizenden, herrlichen Leib und meinte, mein eigener sei garstig und ungelenk. In letzter Zeit hatte ich glücklicherweise begonnen, etwas weicher zu werden, die Hüftknochen standen nicht mehr so heraus, und ich war auch sonst etwas runder geworden.

„Du bist dick", sagte Drusus, und ich tat, als ob ich böse sei, obwohl es nur angenehm war zu hören, daß ich nicht mehr so dünn war. Aber als Livia meine Brust berührte, gefror gleichsam etwas in mir. Meine Brüste bildeten für mich ein eigenes kleines Geheimnis, ich spürte, wie sie größer wurden, und abends legte ich die Hände wie eine Schale über sie. Ich konnte mit den Brustspitzen spielen, die sich auszuprägen begannen, aber ich tat es nur, wenn es dunkel war, denn ich wollte nicht einmal mir selber bewußt werden lassen, daß ich meinen Körper so betastete. Und jetzt hatte sie, gegen die ich einen instinktiven Widerwillen empfand, an mein intimstes Geheimnis gerührt und festgestellt, daß ich der Aufklärung und Wegleitung bedürfe . . . Aber sie hielt nicht ein, als sie erzählt hatte, was es hieß, erwachsen zu sein, sie schritt unbekümmert weiter zu Ehe, Brautbett und Niederkunft. Ich fürchtete mich so, daß ich ganz weiß war und mir der Schweiß ausbrach, noch ehe sie geendet hatte.

Als sie mich endlich entließ, ging ich wie eine Traumwandelnde in den Garten, der hinter dem Hause lag, und nach alter Gewohnheit ging ich zu der Ecke, in der sich ein Ausschlupf durch die Hecke befand zu einer Grube unter der Terrasse des Apollotempels, wo wir uns oft verbargen.

Es war Mitte Januar und einer dieser stillen, sonnenerfüllten Tage, die einen noch mehr Sehnsucht nach dem Frühling empfinden lassen. Tief unten im Sumpfgelände zwischen Velia und Caelius zu meinen Füßen schimmerte das winterfahle Schilf wie Silber in der Sonne. Im Sommer quakten dort Frösche im Sumpf, im Winter vernahm man das Geschnatter der Wildenten. Ein paar Buchen, die noch ihr dünnes, vergilbtes Laub bewahrt hatten, standen frierend und blutarm unter den dichtgrünen Massen der Pinien und Zypressen. Oft hockten wir dort voller Freude wie Vögel in der Grube; sie lag so dicht unter der Terrasse, daß uns niemand von oben sehen konnte. Die Arbeiter hatten sie sich geschaffen, um dort ihr Werkzeug ablegen zu können, als sie das Tempelfundament mauerten, und sie hatten vergessen, sie wieder mit Erdreich zu füllen. Auch von der Via Triumphalis her konnte uns niemand sehen, wir dagegen hatten einen weiten Ausblick bis nach Caelius und all den neuen Häusern, die dort gebaut wurden. Das allerbeste aber war, daß uns niemand aus unserem Garten sehen konnte, denn der Ausschlupf in der Hecke war gewunden und das Tempelgelände zu dieser Zeit eine einzige Wildnis. Dies war für uns ein befriedeter Platz, zu dem kein Erwachsener Zugang besaß, und deshalb flüchtete ich wohl wie im Fieber dorthin, nachdem ich bei Livia gewesen war.

Wenn sie mich nur nicht berührt hätte. Ihre Hand war zu einer Klaue geworden, und es lief mir kalt über den Rücken, wenn ich nur an sie dachte. Und wenn ich an all das dachte, was sie mir eben erzählt hatte, begann ich vor Schauder zu zittern. Im Winter wird es kalt in der Grube, wenn die Sonne sich gen Westen neigt, und nach kurzer Zeit fror ich, daß mir die Zähne klapperten. Aber ich brachte es nicht fertig hineinzugehen, und schließlich schlief ich ein.

Drusus fand mich, als es schon Abend geworden war. Er zog mich mit sich, und ich folgte ihm willenlos, denn ich war so erschöpft, daß ich nicht denken konnte. Daheim hatten sie um mich gebangt, aber als sie mich auszufragen begannen, weinte ich nur. Musa packte mich mit heißen Lehmkrügen ins Bett, und nach einem großen Becher glühheißen Weines fand ich endlich Schlaf. Eigenartigerweise wurde ich nicht krank, und da Phöbe für mich sorgte, erholte ich mich allmählich.

Nicht lange danach wurde ich Frau, und sie massierte meinen Rücken und half mir, und es war fast ein bißchen spannend, daß ich nun ein Geheimnis besaß, von dem die Jungen nichts wußten.

In dieser Zeit bekam ich Tiberius nur wenig zu Gesicht. Zum

Frühjahr sollte er die Mannestoga erhalten, und er war bereits zu groß, um sich noch in Tantes Hofraum aufzuhalten. Es begann dort leer zu werden, und Drusus mußte Freunde von draußen mitbringen, damit es unterhaltsam wurde. Ich war auch zu groß geworden zum Spielen, aber dann und wann konnte ich es mir nicht verkneifen und lief wie in alten Tagen hinüber.

Eines Tages war ich wieder dorthin unterwegs und schlich durch den langen Flur zu Tantes Flügel. Auf der Mitte des Weges hörte ich meinen Namen flüstern, und aus der Nische der Marsstatue steckte Tiberius seinen Kopf hervor. Ich sprang hinter die Statue und fragte, was in aller Welt er denn da tue. Er erzählte, er verstecke sich, weil Livia ihn zu einer Verlobungsgesellschaft mitnehmen wolle, und das sei nun einmal das Schlimmste, was er kenne. Aber als er zu Octavia hineingehen wollte, habe er Vater drinnen sprechen hören, und jetzt warte er darauf, daß Vater seiner Wege gehen solle. Auch mir blieb nichts übrig, als hinter Mars Deckung zu suchen, und wir setzten uns nebeneinander auf die Erde und warteten. Es war eng, und um besser sitzen zu können, legte er den Arm um mich, und ich lehnte mich an ihn. Plötzlich hörten wir Livia den Gang herunterkommen, und ihre festen Schritte hallten von den Wänden wider. Ich bekomme immer Herzklopfen, wenn sie in der Nähe ist, und ich atmete erleichtert auf, als sie zu Tante hineinging.

„Wie furchtsam du bist", flüsterte Tiberius.

„Jaaa", sagte ich zitternd.

Plötzlich neigte er den Kopf und strich mit der Wange gegen mein Haar, während sich seine Hand auf meine linke Brust legte und sie warm und fest umschloß. Mein Herz hämmerte so, daß es in meinen Ohren pochte.

„Wie dein Herz klopft", flüsterte er.

„Ja, deins aber auch", erwiderte ich, denn ich spürte seine Halsschlagader an meiner Schläfe vibrieren.

Da wurde auf Tante Octavias Seite die Tür geöffnet, und wir hörten Vater und Livia sich verabschieden. Sie gingen unmittelbar an uns vorüber, und Vater zog den einen Fuß etwas nach wie stets, wenn es regnet oder kalt ist. Nachdem die Tür zum Atrium sich hinter ihnen geschlossen hatte, blieben wir horchend sitzen. Einen Augenblick sahen wir uns an, und ehe ich mich besinnen konnte, hatte Tiberius mich in seine Arme genommen und heftig geküßt. Ebenso plötzlich ließ er mich los und verschwand in Tantes Gemächern. Ich blieb verwirrt stehen, ehe ich mich mechanisch in entgegengesetzter Richtung entfernte, durch das Atrium und Vaters Hofraum in den Garten hinter dem Haus. Ich ging übrigens nicht – ich schwebte und hätte die ganze Welt umarmen können . . .

Weit hinten stand unter einer Magnolie eine Bank. Dort setzte ich mich still hin und lauschte in mich hinein.

Tiberius – Tiberius – Tiberius, sang es in meinem Herzen, und schließlich mußte ich einen Stock aufnehmen und seinen Namen rund um die Bank schreiben. Aber als ich Phöbe rufen hörte, strich ich es mit dem Fuß wieder aus, denn niemand in der ganzen Welt sollte wissen, daß ich ihn liebte.

Am Tag, an dem Tiberius die Mannestoga erhielt, saß ich zwischen Livia und Octavia auf dem Forum und sah die Prozession herabkommen. Vater schritt in der Mitte, Marcellus zu seiner Rechten und Tiberius zu seiner Linken, und ihnen folgten die anderen Sechzehnjährigen in langen Reihen. Ich sah keinen anderen als Tiberius. Er trug eine neue weiche Toga ohne Randstreifen, die sich eng um seinen Körper schmiegte. Ich war so bezaubert, daß mein Herz zu zerspringen drohte. Tiberius starrte gerade vor sich hin und hielt den Kopf nach seiner Gewohnheit hochgereckt, so daß er etwas hintenüber geneigt erschien. Die Leute finden, es sehe überheblich aus, aber mir gefällt es.

Gerade vor unserer Tribüne wandte er sich ein wenig um und in einem winzigen Blick begegneten sich unsere Augen; da wußte ich, daß er nur an mich dachte. Es gab ein großes Essen daheim, und mein Platz war zwischen Vater und Marcellus. Doch nach dem Essen kam Tiberius zu mir und zeigte mir die neue Merktafel, die er von Drusus erhalten hatte. Sie war aus Elfenbein und feingeschnitzt, und als ich sie öffnete, stand dort: ‚Erwarte mich an der Sonnenuhr.‘ Ich nickte unmerklich, und bald darauf stahl ich mich hinaus. Dort stand er unter einem Baum und wartete auf mich. Er küßte mich auf die Wangen, den Hals, den Mund – ich schloß beseligt die Augen. Doch wir mußten wieder hinein, ich war naß um die Füße geworden und fürchtete, daß jemand bemerkt haben könne, daß ich draußen war. Aber niemand hatte es beobachtet.

Am nächsten Tag ging ich an dieselbe Stelle im Garten. In den Baumstamm, an dem er mich erwartet hatte, war ein Herz geschnitzt und in das Herz: J. T.

Nicht lange danach ließ Vater mich in sein Büro rufen. Sonst pflegte ich mich bei ihm auf die Tischkante zu hocken oder mich an ihn zu lehnen, aber heute stand ein Stuhl vor Vaters Tisch, und ich mußte mich setzen. Ich begriff, daß etwas Ernstes bevorstand.

„Julia", begann er, „du bist nun so groß geworden, daß wir für dich an eine Ehe denken müssen. Als du geboren wurdest, habe ich dich Marcellus versprochen, und Tante Octavia war darin mit mir einig, aber da niemand weiß, was der morgige Tag bringt, gaben wir diese Entscheidung nicht öffentlich bekannt. Inzwischen wurden auch andere Vorschläge vorgebracht, doch je mehr ich die Angelegenheit erwog, desto mehr fand ich, daß Marcellus der Geeignetste ist. Deshalb habe ich dich auch bei Octavia wohnen lassen, wenn ich mich außerhalb der Stadt aufhielt."

Ich nickte und begann zu verstehen. Ich hatte es zwar immer geschätzt, bei Tante zu sein, denn bei ihr fühlte ich mich geborgen, aber als ich nun entdeckte, daß ich für Marcellus bestimmt war, wurde alles anders.

„Du bist heiratsfähig", fuhr Vater fort, „und sobald die Jungen ihren Rekrutendienst abgeleistet haben, geben wir deine Verlobung bekannt. Marcellus und Tiberius werden mich beide auf dem Feldzug nach Cantabrien begleiten, aber ich beabsichtige, Marcellus nach den Saturnalien heimzuschicken. Dann hast du dein vierzehntes Jahr vollendet, und ihr könnt vor Ende Dezember heiraten."

Ich saß ganz still und schwieg.

„Du antwortest nicht, Julia."

An seiner Stimme hörte ich, daß dies ein Befehl war.

„Muß ich heiraten, Vater?" fragte ich leise.

„Selbstverständlich", antwortete er.

„Und Marcellus?“

„Ja, Marcellus.“ Er beugte sich vor und blickte mich forschend an.

„Ist da vielleicht ein anderer? Einer, auf den du mehr Lust hast?“

Livia hatte mich überrumpelt und meine Brust berührt. Ich wollte gut achtgeben, daß Vater nicht meinem Herzen nahe kam. „Nein“, log ich, „ich hätte nur gewünscht, du hättest mich gefragt, ehe du mit Octavia und Marcellus sprachst.“

„Du bist zu jung, um dein eigenes Bestes zu verstehen. Ich habe darüber zu bestimmen, und Marcellus ist ein guter Junge. Es paßt, verstehst du?“

Ja, ich verstand. Was Vater paßte, mußte auch allen anderen passen. So war es in allen Dingen. Darum sagte ich nichts mehr und stand auf.

„Hast du mir noch mehr zu sagen, Vater?“

Er schüttelte den Kopf.

„Kann ich gehen?“

Er nickte. Routinemäßig legte ich meine Wange an die seine, ehe ich mich zur Tür wandte.

Draußen dämmerte es. Sonst ging ich nicht gern allein hinaus, wenn es dunkelte; heute war ich der Dämmerung dankbar. Ich ging in den Garten hinab zur Sonnenuhr und zu dem Baum, an dem Tiberius mich erwartet hatte. Ich konnte noch die frische Wunde in der Rinde erkennen. Plötzlich schlang ich meine Arme um den Baum und preßte meine Wange gegen das Herz. So blieb ich tränenlos stehen und starrte vor mich ins Dunkel.

Obwohl Tante Octavia alle Jahre hindurch meine feste Stütze gewesen war, graute mir davor, auf immer zu ihr zu ziehen. Wenn nur Marcellus nicht gewesen wäre! Ich versuchte, mir zu sagen, daß er nett sei und daß er gut sei und daß es gewiß viele geben mochte, die ihn gern hatten. Aber wenn meine Phantasie die Hochzeit mit ihm nur streifte, stockte mir alle Hirntätigkeit in panischem Schrecken.

Ich hatte nichts Bestimmtes an ihm auszusetzen; ich liebte ihn nicht und verabscheute ihn nicht. Er war ein artiges Kind, das von vier anbetenden Schwestern und seiner Mutter verwöhnt worden war. Außerdem war er eingebildet, weil er Vaters Erbe war. Doch im Grunde genommen war es der lange dünne Hals mit dem Adamsapfel, der mir am meisten zuwider war.

Als die Verlobung bekanntgegeben wurde, gab es eine große Gesellschaft. Das ganze Haus war geschmückt und Vater so froh, wie ich ihn selten gesehen habe. In mir selber aber war keine Freude.

„Ich finde, Julia sieht blaß aus", hörte ich Vater zu Livia sagen.

„Sie wird wohl allmählich erwachsen und spürt den Ernst des Lebens", erwiderte sie.

Mich mit dem Ernst des Lebens Bekanntschaft machen zu lassen ist dann die Hauptaufgabe ihres Lebens gewesen.

„Du siehst nicht froh aus", sagte Phöbe auf meinem Bettrand am Abend.

„Nein, mich schaudert vor der Heirat", erwiderte ich.

„Es ist herrlich, wenn man den bekommt, den man liebt", sagte sie still.

Plötzlich warf ich mich an ihre Brust und begann zu weinen. Sie machte keinen Versuch, mich zu trösten, sondern strich mir nur über Arme und Rücken. Ich hatte nie über Tiberius und mich gesprochen, und doch wußte ich, daß sie alles verstand.

Unmittelbar nach der Verlobung zogen die Jungen mit Vater nach Spanien in den Krieg, und ich war furchtbar unglücklich. Alle glaubten, es sei wegen Marcellus, denn niemand wußte, daß ich nur an Tiberius dachte. Aber Phöbe meinte, sie würden sich gewiß behaupten, denn wer auf dem Marsfelde tüchtig sei, komme heil durch alle Gefahren. Das half, denn Drusus hatte ihr und auch mir erzählt, daß Tiberius in diesem Jahr der beste Rekrut gewesen sei.

Wir begleiteten sie zur Küste und winkten dem Schiff nach, bis wir sie nicht mehr erkennen konnten. Auf dem Heimwege trafen wir einen Mann namens Lucius Vinicius, den Livia kannte. Er war fast dreißig Jahre alt, aber obwohl er so alt war, begann er, mir den Hof zu machen. Ich erhielt einen Korb Erdbeeren von ihm, und er begleitete uns bis zur Ochsenkopfstraße. Am nächsten Tag kam er sowohl zu Tante Octavia als auch zu Livia zu Besuch und lud uns zu einer Reise nach Tusculum ein. Tante Octavia gefiel das gar nicht, und als er mir ein großes Bukett Blumen aus seinem Garten überreichen ließ, entschloß sie sich plötzlich, sofort nach Baiae zu reisen, statt wie gewöhnlich bis Ende Juli zu warten. Das kam so plötzlich, daß ich keine Gelegenheit fand, es Vinicius zu erzählen, aber auf irgendeine Weise bekam er es doch heraus. Und nicht viele Tage, nachdem wir nach Baiae gekommen waren, trafen Tante und ich ihn auf dem Korso. Sie geriet ganz außer sich und erzählte ihm ohne Umschweife, daß sie sein Betragen in höchstem Maße unpassend finde und ihn in ihrem Haus nicht mehr empfangen werde. Das war eine kräftige kalte Dusche, die er da bekam, und um ihn zu trösten, winkte ich hinter Tantes Rücken mit der Hand, als wir uns heimwärts wandten. Am nächsten Tag wurde mir, als ich ein Geschäft betreten wollte, ein Brief in die Finger gesteckt. Er enthielt die Zeichnung der Strandpromenade, und an ihrem äußersten Ende war hinter einem Felsen ein Kreuz an der Stelle, wo Vinicius mich am nächsten Vormittag erwarten wollte. Während Tante Octavia sich mit Bekannten auf einer Bank unterhielt, machte ich einen Abstecher dorthin und wahrhaftig, er wartete dort auf mich. Wir setzten uns auf einen Stein und schwatzten und plauderten, aber als er mich zu küssen versuchte, ging ich zu Tante zurück. So trafen wir uns fortan jeden Tag.

Aber Tante muß doch Verdacht geschöpft haben, denn eines Morgens erzählte er, Vater habe ihm einen Brief geschrieben, es sei unanständig von ihm, sich für mich zu interessieren, die doch bereits verlobt sei und heiraten werde. Vater habe sich jede Form einer Annäherung ein für allemal verbeten.

Das war traurig, denn ich fand, daß die Bekanntschaft mit Vinicius spannend war, und das sagte ich ihm auch. Darüber freute er sich und meinte, wir könnten vielleicht etwas Versteckteres finden als diesen Treffpunkt, an dem die Leute uns so gut beobachten könnten. Wenn ich nach Anbruch der Dunkelheit in sein Haus käme, würde es niemand erfahren. Aber Tante paßte doch gut auf – außerdem fürchtete ich mich vor beiden, vor Vater und dem

Dunkel, und wagte deshalb nicht, zu gehen. Und als ich mich endlich entschlossen hatte, daß es ein Ende finden müsse, war ich eigentlich doch erleichtert.

Im November wurde ich vierzehn Jahre alt, und zu meinem Geburtstag erhielt ich von Vater eine entzückende silberne Frisiergarnitur. Am meisten aber freute ich mich über einen Brief von Tiberius. Er schrieb nicht mehr als ‚Gratuliere', aber ich legte den Brief in mein Schmuckkästchen, war es doch die Antwort auf alle Grüße, die ich ihm durch Drusus geschickt hatte.

Tiberius hatte auch im November Geburtstag, und ich schickte ihm einen Brief und berichtete, wie langweilig es sei, wenn niemand daheim sei, und daß Drusus und ich uns nach ihm sehnten.

„Ich sitze oft bei der Sonnenuhr", schrieb ich, denn ich wußte, daß er das verstehen würde.

Nachdem wir von Baiae zurückgekehrt waren, hatte ich begonnen, meine Aussteuer vorzubereiten. Das geschah nicht ohne Kämpfe, denn Livia hielt auf das Starke und Solide und ich auf das Leichte und Schöne. Schließlich griff Tante Octavia ein, und ich erhielt die gleiche Aussteuer, wie sie auch andere bekommen.

Anfang Dezember kehrten die Jungen zurück. Der Krieg in Spanien war siegreich beendet. Und Vater reiste nach Gallien weiter. Er kam zu den Saturnalien nicht nach Hause, sondern erteilte Agrippa den Auftrag, die Hochzeit für mich und Marcellus auszurichten und bei mir die Stelle des Vaters zu vertreten.

Das traf mich wie ein Schock, denn den ganzen Herbst hatte ich den Gedanken an Marcellus weit von mir geschoben, doch jetzt näherte das Entsetzliche und Unabänderliche sich mit jeder Stunde. Wenn ich Tiberius traf, sah ich ihn verzweifelt an, aber er gab sich den Anschein, es nicht zu merken. Wir begegneten uns überhaupt so selten, daß ich begriff, daß er mich zu meiden versuchte. Er wußte wohl wie ich, daß es keinen Ausweg mehr gab. Antonia die Ältere und Antonia die Jüngere sollten Brautjungfern sein, und am Abend vor der Hochzeit kamen sie zu mir, um mir das Haar zu frisieren. Aber sie pfuschten so, daß Phöbe eingriff und das Haar in das große Brautnetz einschlug, mit dem ich schlafen mußte.

Am nächsten Morgen waren sie wieder da und hatten Marcella die Ältere bei sich, die Brautführerin war, und außerdem so viele Helferinnen, daß Phöbe und ich ganz im Trubel untergingen.

Das Schminkmädchen, das ich zur Verlobung bekommen hatte, stürzte sich als erste über mich. Sie war stundenlang um mich bemüht, ehe sie mir endlich den Spiegel reichte. Ich schrak zusammen, denn das war nicht mehr ich, sondern eine zierlich bemalte Puppe mit zwei Riesenaugen, die mich anstarrten. Aber plötzlich wurde ich ganz aufgekratzt und brach in Lachen aus, denn nun war es nicht mehr ich, die heiraten sollte, sondern sie, die Unbekannte.

Auf das Schminkmädchen folgten die Frisiermädchen. Die traditionellen sechs Haarrollen wurden im Netz befestigt und zwischen sie Wollbänder geflochten. Dann zog ich das lange, glatt herabhängende Gewand an, und Marcella die Ältere knüpfte den Wollgürtel in der richtigen Doppelschleife. Phöbe wollte mir absolut die safrangelben Sandalen anziehen, und das Garderobenmädchen war empört, daß sie es nicht tun durfte, aber im Wirrwarr kümmerte sich niemand um sie. Antonia die Ältere erschien dann mit dem gelben Mantel und hängte ihn mir über die Schultern, während alle eine Handreichung taten, um ihn in die rechten Falten zu legen. Zum Schluß wurde der Schleier so angebracht, daß er das halbe Gesicht bedeckte, und mit einem kleinen Myrthenkranz auf dem Kopf befestigt. Es war schön, so starke Farben zu besitzen, daß das flammende Rot kleidsam wirkte, denn viele Bräute sehen ganz fahl aus, wenn sie den gelbroten Schleier über sich bekommen. Schließlich war ich fertig, und die Tür wurde zu dem Flur geöffnet, auf dem Agrippa wartete. Als ich ihn sah, spürte ich sofort, daß er nervös war.

„Bist du fertig?“ fragte er.

„Ja“, sagte ich und warf einen letzten Blick in den Spiegel. Aber als er mir den Arm reichte, starrte er mich so an, daß ich von seinem Blick ganz verwirrt wurde.

„Du siehst phantastisch aus!“ brach es aus ihm hervor.

„Wenn du wüßtest, wie lange sie damit zu tun hatten, würdest du nicht so erstaunt sein“, erwiderte ich, und er lachte.

Marcella und die beiden Antonien stellten sich hinter uns auf.

Es war das erste Mal, daß Agrippa mich führte, und anfangs konnte ich den Takt nicht finden. Fast unzählige Male hatte ich an Prozessionen teilgenommen, ich kannte Octavias und Livias Rhythmus, ganz zu schweigen von Vaters. Ich liebte es, mit Vater zu gehen, denn ich kenne niemand, der so vollkommen daherschreiten kann wie er. In jeder Bewegung ist er Cäsar, und seine ruhige Würde strömt in den über, den er führt. Agrippas Schritte waren lang, fest und zweckbestimmt, und ich fand den Takt nicht, bis wir im Hofraum angelangt waren.

Die Halle war so voll von Gästen, daß ich das Summen der Stimmen bis in mein Zimmer hinauf hörte. Als wir die Schwelle überschritten, wurde es still, und während wir zur Kapelle gingen, hätte man eine Nadel fallen hören. Zu jeder Seite des Altars standen die Zeugen und hinter ihm der Zeremonienmeister und der Opferdiener mit dem Glücksschwein. Vor dem Altar standen in gleicher Höhe mit mir und Agrippa Marcellus und Octavia. Während des Opfers und während die Voraussagen verkündet wurden, blickte ich zu Boden, und erst als Agrippa meine Hand in Marcellus' Hand legte, sah ich geschwind auf. Marcellus war bewegt und seine Stimme um einen Grad zu hoch, als wir gemeinsam die Trauungsformel sprachen:

„Ubi tu Gaius, ego Gaia."

Meine Stimme schien mir aus weiter Ferne zu kommen, doch glücklicherweise klang sie klar.

Einen winzigen Augenblick war es still, dann brach ein Sturm von Applaus und Glückwünschen aus. Agrippa gratulierte als erster und küßte mich, aber durchaus nicht, wie Vater es getan haben würde. Dann kam Octavia, und sie war so gerührt, daß mein Schleier naß wurde. Es war dann fast eine Erleichterung, als Livia erschien und mit ihrer allerformellsten Stimme „Viel Glück, Julia" sagte.

Wie ich jenen Mittag überstand, weiß ich nicht – das Essen währte endlos, und ich stocherte nur in den Gerichten. Marcellus und ich hatten all die Jahre die Mahlzeiten gemeinsam eingenommen, aber heute hatten wir nicht ein Wort einander zu sagen.

„Du ißt zu wenig“, versuchte er es schließlich.

„Und du trinkst zuviel“, antwortete ich, denn ich sah, daß er stark dem Wein zusprach. Dies waren gewiß die einzigen Worte, die wir miteinander wechselten.

Endlich war das Essen überstanden. Wir erhoben uns, und Marcellus ging heim, um mich in Empfang zu nehmen. Die Gäste stellten sich auf. Agrippa küßte mich noch einmal, und Livia fingierte eine Umarmung. In diesem Augenblick wurde ich aus ihrem Gewahrsam entlassen; hiernach hatte ich mich viele Jahre gesehnt. Aber ich fühlte mich leer und freudenlos, weil es Marcellus war, zu dem ich ging.

Man hatte einen Teil von Tante Octavias Flügel für uns instand gesetzt. Später sollten wir das Haus der Marcelli übernehmen, aber bis ich gelernt hatte, einen größeren Haushalt zu leiten, sollten wir bei Tante wohnen.

Damit wir eine Hochzeit wie alle anderen haben sollten, wurde ich nicht durch das Haus in mein neues Heim geführt, sondern mußte meinen Weg die Haupttreppe hinab auf die Straße nehmen und von dort um die Ecke zu Tante Octavias Haustor gehen. Auf der Treppe warteten die Flötenspieler und fünf Fackelträger, und überall standen die Menschen so dicht, daß es aussah, als regneten die Funken in die Menschenmenge hinein. Als ich erschien, begannen die Musikanten zu blasen, und alle riefen und jauchzten und warfen Mandeln, daß es wie Hagel um mich niederfiel. Julus Antonius, der Marcellus' Begleiter war, führte die Fackelträger an, und wild, wie er war, schwenkte er die seine so, daß das Volk vor Schrecken und Begeisterung kreischte. Unmittelbar hinter mir folgten die Brautführerin und hinter ihr die Brautjungfern, die meinen Rocken und meine Spindel trugen.

Als ich die Treppe von Tante Octavias Haus erreichte, rief und klatschte die Menge, so daß ich stehenbleiben und ihr zuwinken mußte.

„Kommst du bald?“ hörte ich plötzlich hinter mir eine Stimme, und als ich mich umwandte, stand ich Angesicht zu Angesicht Tiberius gegenüber. Quirinius und er warteten darauf, mich über die Schwelle zu tragen. So hatte ich ihn nie zuvor gesehen – sein Mund war ein Strich und seine Haut von aschgrauer Farbe. Bei seinem Anblick strömte mir das Blut so jäh zum Herzen, daß ich mich weiß werden fühlte, und ohne zu wissen, was ich tat, hob ich meine Hände zu ihm empor. Seine starren Züge wurden weich, und als er mich aufhob, drückte er mich fest an sich.

Ob Quirinius mich auch trug oder ob er den Griff löste, sobald wir durch die Tür waren, vermag ich nicht zu sagen. Ich weiß nur, daß es einen kurzen Augenblick keine anderen Menschen auf der weiten Erde gab als Tiberius und mich.

Als meine Füße den Mosaikboden in Tante Octavias Halle berührten, spürte ich, daß ich wankte, und als Marcellus herannahte, um mir Feuer und Wasser zu reichen, wollten die Wände vor mir auseinander gleiten. Aber Quirinius hielt mich, bis ich wieder fest stand. Marcella geleitete mich zur Brautkammer, und Marcellus führte mich zu einer Bank, auf der ich mich niederließ. Er nahm den Mantel von mir ab, und die Leute zogen sich zurück.

Nachdem wir allein geblieben waren, beugte er sich vor, um den Gürtel zu lösen, aber da er verkehrt an der Schleife zog, bekam er sie nicht auf. Er begann an ihr zu rütteln, und ich spürte, daß er zuviel getrunken hatte. Sein Gesicht glänzte vor Schweiß, seine Hände waren feucht, und er setzt sich schwer neben mich. Ich versuchte, ihm dabei behilflich zu sein, den Knoten im Gürtel zu öffnen, worauf er begann, mich über den ganzen Nacken abzuküssen. Meine Haut zog sich zusammen, und ich erstarrte unter seinem Griff. Doch als er sich anschickte, mir das Kleid herunterzuzerren, um an meine Brust zu kommen, ertrug ich es nicht mehr. Ich riß mich los und lief hinter einen Tisch.

„Komm her!" rief er mit dicker Stimme.

Ich rührte mich nicht.

„Komm her!" wiederholte er. Wir waren jetzt verheiratet, er durfte mir Befehle erteilen. Ich aber blieb am selben Fleck stehen. Da stieß er einen Fluch aus, stand auf und kam auf mich zu. Je näher er mir kam, desto mehr schien er zu wachsen und zu einem reißenden Untier zu werden. In seiner Trunkenheit und Lüsternheit schnaufte er laut, wenn er Atem holte. Plötzlich warf er sich vor und griff nach meinem Arm. Ich sprang zur Seite, aber in den neuen Sandalen glitt ich aus und schlug, ohne nach einem Halt greifen zu können, heftig hin. Ich empfand einen flammenden Stich im Kopf, und alles war dunkel um mich.

5

Als ich wieder zu mir kam, lag ich in einem großen Bett; Phöbe und Musas Assistent saßen zu meinen beiden Seiten.

„Wo ist Marcellus?" fragte ich.

„Er schläft", erwiderte der Arzt; beruhigt schloß ich die Augen.

Am Tag nach der Hochzeit hätten wir an einer Gesellschaft teilnehmen sollen, aber der Arzt ließ eine Absage erteilen. Die kleine Frau sei indisponiert und der Bräutigam schlafe, ließ er sagen, und alle lächelten verständnisvoll.

Am nächsten Morgen kam Marcellus zu mir herein. Er hatte gebadet und geturnt und sah morgendlich munter aus. Er gab Phöbe ein Zeichen, sich zurückzuziehen, und als sie mich fragend ansah, nickte ich.

Ich hatte einen Umschlag um den Kopf, und er betrachtete mich schuldbewußt.

„Hast du dich sehr gestoßen?" fragte er. „Du verstehst, als du dich nicht mehr bewegtest, glaubte ich, du seiest tot, und rief Phöbe herbei. Sie holte einen Arzt, und beide trugen dich ins Bett. Dann gaben sie mir etwas zu trinken, worauf ich sofort einschlief. Ich habe gewiß den ganzen Tag geschlafen. Du, Julia . . . ich habe dir nichts getan . . . du weißt . . . und es ist nicht meine Schuld gewesen, daß du fielst . . ."

„Du bist betrunken gewesen", sagte ich finster.

„Ein bißchen“, räumte er schließlich ein.

Plötzlich glitt ein bekümmerter Zug über sein Gesicht.

„Sei mir nicht böse, Julia, aber ich wollte so ungern heiraten. Ich habe nur getrunken, um mir Mut zu machen, und kurz bevor sie mit dir über die Schwelle traten, goß ich einen ganzen Becher hinunter. Ich hielt mich aufrecht, bis wir allein blieben, aber dann begann es, vor mir rund zu gehen.“

„Liebst du vielleicht eine andere?“ fragte ich.

„Ja“, sagte er, „ich habe ein Mädchen jetzt zwei Jahre geliebt und würde es am liebsten immer bei mir haben.“

Er saß einen Augenblick schweigend da.

„Hast du Lust zur Heirat gehabt, Julia?“

„Nicht im geringsten – ich habe immer denselben Jungen geliebt und will nie einen anderen haben – nie . . .“

Wir blickten uns an.

„Was sollen wir tun?“ fragte ich.

„Gar nichts“, sagte Marcellus. „Wir können nur tun, als ob wir verheiratet seien, dann kann es niemand herausbekommen.“

Erleichtert legte ich mich zurück.

Als er das nächste Mal zu mir kam, saß ich aufrecht. Sobald Phöbe zur Tür hinaus war, fragte ich, wo er denn sein Mädchen zu treffen pflege. Er erzählte mir, daß sie sich im Hause eines seiner Freunde träfen, und ich schlug vor, sie sollten darin fortfahren, denn es besage nichts, daß wir Hochzeit gehalten hätten. Aber er meinte, sie sei so böse geworden, als sie von seiner geplanten Heirat erfuhr, daß sie alles ihrem Vater erzählen würde, wenn er sie wieder zu treffen versuchte, und der werde ihn gewiß umbringen.

„Sie bereut es gewiß“, erwiderte ich, „warte, nach einer gewissen Zeit hast du sie wieder. Ist sie schön?“

„Die Schönste, die ich kenne – sie ist bezaubernd“, sagte Marcellus hingerissen.

Sie war die Tochter eines Goldschmiedes auf der Via Sacra, und er hatte sich in sie verliebt, als er ihr während der Schulung auf dem Forum einmal begegnete.

Sobald ich ausgehen durfte, ließ ich mich in der Sänfte hintragen.

Es gab einen Auflauf, als ich dort erschien, denn die ganze Stadt kennt mich; der Eigentümer und die Tochter bedienten mich mit bestem Geschick. Marcellus hatte recht – sie war bezaubernd. Ich sah mir verschiedene Gegenstände an und bat, mir einen auf einem Regal stehenden zu zeigen. Während der Vater ihn herabholte, flüsterte ich ihr schnell zu, ich solle sie von Marcellus grüßen. Sie schrak zusammen. „Triff dich mit ihm heute abend", fuhr ich fort, „denn er liebt nur dich und ist nahe daran, vor Kummer zu sterben. Wenn du nicht kommst, bringt er sich um."

Ich veranlaßte sie, eine unerhört teure Spange für mich zu reservieren. Danach fuhr ich heim, ging zu Agrippa und erklärte ihm, ich hätte Lust, Marcellus ein Geschenk zu machen, und bat ihn, den Betrag auszulegen, bis Vater heimkomme. Er ließ seinen Sekretär die Spange holen und fand, ich hätte eine gute Wahl getroffen. Beim Mittagstisch überreichte ich sie Marcellus, der hingerissen war. Ich legte mich dicht neben ihn und erzählte ihm von meinem vormittäglichen Ausflug. Die uns auftrugen, meinten gewiß, es geschehe aus Verliebtheit, daß wir so dicht beieinander lagen, und flüsterten, und das war ausgezeichnet, denn die Diener beobachteten uns beständig und trugen ihren Klatsch Octavia zu.

Alles ging gut – Marcellus hielt sich an sein Mädchen, und ich fühlte mich sicher, auch wenn wir unter uns waren. Wir führten im Grunde ein angenehmes Leben, waren viel unterwegs und hatten selber auch viele Gäste. Ich genoß es, Livia nicht mehr fragen zu müssen, was ich anziehen solle und mit wem ich zusammensein dürfe, wenn auch Octavia alles, was wir unternahmen, genau verfolgte. Dennoch fühlte ich mich unruhig und rastlos. Mir sind Lügen immer zuwider gewesen, und jetzt gründete sich mein ganzes Leben auf Lüge. Besonders schlimm wurde es, als Vater heimgekommen war, denn er scherzte und nannte mich oft die kleine Frau. Eines Tages legte ich ihm die Arme um den Hals und bat ihn, es nicht mehr zu sagen.

„Ich möchte viel lieber Vaters Juliola sein", flüsterte ich.

Das rührte ihn, und er drückte mich an sich, so daß ich den Tränen nahe war, denn auch dies gestaltete sich ja zum Betrug.

Am meisten aber litt ich darunter, daß ich Tiberius nicht zu sehen bekam. Er hatte nun wie seine anderen Freunde die politische Karriere eingeschlagen, kam jedoch nie zu uns. Wenn wir drüben bei Vater und Livia waren, wußte ich oft, daß er sich im Hause befand, aber er zeigte sich nie und vermied sorgfältig Gesellschaften, auf denen er Marcellus und mich als Gäste erwarten konnte. Schließlich ertrug ich es nicht mehr und fragte Drusus.

„Nach deiner Heirat ist er ein schlimmer Herumtreiber geworden", antwortete er. „Er trinkt und spielt, und in der Stadt nennt man ihn Biberius Caldo Mero, statt Tiberius Claudius Nero."

Ich hörte es Drusus' Stimme an, daß er sich beunruhigte. Auch Marcellus zeigte zur gleichen Zeit Anzeichen von Nervosität, und er vertraute mir an, daß er sich um sein Mädchen Sorgen mache.

„Ich glaube, sie erwartet ein Kind; sie ist die letzten Male nicht gekommen", sagte er und blickte mich ängstlich an.

„Du mußt dich nach jemandem umsehen, der herauszufinden weiß, was da vorliegt", riet ich ihm.

Eines Tages klopfte ich bei Vater an, als Agrippa gerade dabei war, seine Dokumente zusammenzupacken.

„Komm nur, Julia", sagte Vater, „wir sind sofort fertig. – Übrigens, Agrippa, da ich gerade daran denke: Livia macht sich Sorgen um Tiberius. Sie glaubt, es sei an der Zeit, daß er durch öffentliche Verlobung und Ehe gebunden wird."

„Ja, der junge Claudius ist in letzter Zeit ein Wilder gewesen", erwiderte Agrippa, „aber das ist wohl nur ein Übergang. Die meisten von uns haben eine solche Zeit durchgemacht. Eine Ehe würde ihn vielleicht stetiger machen, aber ich habe wenig Lust, Vipsania an einen zu binden, über den die ganze Stadt redet. Ich möchte gern gut für sie sorgen. Etwas Krakeel und ein Mädchen oder zwei sind nicht gefährlich, aber diese Skandale, in die er sich verwickelt, sind unangenehm. Das ist schade, denn Claudius ist ein tüchtiger Bursche und zweifellos der Meistversprechende unserer jüngeren Offiziere. Aber er wird sich wohl die Hörner allmählich abstoßen."

„Hast du Schwierigkeiten mit Tiberius?“ fragte ich Vater, nachdem Agrippa gegangen war.

Er zögerte mit der Antwort.

„Du bist ja verheiratet, und ich kann es wohl ebensogut erwähnen, schließlich hörst du es ja doch. Du verstehst, es geht nicht darum, daß er sich herumtreibt und Mädchen hat, aber er flattert von Blume zu Blume und nascht den Honig von den höchstgeborenen und bestgestalteten Blüten der Stadt. Ich habe verschiedene Skandale nebst anschließenden Scheidungen beschwichtigen müssen und stimme Livia zu, daß etwas getan werden muß.“

Als ich nach Hause kam, war ich so mit eigenen Gedanken beschäftigt, daß ich gar nicht bemerkte, wie niedergedrückt Marcellus war. Sobald ich gegessen hatte, ging ich in mein Zimmer und legte mich zu Bett. Aber ich fand keinen Schlaf, sondern lag wach und warf mich unruhig hin und her.

Daß Tiberius trank und spielte, war nicht so gefährlich, denn das tat er, weil er sich nach mir sehnte. Aber der Gedanke, daß er zu anderen Frauen ging, machte mich fast irrsinnig. Ich war schrecklich eifersüchtig. Weshalb kam er nicht zu mir? Zu mir, die ihn über alles liebte? War mein Honig nicht ebenso süß wie der der anderen? Ich sehnte mich krank nach ihm und wollte seine Blüte sein, wenn auch nur für eine einzige Nacht. Ja, nur ein einziges Mal würde mir genügen. Dann konnte er mich fortwerfen und mich verwelken lassen. Sich auszudenken, daß er einer anderen begegnen könne, in die er sich verliebte . . .

Ich wälzte mich im Bett hin und her, stieß mit den Beinen um mich, biß ins Kissen und schluchzte laut vor Kummer und Verzweiflung. Plötzlich stand Marcellus in der Tür.

„Was ist?“ fragte er erschrocken, als er mein zerquältes Gesicht im Lampenlicht erblickte. „Ich meinte zu hören, daß du wach seist.“

„Ja“, schluchzte ich, „er, den ich liebe, ist jetzt mit anderen Mädchen zusammen.“

„Du Ärmste . . .“

Er setzte sich zu mir aufs Bett.

„Wie du aussiehst!“ sagte er und begann, mir das Haar aus dem Gesicht zu streichen und meine Tränen mit dem Laken zu trocknen. Allmählich wurde ich ruhiger. Es tat wohl, einen Menschen bei mir zu haben, dem ich leid tat.

„Heute habe ich erfahren, daß mein Mädchen geheiratet hat.“

Das kam so plötzlich, daß ich zusammenzuckte.

„Der Vater hatte Verdacht geschöpft und gab sie plötzlich einem seiner Freunde, der die ganze Zeit hinter ihr her war, zur Frau. Sie sind schon verheiratet, und der Mann verriegelt die Tür, wenn er sein Haus verläßt, so daß niemand sie zu sehen bekommt.“

Ich war ganz entsetzt.

„Und sie erwartet nun ein Kind . . .!“ rief ich aus.

„Das ist dem alten Kerl ganz recht“, meinte Marcellus bitter.

Ich vergaß meine eigenen Sorgen und ergriff seine Hand.

„Was wirst du tun?“ fragte ich.

„Das weiß ich nicht“, erwiderte er düster und starrte zur Erde.

„Du . . .“, sagte er nach einer Weile, „ist es nicht furchtbar, allein zu sein?“

„Ja“, flüsterte ich, „es ist nicht auszuhalten.“

„Können wir heute nacht nicht zusammensein, Julia, dann sind wir zwei . . .“

Ich schob mich im Bett zur Seite und machte ihm Platz. Dann löschte er die Lampe, und mein Herz begann schnell und seltsam zu schlagen.

Alles Furchtbare kommt auf einmal. Am nächsten Tag kehrte Vater früher aus der Stadt heim als sonst. Er war einem Attentat ausgesetzt gewesen und hatte sich gerade noch retten können. Eigenartigerweise war er unverletzt. Im Gegensatz zu uns allen war er ruhig und gefaßt. Man sandte einen Boten zu Agrippa, Offiziere kamen und gingen, Lärm und Unbehaglichkeit herrschten im ganzen Haus. Niemand sprach laut von dem Geschehenen, aber alle wußten es. Es handelte sich um eine Verschwörung mit Murena als Anführer – dem Bruder Terentias, die mit Mäcenas verheiratet war. Sie standen natürlich völlig außerhalb, fühlten sich aber doch unangenehm berührt, und als Terentia am Abend zu Vater zu Besuch kam, gingen sie in sein Büro und sprachen dort stundenlang miteinander.

Wir hatten uns gerade ein wenig von dem Schrecken über das Attentat erholt und warteten darauf, was die Gerichtsverhandlung an den Tag bringen werde, als Vater plötzlich schwer erkrankte. Vaters Gesundheit ist immer schlecht gewesen. Entweder war das Wetter zu warm oder zu kalt, und wenn seine Gicht einmal etwas milder war, versagte die Verdauung, oder eine Blasen- oder Gallenentzündung trat ein. Doch diesmal ging es ihm hart ans Leben, und Musa weilte Tag und Nacht bei ihm.

Es ging ihm so schlecht, daß er selber glaubte, sterben zu müssen, und durch Agrippa den Konsul Piso sowie die Wortführer und Vertrauensmänner des Senats herbeirufen ließ. Der Überblick über den Zustand des Reiches, den Vater stets bereit hatte und den Agrippa auf dem Stand des Tages hielt, wurde laut verlesen, und darauf unterrichtete er sie darüber, wie sich der Senat seinem Wunsch gemäß nach seinem Ableben verhalten sollte. Schließlich zog er den Siegelring vom Finger und schob ihn im Beisein aller Agrippa auf die Hand. Damit deutete er an, daß er Agrippa zum Nachfolger wünschte.

Wir, die Vater nahestanden, warteten draußen im Hofraum. An der einen Seite der Tür saß Livia mit Tiberius und Drusus, an der anderen Octavia mit Marcellus und mir. Schließlich gingen Piso und die Senatoren, und Agrippa kam zu uns herein. Er blieb stehen und streckte mir die Hand entgegen.

„Julia, Vater wünscht dich zu sehen."

Indem ich mich erhob, fiel mein Blick zufällig auf Livia, weil sie mir gerade gegenüber saß. Sie sah weder Agrippa noch mich, sondern starrte wie hypnotisiert auf seine Hand – die Hand, die Vaters Siegelring trug.

Musa behandelte Vater mit einer Kaltwasserkur, und es roch nach Medizin und feuchten Lappen bei ihm. Er war so dünn, daß er wie ausgemergelt wirkte, und er hielt die Augen geschlossen, als ich an sein Bett trat. Hin und wieder verzerrte sich sein Gesicht, und wenn diese Anfälle kamen, ballten sich seine Hände im Krampf. Ich ließ mich neben ihm auf den Knien nieder und flüsterte: „Vater."

Er öffnete die Augen.

„Julia", sagte er und versuchte, mir die Hand auf den Kopf zu legen. Ich ergriff sie, legte sie auf meinen Scheitel und spürte, wie es in ihr zuckte.

Bald darauf hob Agrippa mich auf und führte mich hinaus. Livia und Octavia erhoben sich auf seinen Wink und schritten zur Tür. Marcellus setzte sich zu Tiberius und Drusus, ich saß allein. Ich spürte noch das Gewicht von Vaters Hand auf meinem Kopf und schloß die Augen. Den ganzen Tag sah ich Vater vor mir, und als ich mich am Abend niederlegte, packte mich die Angst. Vater durfte nicht sterben. Er durfte es nicht. Ich preßte das Kissen an mich und flüsterte: „Vater, Vater, Vater . . ."

Plötzlich klirrte der Vorhang zu Marcellus' Zimmer, und als ich aufblickte, stand er in der Tür.

„Nein, Marcellus, nicht heute nacht", sagte ich fiebrig, „du verstehst, ich bin müde – furchtbar müde."

„Nein, ich werde dich nicht stören – ich werde bald gehen", sagte er und stellte die Lampe auf den Tisch. „Aber da ist etwas, worüber ich mit dir reden muß. Sahst du, daß Agrippa Vaters Siegelring am Finger trug?"

Ich nickte.

„Er pflegt ihn immer zu bekommen, wenn Vater fortreist oder sonst etwas im Wege ist. Früher hat ihn Mäcenas erhalten, aber in letzter Zeit ist es immer Agrippa gewesen."

„Ich hätte den Ring haben sollen", sagte Marcellus.

„Du?" erwiderte ich und glaubte, mich verhört zu haben.

„Genau – ich", sagte er. „Bei jedem Fest gehe ich an Vaters rechter Seite; ich bin es also, der seine Nachfolge übernehmen soll. Das wissen alle. Frage Mutter."

„Aber lieber Marcellus", rief ich aus, „du hast doch nie einen Krieg geführt, nie Verhandlungen geleitet oder Staatsangelegenheiten entschieden. Du verstehst, man muß eine Menge können, um Vaters Arbeit zu bewältigen."

„Selbstverständlich, deshalb habe ich ja auch Vater überallhin begleitet; ich kann mehr, als du glaubst. Wenn ich nur den Ring bekomme, werden die Leute tun, was ich will, und wenn Vater stirbt, müssen sie mir gehorchen."

Ohne sofort eine Antwort zu wissen, sah ich ihn nur an. Im Schein der Lampe trat der kleine charakteristische Zug um den Mund stärker hervor als sonst, und wie er jetzt den Kopf hob, bemerkte ich plötzlich den gleichen leeren Ausdruck, den die jüngere Antonia besitzt. Eigentlich begann er mir leid zu tun. Der Ärmste, er war wirklich nett, und daß er nicht gerade überbegabt war, war nicht seine Schuld. Tante Octavia war übrigens auch nicht sehr begabt – Vater hatte alles im Übermaß erhalten. Ich seufzte und fühlte mich sehr alt.

„Selbstverständlich wirst du Vaters Nachfolge übernehmen", erklärte ich versöhnlich, „und schließlich wirst du auch den Ring bekommen. Aber für den Anfang ist es nur gut, Agrippa alles ins reine bringen zu lassen. Das dauert gewiß nicht lange . . ."

Er ging in sein eigenes Zimmer, und ich blieb nachdenklich liegen. Jetzt durfte Vater nicht nur um meinetwillen nicht sterben – er war auch Marcellus' wegen gezwungen, am Leben zu bleiben. Was sollte aus Rom und uns allen werden, wenn Vater nicht mehr war?

Ich hatte die Empfindung, nur einen Augenblick geschlafen zu haben, als Stimmen und Schritte vor der Tür mich weckten. Ich warf mir einen Umhang um, vielleicht hatte Vater nach mir geschickt. Vielleicht . . . lag er auch im Sterben. Ich riß die Tür zum Atrium auf. Dort stand Marcella im Nachtgewand, das Haar in wilder Unordnung, mit von Tränen geschwollenem Gesicht.

„Es brennt", schrie sie, „es brennt, unser Haus steht in Flammen! Mutter, Mutter", schrie sie, als Octavia herbeistürzte. „Ich wäre fast verbrannt . . . ich hätte umkommen können . . ."

Ihr Weinen ging in ein hysterisches Schluchzen über, und Octavia versuchte, sie zu beruhigen. Ich ging zu ihr und faßte sie fest an der Schulter.

„Wo ist Agrippa?"

„Ahne ich nicht . . . du hättest sehen sollen, wie es Funken regnete, sie fielen überall nieder, und sie hätten mich in Brand setzen können, in Flammen . . .“

Tante gelang es endlich, die unablässig Schluchzende mit sich zu ziehen. Nachdem die von dem Geschrei zusammengeströmte Dienerschaft sich verlaufen hatte und wir allein geblieben waren, sagte ich zu Phöbe: „Ich muß herausbekommen, wo Agrippa steckt; er ist der einzige, der hier Ordnung schaffen kann. Ich hörte ihn zu Livia sagen, daß er daheim schlafen werde für den Fall, daß mit Vater eine Veränderung eintreten sollte. Aber Marcella hat ihn nicht gesehen. Sieh zu, daß du einen Sklaven mit etwas Umsicht im Kopf zu fassen bekommst.“

Als der Sklave schließlich erschien, erteilte ich ihm den Auftrag, zum Brandort zu laufen und herauszufinden, wo der General sei. Dann solle er sofort zurückkehren. Versäume er sich, würde ich ihn auspeitschen lassen. Während wir warteten, richtete Phöbe mein Haar. Schließlich kehrte der Sklave völlig außer Atem zurück.

„Agrippa kommt sofort. Er ist unterwegs. Das Haus ist bis auf den Grund niedergebrannt.“

Ich warf mir einen Wollmantel über und war gerade in die Halle gelangt, als Marcus auftauchte. Seine Toga war mit kleinen Brandlöchern übersät und von Ruß und Asche verfärbt. Das Haar stand ihm wirr nach allen Seiten, und er war so beschmutzt und müde, daß er tiefe Furchen im Gesicht hatte. Sein Gesicht erhellte sich, als er mich erblickte.

„Erwartest du mich, Julia? Du mußt mein Aussehen entschuldigen, es hat einen kleinen Brand gegeben. Wo ist Marcella übrigens?“

„Sie kam vor einer guten Weile und war ganz aufgelöst. Octavia hat sich ihrer angenommen. Soll ich sie holen?“

„Nein, ich möchte am liebsten Ruhe haben, weißt du – ich bin sehr müde.“

Damit warf er sich in einen Stuhl und schloß die Augen. Seine Toga glitt zur Seite, und auf dem einen Arm bemerkte ich eine große rote Brandwunde. Ich ließ mich neben dem Stuhl auf die

Knie nieder und rief Phöbe. Sie holte, was wir brauchten, und wir säuberten die Wunde mit Essig und legten in Öl getauchte Leinenlappen darauf. Auf irgendeine Weise brachte ich es zustande, daß die Bandage hielt, und Marcus meinte, sie sitze passabel fest.

„Nichts geht über eine Frauenhand", sagte er, als ich mich erhob.

„Aber wie hast du dich verbrannt?" fragte ich. „Marcella hat gar nichts erzählt – wie hat es denn nur begonnen?"

„Laß mir etwas Wein holen, daß ich meine Gedanken erklären kann, und nimm du selber auch etwas, denn auch du wirst eine Aufmunterung brauchen", sagte er.

Ich rief nochmals Phöbe – die Ärmste durfte diese Nacht wahrhaftig fliegen. Sie brachte Wein und Wasser, und Marcus mischte einen großen Pokal. Ich trank einen kleinen Schluck; es tat gut, denn ich war selber auch müde.

„Ich weiß nicht, ob es richtig ist, dich in so vieles einzuweihen", sagte er und blickte mich forschend über den Rand des Pokals hinweg an. „Aber ich glaube, in deiner kleinen Nase steckt mehr Rückgrat, als die Leute ahnen. Außerdem stehst du Vater am nächsten. Du kannst dichthalten, nicht wahr?"

Ich nickte.

„Du weißt, daß vor nicht langer Zeit ein Attentat auf Vater stattgefunden hat. Daß er jetzt krank ist, ist Mordanschlag Nummer zwei. Diesmal ist Gift im Spiel. Musa glaubt, Vater retten zu können, aber Vater ist dessen nicht so gewiß und gab mir deshalb diesen hier." Er hob seine Hand mit Ring. „Das war heute nachmittag. Heute nacht steht mein Haus in Flammen. Ich schlafe nicht mehr mit Marcella zusammen und benutze den Büroraum als Schlafraum wie Vater. Ich erwachte von Brandgeruch, und als ich hinlief und den Riegel fortschob, zeigte sich, daß die Tür von außen verschlossen war. Die Absicht war offensichtlich, Cäsars Nachfolger im eigenen Saft zu schmoren. Aber sie rechneten nicht damit, daß Agrippa einen leichten Schlaf und einen trainierten Körper besitzt. Als ich die Tür nicht aufbekam, schob ich den Tisch unter den Ventilationsschacht, schleuderte eine Büste gegen das Gitter, zog mich hoch und gelangte hinaus. Als ich mich längs der Hauswand hinabließ, habe ich mich am Arm etwas verbrannt."

Ich saß ganz still.

„Aber dann müssen die Attentäter mitten unter uns Helfer haben!" rief ich erschrocken aus.

„Ja, kleine Freundin, so kombiniere ich auch."

Mich schauderte.

„Du kannst mir helfen und eine Liste von allen Dienern hier bei euch und Octavia sowie bei Livia und Vater aufsetzen. Füge das Datum hinzu, an dem der Betreffende gekauft wurde oder seinen Dienst begann. Ich könnte gern meinen Sekretär bitten, es zu tun, aber je weniger diese Nachforschungen bekannt werden, desto besser. Für meinen eigenen Haushalt habe ich eine solche Liste im Landhaus. Durch einen Vergleich sind vielleicht Spuren zu finden, denen man nachgehen könnte."

„Vielleicht kann ich Drusus bitten, mir bei Livia zu helfen", sagte ich, „er kennt jede Seele im Haus, und es läßt sich leicht ein Grund finden, weshalb ich über die Diener Bescheid wissen will."

„Es ist gut, einen Verbündeten zu haben, der klaren Kopf behielt", sagte Marcus und gähnte. „Ich erkenne, du bist deines Vaters Tochter. Fürchtest du dich nicht nach all dem, was ich eben erzählt habe?"

„Ja", erwiderte ich, „und deshalb möchte ich die Listen am liebsten sofort aufstellen."

„Nein, laß uns schlafen, bevor wir in dem Wespennest aufräumen", sagte er. „Wo soll ich übrigens heute nacht unterschlüpfen? Ich möchte ungern Octavia wecken und noch eine Menge Jammer und Wehklagen anhören, ehe ich zu Bett komme."

„Komm mit", erwiderte ich und stand auf, „du kannst mein Bett bekommen." Er warf mir einen geschwinden Blick zu. „Ich gehe dann zu Marcellus", fügte ich hinzu.

Marcellus erwachte nicht, als ich mich neben ihn legte, und ich dachte ungestört über alles nach, was Agrippa mir erzählt hatte. Schon mehrere Male in meinem Leben hatte ich das Gefühl gehabt, auf einem Vulkan zu wohnen. In letzter Zeit hatte ich mich eigenartigerweise sicher gefühlt, aber jetzt erkannte ich, daß sich unmittelbar unter uns Ströme glühender Lava befanden. Es war gut, daß Marcellus den Schlaf des Unschuldigen schlief – Vaters Siegelring war wahrhaftig etwas, das des Wünschens wert gewesen wäre . . .

Marcellus war riesig erstaunt, mich am nächsten Morgen an seiner Seite zu finden, und ich erzählte ihm, daß Agrippas Haus niedergebrannt sei.

„Alles ist dabei draufgegangen", berichtete ich, „die Bibliothek, die etruskischen Sammlungen und alle Kunstwerke."

Marcellus reckte sich in Wohlbehagen.

„Das tut ihm gut", war alles, was er dazu zu sagen hatte; ich hielt es nicht der Mühe wert, zu protestieren.

Im Atrium draußen traf ich Marcella.

„Guten Morgen!" rief ich. „Hast du den Schrecken überwunden? Marcus hat mir alles erzählt."

„Gewiß, er hat ja diese Nacht bei dir geschlafen", erwiderte sie kalt.

„Er wollte ungern dich und Tante wecken, deshalb erhielt er mein Zimmer, während ich zu Marcellus ging. Er war ziemlich erschöpft", erklärte ich.

„Du machst dir für deinen Teil vielleicht nichts aus dem Gerede der Leute, Julia, aber ich würde wünschen, daß du in der Wahl nächtlicher Gäste etwas mehr Rücksicht auf mich nähmest."

Allmählich ging mir auf, was sie meinte.

„Sei unbesorgt, Marcella", sagte ich honigsüß, „in diesem Fall kann es unmöglich mehr Gerede unter den Leuten geben, als du selber in Umlauf setzt."

Sie wurde rot vor Wut und warf die Tür hinter sich zu, während ich mit Phöbe zu meinen alten Zimmern in Vaters Hofraum eilte. Dort ließen wir uns nieder und machten uns an die Listen.

Mehr als das halbe Küchenpersonal wurde verkauft, und Marcus räumte auch unter den anderen Sklaven tüchtig auf, sowohl bei Tante Octavia als auch bei sich selber. Er fand keine Spuren, denen er hätte nachgehen können, aber er entließ alle, die nur irgendwie verdächtigt werden konnten. Octavia erregte sich darüber, daß

Agrippa sich in ihre Haushaltung einmischte, und es währte lange, bis sie wieder milde gestimmt war.

„Wenn Tante Octavia so zornig wurde, wie hast du es dann mit Livia geschafft?“ fragte ich neugierig.

„Ich sagte nur, wenn ich es nicht bekäme, wie ich wollte, werde Musa für Vater eine eigene Diätküche einrichten, denn der Arzt fordere, daß der Patient Essen erhalte, von dem er nicht krank werde. Ich bin es gewohnt, Härte mit Härte zu beantworten – Vater verwendet mich immer für solche Aufgaben, vor denen er sich selber scheut. Du weißt, ich habe sogar den ganzen Senat für ihn ausgekämmt.“

Er lächelte bei dem Gedanken. „Sie fügte sich übrigens sofort“, setzte er hinzu.

„Glaubst du, daß sie begriff, daß du an Gift dachtest?“ fragte ich.

„Ja, meine kleine Verbündete, dessen bin ich gewiß. Wenn es jemand überhaupt verstehen sollte, dann doch wohl sie.“

Vater erholte sich nach und nach, und in seiner Rekonvaleszenszeit habe ich oft und lange bei ihm gesessen. Er war offensichtlich zufrieden, als Marcellus ihn nach einigen Staatsangelegenheiten fragte, denn während der Krankheit war ihm klar geworden, daß er die Frage des Nachfolgers klären mußte.

Ich habe oft darüber nachgedacht, weshalb Vater nicht Marcellus adoptierte. Vermutlich wollte er den Platz des Nachfolgers für die Kinder offenhalten, die ich zur Welt bringen würde, und häufig spürte ich seine Augen auf mir ruhen, aber jedesmal mußte ich den Blick abwenden. Ich sehnte mich selber danach, Kinder zu bekommen, und versuchte mit all meiner Willenskraft, meine Abneigung gegen Marcellus' Annäherungen zu überwinden, aber wenn er mich nur berührte, erstarrte ich.

Doch es war nicht nur der Gedanke an eventuelle Enkelkinder, der Vater hinderte, Marcellus zu adoptieren, denn das Nachfolgerproblem war in höchstem Maße akut. Es war eher wohl die Qualifikation des Schwiegersohnes, die er anzweifelte, und wenn Marcellus' Eigenschaften von Außenstehenden gepriesen wurden, dachte Vater gewiß an Cicero: daß einen jungen Menschen loben, die

Hoffnungen loben heißt, die man in ihn setzt. Gegenüber der Umwelt tat er jedoch alles, um Marcellus' Stellung zu stärken, und er bevorzugte ihn vor Tiberius und anderen Gleichaltrigen in jeder Weise.

Sobald Vater wieder gesund war, um arbeiten zu können, legte er sein Konsulatsamt nieder, festigte jedoch seine Stellung im Staate, indem er seine Macht im Imperium erweiterte und die Tribunenwürde auf Lebenszeit übernahm. Nicht zuletzt das letzte Manöver war gewissermaßen ein Staatsstreich im stillen; Agrippa und Mäcenas teilten sich in die Ehre, daß es ohne jeden Widerstand im Senat gutgeheißen wurde.

Mit seinen beiden Ratgebern erörterte er auch die Frage des Nachfolgers, und was man wohl am besten tue, um Marcellus möglichst schnell die traditionelle Laufbahn durchlaufen zu lassen. Agrippa, der ja Marcellus' Schwager war, kannte seine Charaktereigenschaften und war in keiner Weise von ihm beeindruckt. Und als der freimütige Mann, der er war, hielt Agrippa mit seiner Meinung nicht zurück und schlug vor, Marcellus' Karriere lieber zu bremsen als zu beschleunigen.

Vater war oft gekränkt, da er fand, daß Agrippa in seinen Äußerungen zu geradezu sei, und dieses Mal, da es sich um einen seiner eigenen Angehörigen handelte, geriet er in Zorn. Er sagte kurz, er habe nicht gefragt, ob, sondern wie Marcellus am besten zu fördern sei. Agrippa war nicht weniger gereizt und erwiderte ebenso kurz, daß er es zwar gewöhnt sei, zu den verschiedensten Aufgaben verwendet zu werden, daß er aber wenig Erfahrung darin besitze, auf die Entschlüsse anderer Sand zu streuen. Cäsar habe viele Bekannte, die für diese Aufgabe besser geeignet seien, und je weniger er – Agrippa – von Marcellus höre und sehe, desto besser für alle Teile. Damit stand er auf und ging, und Vater blieb mit Mäcenas allein zurück.

Im Laufe der Jahre war es zwischen Vater und Agrippa häufig zu scharfen Auseinandersetzungen gekommen, aber es war das erste Mal, daß sie zum offenen Bruch führten. Mäcenas tat, was er konnte, um zwischen ihnen zu vermitteln, aber Vater war verletzt und böse und Agrippa verbissen und ungeduldig. Er war es müde, für Cäsar die grobe Arbeit zu leisten, und wenn Marcellus vorgeschoben werden sollte, mochten sie sich ohne ihn zurechtfinden. Außerdem war er zermürbt. Die Ehe mit Marcella hatte ihm nur Ärger verschafft, zudem hatte er sein Heim und seine ganzen Sammlungen verloren. Bis er ein neues Heim hatte, mußte er bei uns in der Ochsenkopfstraße wohnen; er konnte Livia nicht ausstehen, und auch Octavia ging ihm auf die Nerven. Während Vaters Krankheit hatte er die Bürden des Tages allein getragen, und als Vater seine Machtstellung im Staate umgestaltete, war es Agrippa, der in der Volksversammlung und im Senat für ihn in die Bresche getreten war.

Zum Dank für all das sollte nun Marcellus gefördert werden, dieser verwöhnte und beschränkte Sprößling, der nur davon träumte, Agrippa bei der ersten Gelegenheit beiseitezuschieben. Dieser eingebildete Knabe sollte sich noch dazu, ohne die Kritik erwachsener und erfahrener Männer dulden zu müssen, frei entfalten können.

Mäcenas arbeitete einen Kompromißvorschlag nach dem anderen aus, und um weitere Reibungen in Marcellus' Schulungszeit zu vermeiden, ging Vater schließlich darauf ein, Agrippa den Auftrag zur Inspektion des Ostens zu erteilen. Agrippa akzeptierte den Vorschlag, aber der Abschied war sehr kühl.

Er reiste jedoch nicht weiter als bis Mytilene, wo er sich niederließ und historische Forschungen über die Etrusker betrieb, die nach alter Sage von Lesbos gekommen sein sollten. Die Inspektion, mit der er beauftragt war, ließ er von einigen Stabsoffizieren durchführen.

Das kühle Verhältnis zwischen Vater und seinem alten Freund wurde soweit wie möglich getarnt, und in Rom gab es nur wenige, die davon wußten. Das Leben in der Stadt ging seinen gewohnten Gang; es war Spätsommer und drückend heiß, und die Leute redeten lieber von Festspielen als von politischen Fragen.

Marcellus, der Ädil war, sollte in diesem Jahr die römischen Spiele leiten. Es war sein erster selbständiger Auftrag, und wir waren beide gespannt und nervös. Wochen im voraus war er mit Zusammenkünften beschäftigt und führte in allen Komitees, die mit den Veranstaltungen zu tun hatten, den Vorsitz. Eine seiner größten Sorgen war, wie seine empfindliche Haut die starke Sonne vertragen werde, denn er war blond mit rötlichem Anflug, und er wurde nicht braun, sondern flammend rot. Er hätte selbstverständlich ein Segel über unsere Tribüne spannen lassen können, aber als Vorsitzender hielt er sich viel auf der Bahn auf, und wir fürchteten Hitzeentzündungen, wenn er viele Stunden barhaupt dastehen mußte.

„Kannst du denn nicht ein Segel über den ganzen Zirkus spannen lassen?" fragte ich.

Er wurde nachdenklich.

„Das wird furchtbar teuer, aber schließlich bezahlt Vater es ja", meinte er. „Ich kenne ein Mädchen in einer Nähstube, das die Arbeit vielleicht übernehmen kann."

Gesagt – getan. Als der Tag der Festspiele herannahte, lag der Zirkus unter einem riesigen Segel in behaglichem Dämmerlicht. Für das Publikum war es eine Überraschung, und die Freude darüber drückte sich in einem stürmischen Beifall aus, als Marcellus seine große Rede hielt und die Spiele für eröffnet erklärte.

Ganz Rom war festlich gekleidet; auf den Bankreihen paradierten phantasievolle Frisuren, blitzende Geschmeide und prunkende Gewänder, und die Luft roch süß nach kostbaren Parfümen. Der Rauch der brennenden Fackeln zog wie ein Band durch die Luft; schneeweiß schimmerten die Togen, und rund um uns brauste ein zehntausendfacher Chor von Grüßen, Zurufen und Lachen.

Innerlich brannte ich vor Lampenfieber, und mein Herz tat einen Extraschlag, als die silbernen Trompeten erklangen und Marcellus und ich uns erhoben, um Vater und Livia willkommen zu heißen – ich, um sie an ihren Platz zu führen, und Marcellus, um Vater in der Prozession vor den Götterbildern zu begleiten, die durch die Arena gefahren wurden. Ich hatte das Gefühl zu schweben, und als die Vivatrufe erschollen, hätte ich die ganze Welt umfangen können, während ich winkte und zurückgrüßte.

Die Leute sagen, ich sei eitel, aber weshalb sollte ich anders sein als andere Menschen. Ich liebe es, im Mittelpunkt zu stehen, und genieße Feste und Volksmengen. Aber an diesen Spielen war ich mit tieferen Gefühlen beteiligt, ging es doch um meine und Marcellus' Zukunft. Seit ich klein war, habe ich den Druck der Verantwortung gespürt, die auf Vater lastete, und ich wußte, welche Forderungen auch an uns gestellt werden würden, wenn Marcellus einmal sein Amt übernehmen sollte. Deshalb atmete ich erleichtert auf, als ich merkte, daß die Spiele sich reibungslos abwickelten und Marcellus sich aufführte, wie man es von ihm erwartete. Vater war offensichtlich auch aufgeräumt und lobte ihn wegen des Sonnendaches, das ihn mit einem Schlag zum Liebling des Publikums gemacht hatte.

Den ganzen Sommer über herrschte unbeständiges Wetter, zum Herbst setzte jedoch plötzlich eine Hitzewelle ein. Sie kam so spät, daß alle Menschen bereits vom Lande zurückgekehrt waren – die Luft stand dick und schwer zwischen den Häusern, und die warme Feuchtigkeit lähmte jede Energie. Unmittelbar auf die Hitze folgte eine Epidemie, die sich auf den Magen schlug.

Ich erkrankte als erste. Musa hatte große Mühe mit Ausspülungen und Wärmkruken, bis ich schließlich matt und schlaff im Peristyl lag, um mich zu erholen . . .

Ich war noch nicht wieder auf den Beinen, als die Reihe an Marcellus kam, aber er war nicht sehr stark betroffen, und wir ließen nicht einmal den Arzt holen. Er nahm einige Brechmittel ein, ging aber sonst umher wie gewöhnlich. Dennoch verschlimmerte sich sein Zustand, und schließlich mußte ich nach Musa schicken. Er verordnete die gleiche Behandlung, die ich erhalten hatte, aber der Erfolg blieb aus. Marcellus wirkte nur mitgenommener mit jedem Tag.

Ich selber war gesund und saß den größten Teil des Tages bei ihm. Plötzlich durchfuhren ihn einige Zuckungen, und seine Hände ballten sich krampfhaft zusammen. Ich alarmierte Musa, der seine Assistenten hinzurief und lange mit ihnen konferierte. Am Nachmittag begannen sie Marcellus mit einer Kaltwasserkur zu behandeln, der gleichen, die Vater erhalten hatte, als er so schwer krank gewesen war, und die ihn auch geheilt hatte.

Das Wetter schlug um, es wurde wieder frisch und normal, und die Epidemie, die die Stadt heimgesucht hatte, schwand. Aber Marcellus blieb krank. Schließlich rief Musa uns zum Familienrat zusammen und erklärte, der Patient leide nicht, wie er zuerst vermutete, an der Epidemie, sondern an der gleichen Krankheit, die Vater gehabt habe. Inzwischen sei viel Zeit verloren und Marcellus so schwach, daß sein Zustand kritisch sei. Er wolle deshalb vorschlagen, ihn nach Baiae zu überführen und die Kaltwasserkur in Verbindung mit heilkräftigen, stärkenden Bädern anzuwenden.

Tante Octavia brach zusammen. Ich selber saß wie versteinert. Die gleiche Krankheit wie Vater? Da war es wieder, das furchtbare Wort ‚Gift', das er meinte. Ein jäher Schauder furchfuhr mich. Ich warf einen schnellen Blick zu Vater hinüber. Er saß ruhig wie immer da, aber die Furche zwischen seinen Augen hatte sich vertieft. Er legte seinen Arm um Tante Octavia.

„Es besteht noch immer Hoffnung", meinte er, „konnte Musa mich retten, wird er mit Äskulaps Hilfe auch Marcellus retten. Du und Julia werdet ihn nach Baiae begleiten, und alles, was der Arzt verlangt, soll beschafft werden. Die Verantwortung dafür auferlege ich dir, Julia. Denk daran, daß es mein Wille ist, daß an nichts gespart wird."

Am Abend wälzte ich mich in meinem Bett hin und her. Niemand hatte das Wort ‚Gift' erwähnt, aber es lag wie ein eiskalter Klumpen in mir. Musa hatte es sorgsam vermieden, und ich war nicht sicher, ob die anderen begriffen, was er meinte, als er ‚die gleiche Krankheit wie Vater' sagte. Agrippa hatte mich eingeweiht, aber kannte Vater selber den Grund, weshalb er sich am Rande des Todes befand? War er sich klar darüber, daß innerhalb kurzer Zeit ein Attentat und ein Vergiftungsversuch unternommen wurden, um sein eigenes Leben zu nehmen, eine Brandstiftung, um seinen Oberkommandierenden aus dem Wege zu räumen, und nun zu allerletzt ein Gitfanschlag auf seinen Nachfolger? Was tat er, um sich und uns zu schützen? Alles wurde verdeckt, was beunruhigende Gerüchte in der Stadt hervorrufen konnte, und nur offene Attentate wurden im Volk bekannt. Agrippa hatte in der Stille die äußersten Anstrengungen unternommen, um der Niedertracht auf den Grund zu kommen, aber als ich ihn nach dem Ergebnis fragte, antwortete er nur, alles weise in eine Richtung, aber Indizien seien eine Sache – Beweise und Zeugen eine andere. Wenn Agrippa nur daheim gewesen wäre ...

Er war der einzige – absolut der einzige –, der stark und rücksichtslos genug war, um mit all der Erbärmlichkeit aufzuräumen, aber wenn ich Vater recht kannte, würde er nie den ersten Schritt unternehmen und Agrippa bitten, von Mytilene zurückzukehren.

Ich erhob mich und ging sinnend im Zimmer auf und ab. Wenn ich sofort einen Brief schrieb, konnte ich Mäcenas bitten, ihn abzusenden, denn sie standen durch Kuriere in ständiger Verbindung miteinander. In aller Frühe konnte ich mich morgen in einer Sänfte zu ihm tragen lassen und den Brief persönlich abliefern.

Phöbe brachte mir das Schreibzeug, und eine Weile kaute ich nachdenklich an der Feder. Ich hätte viel zu berichten gehabt, aber ich mußte mich kurz fassen und so ausdrücken, daß andere es nicht verstanden. Einige Zeilen mußten genügen, also schrieb ich:

„Lieber Marcus. Marcellus leidet an der gleichen Krankheit wie Vater. Komm bitte sofort heim, denn ich fürchte mich. Was soll ich tun? Grüße! Deine Verbündete J."

Es half, etwas getan zu haben, und als ich mich niederlegte, schlief ich sofort ein.

Mäcenas war sehr erstaunt, mich schon zum Frühstück bei sich zu sehen.

„Einen Brief an Agrippa? Ja, meine Liebe, ich werde ihn sofort abschicken, aber du machst mich neugierig. Hast du Geheimnisse hinter Vaters Rücken? Nein, nein, ich werde kein Wort sagen. Dies ist nicht das erste Geheimnis, das Onkel Mäcenas hüten muß, aber etwas Erpresserei will ich doch üben. Gib mir einen Kuß, Julia – findest du nicht, daß das der geringste Lohn ist, den ich verdiene?"

Er bekam einen herzhaften Kuß. Ich zog erleichtert heim und gelangte auch ins Haus, ohne daß jemand merkte, daß ich fortgewesen war. Unmittelbar darauf machten wir uns auf den Weg nach Baiae. Die Zeit dort unten steht wie ein böser Traum vor mir, und ich bin nur mit ihr fertig geworden, weil Tante Octavia mich brauchte. Ihre Trauer verlieh mir Stärke, ihre Schwäche gab mir Kraft. „Ich lege dir die Verantwortung auf, Julia", hatte Vater gesagt. Wenn ich nicht bei Marcellus saß und seine abgemagerten Hände streichelte, hielt ich mich in Tantes Zimmer auf. Sie klammerte sich an mich und sah mich an, als ob sie meine Gedanken lesen wollte. Ich tröstete sie und log bewußt, auch als ich selber jede Hoffnung bereits aufgegeben hatte.

Nach außen hin war ich ruhig und gefaßt, in meinem Inneren aber ebenso erregt wie sie. Denn ich sah, wie Marcellus kämpfte und rang und doch immer durchsichtiger wurde. Mitgefühl zerrte an mir unter einem Sturm von Selbstvorwürfen. Ich hatte Marcellus nicht geliebt, war nicht gut zu ihm gewesen ... Seele und Leib hatte ich ihm verweigert, sogar im Augenblick engster Verbundenheit war ich innerlich nicht die Seine gewesen. Jetzt war es zu spät. Was ich tun konnte, war lediglich, ihm die aufgesprungenen Lippen zu netzen, ihm den Arm zu streicheln und die im Krampf gekrümmten Hände zu reiben. Seine Qualen schnitten mir tief ins Herz, und ich betete zu Venus, zu Äskulap und allen gnädigen Göttern des Olymp um Hilfe für Marcellus. Geradezu hektisch reihte ich Gebet an Gebet, um nicht die Stimme in mir hören zu müssen: „Julia, jetzt wirst du frei! Julia, wo ist Tiberius?"

Schließlich war es vorbei.

Während des Leichenbegängnisses schritten Octavia und ich Seite an Seite hinter der Bahre. Sie war mit einem Purpurtuch bedeckt, und das Abbild des Verstorbenen lag darauf in Wachs, gelblich blaß und unwirklich. Vor ihm schritten seine Vorväter, Generationen der Marcelli bis in die Zeit der Könige. Jedesmal, wenn ein neuer Marcellus über den Styx zog, wurden ihre Kleider und Totenmasken aus den Truhen der Hauskapelle hervorgeholt. Wir hatten die besten Schauspieler der Stadt dafür gewonnen, sie zu tragen, und es war ein stolzer Zug, der den bekannten Weg über das Forum zum Marsfeld hin einschlug. Hinter uns schritten Vater und

Livia, Marcella die Ältere und Marcella die Jüngere, die Stiefschwestern, dann Marcellus' weitverzweigtes Geschlecht, gefolgt von den vornehmsten Häusern der Stadt. Beim Anblick Livias überzog Tantes Gesicht eine grauweiße Farbe. Sie grüßte, aber ich, die ich sie am Arm hielt, spürte, wie sie bebte.

Vater hielt die Rede.

Ich konnte die Augen nicht von dem Scheiterhaufen wenden und starrte wie verhext auf das hochaufgeschichtete Holz. Während beim Klang der florumwundenen Trompeten dreimal Marcellus' Name gerufen und die Fackeln hineingestoßen wurden, machte Octavia eine Bewegung, als wolle sie Einhalt gebieten, doch sie erstarrte wieder und stand wie eine Bildsäule.

Es knisterte und krachte – der prasselnde Ton des Scheiterhaufens brannte sich in meine Erinnerung ein. Ich spürte die Hitze des Flammenstoßes in meinem Gesicht und wußte, daß Marcellus jetzt zu Asche wurde.

Die Urne wurde in dem neuen Mausoleum beigesetzt, das Vater nicht weit vom Tiberkai hatte errichten lassen. Marcellus war der erste, der dort einzog, und ich schluchzte, weil er dort so allein war – so weit von seinem eigenen Geschlecht.

Octavia suchte nie zu verhehlen, daß sie glaubte, Marcellus sei vergiftet worden, und daß sie zu wissen meinte, wer ihm das Gift verabreicht hatte. Das Verhältnis zwischen ihr und Livia war nie ein gutes gewesen, doch von nun an gestaltete es sich zu offenkundigem Haß. Vaters Stellung war nicht leicht; er konnte es unmöglich vermeiden, die Beschuldigungen zu hören, die seine Schwester vorbrachte, dennoch erschütterten sie sein Vertrauen zu Livia nicht. Es war übrigens auch für mich nicht leicht; Musa betrachtete mich forschend, und eines Tages bat er, mit mir sprechen zu dürfen.

Er war in allem sehr offen und empfahl mir, soweit es in meiner Macht stehe, mich außerhalb aller Beschuldigungen und Streitigkeiten zu halten. Wenn es zu schwierig werden sollte, könne ich zu ihm kommen, denn er beherberge ebenso viele Geheimnisse unserer Familie wie Mäcenas Geheimnisse der Staatsführung. Er reichte mir stärkende Medikamente und verordnete mir Ruhe, und nach dem Saturnalienfest war ich wieder so weit zu Kräften gelangt, daß ich die Pflichten übernehmen konnte, die im Hause auf mir ruhten. Das war notwendig, denn Tante Octavia war nicht mehr imstande, so viel zu leisten wie früher. Sie zog sich von jeder Geselligkeit zurück und lebte nur ihren Töchtern und Enkelkindern. Wenn es einmal zwingend notwendig war, zeigte sie sich in der Öffentlichkeit, aber sonst vermied sie es auf jede Weise, Livia zu begegnen.

Sie hängte sich an mich, die ihrer Meinung nach ihre Trauer mit ihr teilte. Als ich später wieder auszugehen begann, hielt sie es, glaube ich, für verkehrt, auch wenn sie nie direkte Vorwürfe äußerte.

Daß eine Siebzehnjährige anders reagierte als sie, die Vierzigjährige, daran dachte sie in ihrer tiefen Verzweiflung nicht.

6

Im allgemeinen begleiteten mich Antonia die Ältere und Domitius, wenn ich eingeladen war, aber auch Marcella befand sich oft in meiner Begleitung. Wir waren wieder Freundinnen geworden, und da Agrippa immer noch von Rom abwesend war, paßte es gut, daß sie sich an mich hielt. Sie nahm es sich nicht im geringsten zu Herzen, daß ihr Mann nicht zurückkam, und als Claudius Pulcher ihr die Kur machte, blühte sie auf. Wenn auch Pulcher einige Jahre älter war als Tiberius, gehörten sie doch zum gleichen Kreis, und es ergab sich, daß wir uns ziemlich häufig trafen.

Eines Tages war ich mit Antonia der Älteren und Domitius im Theater – die ganze Stadt war übrigens dort, und etwas von uns entfernt saßen Vater und Livia. In der ersten Pause ging ich zu ihnen hinüber, aber in der zweiten blieb ich in meiner eigenen Loge, und viele Menschen erschienen, mich zu begrüßen. Gracchus, dessen letzte Schwärmerei ich war, blickte mich schmachtend an, während Antonius ihn, soviel er konnte, darin störte und aus dem

Felde zu schlagen versuchte. Ich war durch beide so beschäftigt, daß ich nicht merkte, daß auch Tiberius sich eingefunden hatte.

„Guten Tag, Julia", hörte ich ihn plötzlich. „Drusus und ich waren gestern bei dir, aber du warst nicht daheim."

Ich war am Tag zuvor bei Mäcenas gewesen, aber um zu verbergen, wie sehr mich Tiberius' Anblick überrascht hatte, nickte ich überlegen und sagte: „Ja, ich habe es aufgegeben, wie in alten Tagen auf der Gartenbank zu sitzen und zu warten."

Er warf mir einen schnellen Blick zu und ging seiner Wege, ohne etwas zu erwidern. Ich sah ihn bei Domitius stehenbleiben und einige Worte mit ihm wechseln, ehe er verschwand. Während ich mich wieder Gracchus zuwandte, erhielt ich ein Billett von Vater.

„Deine Gesellschaft ist auffallend jugendlich", schrieb er. Selbstverständlich waren Livia und der Ernst des Lebens der Ursprung dieser Zurechtweisung. „Nimm's mit der Ruhe, Vater, mit den Jahren werden wir älter", kritzelte ich zurück. Er las es lächelnd, und wir winkten uns zu.

Als die Pause vorüber war, gingen meine Freunde davon, und Antonia kehrte mit Domitius zu uns zurück. Er beugte sich zu mir vor und flüsterte: „Ich erwähnte Tiberius gegenüber, daß Antonia und ich nach der Vorstellung eingeladen seien. Er versprach mir, dich heimzubegleiten, und wartet am Ausgang."

Einen Augenblick schien es, als wolle mein Herz aufhören zu schlagen; als es wieder einsetzte, pochte es so, daß es in den Halsadern hämmerte und ich von der ganzen Vorstellung kein Wort mehr verstand. Als wir aufbrachen, begleitete Domitius mich zur Sänfte der Claudier, in der Tiberius in eine Ecke gelehnt mich erwartete. Die Gardinen waren vorgezogen, aber es war hell genug, um mich sein verschmitztes Lächeln erkennen zu lassen.

„Ein kleiner Hinterhalt, Julia, fast als ob Gracchus oder Antonius ihn arrangiert haben könnten." Er beugte sich vor und rief den Trägern ‚Prima Porta' zu, dann wandte er sich wieder zu mir. „Da du der Bank in der Ochsenkopfstraße überdrüssig bist, dachte ich, ein anderer Garten paßte vielleicht besser."

Seine Stimme war so sarkastisch, daß ich nervös wurde. Er

merkte es und amüsierte sich höchlichst darüber, sagte aber nichts mehr. Ohne ein Wort zu wechseln, zogen wir den weiten Weg durch die Stadt bis nach Prima Porta hinaus. Wir hielten vor dem Tor von Livias Villa, aber statt ins Haus zu gehen, schlug er die Toga um mich und zog mich mit sich in den Garten. Ich wagte weder etwas zu sagen noch mich zu widersetzen und folgte ihm widerstrebend. Er lachte mich aus.

„Aber, Julia, fürchtest du dich? Im Theater wirktest du so weltgewandt. Du solltest jetzt plaudern, verstehst du, dich liebevoll und zärtlich an mich schmiegen. So verhält sich eine erfahrene Frau. Du machtest vorhin den Eindruck einer erfahrenen Geliebten, Julia; du bist doch kein verschämtes Schulmädchen mehr, oder doch?"

Ich erwiderte kein Wort. Wenn ich hätte sprechen sollen, wäre ich in Tränen ausgebrochen.

Wir gelangten zu einem kleinen Nymphäum. Springbrunnen plätscherten, und zwischen den blauen Trauben der Glyzinien schimmerte marmorweiß ein tanzender Faun. Plötzlich blieb er stehen und gab meine Schulter frei.

„So willst du es doch haben, Julia? Nicht wahr?" sagte er und drehte mein Gesicht zu sich empor, so daß ich gezwungen war, ihn anzusehen. Mein Blick begegnete dem seinen, und allmählich spürte ich, wie das Harte in ihm milder zu werden begann. Die graublauen Augen wurden dunkel vor Fragen.

„Ich weiß es nicht", erwiderte ich langsam, „ich weiß nicht, wie ich es haben will – ich weiß nur eines: Ich will alles, was du willst, Tiberius . . . du bestimmst!"

Dieser Frühling steht wie eine bezaubernde Fata morgana in meiner Erinnerung. Ich sitze unter einem Magnolienbaum in der Tiefe von Hortensius' Garten. Die Sonne sinkt, und Gold fließt über die Pinienwipfel auf dem Caelius. Die Menschen kommen vom Forum heim – der Arbeitstag ist beendet. Ich höre den Laut von Schritten im Gras hinter mir, und zwei starke Arme heben mich auf. Wir pressen uns aneinander und flüstern zusammenhanglos: „Julia" – „Geliebter" – „Bald gehe ich zu Vater" – „Dann heiraten wir" – „Julia, meine Julia . . ."

„Du siehst so ätherisch aus“, sagte Vater und betrachtete mich forschend. „Es ist verkehrt, seinen Kindern Komplimente zu machen, aber du bist so schön und so umschwärmt, daß ich unruhig zu werden beginne. Wir dürfen wohl bald wieder an eine Heirat denken, Julia?“

„Laß mich bitte noch ein Jahr warten, Vater“, bettelte ich und lächelte inwendig. Denn lange vor diesem Termin würde die Trauerzeit abgelaufen sein und Tiberius Vater um meine Hand bitten.

Eines Tages kehrte Agrippa nach Rom zurück. Ich freute mich, ihn zu sehen, denn es verlieh mir ein Gefühl der Geborgenheit, mich mit Marcus aussprechen zu können. Er war sehr ernst, als ich ihm von Marcellus' Krankheit und Ableben berichtete.

Auch Vater war ernst gestimmt. Es war offensichtlich, daß das Verhältnis zwischen ihm und Agrippa noch immer unerfreulich war. Sie taten, was sie konnten, damit alles sein sollte wie zuvor, aber ich spürte, daß es für beide eine Anstrengung war.

Eines Nachmittags hielt sich Mäcenas lange bei Vater auf. Kurz nachdem er gegangen war, erhielt ich Bescheid, zu Vater ins Arbeitszimmer zu kommen. Ich setzte mich ihm gegenüber und merkte, daß er müde aussah.

„Ich möchte wissen, wie dir Agrippa gefällt“, begann er. „Du hast wohl nichts gegen ihn, oder doch?“

„Nein, im Gegenteil, er ist einer der Angenehmsten, die ich kenne“, erwiderte ich, denn ich wollte Vater wissen lassen, auf welcher Seite ich in der Streitfrage um Marcellus und Agrippa stand.

„Gut“, sagte Vater. „Das vereinfacht die Sache. Nach eingehender Beratung mit Mäcenas habe ich bestimmt, daß du Agrippa heiraten wirst.“

Hätte Jupiter mich mit seinem Blitz getroffen, hätte es mich nicht stärker lähmen können.

„Ich – Agrippa heiraten?“

„Ja“, sagte Vater, „das ist mein Wille.“

„Ich kann nicht, ich meine, ich begreife nicht, was Mäcenas mit meiner Ehe zu tun hat . . .“, stammelte ich.

„Du hast eben erklärt, Agrippa gefalle dir."

„Gefallen ist eins – heiraten ein anderes. Ich kann doch nicht alle Männer heiraten, die mir gefallen. Nein, Vater ... nicht Agrippa."

„Weshalb?"

Ich blickte ihm fest in die Augen.

„Weil ich einen anderen liebe", sagte ich und preßte unter der Tischplatte die Hände zusammen.

„Einen der Jungen?"

„Ja", flüsterte ich, „einen, der im Alter zu mir paßt."

Vater überlegte.

„Ich bin es nicht gewöhnt, Erklärungen zu geben, wenn ich Befehle erteile. Aber ich will um deinetwillen eine Ausnahme machen. Selbstverständlich unter der Voraussetzung, daß alles, was ich sage, unter uns bleibt."

Ich nickte und hielt den Mund fest geschlossen, während ich wartete.

„Wie du weißt, hat es in letzter Zeit zwischen Agrippa und mir gewisse Meinungsverschiedenheiten gegeben. Auf den Grund will ich nicht näher eingehen, aber Tatsache ist, daß der erste Heerführer des Landes, ein in jeder Hinsicht unentbehrlicher Mann, sich widerspenstig gezeigt hat. Diese Meinungsdifferenz kann jeden Augenblick größer werden. Allein der Verdacht, daß Cäsar und Agrippa nicht einer Meinung sind, kann gewisse Elemente so ermuntern, daß es unberechenbare Konsequenzen nach sich ziehen kann. Ich beriet mich heute mit Mäcenas, und er stimmte mir darin zu, daß etwas getan werden muß. ‚Agrippa ist so mächtig geworden', sagte er, ‚daß für dich nur zwei Alternativen bestehen. Entweder mußt du ihn umbringen oder ihn durch Julia an dich binden.' Umbringen möchte ich ihn nicht gern, aber ich lege die Entscheidung in deine Hand."

Ich saß unbeweglich.

„Na?" sagte Vater nach einer Weile.

„Hat Agrippa darum gebeten, mich zu bekommen?" fragte ich.

„Nein", erwiderte er, „er kennt meine Pläne nicht."

„Da wird er vielleicht nicht wollen." Ich griff nach dem Gedanken wie nach einem rettenden Strohhalm. „Er ist ja mit Marcella verheiratet, und er, der so alt ist, hat gewiß kein Verlangen nach mir, Vater."

Ein blasses Lächeln glitt über sein Gesicht.

„Das ist eine falsche Hoffnung, denn kein Mann wird zu deiner Hand nein sagen. Übrigens kommt er im Laufe des Abends her, dann werde ich es erfahren. Und was Marcella anbetrifft, hat Octavia mich bereits vor langer Zeit gefragt, ob etwas dem im Wege stehe, daß Marcella von Agrippa geschieden werde. Sie erwähnte übrigens gleichzeitig, er passe ihrer Meinung nach besser zu dir als zu Marcella."

„In dieser Angelegenheit sind hoffentlich alle nach ihrer Meinung gefragt worden – nur ich nicht", erklärte ich bitter.

„Dann ist es also entschieden", sagte Vater.

„Unter Zwang", erwiderte ich kurz und ging, ohne Lebewohl zu sagen, hinaus.

Als ich draußen stand, blickte ich gen Westen, aber die Sonne war schon untergegangen, und es war zu spät, zur Gartenbank zu gehen. Ich überquerte den Hofraum und ging zu Tante hinein. Dort setzte ich mich in mein Zimmer und blickte vor mich hin. Ich fühlte mich innerlich wie betäubt und ausgehöhlt.

Phöbe fragte, ob ich essen wolle, aber ich schüttelte den Kopf. Nach einer Weile stand Vater vor mir. Er gab sich den Anschein, nichts zu merken, und grüßte wie sonst.

„Agrippa ist eben bei mir gewesen", sagte er, „alles ist in Ordnung. Er bat, mit dir sprechen zu dürfen, aber ich erklärte, du fühltest dich nicht wohl. Ich dachte mir, du brauchtest ein wenig Ruhe. Dann habe ich Befehl erteilt, deine Sachen in die alten Gemächer bei mir hinüberzuschaffen; ich finde, es ist passender, dich in der Nähe zu haben."

„Wie vorsorglich du bist – alle Details ziehst du in Betracht", brach es aus mir hervor.

„Sei nicht so bitter", bat er.

„Du erwartest vielleicht Dank?" fragte ich. „Es ist natürlich wie immer mein Bestes."

Er sah verletzt aus.

„Die Menschen denken nie weiter als an ihr eigenes Wohl und Weh, während ich für alle denken muß. Ich bin daher des Dankes entwöhnt. Ich weiß, was ich von dir fordere. Ich habe dir auch erklärt, was hinter meinem Wunsch steht, und ich denke, du wirst zur Zusammenarbeit bereit sein."

Ich neigte den Kopf, und er strich mir über das Haar.

„Wann?" flüsterte ich. „Wann willst du, daß es geschehen soll?"

„Die Scheidung von Marcella ist bald geordnet, aber du brauchst wohl etwas Zeit, dich instand zu setzen. Sagen wir in zwei Monaten. Agrippa würde es vorziehen, Verlobungsgesellschaft und offizielle Feiern zu vermeiden, aber ich halte daran fest, daß wir das Ereignis mit einem größeren Fest unterstreichen. Bist du damit einverstanden?"

Außerstande, ihm zu antworten, nickte ich gleichgültig.

Ich wagte nicht, an Tiberius zu schreiben, und als ich versuchte, Phöbe zu ihm zu schicken, um das Geschehene zu berichten, gelangte sie nicht hinaus, denn der Arzt saß im Vorzimmer und erklärte, ich sei krank und würde vielleicht ihrer bedürfen.

Ich hörte Tiberius die Treppe heraufkommen und nach mir fragen, aber Musa sagte, ich hätte Fieber und müsse mich ausruhen. Ohne daß jemand es gewahr werden konnte, waren meine Zimmer zu einem Gefängnis geworden, in dem ich durch meines Vaters Willen gefesselt saß.

„Wie lange muß ich krank sein?" fragte ich ihn, als er mich das nächste Mal besuchte. Ich sah ihm gerade in die Augen, und zum erstenmal erblickte ich in ihnen einen Schimmer Unsicherheit.

„Du bist jung und impulsiv", erwiderte er.

„Deine Tochter zu sein, zählt schwerer als die Zahl meiner Jahre – du hast mir Vertrauen geschenkt, und ich möchte gern wissen, was ich tat, das Mißtrauen verdiente?"

Darauf antwortete er nicht, aber am selben Abend erklärte Musa mich für fieberfrei, und am nächsten Tag konnte ich ausgehen. Ich ging nicht weiter als in den Hofraum und setzte mich dort auf eine Bank, so daß Vater mich sehen konnte, wenn er die Augen von seinem Arbeitstisch hob. Am Nachmittag kam Agrippa, um mit ihm zu reden, und er schien erfreut, mich dort zu sehen.

„Guten Tag“, sagte er und setzte sich neben mich. „Ich fürchtete schon, daß du bei dem Gedanken, mich zu heiraten, krank geworden seist. Vaters Vorschlag muß überraschend gekommen sein, aber je mehr ich ihn überdenke, desto mehr möchte ich glauben, daß es gut gehen wird.“

„Mit dir und Marcella ging es nicht gut“, sagte ich skeptisch.

Er lachte.

„Du bist gesegnet aufrichtig, deshalb glaube ich, daß wir zusammenpassen“, erwiderte er. „Wir sind schon einmal Bundesgenossen gewesen; denke an mich als Verbündeten und nicht als Ehegemahl, dann wird es für den Anfang leichter für dich sein. Von Hochzeit und Haus wollen wir ein andermal reden, denn jetzt muß ich zu Vater hinein.“

Er erhob sich und ging davon, ohne mich zu küssen.

Es geschah, wie Vater es wollte – große Hochzeit, offizieller Festtag in Rom und so viele Gäste, daß niemand es bemerkte, daß Tiberius nicht zugegen war. Niemand als ich, denn ich dachte an keinen andern als ihn, selbst da ich mich schmückte und mir den Schleier umlegte. Hinter allen Gesichtern und durch alle Stimmen hindurch sah und hörte ich nur ihn.

„So willst du es haben, Julia, nicht wahr?“ fragte die kleine Antonia und hielt den Spiegel vor mir hoch. Es waren Tiberius' Worte draußen bei Prima Porta. „Ich weiß nicht, was ich will“, hatte ich damals geantwortet. Das war nun mehrere Monate her. Heute wußte ich, was ich wollte, und als Vater mich holen kam und fragte, ob ich bereit sei, bejahte ich. Aber ich war nicht für Agrippa und den Altar bereit, sondern dazu, mich bei erster Gelegenheit Tiberius zu geben.

Ich erinnere mich nur einzelner Bruchstücke dieser Hochzeit. Das Festessen währte lange, aber ich wahrte die Fassade, und als Marcus mir mit Feuer und Wasser entgegentrat, war ich gefaßt. Erst als Terentia mich in die Brautkammer geleitete und ich mit Marcus allein blieb, wurde ich unsicher.

Als Marcus mir die Gürtelschleife öffnete und den Mantel abnahm, begann ich Herzklopfen zu bekommen, und als ich das zum Brautlager hergerichtete Bett sah, trat mir der Schweiß auf die Stirn.

„Welch eine Komödie eine solche Hochzeit ist", sagte Marcus und zog die Vorhänge zusammen. „Denk, wie nett wir es hätten haben können, wenn nur Braut und Bräutigam bestimmen dürften."

Plötzlich bemerkte er, daß ich bebte.

„Aber Liebe, fürchtest du dich?" Er legte mir seine Hand auf die Stirn und spürte, daß sie feucht war. „Du frierst ja . . . bist du krank?"

Ich nickte, denn ich wollte lieber krank als furchtsam sein.

„Da siehst du, ich hätte Vater nicht seinen Willen mit einem offiziellen Fest lassen sollen . . . Nach all dem, was du heute ausgestanden hast, mußt du mehr tot als lebendig sein. Komm, gehen wir in die Stube und setzen wir uns."

Sie war behaglich warm, und ich kroch aufs Sofa und rollte mich dort zusammen. Marcus warf mir Kissen und eine Toga zu und holte ein Kohlenbecken, das er ans Fußende stellte. In einem Schrank fand er eine Reisetasche und zog einen Tonkrug und zwei Becher daraus hervor. Er schenkte den meinen bis zum Rande voll, sich selber goß er nur einige Tropfen ein.

„Trinkst du nicht?" fragte ich und nippte am Becher.

„Nein, wenig – es ist eine Angewohnheit von mir aus dem Felde, daß ich während einer Schlacht nie etwas anrühre."

„Dann ist es also eine Schlacht, mit mir verheiratet zu werden", bemerkte ich und trank mehr davon. Es schmeckte gut, ich hörte auf zu zittern und fror auch nicht mehr.

„Nein, es ist keine Schlacht", lächelte er, „aber ich muß zugeben, daß ich auf den Ausgang gespannt bin. Ich bin alt, und du bist so jung und unerfahren – und schön. Vor dem Altar hättest du eher Venus statt Gaia sagen sollen, das hätte besser zu dir gepaßt – viel besser . . ."

„Findest du, ich bin schön?" fragte ich verwundert.

Er hatte den Stuhl zu mir herübergeschoben und streifte mir die Sandalen ab. Dann fing er an, meine Füße zu massieren, und das tat gut, denn er hatte warme, gefühlvolle Hände. Plötzlich hob er den einen Fuß hoch und küßte ihn – er biß fast ein wenig in ihn hinein. Ein eigenartiges Kitzeln durchfuhr mich, ich war völlig überrumpelt. Als er es bemerkte, schob er seinen Stuhl zurück; ich setzte mich auf, betrachtete mein Bein und spielte mit den Zehen.

„Denk, wenn deine Soldaten dich jetzt gesehen hätten . . .“, entfuhr es mir.

„Ein furchtbarer Gedanke“, lachte er laut, und auch ich mußte lächeln. Ich nahm einen neuen Schluck, und ein angenehmes Gefühl durchströmte meinen Körper. Das Licht der Öllampe gewann eine eigene neue Wärme, alle Gedanken entwichen, und nur Marcus und ich waren übrig. Er war ohne Toga, und seine Arme waren so stark und sicher, daß ich Lust empfand, sie zu streicheln. Ich faltete die Hände unter den Knien, um mich nicht vorzubeugen und nach ihnen zu fassen.

„Hast du dich auch gefürchtet, als du zum erstenmal heiratetest?“ fragte er.

„Ich fürchtete mich so, daß ich umfiel . . .“ Ich erzählte ihm, was geschehen war.

„War es Marcellus, der dich so erschreckte?“

„Ja, aber am meisten hat mich Livia erschreckt. Ich habe mich immer vor ihr gefürchtet, und eines Tages hat sie mich in widerwärtiger Weise berührt und mir erzählt, was es heißt, verheiratet zu sein. Ich kann es nicht erklären, aber ich wurde so heftig erschreckt, daß ich mich für den Rest des Tages verbarg.“

„Du Ärmste“, sagte er mit weicher Stimme, „ich habe mich oft gefragt, wie es dir mit Livia als Stiefmutter wohl ergehen mochte.“

„Ist sie nicht schlimm?“ fragte ich.

„Schlimm trifft es nicht – giftig ist sie!“

Er setzte sich hinter mich aufs Sofa und ich lehnte mich an ihn.

„Aber später hast du mit Marcellus zusammengelebt?“ fragte er.

Ich erzählte ihm von dem Mädchen, in das er verliebt war, und daß er erst zu mir kam, nachdem er sie verloren hatte.

„Du warst vielleicht auch in einen anderen verliebt?" fragte er vorsichtig und strich mir über den Arm. Ich war nahe daran, es zu bejahen, faßte mich aber doch.

„Nein", erwiderte ich, aber ich weiß, daß er den kleinen Augenblick meines Zögerns bemerkt hatte.

Er schwieg und fuhr fort, meinen Arm zu streicheln, und ich wandte mich zu ihm um und lehnte mich an seine Schulter.

„Du fürchtest dich nicht mehr?" fragte er.

Ich schüttelte den Kopf, und seine Hand glitt meine Hüfte hinunter. Ein eigenartig rieselndes Gefühl durchfuhr mich, und ich preßte mein Gesicht dicht in seine Halsgrube.

„Hast du es gut, Kleines?" flüsterte er.

Ich holte tief Atem, und statt zu antworten, schlang ich meine Arme um seinen Hals. Meine Finger bekamen sein dichtes, festes Nackenhaar zu fassen. Dann richtete ich mich auf und rieb mein Kinn an seiner Wange.

Im allgemeinen erwacht man mit einem Ruck und ist sofort ganz klar. Heute war es anders. Erstens fiel das Licht von der verkehrten Seite herein, außerdem fühlte ich mich warm und feucht im Nacken – und ich entdeckte, daß ich einen Muskelpacken unter dem Kopf hatte. Als ich zur Seite sah, blickte ich geradewegs in eine dunkle Armhöhle. Erst jetzt bekamen meine Sinne Kontakt mit dem Bewußtsein, und ich erinnerte mich plötzlich, daß ich mit Agrippa verheiratet war. Im Dämmerlicht wirkte er noch kräftiger als sonst. Sein Atem ging tief und regelmäßig, und indem ich darauf horchte, glitt ein Gefühl der Geborgenheit in mich ein. Eigenartig, daß er, der so stark war, so zartfühlend werden konnte, daß beim Gedanken daran mich Schauer durchliefen. Ich streckte die Hand aus und hielt sie über seine Brust, so daß der schwarze krause Haarbalg meine Handfläche kitzelte . . . Marcellus war glatt – und hart im Umgang. Nein, ich vermochte nicht an Marcellus zu denken; er war tot, der arme Kerl, und es war nicht seine Schuld, daß wir nicht zusammen paßten. Um sein Bild loszuwerden, setzte ich mich auf und sah mich im Zimmer um.

Ich hätte fast laut aufgelacht, denn unsere Kleider lagen über das ganze Zimmer verstreut, und mitten auf der Erde lagen Kranz und Schleier. Nicht einmal Phöbe durfte dieses Durcheinander sehen. Ich erhob mich leise und sammelte die Kleidungsstücke zusammen. Marcus' Kleider legte ich in sein Ankleidezimmer, wo Togen und Panzer in Reihen hingen, meine eigenen trug ich zu mir hinein.

Der Kranz sah furchtbar mitgenommen aus, deshalb stellte ich mich vor den Spiegel und versuchte, ihm wieder eine runde Form zu geben. Ich war damit so beschäftigt, daß ich nicht hörte, wie Marcus erwachte, und schrak bei seinem Lachen zusammen. Natürlich mußte ich erröten, denn ich stand ja splitternackt mit dem Kranz auf dem Kopf da, und je nackter ich mich fühlte, desto röter wurde ich. Schließlich gab es keinen Fleck an meinem Leib, der nicht flammend rot gewesen wäre.

„Venus", lachte er, „Venus . . ."

Er saß auf dem Bettrand und lehnte sich auf den Ellenbogen. Genau hinter seinem Kopf sah ich in der Tür zum Ankleidezimmer einen Panzer schimmern.

„Mars", rief ich zurück. Mit einem Satz war er quer durchs Zimmer, hob mich empor und warf mich wie ein Bündel Garn ins Bett.

Wir hatten eine Apfelsine verzehrt, und ich baute von ihren Kernen auf meinem Leib eine Pyramide. Marcus lag neben mir und blickte mich geistesabwesend an. Ich hatte etwas auf dem Herzen, aber ich war nicht sicher, wie er es aufnehmen würde.

„Du", meinte ich schließlich und warf ihm einen Blick zu, „mich schaudert vor der Gesellschaft heute abend."

„Warum denn?" Er hatte eine eigene, abwartende Art, das zu sagen.

„Ich werde erröten, wenn die Leute mich ansehen."

„Denk nicht an die Leute, dann vergeht es."

„Das magst du sagen, der alt und alles gewohnt ist, aber ich werde mich die ganze Zeit unsicher fühlen."

Er lachte ein wenig.

„Beeil dich und zieh dich an", sagte er dann und schubste mich aus dem Bett.

„Weshalb?" fragte ich und sah ihn an.

„Meine Befehle werden immer ohne ein ‚Weshalb' ausgeführt", erwiderte er ungeduldig.

„Ich bin kein Soldat", protestierte ich und ging in mein Zimmer.

„Glaubst du, ich hätte das nicht selber entdeckt?" rief er, ehe ich die Tür hinter mir schloß.

Als ich wieder herauskam, stand er fertig angezogen da, und ein Diener war mit Packen beschäftigt.

„Sag Phöbe, daß sie ein paar Kleider und Toilettegegenstände für dich zusammenpacken soll", sagte er.

„Verreisen wir?" rief ich aus.

„Ja, wir flüchten vor der Gesellschaft und Roma und Phöbe", erwiderte er. „Jetzt werden wir beide, du und ich, ganz allein sein, bis du es gewohnt bist, meine Ehefrau zu sein."

„Aber ich *muß* Phöbe bei mir haben", widersetzte ich mich, „wie soll ich denn sonst mein Haar frisieren?"

„Das mag seine Probe bestehen – laß es herunterhängen."

„Und ich habe geglaubt, mit einem vernünftigen Mann verheiratet zu sein", rief ich empört.

„Es gibt viele Dinge, in denen du dich, hoffe ich, geirrt haben wirst, Kleines", erwiderte er und umarmte mich, daß mir der Atem wegbleiben wollte. Unterwegs erzählte er, daß wir zu seiner Villa in Antium reisten und nicht im Hauptgebäude, sondern in einer primitiven Hütte in ihrer Nähe wohnen würden.

„Wie furchtbar", sagte ich und starrte ihn ungläubig an.

Wir hielten bei der Villa, doch statt die Treppe hinaufzugehen, durchschritten wir mehrere Hofräume bis zu einer Mauer am Ende des Gartens, in der sich ein Tor befand. Marcus zog dreimal kurz an einer Glocke, die dort hing. Ein alter Mann steckte vorsichtig den Kopf heraus. Als er uns sah, verneigte er sich und küßte den Saum von Marcus' Toga.

„Guten Tag, Silvius“, grüßte ihn Marcus, „bring das Gepäck hinein und füll die Vorratskammer. Das hier ist Julia. Wir bleiben einige Tage.“

„Komm . . .“, sagte er dann zu mir und ergriff meinen Arm. Wir gingen einen Pfad hinunter zu einer Bucht. Dort lag ein kleines Lehmhaus zwischen einigen Mimosen. Die Wogen plätscherten an den Strand, und in den grünen Baumwipfeln sang der Wind.

„Dies ist mein Syrakus“, sagte Marcus und zog den Riegel von der Tür. „Immer wenn ich müde bin, komme ich hierher, und dann wird die Welt neu für mich. Das Wasser ist sauber, die Luft unverbraucht, und du bist die einzige Frau, die ihren Fuß hierher gesetzt hat. Jetzt sind wir Gaius und Gaia – das erste Menschenpaar der Welt. Wenn du errötest, Julia, errötest du vor dir selber, denn hier ist niemand außer uns beiden.“

Es war bezaubernd. Noch jetzt kann ich den sonnenwarmen Berghang spüren, auf dem ich saß, während Marcus drinnen das Feuer anzündete.

„Du kannst ja alles!“ rief ich, als der Rauch zum Abzugsloch über der Tür hinausschlug.

„Ich bin nicht von ungefähr Cäsars Schwiegersohn“, erwiderte er neckend.

Jeden Vormittag badeten wir, und er brachte mich dazu, in der Sonne zu liegen und mich trocknen zu lassen. Da begriff ich auch, weshalb Phöbe uns nicht begleiten durfte, denn sie hätte mich lieber tot gesehen als mit sonnengebräunter Haut.

„Unsinn“, sagte Marcus, „es ist herrlich, Farbe zu haben. Ehe du heiratest, warst du so blaß, daß es wehtat, dich anzusehen.“

Ich spürte einen Stich im Herzen und mußte den Kopf abwenden, damit er nicht sehen sollte, daß Tränen in meinen Augen standen.

„Das hätte ich nicht sagen sollen. Aber scheue dich nicht zu weinen; es ist besser, der Schmerz bricht sich nach außen Bahn als nach innen“, sagte er leise.

Ich setzte mich auf und blickte ihn an. Er hatte sich auf den Leib gewälzt und den Kopf auf den Unterarm gelegt, so daß ich sein Gesicht nicht sehen konnte.

„Kannst du auch Gedanken lesen?" flüsterte ich und begann, Sand auf seine Schultern rieseln zu lassen. Sie waren kupferbraun getönt, nur eine Narbe am Nacken schimmerte weiß.

„Jetzt will ich dir ein Märchen erzählen", sagte ich nachdenklich. „Es gab einmal vor langer Zeit, als ich klein war, einen großen Hund, der unten am Berghang nach Velia wohnte. Er war ein furchtbarer Raufbold, so einer deines Schlages. Narbig war er auch und mit zerzaustem Fell wie du." Ich zerwühlte ihm das Haar. „Es gab viele andere Hunde im Viertel, Senatoren-Hunde und Konsuln-Hunde, Quästoren-Pinscher und zugelaufene Prätoren-Köter, aber alle fürchteten sich vor dem Raufbold und gingen knurrend im großen Bogen um ihn herum. Denn wenn Vater ‚Faß!' sagte, stürzte er sich auf sie und verabfolgte ihnen eine Abreibung. Aber zu mir war er immer nett. Weshalb war er das, Marcus?"

„Wer weiß . . . vielleicht war er im Herzen nicht ganz so zerzaust wie im Fell, und vielleicht fürchtete er, daß das kleine Mädchen auf den steilen Stufen des Palatins hinfallen könne – ja, es läßt sich sogar denken, daß er sie liebte. Aber machtest du dir etwas aus dem schlimmen Burschen, Julia, die du doch gepflegte Schoßhündchen gewöhnt warst?"

„Ich habe ihn im Grunde genommen immer gern gehabt", sagte ich. „Aber etwas verstehe ich nicht. Weshalb kam er immer, wenn Vater pfiff?"

Marcus richtete sich auf und blickte zur See hinaus.

„Mit Hunden ist das eine eigenartige Sache", erwiderte er. „Die Dressur von Kindheit an sitzt fest. Vater und der wilde Bursche waren zusammen aufgewachsen, weißt du. Einmal half er ihm, als sein Bruder in Gefahr war, und Hunde sind treue Tiere."

„Aber nicht so treu, daß er gehorcht hätte, als Vater einem anderen die Pfeife gab . . ."

„Nein, das war sogar für einen Hund zuviel."

Ich grübelte und warf kleine Steine ins Wasser.

„Ich habe nie verstanden, weshalb du Marcella geheiratet hast", sagte ich, und dann blickte ich ihm ins Gesicht. Aber er fuhr fort, aufs Wasser hinauszustarren, und seine graugrünen Augen wurden ganz grün. Der humoristische Zug in seinen Mundwinkeln schwand.

„Du besitzt wohl keine Erinnerung an jene Zeit, als Vater aus Ägypten heimkehrte“, sagte er. „Vater war mehrere Jahre fort gewesen, und Livia benutzte die Süße des Wiedersehens, um die Schwäche ihrer Schwägerin Antonius gegenüber zu entlarven und ihre Bemühungen um Antonius' Kinder und alte Freunde zu verdächtigen.“

„Ja, ich erinnere mich des Triumphzuges, als ich zwischen Livia und Tante Octavia saß – es war ungefähr ebenso behaglich, wie zwischen Stachelschweinen eingeklemmt zu sein“, sagte ich, und Marcus lächelte.

„Octavia erregte sich auch heftig darüber, daß Vater die Kinderverlobung zwischen dir und Marcellus aufheben wollte; sie kam zu mir und bat mich um Hilfe. Heer und Flotte sind Dinge von Gewicht, und mit mir als Rückhalt konnte sie sich sicher fühlen. Als Lohn sollte ich Marcella bekommen. Ich schlug zu, denn ich war ledig und Marcella eine gute Partie. Hätte Octavia sich damals tatsächlich nach mir gerichtet, wäre sie für den Rest ihres Lebens gesichert gewesen, auch einem so abgefeimten Spieler wie Livia gegenüber. Aber kaum sah sie ihren Traum, dich und Marcellus zum Ehebett zu führen, erfüllt, als sie mich als überflüssig zu betrachten begann. Sobald ich merkte, daß der Wind nun von anderer Seite her wehte, ging ich auf Livias Annäherungsversuche ein, und wir verlobten Tiberius und Vipsania miteinander.“ Da ich nichts erwiderte, fuhr er nach einer kleinen Pause fort: „Arrogant und töricht, wie Marcellus war, verbarg er keineswegs, daß er mich aus dem Sattel zu heben bemüht war, um selber meinen Platz einnehmen zu können. Ich beschwerte mich darüber bei Vater, aber er nahm Marcellus' Partei, worauf ich meine Zelte abbrach und nach Osten reiste.

Über Livias Haltung in dieser Zeit wage ich mich nicht zu äußern. Sie ist auf jeden Fall nicht meinem Beispiel gefolgt, sondern daheimgeblieben, und das Ergebnis kennst du. Marcellus starb. Octavia beschuldigte Livia, Marcellus ermordet zu haben, Livia ihrerseits klagte Marcellus an, Vater vergiftet zu haben, als dieser so krank war.

Octavia schrieb mir und bat um gut Wetter. Ich stellte meine Bedingungen, denn ich hatte sie beide satt, Marcella und Octavia. Ich hatte meine Augen auf dich geworfen, Kleines. Du hattest mir lange im Gehirn herumgespukt, und der Brief, den du schriebst, als Marcellus krank war, gab den Ausschlag. Sowohl Octavia als auch Mäcenas, der zwischen Vater und mir zu vermitteln suchte, waren bereit, mich zu unterstützen, und so reiste ich wieder nach Rom. Den Rest kennst du. Nach kurzem Bedenken kam es zur Versöhnung, und Vater lud zur Hochzeit in der Ochsenkopfstraße ein."

Endlich begriff ich Tante Octavias Einmischung in meine Ehe und Mäcenas' stundenlange Konferenzen mit Vater.

„Ich habe nicht geglaubt, daß Vater sich von Octavia oder Livia beeinflussen lasse", sagte ich nachdenklich, „ich war überzeugt, er fasse seine Entschlüsse selber."

„Darin hast du recht", räumte Marcus ein, „aber Vater wird nie politische Ziele außer acht lassen, und du darfst wirklich nicht glauben, daß der Machtkampf beendet sei, weil der Krieg gewonnen ist. Er wird im verborgenen weitergeführt und ist vom Schlachtfeld auf Vaters Person und Umgebung übertragen worden. Hinter dem Rivalentum zwischen Octavia und Livia wirken starke Kräfte."

„Aber hinter mir", brach ich aus und blickte unwillkürlich über die Schulter zurück, „wer steht hinter meiner Person, da ein solcher Streit um sie geht?"

„Hinter dir steht Vater", erwiderte Marcus still, „und außerdem birgst du Roms Zukunft in deinem Schoß."

Ich neigte den Kopf und schloß die Augen. Es ist eine harte Erkenntnis, ein Stein im Spiel anderer zu sein, und ich biß die Zähne zusammen. Er sah es und legte seinen Arm um meine Schulter.

„Schaffen wir es, zusammenzuhalten, wird alles gut werden", flüsterte er. „Und ich habe den Glauben, daß es gehen wird, Kleines."

Am Abend saßen wir in der offenen Tür. Die Luft hatte an

Schärfe zugenommen, und ich war in einen schweren Mantel gehüllt. Marcus erzählte, aber ich konnte die Gedanken nicht von unserem vormittäglichen Gespräch lösen. Schließlich vermochte ich nicht mehr zu schweigen.

„Es gibt etwas, worüber ich mich ärgere und wonach ich dich fragen muß“, erklärte ich. „Wenn du mich aus politischen Rücksichten geheiratet hast, geschah es also nicht, weil du mich begehrtest, sondern weil es so gut paßte . . . .“

„Nein, Kleines, darin irrst du dich. Ich habe mich jahrelang nach dir gesehnt.“

„Das sagst du jetzt, um mich zu trösten.“

„Nein – wirklich nicht. Als du Marcellus heiratetest und ich Vaters Stelle einnehmen sollte, hast du mir geradezu den Atem genommen. Während du an meiner Seite dahinschwebtest, war ich wie besessen von der Lust, mit dir davonzulaufen und dich für mich zu behalten. Der Gedanke, daß ein unerfahrener Knabe mit dir spielen sollte, kleine Venus, wollte mir fast den Atem rauben. Als ich deinen Brief auf Lesbos erhielt, sehnte ich mich krank nach dir, und auf der Heimreise dachte ich nur an dich.“

Ich spürte, daß seine Worte wahr waren.

„Du“, sagte ich plötzlich, „ich habe gewiß vergessen, dir das Ende meines Abenteuers mit dem großen wilden Hund zu erzählen. Eines Tages verschwand er und kam nie mehr zurück. Statt dessen stand plötzlich ein Bock am Hang nach Velia, ein ungeziemend lüsterner Bock . . . Weißt du, daß Vater ausgerechnet diesen Bock dann dazu bestimmte, auf sein Juwel aufzupassen, als er nach Spanien und Gallien reiste? Der Gedanke allein, eines anderen Mannes Braut vor dem Altar zu begehren . . .“

„In allen Männern steckt ein Bock“, gähnte Marcus und reckte sich.

„Das ist keine Entschuldigung . . . Vater ist jedenfalls nicht so“, erklärte ich bestimmt.

Marcus lachte laut heraus.

„Ach, wirklich nicht? Ist Vater über alles Begehren erhaben? Dann bist du die einzige in Rom, die noch nicht von Vaters Eskapaden gehört hat. Er hat dutzendweis Geliebte gehabt. Und um nur eine zu nennen, die du sehr gut kennst, kann ich Terentia erwähnen. Seit dem Murena-Attentat ist sie Vaters Freundin. Vater hat sie damals selber verhört, und zwar so gründlich, daß es im Bett endete. Sie war Murenas Schwester, und ihre eigene und Mäcenas' Stellung waren so schwierig geworden, daß sie es sich nicht leisten konnte, Vaters Annäherung abzulehnen. Wie weit dieses Verhältnis Mäcenas bekümmert, vermag ich nicht zu sagen. Wenn er nicht als Liebhaber leidet, leidet er bestimmt als Sammler, denn Terentia war sein liebster Kunstgegenstand, und nach einer raffinierteren Frau wird man lange suchen müssen . . .

Du findest jetzt gewiß, daß ich hart und zynisch bin. Ich hätte dir diese Geschichte ersparen können und habe sie dir nicht erzählt, um dir Vater zu entfremden; aber es ist an der Zeit, daß du erwachsen wirst und das Leben siehst, wie es ist. Lust und Begehren treiben die Welt. Morgen werden wir heimreisen, kleine Freundin . . . denn jetzt kennst du deinen wilden Raufbold und beginnst, dich an ihn zu gewöhnen. Ich hoffe, du begreifst, daß er sich auf mehr versteht als Schlägereien und Soldaten. Glaub nicht, daß du mich hinters Licht führen kannst, und sei dir klar darüber, daß Abwege und Seitensprünge nicht geduldet werden."

„Vorläufig habe ich wenig Anlaß zu Seitensprüngen oder Abwegen gehabt", sagte ich und kitzelte sein Ohr mit der Zungenspitze.

„Du sollst auch später nicht Gelegenheit dazu erhalten, glaub mir das", versprach er und preßte meinen Arm, daß ich stöhnte.

7

Auf der Reise in die Stadt erklärte Marcus mir, wie er sich den Tagesablauf wünschte, und ich lauschte gelehrig.

Damit die Geselligkeiten nicht gerade überhand nehmen sollten, durfte ich nur die absolut notwendigen Einladungen annehmen.

Andererseits mußte ich stets auf Besuche vorbereitet sein, denn mit unserer Stellung ergab sich ein gastfreies Haus. Gegen Unterhaltungsprogramme, die das Zusammensein mit Gästen erleichtern konnten, hatte er nichts einzuwenden, aber ich sollte dafür Sorge tragen, die besten Kräfte zu bekommen, denn schlechte Künstler waren schlimmer als gar keine.

Die Dienerschaft war eingearbeitet und zuverlässig, aber ich würde es vermutlich notwendig finden, meinen eigenen Stab zu erweitern, der ihm unzureichend erschien. Er riet mir davon ab, mich der öffentlichen Sklavenmärkte zu bedienen. Ich sollte lieber versuchen, geeignete Kräfte bei Bekannten zu finden, und sollte mich, statt an Preise zu denken, auf Qualität konzentrieren. Besonders müsse ich mich davor hüten, Spione ins Haus zu ziehen, und ehe er die Kaufverträge unterschreibe, wolle er meine Wahl selber überprüfen.

Früher hätte er gesagt, daß ich Mäcenas um Rat fragen könne, aber seitdem Terentia meines Vaters Freundin geworden sei, wolle er keine Diener aus ihrem Haushalt verwenden. Er bat mich, speziell auf Livias Agenten achtzugeben. Jahre hindurch habe sie ihre Wohltätigkeit darin gesehen, Findlingskinder zu ‚nützlichen Menschen' aufzuziehen, und bei ihrem Lehrgeschick seien ihre Mündlinge wegen ihrer Disziplin und Tüchtigkeit sehr gefragt. Im Laufe der Zeit habe sie sie rundherum in den Häusern der Stadt untergebracht und auf diese Weise sich ein Nachrichtenwesen verschafft, das nicht einmal Vaters geheimer Polizei nachstand. Deshalb müsse ich sehr darauf achten, nicht auf ihre Schützlinge hereinzufallen, eine Gefahr, die bestünde, auch wenn ich sie an ganz anderen Orten kaufte.

„Verlaß dich auf Phöbe und mich – niemand weiß besser über die Leute Bescheid, die in der Ochsenkopfstraße ein und aus gehen, als Phöbe, und niemand hat ein heftigeres Verlangen, Livia unserem Hause fernzuhalten, als ich", versicherte ich ihm.

„Ich denke, du wirst es schaffen", meinte er, „und solltest du über etwas im Zweifel sein, brauchst du nur zu mir zu kommen."

Ich war ziemlich nervös, denn das Personal war neu und der

Haushalt viel größer, als ich es von daheim gewohnt war, aber ich begegnete weniger Schwierigkeiten, als ich erwartet hatte. Eigenartigerweise machte Phöbe mir am meisten zu schaffen. Achtzehn Jahre lang hatte sie ein Monopol auf mich besessen, und nun mußte sie mich plötzlich mit einem anderen teilen. Während ich in Antium weilte, war sie ganz außer sich, und sie weinte vor Erregung darüber, mich wieder bei sich zu haben. Als sie entdeckte, daß mein Haar vom Salzwasser hart geworden und meine Haut sonnenverbrannt war, wurde sie geradezu hysterisch. Ich durfte mich nach der Reise nicht einmal ausruhen, sie nahm mich sofort in Behandlung. Das Haar wurde wieder so weich wie vorher, aber die Bräune der Haut leistete allen Salben und Pomaden Widerstand. Schließlich wurde ich ihrer Geschäftigkeit überdrüssig.

„Es ist besser, gesund auszusehen, als so grauenhaft blaß wie die Huren in Subura", rief ich ungeduldig aus, worauf sie entsetzt die Hände über dem Kopf zusammenschlug.

„Bist du von Sinnen?" sagte Marcus, als ich es ihm erzählte. „Sie leidet Qualen der Eifersucht, und da kommst du mit einem solchen Wurfgeschoß? Jetzt ist sie überzeugt, daß ich dich in einen Abgrund der Unmoral gestürzt habe."

Ich bereute und versuchte herauszufinden, wie ich sie am besten trösten könne. Früher hatten wir unsere Meinungen immer abends auf dem Bettrand ausgetauscht, jetzt verlegte ich diese vertrauliche Stunde auf die Frühstückszeit. Außerdem ernannte ich sie zum Chef meiner eigenen Diener und Sekretäre; das stärkte ihre Stellung den anderen gegenüber so, daß sogar unser imponierender Haushofmeister auf sie Rücksicht nehmen mußte. Aber um zwischen den beiden das Gleichgewicht der Macht zu wahren, mußte ich eine lebhafte diplomatische Tätigkeit entfalten.

Unser Haus war gerade zur Hochzeit fertig geworden, und ich genoß den Komfort, der mich umgab. Nach den zugigen Fluren, den dunklen Räumen und den kalten Fußböden in der Ochsenkopfstraße war es ein Traum, eine zentrale Heizung zu besitzen, Türen, die schlossen, und Fenster, die Licht hereinließen. Meine eigenen Zimmer hatte Marcus selber ausgewählt und mit einem

Luxus versehen, der mich völlig überwältigte. Als ich mein Bad zum erstenmal erblickte, konnte ich es nicht unterlassen, einen Freudenschrei auszustoßen. Es war in schwachgrünem Marmor gehalten, und auf dem Grunde des Schwimmbeckens befand sich ein Prachtmosaik mit Nereiden und Seegewächsen. Die Waschschüssel glich einer hauchdünnen Muschel, und graziöse Delphine spien warmes und kaltes Wasser. Die Massagebank aus duftendem Zedernholz stand unter der schönsten Venus, die ich je gesehen zu haben meinte.

„Ich hoffe, es wird Gnade vor deinen Augen finden", sagte Marcus und weidete sich an meiner Begeisterung.

„Gnade vor meinen Augen?!" brach ich aus.

„Ich möchte wünschen, daß du nie blasiert würdest", erwiderte er.

In den ersten Tagen sah ich mich nur um, dann aber machte ich mich daran, es fraulich wohnlich um mich her zu machen. Pfauen kamen auf den Rasen, Schwäne auf die Teiche und Tauben in die Hofräume. Zwischen den Säulen der Veranda hingen Singvögel in Käfigen und Körbe mit seltenen afrikanischen Blütengewächsen. Ich erhielt Vorhänge und Teppiche und ließ so viele Kunsthändler und Antiquare rufen, daß es im Atrium oft wie auf einem Markt aussah. Bei den schwierigsten Entscheidungen bat ich Mäcenas zu mir.

„Du bist unwissend, Julia, aber du besitzt einen Instinkt, der an Geschmack grenzt, und ich bin bereit, dein Lehrer zu werden", sagte er.

Ich nahm sein Angebot mit Freuden an, denn Mäcenas ließ sich nur selten mit anderen als Kennern in Kunstgespräche ein.

Trotz der Größe des Hauses hatte Marcus es fertiggebracht, die verschiedenen Höfe und Flügel zu einem organischen Ganzen zu vereinen. In dem einen Flügel befanden sich unsere eigenen Zimmer, im anderen Vipsanias Wohnung und die Gästezimmer. Vipsania, Marcus' Tochter aus seiner ersten Ehe, war nur wenig jünger als ich selber und wohnte mit Marcus' Schwester, Tante Polla, zusammen. Rund um den äußeren Hof lagen die Bibliotheken und

Repräsentationssäle, um den inneren seine eigenen Arbeitsräume. Im Gegensatz zu Vater hatte er reichlich Raum für Schreibstuben vorgesehen, und die Kartenzeichner hatten einen riesigen Saal erhalten.

Eines der großen Ziele Agrippas bestand darin, eine Karte des ganzen Reiches anzufertigen – und in seinen freien Stunden hielt er sich oft bei den Geographen auf. Er beschäftigte sich mit der Errichtung von Veteranendörfern und Legionärsunterkünften, und in seinem Atelier im Obergeschoß ließ er Modellhäuser anfertigen, die er ständig verbesserte. An allem, was die technischen Truppen anbetraf, war er sehr interessiert, und er schuf selber mehrere Neukonstruktionen für Heer und Flotte. Wie aktiv er sich an den eigenen Planungen beteiligte, beweist die Tatsache, daß er sich als Ädil durch das ganze Kloakensystem der Stadt rudern ließ.

„Du ahnst nicht, welch eine Menge ekles Gewürm es dort unten gibt, Julia“, berichtete er lachend.

Mich schauderte.

„Mußtest du denn das?“ fragte ich ihn.

„Es hat mich selbstverständlich niemand darum gebeten, falls du das meinen solltest“, erwiderte er. „Aber mit Rücksicht auf den sanitären Zustand der Stadt hielt ich es für notwendig, einen Überblick zu erhalten.“

In allem, was er unternahm, war er gleich intensiv. Sein erster Schwiegervater Atticus, Ciceros Freund, weckte sein Interesse für Literatur, und Agrippa wurde bald ein anspruchsvoller Kenner. Von Atticus angeregt, begann er auch seine Kenntnis der Philosophie zu vertiefen und gewann allmählich einen Weltruf als Philosoph. Seine größte Liebhaberei war jedoch die Etruskologie. Ich vermag nicht zu sagen, ob Mäcenas’ Abstammung seine Neugier als erstes reizte, aber er hatte sich bald die größte etruskische Sammlung der Stadt geschaffen.

Agrippa verstand es, den Tag zu weiten, indem er sich früh von seinem Lager erhob. Wenn er mich morgens verließ und in sein Ankleidezimmer hinüberging, wo er sein Frühstück einnahm, Besucher empfing und sich anhörte, was Lehnsleute und Antragsteller von ihm erbaten, lag ich noch in tiefem Schlaf. Im Bad hielt er sich selten länger als ein oder zwei Stunden auf, und von dort begab er sich zu Vater, der um diese Zeit zu erwachen pflegte. Oft zogen sich ihre Besprechungen den ganzen Tag über hin, sofern er ihn nicht zum Forum oder ins Haus des Heeres begleitete. Das Mittagessen nahm er stets mit mir ein und brachte immer Leute mit. Nachdem er sich etwas Bewegung verschafft und ausgeruht hatte, arbeitete er zu Hause, es sei denn, daß ihn Versammlungen oder Zusammenkünfte in Anspruch nahmen. Wenn wir nicht selber Gäste hatten oder eingeladen waren, pflegten wir Vater oder Mäcenas einen Besuch zu machen, wo wir bis weit in die Nacht hinein Würfel spielten.

Marcus' Programm hielt mich in Atem, und seit ich ihn geheiratet hatte, bin ich nur selten noch mit Gleichaltrigen zusammengetroffen. Doch als ich eines Tages zu Einkäufen unterwegs war, stieß ich auf Quirinius, den Freund des Tiberius. Er kam aus einem Kunstgeschäft und erzählte, er habe sich verliebt und sei auf der Jagd nach einem Gegenstand, der seiner Auserkorenen würdig sei. Ich nahm ihn zu einem Antiquitätenhändler mit und zeigte ihm ein Paar alter attischer Ohrringe, die ihm sofort gefielen. Er fragte, ob es nicht etwas gebe, nach dem mir selber der Sinn stehe.

„Ja", erwiderte ich, „ich hätte große Lust, zu wissen, wie es Tiberius geht, denn man hat mir erzählt, daß er sich wieder herumtreibt."

Es interessierte mich, zu erfahren, wie er meine neue Ehe aufgenommen hatte.

Quirinius nickte.

„Als du deine erste Ehe eingingst, hat er sich wie ein Wilder auf die Frauen der Stadt gestürzt, aber jetzt interessieren sie ihn nicht mehr. Jetzt trinkt er nur noch. Jeden Abend ist er sinnlos betrunken. Aber während die andern den Rausch am nächsten Tag ausschlafen, nimmt er Dampfbäder, schwimmt, turnt, reitet und arbeitet wie ein Irrsinniger. Er bringt sich um, verstehst du. Keine lebende Seele kann das auf die Länge der Zeit durchstehen."

„Willst du ihn von mir grüßen, Quirinius? Ihm nur einen Gruß von Julia bestellen?"

Er blickte mich unsicher an.

„Ich habe ein paarmal versucht, mit ihm über dich zu reden, denn ich dachte, es könne ihm vielleicht helfen, aber er hat mir jedesmal so scharf das Wort abgeschnitten, daß ich es einfach nicht mehr wage.“

„Ich werde ihn wohl einmal treffen und kann es ihm dann selber sagen“, entgegnete ich und wandte mich heimwärts.

Daheim angekommen, ging ich nicht ins Haus, sondern in den Garten und setzte mich dort auf eine Bank. Es arbeitete schmerzhaft in mir, und weil Quirinius' Worte in mir tiefer und tiefer sanken, brach der Schorf der Wunden, die Marcus zum Schließen gebracht hatte. Unter dem Schorf lag der brennende Schmerz noch ebenso rot, empfindsam und offen zutage, wie zu jener Zeit, da ich geheiratet hatte. Zu allem Glück kam Marcus an diesem Tag erst spät nach Hause, so daß ich Zeit gewann, mich zu sammeln, und er nicht merkte, wie es um mich stand.

„Erzähl mir einmal, was du an Schmuck besitzt, Kleines“, sagte er, als er hereinkam.

Ich erklärte ihm, daß mein Schmuck überladen und wenig schön sei; von Vater hätte ich nur einige Perlen erhalten, denn Livia sei der Meinung, Schmuck untergrabe die Moral. Sie selber besitze allerdings Familienschmuck, der an Antiquitätswert die phantastischsten Juwelen übertreffe, aber aus unerklärlichen Gründen seien ihre eigenen Gold- und Bronzebeschläge nicht anstößig.

Er lachte und erwiderte, er habe etwas Blaues für mich ausgesucht, denn Blau sei seine Farbe. Er hoffe, es werde mir gefallen. Damit öffnete er ein Kästchen, und ich japste laut nach Luft, denn drinnen funkelte es von traubengroßen Saphiren.

„Das ist eine erste Auswahl“, fügte er hinzu. „Wenn du nach mehr Verlangen hast, sag es nur. Denn wer sollte wohl Schmuck tragen, wenn nicht du?“

Ich blickte ihn an. Vater hatte davon gesprochen, ihn zu erschlagen – notgedrungenermaßen allerdings. Aber er hatte es jedenfalls als denkbaren Ausweg erwähnt. Und ich selber hatte mir bitter leid getan, weil ich ihn heiraten mußte! Vor kurzem erst, eben an diesem

Nachmittag, hatte ich unten im Garten gesessen und mich nach einem anderen verzehrt.

Diese jähe Erkenntnis traf mich so heftig, daß ich den Spiegel fallen ließ, den ich in der Hand hielt. Beschämt legte ich die Juwelen ab und schlang die Arme um seinen Hals. „Danke!" flüsterte ich. „Aber dürfte ich erbitten, was ich am liebsten wollte, dann nähmest du mich von hier fort zu einer kleinen Hütte in Antium. Dort würden wir beide ganz allein wohnen . . . und dort würde ich vielleicht brav und ehrlich und gut."

Zum erstenmal habe ich dann diesen Schmuck auf einem Empfang getragen, den wir selber gaben. Vater und Livia hatten ihre Anwesenheit zugesagt, und ich hatte mich wirklich bis zum äußersten angestrengt. Die Gesellschaftsräume, die in graublauem Marmor mit weißen Säulen gehalten waren, bildeten ein Meer von Blumen, und es brannten mehr Lampen in unserem Haus, als ich je an einem anderen Ort in Rom gesehen habe. Ich wußte, die Saphire kleideten mich, und Marcus warf mir einen anerkennenden Blick zu, ehe die ersten Gäste kamen.

Daß Livia mich und das Arrangement mißbilligend betrachten würde, hatte ich selbstverständlich erwartet, aber ich war enttäuscht, daß auch Vater seine Augenbrauen hob.

„Du wirkst übertrieben, Julia – ist das Kleid nicht etwas sehr gewagt?" Es war nicht gewagt, aber vielleicht wirkte es so, weil der Schmuck durch seine Anwesenheit die Brust stark betonte.

„Es ist modern", erwiderte ich leichthin und fing an, von anderem zu reden.

Einige Tage später waren wir zu einem großen Essen zu Vater geladen. Ich brauchte lange Zeit, mir schlüssig zu werden, welches Kleid ich tragen sollte, und um nicht Anstoß zu erregen, wählte ich ein Gewand mit Peplumschnitt, das bis an den Hals reichte. Es schmiegte sich ziemlich ungeziemend eng an den Körper an, denn es war dicht an dicht mit feinen Plissees versehen; aber mit einem großen, federleichten Schal sah ich im Spiegel sehr anständig aus. Marcus, der sich im Kartenzimmer aufgehalten hatte, kam im allerletzten Augenblick hereingestürzt, um sich anzukleiden. Ich war bereits fertig und hatte den Schal abgelegt, während ich den einen Ohrring geraderückte. Als er mich sah, blieb er wie angewurzelt stehen und stieß einen leisen Pfiff aus.

„Das ist mir ein Kleid! In meinem ganzen Leben habe ich kein Gewand gesehen, das in dem Maße die weibliche Topographie betont. Willst du so gehen?"

„Ja", erwiderte ich. „Vater fand das Kleid, das ich zuletzt trug, zu tief ausgeschnitten. Deshalb habe ich dies gewählt, das bis an den Hals reicht."

„Ja, ganz hinauf und ganz hinunter und die ganze weibliche Länge entlang", sagte Marcus, „armer Vater . . ."

„Aber dieser Schal hilft dem doch ab?" fragte ich und legte mir die federleichte Wolke um die Schultern.

Er schritt um mich herum und inspizierte mich.

„Du bist ein einziger Schock . . . aber wir müssen jetzt gehen. Ich werde mich unterwegs bemühen, mein Gesicht und die Toga in die rechten Falten zu legen, sonst bekomme ich es mit Livia zu tun."

Er war in geradezu überschäumender Stimmung und steckte auch mich an.

Als Vaters Ehrengäste trafen wir als letzte ein, und als wir gemeldet wurden, wandten sich alle zu uns um. Ich lächelte und begrüßte Vater. „Ich hoffe, daß ich dir heute besser gefalle", flüsterte ich.

„Entzückend, Juliola. Du verstehst, ich bin etwas altmodisch und lege Wert auf maßvolle Kleidung."

„Das letzte Mal habe ich mich für meinen Mann gekleidet, heute für meinen Vater", erwiderte ich und war darauf bedacht, den Schal an seinem gehörigen Platz zu halten.

Ich wandte mich Livia zu. Im allgemeinen pflegten wir uns mit einem formellen Gruß zu begnügen, aber als ich Vater mit Marcus im Gespräch sah, blieb ich stehen.

„Wie geht es Drusus?" fragte ich sanft und ließ den Schal zur Seite gleiten.

„Ausgezeichnet", sagte sie und bekam ein bolzengerades, moralisches Rückgrat.

„Grüße ihn, wenn du schreibst, und sag ihm, ich sehnte mich, ihn heimzubekommen“, erwiderte ich zuckersüß und schritt weiter, auf Mäcenas und Terentia zu.

„Jetzt werde ich dich bald meinen Sammlungen einverleiben“, meinte Mäcenas anerkennend.

„Leg doch den Schal ab“, bat Terentia. „Es ist das schönste Kleid, das ich je sah. Daß du ein solches Kleid in Rom bekommen hast.“

Ich erklärte, ein Nähmädchen, das Tante Octavia während ihrer Athener Zeit von Antonius bekommen hatte, habe es genäht.

„Als ich meine zweite Ehe schloß, erhielt ich sie von Tante als Hochzeitsgeschenk. Du kannst sie gern von mir ausleihen“, fügte ich hinzu und begab mich weiter auf meiner Runde.

Terentias Urteil hatte mich sicher gemacht, und ich ging hinfort mit dem Schal weniger achtsam um. Plötzlich war er tiefer geglitten, und bald war ich von einer ganzen Schar von Freunden umringt. Antonius, Gracchus, Vinicius und den anderen meiner alten Garde hatten sich einige erheblich ältere Jahrgänge angeschlossen. Marcus stand abseits und sprach mit mehreren Senatoren, als ich seiner über die Schultern der mich Umringenden hinweg gewahr wurde. Er lächelte, und seine Augen sprühten vor Freude. Ich antwortete ihm, indem ich eine Augenbraue hebend ihm einen klitzekleinen Blinzelblick zuwarf.

„Entzückend“, hörte ich plötzlich jemand neben mir, und als ich mich umwandte, stand ich Angesicht zu Angesicht Tiberius gegenüber. „Ich garantiere, du bist heute abend die einzige hier, die sich mit ihrem eigenen Mann unterhält, Julia. Ich gratuliere zur glücklichen Ehe.“

Bitterer Hohn troff aus jedem seiner Worte, und der Ausdruck seiner Züge war so kalt, daß ich fror.

„Danke“, sagte ich ruhig. „Du kommst etwas spät mit deinem Glückwunsch, aber die Zeit vergeht dir vermutlich ebenso schnell wie mir.“

Er blickte mich spöttisch an. „Wie erwachsen du in letzter Zeit geworden bist – erwachsen und welterfahren! Es kleidet dich übrigens verteufelt gut, und ich muß mir erlauben, mich der bewundernden Schar anzuschließen und zu erklären, daß du prachtvoll bist, Julia.“ So hatte er mich früher nie angesehen, und ich spürte, wie er mir mit seinem Blick die Kleider vom Leibe riß. Statt zu antworten, ließ ich den Schal ganz herabgleiten und legte ihn über den Arm.

„Du beabsichtigst wohl nicht, demnächst nach Prima Porta zu reisen?“ fragte er und blickte mir hart in die Augen.

„Warum nicht, wenn ich jemanden damit erfreuen kann.“ Ich schlug die Augen nieder und bemerkte nicht, daß Marcus herangetreten war.

„Guten Tag, Claudius“, grüßte er. „Es ist lange her, seit wir uns zuletzt begegneten.“

„Ja, mein Fehler ist es nicht, denn du hast in letzter Zeit gewiß selber in Deckung gelegen.“

„Darin hast du insoweit schon recht“, erwiderte Marcus. „Julia und ich waren nach Antium gereist, und nach unserer Rückkehr machen wir es uns daheim behaglich und gehen so wenig wie möglich aus. Du solltest unserem Beispiel folgen und selber in den Ehestand treten.“

Ich stand wie auf Nadeln. Weshalb mußte Marcus gerade das sagen?

Tiberius lachte.

„Ich habe noch etwas Zeit, bis ich die Altersgrenze erreiche, über die wir uns einig wurden, Agrippa. Ich hoffe, Vipsania verliert nicht die Geduld, und ich hoffe auch, daß du mich noch immer als Schwiegersohn akzeptabel findest.“ Damit verneigte er sich höflich vor uns und ging seiner Wege.

„Komm“, sagte Marcus und nahm meinen Arm, „es ist Zeit zu gehen.“

In der Sänfte pflegte ich mich in seinen Arm zu kuscheln und auf dem Heimweg zu plaudern. Der Rhythmus der Träger, die leichte Bewegung der Gardinen, das Licht, das in Streifen durch die Vorhänge fiel, und der reine Geruch brennender Fackeln verliehen dem Heimweg eine eigentümlich vertrauliche Atmosphäre. Heute abend blieb ich jedoch in meiner eigenen Ecke, nachdem er sich in der seinen niedergelassen hatte. Er gab sich den Anschein, es nicht zu bemerken, und wandte den Kopf zur Seite. Nach einer Weile begann er ein neapolitanisches Liebeslied zu pfeifen. Ein Hauch von Sonne, Wogengeplätscher und Sehnsucht lag in den Tönen. Ich schloß die Augen, denn die Gardinen waren auf seiner Seite nicht vorgezogen, und das Licht fiel voll auf mein Gesicht. Es war herrlich, sich so zu entspannen.

„Eigenartiger Bursche, der junge Claudius", brach er plötzlich in der Mitte einer Strophe ab. Das kam so unvermutet, daß ich zusammenschrak und das Blut in meinen Wangen aufflammen fühlte. Ich sah auf und blickte in seine grünen, forschenden Augen. Doch er sagte nichts mehr, wandte nur den Kopf unf pfiff weiter.

Während ich mich auskleidete, wäre ich am liebsten in meinem eigenen Zimmer geblieben, aber wir hatten bisher jede Nacht zusammen geschlafen, und ich wollte ungern etwas tun, was auffallend gewirkt hätte. Deshalb ließ ich mir Zeit in der Hoffnung, er werde einschlafen, und legte mich vorsichtig auf den äußersten Bettrand, um ihn nicht zu wecken.

Aber ich fand keine Ruhe. Ich sah die ganze Zeit Tiberius vor mir. Er war nüchtern, aber seine Augen waren blutunterlaufen, und ich spürte, wie sie sich in mich einbohrten und in meinem Körper brannten. Ich mußte mich umdrehen, und ich empfand eine solche Sehnsucht nach ihm, daß ich ins Kissen biß, um nicht zu stöhnen.

„Du hast vergessen, mir zu erzählen, was Vater zu deinem Kleid gesagt hat", hörte ich plötzlich Marcus' Stimme neben mir.

„Bist du wach?" rief ich aus.

„So, wie du dich hin und her wirfst, fällt es schwer, Schlaf zu finden."

„Ich kann mich in mein eigenes Zimmer legen."

„Nein, erzähl erst von Vater."

Während ich ihm berichtete, wurde ich ruhiger, und ich hörte, daß Marcus Vergnügen daran fand.

„Armer Vater . . . Du kannst glauben, Livia hat sich heute des langen und breiten über dich ausgelassen, und morgen wird Terentia kommen und sagen, du seiest himmlisch gewesen."

„Vielleicht kann er sich ein andermal etwas weniger um meine Kleider kümmern“, sagte ich böse.

„Im Grunde genommen bist du eine infame kleine Hexe“, erwiderte Marcus, schob sich zu mir herüber und schloß mich in seine Arme.

„Laß mich los“, zischte ich, „ich will schlafen.“ Und ich widersetzte mich ihm mit allen Kräften.

„Na, na, du hast doch wohl nicht gedacht, auch mir gegenüber ein Hexchen zu sein?“

Ich biß und kratzte und stieß, aber er besiegte mich, wie er ja immer siegt. Er brach meinen Widerstand und zwang mich unter seinen Willen, bis ich vor Seligkeit, Wut und Verzweiflung zu schluchzen begann. Das Herz hämmerte mir, daß ich nach Atem ringen mußte, und mein bebender, zuckender Leib konnte nicht Ruhe finden.

„Trink!“ Er hob meinen Kopf und flößte mir einen Becher mit etwas Starkem ein.

„Nun wirst du schlafen können“, damit strich er mir das Haar aus dem Gesicht. „Venus, Geliebte“, flüsterte er leise, „du wurdest aus einem Meer geboren, in dem jeder Tropfen eine Frauenträne ist – süß von Wollust, salzig von Leidenschaft und bitter von Begierde.“ Das war das letzte, was ich vernahm. Denn plötzlich schlief ich ein.

Als ich wieder zu mir kam, hämmerte es mir in den Schläfen, mein Mund war ausgedörrt und die Zunge bleischwer und geschwollen. Vorsichtig öffnete ich die Augen einen Spalt, schloß sie jedoch schnell wieder. Ich blieb liegen und und versuchte, mich zu erinnern. Nach und nach bekam ich einige Brocken zu fassen . . .

Ganz langsam rollte ich mich auf die Seite und streckte die Hand nach der Tischglocke aus. Ihr Läuten gab ein Echo in meinem Kopf, da erschien auch schon Phöbe mit dem Frühstücksbrett. Bei seinem Anblick drehte sich mir der Magen um, fast hätte ich mich erbrochen. „Wasser“, stöhnte ich.

Sie lief nach Wasser, und ich trank begierig. Ihr heiligen Dryaden! „Ich bin krank, Phöbe, todkrank . . .“

Sie antwortete nicht, starrte nur verwundert auf meinen Arm und meine Brust. Auf meiner Schulter waren Marcus Fingerabdrücke in Blau zu erkennen und über der Brust stand ein dunkler Fleck.

„Glotze nicht – das ist nicht meine Schuld", sagte ich wütend.

Ohne ein Wort der Erwiderung ging sie und kehrte mit feuchten Handtüchern zurück; das eine legte sie mir auf die Stirn, das andere über die Brust.

„Iß", sagte sie und reichte mir Essen. Ich nahm einige Bissen zu mir, aber sie kamen sofort wieder herauf.

„Da siehst du es; ich muß den ganzen Tag liegenbleiben", klagte ich jämmerlich.

Nachdem sie gegangen war, versuchte ich nachzudenken, aber ich brachte nur Fragmente zustande. Tiberius, Schwiegersohn, Vipsania . . . alles verschwand hinter Marcus, dem widerwärtigen, hinterlistigen Marcus, der im Hinterhalt auf der Lauer lag und mich überlistete. Erst in der Sänfte, dann im Bett.

Plötzlich hörte ich seine Stimme im Wohnraum nach mir rufen. Da ich nicht antwortete, kam er herein.

„Liegst du noch, Liebste?" sagte er und sah aufreizend frisch rasiert aus.

„Ich bin krank", erwiderte ich böse.

„Katzenjammer, Julia?" fragte er und setzte sich zu mir auf den Bettrand. „Ich bin wohl etwas reichlich mit dem Schlafmittel umgegangen. Hast du gegessen?"

„Und mich erbrochen", sagte ich.

Er ging in sein Zimmer und holte etwas, das einer trockenen Pflaume glich.

„Kau daran, dann gehen die Kopfschmerzen vorüber."

Ich blickte ihn ungläubig an, tat jedoch, was er sagte.

„Sieh mal", sagte ich und wies auf die blauen Flecke.

„Armes Kleines, ist es jetzt besser?" Damit beugte er sich vor und pustete die Flecken an.

„Verhöhne mich nur, du", rief ich rasend. „Du bist sicher der Schlimmste, den ich kenne, brutal, gemein und rücksichtslos."

„Aber, aber . . .!“

„Ich war müde und wollte Ruhe haben, und da schleichst du dich auf mich und vergewaltigst mich und freust dich höchlichst darüber, daß ich Schmerzen habe.“

„Versuch einmal zu denken; es ist anstrengend, aber sehr interessant.“

„Weshalb soll ich denken, wenn alle andern denken? Mäcenas, Livia, Octavia haben nichts anderes getan in meinem Leben, als unablässig für mich gedacht. Und Vater? Von den Galliern bis zu den Parthern hat er jede Gehirntätigkeit überflüssig gemacht, und jetzt willst du auch noch beginnen! Alles was dir paßt, ist selbstverständlich mein Bestes.“

„Nicht so bitter, Julia . . . Du solltest denken – selbständig, logisch, klar. Es kann überraschende Resultate bringen, will ich dir sagen.“ Ich wandte ihm den Rücken zu und verbarg den Kopf im Kissen, um nichts zu hören.

„Laß uns ein kleines Experiment machen – ich werde laut für dich denken, und wenn ich mich in etwas irre, kannst du es sagen. Beginnen wir mit gestern. Große Gesellschaft bei Vater, und Julia Mittelpunkt des Festes. Du strahlst und wirfst mit Lächeln und Blicken um dich – sogar einem Exkonsul blickst du tief in die Seele. Du bist so aufgeräumt, daß du deinem Mann zublinzelst, um ihm zu sagen, welch ein Vergnügen du hast.“

„Du darfst mir glauben, in Zukunft werde ich mich davor hüten“, brummte ich ins Kissen.

„Nein, im Gegenteil, fahr damit fort! Es ist so beruhigend, daß du dich dessen erinnerst, daß du verheiratet bist . . . Eigenartigerweise haben Gesellschaften mich stets gelangweilt, aber mit dir werden sie unterhaltsam. Die Kunst der Eroberung hat mich immer sehr interessiert; gestern begann ich, die Bedeutung neuer Waffenarten, wie federleichter Schals und feiner Plissierungen, zu begreifen.“

„Was du für Unsinn redest“, sagte ich, mußte aber dennoch ein wenig lachen.

„Also – du bist in hervorragender Form und voll sprühenden

Lebens. Ich komme, dich zu gemeinsamem Aufbruch abzuholen, aber noch ehe wir in die Sänfte gelangen, bist du so in Gedanken versunken, daß du nicht einmal merkst, daß ich mich hinsetze. Auch ich wurde nun nachdenklich und dachte ein wenig an den, mit dem wir zuletzt geredet hatten . . . ein wenig an dich . . . und ein wenig an mich, störte dich überhaupt nicht und war unaussprechlich rücksichtsvoll. Wäre Antonius zum Beispiel an meiner Stelle gewesen, hätte er dich rundherum abgeküßt, ehe die Träger überhaupt die Sänfte angehoben hätten."

Ich grunzte, denn das traf zu.

„Daheim angekommen, versuchte ich zu schlafen, aber dann kamst du hereingeschlichen, seufztest und stöhntest, und da wurde ich wach und mußte daran denken, was Vater von deinem Kleid gesagt hatte. Und als ich daran dachte, was Peplumschnitt und Plissees bezwecken sollten, bekam ich Lust auf das, worauf die anderen Lust bekommen hatten und worauf du ihnen Lust hattest machen wollen. Findest du, es war rücksichtslos und brutal, da du doch zu mir ins Bett kamst und außerdem meine mir ehelich angetraute Gemahlin bist? Warst du es nicht, die rücksichtslos war, Julia, als du Schnabel und Krallen gegen mich brauchtest? Aber nach einer Weile tat es dir leid und du wurdest lieb und gut und zärtlich, und niemand auf der weiten Erde war so bezaubernd, wie du heute nacht gewesen bist. Aber versuchen wir weiterzudenken . . . Heute . . . eben in diesem Augenblick, hat Quirinius sicherlich eine Szene mit seiner Liebsten, denn er drehte ihr den ganzen Abend den Rücken zu und unterhielt sich mit Julia, und darein wird sich kein Mädchen finden. Des Gracchus künftige Schwiegereltern diskutieren die Frage, ob die Verlobung der Tochter aufzuheben sei, weil Gracchus zum zehntenmal die Hochzeit aufgeschoben hat. Der Exkonsul bekommt eine Abreibung von seiner Frau, die erklärt, er habe sich mit dir lächerlich gemacht. Alle Frauen, die zugegen waren, ergehen sich über die unziemliche Julia, und über die ganze Stadt hin werden plissierte Kleider genäht. Und die Männer, die glühend vor Neid waren, als ich meinen Arm unter den deinen steckte und mit dir davonging, schütteln heute den Kopf und bedauern den armen alten Marcus, der so ins Gerede gekommen ist."

Ich lachte hellauf.

„Weiter", bat ich. „Ich habe nie gewußt, daß es ein solches Vergnügen macht, zu denken."

„Wir nähern uns der Schlußfolgerung. Es ist ein Jammer um Julia, mit all den gräßlichen, bösen Männern, die ihr nachlaufen, sie ist müde ... und will Ruhe haben. Das ist eine Schlußfolgerung. Meine fällt ein wenig anders aus. Du bist mit einer egoistischen kleinen Kokotte verheiratet, Marcus, einer Hexe, einer Furie. Du mußt sie bitten, zu denken. Dann wird sie reumütig ihre Arme um deinen Hals legen und sagen: Geliebter Marcus, ich denke immer nur an dich und werde niemals andere Männer ansehen."

Ich sprang auf und vergaß, daß ich krank war.

„Liebster", flüsterte ich. „Geliebter, hinterhältiger Tiger, lüsterner Bock, eingebildeter Satyr ... ein solches Versprechen wirst du niemals erhalten."

Marcus erhob sich energisch und zielbewußt.

„Wahrhaftig, ich darf den Anlaß nicht vergessen, aus dem ich hergekommen bin – ich kam, dir zu sagen, daß ich eine Reise zur Küste unternehmen muß, um die Kaianlagen zu inspizieren. Das wird langweilig und ziemlich anstrengend werden, und ich habe lange erwogen, allein zu reisen. Aber da du mir ein billigerweise zu erwartendes Versprechen nicht geben willst, ist es am besten, du begleitest mich. Nimm deinen vollen Stab mit, denn es wird jeden Tag Empfänge geben. Phöbe muß selbstverständlich auch dabei sein. Ich werde sie bitten, zu packen."

Damit ging er seines Weges, ohne mir noch einen Blick zu gönnen.

Vater hatte das Meer immer geliebt und Seereisen immer Landreisen vorgezogen. Als kleines Kind hatte ich ihn stets begleiten dürfen, und ich empfand die gleiche Freude am Meer wie Vater. Sogar Livia hatte es nicht vermocht, mir diese Freude zu rauben, denn wenn sie uns begleitete, hielt sie sich mit ihrem Gefolge auf dem Zwischendeck auf, während ich entweder im Bugteil des Schiffes bei Vater oder mit Tiberius und Drusus bei den Steuerleuten am Heck war.

Wenn Agrippa glaubte, daß die Teilnahme an seiner Inspektionsreise für mich eine Strafe darstellte, irrte er sich also gründlich. Ich spielte jedoch die Gekränkte und versuchte mich in Livias Rolle als Mittelpunkt des Zwischendecks, aber ich wurde meiner weiblichen Begleitung bald überdrüssig und siedelte zu Marcus über. Er wirkte nicht sehr erfreut über die Aussicht, gestört zu werden, aber als er merkte, daß ich mich still verhielt, ließ er mich dort bleiben. Er war offensichtlich überrascht, daß ich den Sternenhimmel kannte und auch die Seemannsausdrücke wußte für alles, was es an Bord gab.

„Man spürt instinktiv die Frau in dir", sagte Marcus, „aber daß ich auch einen Kameraden erhalten sollte, war mehr, als ich zu hoffen wagte."

Bemerkungen wie diese erfüllten mich mit Freude und Sicherheit, denn in der Ochsenkopfstraße war niemand mit Anerkennungen freigebig gewesen. Mein Ehrgeiz wurde geweckt, und ich fühlte mich angeregt, Gaben zu gebrauchen, die ich vorher nie verspürt hatte. Daß ich ihn physisch befriedigen konnte, beseligte mich nicht nur im Augenblick des Erlebens, sondern verlieh mir ein Selbstvertrauen, das völlig neu für mich war. Unaufgefordert nahm ich mir vor, ihm auch auf intellektuellem Gebiet zu folgen, und unter seiner Anleitung vertiefte ich mich in Literatur und Philosophie. Je mehr ich las, desto interessierter wurde ich, und jeden Tag saß ich stundenlang in der Bibliothek. Auf Reisen nahmen meine Bücherkästen fast ebenso großen Platz ein wie der Rest des Gepäcks.

Wir lebten gut zusammen, viel besser, als ich es mir hatte vorstellen können, ja besser sogar, als ich es mir selber einzugestehen wagte, denn ich hatte das Gefühl, Tiberius zu betrügen, wenn ich mich nicht unglücklich fühlte.

Ob Marcus daheim oder verreist war, empfing oder sandte er den ganzen Tag Kuriere. Schon in Ostia erhielten wir unsere erste Post, die zwei Briefe an mich enthielt. Der eine war von Vater mit einem netten kleinen Geplauder sowie zweihundertfünzig Sesterzen, die er im Würfelspiel gewonnen hatte. Wenn er mich recht kenne, werde es mir keine Schwierigkeiten bereiten, sie aufzubrauchen, und wäre ich daheim gewesen, hätte ich gewiß ebensoviel gewonnen. Er sehnte sich bereits nach mir und bat mich, Agrippa zu grüßen.

Der andere Brief kam von Julus Antonius. Er schrieb, Rom stehe nach wie vor im Zeichen der Plissees, daß aber sonst nichts Neues zu vermelden sei. Um sich und andere an meinem Abreisetag zu trösten, habe er ein größeres Trinkgelage veranstaltet. Im Hinblick auf die konsumierten Weinmengen habe es hinter einem klassischen Symposion nicht zurückgestanden, aber er wolle in keiner Weise etwa behaupten, daß die römische Intelligenz sich mit der griechischen messen könne.

„Im übrigen folgte man der traditionellen Linie und diskutierte Frauen und Liebe. In diesem Zusammenhang kam man auch auf die berühmteste Hochzeit des Jahres zu sprechen, wobei verschiedene Hypothesen vorgebracht wurden. ‚Eine Ehe in Rom kann nur zweierlei Ausfall haben', hob Gracchus hervor. ‚Ist der Mann passiv, langweilt die Frau sich und geht zu Julus. Ist der Mann aktiv, braucht sie Mitleid und kommt zu mir. In dem zur Rede stehenden Fall liegt die Sache leider so, daß niemand weiß, ob Agrippa als Ehemann aktiv oder passiv ist.'

Darüber entstand ziemlich viel Trubel, und zum Schluß einigten wir uns auf eine Wette. Der Einsatz war hoch, und es wurde ungefähr ebensoviel auf mich wie auf Gracchus gesetzt. Plötzlich entdeckten wir, daß Tiberius nicht gewettet hatte. Wir glaubten, er sei in Geldverlegenheit, und erboten uns, ihm auszuhelfen. Er wurde rot vor Zorn. ‚Doppelter Einsatz auf beide', sagte er und schleuderte den vierfachen Betrag auf den Tisch. ‚Meinst du, daß wir beide gewinnen?' rief ich. ‚Genau das Gegenteil', erwiderte er, ‚keiner von euch bekommt auch nur einen Zipfel von Julia, sie ist nämlich nicht so . . .' Damit stand er auf und ging, und wir blieben beschämt zurück – nicht zumindest, weil wir merkten, daß Tiberius nüchtern war. Wir anderen waren nämlich alle ziemlich betrunken.

Das ist also die größte Neuheit, die ich zu berichten habe: daß die, die vorher tranken, nicht mehr trinken, und daß wir, die wir vorher nüchtern waren, mit ständigen Bacchusopfern unsere Sehnsucht stillen und unsere Trauer ertränken."

Unter dem Brief stand als Postscriptum:

„Dein Opfer, der Exkonsul, ist damit beschäftigt, sich scheiden zu lassen. Nicht weil er sein Herz an dich verlor, sondern weil seine Frau auf einer großen Gesellschaft ihre Massen und ihr ganzes Schwergewicht in feine Plissees und Peplumschnitt hüllte . . ."

Ich hätte natürlich wegen Julus' frecher Wette böse sein müssen, aber ich konnte es doch nicht lassen, laut zu lachen. Wir glitten gerade zum Hafen von Ostia hinaus, und Marcus, der neben mir auf Deck saß, fragte, ob er auch an Antonius' Humor teilhaben könne. Ohne zu überlegen, warf ich ihm den Brief in den Schoß und sagte: „Lies." Im selben Augenblick bereute ich es, doch da war es zu spät.

Wenige Männer besitzen so sprechende Züge wie Agrippa. Die energischen Kinnbacken, der empfindsame Mund, der humorvolle Zug um die Mundwinkel, der starke Nasenrücken, die Augen, die unter den Brauen vor Leben funkeln, die Furche zwischen den Brauen und die ungeduldige Art, in der er sie hebt . . . spiegeln seinen starken, vielseitigen Charakter. Während er Antonius' Brief las, sah ich den Ausdruck seiner Züge von Wut zu offenem Gelächter wechseln. Aber als er fertig war, verschloß sich sein Gesicht.

„Schade", sagte er nach einer Weile.

Ich sah ihn fragend an.

„Sein Leben auf diese Weise zu vergeuden . . . Julus hat Antonius' Feldherrenbegabung geerbt, aber der Vater hat ihm die militärische Laufbahn verschlossen. Draufgänger, der er ist, eignet er sich nicht für die zivile Karriere und treibt sich also herum. Auf diese Weise geht eine militärische Begabung nach der anderen verloren, während ich in Kreisen ohne militärische Tradition nach Offiziersanwärtern mit der Laterne suchen muß. Vater glaubt gewiß, Rekrutenschule und Ausbildung könnten ererbte Anlagen und die Erziehung, die ein Heerführer seinem Sohn zu geben vermag, ausgleichen – aber nichts, Julia, kann ersetzen, was man von Kindesbeinen an lernt. Ich habe mich selber hochgearbeitet und weiß, was das bedeutet, und doch war das spartanische Zuhause, aus dem ich kam, ein besserer Startplatz als die sicheren Verhältnisse, in denen unsere Ritter leben. Im Felde zählt nur die eigene Disziplin, und die gewinnt man nicht durch gute Beziehungen zu Cäsar. Der Jugend unserer Zeit fehlt die Verantwortung der alten Geschlechter, fehlen Saft und Kraft des in harter Schule gestählten Volkes. Sie weiß nicht, was Genügsamkeit, was Opferwille heißt, und denkt nur an Bequemlichkeit. Es ist nicht zeitgemäß, Ideale zu haben . . ."

Agrippa sprach leise, wie stets, wenn er intensiv empfindet. Er erhob sich und begann, an Deck auf und ab zu gehen. An der Reling blieb er stehen und starrte zum Horizont.

Ich sah ihn an.

Wie typisch für ihn, so außerhalb aller Berechnung auf diesen Brief zu reagieren! Es war mir nicht in den Sinn gekommen, daß man mit Julus' Geschwätz einen ernsten Gedanken verbinden könnte. Vermutlich hatte ich erwartet, daß er über die Frechheit der Jungen in Zorn geraten würde, vielleicht hatte ich auch gehofft, er werde eifersüchtig werden. Statt dessen betrachtete er Julus als einen verstoßenen, vaterlosen Jungen, der eines großen Erbes beraubt ohne Lebensziel einherging . . . Gleichzeitig bot er mir Einblick in seine Sorgen um die Entwicklung der Armee. Und als er den Heerführer erwähnte, der seinen Sohn erzog, hörte ich einen Augenblick seine Stimme beben.

Bereits zuvor hatte ich in seinen Augen zuweilen einen fernen Ausdruck bemerkt, ihn aber dem Verlust von Pomponia, der Tochter des Atticus, zugeschrieben, die er geliebt hatte. Daß ihn auch eine andere Sorge bewegte, verstand ich erst in diesem Augenblick. Und zum zweiten Male tat ich etwas Unüberlegtes an diesem Nachmittag. Ich stellte mich an die Reling neben ihn und starrte zum Horizont hinaus, wie er es tat. Seevögel umkreisten unser Schiff und einer von ihnen blieb gerade über uns in der Luft stehen.

„Weißt du, was ich mir am meisten von allem auf der Erde wünsche?" fragte ich die Möwe, die Sonne, den Wind und das Meer.

Marcus schüttelte geistesabwesend den Kopf.

„Einen Sohn", sagte ich. „Einen Sohn, der dir gleicht, den du erziehen kannst. Einen Sohn, der einmal Heerführer werden soll . . . ein Kind, Marcus, das dein und mein ist."

Anlaß zu dieser Inspektionsreise war, daß die Zuführung von Lebensmitteln in die Stadt sich ungleichmäßig gestaltete und daß alle, die von den Getreidezuteilungen des Staates abhängig waren, zu Unruhen neigten, wenn sie ihre Rationen nicht erhielten. Vater und Agrippa hatten das Problem eingehend erörtert, aber man konnte dem Übel nicht zuleibe gehen, indem man ein für allemal die endlosen Gratiszuteilungen abschaffte. Der wichtigste Grund, daß die sogenannte Annona nicht aufgehoben wurde, lag darin, daß Vater seinen Feinden nicht eine so wirksame Waffe in die Hand zu geben wagte, wie sie die Aufhebung der alten Getreiderechte in politischer Hinsicht bieten würde.

Früher hatten Mißernten und Kriege Brotknappheit in Rom verursacht, jetzt war sie auf das Anwachsen der Einwohnerzahl zurückzuführen. Aus ganz Italien – aus der ganzen Welt – strömten Menschen nach Rom. Die Entvölkerung der ländlichen Provinzen wurde durch Grundbesitzzuteilungen an altgediente Soldaten abgewendet, aber der Zustrom Unbemittelter in die Stadt ließ sich nicht regulieren. Gegenwärtig waren etwa 200 000 berechtigt, freie Kornrationen zu erheben, und Agrippa schätzte die Anzahl derer, die täglich gesättigt werden mußten, auf ungefähr 1½ Millionen. Daß der Versorgungsapparat zusammenzubrechen begann, war nur natürlich. Vater versuchte der Not abzuhelfen, indem er Getreide verteilte, das er mit eigenen Mitteln zu Überpreisen aufkaufte, und eine der ersten Aufgaben, die Agrippa nach unserer Hochzeit übernahm, bestand in der Lösung des Lebensmittelproblems.

Er packte die Sache von der praktischen Seite an und baute so große Getreidemagazine, daß die Lager auch über eine Teuerungszeit hinausreichten. Danach wollte er sich des Transportnetzes annehmen. Der Tiber, der Roms wichtigste Verkehrsader bildet, wimmelte von Kähnen und kleinen Schiffen, aber er und der Hafen von Ostia waren für große Schiffe nicht tief genug. Schiffe in Überseefahrt mußten in Cumae und vor allem in Puteoli löschen, wo die Kaianlagen während der Seekriege gegen Sextus Pompejus erweitert worden waren. Aber der Transport auf der Via Appia oder die Umladung auf kleinere Fahrzeuge, die in Ostia anlegen konnten, waren umständlich und auch völlig unzureichend. Deshalb war es Agrippas Absicht, die dazwischenliegenden Häfen auszubauen.

Das Schiff, das wir benutzten, war ein gewöhnliches Kriegsmodell mit etwas bequemerer Einrichtung als sonst, denn Marcus liebte Behaglichkeit, ohne etwas von der Weichlichkeit zu besitzen, die Mäcenas charakterisierte. Es war ziemlich eng an Bord, denn die alten schweren Schlachtschiffe waren gegen leichter manövrierbare Typen ausgetauscht worden. Agrippa behauptete, dies sei die Hauptursache der großen Siege gewesen, die er zur See errungen hatte, und er erzählte mir, daß Roms Flotte jetzt aus schnellen, mittelgroßen Schiffen bestand.

Dank der bescheidenen Tonnage konnten wir in Ostia an Bord gehen, und von dort fuhren wir zu den anderen Hafenstädten längs der Küste. Überall wurden wir mit großen Reden empfangen, und ich bemerkte, daß Agrippa vor Ungeduld bebte, wenn die gleichen Willkommensworte immer aufs neue wiederholt wurden. Wenn die Empfänge überstanden waren, wurde ich in das Haus des Präfekten geführt, wo mir die Damen der Stadt vorgestellt wurden, während Marcus mit seinen Ingenieuren und Architekten die Straßen und Hafenverhältnisse inspizierte.

Die Inspektionsreise endete in Volturnum, und wir wollten auf dem Landwege zurückkehren, aber im letzten Augenblick stieß Agrippa alle Planungen um, weil er die Schiffswerften bei Neapel zu besichtigen beschloß.

Ich war über die Änderung nicht sehr erfreut und fragte, wie lange ich mich noch in Damengesellschaft langweilen müsse. Er erwiderte, wenn ich keine Lust hätte, an Land zu gehen, könne ich an Bord bleiben, aber diese Ordnung der Dinge gefiel mir auch nicht. Die Wahrheit war, daß mir nichts mehr behagte, denn ich fühlte mich wirklich unbehaglich. Mein Wunsch konnte doch unmöglich so schnell in Erfüllung gegangen sein? Ich sah es als Einbildung an und führte meine Übelkeit auf irgendeine unzuträgliche Speise zurück. Aber an dem Tag, da wir in Neapel landen sollten, erbrach ich mich, und jetzt war ich plötzlich fest überzeugt. Ich läutete wie rasend nach Phöbe und bat sie, Agrippa zu holen. Als er kam, blieb er in der Tür der Kajüte stehen und runzelte die Stirn, weil ich noch immer im Bett lag, obwohl die Landebrücke schon ausgelegt wurde.

„Du darfst dich beeilen“, sagte er ungeduldig, „die Würdenträger warten am Kai.“

„Ich werde ein Kind haben“, erwiderte ich.

8

Agrippa war wohl zart und rücksichtsvoll, im allgemeinen war jedoch leicht zu merken, daß sein Umgang nur aus Männern bestand. Er lachte über die blauen Flecken, die ich so leicht bekam, und meinte, ich sähe aus wie der einzige Trost der Gladiatorenkaserne. Entrüstete ich mich über seine Ausdrücke, erwiderte er, ich sei stark genug, Soldatenkost zu vertragen. Und wenn ich mich darüber beschwerte, im Reisewagen mürbe gestoßen zu werden – denn im Gegensatz zu Vater fuhr Marcus stets in gestrecktem Galopp –, meinte er, daß meiner Polsterung Massage nur gut tue. Oft war ich so wütend, daß ich ins Blinde hinein hätte fliehen mögen, und nur der Gedanke, nicht Marcella gleichen zu wollen, hielt mich davon ab.

Doch von dem Augenblick an, da er hörte, daß ich schwanger war, wurde er ein anderer Mensch. Es war, als hülle er mich in einen Mantel der Fürsorge, und am liebsten hätte er mich auf eigenen Armen von Neapel nach Rom getragen. Phöbe und er begannen, die Köpfe zusammenzustecken und hinter meinem Rücken zu konspirieren. Ich ärgerte mich über ihre Eigenwilligkeit, denn ich war jetzt oft schlechter Laune. „Phöbe hat dich plötzlich im Olymp placiert", sagte ich irritiert. „Alle deine Siege sind nichts im Vergleich zu dem, daß du mich geschwängert hast."

„Und darin hat sie recht, denn daß Leben entsteht, ist das größte aller Wunder", erwiderte er ruhig.

„Diese Leistung ist auf jeden Fall nicht das erste Wunder, das hier auf Erden stattgefunden hat", sagte ich verdrießlich.

„Es ist das erste für sie, die ich die Meine nenne", lächelte er und legte den Arm um mich. Da seufzte ich und konnte nicht mehr widerspenstig sein, sondern lehnte mich an ihn und war glücklich.

Wir machten uns selbstverständlich Gedanken, ob es ein Junge oder ein Mädchen werden würde, und ich war gewiß, daß es ein Sohn würde, denn ich hatte ihn mir gewünscht, als die Möwe über dem Schiffsrand stehen blieb – und wenn ich überhaupt an die Bedeutung des Vogelflugs glauben sollte, dann doch jetzt. Wir sprachen darüber, wie wir ihn nennen sollten, und Marcus schlug Gaius vor.

„Nach Vater?" fragte ich.

„Nach dem größten Römer, der gelebt hat – nach Gaius Julius Cäsar", erwiderte er.

Wir gelangten morgens nach Rom. Marcus mußte sofort mit Vater konferieren und wollte mich im Laufe des Tages abholen, so daß wir die große Neuigkeit zusammen berichten konnten. Aber als Vater bemerkte, daß Agrippa aufgeräumter Stimmung war, konnte dieser das Geheimnis nicht bei sich behalten, und ich war noch nicht weiter gekommen, als mich zu frisieren, als der Haushofmeister Cäsar meldete. Ich lief ins Atrium hinaus, und Vater nahm mich in seine Arme. Seine Stimme war dunkel vor Rührung.

Unmittelbar nachdem Vater gegangen war, ließ Livia sich melden. Ich strich schnell das Haar zurecht und richtete meinen Umhang, als sie schon zur Tür hereinsegelte.

Ich mußte plötzlich an die alten Schlachtschiffe denken, von denen Agrippa gesprochen hatte. Ihr Busen wölbte sich wie ein

Großsegel, ihr Rücken war fest wie ein Mastbaum, und ihr Tauwerk knarrte von charakterfester Stärke. Und unter der Oberfläche des Meeres von Prächtigkeit, mit dem sie sich umgab, hielt sie einen lebensgefährlichen Rammdorn verborgen.

Einen Augenblick war ich von meiner Bedeutungslosigkeit überwältigt und fühlte mich so klein wie zu meiner Schulzeit. Aber dann erinnerte ich mich, daß Marcus die kleineren Schiffstypen liebte, und dieser Gedanke gab mir Halt. Ich bat sie, Platz zu nehmen, und verankerte mich in Verteidigungsstellung ihr gegenüber.

Ja, sie habe die Neuigkeit gehört und komme, mir zu gratulieren. Vater habe sie unterrichtet und gebeten, mir behilflich zu sein, da ich doch keine Erfahrung mit Kindern besäße. Es würde ihr eine große Freude sein, aber erst müsse sie wissen, welche Vorbereitungen ich aus diesem Anlaß getroffen hätte.

Ich erwiderte defensiv, daß ich gerade zur Tür hereingekommen sei und noch nicht einmal fertig damit, mich nach der Reise zurechtzumachen.

Selbstverständlich – und ich solle mir nur die Zeit nehmen, die ich brauchte . . . ausruhen, nicht müde werden . . . sie sei selber unter den gleichen Umständen allzu aktiv gewesen, und das habe mit Unglück geendet. Danach seien keine Kinder mehr gekommen, seufzte sie.

Es sei im Grunde ebenso wichtig, sich vor Kummer zu bewahren wie vor körperlichen Anstrengungen. Ich solle mich ja nicht selber mit all dem abquälen, was gebraucht werde, es ihr überlassen, für das Notwendige zu sorgen – Ausstattung für das Kind, Hebamme, Amme. Sie habe gute Verbindungen und denke an eine Hebamme mit großer Erfahrung.

Mich durchzuckte jäh ein Verdacht, und ich fragte, ob sie sie von der Großen Mutter habe, denn ich erinnerte mich deutlich, daß Phöbe in Verbindung mit Livias Fehlgeburt von Kybele gesprochen hatte.

Ja, das treffe zu, sie sei ein prächtiger Mensch.

„Sie ist es doch wohl nicht gewesen, die dir bei dem Unfall beistand, den du erwähntest?“ fragte ich sie plötzlich.

Es war ein Versuchsmanöver meinerseits, aber ich sah, daß ich sie mittschiffs getroffen hatte.

Sie beeilte sich zu beteuern, daß eine solche Hebamme geradezu ein Privilegium sei – sie sei Ärztin, halte Vorlesungen an verschiedenen Universitäten und praktiziere nur in ganz besonderen Fällen.

Ich unterbrach sie damit, daß ich nicht einen Augenblick an denen zweifelte, die die Große Mutter empfehle, aber die Sache liege nun einmal so, daß ich auf eigene Hand keine Entscheidung treffen könne, denn in meinem Heim habe nun einmal Agrippa zu bestimmen. Aber ich dankte ihr für ihre Fürsorge und sagte, ich wüßte es sehr zu schätzen, daß sie gekommen sei. Dann begleitete ich sie bis zur Treppe hinaus.

Marcus runzelte finster die Augenbrauen, als er von dem Besuch erfuhr, und bestimmte sofort, daß Musa Arzt sein solle. Eine Hebamme konnten wir von Mutter Venus bekommen, und von einer der Besitzungen wurde eine frische, ländliche Amme in die Stadt gerufen. Er auferlegte sowohl Phöbe als auch mir mit großem Nachdruck, daß wir nur auf Musa hören sollten, und daß alle eventuellen Geschenke für das Kind, ob Kleidungsstücke oder Spielzeug, beiseite gelegt und nicht in Benutzung genommen werden sollten.

„Auch was Vater schickt?“ fragte ich.

„Gerade alles, was aus der Ochsenkopfstraße kommt“, bemerkte er kurz.

Das Gerücht, daß ich mich in anderen Umständen befinde, lief wie ein Lauffeuer durch die Stadt. Ich wurde mit Glückwünschen und Blumen überhäuft, und allmählich begann mir aufzugehen, daß nicht nur Agrippa und ich einen Erben erwarteten, sondern Rom – ja, das ganze Reich.

Meine Freundinnen und alten Freunde erschienen mit allerlei Geschenken – der einzige, der ausblieb, war Tiberius. Er bat statt dessen darum, ein Überseekommando zu erhalten, und Vater gab ihm eine wichtige Stellung im Osten. Dort konnte er als Feldherr und Diplomat beweisen, wozu er taugte, und er bereitete sich darauf vor, mehrere Jahre fortzubleiben. Seinen Abschiedsbesuch bei Vipsania und Agrippa stattete er an einem Tage ab, an dem ich nicht daheim war, und er reiste fort, ohne mir auch nur einen Gruß zu senden. Nicht viel später fuhr auch Vater ostwärts. Er beabsichtigte als erstes, nach Sizilien und Athen zu reisen, und Livia begleitete ihn, denn seine Absicht war, lange fortzubleiben.

Es war eine große Enttäuschung für mich, daß Vater zur Niederkunft nicht daheim sein würde, denn ich war überzeugt, daß es ein Junge werden würde. Aber Staatsrücksichten gingen vor Familienrücksichten. Vater hatte jedoch Anweisung gegeben, daß ihm die Nachricht von der Geburt auf schnellstem Wege übermittelt werde. Als die Zeit herannahte, lag ein Schnellsegler startklar im Hafen von Brundisium, und als die Wehen einsetzten, standen die Signaltürme längs der ganzen Via Appia bereit, die Botschaft in Empfang zu nehmen.

Es wurde ein harter Kampf.

„Entspanne dich, dann geht es leichter", sagte Phöbe und wischte mir zwischen den Wehen den Schweiß von der Stirn.

Endlich hatte ich es überstanden. Phöbes Stimme schien aus weiter Ferne zu kommen, als sie sagte: „Ein großer wohlgestalteter Knabe . . ."

Ich war so erschöpft, daß alles für mich in Nebel lag, und mit einem langen bebenden Seufzer schloß ich die Augen. Als ich sie wieder öffnete, stand Marcus mit strahlendem Gesicht über mich gebeugt. Hinter ihm erkannte ich schwach Octavia mit einem Bündel auf dem Arm, das sie am Bettende niederlegte. Marcus bückte sich, hob das Bündel von der Erde auf und wandte sich mit dem Kind auf dem Arm erst zu mir, dann zu den anderen.

„Der Name des Knaben ist Gaius", sagte er langsam und feierlich. Dann hob er sorgsam meinen Arm seitlich empor und legte mir seinen Sohn ans Herz.

Über die Rundung der Brust hinweg konnte ich das kleine Schädeldach mit einigen dünnen Flaumhaaren wie den Deckhaaren eines zarten Keimlings erkennen. Plötzlich wollte das Glück mich würgend übermannen, unter meinen Wimpern traten Tränen hervor und liefen mir in warmen Rinnsalen über die Wangen. Marcus versuchte sie abzuwischen, aber Phöbe schob ihn beiseite. Ich müsse Ruhe haben, sagte sie, und widerstrebend ging er fort.

Ohne Ermächtigung durch ihn oder mich hatte Phöbe das Oberkommando ergriffen, und sogar Agrippa mußte fragen, ob es passe, daß er einen Blick hereinwerfe. Was ich aß oder trank, wie ich lag oder saß und wie lange ich mich ausruhen sollte, alles bestimmte Phöbe. Ich wurde von ihr bandagiert und massiert und trainiert, und zum Schluß stöhnte ich nur. Aber sie hielt starr an ihren Grundsätzen fest und erklärte, ich würde es ihr einmal danken, wenn ich mich erst selber im Spiegel sähe. Sie habe mich vom Augenblick meiner Geburt an überwacht und werde darin fortfahren, bis sie auf die Bahre gelegt würde. Das Kindbett dürfe keinesfalls zu flachen Brüsten oder breiten Hüften führen, denn ich solle ja nicht glauben, daß meine Aufgabe als Frau damit erfüllt sei, daß ich einen Sohn zur Welt gebracht hätte. Ein Kind stelle keine Garantie für eines Ehemannes Treue dar; eine Frau, der an einem Mann gelegen sei, dürfe niemals nachlassen. Flüsternd bat ich Marcus, von dem Tyrannen befreit zu werden, aber er schüttelte nur ergeben den Kopf. Nie habe er Catos Worte als so wahr erkannt wie jetzt: daß wir Männer die Welt regierten, unsere Frauen aber uns. Um der allgemeinen Disziplin willen hoffe er nur, daß die Degradierung des Obersten Heerführers nicht im ganzen Heere bekannt werde.

Als ich aufstehen durfte, ging ich geradewegs zum Spiegel, dem herrlichen großen Silberspiegel, den ich von Marcus erhalten hatte und der so massiv war, daß er keine Beulen warf. Ich drehte und wendete mich und fand Phöbes Werk wohlgetan. Marcus behauptete, ich sei nie so schön gewesen, denn jetzt sei etwas Sicheres und Wissendes über mich gekommen, das ich vorher nicht gehabt hätte.

„Wenn ich nur wüßte, was ich tun soll“, rief er aus. „Musa rät mir davon ab, dich auf die Reise mitzunehmen, aber ich muß ehrlich gestehen, daß ich wenig Lust habe, dich hier allein zurückzulassen.“

„Du vertraust mir nicht“, sagte ich verletzt.

„Wenn ich dir vertraue, vertraue ich jedenfalls nicht den anderen“, erwiderte er. „Ein guter Offizier wird nie ein unnötiges Risiko eingehen.“

Ich kann allerdings nicht behaupten, daß mir der Gedanke angenehm gewesen wäre, Agrippa allein reisen zu lassen, denn die Frauen Galliens sind ihrer Wollust und Verführung wegen bekannt. Und da er sich nicht schlüssig werden konnte, wo er mich lassen sollte, entschloß ich mich aus eigener Initiative, ihn zu begleiten. So kam es, daß Gaius und ich uns mit Agrippa einschifften und Kurs auf Massilia nahmen, und in unserem Gefolge befanden sich – außer dem gewöhnlichen Stab von Offizieren, Architekten und Ingenieuren – meine eigene Dienerschaft und die meines Sohnes.

Phöbe hatte ein schrecklich saures Gesicht gemacht, als sie von dieser Reise hörte. Sie war griechischer Herkunft und stammte von Sizilien; für sie war Rom der nördlichste Punkt der Zivilisation. Es schauderte sie beim Gedanken an Gallien und all die haarsträubenden Geschichten, die sie über die Sitten und Gebräuche der Barbaren gehört hatte. Sie war deshalb freudig überrascht, als sie auf dem Kai von Massilia in ihrer Muttersprache begrüßt wurde und sah, daß die Stadt in ihrer Anlage und Bebauung Neapel glich.

Gallien war übrigens auch für mich eine nicht geringe Überraschung. In den alten Hafenstädten herrschte griechische Kultur, und auf den Gütern der Colonia Narbonensis lebte man fast ebenso behaglich wie daheim im Campania.

Marcus machte sich übrigens plötzlich von der langweiligen Verwaltungskontrolle frei, und wir begaben uns auf Jagdausflüge zu römischen und gallischen Bekannten. Die meisten Gallier, die wir trafen, hatten ihre Ausbildung in Rom genossen, und ihr Latein entsprach durchaus dem eines literarischen Salons auf dem Palatin. Wie im südlichen Italien trug die Bebauung griechischen Charakter, aber römische Architektur und römischer Komfort begannen sich auch hier auszubreiten. Die Verpflegung war weit vielfältiger als die römische. Es herrschte ein überwältigender Reichtum an Fisch und Wild, und speziell einer in Rosenblättern gebratenen Wildschweinroulade konnte ich nicht widerstehen, obwohl Phöbe mir daraufhin umbarmherzig eine Brechkur verordnete. Ich versuchte, hinter ihrem Rücken der besten Rezepte habhaft zu werden, und Marcus amüsierte sich so über unseren Streit, daß er mir zu meinem Geburtstag zu Phöbes Verzweiflung einen gallischen Meisterkoch schenkte. Diesen Tag verbrachten wir in Nemausus, wo Agrippa der Stadt anläßlich des festlichen Tages ein neues Rathaus schenkte.

Bald darauf reisten wir auf der alten bekannten Handelsstraße längs des Rhodanus nach Lugdunum. Sie war von unseren Soldaten ausgebessert und mit Brücken und Steinpflasterung versehen worden, so daß sie mit unseren besten Reichsstraßen daheim konkurrieren konnte. Auf der ganzen Strecke herrschte lebhafter Verkehr, und der Vorreiter mußte unaufhörlich Signal blasen, um zu melden, daß Agrippa im Anmarsch war – denn vor ihm muß jeder Verkehr Raum geben.

Unterwegs begegneten wir einem Transport von Gladiatorenanwärtern aus Germanien. Marcus, der ein Stück vor meinem Wagen ritt, hatte angehalten und betrachtete die blonden Germanen.

„Prächtige Kerle", sagte er.

„Weißt du, wofür ich sie verwenden würde?" fragte ich.

Er schüttelte den Kopf.

„Für meine Sänfte! Kannst du sie dir nicht vorstellen: das blonde Haar glattgekämmt und schulterlang geschnitten, mit sonnengebräunter, geölter Haut, daß ihre Muskeln glänzen, und in kurzen blauen Gewändern mit strammen Gürteln, um ihre Schulterbreite hervorzuheben?! Terentia würde grün werden vor Neid, denn Mäcenas' Kapadozier sind alles dunkle Männer!" Agrippa zog die Zügel so heftig an, daß das Pferd sich auf die Hinterbeine erhob, und jagte in rasendem Trab davon. Ich lachte laut auf, als ich den zornigen Ausdruck in seinen Augen sah.

Lugdunum, das in einer breitgedehnten, fruchtbaren Landschaft liegt, ist eine Stadt mit schnellem Wachstum. Am Außenrande der Stadt schießen die Arbeitshäuser in die Höhe, und ihre Industrie befindet sich in reißender Entwicklung, denn in Gallien herrscht guter Zugang an Arbeitskräften aus den Grenzkriegen gegen Germanien, und die Sklavenmärkte sind ihrer hohen Qualität wegen bekannt.

Dank ihrer Lage an den Flüssen ist die Stadt einer der wichtigsten Handelsorte des Westens. An den Flußufern liegen die Exportgüter: Flöße mit Mastbäumen und anderem Schiffsmaterial, endlose Stapelreihen Fackelholz und gewaltige Behälter mit Teer, Berge von Häuten und Fellen, übelriechende Haufen Talg, Kübel mit Wachs und Riesenamphoren mit Honig, schwere Metallfrachten und riesige Viehherden. Auf dem Markt in der Stadt wimmelt es von den verschiedensten Völkerschaften: Galliern, Räthern und Belgiern, griechischen Kaufleuten und römischen Legionären, jüdischen Geldwechslern und punischen Krämern. Dazwischen immer wieder große blonde Germanen, denen Phöbe und ich unaufhörlich zunicken möchten, denn alle Germanen sehen sich ähnlich und gleichen der Torwache in der Ochsenkopfstraße. Zu all dem Wirrwarr kommen Seiltänzer und Schlangenmenschen, dressierte Bären und kostbare Jagdfalken, Ausschankbuden und Speisenläden – es herrscht mehr Gewühl und Gedränge dort als auf irgendeinem Markt in Rom. Ich selber konnte auf ihm überhaupt nur in Phöbes Gesellschaft erscheinen, denn sobald sich eine Sänfte näherte, kletterten die Preise auf die doppelte Höhe, und wenn der Sänfte noch dazu eine Römerin entstieg, flogen sie himmelan. Aber meine griechische Phöbe drückte sie wieder zur Erde. Sie liebte es, zu feilschen und zu handeln, und bediente sich aller Kniffe und Tricks, von Tränen und flehentlichen Bitten zu Drohungen und Flüchen, und sie war stolz wie ein siegreicher Feldherr, wenn sie mir die Beute reichte. Ein größerer Gewinn kam für mich dabei allerdings nicht zustande, denn ich pflegte Phöbe stets mit dem Betrag zu belohnen, den sie heruntergehandelt hatte.

Es gab übrigens nicht viel Verlockendes für uns, da die meisten Waren in Italien hergestellt und in größerer Auswahl in Rom zu haben waren. Aber für Vater bekam ich ein entzückendes Brettspiel in räthischer Holzschnitzarbeit zu fassen und für Marcus ein geschicktes kleines Messer, das man zusammenfalten und in der Tasche tragen konnte. Es wurde zu einem kleinen Abschiedsgeschenk, denn er wollte den Rhenus hinabfahren bis Confluentes. Er kehrte dann über Lutetia und Melodunum zurück und war sehr abgespannt, doch mit dem Ergebnis der Reise zufrieden. Solche Inspektionsreisen taten überall gut und nicht zumindest an den kleinen Plätzen, wo die Trägheit leicht ein Übergewicht gewinnt. In Lutetia zum Beispiel hatte man nur an Wildschwein- und Wolfsjagden gedacht, bis er erschien, während die Kai-, Straßen- und Brückenbauten ganz darniederlagen. Er lachte bei dem Gedanken an das Programm, das er für die nächsten zehn Jahre aufgestellt hatte, und war überzeugt, daß seine Gastgeber nicht nur Segenssprüche auf ihn herabriefen, als er endlich weiterreiste.

Während er fort war, hatte ich die Zeit benutzt, um einen Mann aufzusuchen, über den es in Lugdunum viel Gerede gab. Er stammte aus Perusia, und durch seine Hände lief der größte Teil von Germanias Blondhaarexport nach Rom. Als Phöbe und ich zu ihm kamen, begleitete er uns durch seine Lager, wo Zöpfe und Perücken zu Hunderten hingen. Ich wollte gern einige Stücke angefertig haben, die nicht allzu künstlich wirkten, und er versprach, daß das Bestellte von der gleichen, erstklassigen Qualität sein sollte, wie meine eigene Ware. Und er hielt wahrhaftig Wort, denn die Haarknoten und Diademe kleiner Locken, die er mir schickte, hatten genau meine aschblonde Farbe mit dem gleichen leichten Goldstich darin. Als Marcus heimkehrte, veranstaltete ich eine Vorführung, und er mußte natürlich den Kopf schütteln, gab jedoch zu, daß es sich gut ausnehme, und murmelte etwas davon, daß die Welt betrogen sein will. Er wollte gerade hinausgehen, als er sich auf der Schwelle umwandte.

„Übrigens, du erwähntest kürzlich, daß du Träger brauchtest. Ich habe zwölf auf meiner Reise gekauft – gleichmäßig hohe und gleichmäßig blonde. Germanen pflegen zuverlässig zu sein . . .“

Er schloß die Tür hinter sich, aber auch durch die Tür konnte ihm mein Freudenschrei nicht entgehen.

Von Gallien reisten wir nach Spanien. Agrippas Absicht war, diese Aufstände ein für allemal niederzuschlagen. Gaius und mich gedachte er inzwischen in Cäsaraugusta zurückzulassen.

Ich bat darum, ihn weiter bis in Frontnähe begleiten zu dürfen, damit die Trennung nicht allzu langwierig werde, aber er erklärte, er könne sich nicht mit der Sorge um unsere Sicherheit belasten, wenn er einen Angriff leiten solle.

„Ich bitte nicht darum, in der Schlacht auf deinem Pferd zu sitzen", erwiderte ich, „aber ich möchte im Lager hinter der Front leben, so daß ich dich hin und wieder sehe und an dem Geschehen teilhaben kann. Ich bin kein Spielzeug, das du beiseite legen kannst, wenn du keine Zeit mehr zum Spielen hast. Wenn ich gezwungen bin, an diesem gottverlassenen Ort zurückzubleiben, nehme ich mir einen Geliebten, noch ehe du zum Stadttor hinaus bist." Er warf mir einen zermalmenden Blick zu und sagte, ich solle meinen Willen haben, aber am schlimmsten werde es sich für mich selber auswirken.

Diese Lager, die wir zu Hunderten an den äußersten Grenzen des Reiches haben, sind nach dem gleichen Muster angelegt, und sobald wir uns eingerichtet hatten, begab ich mich auf Entdeckungsreise. Jede einzelne Straße endete blind an der Mauer, die uns umgab, mit Ausnahme der zwei Hauptstraßen, Cardo und Decumanus, die die Einfahrts- und Ausfahrtsstraßen bildeten. Aber als ich zum Tor hinausgehen wollte, verlangten die Wachen meinen Passierschein, so daß ich gezwungen war, umzukehren, und mich damit begnügen mußte, zu erforschen, was innerhalb der Mauern war.

In einem Teil des Lagers befanden sich die Hundertschaftsbaracken der Soldaten, in einem anderen Hospital, Proviantkammer und Arsenal. In seiner Mitte lagen die Offizierskaserne und das Hauptquartier und im äußersten Süden ein primitives Theater, eine Sportarena und die Bäder. Dort drinnen fand ich zu meiner Freude eine kleine Bibliothek, entdeckte jedoch bald, daß ich jedes der dort aufbewahrten Bücher gelesen hatte. Am Abend bat ich Agrippa um einen Passierschein, um ins Freie hinauszugelangen, aber er erklärte, daß laut Reglement Frauen die Tore nur in Gesellschaft des Kommandanten passieren dürften und daß weder der Kommandant noch er selber Zeit hätten, mich zu begleiten. Er riet mir jedoch, auf die Treppe hinauszugehen und zu horchen, dann würde ich verstehen, weshalb ich nicht allein gehen könne. Ich tat wie empfohlen, und durch das Dunkel vernahm ich Gesang, Frauenkreischen und betrunkene Stimmen aus dem Kantinendorf außerhalb der Wälle. Ich kehrte mit ziemlichen Hängeohren wieder zu ihm zurück.

Das Leben im Lager war ungefähr wie ein Hausarrest in der Ochsenkopfstraße; alles ging nach einem festgelegten Plan, und die Disziplin war ebenso streng wie unter Livias Dach. Um Frühstück zu bekommen, mußte ich sogar aufstehen, wenn das Wachhorn ertönte.

„Fühlst du dich wohl hier?“ fragte Marcus boshaft.

„Ich will lieber im Gefängnis mit dir sitzen, als Freiheit haben ohne dich“, erwiderte ich; da wurde er wieder nett.

Es dauerte nur wenige Wochen, bis die Truppen marschbereit waren. Am Morgen, an dem sie ausrücken sollten, versuchte ich zu tun, als liege nichts Besonderes vor, und redete von allem, was mir gerade einfiel, aber Marcus war wortkarg und antwortete nur kurz. Wir verabschiedeten uns in der Halle – einen Augenblick preßte er mich heftig an sich, dann ließ er mich los und ging mit langen Schritten zur Tür. Ich riß Gaius aus Phöbes Armen, die im Hintergrund stand, und lief ihm nach, aber als ich auf die Treppe kam, saß er schon im Sattel und grüßte mit erhobener Hand. Ich blieb mit dem Knaben auf dem Arm stehen und winkte, aber er wandte sich nicht mehr um. Stark und schwer saß er auf dem Pferd und ritt zum nördlichen Tor hinaus. Das Letzte, was ich sah, war seine blaue Standarte. Noch mehrere Tage schmerzte meine Brust empfindlich, so fest hatte er mich an seinen Panzer gepreßt. Täglich kamen Meldungen von der Front, und es bestand kein Anlaß, sich zu ängstigen, aber Krieg ist nun einmal Krieg, und in der unbehaglichen Gebirgslandschaft kann man nie wissen, ob nicht irgendwo ein Hinterhalt ist. Um die Wartezeit hinzubringen, schrieb ich Briefe an alle Bekannten – außer Tiberius. Ich hatte Lust, auch ihm einige Zeilen zu schicken, denn er hatte ja selber hier in Cantabrien Krieg geführt, aber ich dachte an Marcus und unterließ es. Statt dessen schrieb ich einen langen Brief an Vater und berichtete, daß Agrippa an der Front sei, daß Gaius laufen könne und gerade einen Zahn bekomme. Ich sehnte mich nach Vater und wagte fast nicht an den Tag zu denken, an dem wir uns wiedersehen würden.

Eine ganze Woche hörten wir nichts aus dem Norden, aber der Lagerkommandant meinte, keine Nachrichten seien gute Nachrichten. Er glaube, es habe eine Schlacht stattgefunden, und sie brauchten Zeit, danach aufzuräumen.

Er hatte recht. Eines Tages traf eine Siegesbotschaft ein, und bald stand Agrippa ruhig, sicher und zufrieden in der Halle und schnallte seinen Panzer ab. Der Feind war vernichtet; die weitere Führung hatte er dem Nächstkommandierenden überlassen, um selber an die Neuordnung des nördlichen Spanien zu gehen.

In den folgenden Tagen wurde das einförmige Lagerleben von ständig neuen Ereignissen unterbrochen. Das Hospital war mit Verwundeten überfüllt, die Pflege erhielten, bis sie soweit wiederhergestellt waren, daß sie bei Leuten der Umgebung in Pflege gegeben werden konnten. Sobald sie wieder waffenfähig waren, kehrten sie zur Legion zurück, während die Invaliden eine kleine Rente erhielten.

Die Lagerstraße hinab polterten schwere, mit Beute beladene Feldwagen, und eine Gefangenenschar nach der anderen schleppte sich vorbei. Tagelang marschierten Legionäre mit Feldzeichen und Trophäen durch die Straßen, um sich auf dem großen Platz südlich der Stadt zu sammeln, wo Agrippa sie mustern und die Beute verteilen wollte.

Er hielt eine kurze Ansprache, ehe er die Tapfersten mit Kränzen, Ketten und Medaillen auszeichnete. Als er fertig war, ertönte eine klingende Fanfare, und die Parade begann. Er selber hielt zu Pferde vor dem Stab, und etwas weiter unten auf der Längsseite des Paradefeldes war eine Tribüne errichtet, auf der ich mit Gaius auf dem Schoß und mit fünf Offizieren als Gefolge saß. Ich hatte, was Gaius' Anwesenheit betraf, schwere Bedenken gehegt, aber Marcus meinte, der Römer sei noch nicht geboren, der keine Kinder liebe, und dieser Knabe sei dazu noch Cäsars Enkel.

Glücklicherweise war Gaius in glänzender Stimmung und trommelte auf meinem Arm, aber bei einem achtzehn Monate alten Jungen weiß man nie, wie lange die Herrlichkeit währt, und ich hatte um meines Sohnes willen rechtes Lampenfieber.

Als plötzlich die Fanfare ertönte, erstarrte sein Leib vor Erstaunen, und einen Augenblick hielt er den Atem an. Aber dann stieß er ein freudiges lautes Kreischen aus, und als ich aufstand, jauchzte er vor Begeisterung, während seine Arme und Beine wie Trommelschlägel gingen. Ich war so stolz, daß ich fast nicht spürte, wie schwer er war, und Marcus warf einen Blick zur Seite und lächelte uns zu.

An diesem Abend waren wir ohne Gäste, und ich fragte Marcus, ob er nicht finde, Gaius habe sich für den Triumphzug in Rom qualifiziert. „Ja, das Schicksal stand dir bei", erwiderte er, runzelte jedoch zugleich die Brauen. „Ich fürchte übrigens, daß ich dich enttäuschen muß, Julia – indem es nämlich keinen Triumphzug geben wird, wenn wir heimkommen", fügte er hinzu.

Ich blickte ihn verständnislos an.

„Aber du hast doch selber gesagt, daß dieser Sieg Bedeutung für Spaniens künftiges Verhältnis zu Rom besitzt. Du kannst dir doch denken, daß der Senat für einen Triumph stimmen wird."

„Ich habe nie etwas mit dem Senat zu tun, wenn ich mich im Kriege befinde", erklärte er, „denn meine Berichte gehen an Cäsar. Es wäre wenig passend, einen Triumph für einen untergeordneten Heerführer zu veranstalten."

„Aber du bist doch oberster Feldherr . . . zu Lande und zur See."

Er antwortete darauf nicht, aber sein Gesicht bekam wieder den verschlossenen Ausdruck. Es wurde still zwischen uns. Nach einer Weile sah er mich an.

„Es dürfte wohl richtig sein, Gaius von Kindheit an klarzumachen, daß andere zu ernten pflegen, wo sein Vater gesät hat."

„Agrippa . . ."

„Du kannst doch nicht erwarten, daß ein Mann mit Selbstachtung einen Triumph für einen lokalen Krieg in Spanien feiern soll, wenn er ihn nicht für die Siege bei Mylae und Actium feierte, die als einige der großen Entscheidungen in die Geschichte eingehen werden ..."

Ich setzte mich zu ihm und ergriff seine Hand.

„Haßt du Vater?" fragte ich.

Er überlegte.

„Nein", sagte er langsam. „Nein, ich hasse ihn nicht. Einmal habe ich sogar zu ihm aufgesehen", fuhr er still fort, „habe ihn mit dem Idealismus der Jugend aus ganzem Herzen bewundert. Alles, was ich leisten konnte, gab ich, und Stolz erfüllte mich, als ich meinen Lorbeer seine Stirn schmücken sah. Aber Gefühle verlangen Gegenseitigkeit, Kleines – das gilt für Freundschaft wie für Liebe. Vater brauchte meine Gaben, meine Kräfte und meine Siege, aber für mich als Menschen hatte er keinen Raum.

Mäcenas war klug und band sich nicht, ich dagegen ließ mich freiwillig fesseln. Deshalb war es für mich ein so harter Schlag, zu entdecken, daß ich Vater nicht mehr bedeutete, als die Stufen, auf die er tritt, wenn er eine Treppe hinaufgeht ... An dem Tag, da ich spürte, daß ich überflüssig war, wurde mein Herz mit Bitterkeit erfüllt. Und Bitterkeit ist schlimmer als Haß, denn Haß ist lebendig und aktiv, Bitterkeit aber eine tödliche Lähmung der Seele. Die Zeit auf Lesbos war für mich eine finstere Nacht. Der erste Lichtstreif kam mit deinem Brief ... Du hattest Furcht, Julia, du warst einsam und brauchtest mich.

Später wurde dann alles anders, aber das war nicht Vaters Verdienst, denn er ist gestern und heute der gleiche, und jetzt sehe ich ihn, wie er ist. Es war auch nicht die Ehre, sein Schwiegersohn zu sein, die das Leben für mich neu gestaltete, denn diese Ehe war nur eine gerechtfertigte Gutmachung für alles, was ich geleistet hatte ... In mir selber geschah die Veränderung. Mit dir und Gaius kam ein Inhalt, kam ein Sinn in mein Leben ..."

Plötzlich erhob er sich und öffnete seine Arme.

„Verstehst du?" flüsterte er.

Ich trat dicht zu ihm.

„Ja", sagte ich, „ich verstehe – und für Venus ist der Triumph der Liebe der allergrößte Triumph."

Wir blieben lange in Spanien. Anfangs nahm ich überall teil, wenn Agrippa den Grundstein zu einem neuen Tempelbau legte, Häfen, Läger und Stadtgemeinden inspizierte oder Straßen und Aquädukte anlegen ließ. Aber allmählich ermüdete ich. Ich sehnte mich nach unserem gemütlichen Heim, denn ich erwartete wieder ein Kind, und es war anstrengend, umherzureisen und ständig Gast zu sein.

Vater war schon vor langer Zeit zur Ochsenkopfstraße zurückgekehrt. Er war im Oktober nach dreijähriger Abwesenheit wieder in Rom eingetroffen und mit dem Ergebnis seiner Reise sehr zufrieden. Überall hatte man ihm als Wohltäter und Friedensfürsten gehuldigt. Inzwischen war jedoch die Hauptstadt Rom den übrigen Einwohnern des Reiches in der Frage des Friedens mit schlechtem Beispiel vorangegangen, denn während Vater sich im Osten befand und Agrippa im Westen, tanzten die Mäuse des Senats auf dem Tisch. Und während der Konsulwahl des vergangenen Jahres, aus der Vinicius mit dem Sieg hervorging, war es während der Wahlkampagne zu offenen Zusammenstößen gekommen. Als Vater sich Rom näherte, versuchte man, die Unruhen zu übertünchen, indem man ihm mit Jubel und Weihrauch entgegenging. Die Autoritäten der Stadt erwarteten ihn nicht, wie sonst Sitte und Brauch, an der Stadtgrenze, sondern weit unten in Campania, und einer übertraf den anderen in hochtönenden Willkommensreden.

Aber Vater ist eine allzu durchtriebene Katze, um sich von naiven kleinen Mäusen hinters Licht führen zu lassen – er gab sich den Anschein, als genieße er schnurrend die Schmeicheleien, schlüpfte nach Katzenart jedoch nachts durch das Tor der Stadt und stand mit einem Sprung mitten im Mäusenest. Es gab viele Dinge, die nicht waren, wie sie sein sollten, und nun bat er Agrippa, heimzukehren und Ordnung zu schaffen. Gleichzeitig wünschte er, daß sie sich im kommenden Herbst beide zur Konsulwahl stellen sollten.

Wir standen auf Deck und blickten auf Spaniens Küste zurück. Ein frischer Wind wehte uns vom Lande her nach, und bald war die Küste nur noch ein schmaler Streifen am Horizont. Ich seufzte.

„Nanu", sagte Marcus. „Du wirkst verstimmt – ich glaubte, du freutest dich."

„Das tue ich ja, und ich sehne mich auch nach Vater. Gleichzeitig wird es aber nicht so sein wie früher. Außerdem bin ich Gaius' wegen in Sorge."

Der kleine Gaius hatte nämlich meinen Zustand auszunutzen gewußt und war in den letzten Monaten ein wahrer Tyrann geworden. Doch Marcus stellte während der Überfahrt die Disziplin wieder her, und schließlich war er ein vollkommener kleiner Herzensbrecher, der von seines Vaters Pferd gehoben wurde und Cäsar vor der Villa bei Prima Porta entgegenlief. Vater schmolz völlig dahin, und Gaius durfte fortan am Fußende seines Speiselagers sitzen, wo ich während meiner ganzen Kindheit gesessen hatte.

Daß ich selber so schwerfällig war, daß ich Hilfe benötigte, um aus dem Reisewagen zu gelangen, gestaltete das Wiedersehen mit Vater nur noch herzlicher, und sogar Livias Anwesenheit vermochte nicht, einen Schatten zu werfen.

Die Entbindung ging leicht vonstatten, und diesmal wurde es ein Mädchen. Agrippa nannte sie Julia, und damit wir nicht verwechselt würden, gab ich ihr meinen eigenen Kosenamen Juliola.

Ich liebte sie vom ersten Augenblick, da sie mir in den Arm gelegt wurde, und Marcus, der sich eine Tochter gewünscht hatte, wurde bei ihrem Anblick weich wie Wachs. Sie war ein schmiegsames und einschmeichelndes Geschöpf und lächelte früher als andere Kinder. Ein paar Monate, nachdem Juliola zur Welt gekommen war, kehrte Tiberius aus dem Osten heim. Er hatte die ihm gestellten diplomatischen und militärischen Aufgaben zufriedenstellend gelöst, und Agrippa, der weit seltener Superlative gebraucht als ich, äußerte sich sehr anerkennend über ihn, nachdem er den Bericht gelesen hatte. Agrippa war selbstverständlich bei dem offiziellen Empfang zugegen, ich selber hatte jedoch erst zu dem Bankett zugesagt, das für ihn in der Ochsenkopfstraße veranstaltet wurde. Ich brauchte den ganzen Tag, um mich zurechtzumachen, wurde aber dennoch erst spät fertig und fühlte mich unruhig und nervös.

Marcus und ich hatten gerade zur Rechten von Vater und Livia

Aufstellung nehmen können, als der Ausrufer Tiberius Claudius Nero meldete. Alle im Saal wandten sich dem Eingang zu. Er schritt durch die Tür, hochgewachsen und schlank wie früher, aber seine Züge waren schärfer geworden, und er besaß eine gebieterische Würde, die neu an ihm war. Auch wirkte er weit eleganter, als ich ihn in Erinnerung hatte.

Einen Moment ließ er seinen Blick über die Versammlung schweifen, ehe er ihn auf Vater richtete. Dieser Blick war so kurz, daß nur die wenigsten ihn bemerkten, aber für mich war er lang genug. In einem blitzhaften Zucken erkannten wir einander, und der Blick durchfuhr mich wie ein Schlag.

Marcus machte eine kleine Wendung, und ich mußte die Augen niederschlagen, damit er nicht sehen sollte, wie sehr sie mir brannten. Ich spürte sie wie glühende Kohlen unter den Augenlidern.

„Du hast abgespannt gewirkt heute abend“, meinte er bei der Heimfahrt.

Ich schmiegte mich in seinen Arm.

„Ich fühle mich nicht ganz wohl . . . Ich bin noch nicht gewiß, aber ich glaube, ich werde wieder ein Kind bekommen.“ Das war nicht nur Kriegslist. Das heißt: Wenn ich diesen Augenblick wählte, es ihm zu erzählen, war es Kriegslist – aber ich hatte bereits mehrere Tage im stillen den Verdacht gehegt, daß ich wieder soweit war. Meine Ahnungen erwiesen sich dann auch als begründet.

Im März gebar ich einen Knaben. Er war ein schönes ruhiges Kind, und alle fanden, er gleiche Cäsar. Er wurde nach Agrippas Vater Lucius genannt.

Ich hatte mich gerade vom Kindbett erhoben und sah zu, wie Lucius gestillt wurde. Juliola kroch auf dem Fußboden herum, und Gaius, der mich mit nach draußen haben wollte, war auf meinen Schoß geklettert. Er wußte, wenn er mir seine Arme um den Hals legte und mir ins Ohr flüsterte, konnte er von mir alles bekommen. Plötzlich steckte Agrippa den Kopf zur Tür herein und sagte, er müsse mit mir reden. Ich war erstaunt, ihn zu dieser Tageszeit zu sehen, denn ich glaubte, er sei in der Ochsenkopfstraße. Er berichtete, er habe gerade mit Vater eine Unterredung in einer Angelegenheit gehabt, die mich in gleich hohem Maße betreffe wie ihn selber. Ehe er jedoch einen Entschluß fasse, wolle er meine Meinung hören.

Vater hatte gebeten, Gaius und Lucius adoptieren zu dürfen.

„Beide?" brach ich aus allen Wolken gefallen aus.

Marcus nickte.

„Ich will versuchen, dir zu erklären, weshalb auch Lucius einbezogen ist", sagte er. „Du weißt, wie ungern Vater mit Sitten und Bräuchen bricht – auch wenn er diktatorische Macht besitzt, versucht er stets, an republikanischen Formen festzuhalten . . . Und selbst jetzt, da er etwas so Unrömisches einzuführen gedenkt, wie seine Machtstellung im Julischen Geschlecht erblich werden zu lassen, soll es unter dem Anschein der Tradition, ja der Urtradition geschehen. Mit Gaius und Lucius als Erben wird er versuchen, die Gedanken des Volkes auf die beiden Knaben unter dem Bauch der Wölfin zu lenken. Deshalb braucht er beide, Lucius und Gaius . . ."

„In welchem Maß wird die Adoption unser Verhältnis zu den Kindern ändern?" fragte ich, und ohne es zu wollen, war meine Stimme scharf geworden.

„In den ersten Jahren wird kaum eine Veränderung zu spüren sein, allmählich wird sie aber größer werden. Vater wird uns gewiß anhören, wenn über ihre Zukunft und Erziehung entschieden wird, juristisch gesehen werden sie jedoch seine Söhne, und in letzter Instanz entscheidet er über Leben und Tod. Sie werden natürlich seinen Namen tragen, werden Gaius Julius Cäsar und Lucius Julius Cäsar heißen."

„Und du, Agrippa, bist wieder ohne Sohn und Erben."

Er schwieg.

Plötzlich war es, als breche ein Damm in mir, und all meine Ohnmacht und Unterdrückung wogten mit einer solchen Kraft empor, daß meine Nägel brachen, die ich in die Stuhllehne gekrallt hatte. Alles sollte Vater haben – alles – alles. Meine ganze Jugend, alles, was ich sagte und tat, war von ihm bestimmt worden. Nicht einmal die eigene Mutter hatte ich behalten dürfen. Meinen unausgereiften, widerstrebenden Leib hatte er Marcellus gegeben und mich von dem weggerissen, den ich liebte. Er schämte sich nicht einmal, mich als Abzahlung für seine Schuld Agrippa gegenüber zu verwenden. Und Agrippa selber, was hatte Agrippa nicht gegeben! Tüchtigkeit, Mut, Tatkraft und Loyalität – ja, den Lorbeer des Sieges hatte er Vater in den Schoß gelegt, und was tat Vater? Sprang er auf und schlug Mäcenas über den Mund, als dieser zynisch flüsterte, daß es nur zwei Auswege gebe, entweder Agrippa umzubringen oder ihn durch mich an sich zu binden? Nein, Vater hörte es sich an . . . kaltblütig und berechnend zwang er mich mit seiner Wahl.

Das Ungeheuerliche seiner Handlungsweise ging mir in diesem Augenblick auf, da er uns unsere Kinder nehmen wollte – die Folgen all der Wärme und Fürsorge, mit der Marcus mich umgab . . .

Ich spürte, wie ich weiß wurde.

„Ist er unersättlich? Wird er nie genug bekommen?“ stieß ich hervor. Marcus legte mir den Arm um die Schulter.

„Wir müssen an das Beste der Jungen denken, nicht an uns selber“, sagte er.

„Vaters Forderungen galten immer dem Besten anderer, aber hat er je an dein Bestes gedacht, Agrippa – oder an mein Bestes?“

Die Kehle schnürte sich mir zusammen, daß ich nach Luft ringen mußte.

Marcus erwiderte nichts, strich mir nur hin und wieder über das Haar. Allmählich wurde ich ruhiger, und schließlich saß ich ganz still.

Er begann, langsam und leise zu sprechen. Wir dürften nicht ungerecht Vater gegenüber werden. Er folge dem Schicksal und seiner eigenen Natur und verehre den Gott der Macht. Aber die Macht sei eine gierige Gottheit, die immer neue Opfer fordere. Vater opfere nicht aus Lust, sondern weil es ein Glied jenes Dienstes sei, dem er sich verpflichtet habe. Nicht nur die Gaben anderer, auch seine eigenen Gaben lege er auf den Altar der Macht: seine glänzende Intelligenz, seinen unbeugsamen Willen – und jeden Tag seines Lebens weihe er Roms Ehre und Macht. Das sei die größte

Tat, die ein Römer vollbringen könne. Doch damit das Werk, das er mit soviel Mühe und Sorgfalt errichtet habe, in Zukunft weiterbestehe, brauche er Söhne – unsere Söhne . . .

„Und du, Agrippa, du brauchst sie nicht?"

„Nicht auf Agrippa, auf Cäsar Augustus hat die Welt ihre Augen gerichtet", erwiderte er.

Die Adoption war eine einfache Vertragsverhandlung, die bei uns daheim stattfand. Nach altem Brauch legte Vater zwei Goldmünzen auf den Tisch, eine für jeden Jungen.

„Du verdienst sie", sagte Agrippa und reichte sie mir.

„Danke", sagte ich und schob sie zurück. „Du hast die Jungen fortgegeben, und du magst den Lohn empfangen. Ich bin ihre Mutter, ob sie nun deinen oder Cäsars Namen tragen."

Der Zeitpunkt der Adoption war mit großer Sorgfalt ausgewählt, und Vater und Agrippa hatten sich darüber geeinigt, daß sie unter dem Eindruck der heiligen Feierlichkeiten der Säkularspiele stehen sollten, denn dieses Jahr war als Zeitwende vorgesehen.

Als man das letzte Mal – vor ungefähr dreißig Jahren – erwogen hatte, Säkularspiele und Feiern zu veranstalten, waren sie auf Grund der Bürgerkriege ausgesetzt worden. Es gab an und für sich in der Zeitrechnung keine Grundlage dafür, im herannahenden Jahr ein Jahrhundertfest zu feiern. Aber Vaters Ratgeber Ateius Capito, der jede juristische Nuß zu knacken versteht, dozierte, es sei rechtlich vertretbar, gerade dieses Jahr als Zeitwende anzusehen, wenn man die etruskische Zeitrechnung mit hundertzehn Jahren je Jahrhundert anwende und sich außerdem auf einige äußerst tiefsinnige Sibyllinische Orakel stütze.

Nachdem diese Frage so ihre legale Lösung gefunden hatte, übertrug der Senat dem Fünfzehn-Männer-Kollegium für religiöse Zeremonien nach den Vorschriften der Tradition die Leitung des Programmes. Die Fünfzehn übertrugen die Gestaltung des Festes den Konsuln – also Vater und Agrippa –, und so erhielt das Fest den propagandamäßigen Zuschnitt, den Vater wünschte.

In den Hauptzügen behielt man die alten Bräuche bei, aber das Schlußritual wurde der neuen Zeit angepaßt, und man entfaltete eine Pracht und Feierlichkeit, die frühere Jahrhunderte nicht gekannt hatten. Herolde durchreisten das ganze Reich, um die Botschaft des frohen Festes zu verkünden, und mehr Reisende als je zuvor strömten zum Fest in die Stadt. Alle Häuser und Herbergen waren überfüllt, freie Zimmer waren nicht aufzutreiben, und die Menschen wohnten in Zelten und Stallungen bis weit nach Campania hinaus. Agrippa pries das Schicksal, daß die Wasserversorgung der Stadt so ausreichend war und die sanitären Verhältnisse tadelsfrei blieben, nicht zumindest deswegen, weil er als Ädil in den belebtesten Gegenden der Stadt öffentliche Aborte hatte errichten lassen. Sie waren mit fließendem Wasser ausgestattet und boten zwanzig bis dreißig Personen Platz.

Fünf Tage vor der Eröffnungszeremonie wurden gratis Schwefel und Naphta für die persönliche Reinigung verteilt, wie das Ritual es verlangte; bei Tausenden von Menschen aus allen Richtungen war dies eine absolut notwendige Maßnahme und eine Bedingung für die Teilnahme.

In der Nacht zwischen dem letzten Tag des Mai und dem ersten Tag des Juni herrschte Vollmond und klares Wetter. Um Mitternacht war das Marsfeld vollgepfropft. Alle Teilnehmer waren in der Toga erschienen, und dieses Aufgebot weißgekleideter Gestalten erlangte in dem silbergrünen Licht eine fast übernatürliche Wirkung, als die Prozession langsam vom Forum zum Marsfeld schritt.

Vater führte den Zug mit bedecktem Haupt an, hinter ihm folgten Agrippa, das Fünfzehn-Mann-Kollegium, Flaminer, Auguren und andere Priesterschaften, begleitet vom Senat, den Magistraten und anderen zivilen und militärischen Hauptpersonen des Reiches.

Vater vollzog das Gebet an die dunklen Mächte, die die Schicksale der Völker gestalten, und seine sonore Stimme stieg und sank in den archaischen Rhythmen wie Ebbe und Flut auf dem Völkermeer. Als die letzte Strophe unter dem nächtlichen Himmel verklang, flammten plötzlich Tausende von Holzstößen und Fackeln über den Hügeln und Dächern der Stadt auf, und während der Flammenschein rot über dem Feld lag, vollzogen die Priester ein Opfer von neun Lämmern und neun Zicklein. Sobald Leber und

Nieren geprüft waren, kam eine neue Prozession von hundertzehn römischen Frauen edelster Herkunft hinzu, die von Livia und mir angeführt wurde und eine heilige Mahlzeit zu Ehren Dianas anrichtete.

Bei Sonnenaufgang wurde der Schauplatz aufs Kapitol verlegt, wo Vater und Agrippa jeder ein Ochsenopfer für Jupiter darbrachten und wir Frauen eine Ehrenmahlzeit für Juno bereiteten. Nach Anbruch der Dunkelheit zogen wir mit Backwerk für die Göttin der Fruchtbarkeit, Ilythia, zum Marsfeld zurück. Am nächsten Tag erhielt Juno zwei Kühe und Mutter Erde um Mitternacht eine trächtige Sau. Die letzte Apollo gewidmete Zeremonie fand mit unblutigen Opfern in dem von Vater auf dem Palatin errichteten Tempel statt. Den Abschluß bildete eine von Horatius verfaßte Festhymne, die von siebenundzwanzig Jungen und siebenundzwanzig Mädchen gesungen wurde.

Das ganze Fest sollte eine Verbindung herstellen zwischen der dunklen Vorzeit mit ihren blutigen Opfern an Diana, die Göttin des Mondes und der Nacht, und der hellen Neuzeit in Apollons Zeichen, der ja Dianas Bruder und der Gott des Tages, der Freude und der Sonne ist, Vaters erwählter Günstling, der Gott der neuen Zeit. Die Kantate des Horatius bot ein Sinnbild dieser Idee, denn die Zahl der Sänger enthielt die uralte Symbolik der heiligen Dreizahl, und die zarten Stimmen erklangen wie ein Gelübde für kommende Geschlechter. In dieser ergreifenden Stunde suchten aller Augen mich, die ich dort mit Lucius auf dem Arm und Gaius an der Hand stand, den beiden Cäsaren, die ausersehen waren, Romulus' und Remus' Erbe zu tragen. Einen Augenblick wollte mir schwindlig werden bei dem Gedanken, aber dann richtete ich mich auf. Denn wer sollte Roms Ehre und Macht erben, wenn nicht diese beiden, die das Recht des Blutes und des Gesetzes besaßen, zu den ersten Männern des Reiches Vater zu sagen, den Imperatoren Augustus und Agrippa?

In der prachtvollen Tempelhalle schwebten Weihrauch und himmlische Wohlgerüche wie Wolken zwischen den schlanken Säulen. Tausendfach spiegelte sich das Licht in schimmernden Goldkelchen, während das Brausen des Gesanges die Sinne in die Sphären der Götter erhob. Ich drückte Lucius an meine Brust und legte Gaius die Hand auf den Kopf. Und von stolzer Freude erfüllt, bat ich den gnädigen Phoibos Apollon, Roms Zukunft zu segnen.

9

Während der Säkularspiele hatte ich die Veränderung, die die Adoption der Jungen für mich selber mit sich brachte, stark empfunden. Juristisch gesehen, hatte ich mit Livia stets auf gleichem Fuß gestanden, denn als sie Vater heiratete, erhielt sie, wie das Gesetz besagt, die Stellung der Tochter und Gleichstellung mit mir. Rangmäßig ging sie mir aus Gründen des Alters und der Würde selbstverständlich vorauf, doch durch die Adoption wurde ich zur Mutter von Vaters Söhnen und in juristischem Sinne eine Art Doppeltochter. Dadurch wurde ich Livia nun auch rangmäßig gleichgestellt und als unverletzlich erklärt, wie sie und Octavia. Die Tempel der Diana und Vesta ehrten mich mit ihrer Priesterinnenwürde, und bei Venus, der Familiengöttin der Julier, nahm ich im Kreise der Priesterinnen den weiblichen Ehrenplatz ein. Daß ich mit einem Schlag eine der maßgeblichsten Persönlichkeiten Roms geworden war, behagte Livia nicht. Sie war natürlich zu klug, ihr Mißvergnügen zu äußern, aber die Art, in der sie, wenn wir Seite an Seite gingen, den Überwurf zusammenzog, um mir nicht zu nahe zu kommen, war beredter als Worte. Ich ging deshalb eines Tages zu Vater und bat ihn, ihr klarzumachen, daß er und nicht ich hinter dieser Neuordnung der Dinge stehe, aber er erwiderte nur gereizt, daß eine Selbstverständlichkeit keiner Erklärung bedürfe.

Es war eine anstrengende Zeit. Agrippa war Konsul, und meine Stellung als seine Frau nahm mich bereits hinreichend in Anspruch, ehe ich all die neuen Pflichten auferlegt bekam. Vater wünschte, daß meine Besuche in der Ochsenkopfstraße ebenso häufig sein sollten wie früher, und ich hatte keine Lust, Mann oder Kinder zu vernachlässigen. Um alles zu bewältigen, übertrug ich Phöbe die Verwaltung des Hauses, aber trotzdem war es angenehm, als Agrippa im Laufe des Sommers das Konsulat seinem Stellvertreter überließ, so daß ich mich einer Reihe repräsentativer Pflichten entziehen konnte. Die beiden letzten Kinder waren dicht aufeinandergefolgt, und ich fühlte mich so mitgenommen, daß man Musa herbeirief. Er und Agrippa erwogen, was zu tun sei, um mir Ruhe zu verschaffen.

Ich selber meinte, das Gesellschaftsleben greife mehr an als irgend etwas anderes, denn jetzt wurde nicht nur Agrippa von Leuten belagert; in letzter Zeit hatte ein ständiger Strom von Besuchen auch mir gegolten. Es gab keine Grenzen für die Vorteile, die Leute durch mich erringen zu können glaubten, und noch ehe ich mich morgens erhob, hatte ich eine Schlange von Antragstellern am Bett stehen. Zugleich konnte ich an den Fingern einer Hand die Tage im Monat zählen, an denen Marcus und ich abends allein sein durften. Wir einigten uns dahin, daß ich einmal in der Woche einen Empfang geben und auf diese Weise den schlimmsten Ansturm beiseite schaffen sollte. Offizielle Gäste mußten wir zu großen Mittagen zusammenfassen; an bestimmten Tagen für gute Unterhaltung zu sorgen, war erheblich leichter, als unaufhörlich Gesellschaftsprogramme zu improvisieren.

Agrippa bat einige seiner philosophischen Freunde, sich zu meinem ersten Salon einzufinden, so daß die Angelegenheit den intellektuellen Anstrich erhielt, den die Eitelkeit nun einmal verlangt. Mäcenas erschien mit Propertius und dem jungen Ovid, und als Horatius ein Gedicht zitierte, das er für Agrippa verfaßt hatte, war der Erfolg gesichert. Antonia die Ältere, die mich am Tag darauf besuchte, versicherte mir, es gebe nur eine Meinung in der Stadt; die Leute hätten sie mit Frühstücksvisiten überlaufen, um eine Einladung zum nächsten Empfang bei Julia zu erhalten. Aber ich achtete sorgfältig darauf, daß es ein Privileg blieb, bei uns eingeladen zu werden.

Antonia die Ältere war und blieb meine beste Freundin. Ihre

jüngste Tochter stand im gleichen Alter mit Gaius, und wir schütteten uns gegenseitig das Herz aus über Kinder, Häuser, Sklaven- und Freigelassenen-Probleme. Wir gehörten dem gleichen Kreis an, diskutierten Gesellschaften und Bekannte, Theater und Skandale, Literatur und Kunst und besaßen beide in Livia eine unerschöpfliche Quelle des Ärgers. In dieser Hinsicht war sie ganz die Tochter ihrer Mutter Octavia, wenn sie auch sonst meist ihrem Vater Antonius glich: Es fiel ihr nicht schwer, zu lachen, und sie war flink und leichtbeweglich.

Domitius, ihr Mann, war an Jagd, Pferden und Schiffen interessiert, kam man jedoch auf Kunst und Philosophie zu sprechen, begann er laut und ungeniert zu gähnen. Er hatte einen kräftigen Körperbau, und der rote Bart, nach dem die Ahenobarben ihren Namen tragen, wirkte wahrhaft brutal. Antonia und ich hatten bereits früh entdeckt, daß einige der Probleme, denen wir als Ehefrauen gegenüberstanden, identisch waren.

„Jetzt werde ich bald zu Isis gehen", vertraute sie mir eines Tages an, „mehr Kinder ertrage ich nicht, und einmal muß Schluß sein."

„Das darfst du nicht", rief ich erschrocken aus.

„Du glaubst doch nicht etwa, daß Domitius zu Kybele gehen wird?" erwiderte sie, und der Gedanke an ihn als Kastraten war so grotesk, daß es uns schwerfiel, wieder ernst zu werden.

„Früher oder später gehen alle zu Isis", fuhr sie fort. „Marcella sagt, es sei nicht gefährlich."

„Aber es ist für immer", protestierte ich, „denk, wenn du wieder Kinder haben wolltest und sie nicht empfangen könntest. Dann ist es besser zu Venus zu gehen – viele unserer Bekannten sind dort registriert."

Sie überlegte zögernd, denn nach dem Skandal im Winter wollte sie nicht gern bei ihr auf der Liste stehen.

„Du brauchst nicht einmal deinen eigenen Namen auf die Liste zu setzen", sagte ich. „Bezahle eine andere dafür, dann bekommst du, was du brauchst."

Ich wußte wohl, weshalb sie sich scheute, denn auf einer unserer letzten Venus-Zusammenkünfte hatten wir das Thema erörtert.

Die Göttin der Liebe hat viele Aufgaben; sie soll jene beschützen, die ihr Leben dem Dienst der Wollust gewidmet haben. Subura ist das alte Quartier der Julier und der Venus, und in diesem ganzen Stadtteil wimmelt es von Freudenmädchen. Um diesen Beruf ausüben zu dürfen, müssen sie sich in Listen eintragen, die Venus über die lockeren Mädchen der Stadt führt. Sie stehen damit unter Kontrolle und haben Zugang zu den Mitteln, die erforderlich sind, um keine Kinder zu bekommen. Diese sind so zuverlässig, daß auch viele verheiratete Frauen ihrer gern habhaft werden möchten. Deshalb haben sie sich bei Venus einschreiben lassen, und gegen Extrabezahlung werden sie von den Pflichten der Freudenmädchen befreit.

Im letzten Winter ereignete es sich jedoch, daß einige verheiratete Frauen bei Untreue ertappt wurden; ihre Männer brachten die Sache vor Gericht und verlangten härteste Bestrafung. Die Frauen waren zweifellos schuldig, aber der Verteidiger fand heraus, daß sie in den Listen der Venus standen, und benutzte dies vor Gericht. Als registrierte Straßenmädchen war es schlechthin ihre Pflicht, mit denen Verkehr zu üben, die es wünschten, und die Richter waren gezwungen, die Angeklagten freizusprechen. Die Wächter der Moral mit Livia an der Spitze schrien empört auf, aber nach gewichtigen Überlegungen fand der Rat der Venus, daß er keine Maßnahmen treffen dürfe, um zu verhindern, daß Unbefugte sich registrieren ließen. Indem man ihnen den Zugang zu den verlangten Mitteln verweigerte, würde man sie nur von sich stoßen und zur Sterilisierung zwingen. Außerdem brachte diese Registrierung der Tempelkasse gute Extraeinnahmen, und für Geld haben alle Verwendung, nicht zuletzt eine so mächtige Göttin wie Venus.

Nachdem wir unseren Beschluß gefaßt hatten, hielten wir an ihm fest, und der überwiegende Teil der Frauen stand stillschweigend auf unserer Seite. Die Männer der Stadt selbstverständlich ebenfalls, und so gelangten jene, die unserer Göttin ans Leben wollten, nicht ans Ziel. Aber die Venuslisten waren ins grelle Licht der Öffentlichkeit geraten, und auch Frauen in prominenter Stellung erwogen es, sich ihrer zu bedienen.

Ich hatte die Angelegenheit mit Marcus eingehend besprochen, und er stimmte dem von uns eingenommenen Standpunkt zu. Kybele und Isis waren ihm gleichermaßen zuwider, und es hatte ihm einst eine wahre Freude bereitet, als er in der ägyptischen Verderbtheit aufräumen konnte.

Ich für mein Teil wollte lieber für den Rest meines Lebens jedes Jahr ein Kind haben, als zu einem Eingriff schreiten, denn in meinen Augen bedeutete es, den heiligen Leib der Venus schänden, wenn man einen solchen Schritt unternahm. Auch die sonstigen Mittel mißfielen mir.

Wenn Marcus sich darüber beklagte, daß ich alle Verantwortung auf ihn abschob, erwiderte ich nur, daß er mich in seine Hand genommen habe und selber die Konsequenzen tragen dürfe. Er gestand, daß er sich der Logik beuge.

„Aber", sagte er lächelnd, „es ist eine Frage, ob ich nicht ebenso sehr in deiner Hand bin wie du in meiner. In sechs Jahren habe ich nicht einmal an eine andere Frau gedacht."

Er hatte es gewiß als Treueversicherung gemeint, aber es wirkte entgegengesetzt auf mich. Ich blieb voller Unruhe zurück. Daß mein Marcus auch an andere sollte denken können als mich, war mir nicht in den Sinn gekommen. Vielleicht war ich zu sicher. Nach drei Geburten war ich nicht mehr so sehr um mein Aussehen bemüht. Es war wohl doch besser, darauf achtzugeben. Phöbe hatte gesagt, wer einen Mann halten wolle, dürfe nie nachlassen.

Ich griff nach dem Handspiegel und unterzog mein Gesicht einer kritischen Prüfung. Das Schminkmädchen mußte einen stärkeren Ton für den Mund mischen, ich wollte Mohnrot tragen. Einmal vor langer Zeit – während der Zeit unter dem Magnolienbaum – hatte ich eine Mohnblume in mein Haar gesteckt. „Das ist deine Blume, Julia!" hatte Tiberius geflüstert und mich geküßt. „Tiefdunkle Leidenschaft unter leuchtenden Blütenblättern!"

Seitdem stand eine Vase mit Mohnblüten den ganzen Sommer auf meinem Toilettentisch.

Ich ließ mir von Phöbe mein Schmuckkästchen bringen. Vor kurzem hatte ich einen Satz Rubine gekauft, den ich noch nicht getragen hatte. Er lag zuoberst; ich befestigte die Ohrringe an den Trägern und legte mir den Schmuck versuchsweise um den Hals. Er nahm sich gut aus, und ich entschloß mich, ihn zur Hochzeit Antonias der Jüngeren mit Drusus zu tragen. Tante hatte mich gebeten, Brautführerin zu sein. Es sollte ein großes Fest geben, und alle Jugendfreunde sollten sich einfinden. Ich hatte mich seit langem darauf gefreut.

Als der Tag herankam, hatte Marcus mehr als gewöhnlich zu tun und erschien erst im letzten Augenblick. Ich hörte ihn in seinem Ankleidezimmer herumpoltern, um noch zur rechten Zeit fertig zu werden. Erst in der Sänfte sah er, wie ich gekleidet war, und runzelte die Augenbrauen.

„Du weißt, ich liebe Rot nicht", sagte er. „Die Rubine erinnern mich an die Lampen von Subura, und mit der Schminke wirkst du ordinär."

„Vielen Dank für das Kompliment", erwiderte ich böse, „ es ist rührend von dir, damit herauszukommen, da wir schon unterwegs sind."

Er antwortete nicht, und wir verharrten in drückendem Schweigen. Als wir ankamen, ging ich sofort auf Antonias Zimmer, wo der gleiche Wirrwarr herrschte wie stets bei Brautschmückungen.

„Wie spät du bist!" rief Antonia die Ältere, als sie mich erblickte.

„Das ist Marcus' Schuld – er ist heute übrigens richtig ekelhaft gewesen", erwiderte ich und vergaß Vipsania, die Brautjungfer war.

„Wann wird bei dir Hochzeit sein, Julia?" fragte plötzlich Marcella die Ältere.

Ich blickte sie verständnislos an.

„Du als Schwiegermutter mußt es doch wissen", erklärte sie boshaft, und schließlich ging mir auf, daß ihre Andeutung sich auf Vipsania und Tiberius bezog.

„Frag lieber die künftige Braut", rief ich aus.

„Ich bin so beschäftigt gewesen, deines Vaters Kinder in die Welt zu setzen, daß mir ganz entgangen ist, was ihr beschlossen habt", wandte ich mich an Vipsania.

Ihr ätherischer Ausdruck schwand; statt dessen erhielt ihr Gesicht den verschlossenen Ausdruck ihres Vaters. Mit einem Schlag flammte die gereizte Stimmung des Herweges wieder in mir auf. Während der ganzen Trauungszeremonie zermürbte sie mich wie ein kranker Zahn, und ich wurde so verwirrt, daß ich allein vortrat und dem Brautpaar gratulierte. Erst als Vater nach Marcus fragte, erinnerte ich mich seiner und fing einen Schimmer von ihm und Vipsania in der Gratulantenreihe auf.

„Er opfert sich heute gewiß für seine Tochter", sagte ich und bot Vater die Wange. Während der Mittagsmahlzeit hatte ich Drusus' Brautwerber Asinius Gallus zu meiner Linken. Er hatte sich stets an Vipsania interessiert gezeigt, und sie hatte ihn auch allen anderen gegenüber bevorzugt. Marcus meinte, literarische Interessen verbänden sie, aber es waren gewiß auch andere Bande. Ich konnte Vipsania über den Tisch hinweg neben Tiberius erkennen, und plötzlich wurde ich von blinder Rachlust gepackt. Wenn sie meinen Tiberius heiraten würde, sollte sie auf jeden Fall ihren Gallus verlieren.

Wie gewöhnlich hatte ich Vater zu meiner Rechten, und anfangs unterhielt ich mich mit ihm, während ich Gallus verstohlen beobachtete. Er war hager, wirkte verfeinert und sah aus, als passe er in die geistigen Sphären, in denen Vipsania sich bewegte. Aber die Art, in der sich seine Oberlippe aufwärts wölbte, ließ vermuten, daß er auch den Freuden dieser Welt nicht ganz abgeneigt war.

Schließlich lehnte ich mich zu ihm hinüber. Nach einigen konventionellen Phrasen fügte ich eine persönliche Bemerkung hinzu und blickte ihm dabei in die Augen. Fast unmerklich hob er eine Augenbraue und folgte mir hellhörig, als ich die Stimme senkte. Ich schlug ein paar verirrte Akkorde an und merkte deutlich an dem Anschlag seiner Antworten, daß er Gehör besaß. Es währte nicht lange, bis Rubine das Schönste waren, was er kannte. Sie besäßen das Lodern der Leidenschaft und die tiefe Glut der Liebe. Er beugte sich vor, um den Stein zu bewundern, den ich im Ausschnitt trug, und ich spürte den schwachen Duft der Pomade aus seinem Haar. Als er seine Augen von meiner Brust hob, hatten sie etwas von dem warmen Glanz der Rubine. Er fragte leise, ob er mich nicht hin und wieder treffen könne – allein, so daß wir ungestört miteinander reden könnten, worauf ich ihn bat, zu meinem nächsten Empfang zu kommen und zu bleiben, nachdem die Gäste gegangen waren. Ich fühlte auch, daß wir einander viel zu sagen hätten.

Die Leute begannen, auf uns aufmerksam zu werden, und indem ich einen Blick zu Vipsania und Tiberius hinüberwarf, wandte ich mich wieder Vater zu. Tiberius gab sich den Anschein, mich nicht zu sehen, Vipsania jedoch war still geworden. Ich selber geriet plötzlich in überschäumende Stimmung und lachte über alles, was Vater erzählte, so daß auch er angesteckt wurde. Agrippa ignorierte mich völlig.

Nach der Mahlzeit versuchte Gallus, mich auf die Terrasse hinauszuführen, aber Gracchus eilte zu meinem Entsatz herbei und bald auch mehrere andere. Gallus hielt dennoch eisern stand und wich nicht von meiner Seite. Dann und wann warf ich ihm mit weichem kehligem Unterton eine kurze Bemerkung zu oder schenkte ihm kleine ermunternde Blicke, während ich wie unabsichtlich mit der Brust seinen Arm streifte. Doch dann mußte ich schließlich gehen, um die Braut ins Brautgemach zu geleiten. Als ich die Brautkammer verließ, traf ich Agrippa im Atrium.

„Ich gehe jetzt nach Hause", sagte er kurz. „Kommst du mit, oder hast du eine Verabredung zur Nacht?"

„Meiner Gewohnheit getreu begleite ich dich", erwiderte ich.

„Den Eindruck habe ich heute nicht gewonnen", knurrte er bissig. Marcus und ich hatten oft kleine Zusammenstöße gehabt, aber bisher war keiner von ihnen tiefgehend gewesen; im Grunde genommen waren sie einem alten abgetragenen Schema gefolgt. An diesem Tag jedoch hatte ich auf dem Heimweg das Gefühl, daß es mehr geben werde als eine Szene, und im stillen überschlug ich meine Bastionen. Sie waren wenig standhaft, und besonders die Palisaden des Gewissens wirkten ziemlich morsch, wenn ich an Vipsanias tief herabgezogene Mundwinkel dachte. Aber Marcus hatte selber einmal erklärt, daß es militärisch gesehen besser sei, einen kühnen Ausfall zu unternehmen, als eine unhaltbare Stellung unbedingt halten zu wollen, und ich beschloß, seiner Taktik zu folgen.

Als wir heimkamen und er sich in einen Sessel gesetzt hatte, hockte ich mich auf das Sofa ihm gegenüber und versuchte, unbeschwert auszusehen. Neben der Blumenvase auf dem Tisch lagen einige verwelkte Blätter, die ich zusammenlas; danach nahm ich die Ohrringe ab. Marcus musterte mich stumm.Ich stieß die Sandalen von den Füßen, rieb mir die Zehen und schob die Haut von den Nägeln zurück, worauf ich sie zu polieren begann. Marcus sagte noch immer kein Wort.

„Ich habe heute an Vipsania denken müssen", begann ich, indem ich mich gähnend zurücklehnte, „es sieht aus, als ob sie und Gallus sich sehr füreinander interessierten."

„Wahrhaftig?"

„Diesen Eindruck erhielt ich jedenfalls, als ich mit ihm sprach, und ich finde, ich muß es erwähnen. Ich weiß nicht, ob du verstehst, wie tief so etwas steckt. Als Frau verstehe ich es vielleicht besser als du. Vipsania ist empfindsam, und es wird sie sehr treffen, auf Gallus verzichten zu müssen. Du mußt auch ihre Empfindsamkeit in Betracht ziehen, wenn ihre Zukunft entschieden werden soll."

„Und was schlägst du in deiner selbstlosen Fürsorge vor?"

Mir gefiel seine Stimme nicht, aber ich hatte mich so weit hinausbegeben, daß es schwierig war, den Kurs zu wechseln.

„Einen eigenen Vorschlag habe ich selbstverständlich nicht, ich wollte nur deine Aufmerksamkeit auf all das Schmerzliche und Schwierige lenken, das sie durchmachen wird, wenn sie nicht den bekommt, den sie liebt."

„Du sprichst aus eigener Erfahrung, nicht wahr?"

Ich schwieg.

„Du kannst es gern aussprechen, Julia, wie sehr du all diese Jahre gelitten hast . . ."

Ich blickte stumm in meinen Schoß. Es wurde sehr still.

Als er wieder zu sprechen begann, war jedes Wort stark akzentuiert wie Wassertropfen, die auf eine Felswand niederfallen.

„Ich danke dir für deine mütterliche Fürsorge um Vipsania. Unentwickelt, wie mein männliches Gefühlsleben ist, bin ich nicht nur ihr gegenüber blind gewesen, sondern vor allem auch dir gegenüber und all dem, was du an meiner Seite hast durchmachen müssen. Nachdem du mich nun auf deine Leiden aufmerksam gemacht hast, kann ich dein Opfer natürlich nicht mehr annehmen, und ich schlage deshalb vor, daß du dich von mir scheiden läßt – den Weg habe ich selber einmal durchschritten, er ist leicht und schmerzlos. Du kannst gewiß sein, daß du von meiner Seite keinerlei Hindernissen begegnen wirst."

„Du eilst den Ereignissen voraus, Marcus. Ich habe nicht einen Augenblick daran gedacht, um Scheidung zu bitten."

Er tat, als sei er erstaunt.

„Hab' ich mich also wieder geirrt? Gibt es noch mehr Mysterien, die mein männlicher Verstand nicht erfaßt? Erkläre mir, weshalb du deinem Unglück kein Ende bereiten willst, Julia."

Ich zupfte nervös an meinem Kleid und kniff den Mund zusammen. „Du antwortest nicht? Muß ich vielleicht die Lösung selber finden?" Seine Stimme war drohend geworden. Als er sich dann mit einem Ruck im Stuhl vorbeugte, schrak ich zusammen und sah auf.

„Beginnen wir damit, reinen Tisch zu machen", sagte er und fegte Ohrringe und Blumenvase mit einem Schlag zu Boden. „Fort mit Lügen und Heuchelei, wenn du es mit mir zu tun hast! Erinnerst du dich, daß du einmal sagtest, Vater sei unersättlich? Du hast ein Stück von seiner Haut, auch du, mein Freund . . . du erträgst den Gedanken nicht, eine einzige deiner Eroberungen zu verlieren. Mehr als sechs Jahre hat der arme Claudius vergeblich geschmachtet. Wenn er jetzt endlich die Zeit für gekommen hält, eine Familie zu gründen, erträgst du den Gedanken nicht, daß er ein normales Leben führen soll, verfolgst du sie mit Haß, die er sich erwählt hat. Statt Vipsania zu helfen, die, wie du weißt, einer schwierigen Zeit entgegengeht, legst du noch Steine zu ihrer Bürde und versuchst, das Verhältnis zwischen ihr und Gallus zu zerstören und die Erinnerungen, auf denen sie ihr Leben aufbauen soll. Ein Mädchen von der Straße besitzt mehr Anstand als du. Am schlimmsten aber ist, daß du mir gegenüber Besorgtheit um sie heuchelst und dazu noch frech genug bist, davon zu reden. Deshalb glaube ich, ist es an der

Zeit, daß wir beide, du und ich, uns zum erstenmal offen aussprechen.

Ich weiß, daß du auf Vaters Befehl mit mir vor den Altar getreten bist und daß dein Herz sich anderswo befand. Aber von jener Stunde an habe ich jeden Tag versucht, dich zu gewinnen. Ich habe mehr Bemühung und Fürsorge in meine Gedanken an dich gelegt, als ich je auf einen meiner Feldzüge verwandte . . . von meiner Liebe völlig abgesehen . . . und ich empfand es als mehr denn einen Sieg, als du mich ‚Marcus, Geliebter' zu nennen begannst . . . Für mich ist ‚Geliebter' der zarteste aller Eigennamen. Für dich bedeutet das Wort vielleicht etwas anderes. Wie du dich heute Gallus gegenüber verhalten hast, bedeutet es offenbar nicht mehr als einen Gattungsnamen für Männer.

Aber reden wir von unserer Ehe, wie sie sich im allgemeinen gestaltet hat. Du meinst gewiß, du habest genug geleistet. Ich habe auch unsere Freundschaft und die Wonnen der vielen Nächte nicht vergessen. Du meinst vielleicht, du habest ebenso viel gegeben, wie du erhalten hast, und vielleicht hast du darin recht. Es ist nur das eine dabei, daß meine Ehe mit dir nicht ein Tauschhandel sein soll, wo wir geben und nehmen, denn dann wäre sie auf dem gleichen Prinzip aufgebaut wie ein Handel in Subura . . .

Liebe gibt alles . . . Es genügt nicht, daß du gut anzufassen und gut anzufühlen bist. Auch nicht, daß du repräsentativ wirkst und deine Stellung erfüllst. Es genügt nicht einmal, daß du die Mutter der Kinder bist. Meine Forderung heißt: alles.

Überlege es dir . . . Wenn du mich für zu anspruchsvoll hältst, trennen sich unsere Wege. Es dünkt mich vergeudete Zeit, in einem Verhältnis zu leben, das nie ein Ganzes sein wird . . ."

Damit stand er auf und ging zur Tür.

Ich richtete mich auf, ihm nachzulaufen, sank aber wieder zurück und blieb still sitzen, während seine Schritte sich in der Halle entfernten.

Mein Blick glitt über den Fußboden und blieb an der Wasserlache der Blumenvase haften. Eines der Kissen war hinabgefallen und lag voll Nässe gesogen zwischen gebrochenen Mohnblütenstielen und Vasenscherben. Unter zerrissenen Blättern hervor schimmerte es rot – die Ohrringe gewiß. Ich blieb reglos sitzen und starrte hinab, denn was ich dort sah, war ein Spiegelbild meines Innern. Erst als die Lampe zu flackern begann und auszugehen drohte, erwachte ich zu Bewußtsein. Ein Schauder durchfuhr mich. Ich stand auf. Meine Beine waren steif, und als ich sie auf die Erde setzte, trat ich in eine Vasenscherbe, so daß der eine Fuß zu bluten begann. Aber ich empfand keinen Schmerz und ging in mein Schlafzimmer. Dort legte ich mich nieder und zog die Decke über den Kopf.

Was Phöbe und die Mädchen am nächsten Morgen dachten, weiß ich nicht; von mir erhielten sie keine Erklärung. Als der Vormittag vorgeschritten war, bat ich den Sekretär, Besuche und Gäste abzusagen, und blieb liegen.

Marcus war zum Mittagessen nicht daheim, aber vor der Abendmahlzeit hörte ich ihn im Ankleidezimmer. Als ich ins Speisezimmer trat, saß er an seinem Platz. Ich bat für meine Verspätung um Entschuldigung, er nickte kurz, und wir aßen unter Schweigen. Während ich mit dem Omelett beschäftigt war, legte ich plötzlich mein Mundtuch beiseite.

„Ich würde gern mit dir reden", sagte ich.

„Herrliches Omelett", erwiderte er und winkte dem Diener. „Schick den Nomenclator herein!"

Wenn wir allein waren, pflegten wir uns des Nomenclators nie zu bedienen, denn wir wollten am liebsten in Ruhe miteinander reden, ohne belauscht zu werden. Jetzt erschien er sofort und hielt einen seiner meisterhaften Vorträge über die Zusammensetzung und Zubereitung des Omeletts, und auf Marcus' Aufforderung hin fuhr er damit durch die ganze Speisenfolge fort. Im allgemeinen war er mein Stolz, wenn wir Gäste hatten, denn er malte die Freuden der Mahlzeit mit der Inspiration eines Künstlers und dem wahren Genuß eines Feinschmeckers aus. Doch heute hielt ich die Augen gesenkt und stocherte nur im Essen.

Bei den Früchten erhob Agrippa sich und ging ohne Entschuldigung zur Tür. Auf der Schwelle wandte er sich um. „Heute abend muß ich fort, aber wenn du mir etwas zu sagen hast – ich bin morgen im Büro."

Die Nacht war weit vorgeschritten, ehe ich seine Schritte im Nebenzimmer vernahm. Nach einer Weile ging ich zur Tür, um zu horchen, ob er schlief. Nebenan war es still. Ich selber fand keinen Schlaf.

Am nächsten Morgen ging ich in sein Büro. Agrippa saß an seinem Arbeitstisch, und als ich grüßte, blickte er auf, erhob sich aber nicht. Die Wunde in meinem Fuß schmerzte, aber ich wollte ihn nicht um einen Stuhl bitten, wenn er ihn mir nicht anbot. Ich blieb stehen und wartete, daß er etwas sagen sollte, aber er blickte mich nur kalt an. Gut, er sollte es haben, wie er es wollte. Wurde ich als Soldat behandelt, würde ich mich aufführen wie ein Soldat. Ich stand stumm da und wartete.

„Na . . .", sagte er schließlich.

„Ich habe alles durchdacht, was du mir gesagt hast, und du hast in allem recht. In einem jedoch irrst du dich, und ich möchte, daß du es weißt."

Er nickte.

„Du sagtest, daß für mich ‚Geliebter' ein Gattungsname für Männer sei. Das ist nicht wahr. In meinem ganzen Leben habe ich ihn nur dir gegenüber gebraucht und einem anderen gegenüber, ehe wir heirateten. ‚Geliebter' ist für mich ebenso sehr ein Eigenname wie für dich." Er blickte mich wachsam an.

„Du bist ein Stimmungsmensch . . . Vielleicht paßte es gerade im Augenblick, als du mich ‚Geliebter' nanntest."

„Ich habe im Laufe der Jahre viel Impulsives gesagt – viel Unwahres und viel Dummes, aber das heilige Wort der Venus habe ich nie fortgeworfen. Wenn ich ‚Marcus, Geliebter' sagte, geschah es, weil ich es meinte – weil ich es meine – und weil ich es meinen werde."

Ich senkte den Kopf, damit er nicht sehen sollte, daß ich weinte.

„Das war alles", fügte ich hinzu und wandte mich um. Doch ehe ich die Tür erreichte, stand er zwischen ihr und mir. Er packte mich hart an den Schultern.

„Und Tiberius?“

Zum erstenmal nannte er ihn nicht Claudius. Seine Augen waren zwei schmale grüne Striche, sein Gesicht war verzerrt.

Ich befreite mich von seinem Griff und blickte ihn voll an.

„Du stellst eine schwierige Frage, Marcus. Tiberius und ich sind zusammen aufgewachsen, und er wurde zu einem Teil des Daseins für mich – wie Vater und Phöbe, ja, wie Sonne und Sterne, wenn du so willst. Bei allem, was ich dachte, sagte und tat, fragte mein Herz unhörbar, was Tiberius dazu meinte. Das Herz spricht leise, Marcus, aber es läßt sich nicht zwingen – nicht einmal durch den eigenen Willen. Du verstehst es wohl nicht – es ist schwierig, einen anderen Menschen zu verstehen, aber es ist keineswegs leichter, sich selber zu verstehen. Und wenn du nach Tiberius fragst, stehe ich ohne Antwort da für dich und mich.

Mit meiner ganzen Seele habe ich versucht, zur Klarheit zu gelangen, und während ich in mir selber suchte, wurde ich etwas gewahr, das dort unter zerbrochenen Hoffnungen und in Stücke geschlagenen Träumen leuchtete – etwas, das wahr und rein und stark schimmerte. Und alles, was ich auf deine Frage antworten kann, ist, daß du, mein Geliebter, das einzige bist, was ich habe, und daß du alles bist, was lieb und gut und sicher ist . . . Und wenn du von mir gehst, bricht für mich die Welt zusammen.“

Als Antonia die Ältere das nächste Mal zu mir hereinkam, fragte sie, ob ich einen Liebhaber hätte, denn sie wollte behaupten, wenn man so einhergehe und einwärts gewandt lächele, geschehe es nur aus zwei Gründen . . . entweder erwarte man ein Kind, oder man stehe mitten in einem Abenteuer.

Ich versicherte ihr, daß keines von beidem zutreffe. Das war gewiß eine arge Enttäuschung für sie, denn die ganze Stadt redete über mich und Gallus und wünschte einen Skandal. Antonia hatte ihn erst einen Tag zuvor getroffen, und er hatte ihr anvertraut, daß er zu meinem Empfang kommen werde.

Ja, allerdings, ich erwartete ihn; leider könne ich in Gallus aber nur einen unterhaltsamen Tischherrn erblicken, denn ich sei so stark an Marcus gebunden, daß ich an andere nicht zu denken vermöge.

„Auch an Tiberius nicht?“ fragte sie plötzlich.

„Was in aller Welt bringt dich dazu, an ihn zu denken?“ rief ich aus.

„Liebe, du weißt doch, daß mehrere Jahre lang von euch geredet wurde, aber niemand bekam euch zu fassen, und jetzt hört man noch weniger davon, selbst wenn darüber gemunkelt wird, daß Tiberius nicht geheiratet hat.“

„Grüß die Redseligen und sag ihnen, daß die Claudier ihre Ehen spät eingehen, daß wir aber noch vor Ende des Jahres mit ihm und Vipsania Hochzeit feiern werden“, erwiderte ich gereizt.

Als Antonia gegangen war, suchte ich Marcus auf. Da Gallus sich am nächsten Tag einfinden wollte, mußte ich ihm bekennen, daß er nicht nur eingeladen war, sondern daß ich ihn auch gebeten hatte, zu bleiben, nachdem die anderen Gäste gegangen waren. Marcus lachte laut über mein Dilemma, versprach aber, mir zu helfen. Und als Gallus dann erwartungsvoll den kleinen Salon zu einem Tête-à-tête mit mir betrat, stieß er auf Marcus und einige Freunde.

Nach diesem Erlebnis blickte Gallus nicht mehr in meine Richtung und ich auch nicht in seine, aber Vipsania vergaß mein Spiel mit Gallus nicht. Die Stimmung zwischen uns wurde allmählich so unbehaglich, daß ich den Tag zu erwarten begann, an dem sie von daheim fortziehen würde.

Sie hatte mich nie leiden mögen. Der Stein des Anstoßes war Agrippa; was ihr großer Vater an meiner oberflächlichen Person finden mochte, war für sie ein Rätsel. Sie hätte zur Not verstehen können, daß politische Rücksichten ihn dazu trieben, Cäsars Tochter zu ehelichen, aber daß er offensichtlich in mich verliebt war, erschien ihr unfaßbar und empörend.

Ihre Bitterkeit über mein kleines Spiel mit Gallus kannte deshalb keine Grenzen. Die zwei aus der intellektuellen Welt hatten in all den Jahren herablassend über uns gelächelt, die wir uns in konkreten Sphären bewegten. Daß einige Winke mit den Augen ihren

Freund veranlassen konnten, von seinem hohen Sockel zu mir herabzusteigen, konnte sie nicht vergeben.

Ich wollte Abbitte leisten und legte mich dafür ins Zeug, daß ihre Ausstattung und ihre Hochzeit recht auserlesen gestaltet wurden. Mäcenas behauptete, ich hätte meinen Geschmack bis zum Überspitzten entwickelt, und ich tat um Vipsanias willen mein Äußerstes. Damit aber niemand denken sollte, daß ich mich so anstrengte, um meine eigene Person hervorzuheben, zog ich am Hochzeitstag mein einfachstes Kleid an, und wenn man einen Ehering als Schmuck bezeichnen kann, war er der einzige, den ich trug. Während wir darauf warteten, daß Agrippa die Braut vorführen sollte, standen Vater und Livia auf der einen Seite des Altars und ich allein auf der anderen. Ich fühlte Livias Blick auf mir ruhen und wußte, daß sie nach Zeichen der Niederlage spähte . . . Spuren von Tränen, einem leichten nervösen Zucken oder auch nur einem Schattenmerkmal schlafloser Stunden.

Ich lächelte spöttisch, mein Harnisch war in Ordnung – jede Haarsträhne lag an ihrem Fleck und jedes Körnchen Puder dort, wo es hingehörte. Nie war ich sorgfältiger in meinem Aussehen gewesen als gerade jetzt.

Sie wunderte sich vielleicht über mein einfaches Gewand und glaubte, ich kopiere sie. Da sollte sie mich bei meinem nächsten Auftreten erleben! Ich wollte Marcus bitten, mir einen der seltenen Stoffe aus dem fernsten Osten zu beschaffen – er gab mir immer, worum ich bat, auch wenn es ihn ein Vermögen kostete. Die ganze Stadt würde zu reden beginnen. Ich erblickte mich selber, in nachtblaue Seidengewänder gehüllt und mit Edelsteinen wie Tautropfen um den Hals. So sah ich mich selber – um ihn nicht sehen zu müssen, der mir gegenüberstand.

Ihn, der am Altar seine Braut erwartete.

Endlich kam sie, flammend rot und blaß zugleich. Ich spürte einen schadenfrohen Stich im Herzen, als ich sah, daß die Brautfarben sie nicht kleideten. Agrippa legte Vipsanias Hand in die des Tiberius und nahm meinen Arm.

Ubi tu Gaius, ego Gaia . . .

Marcus gab meiner Hand einen festen Druck und ließ sie nicht los, bis wir dem Brautpaar gratulierten.

„Danke, liebe Schwiegermutter", sagte Tiberius, als ich ihm die obligatorische Umarmung gab. Alle Umstehenden lachten, und auch ich brachte ein Lächeln zustande – es war gewiß amüsant.

Nachdem sich das Haus von Gästen entleert hatte, setzte ich mich nieder und spürte plötzlich, daß ich völlig erschöpft war.

„Du strahltest wie eine Venus Victrix heute", bemerkte Marcus. „Ich darf gewiß beginnen, dich Julia Augusta zu nennen."

Ich wollte antworten, brach aber statt dessen in Tränen aus.

Er sah mich an, nahm mich bei der Hand und zog mich zu sich empor. „In uns selber haben wir die härtesten Kämpfe zu bestehen, in uns selber erringen wir die größten Siege", sagte er still. „Komm, laß uns zu den Kindern gehen . . ."

10

Über diese Hochzeit entstand in der Stadt ein großes Gerede; meine Freundin Antonia berichtete mir ausführlich davon. Alle hatten bemerkt, wie raffiniert einfach ich gekleidet gewesen war. Damit war es plötzlich modern geworden, wenig Schmuck zu tragen, und die Goldschmiede der Stadt rauften sich die Haare. Im übrigen hatte man festgestellt, daß Agrippa mich nicht eine Sekunde aus den Augen gelassen hatte; niemand wußte, wie er es deuten sollte.

Ich lachte.

Antonia seufzte und fragte, was ich denn nur tue, um Marcus zu halten. Ihr eigener Domitius befinde sich augenblicklich wieder auf Liebespfaden. Sie habe insgeheim herumgehorcht, aber es sei niemand aus ihrem eigenen Umgangskreis und auch keines der Dienstmädchen. Dafür sei sie dankbar; Geraune im Haus ertrage sie nämlich nicht, da finde sie sich schon eher in den Klatsch der Stadt. Sie wollte wissen, ob ich ihr darin nicht zustimme, aber ich mußte ihr ehrlich gestehen, daß ich die Sache nicht durchdacht hätte, da sie bei uns nie aktuell gewesen sei. Nein, an Agrippa denke sie gar nicht, aber in der Ochsenkopfstraße müsse ich doch wohl auf das Problem gestoßen sein, da alle wüßten, daß Livia die im Hause dienenden Mädchen dazu benutze, den Ehemann an den Herd zu fesseln.

Cäsar habe früher ein glückhaftes Geschick entwickelt, das Nützliche mit dem Angenehmen zu verbinden, und manche der Geheimnisse, die er seinen Geliebten entwand, seien für den Staat und für seine eigenen Sicherheit höchst bedeutungsvoll gewesen. Man wisse ja aus eigener Erfahrung, wie leicht man mit dem Leib zugleich die Seele enthülle, wenn man im Dunkel wohlgeborgen sich an einen warmen Schoß schmiege – das eine begleite nun einmal das andere. Aber da Cäsars Leidenschaft ihn nach allgemeinem Wissen auch in den Kreis von Livias Vertrauten einbrechen ließ, habe sie die Zeit für gekommen gehalten, dieser Seite der politischen Aktivität ihres Mannes Einhalt zu gebieten.

Lange Zeit habe sie eine vielbewunderte Tätigkeit betrieben, indem sie junge Mädchen – Kinder noch – mit Spinnen, Weben und Nähen zu ‚brauchbaren Menschen' erzog. Die ansehnlichsten von ihnen erhielten zusätzlich Unterweisung in den Künsten der Venus, so daß sie imstande waren, die Wünsche und Bedürfnisse eines älteren Herrn zu erfüllen. Seitdem mußte Cäsar sich darauf beschränken, die Freuden des Hauses zu genießen, und Livias Nachtruhe war gesichert.

Antonia hatte jedoch zu ihrem Schrecken entdeckt, daß Domitius von der in der Ochsenkopfstraße ausgelegten Lockspeise Witterung bekommen hatte und sich wollüstig an den für Cäsar bestimmten Leckerbissen delektierte. Die Eskapaden selbst trug Antonia mit Gleichmut, denn wer mit einem Ahenobarbus verheiratet war, gewöhnte sich schnell daran, in so mancher Hinsicht durch die Finger zu sehen. Aber wenn Livia einmal Domitius' Unterfangen entdeckte, konnte sie darin eine Gelegenheit sehen, ihn in ihre Gewalt zu bekommen, und nichts fürchtete Octavias Tochter mehr als das.

Erst hatte Antonia daran gedacht, Drusus zu bitten, er solle Domitius warnen, aber sie fürchtete die Gedankenlosigkeit ihrer jüngeren Schwester, wenn sie Witterung von dem bekam, was da vor sich ging. Zu Tiberius wollte sie nicht gehen, denn seit er das Haus des Pompejus in Carinene erworben hatte und von Hause fortgezogen war, hatte sie den Eindruck, daß er von den Vorgängen in der Ochsenkopfstraße so wenig wie möglich wissen wollte.

„Kannst du denn nicht selber mit Domitius reden?" fragte ich. Dafür hielt sie sich zu gut. Sie nahm nie davon Notiz, wo ihr Mann sich auf seinen Eskapaden befand. Vermutlich kehrte er auch deshalb immer wieder zu ihr zurück.

Arme Antonia – bei dem Schürzenjäger hatte sie es wahrhaftig nicht leicht. Dennoch beschäftigten sich meine Gedanken nach ihrem Fortgehen nicht mit ihr, sondern mit Vater und Livia. Daß sie, die hohe Wächterin der Moral, ihre Mündel zu Freudenmädchen abrichtete, war an und für sich erregend genug, aber daß Vater ihrer widerwärtigen List erlag, war viel schlimmer und machte mich fast krank. Ich mußte irgend etwas unternehmen und ging zu Marcus und bat ihn, Vater zu warnen, aber er schüttelte nur den Kopf. Wenn es Erfolg gehabt hätte, Cäsar gegenüber Livia auch nur zu erwähnen, hätten er und Mäcenas es schon vor langer Zeit getan. Sie war das einzige Thema, das in Vaters Gegenwart nie berührt wurde. Man sprach, im großen Rahmen gesehen, überhaupt nicht von Livia . . . niemand. Auch der Mann auf der Straße vermied es, sie beim Namen zu nennen, und sprach nur von ‚ihr, die auf dem Palatin sitzt und spinnt' – der Schicksalsgöttin mit dem Lebensfaden in ihrer Hand.

Marcus verstand wohl, daß ich über diese Enthüllungen empört war, aber wenn Livia für ihren Mann ein Bordell halten wollte, konnte niemand sie daran hindern. Vater habe bereits vor Jahren begonnen, sich anderen Frauen zuzuwenden. Anfangs sei er allerdings von Livia wie besessen gewesen, und ich hätte gewiß von dem Fall gehört, da er sie neben anderen Gästen bei sich zu Tisch hatte und sie während des Mittagessens verschwanden, um der Liebe zu pflegen. Das sei einige Monate, ehe sie heirateten, geschehen, genauer bestimmt, an Vaters 24. Geburtstag, und ganz Rom sei darüber schockiert gewesen.

„Ich hätte Livia gern einmal verrückt und wild gesehen", rief ich aus, „sie muß bestimmt ein Elixier von Kybele benutzt haben – es ist das beste der Stadt und wird während der Kastrierungstänze verwendet."

„In erotischer Hinsicht hat es dir nie an Phantasie gefehlt", brummte Marcus.

„Du solltest der Letzte sein, dich darüber zu beklagen", bemerkte ich trocken, „und was Livia anbetrifft, braucht man nun einmal Phantasie im höchsten Grade, wenn man sie sich mit Vater in einem zwischen den Mahlzeiten vollzogenen Liebesrausch vorstellen soll . . . bedenke: Livia . . . zwischen den Mahlzeiten . . . und dazu noch im fünften Monat . . ."

Der Auftritt muß geradezu grotesk gewesen sein, nicht zuletzt deshalb, weil man bereits deutlich erkennen konnte, daß sie mit Drusus weit vorangekommen war.

„Dies allein ist Beweis genug, daß Drusus mein Bruder sein muß", fuhr ich fort, „denn Vater würde nie einen solchen Heißhunger gezeigt haben, wenn er Claudius im Verdacht gehabt hätte, an seinen Freuden beteiligt gewesen zu sein. Dagegen ist es durchaus verständlich, daß er nach einem Kosthappen hungerte, als er nach langer Abwesenheit zu seiner Herzallerliebsten heimkehrte und feststellte, daß sein Teig im Aufgehen war. Daß die Leute im allgemeinen mit Liebe und Streit Schluß machen, bevor die Gäste sich einfinden und man zu Tisch geht, ist eine Sache für sich."

Marcus konnte sich eines Lächelns nicht erwehren, wurde aber schnell wieder ernst. Nach seiner Meinung war es eine Tatsache, daß Vater die Priester um ihren Segen gebeten hatte, was wiederum der beste Beweis dafür war, daß Drusus Vaters Sohn und nicht Claudius' Sohn war, denn Vater wußte ebenso gut wie alle anderen, daß die Priester schwangere Frauen nur segnen, wenn die Vaterschaft unbestritten ist. Claudius hatte keine Einwendungen erhoben, weder gegen das Verhältnis seiner Ehefrau mit Cäsar noch gegen den Gedanken an Scheidung, und so kam Vater nichts anderes in den Sinn, als daß seiner Ehe mit Livia nichts entgegenstehen werde, sobald nur seine eigene Scheidung von Scribonia geordnet war. Als er endlich frei war, machte er sich deshalb sofort daran, die Formalitäten seiner neuen Ehe zu klären, und wurde nun erst auf eine Einzelheit aufmerksam, die er bisher übersehen hatte, die sich aber als sehr bedeutungsvoll erwies.

Livia stammte nämlich aus dem gleichen claudischen Geschlecht wie ihr Mann, und als ihr Vater sich in der Schlacht bei Philippi umbrachte, trat der pater familias der Claudier für sie an des Vaters Stelle. Dieser war kein anderer als Claudius, ihr Mann, und um Livia heiraten zu können, mußte Vater sich also dessen Einwilligung verschaffen. Die Situation war unleugbar pikant, und der ironische Claudius muß sie in vollen Zügen genossen haben.

Agrippa hatte sich damals in Gallien befunden, aber die ganze Welt verfolgte in höchster Spannung Cäsars Skandal, und es kam kaum ein Brief aus Rom, der nicht mit Klatsch gespickt gewesen wäre. Wie stets bei ähnlichen Anlässen kannten alle Leute der Stadt jedes einzelne Wort, das zwischen den Parteien gefallen war – insbesondere auch das, was hinter geschlossenen Türen geäußert wurde.

Als Vater sich bei ihm einfand, war Claudius sehr zuvorkommend zu ihm und betonte, daß er gegen die vorgeschlagene Ehe keine prinzipielle Einwendung habe. Er sei mehr als doppelt so alt wie seine Frau und würde eine Ordnung ihrer Verhältnisse lieber vor seinem Tod als nach ihm sehen, und da die Zeiten nun einmal so gesetzlos seien, meine er, daß sie in Cäsars Heim größere Geborgenheit finde als an irgendeinem anderen Ort. Die einzige noch zu klärende Frage sei also, wann die Hochzeit stattfinden solle. Livia sehe ihrem freudigen Ereignis Mitte Februar entgegen, und so mußte der März, meinte Claudius, als Hochzeitsmonat geeignet sein.

Vater glaubte erst, sich verhört zu haben. Claudius mußte doch wissen, daß Livia Vaters Kind erwartete und nicht sein eigenes, und so erwiderte er, die Ehe müsse selbstverständlich vor ihrer Niederkunft geschlossen werden und nicht danach.

Claudius winkte abwehrend mit der Hand. Wer Vater des Kindes sei, lasse sich nicht beweisen und sei im übrigen von untergeordneter Bedeutung. Woran er in erster Linie zu denken habe, sei Livias Bestes, denn als Stellvertreter ihres Vaters trage er die Verantwortung für sie. Lasse er sie ihre neue Ehe vor der Geburt des Kindes eingehen, gestehe er ein, daß es Cäsars Kind und also in Hurerei gezeugt worden sei. Wenn sie dagegen warteten, würde das Kind ihm gehören und damit jeder Klatsch fortfallen, denn mit ihm sei Livia verheiratet gewesen, und unter seinem Dach habe sie gewohnt, als sie das Kind empfangen habe.

Vater beschuldigte Claudius, sich aneignen zu wollen, was ihm nicht gehöre, aber Claudius meinte, er nehme nicht mehr, als er recht habe, zu nehmen . . . freiwillig lasse sich kein Mann öffentlich zum Hahnrei stempeln . . . Selbstverständlich könne Vater ihn umbringen lassen, aber die Trauerzeit betrage zehn Monate, das Kind werde also unter allen Umständen sein – Claudius' – Kind sein. Außerdem würde ein solcher Mord sich nach allem, was in diesem Herbst geschehen sei, recht schlecht ausnehmen. Vater biß sich auf die Lippen und verließ weiß vor Zorn das claudische Haus. Sein erster Impuls war, zu Livia zu gehen, aber er hatte das unerklärliche Gefühl, daß sie und Claudius unter einer Decke steckten, und wollte die Angelegenheit erst überdenken.

Als er in Kybeles Straße kam, war er so ruhig und beherrscht, daß Livia – die ja wußte, wo er gewesen war – sofort wachsam wurde. Mit alltäglicher Stimme berichtete er, daß sie nicht vor März heiraten könnten, denn Claudius finde, daß ihr Ruf und das claudische Ansehen mehr wert seien als die Frage, wer des Kindes Vater sei.

„Spielt er den besorgten Vormund?“ fragte sie.

„Ganz offensichtlich.“

Es lag etwas Stählernes in seiner Stimme, und sie spürte seine Augen grau und unter zusammengewachsenen Brauen durchdringend auf sich ruhen. So saß sie ganz still, langsam hob sie den Blick und sah ihm gerade ins Gesicht.

„Wann zieht Scribonia aus?“ fragte sie.

Seine Augen hielten sie fest, aber sie spürte, daß die Frage ihn überraschte.

„Musa meint, sie werde in zwei Tagen gesund sein."

„Im selben Augenblick, da sie dein Haus verläßt, ziehe ich ein, um vor aller Welt deine Ehefrau zu sein. Wann wir gesetzlich getraut werden können, mag die Zukunft entscheiden, aber über mein eigenes Leben bestimme ich selber."

Nie hat Vater sich jemandem so ergeben wie jetzt ihr. Den Kopf in ihrem Schoß, bettelte er um Vergebung. Claudius habe mit seiner Bosheit Gift in seine Seele gesät. Nie solle jemand wieder das Vertrauen erschüttern, das er ihr entgegenbringe. Und er schwor, ihr für den Rest seines Lebens immer zu glauben.

Sie erwartete ihre Niederkunft im Hause der Octavier. Alle zuckten ob ihres plebejischen Gebarens die Achseln, und die Stadt schwirrte von Schmähversen über ihre und Cäsars volkstümliche Ehe. Aber sie trug alles Gerede mit ungebrochenem Mut, und ihr Rückgrat war gerader denn je.

Die Entbindung verlief leicht, und wie sie vorausgesagt hatte, wurde es ein Knabe. Vater trat an ihr Bett und hob den Neugeborenen von der Erde auf – es war sein Kind. Dann wandte er sich, blasser als sonst, zu den Umstehenden.

„Schickt den Knaben zu seinem Vater Claudius", sagte er und ging davon.

Claudius nannte ihn Drusus und lächelte sein ironisches Lächeln, als er den Namen aussprach. Es war der Name von Livias Vater, und auf diese Weise gab er das Kind ihr, der es gehörte. Er wollte es für sie in Verwahrung nehmen – daß Cäsar es nicht bekam, war eine Rache für den Tod, den Livias Vater einst durch Cäsar erlitt.

Drei Tage später fand die Hochzeit statt, und Claudius führte Livia selber zum Altar. Er hätte ohne Mühe eine Entschuldigung finden und es einem anderen Mitglied der Familie überlassen können, bei der Trauung zugegen zu sein, aber er hatte in seinem Leben so viele Niederlagen erlitten, daß er auf diesen Triumph nicht verzichten wollte.

Den letzten Peitschenhieb versetzte Claudius Cäsar, als er ihn in seinem Testament zum Vormund seiner beiden Knaben, Tiberius und Drusus, einsetzte. Dieser Hieb bestand nicht nur in dem stillen Hohn, daß Vater zum Vormund seines eigenen Sohnes eingesetzt wurde, sondern Claudius hinderte ihn auf diese Weise auch, Livias Kinder einmal zu adoptieren.

„Die meisten meinen, daß es zwischen Vater und Claudius zu einer freundlichen Übereinkunft gekommen sei“, meinte ich nachdenklich. Marcus nickte.

„Das ist die übliche Auffassung, aber Claudius starb als armer Mann, und das wäre nicht geschehen, wenn zwischen ihm und Vater Übereinstimmung bestanden hätte.“

Das traf zu . . . Ich erinnerte mich gut, wie schwierig Tiberius' Lage sich gestaltete, als er erwachsen war und sich noch nicht als Heerführer ein Vermögen erwerben konnte. Außerdem hatte ich Vaters Feindschaft gegen Claudius in dem kalten Blick erkannt, mit dem er Tiberius betrachtete, von dem alle behaupteten, er sei seines Vaters vollkommenes Ebenbild.

„Aber wie vollzog sich dann Livias Rollentausch“, fragte ich, „von der herausfordernden Liebhaberin zur tugendsamen, geachteten Ehefrau?“

Der Übergang war schrittweise erfolgt. Sie konnte in der Zeit nach der Hochzeit noch immer leidenschaftlich und hitzig sein, und noch ehe das Jahr um war, gab Vater bekannt, daß sie einen Erben erwarte. Marcus sagte, er habe siegesstolz gewirkt, als er diese Nachricht verkündete. Der infame Claudius mochte Livia gern ‚Hure‘ schelten, als er es vernahm – diesmal konnte niemand das Kind Vater streitig machen, es war sein Kind vor Göttern und Menschen. Doch dann trat Livias fataler Mißfall ein – niemand weiß, wie es geschah. Die Leute erzählten sich, es sei um ihr Leben gegangen und klar gewesen, daß sie danach keine Kinder mehr bekommen konnte. Für Vater war es eine unbeschreibliche Enttäuschung, und als er eines Tages entdeckte, daß sie Mittel benutzte, um sich zu erhitzen, erlosch seine Freude am Beischlaf mit ihr. Er gestand, daß er keinen Grund hatte, bitter zu werden, denn sie habe ihr Äußerstes getan, um ihm zu Gefallen zu sein und ihm ein Kind zu schenken. Aber daß Liebestränke und nicht er selber sie erregten, verletzte ihn tiefer, als er zugeben wollte, und wenn er Frauen brauchte, ging er fortan zu anderen – es fehlte nicht an denen, die von Cäsars Annäherung erregt wurden.

Die meisten Frauen würden es an Livias Stelle aufgegeben haben, an Vater festzuhalten, aber sie gehörte nicht zu denen, die bei halber Tat stehenblieben. Es gab viele Mittel, einen Mann zu binden, und sie begann systematisch, sich unentbehrlich zu machen.

Wenn er sie betrog, gab sie sich den Anschein, nichts zu wissen, und sie beklagte sich auch nie mit einem Wort Bekannten gegenüber. Sie selber achtete sorgfältig darauf, daß er nie Anlaß fand, ihre Treue zu bezweifeln, und in seiner langen Ehe hat Vater sich stets absolut sicher gefühlt. Mitunter mochte es ihn ärgern, daß sie nicht eifersüchtig war, aber im Grunde war er dankbar dafür, daß sie ihm unnötige Szenen ersparte. Bei dem Arbeitsdruck, unter dem er stand, wirkte Livia wie ein großes kühles Atrium an einem heißen Sommertag.

An allem, was ihn beschäftigte, nahm sie voll Interesse Anteil, aber sie hütete sich wohlweislich, neugierig zu sein, und äußerte ihre Meinung nie, ohne gefragt zu sein. Als Vater allmählich feststellte, daß sie nicht ein einziges Mal weitertrug, was sie unter sich erörtert hatten, begann er, mit vielen seiner Probleme zu ihr zu gehen. Sie war so scharfsinnig, daß er unvermutet Notizen auf seiner Merktafel machte, und wenn er ihren Ratschlägen folgte, wußte sie es zu schätzen, aber sie maulte nie, wenn er ihrer Meinung zuwiderhandelte.

Vater fühlte, daß Livia ihn verstand ... Sie bewunderte seine Wachsamkeit, seine kalte Berechnung, sein blitzschnelles Zuschlagen und verbarg ihre Bewunderung nicht. Er fühlte sich geschmeichelt, wenn er merkte, daß sie von ihm zu lernen versuchte.

Wenn wir abends beim Brettspiel saßen, konnte sie die Spindel beiseite legen und uns zusehen. Dann blieb ihr Blick oft auf Vater ruhen, und hinter seinem verschmitzten Lächeln sah sie den großen Spieler schimmern, der alles einsetzte und die Schicksale von Reichen und Menschen so selbstverständlich entschied, wie er Spielsteine verschob.

Wir versuchten beständig, sie zu überreden, an unserem Zeitvertreib mit dem Würfelbecher teilzunehmen, aber sie lehnte stets ab. Nirgendwo enthüllt man seine wahren Eigenschaften so wie am Spieltisch, und sie vermied es auf jede Weise, sich bloßzustellen. Sonst fürchtete sie sich durchaus nicht, ein Risiko einzugehen, denn sie trieb Spekulationsgeschäfte in Grundbesitz und Gewerbe, und man erzählte sich, daß sie eine ausgedehnte Korrespondenz mit Menschen in den entlegensten Winkeln des Reiches führte.

Im Laufe der Jahre hatte sie ein ansehnliches Vermögen zusammengetragen und sich einen Kundenkreis geschaffen, dessen wahren Umfang niemand kannte. Unklar blieb auch, ob dieses Vermögen auf Spekulationen und gewagtem Spiel oder Geschick in kleinen Geschäften beruhte.

Zur gleichen Zeit, da sie am ‚Livia-Gebäck' aus der von ihr betriebenen Erziehungsanstalt winzige Beträge verdiente, scheffelte sie große Summen beim Absatz des ‚Livia-Papyrus' aus Werkstätten, die sie in Ägypten aufgekauft hatte. Der Kuchenverkauf lief unter dem Namen ‚Wohltätigkeit', und der Papyrus trug dazu bei, ‚Aufklärung' zu verbreiten.

Marcus und ich fanden diese Krämertätigkeit geschmacklos, aber Vater, der den Instinkt seiner Vorväter – der Bankleute in Velitrae – besaß, erkannte die Bedeutung der Kupferpfennige im Welthaushalt an und amüsierte sich über Livias vielseitige Unternehmungslust. Nicht zum geringsten bewunderte er, daß sie all ihren Beschäftigungen den Stempel des Achtungswerten zu geben wußte.

Die Fassade zu wahren, war einer der Hauptpunkte seiner eigenen Politik, und Livias Fassade war unangreifbar. Ihre ganze Erscheinung flößte Respekt ein: die aufrechte Haltung, das feingeschnittene Profil, der verbissene Zug um den Mund, das reservierte Gebaren, die kühle Stimme und die bestimmte Art ihrer Ausdrucksweise, die jeden Widerspruch ausschloß.

Vater war stolz auf ihr vornehmes Wesen und der Octavier in ihm von ihrem langen Stammbaum beeindruckt. Die ganze Stadt wußte, welchen Respekt Cäsar vor seiner Ehefrau besaß, und man brauchte nur das Wort ‚Luxusgesetz' zu nennen, um alle zu lautem Lachen zu bringen.

Vor mehreren Jahren war Vater auf den Gedanken verfallen, er müsse der Verschwendung Einhalt gebieten. Da sie im Reiche geradezu überhandzunehmen drohte, arbeitete er einen entsprechenden Gesetzentwurf aus und beteiligte sich selber aktiv an der Debatte, als die Angelegenheit im Senat zur Erörterung stand. Die Opposition vertrat die Meinung, daß eine solche Maßnahme sich als wenig wirksam erweisen werde, denn der Hang der Frauen zum Luxus lasse sich nicht eindämmen, aber Vater betonte, es sei Pflicht der Senatoren, mit gutem Beispiel voranzugehen. Wenn die Frauen sich nicht gutwillig fügten, müsse man sie zurechtweisen.

„Sag uns, Cäsar, wie du Livia zurechtweist!" schrie eine hohe Stimme im Saal, und diese Bemerkung löste einen solchen Sturm der Heiterkeit aus, daß auch Vater lächeln mußte.

Der einzige, der sich von Livia nicht ducken ließ, war Tiberius. Schon als kleiner Junge hatte er stummen Trotz gezeigt, und als Erwachsener machte er sich ganz frei von ihr. Im Grunde seines Herzens hatte er der Mutter nie vergeben können, daß sie den Vater verlassen hatte und zu Cäsar gegangen war. Alle Erinnerungen seiner frühen Kindheit knüpften sich an Claudius.

Ich habe ihn oft erzählen hören, wie sie Hand in Hand zu gehen pflegten und abendliche Gespräche miteinander führten.

Auch als Claudius so krank war, daß er aus dem Bett zum Stuhl getragen werden mußte, hörte er nicht auf, den Sohn zu unterrichten. Es hatte den Anschein, als wolle er seine letzten Kräfte aufbieten, um die Tradition seines Geschlechts und die Kenntnis seiner Familiengeschichte dem empfänglichen Knabengedächtnis einzuprägen. Schließlich war er so mitgenommen, daß seine Gedanken umherzuirren begannen. Dann konnte er seine Umgebung plötzlich vergessen und lange, leer vor sich hinstarrend, dasitzen. Aber Tiberius wich nicht von seiner Seite und wartete stundenlang neben ihm, daß sein Bewußtsein wieder wach werden sollte. Es schien, als ob die Seele sich aus dem mageren Körper auf Wanderungen begebe und auf diesen Ausflügen jedesmal länger verweile. Bald würde sie nicht mehr wiederkehren.

An einem späten Nachmittag hob Claudius die Hand und blickte seinen Sohn lange an.

„Vergiß nie, wer du bist", flüsterte er.

Tiberius ergriff seines Vaters Hand und blieb reglos sitzen; als die Diener hereinkamen, um die Lampe anzuzünden, war Claudius tot.

Der in seinem neunten Lebensjahr stehende Tiberius hielt mit gebrechlicher Kinderstimme die Leichenrede auf dem Forum. Als er seines Vaters Züge in fahlem Wachs auf der Bahre erblickte, wollte der Kummer ihn einen Augenblick übermannen, aber dann erinnerte er sich der letzten väterlichen Mahnung, und seine Stimme wurde wieder fest. Ohne es zu wissen, neigte er leicht den Kopf hintenüber, wie Claudius es zu tun pflegte, und bediente sich seiner Redewendungen und altertümlichen Sprache.

Tiberius vergaß nie, wer er war. Als er zu uns in die Ochsenkopfstraße übersiedelte, wurde Vater beständig von seiner claudischen Eigenart gereizt, aber um Livias willen versuchte er, sich zu beherrschen. Denn Livia liebte ihren ältesten Sohn, wie eine Tigerin ihr Junges liebt, und sie tat alles, um sich seine Liebe zu erzwingen. Alle, die sein Vertrauen genossen, verfolgte sie mit Haß. Nur Vipsania bildete später eine Ausnahme, bei ihr versuchte sie sich einzuschmeicheln, aber Tiberius blieb stets reserviert und ging nicht öfter zur Ochsenkopfstraße, als aus Höflichkeitsgründen unbedingt erforderlich war. Er kam lieber in unser Heim, denn er schätzte und verehrte Agrippa als Menschen wie als Heerführer und bat ihn gern um seinen Rat. Das hatte Marcus erhofft, denn seiner Meinung nach war Tiberius der einzige fähige Mann, Heer und Flotte nach ihm zu übernehmen. Dies war auch der Grund dafür, daß er an Vipsanias Verlobung mit Tiberius so lange festgehalten hatte und so viel in die Waagschale warf, um die Ehe zustande zu bringen.

In der Stadt hieß es zwar, daß ich hinter dem Ganzen stünde und meine Schlingen nach Tiberius auslegte. Daß meine Methode darin bestand, mit Vipsania, die ein Kind erwartete, Fragen der Kinderpflege zu besprechen, während Marcus und Tiberius in der Bibliothek saßen und Strategie und Taktik erörterten, hätte mir natürlich niemand geglaubt, wenn ich es erzählt hätte. Vipsania gebar einen Knaben, der Drusus genannt wurde. Tiberius war nicht zu Hause, um seinen Erstgeborenen von der Erde aufheben zu können, er hatte Hals über Kopf mit Vater nach Gallien reisen müssen, wo wir ganz unerwartet durch die Germanen große Verluste erlitten hatten.

Die Verantwortung für diese Niederlage war Lollius zuzuschreiben, der über den Grenzabschnitt am Rhein das Kommando führte. Er war einer von Vaters Schützlingen und hatte eine Stellung erhalten, der er nicht gewachsen war. Hin und wieder mußte Agrippa in der Heerführung Zugeständnisse machen, denn offiziell galt Vater als Oberster Führer des Heeres, und in Gallien wollte er beständig, daß alles nach seinem Kopf gehen sollte. Marcus hatte übrigens Livia in Verdacht, die eigentliche Beschützerin des Lollius zu sein, denn nachdem sie es hatte aufgeben müssen, über Tiberius in der Armee Einfluß zu gewinnen, arbeitete sie daran, sich durch andere Kanäle Einfluß zu verschaffen. Vater erteilte Tiberius den Befehl, die Ursachen der Niederlage zu untersuchen, und Agrippa las den Rapport mit großem Interesse. Er war sehr zufrieden, denn Tiberius hatte sachkundig und ohne Umschweife die Fehler des Lollius enthüllt und ohne Rücksicht auf Hintergründe und Beziehungen seine Absetzung gefordert.

„Damit hat Tiberius sich einen Feind fürs Leben geschaffen“, meinte Agrippa, „aber ich habe die Garantie erhalten, daß der Pakt, dessen Unterpfand Vipsania ist, Bestand haben wird. Jetzt bin ich gewiß, daß es keine politische Einmischung im Heer geben wird, auch wenn ich sterben sollte.“

„Politische Einmischung ist gut“, rief ich aus. „Sag lieber, daß du jetzt die Hoffnung hast, mit Tiberius’ Hilfe zu verhindern, daß Livia sich in das militärische Gebiet einschleicht. Im übrigen gefällt es mir nicht, daß du beständig davon redest, fortgehen zu müssen.

Es hört sich an, als ob du dein eigenes Leichenbegängnis als nahe bevorstehend betrachtest."

„Menschen in hervorragender Stellung sterben leicht früh", erwiderte er ruhig, „und ich denke oft an den Fall, daß du einmal allein bleiben solltest. Ich muß gestehen, daß ich ein gewisses Gefühl der Sorge empfinde, wenn ich sehe, wie Livia unaufhörlich daran arbeitet, sich Macht und Einfluß zu verschaffen."

„Meinst du, daß ich mit ihr in Wettbewerb treten und wie eine giftige Spinne in jeder verstaubten Ecke, an die ich nur herankommen kann, meine Netze spinnen sollte?" fragte ich ungehalten und legte das Buch, mit dem ich beschäftigt war, in den Schoß.

Agrippa antwortete nicht, und ich war nahe daran, das ernste Thema mit einem Scherz abzutun, als ich sah, daß die Furche zwischen seinen Brauen sich vertieft hatte. Ich hielt jäh ein und spürte plötzlich eine starke Unruhe.

Im allgemeinen machte ich mir über mein eigenes Verhalten wenig Gedanken. Aber jetzt gewann ich in einem blitzhaften Aufzucken ein Bild von mir selber: planlos, verschwenderisch, leichtlebig . . . von Vater verehrt, von Agrippa auf Händen getragen und von der ganzen Stadt umjubelt. Machte ich mein Kleid lang, reichten bald alle Röcke auf die Erde. Nickte ich Beifall, applaudierte die Welt. Gefiel mir eine Gedichtsammlung, mußten alle sie lesen; zuckte ich mit den Schultern, blieb sie ungelesen liegen. Jede kleine Frechheit wurde als Witz zitiert, und mein Salon war tonangebend für das ganze Reich.

Alle Wege zielten auf Rom, und ich war des Reiches goldener Meilenstein geworden. Vielleicht versäumte ich Aufgaben, die wichtiger waren, als der gleißende Mittelpunkt des gesellschaftlichen Lebens zu sein. Marcus brauchte mich vielleicht weit mehr. Ich blickte zu ihm hinüber. Er saß noch immer in Gedanken versunken. Plötzlich erkannte ich, wieviel älter er in den letzten Jahren geworden war.

„Willst du, daß ich mich ändern soll?" fragte ich leise und berührte seine Hand.

Er blickte mich verständnislos an.

„Ich meine, ernst und gründlich werden soll – nützlicher für dich werden soll – eine Stütze und Hilfe, wie Livia sie Vater bedeutet?"

Seine Stirn glättete sich, und er griff nach meiner Hand.

„Das ist das Letzte, was ich wollte", erwiderte er. „Alles, was ich brauche, ist eine, die mich ‚Geliebter' nennt, die offen und froh ist – für mich ist das wichtiger als alle Prächtigkeit und Tugend. Und in meinen Augen sind Kenntnisse und Interesse für die Literatur weit kleidsamer für eine Frau als politische Schulung und Unternehmungsgeist.

Wenn ich erwähnte, daß ich mir um die Zukunft Sorgen mache, betrifft es ausschließlich Livia und ihre Ziele. Vielleicht bin ich mißtrauisch und ungerecht, aber ... Mäcenas und ich waren Zeugen, als Claudius Livias Hand in Vaters Hand legte, und ich kann nicht vergessen, daß Claudius unser Feind war und es bis zu seiner allerletzten Stunde blieb."

11

Vater und Agrippa waren sich einig geworden, Inspektionsreisen durch das Reich zu unternehmen. Als wir uns das letzte Mal auf weite Reisen begaben, waren Vater und Livia im Osten und Agrippa und ich im Westen – diesmal war es umgekehrt, und alles verlief programmgemäß.

Jedes Detail – auch was wir bei den verschiedenen Anlässen an Gewändern tragen würden – war vorausgeplant und durchdacht. Als oberster Feldherr sollte Agrippa beim Einzug in die Hauptstädte die Imperator-Insignien tragen und bei militärischen Veranstaltungen entweder den Brustpanzer des Generals mit Kranz und Kette oder das Gewand eines Admirals mit blauem Mantel und einer mit Schiffsornamenten verzierten goldenen Krone. Als Chef der römischen Verwaltung dagegen bestand sein Amtskleid lediglich aus einer Toga mit Senatorensaum.

Ich selber sollte an Feiertagen die Heiligtümer repräsentieren, deren Priesterin ich war – in Athen wurde ich als Hestia, die Beschützerin des heimischen Herdes, in Ephesus als Diana gefeiert –, meist war meine Rolle jedoch die der Venus und Roma. Marcus hatte zu diesem Zweck für mich einen Paradestuhl anfertigen lassen. Sitz und Rücken bildeten eine große von Delphinen getragene Muschel – eine raffinierte Verbindung meines julischen Venussymbols mit seinem eigenen Neptunemblem. Er war in Elfenbein und Silber ausgeführt und wahrhaft einer Göttin würdig.

Der Aufwand war enorm, denn der Zweck der Reise war, ebenso sehr zu imponieren wie zu inspizieren, und Agrippa wollte nicht, daß wir vor den von uns Besuchten auch nur im geringsten zurückstehen sollten. Als Gefolge hatte er einen repräsentativen Stab von Beamten und Offizieren ausgewählt und für sie eine Zeremonienordnung geschaffen. Eine gleiche schuf er für mein weibliches Gefolge, und er arbeitete eine Etikette aus, die streng eingehalten wurde. Beide Knaben sollten uns begleiten, und auch ihre Diener und Pädagogen erhielten ein Schema, an das sie sich zu halten hatten. Außer unserem persönlichen Stab begleiteten uns Sekretäre, Adjutanten und Kuriere, Haushofmeister, Stallmeister, Diener, Mundschenke, Sklaven, Köche, Kutscher und Träger. Das Gepäck entsprach dem Gefolge und reichte von Paradewagen bis zu Sänften, von Agrippas feurigem Hengst bis zu Lucius' bemaltem Holzpferd. Mein Schmuck allein füllte eine Kiste. Mit unserem Hausaltar führten wir eine Statue der Venus und eine des Neptun mit.

Unser erster Halt erfolgte in Griechenland. Während wir am Bug standen und zum Land hinüberblickten, fuhren wir eines frühen Morgens in den Piräus ein. Gaius' scharfe Knabenaugen erkannten als erste Athens zum Himmel gereckte Lanze. Er rief uns, und im Morgendämmer erkannten wir den Parthenon und die Umrisse der Akropolis. Der gleiche Anblick hatte durch alle Zeiten Athens große Helden begrüßt, wenn sie aus ihren Kämpfen zurückkehrten, und dieser Gedanke ergriff mich so, daß ich bebte. Auch Marcus sprach kein Wort.

Als Vater zuletzt in Athen weilte, hatte er an den Eleusinischen Mysterien teilgenommen. Im allgemeinen fühlte er sich von Dunklem wenig angesprochen, und ich nehme an, daß Livia in ihrer Eigenschaft als Demeterpriesterin ihn dazu veranlaßte, sich einweihen zu lassen. Agrippa, der als Philosoph der Schule der Skeptiker angehörte, entzog sich dem ganz, besuchte aber desto fleißiger die Akademien. Er verbrachte die Zeit in Gesprächen mit führenden Professoren und genoß es, ebenbürtige Debattanten zu treffen.

An einem Tag, den er dem Zusammensein mit der Familie vorbehalten hatte, besahen wir die Stoa und warfen einen Blick in die Werkstätten um den Markt, wo Sokrates in den Türöffnungen gestanden und den drinnen Arbeitenden Fragen gestellt hatte. Am Nachmittag zogen wir zum Areopag hinauf, und während Gaius in meinem Schoß schlummerte, rezitierte Marcus die Verteidigungsrede des Sokrates.

Bevor wir von Athen aufbrachen, machten wir den städtischen Arbeitsvorhaben, Akademien und Tempeln große Donationen. Persönlich sorgte ich besonders für Hestia. Der Abschied war von griechischer wie von unserer Seite gleich herzlich.

Nun richteten wir den Kurs gen Osten, und nach einem kurzen Aufenthalt in Paphos landeten wir in Syrien, wo man uns einen großen Empfang bereitete. Von der Hafenstadt bis hinauf nach Antiochia wurde die Fahrt zu einem ununterbrochenen Huldigungszug. An der Spitze ritt Agrippas Standartenträger, dann folgten die Liktoren und danach er selber als Imperator zu Pferde. Hinter ihm kam ich auf meinem Elfenbeinsitz mit Gaius zur Rechten und Lucius zur Linken und nach uns der Offiziers- und Beamtenstab, die Dienerschaft und das Gepäck. Immer wieder mußten wir anhalten und wurden mit Geschenken und Bittschriften überschüttet. Allein die seltenen Parfüme, die ich erhielt, hätten für das ganze julische Geschlecht von Venus an bis zu meinen Nachkommen gereicht.

Nachdem wir über die mit Purpurteppichen und Palmzweigen bedeckten Straßen den Palast erreicht hatten, wurden wir von römischen Abgesandten aller abhängigen Länder und Provinzen

Asiens aufgesucht. König Herodes aus Palästina erschien in prächtigem Zug, und nach wochenlangen Konferenzen über politische und militärische Probleme nahm Agrippa schließlich seine Einladung, Jerusalem zu besuchen, an.

In Vaters Kampfjahren war Herodes einer seiner heftigsten Feinde gewesen, und als der Kampf beendet war, hielt Vater ihm die Freundschaft mit Antonius und Kleopatra vor. Herodes erwiderte furchtlos, daß die Frage nicht darum gehe, wessen Freund, sondern welch ein Freund er gewesen sei. Vater gefiel diese Antwort, und er setzte forthin auf Herodes, der sein Vertrauen mit absoluter Loyalität vergalt. Als Agrippa und ich nach Osten kamen, war er einer der Eckpfeiler Roms.

Wir schlugen die Karawanenstraße nach Bethsaida ein, wo wir über den Jordan setzten. Hier wurden wir von Herodes' Schwester Salome willkommen geheißen, und zur Erinnerung an dieses Ereignis erhielt Bethsaida meinen Namen und hieß fortan Julias.

Während des Besuches in Jerusalem war Agrippa vom frühen Morgen bis zum späten Abend beschäftigt, denn er hatte seit langem Sympathie für die Juden gehegt und versuchte nun, mit möglichst vielen von ihnen Kontakt zu gewinnen. Durch seine philosophischen Studien war er mit ihrer Gedankenwelt vertraut und von ihrer monotheistischen Auffassung sehr angetan, ebenso von ihren tausendjährigen Überlieferungen, so daß er wünschte, ihre Lebensform von nahem zu sehen. Dennoch betrachtete er Palästina in erster Linie unter dem Gesichtspunkt seiner militärischen Schlüsselstellung im stets labilen östlichen Teil des Reiches.

Die Bewohner Judäas wiederum sahen Agrippa als Bundesgenossen an, nachdem er mit dem Isiskult und den ägyptischen Intrigen in Rom aufgeräumt hatte, denn zwischen Palästina und dem Nilreich herrschte ein uralter Haß. Agrippa war sogar so volkstümlich unter den Judäern, daß eine der Synagogen in Rom nach ihm benannt wurde.

Kurz nach seiner Ankunft wollte Agrippa Jahwe opfern, und Herodes ließ seinen Namen in die Tür des Tempels eingravieren. Aus diesem Anlaß sollte eine feierliche Prozession zum Tempel stattfinden. Als Agrippa prächtig gerüstet wartete, konnte ich es mir nicht verkneifen, zu äußern, es erscheine mir wenig konsequent, daß er – der doch das Pantheon, den Tempel aller Götter daheim auf dem Marsfeld, hatte restaurieren lassen – dem einen allmächtigen Jahwe Opfer darbringen wolle. „Der Sprung von allen zu einem ist kürzer als der Sprung von Rom nach Jerusalem", erwiderte er.

„Ist es nicht genug, daß du Vater zur Alleinherrschaft verholfen hast? Es müßte denn sein, daß du Jahwe hinsichtlich des Olymps eine gleiche Handreichung gewähren willst", fuhr ich fort. Aber er zuckte nur ungeduldig mit den Schultern.

Während Marcus so seinerseits beschäftigt war, bemühte ich mich, mit des Herodes Familie und Hof Bekanntschaft zu machen. Das war nicht einfach. Denn nach römischen Begriffen erschienen des Königs Familienverhältnisse – milde ausgedrückt – unentwirrbar. Von den zehn Frauen, die er sich im Laufe der Jahre zugelegt hatte, waren zwei von ihm zu Gemahlinnen ersten Grades ernannt worden. Die erste hieß Doris, mit ihr hatte er einen Sohn Antipater, der nach Landesbrauch Erstgeburtsrecht genoß. Aber als Herodes König wurde, verstieß er Doris und nahm sich eine neue Gemahlin ersten Grades – die hoher Herkunft entstammende Mariamne, die besser zur Königin paßte. Sie schenkte ihm mehrere Kinder, wurde aber allmählich so eigensinnig, daß Herodes sie hinrichten lassen mußte, und zwar gerade zu jener Zeit, da er und Vater Freundschaft schlossen. Danach hatte er sich keine neue Gemahlin ersten Grades genommen, sondern seine Schwester Salome die Repräsentationspflichten im Schloß übernehmen lassen.

„Ich habe den Eindruck, daß sie hier über alles bestimmt", flüsterte ich Marcus unter vier Augen zu. Nachdem wir nach Palästina gelangt waren, hatten wir uns angewöhnt zu flüstern, denn sobald die Türen geschlossen waren, erblickten wir in dem schmalen Spalt über der Schwelle die dunklen Schatten der Horchenden.

„Salome ist zweifellos herrschsüchtig", erwiderte er, „aber in erster Linie ist sie hinterlistig, und ich fühle ein starkes Bedürfnis, ihr ein wenig auf die Schliche zu kommen."

Ich warf ihm einen schnellen Blick zu. Salome hinterlistig? Im

Namen des Anstandes konnte sie unmöglich offener sein . . . denn sobald sie nur den Schatten von Marcus sah, spreizte und brüstete sie sich und gurrte wie eine liebeskranke Taube, wenn er sich neben ihr zu Tisch legte. Frauen bekamen oft eine weiche Stimme, wenn Marcus sie mit festem Blick ansah oder sein leises, tiefes Lachen lachte, aber ich war es in keiner Weise gewohnt, *ihn* darauf reagieren zu sehen – in keiner Weise.

Als mir aufging, was Salome im Sinne hatte, griff ich zu der kühlen Liebenswürdigkeit, die noch immer ihre Wirkung besaß, aber Salome gegenüber war sie völlig vertan. Sie fühlte sich in ihres Bruders Haus daheim, und als Herodes sie nach dem Mahl vor uns zu tanzen bat, führte sie einen syrischen Bauchtanz vor, der äußerst wenig mit den schönen Musen, desto mehr aber mit den allerintimsten Künsten der Venus zu tun hatte. Sie gebärdete sich weit jenseits der Grenzen des Anstandes, und ich überlegte ernstlich, ob ich aufbrechen oder sitzen bleiben sollte. Ich suchte Marcus' Blick, um einen Wink zu erhalten. Doch was tat er? Er winkte Salome zu sich heran und zog eine bereitgehaltene herrliche Kette hervor, die er ihr eigenhändig um den Hals legte. Ich glaubte, kaum meinen eigenen Augen trauen zu dürfen. Ich spürte, daß Herodes mich unter halbgeschlossenen Lidern beobachtete. Er lag an der einen Seite von mir, sein Sohn Antipater an der anderen. Die Lippen des Königs standen rot und schwellend in dem schwarz-gekrausten Bart, und seine Nasenflügel vibrierten. In Antipaters Augen glomm es raubtierhaft, und wie zufällig streifte er mich mit der Hand und legte sie dann auf die meine. Rache an Marcus zu nehmen lag verführerisch nahe, aber plötzlich erinnerte ich mich unserer letzten Auseinandersetzung und zog meine Hand zurück. Statt dessen strich ich ein Armband vom Handgelenk und warf es in den Saal. Salome tat, als sehe sie es nicht, aber Herodes rief ihr einige Worte zu, so daß sie gezwungen war, Marcus zu verlassen und zu mir herüberzutanzen. Während sie sich bedankte, bot ich ihr an meiner Seite Platz, und die Situation war für dieses Mal gerettet. Aber sie beunruhigte mich.

Das Programm der nächsten Tage bot eine Atempause, und so

blieben wir daheim und ruhten uns aus. Ich grübelte heftig darüber nach, was wohl vernünftiger sei: zu tun, als sei nichts vorgefallen, oder eine offene Aussprache. Marcus war allem Anschein nach ganz in eine griechische Übersetzung jüdischer Schriften vertieft und hatte die Beine auf einen Schemel gelegt. Jedesmal, wenn er die Papyrusrolle drehte, pfiff er leise vor sich hin. Nach einer Weile wurde ich auf die Melodie aufmerksam und begann in der Erinnerung zu suchen. Es war etwas Bekanntes . . . Ich spitzte die Ohren, und plötzlich fiel es mir ein – es war das Lied, zu dem Salome am Abend vorher getanzt hatte. Ohne ein Wort zu äußern, erhob ich mich und ging still in meine eigenen Gemächer. Dort läutete ich nach Phöbe und schloß die Türen.

Phöbe fühlte sich bei Herodes wie der Fisch im Wasser. Schon am ersten Tag kannte sie jede Tür, jede Treppe und jeden Flur des ganzen Schlosses, sowohl in dem Augusteum als auch dem Agrippeum benannten Teil. Am Tag darauf war sie schon von allem, was vor sich ging, unterrichtet und kannte die Namen sämtlicher Konkubinen und ihren Lebenslauf. Mit griechischem Gefühl für dramatische Stoffe verfolgte sie jedes Intrigenspiel und Ränkegespinst und war bald der Mittelpunkt des Gynäceums. Alle wußten, daß sie mein Vertrauen besaß, und suchten ihre Gunst zu gewinnen.

Als Römerin habe ich nie meinen Fuß in den Frauenflügel gesetzt, sondern den zahlreichen Frauen und Kindern des Königs in meinen eigenen Räumen Audienz gegeben. Phöbe pflegte mir dann im voraus die erforderlichen Aufschlüsse zu geben, so daß ich eine leichte Unterhaltung führen konnte. Bisher hatte ich ihr Mitteilungsbedürfnis stets dämpfen müssen, heute ließ ich ihr freien Lauf und bat sie, mir alles zu erzählen, was sie von Salome wußte. Phöbe berichtete des langen und breiten, und es schien, als gebe es kein Thema, das – wie persönlich es auch sei – nicht im Gynäceum erörtert worden wäre. Aus einem Wirbel von Einzelheiten behielt ich einige Hauptpunkte von Salomes Lebenslauf gut im Gedächtnis, denn ich meinte, sie könnten Marcus interessieren. Wie er bereits festgestellt hatte, war sie herrschsüchtig, und ihr Ehrgeiz hatte sie und ihren Mann so weit getrieben, daß Herodes eingreifen mußte. Er ließ seinen Schwager hinrichten, und Salome blieb als Witwe zurück. Um sie besser unter Kontrolle zu haben, ließ er sie in sein Gynäceum übersiedeln, aber dort ergriff sie schnell die Führung, und nun war es eher Herodes, der von Salome kontrolliert wurde – als umgekehrt. Sie stand zu einem einflußreichen Araber in Beziehungen und war nicht abgeneigt, die Ehe mit ihm einzugehen. Doch Herodes' Politik gründete sich auf Loyalität gegenüber Cäsar, und in Rom hielt man es für wichtiger, mit den Parthern auf gutem Fuß zu stehen als mit den Arabern. Herodes drohte Salome, ihr die Schwesternrechte zu entziehen, wenn sie den Werbungen des Arabers nachgebe, und so mußte sie für eine gewisse Zeit ihre Pläne eines östlichen Bündnisses aufgeben. Aber sie blieb deshalb keineswegs mürrisch sitzen, und als zwei von Herodes' Söhnen nach beendeter Ausbildung aus Rom heimkehrten, spann sie ihre Fäden, um sie einzufangen.

Sie waren Söhne der hingerichteten Gemahlin ersten Grades, Mariamne, und auf Vaters Anregung hin hatten sie ihn zur Erziehung nach Rom begleitet. Ich hatte sie oft in der Ochsenkopfstraße getroffen, denn gleich anderen Königsaspiranten wurden sie von Livia, die auf diese Weise freundschaftliche Verbindungen zu den künftigen Unterkönigen im Reich knüpfte, freundlich aufgenommen.

Herodes hatte wiederholt durchblicken lassen, wie teuer es gewesen sei, die Jungen in Rom leben zu lassen, aber er verbarg keineswegs, daß er auf ihr selbstsicheres Auftreten und die Tatsache, daß sie in Cäsars Haus eingeführt waren, stolz war. Und mit ihren rassigen, dunklen Gesichtern und ihren römischen Manieren waren sie zweifellos zwei aufsehenerregende junge Männer. Aber ihren anderen Geschwistern gegenüber waren sie nicht frei von Überheblichkeit, und zu Herodes' Erstgeborenem – Antipater, dem Sohn der verstorbenen Doris – standen sie in scharfem Gegensatz. Salome tat das ihre dazu, das Feuer zu schüren, und ergriff bei allen Meinungsverschiedenheiten die Partei der Mariamne-Söhne.

Beide waren etwas jünger als ich, und als sie aus Rom heimkehrten, war für sie die Zeit gekommen, in den Stand der Ehe zu treten.

Salome brachte es fertig, den einen mit ihrer eigenen Tochter und den anderen mit der Tochter des Königs von Kapadozien zu verheiraten. Der König von Kapadozien war einer von Livias Bundesgenossen; während des Hochzeitsfestes wurden Salome und er vertraute Freunde, und sie blieben seitdem in Briefwechsel miteinander.

Salome war überhaupt mit der Feder sehr aktiv, und Phöbe meinte, sie stehe darin Livia nicht nach. Beide führten übrigens eine lebhafte Korrespondenz miteinander; allein in der kurzen Zeit, die wir nun in Jerusalem waren, hatte Phöbe dreimal Livias Kuriere aus der Ochsenkopfstraße wiedererkannt.

Das gab mir einen Ruck. Dies war wirklich eine Neuigkeit. Sie würde auch Marcus interessieren. Daß Livia und Salome einander so nahestanden, ahnten weder er noch ich. Ich schickte Phöbe fort und begab mich zu Marcus zurück.

Er saß noch immer, wie ich ihn verlassen hatte, die Beine auf den Schemel gelegt, und las. Wenn er sich ein seltenes Mal eine ruhige Stunde gönnte, pflegte ich ihn möglichst nicht zu stören, aber heute mußte ich eine Ausnahme machen. Ich räusperte mich und flüsterte vorsichtig seinen Namen. Darauf grunzte er nur irritiert; deshalb beeilte ich mich, zum Kern der Dinge zu kommen, und fragte, ob er wisse, daß Livia und Salome miteinander korrespondierten. Er schaute plötzlich zu mir auf und bohrte geradezu seine Augen in mich hinein.

„Wo hast du das her?“ fragte er.

Ich erklärte, daß Phöbe Livias Briefboten vor Salomes Tür im Gynäceum wiedererkannt habe.

„So!“ rief er aus. „Da haben wir das Dreieck: Die Grundlinie bilden die beiden unerfahrenen, von Livia beeinflußten Burschen, die Ecken Livias zwei Freunde, der König von Kapadozien und Salome, und den Scheitelpunkt Livia Drusilla in ihrer eigenen hohen Person, diesmal nicht mit Zinn, sondern mit einer Feder in ihrer betriebsamen Hand. Eine reizende Konstruktion und ganz im Widerspruch zu dem Muster, das Vater und ich für den Osten entwarfen.“

Auf und ab schreitend, blieb er plötzlich stehen und fragte mich, weshalb in aller Welt ich ihm das nicht früher erzählt hätte.

Ich entwaffnete ihn mit der Frage, wie in aller Welt ich hätte ahnen können, daß er an Salome interessiert sei, ehe er es selber erwähnte. „Ich wußte nicht, daß du blind bist – du hättest mir gern die Bekanntschaft mit ihren klebrigen Salben ersparen können", meinte er ärgerlich.

Am selben Nachmittag hatte Agrippa ein langes Gespräch mit Herodes. Sie sprachen als Freunde und Männer miteinander, und Gegenstand des Gespräches war das andere Geschlecht. Agrippa erklärte, daß trotz ihrer Unentbehrlichkeit oder vielleicht gerade deshalb die Frauen eine unbehagliche Tendenz zeigten, nach der ganzen Hand zu greifen, wenn man ihnen nur den kleinen Finger reiche. Nicht einmal Cäsar sei in dieser Hinsicht unberührt geblieben, aber als Cäsars bester Freund, Mitregent und Schwiegersohn könne er berichten, daß Livias Einfluß höchst oberflächlicher Natur sei und alle, die sich auf sie stützten, sich an eine hohle Wand lehnten. Die Römer verabscheuten das Weiberrockregiment und hätten ihre Frauen stets in Furcht und Zucht gehalten – das sei übrigens insoweit auch eine leichte Aufgabe, als nach dem Gesetz jeder Mann jeweils nur eine Frau besitzen dürfe.

Herodes gestattete sich den Einwurf, daß das Thema Monogamie contra Polygamie zu mancherlei Erörterungen Anlaß geben könne. Seine Erfahrung gehe dahin, daß er mit mehreren Frauen im Haus eine gegen die andere ausspielen könne und sie so alle in der Hand habe. Wenn Salome Agrippa aufgefallen sei, rühre ihre Eigenwilligkeit gerade daher, daß sie nicht seine Ehefrau sei und er daher nicht die Mittel des Eros besitze, sie zu binden. Er habe erwogen, eine neue Gemahlin ersten Ranges zu nehmen, die der Schwester die Waage halten könne, aber nach seinen Erlebnissen mit Mariamne scheue er sich, einer fremden Frau soviel Macht zu geben.

Agrippa konnte die Sorgen des Freundes verstehen, meinte jedoch, es gebe eine andere Lösung des Problems. Wenn Herodes sich mit seiner ursprünglichen Gemahlin ersten Grades, Doris, versöhne, entgehe er der Unsicherheit, mit unbekannten Faktoren rechnen zu müssen. Doris habe sich doch in keiner Weise vergangen, sondern sei verstoßen worden, nachdem die stolze Mariamne des Königs Gunst errungen hatte. Seitdem habe sie, ihrer Zurückhaltung und Klugheit wegen von allen geachtet, still in der Provinz gelebt. Sie sei Mutter von Herodes' Erstgeborenem, und wenn Herodes sie wieder in Gnaden aufnehme, könne er, Agrippa, sowohl hierzulande als auch daheim in Rom eine gute Wirkung garantieren, denn es lasse sich leider nicht leugnen, daß das Ansehen des Königs viel Abbruch erlitten habe, als er seinerzeit Mariamne hinrichten ließ. Die wenigsten wüßten ja, daß ihr Tod eine Notwendigkeit gewesen sei.

Dieser Vorschlag sei selbstverständlich nur ein Freundesrat, aber Agrippa fügte hinzu, daß er persönlich es sehr schätzen würde, wenn sein und seiner Familie Aufenthalt in Judäa zu Eintracht und Frieden im Hause des Königs beitrüge.

Die Erinnerung an Doris war nicht sehr verführerisch, aber der Plan war in seiner Einfachheit genial, und in Anbetracht dessen, daß Cäsars Mitregent ihn vorgetragen hatte, stimmte Herodes sofort zu. Aber wenn er nun einmal ein so offenherziges Gespräch führe wie dieses, wolle er gern eine andere Schwierigkeit erwähnen, meinte er. Wie alle wüßten, gehe seine Politik auf eine enge Zusammenarbeit mit Rom aus, aber leider begriffen nicht alle Untertanen ihr eigenes Bestes, und die Freundschaft mit Cäsar fordere deshalb unablässige Wachsamkeit gegen Attentatsversuche. In dieser Hinsicht sei ihm der Sohn Antipater eine unschätzbare Hilfe. Jeden Abend untersuche er seines Vaters Schlafzimmer und geleite ihn zu Bett, und er sei es auch, der hinter den umfassenden Sicherheitsmaßnahmen gegen Vergiftungen stehe. Agrippa begreife gewiß, welches Aufgebot von Wächtern und welche Fülle von Maßnahmen es erfordert habe, Cäsars Schwiegersohn mit seiner Familie hier in Jerusalem zu empfangen. Alles sei gut gegangen, aber es würde das Schicksal herausfordern heißen, wenn man eine Neuordnung seines Haushaltes durchführe, solange wir im Palast weilten. Er wolle deshalb seinem Freunde vorschlagen, die Versöhnung mit

Doris nicht früher bekanntzugeben, ehe wir nicht wohlbehalten außer Landes seien.

Agrippa gab zu, daß dies ein gerechtfertigter Wunsch sei, und er setze deshalb den Termin unserer Abreise sofort fest.

Wenn Doris wieder als Königin und Gemahlin ersten Grades eingesetzt wurde, würde Antipaters Stellung gegenüber den Mariamne-Söhnen gestärkt und Salomes Aktivität sehr eingeengt werden. Mit einem einzigen Zug hatte Agrippa einen breiten Spalt in Livias feines Spinngewebe gerissen, und so war er denn in glänzender Stimmung, als er mir das Gespräch berichtete. Es ist überflüssig, zu sagen, daß ich seine Schadenfreude in jeder Hinsicht teilte.

Ich zählte die Stunden bis zur Abreise. Jerusalem hatte mir vom ersten Augenblick an mißfallen. Der Gott Jahwe war ein Gegner der bildenden Kunst, und auf jeden, der aus Rom oder Athen kam, wo Straßen und Plätze von Statuen wimmelten, wirkten die Städte Judäas eigenartig verödet. Der Tempel war imponierend, aber im Gegensatz zu Marcus empfand ich heftige Abneigung gegenüber dem mosaischen Rechtskodex, als ich sah, wie er von Herodes selber praktiziert wurde. Ähnlich widerspruchsvolle Verhältnisse herrschten im eigenen Hause des Königs; hinter der großartigen Marmorfassade waren die Teppiche grau von Staub, die Wandbehänge halb verschmutzt, und die Kissen strömten einen erstickenden Dunst von unausgelüfteten Duftstoffen aus. Gewölbe und Säulen funkelten von Gold und Edelsteinen, und die Luft war schwer von Weihrauch. Überall herrschte eine eigenartig zwielichtige Sinnlichkeit – diesem östlichen Milieu gegenüber empfand ich meine lateinische Nüchternheit als scharfen Gegensatz.

An dem Tag, da wir uns von Herodes und seinem Hof verabschiedeten und in Askalon an Bord unseres Schiffes gingen, fiel es mir schwer, meine Freude zu verbergen. Es war vorgesehen, daß wir erst nach Sonnenaufgang die Anker lichten sollten; ich lag in meiner Koje und hörte die Lastkähne gegen die Bordwand prallen, während das Gepäck an Bord gehievt wurde. Der Vorhang zum Gang war beiseite gezogen, aber der Tag war heiß gewesen und die Luft in der Kabine noch immer schwül. Nachdem ich mich eine

Weile ruhelos hin und her gewälzt hatte, stand ich auf und begab mich an Deck. Dort stand Agrippa an der Reling und beobachtete die Ladearbeiten. Er war verwundert, mich zu dieser frühen Stunde zu erblicken, und ich erklärte ihm, daß der Gedanke an das Familienleben des Herodes mich ein heftiges Bedürfnis nach frischer Luft habe empfinden lassen. Es war kühl geworden, und Marcus schlug seine Toga um mich, während wir an der Reling standen und zum Land hinüberblickten. Gegen Sonnenaufgang schimmerte der nächtliche Himmel in fahlem Grün, im Osten verblaßten die Sterne. Da und dort hoben Palmen ihre Federbüsche über die Dächer, und die weißen Hausmauern schimmerten matt zwischen konturlosen Schatten. „Ich kenne nichts Lebensferneres als eine schlafende Stadt", sagte ich. Der Lastkahn unter uns war leer und entfernte sich, während ein neuer beilegte. Im Licht der Fackeln wirkten die semitischen Profile der Stauarbeiter noch schärfer als am Tage. Ich lauschte ihren Rufen und den Antworten unserer Mannschaft. Im Munde der Judäer wirkte das Griechische eigenartig guttural im Verhältnis zu der gleichen mit unseren lateinischen Zungen gesprochenen Sprache. „Ein eigenartiges Volk", meinte Marcus gedankenvoll.

„Barbarisch", erwiderte ich. „Ich sehne mich nach der Zivilisation – fort von diesem rachsüchtigen Gott, der die Missetaten der Väter noch nach Generationen an ihren Kindern heimsucht."

Mich durchfuhr ein Schauder, Agrippa nahm meinen Arm, und wir gingen gemeinsam unter Deck.

Von Askalon aus durchfuhren wir das Ägäische Meer. Nachdem wir die wichtigsten Häfen an der Kleinasiatischen Küste besucht hatten, gelangten wir im Herbst nach Mytilene, wo wir den Winter verbringen wollten. Unterwegs waren wir in römischen oder griechischen Häusern zu Gast gewesen, hier aber würden wir in unserem eigenen Heim wohnen – in der Villa, die Marcus bewohnte, als er seine große Meinungsverschiedenheit mit Vater hatte.

Wir genossen jeden Tag dieser gesegneten Ruhezeit. Hier fanden wir den Frieden und die Stille, uns miteinander zu beschäftigen, und in diesen Monaten ging mir auf, wie reich, harmonisch und voller Fülle das Zusammenleben mit Agrippa allmählich geworden war.

Sobald die Winterstürme sich gelegt hatten, gedachten wir, einen Ausflug nach Ilion zu unternehmen. Gaius war von seinem Lehrer des Griechischen gründlich vorbereitet worden und konnte lange Abschnitte der Ilias auswendig hersagen – ja, sogar der kleine Lucius kam mit einigen Brocken. Am Abend las ich auf dem Bettrand die Äneis mit ihnen, damit sie ein Gefühl gewinnen sollten, wie das Band der Geschlechter sie mit den alten Helden verband. Der Ausflug war privater Natur, und die einzige Vorbereitung, die vor unserer Ankunft in Troas getroffen wurde, war die Bestellung eines Reisewagens für mich, weil unsere eigenen Paradefahrzeuge für den schwierigen Weg vom Meere aufwärts zu schwer waren. Marcus saß wie gewöhnlich zu Pferde und hielt Lucius vor sich, während Gaius auf einem Pony ritt. Es war Anfang März; die schweren Regengüsse hatten den Weg schlimmer ausgewaschen, als zu erwarten war. Während ich auf dem Wagen langsam des Weges rumpelte, überlegte ich, ob es nicht besser gewesen wäre, ich hätte bei Marcus gesessen und der Adjutant hätte Lucius vor sich auf den Sattel genommen. Wir gelangten an eine Stelle, an der der Weg den Scamander kreuzte; die anderen hielten schon auf dem anderen Ufer und warteten auf mich. Mein Wagen hatte bereits halbwegs die Brücke überquert, als plötzlich das eine Pferd steil in die Höhe stieg, das Gefährt gegen das brüchige Geländer krachte und umschlug. Es ging so schnell, daß es mir eben gelang, die Tür aufzureißen, aber ich kam erst heraus, als der Wagen sich schon im Fluß befand. Ich kämpfte wie eine Irrsinnige, mich aus dem Mantel zu befreien und den Kopf aus dem Wasser zu bringen.

Blitzhaft sah ich die Strömung mich ans Ufer treiben, und mit einem heftigen Ruck griff ich in die Zweige eines Baumes, der über die Stromschnellen hing. Er ächzte unter meinem Gewicht, hielt jedoch, und während ich mich krampfhaft festhielt, schrie ich um Hilfe. Als meine Gelenke taub zu werden begannen, biß ich mich in den Zweigen fest, bis Agrippa meine Haare zu fassen bekam. Als man mich an Land gezogen hatte, verlor ich das Bewußtsein.

Abgesehen davon, daß mir der eine Mundwinkel aufgerissen war, hatte ich keinen größeren Schaden erlitten und war mit dem Schrecken davongekommen. Als wir den Weg landeinwärts fortsetzten, nahm Marcus mich zu sich aufs Pferd.

„Das war ein Attentat!“ fauchte er hinter zusammengebissenen Zähnen, und in seinen Kiefermuskeln arbeitete es.

„Während du die Kleider wechseltest, habe ich mir die Brücke angesehen; ein loses Brett lag so, daß es gegen den Pferdeleib schlagen mußte – keines der anderen Bretter war locker, und man konnte sehen, daß es mit Absicht getan war.“

„Denk, wenn das Pony darauf getreten wäre“, brach ich entsetzt aus.

„Ja, oder denk, du hättest nicht den Ast zu fassen bekommen“, erwiderte er.

Er führte die Nachforschungen selber und ließ jeden, der nur irgendwie verdächtigt werden konnte, ins Kreuzverhör nehmen und unter Tortur befragen. Die Schreie waren über ganz Ilion zu vernehmen. Als er nach den Verhören heimkam, klang seine Stimme vor der Tür wie ein Peitschenhieb, und Phöbe kroch zitternd in sich zusammen. „Er ist wie ein fauchender Panther“, flüsterte sie, als er auf der Schwelle erschien, und war wie ein Schatten verschwunden. So hart und verbissen hatte ich ihn noch nie gesehen.

„Du pflegst sonst Milde zu zeigen“, sagte ich vorwurfsvoll.

„Ein ehrlicher Feind erhält eine ehrliche Behandlung, aber hinterhältige Leute und Frauenmörder erhalten ihren verdienten Lohn“, erwiderte er barsch.

„Aber ich starb ja nicht“, wandte ich ein.

„Weibergefasel. Wenn du vergessen solltest, wer du bist, darfst du dich erinnern, mit wem du verheiratet bist. Dies hier soll mir ans Licht! Ein Versuch, das Leben *meiner Frau* zu nehmen, kann und soll nicht ungestraft bleiben.“

„Gibt es irgendwelche Spuren?“

„Nicht zu denen, die hinter dem Ganzen stehen. Aber heute werden Ilion solche Bußen auferlegt werden, daß, wenn ein paar

Jahre vergangen sind, jedermann hier an den Bettelstab gebracht ist. Wenn man vor der Wahl steht, die Wahrheit herauszufinden und zu sagen oder Frau und Kinder zu verkaufen, um sein Leben fristen zu können, denke ich, daß man einen gewissen Zwang zum Reden verspüren wird."

Um Gaius' willen blieben wir so lange in Ilion, wie wir ursprünglich geplant hatten, und wir durchwanderten die Ruinen, wie wir es ihm versprochen hatten. Aber ich sehnte mich nach dem Aufbruch, denn als Agrippas Straferlaß bekannt wurde, breitete sich lähmende Stille über die Stadt, und wenn wir uns nur zeigten, senkte das Volk den Kopf und blickte zur Erde. Mehrfach erschienen Deputationen, um Gnade zu erflehen, aber Marcus hielt eisern daran fest, daß die Bußen eingetrieben werden würden, bis die Urheber des Attentats entlarvt waren.

Mit Herannahen des Frühlings bereiteten wir eine große Reise durch Asien vor. Es wurde eine anstrengende Reise für uns alle, am meisten jedoch für den kleinen Lucius. Wenn Gaius des Wagens müde war, benutzte er das Pony, aber Lucius, der Ärmste, saß meist auf meinem Schoß. Agrippa nahm ihn dann und wann vor sich auf das Pferd, denn ich erwartete wieder ein Kind und wurde schnell müde. Agrippa war übrigens auch nicht gesund, er wurde heftig von Gicht geplagt, und manche Tage waren seine Gelenke so geschwollen, daß er die meiste Zeit bei mir im Wagen verbrachte.

Als wir die Reise begannen, waren die Felder grün, aber wie die Monate vorschritten, wurde die Landschaft um uns dürr und verbrannt. Die Luft war schwer von Staub, und gegen Ende der Reise fühlten wir uns genauso erschöpft wie Xenophons Zehntausend und riefen mit der gleichen Begeisterung ‚Thalatta, Thalatta', als wir am Nordhang des Pontus die blaue Fläche des Meeres erblickten. Zu Schiff reisten wir weiter nach Kolchis, wo Agrippa sich aus militärischen Gründen einen Monat aufhielt, denn unsere dort stationierten äußersten Posten hinderten die Parther daran, zum Meer vorzustoßen und sich in die römische Schiffahrt auf diesen Gewässern einzumengen. Dies war das letzte Ziel unserer Reise, und als Marcus seine Inspektion beendet hatte, konnten wir den

Kurs endlich heimwärts wenden. Es war hohe Zeit; auf der letzten Etappe der Reise konnte das Kind, das ich trug, täglich seine Ankunft melden, und ich gelangte eben noch ins Haus, als ich mit einem Mädchen niederkam, das wir Agrippina nannten. Ich hatte die Hoffnung gehegt, daß es ein Sohn werden würde, der Marcus' Namen tragen konnte, nachdem Vater die anderen Jungen erhalten hatte, doch mit einem Seufzer mußte ich die Erfüllung dieses Wunsches bis ‚zum nächsten Mal' aufschieben. Vater und Livia weilten noch immer in Gallien und kehrten erst im Sommer des Jahres heim, in dem Tiberius und Varus Konsuln waren.

Die Zeit nach Vaters Heimkehr verbrachten wir wie gewohnt in der Villa Neptun bei Antium. Agrippa wurde noch immer von Gicht geplagt, aber wir hofften, daß er bei einem stillen, regelmäßigen Leben sich allmählich erholen werde. Doch an der Nordostgrenze brachen Unruhen aus, und er mußte eine Inspektionsreise nach Aquileia und Tergeste unternehmen.

Diese Reise war äußerst anstrengend für ihn; als er heimkam, fühlte er sich völlig zermürbt und zerschlagen. Seine Gelenke waren geschwollen, und besonders die Füße schmerzten ihn so, daß wir nach Musa sandten. Musa glaubte jedoch nicht, daß es sich um anderes als Podagra handele, und verschrieb Agrippa heiße Essigbäder und Mäßigkeit im Essen und Trinken. Das Letzte war wirklich überflüssig, denn wenn Agrippa auch die Stärksten unter den Tisch trinken konnte, war er im alltäglichen Leben immer vorsichtig gewesen und der letzte, den ich des Podagras verdächtigt hätte. Aber Musa war so alt geworden, daß ich ihm nicht widersprach – Vater hatte ihn seiner Verdienste wegen kürzlich in den Ritterstand erhoben, obwohl er von Geburt Grieche und ein Freigelassener war.

Wir besaßen außerhalb der Stadt eine Villa, nicht weit vom Landgut der Scipionen; dorthin siedelte Agrippa über, um sich auszuruhen. Hier fand er ländliche Stille und frische Luft; außerdem gab es weniger Gerede über seine Gesundheit, wenn er sich nicht auf dem Forum zeigte.

Die Kinder gingen zur Schule, und Vater wollte die Knaben

täglich sehen, deshalb mußte ich in der Stadt bleiben, aber ich fuhr zu Marcus hinaus, wenn ich es nur ermöglichen konnte. Ich hatte selber eine schwere Zeit zu überstehen, denn ich sah einer neuen Geburt entgegen, und diese fünfte Schwangerschaft war schwieriger als alle vorhergehenden. Und als das Kind dann sein eigenes Leben gewann, hatte ich mehrfach solche Schmerzen, daß ich mich jäh weiß werden fühlte.

Eines Tages, da ich meinte, Marcus sehe ausgeruhter aus als seit langem, fragte ich ihn, ob er nicht zu den Kindern und zu mir ziehen könne, aber er erwiderte, er sei mit einer Arbeit zu sehr beschäftigt, die er Vater und dem Senat vorzulegen gedenke, deshalb wolle er am liebsten noch einige Wochen auf dem Lande bleiben. Ich hatte eine schwere Nacht, denn das Kind ließ mir keine Ruhe, so daß ich keinen Schlaf finden konnte. Am Morgen fühlte ich mich erschöpft, und als ich das Badebecken verlassen wollte, wurde ich von einer solchen Schmerzwelle gepackt, daß ich die Treppe hinuntergestürzt wäre, wenn das Mädchen, das mit dem Handtuch auf mich wartete, mich nicht zu fassen bekommen hätte. Nach einer Weile legte sich der Schmerz, aber als ich mich zurechtgemacht hatte, ging ich zu Marcus hinein und sagte, es sei am besten, daß ich mich sofort wieder in die Stadt begebe. Ich mußte Venus Genetrix bitten, mir sachkundige Hilfe zu verschaffen, denn ich erkannte, daß Phöbe in diesem Falle nicht zureichend war. Wir einigten uns, daß ich ihm das Ergebnis mit einigen Zeilen mitteilen sollte, und wenn etwas Ernstes bevorstand, wollte er sofort in die Stadt kommen.

Sobald ich heimgelangt war, schickte ich einen Boten zum Tempel, und man empfahl mir eine alte Frau mit größerer Erfahrung als irgendeine andere im Kreise der Venus. Sie legte sich über meinen Schoß und horchte.

„Jetzt wird es unbehaglich", sagte sie und drückte; ich schrie laut auf.

„Das macht nichts", sagte sie und drückte wieder. Nun schwieg ich. Das Kind lag mit den Füßen nach vorn. Das konnte schmerzhaft sein, barg aber keine Gefahr für die Geburt, und wenn man im voraus über die Lage unterrichtet war, ließ es sich leicht vermeiden, daß das Kind erstickte. Die Geburt stand nahe bevor; sie wollte Helferinnen mitbringen und sofort zu mir übersiedeln.

Stolze Freude erfüllte mich, als ich hörte, daß mein Kind die gleiche Lage einnahm, wie Marcus selber einst bei seiner Geburt. Er hatte seinerzeit den Beinamen Agrippa erhalten, weil er mit den Füßen zuerst zur Welt gekommen war. Ich berichtete es ihm sofort und bat ihn, zu mir zu kommen, denn ich hatte Anweisung erhalten, vorsichtig zu sein.

Vater kehrte gerade von der Reise zurück, und am Tag darauf begab ich mich zu ihm, um ihm zu erzählen, wie es um mich stand. Aber zu meinem Erstaunen erklärte mir der Sekretär, daß Vater draußen bei Agrippa weile. Er sei nicht weiter als bis zur Haustür gelangt, als ein Bote ihn abberufen habe. Vater habe sich in größter Eile, und ohne einen Bescheid zu hinterlassen, sofort weiterbegeben.

Eine eisige Angst packte mich. Marcus hatte einen Boten zu Vater geschickt, weil er mich nicht erschrecken wollte, und hatte das nicht ohne Grund getan. Wie versteinert setzte ich mich in die Sänfte und erteilte Befehl, mich zur Villa in Campania zu tragen.

Wir hatten das Ziel fast erreicht, als ein Kurier uns einholte. Vater hatte ihn zu mir geschickt, und er war erst daheim, dann in der Ochsenkopfstraße gewesen und hatte mich nicht eher erreichen können. Er gab mir einen Brief.

Ehe ich ihn öffnete, wußte ich, was er enthielt.

Agrippa war tot.

Alles weitere Geschehen ist für mich in Nebel gehüllt, denn ich war wie im Taumel. Ich setzte mich in der Sänfte auf, stieg aus, als sie anhielt, begrüßte Vater, der mit ausgebreiteten Armen auf der Treppe stand, schob ihn beiseite, und meine Füße trugen mich hinein – wo, wie ich wußte, Agrippa lag.

Seine Augen waren geschlossen, und um den Kopf war ein Tuch gebunden. Die Toga lag lose über ihm. Ich zog sie beiseite, so daß seine Hände frei wurden. Marcus' starke, schöne Hände . . . Marcus' tüchtige, ehrliche, warme Hände . . .

Leise strich ich ihm über die Rechte, es war, als berühre man Elfenbein. Durch meine Finger lief ein Beben, und plötzlich durchfuhr mich das Bewußtsein, daß dies nicht Agrippa war . . . dies war eine Form . . . eine leere Gestalt . . . nicht er, niemals er.

„Marcus“, flüsterte ich.

„Marcus“, wiederholte ich und richtete mich auf.

Und ich wandte mich geschwind, um zu sehen, ob er vielleicht hinter mir stand. Ich spürte, daß er mir nahe war, aber ich bekam ihn nicht zu fassen, denn alles um mich her verfinsterte sich.

„Marcus!“ rief ich, so laut ich konnte.

Ich hörte das Echo widerhallen, dann fiel ich vornüber – gegen Vater, der dort stand.

Wie durch ein Wunder kam die Hebamme rechtzeitig genug, um das Kind zu retten. Es war ein Knabe, und er kam, wie sein Vater, mit den Füßen voran zur Welt. Ich hob ihn selber von der Erde auf und nannte ihn Agrippa. Von anderen erhielt er den Namen Postumus, weil er nach dem Tode seines Vaters geboren war.

Nun war ich zum zweiten Male Witwe geworden und war siebenundzwanzig Jahre alt.

12

Der Eröffnung von Agrippas Testament sah man mit großer Spannung entgegen. Eben dieses Interesse verbirgt sich meist unter dem Namen Teilnahme, wenn ein reicher Mann dahingegangen ist – und Agrippa war sehr wohlhabend. Nach Vaters Vermögen war das seine das größte im ganzen Reich.

In seinem letzten Willen hatte er ebenso großen Vorbedacht bewiesen wie stets im Leben. Die Soldaten erhielten Extraverpflegung, und die unter ihm gedient hatten, Geldbeträge, das gleiche jeder gewöhnliche Bürger der Stadt; mehrere Tempel erhielten große Gaben. Für die Stabsoffiziere und seine Freunde hatte er reichlich gesorgt, und nicht einen unserer Diener in der Stadt oder auf den Besitzungen hatte er vergessen.

Im übrigen war Vater mit vier Achtel der Haupterbe Agrippas. Vipsania erhielt ein Achtel, die beiden kleinen Mädchen und ich bekamen drei Achtel. Der einzige, der leer ausging, war der Sohn, der nach seines Vaters Tod geboren war. Aber Agrippas Besitztümer waren von solchen Ausmaßen, daß sogar mit drei Achtel des Erbes für vier Personen die Kinder und ich auf Lebenszeit ohne Sorgen leben konnten.

Als das Testament vollstreckt war, gab es wohl niemand, der sich beklagt hätte; dennoch verursachte es viel Gerede in der Stadt. Jahre hindurch hatten die bösen Zungen des Volkes auf einen guten Bissen gehofft, denn niemand hatte erwartet, daß die Ehe zwischen ‚Cäsars leichtsinniger Tochter' und dem ungeschliffenen Heerführer von langer Dauer sein werde. Aber als die Jahre dahingingen, als sich in regelmäßigen Abständen Kinder einfanden und niemand ihre eheliche Geburt in Zweifel ziehen konnte, hatte sich unter den Redseligen ein betroffenes Schweigen verbreitet. Die Furcht, sich Agrippas Unmut zuzuziehen, trug dazu bei, den unvermeidlichen Klatsch innerhalb der Grenzen des Anstandes zu halten, aber nachdem ich allein geblieben war, bekam er freien Lauf. Die Testamentsvollstreckung war ja auch die letzte Gelegenheit, sich mit Agrippa zu beschäftigen.

„Seht, wie er Augustus geliebt hat", sagten sie. Daß Agrippa für seine unmündigen Söhne sorgte, indem er ihren Adoptivvater als Haupterben einsetzte, überging man mit Schweigen.

„Sie war nicht bei ihm, als er starb", sagte man empört.

„Nicht zu ihr, zu seinem Freund Augustus hat er den Boten gesandt, als er einsam und leidend in Campania lag", fuhr man fort.

Anfangs versuchte ich zu erklären, wie sich alles abgespielt hatte, aber als ich entdeckte, daß niemand sich um meine Worte kümmerte, schwieg ich. Marcus hatte mich dessen entwöhnt, mir das Gerede der Leute zu Herzen zu nehmen; und während er lebte, war es leicht, denn es gab wenig Gerede, und ich hatte ihn bei mir, dem ich mein Herz ausschütten konnte. Aber seit er fort war, ließ mich die Bosheit der Leute die Einsamkeit noch unbarmherziger empfinden.

Einige Male war ich in der Villa in Campania draußen, um aufzuräumen. Ich nahm Marcus' Gürtel und Spangen mit, die Merktafeln und die braune, abgetragene Reisetasche – sonst ließ ich alles stehen, wie es gewesen war. Ich vermochte dort nicht mehr zu wohnen und gedachte, mit den Kindern im Sommer das Haus in Antium zu beziehen.

Außer uns hatten nur Vipsania, Tiberius und Sempronius Gracchus ihren Sommeraufenthalt dort, auch herrschte in Antium mehr Ruhe als in Baiae, wo die gesellschaftlichen Verpflichtungen ebenso groß waren wie in der Stadt.

Die ältesten Kinder beanspruchten den größten Teil meiner Zeit, aber für keines fühlte ich die gleiche bebende Zärtlichkeit wie für den Jüngsten – den kleinen Postumus. Stundenlang konnte ich neben ihm sitzen oder ihn in den Armen halten, und ich wurde es nie müde, Ähnlichkeiten mit *ihm* herauszufinden, der nicht mehr war. Und wenn Postumus ungeduldig die Augenbrauen hob, wenn er sein Essen nicht schnell genug bekam oder seine Finger wie Agrippa hielt, spürte ich, wie mein Herz sich zusammenzog. Er hatte eine Unruhe in sich wie keines der anderen Kinder, und Phöbe meinte, die Unglücksstimmung, in der er geboren sei, habe ihn geprägt. Dieser Gedanke band ihn nur noch inniger an mich.

Viele Jahre hindurch hatte ich geglaubt zu wissen, wie gut Agrippa und ich zusammen gelebt hatten, aber als ich allein war, ging mir auf, daß niemand die tausend kleinen Bande gemeinsamen Lebens verstehen oder werten kann, ehe sie zerrissen sind. Ist Gesundheit nicht dem Gesunden eine Selbstverständlichkeit? Und wer weiß, was Freiheit ist, der noch nie gefangen war?

Ich versuchte mich damit zu trösten, daß ich Vater und die Kinder, Sippe und Freunde hatte, aber weder Eltern noch Kinder, Familie oder Freunde können je den Verlust des Mannes ersetzen, mit dem man sein Leben und Denken geteilt hat. Einsamkeit umgab mich.

Ich spürte einen Zwang zum Alleinsein wie nie zuvor. Wenn ich andere Menschen traf, wurde die Leere fast unerträglich, und bekam ich Besuch, ertrug ich nicht einmal das Geplauder der Kinder, sondern schloß mich in mein Zimmer ein, wenn die Gäste gegangen waren.

Gracchus, der mich oft besuchte, bildete eine Ausnahme. Zu Agrippas Lebzeiten war er oft bei uns gewesen, und er wußte, wie nahe Agrippa und ich einander standen. Nie kam er mit Phrasen, daß das Leben weitergehen müsse oder die Zeit alle Wunden heile – im Gegenteil, mit ihm konnte ich darüber reden, wie die Trauer sich mit jedem Tag verschärfte, je klarer mein Bewußtsein erfaßte, was ich verloren hatte.

Die langen Gespräche und sein stilles Mitgefühl bedeuteten Linderung für mich, und allmählich übten auch das Leben im Freien und die Seebäder mit den Kindern ihre Wirkung aus, so daß ich körperlich erstarkte. Aber der Gedanke an gesellschaftlichen Verkehr erschreckte mich noch immer, und ich blieb bis in den Herbst hinein in Antium.

Vater hatte wie gewöhnlich während des Sommers in Capri geweilt, war aber seit langem schon zur Ochsenkopfstraße zurückgekehrt. Er schrieb mir beständig und fragte, ob ich nicht bald in die Stadt komme, aber ich erkärte, es graue mir vor dem Leben in Rom, und ich gedächte erst heimzukehren, wenn es für den Aufenthalt an der See zu kalt geworden sei.

Während ich eines Nachmittags mit Postumus neben mir auf der Terrasse saß, brachte Phöbe einen Brief von Vater. Ich kauerte mich im Liegestuhl zusammen und freute mich auf eine behagliche Stunde. Vater besaß einen eigenen, ungekünstelten Stil und eine fast volkstümliche Schreibweise, so daß man bei jedem Brief das Gefühl eines unmittelbaren Kontaktes empfand. So war es auch heute.

Ich hatte den eigentlichen Brief durchgelesen und wandte mich einem Postskriptum zu, als ich plötzlich den Atem anhielt. Dort stand:

Der Gedanke, daß Du allein bist, beschäftigt mich, und die Fürsorge für Dich und die Kinder verlangt, daß ich jemanden finde, an den Du Deine Zukunft binden kannst. Es ist mit der Natur einer Frau nicht vereinbar, ohne Mann zu sein, und es ist auch nicht recht, daß die Kinder ohne einen Vater aufwachsen, der sich ihrer annehmen könnte.

Den ganzen Sommer hindurch habe ich diese Frage erwogen, und die Wahl ist mir nicht leicht gefallen. Um zu vermeiden, daß Du in die gleiche Situation gerätst wie jetzt, möchte ich am liebsten einen Mann Deiner eigenen Altersklasse für Dich finden. Die Rücksicht auf die Kinder verlangt, daß er reif und bis zum äußersten gewissenhaft sein muß. Gleichzeitig muß er als mein Schwiegersohn sich sowohl zum Heerführer als auch zum Politiker eignen. Nach langen Erwägungen bin ich deshalb zu dem Schluß gelangt, daß Tiberius Claudius Nero alle diese Bedingungen erfüllt.

Damit Du Dich an den Gedanken gewöhnen sollst, erwähne ich ihn Dir gegenüber, ehe ich mit ihm selber über die Angelegenheit gesprochen habe. Ich will, daß Du den Vorschlag ruhig durchdenken sollst und alle Gesichtspunkte in Betracht ziehst, ehe Du mir antwortest.

Augustus

Der Brief fiel in meinen Schoß, ich preßte die Hände ineinander. War es nicht genug, daß ich Agrippa verloren hatte? Daß ich allein war? Daß ich vor Sehnsucht nach ihm, der von mir gegangen, wund war?

Lange, bevor die Trauerzeit beendet war, mußte Vater bereits wieder Pläne machen, wem er mich das nächste Mal geben werde. Sollte ich über mein Leben denn nie selber bestimmen dürfen?

Zehn Jahre hatte ich mich in Agrippas liebevoller Hand geborgen gefühlt. Durch seinen Tod kehrte ich, juristisch gesehen, in Vaters Hände zurück – Vaters gichtgekrümmte Hände mit den geschwollenen Gelenken und dem Hornring um den Zeigefinger, um die Feder führen zu können. Ich sah sie vor mir, diese deformierte Hand, die die Kraft des Tyrannen und den eisernen Griff des Diktators besaß. Und ich war in seiner Gewalt.

Es klang so schön – daß er an meine und meiner Kinder Zukunft denke. Ich kannte ihn.

Seine eigene Absicht, sein eigenes egoistisches Ziel verbarg er hinter der Fürsorge für andere. Nicht ich, er war es, der Tiberius brauchte: Roms größten Heerführer nach Agrippa. Das Heer war immer Vaters schwacher Punkt gewesen . . . hatte er nicht gerade aus diesem Grunde Verwendung für Agrippa gehabt? Jetzt sollte Tiberius an dessen Stelle treten, und die Treuegarantie sollte die gleiche sein – mein Leib und meine Seele.

Tiberius?

Plötzlich kamen mir wieder die Worte in den Sinn, die Agrippa sprach, als ich ihm Tiberius' Platz in meinem Leben erklärt hatte und alles klar und offen zwischen uns war. „Ich habe vielleicht deinen Frühlingstraum zerstört, Julia“, sagte er still. „Mein Motiv war teils Verliebtheit, teils Begierde, teils Selbsterhaltungstrieb und teils Berechnung. Als Entschuldigung und Trost für mich mag gelten, daß ich dich vor dem Untergang bewahrte. Denn Livia würde sich nie darein gefunden haben, Tiberius, den sie liebt, dir zu geben, die sie haßt.“

„Frühlingstraum“, hatte Agrippa damals gesagt.

Ich schloß die Augen und sah den Magnolienbaum vor mir . . . Und noch immer leuchteten die Blüten im Perlmutterglanz. Plötzlich erblickte ich wieder Vaters Hand vor mir. Sie griff nach der Feder und schrieb einen Befehl an Tiberius, zu einer Konferenz zu ihm zu kommen. Und ich hörte seine Stimme und seinen Tonfall, während er über mich und die Kinder, die Mitgift und die Bedingungen verhandelte. So hatten octavische Geldleute sich durch Generationen emporgeschachert.

Ich stöhnte laut und ließ mich über den Tisch fallen; um meine Gedanken zum Einhalt zu bringen, schob ich mich auf ihm hin und zurück. So lag ich, als Gracchus die Treppe heraufkam.

„Ist etwas geschehen?“ fragte er erschrocken.

Ich blickte auf und reichte ihm wortlos Vaters Brief.

Er las ihn und legte ihn neben mich.

„Ich hätte geglaubt, daß Tiberius nach deinem Sinn gewesen wäre“, sagte er nach einer Weile.

Ich antwortete nicht.

„Wenn du etwas gegen den Vorschlag hast, mußt du selbstverständlich hinfahren und mit Cäsar reden“, meinte er.

„Das hilft nichts“, rief ich aus. „Wenn Vater ‚Augustus‘ unterzeichnet, ist es ein Befehl. Daß er mich bittet, die Sache zu bedenken, ehe ich antworte, bedeutet nur, daß ich ohne Einwendungen zu akzeptieren habe.“

Er saß mir lange stumm gegenüber. Dann zog er den Stuhl näher heran und beugte sich zu mir vor.

„Ich hatte im Grunde genommen warten wollen, um dir Zeit zu lassen, Julia. Aber könntest du dir vielleicht denken, daß ich selber hinaufreiste, um mit Cäsar zu sprechen?“

Ich schüttelte den Kopf, denn was konnte Gracchus Vater wohl sagen?

„Du bist die einzige, aus der ich mir wirklich etwas mache“, fuhr er fort, „und was die Kinder betrifft, würde ich mich ihrer annehmen, als wären sie meine eigenen.“

Jetzt erst verstand ich ihn und hob abwehrend die Hände.

„Sag bitte nichts mehr“, bat ich, „und mach es nicht noch schwieriger, als es schon ist. Du bist der einzige, dem ich vertrauen und mit dem ich reden kann. Hilf mir, Gracchus. Sag, was ich tun soll. Soll ich hinfahren oder lieber schreiben? In einem Brief ist es leichter, die richtigen Worte zu wählen, als in einem Gespräch. Aber worauf soll ich verfallen? Vater ändert nie, was er einmal entschieden hat.“

Gracchus kannte Cäsar so gut, daß er alles Gefühlsbetonte beiseite lassen und lieber eine kalte Kritik seines Vorschlages vorbringen wollte. Wenn wir einen Vergleich zwischen Agrippa und Tiberius zogen, gelang es vielleicht, ihn zu beeinflussen.

Wir gingen zum Schreibtisch und machten verschiedene Entwürfe. Auch der letzte gefiel mir nicht, aber er stellte den einzigen denkbaren Protest dar, den Vater vielleicht anerkennen würde.

Nach zehnjähriger Ehe mit Agrippa, meinte ich darin, sei Tiberius ein schlechter Tausch. Was seien seine Siege neben denen Agrippas? Welche Dienste habe er – im Vergleich mit Agrippa – Vater und dem Reich geleistet? Lieber wollte ich immer ohne Mann bleiben, als mich an einen binden, der keinen großen Ruf besaß. Als Cäsars Tochter und Witwe des großen Agrippa wisse niemand besser als ich, welche Forderungen das römische Volk an Cäsars Schwiegersohn stellte, und ich schloß mit der Bitte, alle weiteren Ehepläne vorläufig auszusetzen.

Ich war gerade dabei, den ins Reine geschriebenen Brief nochmals zu überlesen, und Gracchus las ihn über mich gelehnt mit, als Vipsania und Antonia die Jüngere plötzlich in der Tür standen.

„Es sieht aus, als ob wir störten", meinte Antonia spitz.

„Durchaus nicht", entgegnete ich. „Wir sind gerade fertig."

„Ich habe Julia bei einem Brief an Cäsar geholfen", erklärte Gracchus.

„Darf ich gratulieren?" fuhr Antonia fort.

„Wozu?" fragte Gracchus.

„Wenn ihr gemeinsam an Julias Vater schreibt, hat das wohl nur eine Bedeutung."

„Unsinn", rief ich aus, und ich fühlte Vipsanias Blick forschend auf mir ruhen.

Glücklicherweise ließ Gracchus sich nicht verwirren, sondern sprach unbeschwert von Wind und Wetter, während ich den Brief mit Schnur und Siegel versah. Und als sie sich nach einer Weile auf den Heimweg begaben, hoffte ich, daß die Episode vergessen sei, denn ich wollte ungern Gerede in der Stadt haben.

Ich hörte in Antium nichts mehr von Vater, aber sobald ich in die Stadt zurückgekehrt war, ließ er mich rufen.

„Ich habe mit Tiberius gesprochen, der die Scheidung von Vipsania eingeleitet hat", sagte er.

Ich spürte, wie ich blaß wurde.

„Und mein Brief?" fragte ich.

„Der war übertrieben. Du unterschätzt Tiberius' Bedeutung und überschätzt Agrippas. Kein Mensch ist unersetzlich."

„Hast du kein anderes Mittel, ihn an dich zu binden, als mich?"

Er blickte mich durchdringend an.

„Du hast es fertiggebracht, Agrippa zu halten, du kannst auch Tiberius halten. Für Gracchus habe ich keine Verwendung."

„Dies ist das dritte Mal, daß du mich gegen meinen Willen fortgibst."

„Ich habe meine Pflichten gegenüber dem Staat nie vernachlässigt, und ich will nicht, daß meine Tochter die ihren mir gegenüber vernachlässigt."

Nachdenklich verließ ich Cäsar.

Vater hatte somit Kenntnis davon, daß Gracchus mir geholfen hatte, und Antonia die Jüngere also schneller geschwatzt, als ich dachte. Es war auch nur folgerichtig, daß Vater zu Ohren kam, was Livias Schwiegertochter erzählte. Dennoch barg es ein Gefühl der Befriedigung für mich zu wissen, daß Livia sich dessen bewußt war, daß Vater und nicht ich hinter dem Plan mit Tiberius stand. Mein Wille zählte überhaupt nicht.

Als ich wieder heimkam, ging ich in mein Zimmer und setzte mich vor eine Büste Agrippas, die dort stand.

„Es ist nicht meine Schuld", flüsterte ich, „es ist nicht meine Schuld ..." Ich hatte Tiberius seit September in Antium nicht gesehen. Er mußte eines Tages zu Besuch erscheinen, denn es gab viele Dinge, die wir vor der Hochzeit besprechen mußten, und ich erwartete ihn einen Tag um den anderen.

Nichtsdestoweniger zuckte ich zusammen, als ich seine Stimme im Atrium vernahm. Es geschah unmittelbar, bevor die Kinder zu Abend essen sollten, ich saß im Wohnraum und prüfte Gaius' Geschichtsaufgaben. Lucius zeichnete, er besaß Agrippas Begabung mit dem Griffel, Juliola nähte, Agrippina putzte ihre Puppe, und Phöbe war gerade gekommen, um Postumus zum Baden abzuholen.

„Entschuldige, daß ich unangemeldet den Hausfrieden breche, aber da wir ihn bald miteinander teilen werden, wollte ich gerne mit dir reden, Julia."

Er grüßte, blieb stehen und blickte sich um.

„Dies ist eine Szene, die wenige mit deinem Namen verbinden", lächelte er.

Ich bot ihm einen Platz an und bat die Kinder, hübsch zu grüßen und mit Phöbe hinauszugehen. Doch bevor er ging, warf Gaius ihm einen so brennenden Blick zu, daß ich stutzte – der Junge konnte doch unmöglich ahnen, was im Gange war.

Sobald die Kinder aus der Tür waren, fühlte ich mich plötzlich unsicher werden und sah Tiberius scheu an. In den letzten Jahren war ich mit meinem sogenannten Schwiegersohn häufig zusammengetroffen, aber seit dem letzten Mal unter dem Magnolienbaum hatten wir nie allein miteinander gesprochen. Jetzt waren wir plötzlich verlobt und sollten heiraten. Die Situation war so ungewöhnlich, daß ich nicht wußte, was ich sagen sollte, und meine Verwirrung wurde nicht geringer, als ich fühlte, daß ich rot wurde.

Tiberius tat, als sehe er es nicht.

„Ich hoffe, du hast nichts gegen Vaters und meine Abrede", sagte er. „Ich schlug vor, erst mit dir zu reden, aber Vater behauptete, du würdest keine Einwendungen erheben; deshalb ging ich davon aus, daß du mit ihm einig seist."

„Wenn du deshalb glaubst, daß ich hinter diesem Plan stehe, bist du falsch unterrichtet", antwortete ich.

„So", sagte er und hob die Brauen, „bist du vielleicht dagegen?"

Ich antwortete nicht, und er wiederholte seine Frage, aber ich blieb stumm.

„Hast du etwas gegen mich, Julia?" fragte er und zwang mich, ihm in die Augen zu sehen.

„Nein", sagte ich leise, „ich habe nie etwas gegen dich gehabt, Tiberius, und das gerade ist der Grund, weshalb es mir nicht gefällt, daß die Abrede hinter meinem Rücken getroffen wurde."

„Diese Antwort kann viel und wenig besagen, aber ich will dich heute nicht mehr quälen. Ich muß mich vorläufig damit begnügen, daß ich keinen Anstoß errege. Du darfst mich wissen lassen, wie du es mit der Wohnung haben willst – du kennst Carinene." Und er küßte meine Hand, ehe er davonging.

„Ich bin morgen zur gleichen Stunde wieder da", sagte er über die Schulter hinweg, als er schon fast draußen war.

Er kam so regelmäßig jeden Tag, daß ich ihn schließlich zu erwarten begann. Als ich daran denken mußte, daß ich damals im Frühling vor langer Zeit zur gleichen Stunde auf seine Schritte horchte, stieg mir die Röte in die Wangen.

Eines Tages wurde er durch eine Versammlung aufgehalten.

„Wie spät du kommst“, rief ich, als er sich schließlich einfand.

„Du hast gewartet?“ fragte er und nahm mich in seine Arme.

Als die Trauerzeit um war, opferte ich Tellus eine trächtige Kuh, wie es die Sitte gebot, wenn eine Witwe heiraten wollte. Jetzt gab es nichts, was der Ehe entgegenstand.

Er bat mich, den Hochzeitstag auszuwählen.

„Vielleicht willst du auch noch eine Weile warten?“ fragte er.

„Vor langer Zeit sagte ich einmal, daß du bestimmst, Tiberius – erinnerst du dich daran?“

„Ja“, sagte er gespannt, „das war bei Prima Porta.“

Ich nickte. „Diese Worte wiederhole ich jetzt“, fuhr ich fort und blickte zu ihm auf.

Er setzte durch, daß wir im Tempel auf dem Kapitol nach altem Brauch getraut wurden. Auf Vaters Einwendungen erwiderte er, er wolle nach claudischer Sitte heiraten – wie sein Vater und seine Vorfahren. Zu mir sagte er, daß die Haustrauung für ihn wie für mich eine Wiederholung bedeuten würde; er liebe keine Wiederholungen, wenn er etwas Neues zu beginnen gedenke.

Er hatte sich die Anwesenheit von Angehörigen und Freunden verbeten und erwartete mich allein vor Jupiters Tempel. Wir gingen Seite an Seite die Treppe empor, und in der großen halbdunklen Halle, in der es von Gold und Siegestrophäen glitzerte, ergriff er meinen Arm und führte mich zum Altar. Während der einfachen Trauungszeremonie, da wir unser Brotopfer vorstreckten, legte er seine Hand fest über die meine. Sein ruhiger, sicherer Arm gab meinem bebenden Körper Halt.

Die feierliche Stimmung im Tempel begleitete uns, bis wir in die Sänfte gelangten; auf dem Heimweg schwiegen wir beide.

Daheim trug er mich selber über die Schwelle, und nachdem er mir Feuer und Wasser gereicht hatte, schritt er vor mir durch die Halle und das Peristyl in den Speiseraum.

„Das Festessen ist für zwei gedeckt, und fast alle dienstbaren Geister haben heute frei . . . ich liebe Stille“, fügte er hinzu.

„Dann hättest du nicht eine Mutter von fünf Kindern heiraten sollen“, lachte ich.

„Tut es dir leid?“

„Nicht ich, du liebst die Einsamkeit“, erwiderte ich.

„Nicht Einsamkeit – Stille“, berichtigte er mich, „das sind zwei grundverschiedene Dinge, Julia.“

Ich schwieg, und während des Restes der Mahlzeit sprach ich nur wenig. Eigentlich hatte ich so viel auf dem Herzen, daß Worte nicht ausreichten, aber alles, womit ich begann, wurde oberflächlich und unzulänglich.

„Du bist so schweigsam“, sagte er. Unvermutet spürte ich seine Hand auf dem Knie.

„Das Leben ist eigenartig“, erwiderte ich, und da sich das Gewicht seiner Hand meinem Körper mitteilte, wurde ich langsam rot.

Seine Augen wurden plötzlich dunkel.

„Ich habe keine Jungfer, dich ins Brautgemach zu führen“, flüsterte er, stand auf und zog mich zu sich empor.

Während er die Tür zum Schlafgemach öffnete, blieb ich einen Augenblick stehen. Die Kehle war mir wie ausgedörrt, ich schluckte schwer und ließ mich verwirrt auf die Bank niedersinken. Er spürte meine Unsicherheit, und nachdem er mir den Mantel abgenommen hatte, ging er zur Tür zurück, um sie zu verriegeln. Dann begann er die Lampen zu überprüfen und die Vorhänge zusammenzuziehen.

Ob ich mich noch der alten Tage in der Ochsenkopfstraße erinnerte, da wir von Flucht geredet hätten, fragte er. Damals habe er sich ein Pferd gewünscht, und ich hätte ihn begleiten wollen . . .

Ich schloß die Augen, um mich zu sammeln. Ihr guten Götter! Ich war damals noch nicht siebzehn Jahre alt.

Er sei mit den Jahren bequemer geworden, fuhr er fort, heute würde er ein Schiff benutzen. Er habe oft an eine entlegene Insel gedacht, wo nur Himmel und Meer und endlose Stille seien.

Ich hörte ihm mit halbem Ohre zu, denn er redete ja nur, um mir Zeit zu geben. Er meinte gewiß, ob ich mir denken könne, ihn an einen Ort zu begleiten, wo niemand war außer uns beiden. Ich antwortete nicht sofort, denn ich versuchte, die Hände festzuhalten, daß sie nicht bebten.

„Kann ich darauf nicht morgen antworten?“ fragte ich, denn auf irgendeine Weise mußte ich mir Zeit verschaffen, beiseiteschieben, was das Herz so heftig pochen und den Atem schneller gehen ließ.

Im selben Augenblick wußte ich, daß ich etwas Falsches gesagte hatte – etwas, das ihn verletzen würde. Er ließ den Vorhang los, und es war so still, daß ich den Stoff rascheln hörte.

„Ich trug einen Traum in mir . . . aus jenen Tagen, da du siebzehn warst“, sagte er langsam. „Ich vergaß, daß du eine erfahrene Frau bist, Julia – daß du Bedenkzeit brauchst bis morgen. Wie naiv von mir, etwas anderes zu glauben. Hab keine Angst . . . was mich betrifft, hat es mit nichts Eile.“

Damit ging er an mir vorbei und warf sich aufs Bett. Ich erklärte, er mißverstehe mich, ich hätte in reiner Verwirrung drauflos geredet, nur um etwas zu sagen. Er müsse verstehen, daß ich nicht gemeint hätte, was er glaube.

Es war hoffnungslos. Aus den Tagen der Kindheit auf dem Palatin wußte ich, so konnte er schon damals umschlagen . . . Wenn ich nun zu ihm ging und ihn die sinnlosen Worte zu vergessen bat, würde er mich nur beiseiteschieben, wie damals, da ich ihn als Kind um Vergebung bat. Sogar die kleinen Opfergaben gestohlener Kuchen, die ich ihm reichte, hatte er seinem Hund zugeworfen.

Sein Gesicht lag im Schatten, aber ich wußte, daß seine Augen durchsichtig grau waren. Eine Weile blieb ich unentschlossen auf der Bank sitzen, aber da er sich weder rührte noch etwas sagte, stand ich auf und nahm Kranz und Schleier ab. Dann ging ich zu ihm hinüber und stellte mich vor ihn, so daß er meine Gürtelschleife lösen konnte, ohne sich zu erheben. Doch er blieb, die Hände unter dem Kopf verschränkt, reglos liegen. Schließlich öffnete ich den Gürtel selber und legte den Rock ab.

„Du weißt dir selber zu helfen“, sagte er höhnisch.

„Ich versuche, dir Mühe zu ersparen“, erwiderte ich und stand in dem langen einfachen Unterkleid da.

„Dann kannst du auch den Rest selber ablegen.“

Ich wurde blutrot und wandte ihm den Rücken zu, während ich das Linnen fallen ließ. Es lag wie ein weißer Schaumkranz um meine Beine; ich hob es vom Erdboden auf und band es mir um die Hüften, wie die Freudenmädchen tun. Danach beugte ich mich nieder und öffnete seine Spangen und seinen Gürtel.

„Du würdest dich gut ausnehmen in Subura", rief er aus.

Seine Stimme war messerscharf, aber er schob mich nicht fort.

„Subura ist die Heimat der Julier", erwiderte ich ruhig und hockte mich kniend zu seinen Füßen nieder.

Ich zog seine Schuhe ab und rieb ihm lange und fest die Fußsohlen. Dann begann ich seine Beine mit meinem Munde zu kneten, und während meine Hände auf seinem Körper spielten, drückte ich die Brüste gegen seine Knie, umarmte ihn um die Lenden und bedeckte ihn mit Küssen.

Die heilige Venus, die weiß, was Liebe ist, blickte auf mich in Gnaden und erfüllte mich mit Willen und unbändiger Freude. Stück für Stück zog sie ihn mit sich, bis er unter meinen Liebkosungen erbebte und sich mir unter wonnevollem Stöhnen ergab.

Triumphierend hob ich den Kopf. Er packte mich unter den Achseln und riß mich zu sich empor, und während er seine Finger durch meine Haare flocht, blendete er mich mit Küssen, biß er mich blutig und flüsterte mir selige Worte zu, die nur die den Mysterien der Liebe Verschworenen kennen.

Während es noch dunkel war, zog er mich aus dem Bett und trug mich durch die Halle in die Hauskapelle hinauf. Dort zwang er mich vor dem Altar in die Knie. Der Fußboden war wie Eis, und ich fröstelte in der kalten Zugluft, denn ich war nackt. Die Lampe war fast niedergebrannt, und in ihrem Flackern sah es aus, als ob die Ahnenbilder sich bewegten. Wie er da über mir stand, glich er ihnen so, daß es den Anschein hatte, als sei der Unterschied zwischen Lebenden und Toten gefallen. Hinter dem Rücken eines von ihnen zog er ein kurzes Schwert hervor, und das Blut gefror mir in den Adern. Einen Augenblick glaubte ich, er wolle mich damit durchbohren, aber er faßte es bei der Klinge und legte es auf den Altar. Es war das Schwert, mit dem sein Großvater sich bei Philippi getötet hatte, und mit meiner Hand auf der Schneide und der seinen über ihr, mußte ich schwören, nie das Band zu lösen, das wir geknüpft hatten. Bei Vesta und allen heiligen Göttern, bei Himmel und Erde, bei Lebenden und Toten, sollte ich ihm angehören zu beiden Ufern des Styx.

Als wir das erste Mal Gäste hatten, kamen alle alten Freunde, und Antonius und die anderen hofierten mich, wie sie es stets getan hatten. Als Tiberius und ich danach wieder allein waren und ich mich hingelegt hatte, ergriff er meinen Zopf und wand ihn mir wie eine Schlinge um den Hals. Sein Gesicht war verzerrt.

„Wenn du mich betrügst, mache ich so", sagte er und zog zu.

Mir wurde dunkel vor Augen, ob vor Atemnot oder Grausen, weiß ich nicht. Als ich wieder zu mir kam, lag er auf den Knien neben mir. Er habe so viele Jahre die dämonischen Qualen der Eifersucht erlitten, daß der Gedanke an andere ihn um den Verstand bringen könne, und er bettelte um Vergebung.

In einem Aufblitzen erinnerte ich mich des wilden Lebens, von dem mir seine Freunde berichtet hatten, und ich wurde weich vor Mitleid bei dem Gedanken an alles, was er durchgemacht hatte. Ich zog ihn an meine Brust und fragte, ob ich vergeben solle, daß er mich liebe? Dann müsse auch ich um Vergebung bitten, denn auch ich sei von Liebe erfüllt.

Eines Abends war er unter Freunden. Als er heimkam, sah ich sofort, daß er getrunken hatte, denn seine Augen waren blutunterlaufen, und er besaß keine Kontrolle über seine Kräfte mehr. Er faßte mich so hart an, daß ich schrie, und ich war dumm genug zu versuchen, mich ihm zu entziehen, denn Agrippa war immer maßvoll gewesen, und ich wußte noch nicht, wie ich ihn nehmen mußte.

So bekam er meinen Arm zu fassen, ich wehrte mich, und er drehte zu. Es gab ein kleines Knacken in der Schulter, und der Arm hing leblos herab, aber er merkte es nicht und glaubte, ich jammerte vor Lust. Erst als er schlief, gelangte ich zu Phöbe hinaus, die einen Arzt holte. Er drehte den Arm wieder ins Gelenk und band ihn in einer Schlinge hoch. Am nächsten Morgen fragte Tiberius, was ich mir getan hätte.

„Ich war ungeschickt und habe mir etwas den Arm verdreht", sagte ich ausweichend.

Er richtete sich langsam auf. In den Nebeln seines Nachtrausches begann es offensichtlich zu dämmern.

„Jetzt, glaube ich, lügst du", sagte er und stand auf.

Zur Mittagszeit kam er aus dem Bad nach Hause. Er setzte sich neben mich, ergriff meine gesunde Hand und blickte mich lange an.

„Ich traf heute früh den Arzt in den Thermen und hörte von dem Arm. Ich habe heute vormittag viel nachgedacht und gelobt, daß ich nie wieder unvermengten Wein trinken und mich selber im Zaum halten will, damit du meinetwegen nicht leiden sollst."

Von diesem Tag an war er mäßig im Trinken und hielt sich in Leidenschaften und mit Kräften zurück. Mir wurde warm ums Herz, wenn ich merkte, wie er in allen Dingen auf mich Rücksicht nahm. Aber ich war nun so auf seine Stimmungen aufmerksam geworden, daß ich jeden Schatten auf seinem empfindsamen Gemüt so deutlich spürte wie eine physische Berührung.

„Du bist wie ein übermäßig gespannter Bogen", sagte er, „wenn ich dich nur ansehe, zitterst du, und wenn ich dir nahe komme, ist es, als ob die Sehne reißen wollte."

Wenn ich mich bei den Kindern aufhielt, ließ ich die Türen offen, damit ich ihm entgegeneilen konnte, wenn er kam. Auch wenn ich las, horchte ich auf seine Schritte. Und wenn wir in Gesellschaft waren, versuchte ich seine Stimme durch die anderen Stimmen hindurch zu hören. Ohne zu denken, spürte ich, mit wem er sprach, und kleine Stiche durchfuhren mich, wenn er sich lange mit derselben Person unterhielt. Das betraf nicht nur Pompeia und die anderen, mit denen er einst ein Verhältnis hatte, sondern alle, mit denen er sprach.

An ihn und Vipsania zu denken, war die reinste Tortur für mich. Ich versuchte mir klarzumachen, daß es eine Vernunftehe gewesen war, über die Agrippa und er sich aus militärischen Gründen geeinigt hatten. Sie wurde so harmonisch, weil zwei erwachsene, stark intellektuelle Menschen es vermocht hatten, sich einander anzupassen. Aber wenn ich den kleinen Drusus sah, der jetzt unter meinen Kindern aufwuchs, und daran dachte, daß Vipsania zum zweiten Male schwanger war, als sie geschieden wurde, war mir, als werde mir ein Schwertblatt im Herzen umgedreht. Ich wurde dünn wie ein Faden, und wenn Tiberius seine langen schmalen Hände um meine Mitte legte, konnte er mich ganz umfassen. Seit mein Gesicht schmaler geworden war, wirkten meine Augen größer, und ich hörte ganz auf, Augenschminke zu gebrauchen.

„Aber liebe Freundin“, sagte Tante Marcia, als sie zu mir zu Besuch kam, „von dir sind ja nur noch Augen und Mund übriggeblieben.“

Sie hielt mich bei der Hand und trat einen Schritt zurück, um mich zu betrachten.

„Und Brüste und Hüften“, fügte sie hinzu.

„Das ist nicht wenig“, sagte ich lächelnd.

Aber Tante Marcia war des Philippus Tochter und Livias beste Freundin, und Humor war nicht ihre stärkste Seite.

„Du hast es wahrhaftig nicht leicht“, seufzte sie und klopfte mir die Wangen. „Eine Ehe, wie die deine, bei der der Mann sein Herz woanders hat, verlangt Klugheit und Geduld. Ich traf gestern Tiberius, der von einer Konferenz mit Cäsar kam, und ich befand mich auf dem Weg zu Livia. Vor Jupiter Stator blieben wir stehen und plauderten eine Weile. Da kam Vipsania vorbei, und du hättest nur den Blick sehen sollen, den er ihr nachsandte. Er verschlang sie förmlich mit den Augen und starrte ihr nach, solange er sie nur sehen konnte. Und er mußte den Kopf abwenden, daß ich nicht seine Tränen sehen sollte . . . Ich habe gleich an dich denken müssen und wie es dir wohl ergehen mag. Du hast meine innigste Sympathie, Julia.“

Ich versuchte, zu antworten, daß es mir ausgezeichnet gehe, aber sie murmelte etwas davon, daß ich tapfer sei, und tätschelte mich noch einmal, ehe sie fortging, um die Kinder zu begrüßen.

Mein Herz war wie ein Korb gereizter Skorpione, aber ich war nicht sicher, ob sie nicht vielleicht gelogen hatte; deshalb hielt ich den Korb gut verschlossen und wartete darauf, daß Tiberius heimkommen sollte.

„Ist es lange her, seit du Vipsania zuletzt sahst?“ fragte ich und gab meiner Stimme einen alltäglichen ruhigen Ton.

„Zuletzt gestern", erwiderte er, „ich sah sie bei Jupiter Stator, konnte sie aber nicht fragen, wie es ihr geht."

Jetzt löste sich das Schloß und die Skorpione schossen hervor. Ich erhob mich jäh, ging hinaus und rief nach der Sänfte.

„Ochsenkopfstraße", sagte ich kurz, als sie vor der Tür stand. Unterwegs hämmerte ich mit den Knöcheln gegen den Sessel, und ohne die mir Entgegenkommenden zu grüßen, lief ich direkt in Vaters Büro. Er blickte verwundert auf. „Wenn du mich mit deinen Heerführern zusammenkoppelst, darfst du künftig dafür sorgen, mir ihre Exfrauen aus dem Wege zu halten", sagte ich außer mir. „Die letzte Neuigkeit in der Stadt lautet dahin, daß Tiberius sich nach Vipsania sehnt, so daß er Tränen in die Augen bekommt, wenn er sie auf der Straße erblickt. Vor derlei darfst du mich künftig bewahren."

„Setz dich", sagte Vater ruhig, „und erzähl zusammenhängend, was vorgefallen ist."

Ich versuchte mich zu beherrschen, vermochte jedoch nicht, sitzen zu bleiben.

„Und was willst du, daß ich tun soll?" fragte er.

„Das mag deine Sache sein. Ich habe nicht darum gebeten, Tiberius zu bekommen, und wenn du willst, daß ich deine Fracht ziehen soll, darfst du es zumindest unterlassen, mich vor einen dreirädrigen Wagen zu spannen."

Ein paar Tage später kam Tiberius vom Forum heim, und seine Augen waren eisgrau vor Wut. „Was höre ich – du hast Vipsania aus Rom hinausgeschafft?" warf er mir zu.

„Ich will nur verhindern, daß du auf offener Straße weinst", erwiderte ich kalt.

Er blickte mich an, als sei ich irre, und ich wiederholte ihm Marcias Bericht.

„Das wäre in diesem Fall das erste Mal, daß man einen Claudier mit Tränen in den Augen gesehen hätte", sagte er dazu. „Findest du es so merkwürdig, daß ich Vipsania nachstarrte, als ich sie ohne Andeutung einer Schwangerschaft erblickte, da ich doch weiß, daß sie ein Kind erwartete, als wir geschieden wurden? Übrigens lügst du oder Marcia, denn ich habe nicht mit Marcia, sondern mit Mutter damals bei Jupiter Stator gesprochen."

„War es Livia?" Ich schoß förmlich empor. „Dann steht sie also dahinter – jetzt erkenne ich das Muster im Mosaik."

„Schweig", sagte er scharf, „und versuch nicht, die Schuld an deiner Niedrigkeit auf Mutter abzuschieben. Sie ging direkt zu Vater und bat für Vipsania, als sie hörte, was du angerichtet hattest."

„Ein glänzender Anlaß, ihre berühmte Barmherzigkeit zu demonstrieren", rief ich spitz und warf die Tür hinter mir zu.

Ich hatte mein Äußerstes getan, mit Livia auf gutem Fuß zu stehen, seit ich mit Tiberius verheiratet war. Ich nannte sie Mutter und war ehrerbietig wie eine Tochter zu ihr. Ihr Sohn dagegen war sehr kühl und nicht höflicher, als gerade notwendig.

„Es ist kein Grund, auf Stelzen zu gehen", sagte er zu meinen Bemühungen. „Mutter ergreift leicht das Kommando, wenn sie Gelegenheit dazu erhält. Wenn ich sie nur erwähne, reißt du dich zusammen wie ein gutes Pferd vor einem Hindernis. Nimm es mit der Ruhe, ist mein Rat. Denk daran, wie gut es mit Mutter und Vipsania ging."

Etwas Schlimmeres hätte er nicht sagen können. Es war wahrhaftig leicht, mit Empfehlungen zu kommen. Wie ich mich auch meiner Schwiegermutter gegenüber verhalten mochte, es würde stets verkehrt sein, aber wenn ich das sagte, würde er nur meinen, ich sei hysterisch. Ich lächelte bitter und grübelte in meinem Zimmer darüber nach.

Wie naiv ich gewesen war, zu glauben, ich könne sie mit Achtung und Aufmerksamkeit erweichen. Phöbe sagte, sie habe mich noch vor meiner Geburt gehaßt. Und was hatte Agrippa gesagt? Daß sie Tiberius, den sie liebt, nie mir geben würde, die sie haßt. Sie hatten selbstverständlich beide recht – Phöbe und Agrippa. In Zukunft würde ich auf meiner Hut sein und nicht den Kopf in die von ihr gelegten Schlingen stecken. Wie töricht von mir. Unter schonungslosen Selbstvorwürfen verbrachte ich so eine schlaflose Nacht.

Am nächsten Morgen ging ich zu Vater und bat ihn voller

Scham, Vipsanias Verweisung aufzuheben. Er erwiderte kurz, daß ich die Folgen meines auffahrenden Wesens tragen möge, er hebe nie Maßnahmen auf, die er einmal in Gang gesetzt habe. Das sei ein Prinzip, da Befehl und Gegenbefehl nur zu Unordnung führten . . .

In meinem Wunsch, den Übergriff gegen Vipsania wiedergutzumachen, schrieb ich ihr einen Brief, ob ich sie besuchen dürfe, ich bereute das Geschehene bitter und wolle es ihr gern erklären. Vipsanias Antwort war kurz. Ich hätte ihr ihren Vater genommen, ihren Mann und ihren Sohn und versucht, ihren liebsten Freund zu erobern. Da mir das nicht gelungen sei, hätte ich sie mit Haß verfolgt und sie schließlich ihrer Stellung und Bewegungsfreiheit beraubt. Da ich nicht einen Funken Barmherzigkeit besäße, könne ich mit meinem Besuch nur Böses im Schilde führen. Um des Gedenkens ihres Vaters willen bitte sie mich, von diesem Vorsatz abzusehen. Sofern ich mich ihres Vaters nicht mehr erinnerte, wolle sie nur erwähnen, daß ich zehn Jahre mit ihm verheiratet gewesen sei.

Ihre Worte trafen mich wie Peitschenschläge. Ich ging, Tiberius zu suchen – wir hatten seit einer Woche nicht miteinander gesprochen. Er saß in der Bibliothek.

„Urteile zwischen Vipsania und mir", bat ich und reichte ihm den Brief. Er machte Eindruck.

„Böse Worte. Härtere, als du verdienst", erwiderte er schließlich.

„Härter als Vipsania bist du selber, Tiberius; denn du kennst mich, sie weiß es nicht besser."

„Du hast mich enttäuscht, Julia."

„Die Furien der Eifersucht jagten mich . . . Der Gedanke, daß du andere Frauen geliebt hast, raubte mir jede Besinnung."

„Ich habe nie eine andere geliebt", sagte er leise.

Wir wurden durch Tiberius' Diener unterbrochen; er hatte Befehl, an die Senatsversammlung im Marstempel zu erinnern, und stand mit einem Klappstuhl unter dem Arm bereit. Tiberius erhob sich widerstrebend – er mußte sofort aufbrechen. Aber erst nahm er mich in die Arme. „Wir brauchen beide eine Lektion vom Arzt der Liebe", murmelte er. „Wir müssen immer an Ovidius' Wort denken: Liebe will mit Kunst geleitet werden."

Ich blieb nachdenklich sitzen. Am Vormittag hatte ich im dichtesten Gewimmel auf dem Forum Antonius getroffen. Er faßte mich familiär beim Ellbogen und begleitete mich ein Stück. Er war mit Marcella der Jüngeren verheiratet, und ich fragte ihn, wie ihm Hymens Band behage.

„Ganz ausgezeichnet", sagte er, „ich kann jedem, der nicht die bekommt, die er liebt, nur anraten, dann seine Pflegeschwester zu nehmen. Cella weiß auf Anhieb, wie lange ich ein Ei gekocht haben will, daß ich beim Frühstück Ruhe wünsche und abends selten zu Hause bin. Wenn sich eheliches Wohlbehagen in Gewicht messen läßt, ist es ein Beweis, daß ich beständig zunehme."

Er lachte sein kurzes, übermütiges Lachen.

„Und du, kleine Freundin, wie steht es mit dir und der Ehe? Ich sehe, du trinkst den Nektar des Glücks . . ."

Plötzlich wurde er ernst.

„Ich will dir ein Geheimnis anvertrauen", flüsterte er, „ein Geheimnis von einem, der sich aufs Leben versteht. Der Nektar des Glücks wird nie unvermischt kredenzt, aber es ist besser, ihn mit einem bitteren Kraut zu gewürzt zu trinken, als nie einen Tropfen von ihm geschmeckt zu haben."

Er gab meinen Arm frei, und ehe ich auch nur Atem holen konnte, war er verschwunden.

Den Nektar des Glücks?

Gewiß trank ich den Nektar des Glücks. Ich liebte Tiberius und lebte in Ekstase . . . wenn ich seine Stimme vernahm, war ich wieder ein junges Mädchen, ich stand in Flammen, wenn er mich ansah, und um seinetwillen hätte ich lügen und betrügen können.

Und er liebte mich nicht minder. Aber wo war die ruhige Wärme? Wo waren Geborgenheit, Glaube, Zuversicht? War es seine Schuld oder meine, daß sie fehlten? Oder gelang es nur Marcus, mich das Eheleben als einen sicheren Hafen empfinden zu lassen, in dem kleine Wellen plätscherten, Tangfetzen trieben und die Sonne das sandige Ufer erwärmte? Plötzlich hatte ich die kleine Lehmhütte an der Bucht in Antium vor Augen, das Herz zog sich mir zusammen, und ich begann bitter zu weinen.

In der Senatsversammlung brachte Vater einen Vorschlag auf Krieg gegen Illyrien ein, und Tiberius wurde zum Führer des Feldzuges gewählt. Er sollte sich nordwärts begeben, sobald die Kriegsvorbereitungen in Rom beendet waren.

„Ich begleite dich", sagte ich sofort, und ich spürte, daß er froh darüber war.

Am Abend vor meiner Abreise begleiteten Antonia und Domitius mich aus der Ochsenkopfstraße nach Hause. Ihr ältester Sohn sollte am Feldzug teilnehmen, und Antonia bat mich, ein Auge auf ihn zu haben. Als letzte Neuheit aus der Stadt berichtete sie, daß Gallus sich habe scheiden lassen – als er hörte, daß Vipsania sich Rom fernhalten mußte, war er sofort zu ihr gereist, und im nächsten Monat wollten sie heiraten. Vater würde Vipsanias Verbannung aufheben, sobald die Ehe zustande gekommen sei. Das war unmittelbar vor dem Aufbruch eine gute Nachricht.

Tiberius war vorausgereist und erwartete mich und die Kinder in Aquileia. Er stand auf der Treppe, uns willkommen zu heißen, und mit ein paar Sprüngen war er am Wagen und hob mich heraus.

„Ich habe mich nach dir gesehnt", sagte er, und das Herz begann mir schneller zu pochen.

Wind und Wetter hatten ihn gebräunt, und er sah besser aus als je zuvor. Seine Muskeln spielten vor Geschmeidigkeit und Kraft, und es lag etwas Offenes und Frisches über ihm. Als ich es erwähnte, erwiderte er, er habe stets das Leben im Felde geliebt – wie Claudius, sein Vater.

Daheim in der Stadt gehe ihm der Senat mit seiner Schmeichelei und Speichelleckerei auf die Nerven. Ganz Rom koche vor Bosheit und giftigem Klatsch, und er gedenke sich ihm soviel wie nur möglich fernzuhalten. Wie verschieden doch die Menschen waren! Für mich war Rom die Welt. Überschäumend von Leben. Unsterblich. Unüberwindlich . . .

Was er empfand – die Intrigen, den Haß, Bosheit und Gift – war das nicht der Geist Livias, seiner eigenen Mutter? Und wirkte er jetzt nicht befreit, gerade weil er fern von ihr war?

„Woran denkst du?" fragte er.

„Daß es gleichgültig ist, wo wir sind, wenn ich nur bei dir bin", sagte ich und schmiegte mich an ihn.

Der Feldzug dauerte zwei Jahre. Im Sommer begleitete ich Tiberius nach Dalmatien und Pannonien, und im Winter lebten wir im Castell Tergeste, wo die Kinder sich unter Phöbes Schutz befanden.

Meine erste Bekanntschaft mit dem Lagerleben hatte ich mit Agrippa gemacht – an Tiberius' Seite vertiefte ich sie. Allmählich lernte ich es, mich im Zelt heimisch zu fühlen, und nach einer kurzen Zeit war ich das Wecken gewohnt wie eine Bauersfrau den Hahnenschrei.

Mehrere Male nahm ich an Inspektionsreisen in die Winterlager teil, denn Tiberius meinte, es wirkte stärkend auf die Moral; wochenlang vorher putzten und säuberten sie, wenn sie wüßten, daß Cäsars Tochter sich unterwegs befinde. Julius Cäsars und Agrippas Namen hätten einen stolzen Klang, und für die Legionäre repräsentierte ich beide.

„Alle drei", verbesserte ich ihn. „Vergiß nicht den Namen der Claudier, Tiberius . . . als deine Ehefrau begrüßen sie mich jetzt."

Nach den Saturnalien spürte ich, daß ich ein Kind erwartete, und ich war gespannt, wie Tiberius es aufnehmen würde.

„Unser Kind", sagte er nur, und in diesem Augenblick begriff ich, was Seligkeit bedeutet. Im September gebar ich einen Knaben, der den Namen seines Vaters erhielt; aber wir nannten ihn nur Nero, um ihn nicht mit Tiberius zu verwechseln.

Der Krieg war im Oktober beendet, aber wir hatten wenig Lust, sofort aufzubrechen, und blieben in Aquileia. Wir fühlten uns dort bald so wohl, daß Tiberius sich scheute, eine Veränderung vorzunehmen, und erst, als er von Drusus einen Brief erhielt, der ihn zur Heimkehr aufforderte, entschloß er sich zur Reise.

Bei unserer Heimkehr wurden wir mit Ovationen empfangen, und allmählich wuchs ich wieder in die alten Verhältnisse hinein. Ende Januar gaben Livia und ich aus Anlaß der Einweihung des Ara Pacis ein Essen für die Frauen der Stadt. Daß ein Friedensaltar eingeweiht wurde, verhinderte jedoch keineswegs, daß man eifrig die Waffen für den nächsten Krieg schmiedete. Die beiden

Claudierbrüder sollten ihn gemeinsam führen – Drusus mit der Hauptstoßrichtung auf Albis und Tiberius seitlich von Vendilicia aus.

Ich hatte es als selbstverständlich angenommen, daß ich ihn wieder begleiten würde, aber Tiberius bestand aus Rücksicht auf Antonia die Jüngere darauf, daß ich dieses Mal daheim bleiben sollte.

Antonia hätte ebenfalls verlangen können, Drusus begleiten zu dürfen, und wie ich selber wüßte, sei es Brauch, daß die Heerführer ihre Familien nur ins Winterlager mitnähmen. Man habe mit Cäsars Tochter eine Ausnahme gemacht, wenn aber Antonia mitkomme, könne dies ein Präzedenzfall werden.

Ich fügte mich ohne Einwendungen, war aber sehr betrübt, denn seit wir nach Rom zurückgekehrt waren, war Tiberius' Stimmung unausgeglichen und leicht gereizt gewesen. Einige Male stellte ich sogar fest, daß er mir Dinge vorzuenthalten versuchte – Kleinigkeiten zwar, aber desto unerklärlicher blieb es.

Eines Tages wollte er zum Beispiel seinen Kameraden ein Fest geben und erklärte offen, er sähe es am liebsten, wenn ich nicht daheim wäre. Ich war gern bereit, den Abend bei Antonia der Älteren zu verbringen, und versprach, nicht zu ihm hineinzugehen, wenn ich vor dem Fortgehen seiner Freunde zurückkehren sollte, denn bei solchen Gelegenheiten wurde die Stimmung leicht sehr ausgelassen.

Ich war gerade heimgekommen und in mein Zimmer gelangt, als ich sie in der Halle hörte – es war die ruhigste Bacchantenschar, die ich je erlebt habe. An ihren Stimmen hörte ich, daß alle nüchtern waren. Während Tiberius sich auszog, fragte ich ihn, ob sich viele erbrochen hätten.

„Ja, sie wurden nach Hause getragen", erwiderte er und legte den Gürtel ab. Man hatte Sänften verwendet, seine Worte entsprachen also der Wahrheit, aber ich begriff doch, daß er mich hinters Licht zu führen versuchte.

Drusus war der erste, der nordwärts zog, und Tiberius wollte ihm bald darauf folgen.

„Bist du sicher, daß ich dich nicht begleiten soll?“ fragte ich noch einmal.

„Ganz sicher“, erwiderte er. „Es würde nur dazu führen, daß du allein in Vindonissa sitzen würdest, während ich an der Front wäre. Wir müssen uns solange gedulden.“

Am letzten Tag gaben wir in der Ochsenkopfstraße ein Abschiedsessen. Die Kinder begleiteten uns dorthin, und der kleine Nero schlief den Schlaf des Unschuldigen auf der Terrasse, während Gaius und Lucius mit Postumus' Pferd spielten. Er war jetzt drei Jahre alt und jauchzte vor Freude, wenn er von den Brüdern als Gespann herumgezogen wurde. Ich ängstigte mich Livias wegen über den Lärm, aber sie nahm es freundlich auf. Vielleicht hatte das Großmuttergefühl in ihr doch über den Haß gegen mich und die meinen gesiegt, denn Nero war der entzückendste kleine Junge mit den großen ernsten Augen seines Vaters.

Tiberius sollte im Morgengrauen ins Feld ziehen. Adjutanten, Kuriere und Stabsoffiziere kamen und gingen die ganze Nacht, und nach dem Abschied war das Haus erschreckend leer. Ich stürzte mich auf die verschiedensten Arbeiten, um nicht dazusitzen und vor mich hinzustarren.

Im Laufe des Vormittags kam Phöbe und bat mich, einen Blick auf Nero zu werfen.

Er sah rot und erhitzt aus und statt, wie sonst zu dieser Zeit, still in die Luft zu starren, schlief er ununterbrochen. Doch da die Amme gesund war und er keine andere Nahrung erhielt, gingen wir davon aus, daß es eine Kinderkrankheit sein müsse – vermutlich Masern, da er so rot war. Der Hausarzt meinte das gleiche, aber am nächsten Tag stockte seine Verdauung, und als der Stuhl ganz dunkel und blutig wurde, bekam ich Furcht. Die Wiege wurde zu mir herübergeschafft, und ich hatte ihn Tag und Nacht neben mir. Andere Ärzte wurden gerufen, aber sie waren ebenso hilflos wie wir. Auch alle Opfer im Äskulaptempel waren vergebens.

Vier Tage, nachdem er erkrankt war, ging er für immer von uns.

13

Da die Pläne des Feldzuges sich nicht ändern ließen, konnte Tiberius nicht zu uns zurückkehren. Aber alle daheim waren gut zu mir und versuchten, mich zu trösten. Sie wiesen mich immer wieder darauf hin, daß ich mich über die anderen Kinder freuen solle und doch glücklich zu nennen sei, da ich so viele hätte. Das war gewiß wohlgemeint, aber wo gäbe es wohl eine noch so kinderreiche Mutter, deren Herz es sich leisten könnte, ein einziges zu verlieren, auch wenn es ‚nur' ein Säugling war, wie viele Leute zu sagen pflegten.

Ich war in diesen Tagen viel mit Phöbe zusammen. Ihre Trauer war tief und innerlich. Still und in sich gekehrt ging sie umher und räumte auf. Die kleinen persönlichen Dinge Neros sammelte sie in einem Bündel, das sie mir in den Schoß legte.

Da waren das Umschlagtuch, das Insektennetz, die gestickte Überdecke, das Amulett und der kleine Elfenbeinring, an dem er zu kauen pflegte. Ich nahm ihn auf, drückte ihn einen Augenblick an mein Herz und küßte ihn. „Wie gelb er geworden ist", rief ich aus und betrachtete ihn, „er war doch weiß . . ."

Phöbe starrte den Ring an.

„So war er nicht, als wir zuletzt in der Ochsenkopfstraße waren", fuhr sie fort, „daran erinnere ich mich ganz deutlich."

Sie ging mit ihm ins Licht.

„Er ist verfärbt", stellte sie fest. „Er hat sich verändert, seitdem wir bei Livia waren . . . und Nero . . . krank wurde."

Ohne es zu wissen, wiederholte ich ihre Worte.

„Seitdem wir bei Livia waren . . . und Nero . . . krank wurde."

Sie sanken in mich hinab. Ich schrak zusammen. Wie ein eiskalter eiserner Dorn fuhr mir die Angst ins Herz, und ich starrte sie tiefentsetzt an. Was meinte sie?

Sie sah mich furchtsam an und nickte.

„Das ist nicht wahr!" schrie ich wild.

Phöbe packte mich bei den Armen, und ich rang mit ihr, um loszukommen, aber sie preßte mich an sich und zwang mich aufs

Sofa nieder. Dort fiel ich in mich zusammen und heulte wie ein verwundetes Tier. Sie eilte zu den Türen und riegelte sie ab.

Ich werde die Phöbe dieser Stunde nie vergessen. Sie befahl, sie tröstete, sie bat.

Ich müsse mich zusammennehmen . . . müsse mich selber wiederfinden . . . nichts tun, nichts sagen, auf nichts verfallen.

Ruhe . . . Bedachtsamkeit . . . Selbstbeherrschung . . . um der Kinder willen . . . der Sicherheit der Kinder willen . . . der Zukunft der Kinder willen.

Es gehe nicht um mich selber . . . nicht einmal um unseren geliebten kleinen Nero. An Gaius müsse ich denken, an Gaius und Lucius, Juliola, Agrippina und den wehrlosen Postumus, unser vaterloses Herzenskind.

Ich wußte, sie hatte recht. Mit Trauer, Abscheu und Verzweiflung jagten die Gedanken in mir wirbelnd umher, und fast bewußtlos flüsterte ich immer wieder, immer wieder die gleiche Frage: „Weshalb, Phöbe . . . weshalb?"

Sie wollte mich pflegen, wollte mich dazu bringen, einen Schluck Wein zu genießen, einen Bissen zu mir zu nehmen, die Augen zu schließen und zu schlafen.

Ich konnte nicht. Ich sah Nero vor mir, in seinen Augen schimmerte es wie Sternschnuppen erwachenden Bewußtseins. Er lächelte unschuldsvoll und geborgen, und die kleine Hand griff in die Luft nach ihr, die sich über ihn beugte und langsam den Ring gegen seinen Gaumen preßte. Sie lächelte auch, ein haßerfülltes Lächeln in ihrer bösen steinernen Maske. Ich schluchzte auf und wurde von Schauern geschüttelt.

Phöbe erkannte, daß sie dies nicht allein schaffen würde. Aber Musa war zu alt, und zu den jüngeren Ärzten hatte sie kein Vertrauen. Vater mußte um jeden Preis außerhalb gehalten werden, und Tante Octavia, zu der sie früher oft gegangen war, war krank; ihre Töchter meinten, sie habe nicht mehr lange zu leben. Mäcenas war der einzige, der helfen konnte, denn er konnte ein Geheimnis für sich behalten und mit seiner Autorität auf mich einwirken. Sie schrieb ohne mein Wissen einige Zeilen an ihn, und er kam sofort.

Als er in der Tür stand und grüßte, versuchte ich, mich aufzurichten, und aus alter Gewohnheit bat ich ihn, Platz zu nehmen.

Er tat, als merke er nicht, wie es um mich stand, und setzte sich neben mich. „Wie geht es dir?“ fragte ich ihn.

„Wie gewöhnlich, Julia, wie gewöhnlich. Der Leib hätte längst schon Asche sein sollen, hält sich aber irgendwie noch immer in Gang. Er ist wasserdurchzogen wie ein Tuchfetzen in einer Pfütze, aber er klebt am Leben. Die Tage gehen dahin. Die Nächte mit ihrer Schlaflosigkeit sind am schlimmsten. Fast drei Jahre habe ich nun nicht mehr geschlafen. Aber was schwatze ich von meinen Plagen, wenn ich sehe, wie schlecht es dir ergeht.“

Er streichelte mich beruhigend und sprach tröstend auf mich ein, und allmählich brachte er mich dazu, zu erzählen, was geschehen war. Schließlich erwähnte ich den Elfenbeinring, und an seinen Fragen erkannte ich, daß er mich verstand. Als ich schwieg, saßen wir lange, ohne etwas zu sagen.

„Sie ist weitergegangen, als ich erwartet hatte“, sagte er schließlich. „Weiter, als du erwartet hast“, brach ich aus, „man geht doch nicht einher und wartet auf Mord, Mäcenas!“

Ich hob die Hände und griff an meinen Hals. Ich hatte das Gefühl, als ob ich erwürgt werden sollte.

„Jetzt verstehe ich, was Tante Octavia Furcht einflößte, als Marcellus starb“, stöhnte ich. „Aber was hat der kleine Nero getan? Ein Säugling . . . ihres eigenen Sohnes Samen . . . Fleisch von Tiberius’ Fleisch und Blut von seinem Blut. Wenn es eine Erklärung gibt, gib sie mir, Mäcenas. Ich taumele im Dunkel und sehe die eigenen Hände nicht.“

Als ich zu schluchzen begann, legte er seine Arme um mich, bis ich mich wieder beruhigt hatte.

„Du hast selber die Erklärung gegeben, Julia, Nero, Tiberius’ eigenes Fleisch und Blut, sein und dein Sohn, das lebendige Zeugnis dessen, was Livia am meisten haßt – die Liebe zwischen dir und Tiberius.“ Er blickte mich nachdenklich an.

„Kennst du Livias Hintergrund, Julia? Ihre Jugend – die Zeit, ehe sie Vater heiratete?“

„Nur, daß sie Vaters Geliebte war.“

„Nicht ihre erste Ehe, Tiberius’ Geburt und die Kampfzeit?“

Ich schüttelte den Kopf; in der Ochsenkopfstraße hätten wir die Bürgerkriege nie erwähnt, und auch Agrippa habe nur mit Unlust von ihnen gesprochen – abgesehen von der rein militärischen Seite der Angelegenheit. Mäcenas antwortete, wenn ich einen Menschen bis auf den Grund kennenlernen wolle, müsse ich ihn gegen seinen eigenen Hintergrund sehen und nicht, wie es die meisten Leute tun, gegen den Hintergrund, dem sie selber entstammten.

Um mich Livia und ihre Motive verstehen zu lehren, wolle er mir alles erzählen, was er von ihr wisse. Aber das würde eine lange Geschichte werden, und er habe Horaz versprochen, noch vor dem Abend nach Tibur zurückzukehren, denn der Dichter sei im Augenblick sehr produktiv, und im Laufe der Jahre sei Mäcenas die Aufgabe zugefallen, Beistand zu leisten, wenn ein neues Werk das Licht des Tages erblicke. Er wolle deshalb vorschlagen, daß die Kinder und ich mit ihm aufs Land hinauszögen und dort eine Weile blieben. Den Kindern könne der Aufenthalt auf dem Lande nur guttun, und ich selber brauchte dringend einen radikalen Wechsel meiner Umgebung.

Ehe ich noch einen Ton äußern konnte, hatte er nach Phöbe geläutet und ihr seine Befehle erteilt.

Sein Besitz lag auf dem Hochplateau, das sich zur Ebene hin neigte und an dessen Hangseite es von Quellen und Bachläufen rieselte und rauschte. Walnüsse, Feigenbäume, Caprifolium und viele Arten anderer Schlinggewächse kletterten die Hänge hinauf und warfen kühle Schatten, während das Flachland nach Rom hin im heißen Dunst der Sonne lag. Abends wurde es draußen so frisch, daß wir Wollkleider anziehen mußten.

Während ich meine täglichen Spaziergänge unternahm, dachte ich oft über Mäcenas’ Worte nach, man müsse seine Mitmenschen gegen ihren eigenen Hintergrund sehen. Eines Tages konnte ich es nicht länger für mich behalten und sagte, sein eigener Hintergrund sei ein Königreich. Er lächelte.

„Es stimmt, Julia. Zwar habe ich mein Reich aus Etrurien in die

Welt des Ästhetischen verpflanzt, aber das Blut der Cylnier fließt in meinen Adern, und ich betrachte das Leben mit ihren Augen. Manche meinen, ich sei eine Sphinx, ein Rätsel, weil ich Cäsars Gunstbeweise konsequent ablehnte, aber wenn man von einem Königsstuhl kommt, setzt man sich nicht auf geringere Sitze."

Er strich sich über die Stirn und bat mich, seine kleine Abschweifung zu entschuldigen, ich dürfe nicht die Geduld mit ihm verlieren. Er werde sein Bestes tun, sich zur Sache zu halten, wenn er mir sein Bild von Livia Drusillas Vergangenheit zu zeichnen versuche.

Das Geschlecht der Claudier besaß Traditionen, die bis zur Gründung Roms zurückreichten; es hatte Rom achtundzwanzig Konsuln und viele berühmte Heerführer gestellt. Im Lauf der Jahrhunderte hatten sie naturgemäß viel mit den Juliern zu tun, denn beide gehörten zu Roms Uradel, und es stand ganz im Rahmen alter Familienpolitik, daß Julius Cäsar und Claudius in Kriegszeiten auf der gleichen Seite standen.

Doch je mehr die Jahre voranschritten, begann Claudius eine gewisse Unruhe zu empfinden, denn je offensichtlicher Julius Cäsars Pläne wurden, desto weniger gefielen sie ihm. Schließlich entschloß er sich, mit seinem Vater Claudianus zu reden, der ein bekannter Republikaner war und zu Julius Cäsars entschiedensten Gegnern gehörte.

Claudianus entstammte einem jüngeren Zweig der Familie und hatte sich von dem bekannten Politiker Livius adoptieren lassen. Durch die Adoption erhielt er den Namen Drusus Livius Claudianus; er heiratete eine Ritterstochter aus Fundi, die wie die meisten Frauen der Bergbevölkerung genügsam und zäh war. Diese Eigenschaften erbte die Tochter mit des Vaters Scharfsinn und Willenskraft, und alle, die die Familie kannten, fanden, daß Livia mit Geistesgaben außergewöhnlich gut ausgestattet war.

Claudianus wurde frühzeitig Witwer, und wenn er Besuch erhielt, saß Livia mit ihrer Spindel still dabei und hörte den Gesprächen zu. Männer wie Cicero, Atticus und Philippus waren Freunde ihres Vaters, deshalb war sie schon als junges Mädchen in der

Politik gut bewandert. Aber wenn sie ihnen stundenlang zuhörte, wunderte sie sich oft darüber, weshalb diese mit dem Munde so tapferen Männer nicht die Feder mit dem Schwert und die Toga mit einem Harnisch vertauschten. Deshalb kam es wie eine Antwort auf ihre Herzenswünsche, als Tiberius Claudius Nero wiederholt in Baiae zu Besuch erschien. Die hohe Gestalt im Harnisch erregte ihre Bewunderung, und auch er blieb von ihrer Schönheit nicht unberührt. Er bat Claudianus um ihre Hand, und sobald sie ihr vierzehntes Lebensjahr vollendet hatte, heirateten sie.

Livia war jung, aber nicht zu jung, sie war reif für ihr Alter und Claudius ein erfahrener Mann. Er spürte sehr wohl, wie willensstark sie war, aber sie besaß eine Disziplin, die ihrem Vater alle Ehre machte; jedesmal wenn Willen gegen Willen stand, bog sie ab, obwohl er wußte, daß sie in ihrem Inneren nicht einen Zoll nachgab. Sie waren noch nicht lange verheiratet, als Julius Cäsar ermordet wurde. Der 15. März dünkte sie ein großer Tag, denn wie andere Republikaner hielt sie mit Cäsars Tod die politischen Schwierigkeiten des Reiches für gelöst. Aber zu ihrem Entsetzen erkannte sie, daß statt des einköpfigen Diktatorengespenstes ein dreiköpfiges emporwuchs, das schlimmer war als das erste, denn der Erbe Cäsars tat sich mit dessen alten Mitarbeitern Antonius und Lepidus zu einem Dreimännerbund zusammen. Sie schworen Rache und blutige Vergeltung, und Tausende der besten Bürger des Reiches wurden auf Todeslisten gesetzt.

Alle Bekannten Livias tauchten entweder unter oder flohen ostwärts, um sich dem Heer der Republikaner anzuschließen. Sie erwartete ein Kind, als ihr Mann und ihr Vater fortzogen, und mußte bei dem Geschlecht ihrer Mutter in Fundi Unterschlupf suchen. Dort lebte sie die meiste Zeit im verborgenen und gebar ihr Kind in einer Berghöhle.

All ihr Geschlechtergefühl, ihre Bewunderung für Claudius und ihr eigener mütterlicher Instinkt konzentrierten sich auf den Sohn, und so, abgesondert von allem um sie her, in der Höhle verborgen, nährte sie ihren Sohn. Während das Wohlbehagen des Stillens ihren Leib durchströmte, ließ sie ihren Gedanken freien Lauf. Die kleinen Hände, die begierig ihre Brüste drückten, sah sie sich um Schild und Lanzenschaft schließen. Sie flüsterte ihm zärtliche Koseworte zu, und voll heißer Wünsche bat sie ihn, sich List und Mut, Rachedurst und Haß, Stärke und Sieghaftigkeit einzusaugen.

Als Livia eines Abends so Tiberius in den Armen hielt, erscholl Waffengeklirr, ihr stockte der Atem, und sie griff nach dem Messer unter dem Kissen. Doch durch das Dunkel vernahm sie plötzlich Claudius' Stimme, und als er sie einen Augenblick später an sich zog, brachte sie kein Wort hervor, sondern bebte nur wie ein Espenblatt im herbstlichen Wind. Er erkannte, welcher Beanspruchung sie ausgesetzt gewesen war, und versuchte, sie so rücksichtsvoll wie möglich davon zu unterrichten, daß Claudianus, ihr Vater, tot war; er wußte, wie sehr sie ihn geliebt hatte. Aber Livia wollte keine Schonung. Mit heftigem Grimm forschte sie nach allen, auch den geringsten Einzelheiten der Schlacht, dem Verlauf des Kampfes und dem Umfang der Niederlage.

War in der ersten Phase der Schlacht deren Ausgang noch zweifelhaft gewesen, gewann im letzten Treffen doch Antonius den Sieg. Aber nicht er, Cäsars Erbe entschied das Schicksal der Besiegten, und er versuchte, seine jämmerliche Rolle als Feldherr mit einer nie gekannten Grausamkeit den Gefangenen gegenüber zu verdecken.

Mit vielen anderen hatte Claudianus sich selber ins Schwert gestürzt – Claudius hatte die gleiche Absicht gehabt, doch er mußte dem Schwiegervater versprechen, sich durchzuschlagen und Livia seinen letzten Gruß zu überbringen.

Sie lauschte unbewegt. Ihre Augen waren trocken, aber ihr Gesicht war grau und fahl geworden, und Claudius sah, wie die Worte des Vaters sich ihrem Gedächtnis tief einprägten.

Plötzlich warf sie sich ihm an die Brust und bohrte ihm die Nägel in die Schultern.

„Töte", stieß sie hervor, „töte! Keine Rache ist hart genug."

Claudius bekam hinfort oft Anlaß, sich zu wundern. Es gab viele starke Frauen aus gutem Geschlecht, aber Livia übertraf sie alle. Sie war keine Amazone von Gestalt, im Gegenteil, sie war schmal und zierlich gebaut, dennoch ermüdete sie nie. Ihr Wille schien sie durch alle Gefahren zu tragen, und aus jedem aufflackernden Widerstand gegen den Erben Cäsars gewann sie neue Kraft.

Darauf zogen sie durch die Gebirge nordwärts nach Umbrien, wo sich Republikaner aus ganz Italien sammelten. Aber Marcus Agrippa, der Cäsars Truppen führte, jagte sie auseinander wie herrenloses Vieh. Schließlich zogen sie sich nach Perusia zurück, wo sie umzingelt und belagert wurden. Der ganze Winter ging dahin, bis Hungersnot die Eingeschlossenen veranlaßte, die Tore zu öffnen und sich zu ergeben.

Im Laufe des Winters war Perusia zur Gespensterstadt geworden. Die Männer wirkten wie waffenumgürtete Skelette und die Frauen wie bleiche Schatten. Der Panzer schepperte um Claudius' Körper. Livia legte sich, so oft sie nur konnte, nieder, um Kräfte zu sparen, und sie pflegte an einem Lederlappen zu kauen, um den saugenden Hunger unter dem Brustbein zu mildern. Über den eigenen Hunger klagte sie nie, aber wenn sie das Wimmern des Sohnes hörte, der an ihren wunden leeren Brüsten sog, flackerte es wild in ihren Augen auf.

Livia begann insgeheim Tauwerk zu sammeln – alle Stücke und Enden, die sie fand, verbarg sie unter dem Bett, und wenn sie allein war, spleißte sie sie zu einem Tau. Als sie eine ganze Rolle hatte, zeigte sie sie ihrem Mann. Anfangs weigerte Claudius sich zu fliehen, doch sie sagte, er möge tun, wozu er selber Lust habe – der Hunger grinse ihnen wie Totenschädel entgegen, und wenn er hier in der Stadt ausharre, bliebe ihnen nur die Wahl zwischen Hungertod und Übergabe. Persönlich wolle sie weder sich noch den Sohn Cäsar als Opfer darbringen, sondern sich davonmachen, solange noch Zeit sei. Es endete damit, daß er sich in einer dunklen Nebelnacht mit ihnen von der Mauer hinabließ, und sie gelangten unversehrt ins Freie. Sie sollten die einzigen sein, die aus Perusia entkamen.

Von dort flüchteten sie südwärts, und in Campania zog Claudius ein neues Heer zusammen. Aber bald erschien Marcus Agrippa und schlug auch diesen Aufstand nieder, und mit dem Feind an den Fersen mußten sie weiterfliehen. Sie verbargen sich in Schuppen und Strohhaufen und gelangten schließlich nach Salernum. Dort retteten sie sich an Bord von Claudius' Flotte und segelten südwärts nach Sizilien, um sich den republikanischen Schiffen anzuschließen, die das Festland blockierten.

Endlich schien es, als ob das Glück sich wenden wollte, denn auf Sizilien erfuhren sie, daß im Dreimännerbund des Feindes Uneinigkeit herrsche; allein werde der junge Cäsar sich kaum behaupten können. Doch nicht lange danach entdeckte Livia, daß die Republikaner geheime Verhandlungen mit dem Feind führten, worauf Claudius Befehl erteilte, die Anker zu lichten und Kurs auf Rhodos zu nehmen. Dort stellte er seine vierzehn Schiffe Domitius Ahenobarbus zur Verfügung und begab sich selber mit Livia und Tiberius nach Sparta, wo die Claudier von altersher gute Verbindungen besaßen. Man empfing ihn freundlich und bot ihm ein Asyl in der Stadt, aber obwohl sie jetzt nicht mehr um ihr Leben zu bangen brauchten, litt er unter dieser Landflucht mehr als während aller Kämpfe daheim in Italien.

Er, der nie an geldliche Dinge hatte denken müssen, mußte ein Darlehen aufnehmen, und als er es nicht sofort erhielt, empfand er es als persönliche Kränkung. Livia, die sich auf dergleichen besser verstand, sagte, sie müßten sparsamer leben, sie werde einen großen Teil der Hausarbeit fortan selber übernehmen.

Nahe daran, eine heftige Antwort zu geben, bezwang er sich und ging hinaus. Livia blickte ihm bekümmert nach. Wie schwach war er doch. Er, der gewöhnt war, auf die eigene Kraft zu vertrauen, wurde mutlos und hilflos, wenn das Machtgefühl ihn verließ; sie, die nie Muskelkraft zu ihrer Verfügung gehabt hatte, war doch besser daran. Frauen wurden in widrigen Zeiten zäh und erfinderisch; und wenn sie flach im Staub liegen sollte, schwor sie sich, sich wieder zu erheben und für den Jungen und sie beide weiterzukämpfen, aber sie begann zu fürchten, daß Claudius die Beanspruchung der Wartezeit nicht bewältigen würde.

In diesen entbehrungsreichen Tagen erkrankte Livia plötzlich an einem Fieber, von dem sie sich nur langsam erholte.

Während ihres Krankenlagers tauchten in ihrer Erinnerung viele vergessene Bilder auf, und insbesondere eines von ihnen kehrte beständig wieder, auch nachdem sie ihr Bewußtsein wiedererlangt hatte. Sie konnte sich nicht mehr von ihm befreien.

In ihrer Kindheit hatten eines Tages in Rom festliche Spiele stattgefunden. Vielleicht geschah es während der großen Festlichkeiten zu Cäsars Triumphzug – sie erinnerte sich dessen nicht mehr, aber sie hatte Löwen und Elefanten gesehen. Der letzte Punkt des Programms sollte eine Überraschung bringen, und alle reckten den Hals, als von Negern mit spitzgefeilten Zähnen und hennagefärbten Gaumen ein flacher Wagen mit einer schweren Kiste in den Circus gezogen wurde. Die Neger waren schwarz wie Ebenholz, und der Schweiß glänzte auf ihren Rücken, als sie auf einer Seite der Kiste eine Klappe zurückschlugen und schattengleich dem Ausgang zuliefen, wo sich die Tore hinter ihnen schlossen.

Aus der Kiste glitt die größte Schlange, die man je in Rom zu Gesicht bekam. Auf Livia wirkte es, als fließe sie aus ihrer Höhle hervor. Das Schwanzende zog sie mit einem einzigen Ruck heraus und schlug einige wellenartige Bewegungen, daß der Staub in Wolken emporstob. Als er sich wieder gelegt hatte, lag sie zu schweren Ringen gerollt in der Arena und drehte den Kopf in Mannshöhe über der Erde langsam ringsum. Dabei wurde sie einen Esel gewahr, den man auf den Platz geschoben hatte. Während ihr Oberleib vorschoß, tastete der Schwanz rückwärts unter die Achse des Wagens, wo sie guten Halt fand und sich festklammerte. In die Mitte des Platzes gelangt, blieb sie liegen und ließ nur hin und wieder die Zunge spielen. Im Publikum war es so totenstill, daß man selbst auf den schlechtesten Plätzen ihr Zischen vernehmen konnte.

Der Esel erstarrte erst und ging dann willenlos Schritt für Schritt nach vorn. Als er nahe genug herangekommen war, schlang die Schlange sich blitzschnell um seinen Leib und zog sich zusammen. Ein jämmerlicher Schrei erscholl, Beine zuckten hilflos in der Luft, Knochen brachen, und schon lag der Esel schlapp und tot im Sand. Nun löste die Schlange ihren Griff, und es hatte fast den Anschein, als liebkose sie ihre Beute. Als sie sie schließlich langsam zu verschlingen begann, konnten alle ihren Rumpf sich ausweiten sehen, je weiter der Esel im Schlangenleib hinunterglitt.

Menschen, die sonst vor Jubel schrien, wenn wilde Tiere Menschen zerrissen und auffraßen, saßen jetzt wie angekettet. Auch als die Schlange sich zum Verdauungsschlaf zurechtlegte, hielt die Stille an, denn niemand konnte seine Augen von dem Untier in der Mitte des Platzes lösen.

Plötzlich wurde die Tür geöffnet, durch die man den Esel hereingeschoben hatte, und ein einzelner Neger schritt langsam auf die Schlange zu. Um das linke Bein hatte er ein Stück rohes, blutiges Fleisch gebunden, in seiner Rechten hielt er ein Messer mit kurzem Blatt. In den Augen der Schlange blitzte es böse auf, aber sie war zu träge, war nur noch imstande, den Kopf zu heben und zu zischen. Das linke Bein vorgestreckt, hinkte der Neger ganz nahe an die Schlange heran. Sie witterte das Fleisch und öffnete den Rachen, es zu verschlingen. Da ließ der Neger seinen Fuß in den Rachen der Schlange gleiten, doch als sein Knie den Oberkiefer berührte, beugte er sich mit einem Ruck weit vor und jagte das Messer haargenau ins Nervenzentrum der Schlange.

Livia konnte noch immer den ohrenbetäubenden Jubel hören, der darauf folgte. Die Menge trampelte und schrie, und der Neger wurde auf goldenem Stuhl wie einer der großen Gladiatoren durch die Arena getragen.

Wie diese Schlange aus der Tiefe der Kiste gekommen war, so war ihr Bild in Livias Erinnerung und Bewußtsein aufgetaucht, während sie ruhte. Aber jedesmal, wenn sie sie vor sich sah, glitt ihr Bild in das des Erben Cäsars über und verschmolz mit ihm. Wie eine Schlange hatte er sich auf die politische Arena geschlichen, mit der Klugheit der Schlange begegnete er einem Gegner nach dem andern, bis er sie erwürgt hatte und verschlang.

Die primitive List des Negers überwand die List der Schlange. Konnte List über den jungen Cäsar siegen? Kleopatra griff zur List, als alle anderen Mittel fehlschlugen. Sie ließ sich in einem Sack in Julius Cäsars Zelt tragen und nutzte Leib und Gehirn, um wiederzugewinnen, was die Waffen verloren hatten. Livia zog einen Vergleich zwischen ihr und Fulvia, die sie in Perusia täglich gesehen hatte. Beide hatten gleich heldenmütig und tapfer um das, was ihnen lieb war, gekämpft, aber Fulvia, die selber das Schwert zu schwingen wußte, hatte sich auf Waffenmacht verlassen, und ihr Heldenlied war verklungen. Kleopatra dagegen, die ihre Klugheit eingesetzt hatte, regierte noch immer in Ägypten, bei bestem Wohlbefinden, lange nachdem er, der ihr Land mit Heeresmacht heimgesucht hatte, zu Asche geworden war.

Claudius hatte Kleopatra persönlich kennengelernt und hatte auch Cäsars Erben getroffen. Livia fragte ihn, ob er glaube, daß Kleopatra den neuen Cäsar ebenso gewinnen könne, wie sie seinen Vorgänger gewonnen hatte, aber Claudius verneinte es entschieden. Dieser neue Cäsar werde allzu stark von seiner Intelligenz beherrscht, um seine Sinne die Oberhand gewinnen zu lassen ... nur eine Frau, die ebenso hellwach, ebenso kühn und ausdauernd sei wie er selbst, werde ihn meistern können.

Livias Gedanken wanderten zu dem Neger mit dem Fleischstück am Bein. Wenn sie sich nun selber als Köder bot, würde es ihr gewiß gelingen, bei der Schlange das Begehren zu wecken, und wenn Kleopatras Kunstgriff in seinem Fall nicht paßte, würde sie andere Mittel zu finden wissen, ihn zu halten. Die alten Matronentugenden: Genügsamkeit, Barmherzigkeit und Wohltun waren Gewürze, die römischen Gaumen mundeten. Wenn sie sie in passenden Dosen anzuwenden verstand und dabei vorsichtig zu Werke ging, würde sie ihn schließlich in ihre Gewalt bekommen. Das war auf jeden Fall der einzige Ausweg, den sie zu erkennen vermochte.

Als sie ihren Plan zum erstenmal Claudius gegenüber erwähnte, lachte er laut. Beim nächstenmal – als er begriff, daß sie tatsächlich meinte, was sie sagte – zog er sich von ihr zurück wie vor einem giftigen Reptil. Beim drittenmal jedoch machte er ein nachdenkliches Gesicht, und zum Schluß nickte er und gab seine Zustimmung.

Zu dieser Zeit war nämlich bekannt geworden, daß Antonius, Pompejus und Cäsars Erbe eine Friedenskonferenz vorbereiteten.

Claudius hatte nun niemand mehr, mit dem er als seinem Verbündeten den Kampf hätte fortsetzen können, denn Domitius Ahenobarbus schloß sich Antonius an. Von Livia abgesehen, gab es niemanden, dem er noch vertrauen konnte.

Sobald sie sich von der Krankheit erholt hatte, begannen sie für die Heimreise zu rüsten. Als sich geeignete Winde einstellten, brachen sie von Sparta auf, zogen zur Küste hinab und richteten ihren Kurs auf Kalabrien.

Die Friedenskonferenz sollte in Misenum stattfinden, und bis Claudius deren Resultat erfuhr, wollte er mit Tiberius in Campania der Ruhe pflegen. In Neapel sollte Livia sich von ihnen trennen. Bis zum letzten Augenblick hatten sie die Zukunft ohne Rücksicht auf Gefühle sachlich erörtert. Jetzt stand die Sänfte vor der Tür und wartete auf sie.

„Dies ist eine schwere Stunde", sagte er.

„Sie ist für mich nicht leichter."

„Das wissen die Götter", brach es aus ihm hervor.

Sie richtete sich auf.

„Ich bitte für nichts um Hilfe", sagte sie, „aber ich hatte gehofft, daß du meine Last nicht noch schwerer machen würdest, als sie ist."

Er sank in einen Stuhl und stützte den Kopf in die Hände.

„Größeres Opfer ist nie von einem Claudier gefordert worden", flüsterte er.

Sie blickte ihn an, und ihre Augen wurden weich. Einen Augenblick zögernder Ungewißheit mußte sie gegen die Schwäche ankämpfen, die in ihr die Oberhand zu gewinnen drohte. Dann aber hörte sie aus dem Nebenzimmer Tiberius' Stimme und griff mit fester Hand nach der Tür.

„Jammerst du, weil du bei deinem Sohn bleiben darfst?" fragte sie hart.

Er sprang auf.

„Geh!" schrie er. „Geh, ehe ich dich erschlage . . . Du hast kein Herz, ein eiskalter Stahl sitzt dir in der Brust."

Sie schloß die Tür schnell hinter sich. Dieser Ausbruch würde ihm Erleichterung bringen.

Sie selber war blaß und hielt den Mund fest zusammengepreßt, als sie sich in die Sänfte setzte.

Livia gedachte, sich nach Baiae zu begeben, zu Marcius Philippus, dem alten Freund ihres Vaters. Philippus hatte gerade seine

Frau Attia verloren und war gerührt und froh, als Livia ihre Ankunft meldete. Er mußte sie jedoch um Entschuldigung bitten, daß er sich nicht ausschließlich ihr werde widmen können, während sie bei ihm weilte, denn sein Stiefsohn, Cäsar Octavius, habe durch einen Boten mitteilen lassen, daß er ihn besuchen werde, sobald die Konferenz beendet sei.

Livia versicherte ihrem Gastgeber, daß sie nicht das geringste dagegen habe, den jungen Cäsar zu treffen, von dem man soviel erzähle. Sie habe es stets den männlichen Mitgliedern der Familie überlassen, ihre Streitigkeiten auszufechten. Soweit sie sich erinnern könne, sei sie Cäsar niemals persönlich begegnet, und sie müsse gestehen, daß sie neugierig sei. Philippus atmete erleichtert auf und hieß sie herzlich willkommen.

„Den Rest kennst du“, schloß Mäcenas seinen Bericht. „Wie sie Vater fing und Drusus zur Welt brachte, weil du geboren wurdest – die Hochzeit und die Tatsache, daß Claudius selber in eigener Person sie zum Altar führte.“

Ich nickte. Jetzt war der Zusammenhang gefunden in ihrer Entwicklung von der getreuen Kampfgefährtin des Claudius zu Vaters roter, sich brüstender Hetäre und zu der prächtigen Livia, die jedermann kannte. Aber ich hatte noch eine Frage, die in mir brannte, während er erzählte, und die ich schließlich nicht länger zurückhalten konnte.

„Entschuldige meine Indiskretion, Mäcenas, aber du *mußt* mir erklären, wie du es geschafft hast, all die Aufschlüsse zu erlangen, die du jetzt besitzt.“

Mäcenas hob die Augenbrauen.

„Du darfst dich damit abfinden, daß die Antwort ebenso direkt ausfällt wie die Frage“, erwiderte er. „Als Vater sich nicht zu gering achtete, mich mit Terentias Hilfe auszuspionieren, genierte ich mich meinerseits nicht, das Mittel anzuwenden, um ihn und Livia auszuspionieren. Du kennst Acme – Livias Sekretärin? Acmes Mutter wuchs mit Livia auf, sie war während der Kriege in der Landsflucht bei ihr – ein Gegenstück zu deiner Phöbe. Du weißt, du würdest nicht viele Geheimnisse dein eigen nennen, wenn sie zu reden beginnen würde. Wie alle sehen können, ist Acme ein hübsches Mädchen – ihre Mutter war nicht weniger schön und wohlgeschaffen."

Bei dieser Enthüllung empfand ich starkes Unbehagen, aber es war der verdiente Lohn für meine Neugier, und ich blieb sitzen, ohne etwas zu sagen.

Mäcenas schwieg ebenfalls und blickte mich forschend an.

„Wenn wir nun dabei sind, ohne Umschweife zu reden, gibt es eine Angelegenheit, nach der ich dich seit langem habe fragen wollen, Julia", sagte er nach einer Weile. „Was glaubst du eigentlich, was war damals der Grund deines Mißgeschickes, als du beinahe im Scamander ertrunken wärest?"

„Attentat", erwiderte ich, ohne mich zu bedenken. „Marcus ging davon aus, daß es eine Verschwörung der Mariamne-Söhne, des Königs von Kapadozien und Salomes war, weil Herodes Doris wieder in Gnaden aufnahm und Antipater als Thronerben anerkannte. Er hatte Livia im Verdacht, daran beteiligt zu sein, doch fehlten ihm sichere Beweise. Um sie zu beschaffen, legte er Troas unmenschliche Bußen auf – er *wollte* den Dingen auf den Grund kommen –, aber er starb eben, ehe er soweit kam."

Mäcenas beugte sich zu mir und sah mich scharf an.

„Du irrst ... Agrippa *kam* dem Attentat auf den Grund und brachte Beweise in seine Hand. Er war bereit, die Dinge offen darzulegen, als er starb, und gerade deshalb starb er."

Ich starrte ihn verständnislos an.

„Es ist dir nicht in den Sinn gekommen, daß Podagra eine eigenartige Todesursache für Agrippa war?" fragte er.

„Doch", sagte ich und zögerte mit meiner Antwort, „aber die Krankheit begann weit draußen in Asien, und Vaters Arzt hat hier dann die Diagnose gestellt."

„Entfernung ist kein Hindernis für die Krankheit, an die du und ich denken, solange es Menschen gibt, die käuflich sind. Aber das hat nichts mit dieser Sache zu tun. Als Vater zur Villa in Campania hinauskam, war Agrippa allein. Er litt an furchtbaren Schmerzen, und die Diagnose wurde erst nach seinem Tode gestellt. Der Arzt konnte nicht mehr Kenntnis von der Ursache haben als du und ich, Julia. An welcher Krankheit Agrippa in Asien litt, darüber wage ich mich nicht zu äußern, aber die Absicht war wohl, euch beide aus dem Weg zu räumen. Das Übel, das er erhielt, waren geschwollene Gelenke und gichtähnliche Schmerzen – du erinnerst dich selber, daß Musa glaubte, es sei Podagra. Aber was ich nicht glauben kann, ist, daß diese Unbehaglichkeiten, die ihm Jahre hindurch kleine Qualen bereiteten, plötzlich in einem so heftigen Leiden zum Ausbruch kommen sollten, daß sein Tod uns alle überraschend traf.

Die Gedanken gehen unwillkürlich in jene Zeit zurück, da du zum erstenmal Witwe wurdest. Als Marcellus starb, verschleierte eine Epidemie die tatsächliche Ursache – als Agrippa von uns ging, tat das sogenannte Podagra den gleichen Dienst. Um eine Einmischung oder einen Verdacht deinerseits zu verhindern, wurde der Augenblick gewählt, als Postumus' Geburt bevorstand."

Ich saß wie versteinert.

„Als du in der Villa aufräumtest, nachdem alles vorüber war, entdecktest du da nicht Spuren, daß andere das Haus durchsucht hatten?"

„Doch", sagte ich, „und ich habe es Vater und Ateius gegenüber erwähnt, aber Vater sagte, er sei es selber gewesen; er selber habe sich davon überzeugen wollen, daß sich keine Staatsdokumente im Hause befanden, denn er habe gefürchtet, daß sie in unrechte Hände gelangen könnten. Und diese Erklärung habe ich natürlich angenommen."

Plötzlich trat mir der kalte Schweiß auf die Stirn.

„Es war doch nicht Vater, der ... der ...", stammelte ich und preßte die Hände aufs Herz, denn einen Augenblick hatte ich das Gefühl, als wolle es stehenbleiben.

Mäcenas packte mich am Arm.

„Nein", sagte er schnell, „nein, es war nicht Vater, der Agrippa tötete. Es war Livia, die es tat, um sich und die anderen zu retten. Vater hatte nichts mit dem Mord zu tun."

Eine schwere Last wurde mir vom Herzen gewälzt – ich hätte nie, nie es Vater vergeben können, wenn er Agrippas Mörder gewesen wäre.

„Glaubst du, er weiß, wer die Untat beging?“ flüsterte ich.

Mäcenas überlegte.

„Er konnte es wohl kaum vermeiden, einen Verdacht zu hegen“, sagte er schließlich. „Als ich erwähnte, daß mir die Krankheit mystisch erscheine, stimmte er mir zu. Er erzählte, Agrippa habe ihm den Schlüssel zu seinen geheimen Dokumenten gegeben, doch als er sie öffnen wollte, sei das Schloß erbrochen gewesen und die Papiere verschwunden. Wir sprachen davon, wie eifrig Agrippa bemüht war, das Scamander-Attentat aufzuklären, und daß vermutlich zwischen diesem und seinem jähen Tod ein Zusammenhang bestand. Vater wußte, daß es Anzeichen gab, die nach Kapadozien und nach Jerusalem wiesen, aber die Angelegenheit seit stets Agrippas Sache gewesen, sagte er, er habe sich nicht in sie hineingemengt . . .

Ich betonte, daß wir Agrippas Linie fortführen und der Angelegenheit auf den Grund kommen müßten, aber er klärte sich darin nicht einig mit mir. Jetzt, da Agrippa, der den Osten in festem Griff gehalten habe, fort sei, könne er das Reich nicht der Unruhe aussetzen, die einem solchen Verfahren folgen würde. Bis er jemanden gefunden habe, der Agrippas Nachfolger sein könne, und ihn eingearbeitet habe, müsse alles bleiben wie zuvor.

Das hielt ich weder Agrippas Andenken noch dir oder den Kindern gegenüber für richtig, aber Vater wollte es nicht einsehen. Er sagte, Agrippa sei tot und keine Abrechnung auf Erden könne ihn zurückbringen. Er sei gebührend geehrt worden, insbesondere auch dadurch, daß er in Vaters eigenem Mausoleum Platz gefunden habe, und werde zweifellos auch von den nachfolgenden Geschlechtern als ein bedeutender Mann geehrt werden. Und was dich anbetraf, wollte Vater dir guten Ersatz für den erlittenen Verlust bieten, indem er dich Tiberius gab, den du dir doch immer gewünscht hättest, und für die Kinder wollte er sorgen wie für seine eigenen.

Zu meinem Einwand, daß es eine Ermunterung für die Mörder bedeuten würde, wenn sie keine Strafe erhielten, erwiderte er nur, es könne nützlich sein, in Zukunft gehorsame Werkzeuge zu haben. Ich bin nicht sicher, was er letztlich damit gemeint haben mag; er wollte auch nicht näher darauf eingehen.

Ich betonte, daß er durch ein solches Hinnehmen von Agrippas Tod eine Entscheidung getroffen habe, die ich nicht gutheißen könne, doch er erwiderte, daß er gerade durch ein solches Handeln eine Entscheidung vermeide – alles bleibe wie zuvor. Es sei immer seine Politik gewesen, unnötige Abrechnungen und Auseinandersetzungen zu vermeiden.

Wir sind keine Brauseköpfe mehr, keiner von uns, und so hat dies auch zwischen Vater und mir zu keinem offenen Bruch geführt, aber wie du vielleicht weißt, habe ich mich seitdem von den Staatsangelegenheiten zurückgezogen."

Mäcenas machte eine kleine Pause, ehe er fortfuhr.

„So gebrechlich ich heute bin, hat es wenig Bedeutung, was ich tue. Aber die Leute haben die Mißstimmung zwischen Vater und mir bemerkt und messen Terentia die Schuld daran bei . . . das ist selbstverständlich lächerlich, da es ja nun bald fünfzehn Jahre her ist, seit er sie mir nahm."

Er lächelte, aber seine Stimme hatte einen bitteren Klang.

„Jetzt beginne ich zu verstehen, weshalb du Horatius liebst", sagte ich still.

„Ja, er ist ein wahrer Freund", erwiderte er.

14

Mäcenas wollte mich nicht in die Stadt reisen lassen, ehe Tiberius heimzuerwarten war. Wir hatten einander die ganze Zeit geschrieben und begannen die Tage zu zählen, da wir uns wiedersehen würden.

Der Feldzug war planmäßig verlaufen und Albis zur festen Grenze des Reiches gegen die Germanen geworden. Drusus befand sich bereits auf dem Heimweg, und Tiberius bereitete gerade seinen Aufbruch vor, als Drusus bei einem Sturz unter das Pferd geriet und einen schweren Beinbruch erlitt. Vater war noch immer in Transpadana, und als er die Nachricht erhielt, daß sich in der Wunde Brand entwickelt habe, erteilte er Tiberius den Befehl, sich an des Bruders Krankenlager zu begeben.

Tiberius machte sich sofort auf den Weg; man erzählte sich, er sei schneller geritten als je ein Römer vor ihm. Als er ans Ziel gelangte, war Drusus noch am Leben, aber gleich danach starb er. Drusus' Leichnam wurde von Germanien nach Rom getragen, und Tiberius schritt zu Fuß vor dem Zuge einher, der die Stadtgrenze an einem der ersten Oktobertage erreichte. Die allgemeine Trauer war ebenso groß wie damals, da Marcellus zur Verbrennung getragen wurde. Ich hatte Drusus stets gern gehabt, ertrug aber den Gedanken nicht, Livia bei einem Leichenbegräbnis zu begegnen, deshalb blieb ich daheim und tat, als sei ich krank.

Als alles vorüber war, kam Tiberius zu uns nach Carinene. Er war stark abgemagert und so müde, daß sein Gesicht von Furchen zerwühlt war, und gegen die schwarze Trauertoga wirkte seine Haut unnatürlich fahl. Erschöpft warf er sich in einen Stuhl. Ich setzte mich still zu ihm und strich ihm über das Haar.

„Warum bist du mir nicht entgegengekommen, weshalb hast du nicht an Drusus' Ehrung teilgenommen?“ fragte er. „Ich sehe, daß du nicht krank bist.“

„Ich ertrug den Gedanken an eine Beisetzung nicht, nachdem ich dem Kleinen gefolgt war“, erwiderte ich.

Ein Zug des Schmerzes lief über sein Gesicht, und er griff nach meiner Hand. Mehr erwähnten wir nicht von Neros Tod.

Mit Drusus' jähem Ableben schien es, als sei in Tiberius etwas geborsten. Er wurde so bitter und gleichgültig, daß es mir in der Seele wehtat. Als ich ihn eines Tages an eine Konferenz erinnerte, der er beiwohnen sollte, zuckte er nur mit den Schultern und fragte, weshalb er sich denn abmühen solle, wenn doch alles vergeblich sei.

Ich bat ihn, an Drusus den Jüngeren, seinen Sohn mit Vipsania, zu denken, falls er sich aus mir nichts mehr machen sollte. Danach versuchte er, sich zusammenzunehmen, aber es fiel ihm sichtlich schwer. Vielleicht hatte er sich auf dem weiten Marsch mit dem Trauerzug aus Germanien nach Rom überanstrengt, und ich bat ihn darum inständig, zu Hause zu bleiben und sich auszuruhen. Aber er war außer sich und unruhig und wollte sofort wieder gen Norden. Noch einmal bat ich, ihn begleiten zu dürfen, denn zur Winterszeit würde ich keinem zur Last fallen, aber er erwiderte nur kurz, daß er gern allein sein wolle. Seine Worte verletzten mich so, daß mir Tränen in die Augen traten – er sah es und wandte sich ab.

Wir fuhren fort, einander zu schreiben, und in den Briefen war er zärtlich und schrieb, er liebe mich und sehne sich nach mir. Daß ich die Wahrheit seiner Worte empfand, machte dies alles noch unerklärlicher.

Auch Vater weilte im Norden. Er gab vor, die Kriegszüge zu leiten, und betonte damit Tiberius und der Welt gegenüber, daß er Oberster Kriegsherr war. Denn wenn er seinen Schwiegersohn auch auf viele Weise ehrte, achtete er doch sorgfältig darauf, daß er nicht so selbstherrlich werden sollte wie sein Vorgänger. Sogar als Drusus beigesetzt wurde, hielt er sich außerhalb des Stadtzentrums auf, und Tiberius verlas die Grabrede auf dem Forum. Vater erklärte, dies geschehe, weil er den Göttern während der Trauerfeier kein Dankopfer bringen könne, aber da es zuviel Zeit erforderte, Drusus nach Rom überzuführen, hätte er alle Opfer vor dem Leichenbegräbnis erledigen können, ganz abgesehen davon, daß Vater immer Vorwände findet, Bestimmungen zu umgehen, wenn sie ihm nicht passen.

Ein typisches Beispiel hierfür war der Trost, den er Livia gab. Als Ersatz für den Verlust des Drusus erhielt sie alle Privilegien und Ehrenbezeigungen, auf die eine kinderreiche Mutter Anspruch besitzt. Das wurde damit begründet, daß es ihr nicht an Willen fehlte, Kinder in die Welt zu setzen, sondern daß die Natur sie gebärunfähig gemacht habe, wie Vater an den Senat schrieb. In Anbetracht dessen, daß sie bald fünfzig Jahre alt war, wirkte der Brief erheblich verspätet, aber die meisten waren gerührt von Vaters Versuch, seine Frau zu trösten. Für mich, die wußte, daß nichts Livia mehr ärgerte, als daß ich mit meiner Kinderschar den Frauen des Reiches als Idealmutter erschien, war diese Bestimmung nicht so unschuldig, wie sie aussah. Sogar die Trauer über einen Sohn hatte Livia zu ihrem Vorteil auszunutzen gewußt, und daß Vater es geschehen ließ, bewies, wie schwach er ihr gegenüber war. Es war überhaupt ein schwieriges Jahr.

Die Leute fuhren fort, über Drusus' Unglück zu reden, und flüsterten von allerlei schlechten Vorzeichen. Der Senat wurde plötzlich gesäubert, und eine furchtsame Stille breitete sich über die Stadt. Als Vater einen Gesetzesentwurf durchsetzte, der ihm das Recht erteilte, die Sklaven aufzukaufen, für die er in einem Gerichtsverfahren Verwendung hatte, ging die Stille in ein schleichendes Grauen über. Nach dem Gesetz konnte nämlich bisher kein Sklave gegen seinen eigenen Herrn Zeugnis ablegen, aber mit dieser Zusatzbestimmung umging Vater das Gesetz, so daß er, wann immer er es brauchte, die Zunge eines Sklaven lösen konnte, wenn es sich um seinen einstigen, eigentlichen Herrn handelte. Da es in Italien kein einziges Haus ohne Sklaven gibt, fühlte sich niemand, auch in den vier Wänden seines Hauses nicht, vor Vaters Spionen mehr sicher. Aber nicht nur in Rom, auch im Osten entstand Unruhe.

Herodes kam aus Jerusalem, um mit Vater zu sprechen, und nach langen geheimen Konferenzen einigten sie sich, in Bertyos ein Tribunal zusammentreten zu lassen, um gegen die Mariamne-Söhne Klage zu erheben. Das Urteil entschieden Vater und Herodes im vorhinein. Vater schlug Landesverweisung vor, aber um sicherzugehen, ließ Herodes seine beiden Söhne erwürgen. Die ganze zivilisierte Welt entrüstete sich über diese tückische Tat.

Um die Aufmerksamkeit abzulenken, ließ Vater ein Gebot ergehen, daß alle Welt geschätzt werden sollte. Diese Bestimmung galt nicht nur für römische Bürger, sondern für alle freien Männer im ganzen Reich. Aus steuerlichen Gründen pflegte man dann und wann solche Volkszählungen abzuhalten, die traditionsgemäß mit Sühneopfern auf dem Marsfeld eingeleitet wurden.

Kurz danach wurde der Fünfjahrestag von Agrippas Tod mit großen Gladiatorenspielen geehrt. Die Kinder und ich erschienen in schwarzer Tracht, und Vater, der weißgekleidet war, verlangte eine Erklärung wegen dieser Demonstration. Ich wagte nicht zu sagen, daß es geschehe, weil Agrippa ungerächt sei, sondern erwiderte, daß ich an seinem Todestage schwarze Tracht tragen würde, bis sein letzter Wille erfüllt und das Scamandermysterium aufgeklärt sei. Vater verstand wohl, was ich meinte, sagte jedoch nur, daß er zwei schwierige Töchter habe, Roma und Julia, und er könne sich nie klar darüber werden, welche von ihnen ihm am meisten Scherereien bereite.

Inzwischen war Tiberius aus Germanien heimgekehrt, um sich zur Konsulwahl zu stellen, aber er war noch ebenso unruhig und nervös wie vor seiner Abreise. Ich hatte das Gefühl, er versuche mir auszuweichen, und wenn ich es nicht so deutlich gespürt hätte, daß er mich liebte, hätte ich geglaubt, er habe eine andere Frau gefunden. Mäcenas war tot, und ich hatte niemand mehr, mit dem ich hätte sprechen und den ich hätte um Rat fragen können, was ich tun sollte. Ich litt sehr unter der Einsamkeit und entschloß mich schließlich, eine Aussprache mit Tiberius herbeizuführen, denn wie sich das Verhältnis zwischen uns nun gestaltet hatte, litten wir beide unter ihm.

Als er eines Tages von Antium aus mit einem Fischerboot hinaussegeln wollte, saß ich an Bord, als er auf den Kai kam. Er warf mir einen mißtrauischen Blick zu, aber er tat unbekümmert und sagte, ich brauchte etwas Ablenkung. Ganz langsam bekam ich ihn dazu, etwas aufzutauen, und als wir am Nachmittag in einer Windstille liegenblieben und träge dahintrieben, setzte ich mich zu ihm. Sein sonnengebräuntes scharfgeschnittenes Gesicht stand wie eine Kamee vor dem braungetönten Segel.

„Jetzt gibt es nur Himmel und Meer und dich und mich“, sagte ich, und er lächelte.

„Ich liebe dich“, fuhr ich fort.

„Du bist heute aber gewaltig offensiv“, lachte er. „Das ist übrigens gegenseitig“, fügte er hinzu und wurde ernst.

Ich legte mich auf die Knie und blickte ihm in die Augen.

„Wenn es so ist, verstehe ich nicht, weshalb es Dinge gibt, die du vor mir verbirgst."

„Sieh an – und was?" fragte er ausweichend.

„Verschiedenes ... weshalb wolltest du zum Beispiel, daß ich glauben sollte, ihr wäret bei eurem letzten kameradschaftlichen Beisammensein alle betrunken gewesen, wenn ihr doch alle miteinander ganz nüchtern wart?"

„Spionierst du?" fragte er scharf.

„Durchaus nicht, ich gebrauche nur meine Nase und meinen Verstand, denn an deinem Atem roch ich, daß du nicht einmal wasservermengten Wein getrunken hattest. Aber das ist eine Bagatelle ... nichts dagegen, daß du dich wie eine Auster abschließt, wenn wir zusammen sind. Du gehst einher und brütest über deiner Trauer um Drusus; er ist aber auch mein Bruder gewesen, und daß wir nicht von ihm reden können, ohne daß du zurückzuckst, ist nicht nur schmerzlich für mich, sondern ganz unbegreiflich."

Ich nahm sein Gesicht in meine Hände und sah, daß er mit sich rang, aber dann holte er tief Atem, und sein Blick gewann wieder den alten scheuen Ausdruck. Um mich loszuwerden, sagte er, daß ich unmöglich verstehen könne, was Drusus' Tod ihm bedeute, da er nur ein Pflegebruder von mir gewesen sei, für ihn aber sein nächster und liebster Verwandter.

Ich antwortete ruhig, daß er ebenso wohl wie ich wisse, wer Drusus gewesen sei, und daß er uns gleich nahestehe. Darüber hätten wir bereits früher gesprochen, und wie er selber Claudius gleiche, habe Drusus seinem Vater ähnlich gesehen.

Er fuhr so heftig auf, daß ich Furcht bekam. Wenn ich nichts anderes vorzubringen hätte als alten Klatsch, sei es besser, ich schwiege. Sei es denn verwunderlich, daß er sich abschließe, wenn Gerede das einzige sei, was mich interessiere?

Ich schwieg. Was nutzte alles Bemühen, wenn er kein gegenseitiges Verstehen wollte? Ich setzte mich nun an den Bug des Schiffes und starrte zur Küste hinüber.

Als wir anlegten, sprang er an Land, ohne mir beizustehen, und einer der Leute an Bord mußte mir seine hilfreiche Hand leihen. Sobald er die Kleider gewechselt hatte, ritt er zur Stadt, ohne mir oder den Kindern Lebewohl zu sagen.

Am nächsten Abend war er wieder zurück. Seine Stimme war messerscharf, als er sagte, er habe unter vier Augen mit mir zu reden. Ich kam von der Terrasse herein und schloß sorgfältig die Türen hinter mir.

„Ich habe mit Mutter gesprochen, sie ist der einzige Mensch, der die Wahrheit über Drusus kennt“, begann er.

„Und der einzige, der sie nie enthüllen wird“, unterbrach ich ihn sarkastisch. Er tat, als höre er es nicht.

„Mutter hat es nicht leicht gehabt, und dein Doppelspiel hat es auch nicht leichter gemacht . . . du hast nicht nur mich hinters Licht zu führen versucht.“

„Ich hätte dich hinters Licht zu führen versucht, sagst du?“

Er zog einen Brief hervor und trat zu mir.

„Solltest du den hier vielleicht nicht kennen?“

Es war der Brief, den ich an Vater geschrieben hatte – der Brief, bei dem Gracchus mir behilflich gewesen war.

„Darf ich sehen?“ sagte ich. „Da stimmt gewiß etwas mit der Adresse nicht.“

Er betrachtete ihn prüfend.

„Es steht Cäsar Augustus darüber und weder dein noch Drusillas Name“, sagte ich beißend.

Er wurde rot.

„Versuche keine Spiegelfechtereien, sondern sag, ob es dein Brief ist oder nicht.“

„Es ist mein Brief. Ich schrieb ihn, weil ich nicht wie irgendeine Sklavin weggegeben werden wollte. Gracchus half mir, ihn zu formulieren.“

„Du findest also, daß ein Claudier nach Agrippa ein schlechter Tausch sei? Lieber wolltest du ohne Mann sein, als dich an einen binden, der nicht mehr wert ist. Dies ist also deine wahre Meinung, Julia!“

„Die Trauerzeit war noch nicht um, und der Gedanke an eine

neue Ehe war mir zuwider. Aber am schlimmsten war es für mich, dir gegeben zu werden, ohne daß du nach mir gefragt hattest, gerade weil ich dich nie vergessen hatte, Tiberius. Ich bat Gracchus um Hilfe, und er stilisierte ihn so, um auf Vater Eindruck zu machen."

„Und das willst du mich glauben machen?"

„Wenn du nicht glaubst, was ich sage, verstehe ich nicht, weshalb du fragst."

„Ich habe mit Antonia der Jüngeren gesprochen."

„Ich zweifle nicht daran, daß Livia dich zu ihr geschickt hat."

„Gracchus und du, ihr seid den ganzen Sommer zusammengewesen."

„Seine Villa liegt hier nebenan, und er verstand, welchen Verlust ich erlitten hatte."

„Antonia sagte, sie habe euch eines Tages überrascht, als ihr so dicht beieinander standet, daß sie nicht gewußt habe, womit ihr beschäftigt gewesen seid. Gracchus habe sich den Anschein gegeben, als hättet ihr einen Brief geschrieben, und du seiest sehr verwirrt gewesen."

„Ich wußte nicht, daß Antonia schlechte Augen hat."

„Vipsania bestätigte ihre Worte."

„Du hast deine Zeit seit gestern gut genutzt."

„Halte dich an das, wovon wir reden – an Gracchus also. Er war hier und tröstete dich. Nicht einmal einige Monate nach Agrippas Tod konntest du ohne Mann sein. Das erklärt, daß Cäsars Brief ungelegen kam. An Gracchus hattest du gedacht, da ich nicht gut genug war. Er tröstet dich vielleicht noch jetzt? Und da wagst du es, von Liebe zu reden? Erinnerst du dich unserer Hochzeitsnacht – damals sagte ich, du paßtest nach Subura. Ich traf den Nagel auf den Kopf – dort gehörst du hin, du heuchlerische Hure."

Ich stand auf, um zu gehen.

„Ich hatte gehofft, wir könnten uns aussprechen, Tiberius ... aber es wäre besser gewesen zu schweigen."

Ich war die ganze Zeit ruhig gewesen, fast versteinert. Aber plötzlich ging mir auf, daß dies vielleicht das Ende war – das Ende von allem zwischen Tiberius und mir. Trauer und Verbitterung überfluteten mich wie Sturzseen, und ohne zu wissen, was ich tat, blieb ich stehen und wandte mich um.

„Du trauerst über Drusus, du", zischte ich. „Das tue ich auch, Tiberius. Aber ich trauere über mehr, ich trauere über Marcellus ... über Agrippa ... über meinen geliebten kleinen Nero ... über die, die Livia mir entrissen hat ... über die, die sie umgebracht hat, die sie ermordet hat. Siehst du den hier?" rief ich wild und riß das Kleid auf, wo der Elfenbeinring über der Brust hing. Mit einem Ruck zerriß ich das Band und streckte ihn ihm ins Gesicht.

„Siehst du ihn, frage ich? Siehst du den Beschlag von Gift? Sie tauschte ihn gegen seinen eigenen Ring aus, während wir im Nebenzimmer saßen. Siehst du sie diesen Ring in seinen Mund drücken, während er geborgen in der Wiege liegt und lächelt? Kannst du sie sehen, Tiberius – deine eigene Mutter und deinen eigenen Sohn?"

Er war aschfahl geworden.

„Du bist besessen ...", stöhnte er.

„Nein", rief ich scharf, „ich bin nicht besessen, sondern sie ist es – besessen von Rache und Bosheit und Haß ..."

Ich rang nach Luft und suchte Halt an einem Stuhl.

„Du magst wählen, Tiberius ... du hast die Wahl zwischen ihr und mir. Sie ist deine Mutter und hat dich unter dem Herzen getragen. Geh nur ... geh ... aber wenn du bei mir bleibst, die ich dich geliebt habe, seit wir als Geschwister beieinander waren, dann sollst du zwischen Wahrheit und Liebe, zwischen Liebe und Haß zu unterscheiden wissen."

Er ging, und die Welt um mich wurde leer.

Ich weinte nicht, ich schluchzte nicht, denn Schmerz und Trauer waren ausgebrannt, und über meinem Herzen lag eine Schicht kalter Asche. Das alltägliche Leben ging seinen Lauf – in grauer Apathie. Es kam ein Brief, in dem er in formellen Redewendungen fragte, ob ich die Ehe auflösen oder getrennt leben wolle. Er werde in dieser Frage gern meinem Wunsche folgen.

Ich antwortete ebenso formell, daß es nicht meine Gewohnheit sei, geschworene Eide zu brechen, aber wenn er geschieden werden wolle, würde ich ihm nicht im Wege stehen. Er drückte seine Zufriedenheit darüber aus, daß wir die gleiche Auffassung hätten und daß eine Trennung genüge, aber er wolle gern wissen, ob er zu einem Freund übersiedeln solle oder in Carinene bleiben könne – das Haus lasse sich leicht so einrichten, daß wir getrennt wohnen könnten.

Ich hatte an einer solchen Ordnung der Dinge nichts auszusetzen, aber vielleicht sei es unbehaglich für ihn, mit einer heuchlerischen Hure unter einem Dach zu wohnen.

Er bat wegen seines heftigen Ausdruckes um Entschuldigung und hoffte, ich würde vergessen, was er in einem erregten Augenblick gesagt habe. Ich erwiderte, daß Vergessen leider keine Frage des Willens sei, aber daß ich mich nach besten Kräften bemühte, die Erinnerungen, die wir gemeinsam hätten, auszulöschen.

Danach hörte ich nichts mehr von ihm, und im Oktober siedelte ich nach Carinene über, wo das Haus für mich und die Kinder instand gesetzt worden war. Tiberius hatte einen Flügel für sich behalten, aber das Atrium hatten wir gemeinsam. An einem der ersten Tage begegnete ich ihm auf dem Weg hinaus, und er machte eine Bewegung, als wolle er zu mir herüberkommen. Aber ich wandte den Kopf und ging mit einem kurzen Gruß vorbei.

Als Piso und er als Konsul eingesetzt wurden, nahm ich an den Zeremonien nicht teil. Einige Male präsentierte ich mit Pisos Frau Placina bei Frauenversammlungen, im übrigen aber zeigte ich mich nicht in der Öffentlichkeit. Ich nahm die Kinder zum Vorwand. Um nicht ganz isoliert zu werden, fuhr ich fort, einen Salon zu führen und in Gesellschaften zu gehen, sofern ich gewiß war, daß Livia und Tiberius dort nicht erscheinen würden.

Vater fragte, ob sich der Faden zwischen mir und Tiberius verwirrt habe.

„Verwirrt ist ein milder Ausdruck“, erwiderte ich, „nenne es lieber einen gordischen Knoten. Er hat den Brief gelesen, den ich dir schrieb – den, in dem ich ihn und Agrippa verglich und fand, er sei ein schlechter Tausch.“

„Deinen Brief an mich?“

„Ja, Livia hat ihn ihm gegeben, sie überwacht deine Post und nimmt an sich, was ihr in ihren Kram paßt.“

Vater runzelte finster die Brauen; diesmal würde es gewiß nicht leicht für Livia werden. Aber als ich ihn das nächste Mal im Büro besuchte, hatte er einen neuen Archivar, sie hatte es also wohl geschafft, die Schuld auf den früheren Archivar zu schieben.

Durch Antonia die Ältere erhielt ich Berichte darüber, was sich die Leute in der Stadt erzählten. Alle wußten, daß Tiberius und ich getrennt lebten, alle kannten die Geschichte mit dem Brief, und alle zogen ihre eigenen Schlußfolgerungen.

Nicht genug damit, daß Gracchus mein Geliebter war – es waren noch andere im Spiel, denn wer hätte nicht die Männer mich umschwärmen sehen wie Fliegen einen Honignapf? Auch Vater erlag meinem Charme und meiner Schlauheit. Deshalb wagte Tiberius nicht, die Scheidung zu fordern, sondern mußte sich mit seinem Schicksal und meiner Treulosigkeit abfinden.

Tiberius stand nicht hinter diesen Gerüchten, das wußte ich, und es fiel mir auch gar nicht schwer zu erraten, woher sie kamen.

„Du hast es schwer“, sagte Antonia die Ältere. „Niemand versteht besser als ich, wie schmerzlich es sein muß, ehelich Schiffbruch zu erleiden. Wenn du willst, kann ich mit ihm reden, damit ihr mit heiler Haut durch die Brandung kommt.“

Es war lieb von ihr, mir helfen zu wollen, aber was gestorben war, ließ sich nicht wieder zum Leben erwecken. Tiberius und ich waren erwachsene Menschen, und es war am besten, der Wahrheit in die Augen zu blicken. Eine zerschlagene Vase zu flicken, war vergeudete Zeit – sie würde immer ein Leck zeigen.

Da ich nicht geschieden war, konnte ich nicht über mein eigenes Vermögen verfügen, und es gab stets eine Reihe wirtschaftlicher Fragen, die Klärung verlangten. Auch mußten wir eine Entscheidung über den kleinen Drusus treffen, der bei seinem Vater wohnte, aber mit meinen Kindern die Schule besuchte und mit ihnen erzogen wurde. Deshalb war es nicht unerwartet für mich, als Phöbe mit einem Brief von Tiberius erschien, in dem er bat, mich sprechen zu dürfen. Ich gab Bescheid, daß ich ihn empfangen würde.

Er blieb unmittelbar an der Tür stehen und bat um Entschuldigung, daß er mich störe ... Ich hätte als Bedingung gesetzt, daß er zwischen Wahrheit und Lüge unterscheiden könne, ehe er mir wieder nahe komme – allmählich habe er begonnen, die Wahrheit schimmern zu sehen. Jedoch wolle er mich nicht mit seinen Problemen behelligen, sondern nur eine einzige Frage stellen. Ich solle dies nicht als Mißtrauen auffassen, sondern als Beweis, daß er mir glaube, wenn ich zu hören bekomme, worum es sich dreht. Ich nickte und forderte ihn durch ein Zeichen auf, Platz zu nehmen, und er setzte sich mir gegenüber. In jeder kleinen Bewegung lag etwas Bekanntes, der frische Duft des Gesichtswassers, das er benutzte, wehte zu mir herüber, und plötzlich sah ich den kleinen Krug auf dem Toilettentisch vor mir.

„In meinem Besitz befindet sich ein Brief mit sehr kompromittierendem Inhalt", sagte er langsam, „und zwar nicht nur für mich, sondern für mehrere unserer Bekannten. Dieser Brief ist von Unbefugten gelesen worden ... und um unserer Freunde willen würde ich gern wissen, ob du diesen Brief gesehen hast."

Er hatte die Stimme gesenkt.

Seine schmalen Finger glitten die Stuhllehne auf und nieder, und ich erkannte die hellen Haare am Handgelenk. Ich mußte den Kopf abwenden und schlucken.

„Antworte", bat er. „Er ist dir wohl nicht zufällig in die Hände geraten, Julia? Er war von Drusus."

Ich erwiderte kurz, daß es nicht meine Gewohnheit sei, die Briefe anderer zu lesen, und daß er sich lieber an sie wenden solle, die solche Neigungen schon früher enthüllt habe.

„Ich verdiene diese Antwort", räumte er ruhig ein, „und ich werde tun, wie du sagst, aber ich wollte nur, daß du wissen solltest, daß der Brief existiert. Sobald diese Frage geklärt ist, würde ich gern wieder mit dir sprechen. Dann wird die Zukunft entschieden sein, so daß wir bestimmen können, was aus uns beiden wird."

Er erhob sich, um zu gehen, blieb jedoch in der Tür stehen und blickte zurück. Ich selber verharrte regungslos in meinem Stuhl, und er schloß die Tür hinter sich.

Wenn Vater ungestört denken wollte, zog er sich in das Zimmer zurück, das er sein Syrakus nannte, und heute folgte ich seinem Beispiel. Ich ging nach oben und schloß mich dort ein.

Agrippa hatte einmal gesagt, daß klar und logisch denken überraschende Ergebnisse zeitigen könne, und jetzt mußte ich einen solchen Versuch unternehmen.

Die Frage, die Tiberius an mich gestellt hatte, war nicht so wichtig wie die Tatsache, daß ich die Existenz des Briefes kennen sollte. Unsere Zukunft hing davon ab, wer ihn gelesen hatte. Er war von Drusus, doch was konnte er enthalten? Es mußte sich um ein Geheimnis handeln, das Tiberius' Leben und auch das Leben anderer in Gefahr bringen konnte. ‚Um unserer Freunde willen', waren die Worte, die er gebraucht hatte. Freunde?

Ich dachte an das kameradschaftliche Zusammensein seinerzeit, als er mich glauben machen wollte, sie seien betrunken gewesen.

„Spionierst du?" hatte er scharf gefragt, als ich es auf dem Bootsausflug erwähnte. Dies war also kein allgemeines freundschaftliches Beisammensein, sondern eher eine geheime Versammlung ... von Männern, die einander vertrauten – eine Verschwörung.

Wenn die Verschwörung Vater galt, war ich als unzuverlässig anzusehen und darum außerhalb zu halten; damit besaß ich aber auch die Erklärung, weshalb Tiberius mich nicht nach Germanien mitnehmen wollte.

Es war Drusus' letztes Lebensjahr. Er war Konsul und eine der wichtigsten Gestalten im politischen Leben des Reiches, während Tiberius der eigentliche Führer des Heeres war. Alle ihre Freunde, die Schlüsselstellungen in der Verwaltung einnahmen, gehörten einer Altersklasse an. In Illyrien war der Sieg bereits errungen – in Germanien war er gewiß. Ob der Senat für einen Triumphzug stimmte oder Ovationen für einen von ihnen oder beide beschloß, der siegreiche Feldherr nahm stets einen Tag vorher Aufenthalt vor den Mauern der Stadt, ehe der große Tag anbrach. Außerhalb der Mauern waren jedoch die Prätorianer einquartiert, und unter ihnen hatten beide, Tiberius und Drusus, aus ihrer Jugendzeit gute

Freunde. Es bot sich also reichlich Gelegenheit, exakte Befehle über die Durchführung des Staatsstreiches zu erteilen – den Triumphtruppen würde man kaum Widerstand leisten, und die Jubelrufe würden kein Ende nehmen, wenn die ersehnte Republik wieder eingeführt wurde. Einen zum Staatsstreich besser geeigneten Augenblick als diesen hätte man lange suchen müssen. Es konnte einfach nicht fehlschlagen. Doch das Unvorstellbare geschah, und Drusus starb, unmittelbar bevor der Plan verwirklicht werden sollte. Er starb durch einen Unglücksfall und starb einen natürlichen Tod. Aber kam er nicht allzu gelegen, dieser Tod?

Drusus war ein hervorragender Reiter. Die Feldschere pflegten tüchtige Griechen zu sein, und der Oberkommandierende des Abschnittes erhielt die beste Behandlung. Kalter Brand? Kalter Brand entsteht auf Grund von Infektionen durch Stallungen und Pferde, aber kalter Brand und Schlangengiftwirkungen sind auch nicht auseinanderzuhalten. Tiberius jagt zum Krankenlager, um zu hören, was geschehen sei, aber der Sterbende spricht wirr. Auf dem langen Marsch von Germanien nach Rom nagen Zweifel und Mißtrauen bei jedem Schritt, den Tiberius vor dem Leichenzug tut, und sie wenden sich gegen alle, die er kennt. Er hofft Nachforschungen an Ort und Stelle durchführen zu können, und sobald er Cäsars Erlaubnis erhält, zieht er nach Germanien – ohne mich.

Vater ist offensichtlich auch unruhig. Sein Mißtrauen ist geweckt, und er fürchtet eine Falle. Deshalb hält er sich außerhalb des Stadtzentrums auf, als Drusus beigesetzt wird, und danach ist er über ein Jahr von Rom fort. In dieser Zeit säubert er den Senat und bringt den Gesetzesvorschlag durch, daß man Sklaven als Zeugen in Rechtssachen aufkaufen könne. Es ist offenbar, daß er nach einer Verschwörung forscht, aber er tastet im Dunkel.

Tiberius kann die Abrede, die er mit Gnäus Piso getroffen hat, sich zur Konsulwahl zu stellen, nicht widerrufen und kommt im Herbst zurück. Dann folgt das unglückliche Gespräch, das ich im Fischerboot herbeizwinge.

Ohne es zu ahnen, setzte ich den Finger auf Tiberius' empfindlichsten Punkt, denn wie sollte ich wissen können, daß er nicht mehr daran zweifeln will, daß Drusus sein Vollbruder ist, daß er sich ein für allemal dafür entschieden hat, daß sie beide Claudier und geborene Republikaner sind und daß Drusus sich gegen den Tyrannen und nicht gegen den eigenen Vater verschworen hat? Deshalb reagiert er so heftig auf meine Worte und entschließt sich zu einer Aussprache mit Livia. Sie lenkt ihn ab, indem sie ihm den Brief gibt, bei dem mir Gracchus half, und er nennt mich eine heuchlerische Hure. Ich stelle ihn vor die Wahl zwischen mir und Livia, er zieht sich für eine Weile zurück, aber heute ist er zu mir zurückgekommen. Mit etwas so Gefährlichem, wie Mitwisser einer Verschwörung zu sein, wagt er mich nicht zu belasten, aber er wünscht, daß ich verstehe, daß er sich in großen Schwierigkeiten befindet, und er erwähnt den Brief, aber nicht seinen Inhalt.

Er bewahrt den Brief an sicherer Stelle auf, aber als besondere Garantie legt er ihn so, daß er sofort bemerkt, wenn ein Außenstehender ihn berührt hat. Das ist offensichtlich geschehen, und er fragt mich danach, aber ich spüre, daß er mich nicht in Verdacht hat.

Die Frage enthüllt jedoch, daß ich zum Versteck Zugang gehabt haben muß. Wir haben das Atrium gemeinsam, und von dort führt die Tür zur Hauskapelle. Dort halten sich die fünfunddreißig Generationen des Geschlechtes der Claudier auf, dort stehen der Altar und die Siegestrophäen, Totenmasken und Gewandkisten für die Leichenbegräbnisse. Dort hängen die berühmten Waffen der Familie, werden die Claudier in Familientradition und heiliger Pietät erzogen. Sie kennen jedes Versteck, während andere fremd und verständnislos davorstehen. Für Tiberius ist dies ein natürlicher Verbergungsort. Für Livia Drusilla, die claudischen Geschlechtes ist und mit einem Claudius verheiratet war, ist dies somit der erste Ort, nach den Geheimnissen ihres Sohnes zu forschen.

Meine Gedankenkette ist geschlossen, und ich habe meine Folgerungen gezogen. Ich muß davon ausgehen, daß Tiberius sich in Livias Gewalt befindet und wir also bösen Zeiten entgegengehen werden.

Am nächsten Abend ließ er durch Phöbe anfragen, ob ich ihn so empfangen wolle, daß niemand unsere Zusammenkunft bemerke, und ich schloß die Tür zum inneren Hofraum auf, wo er mich, von der Torwache im Atrium ungesehen, erreichen konnte.

Er berichtete von der Begegnung mit seiner Mutter. Wie er dachte, kannte sie den Brief, und als er geradezu fragte, was es ihn kosten würde, erwiderte sie, sie fordere nicht mehr als den Gehorsam, den eine Mutter billigerweise von ihrem Sohn erwarten könne.

Während er sich den Anschein gab, ihre Worte zu überdenken, zog er einen Elfenbeinring aus der Tasche – ein Gegenstück zu denen, die Säuglinge benutzen. Er blieb sitzen und spielte geistesabwesend mit ihm. Einen Augenblick hielt er ein und betrachtete ihn.

„Eigenartig, wie beschlagen er ist", sagte er halblaut, „das ist kaum in meiner Tasche geschehen."

Damit steckte er ihn wieder in die Tasche zurück.

Livia hatte die Spindel beiseite gelegt. Tiberius erhob sich. Er sagte, er müsse leider wieder fort, er habe nur einen kleinen Besuch machen wollen, um sohnesgemäß Achtung und Gehorsam zu erweisen.

„Aber der Ring ist doch hier", rief ich aus und zog ihn von meiner Brust hervor.

„Ich habe mir für den Anlaß einen anderen besorgt – vergiß nicht, daß ich Livias Sohn bin", sagte er ironisch.

„Und was soll nun aus uns werden, Tiberius?" fragte ich leise.

„Es bleibt beim alten", sagte er mit fester Stimme. „Wir leben weiter jeder für sich, und du hast von allem, was vor sich geht, nicht mehr Kenntnis, als du selber herausfindest. So kann ich um dich und die Kinder unbesorgt sein, da niemand für Geheimnisse leiden kann, von denen er nichts weiß."

Ich senkte den Kopf. Tiberius trat zu mir.

„Damit die Trennung überzeugend wirkt, siedle ich zu einem Freund über. Das war ein schwerer Entschluß für mich, aber es geschieht, wie ich bestimmt habe."

Er nahm meine Hände und drehte sie mit den Handflächen nach oben. Dann küßte er sie und legte sie an seine Schläfen, und im Lampenschein entdeckte ich, daß er graue Strähnen im Haar hatte.

Die Nachrichten, die ich seitdem von Tiberius habe, stammen nicht von ihm, sondern von anderen.

Cäsar ist noch immer ohne Verdacht gegen ihn, denn nach dem Konsulatsjahr erhielt Tiberius die Tribunenwürde, die fünf Jahre währt und eine ebensolange Immunität einbezieht. Dies ist ein Privilegium, das vor ihm nur Agrippa erhielt – Vater selbst besitzt die gleiche Würde auf Lebenszeit.

Aber Tiberius ist nicht ohne Feinde, und der schlimmste von ihnen, Marcus Lollius, der für die Niederlage am Rhein verantwortlich war, befindet sich wieder in der Stadt und ist in der Ochsenkopfstraße ständiger Gast. Tiberius wird unruhig, und um sich von jedem Verdacht reinzuwaschen, daß er militärisch und politisch ehrgeizige Ziele hege, schlägt er das Kommando für den Feldzug des Sommers aus.

Im Senat gibt er als Grund an, nach den vielen Anstrengungen im Dienste des Staates sei er müde geworden und finde, daß Männer wie Piso, Arruntius, Domitius und Asinius für die verantwortungsvolle Aufgabe, die man ihm zugedacht habe, besser geeignet seien als er selber. Um der Verdienste willen, die ihm als Ehre angerechnet würden, bitte er darum, sich ins Privatleben zurückziehen zu dürfen.

Die ganze Stadt stutzt. Sie schwirrt von Gerüchten . . . Julia muß die Schuld daran tragen.

Andere Ereignisse geraten ganz in den Hintergrund; man erwähnt gerade noch, daß Herodes seinen Sohn Antipater nach Rom entsandt und dieser mit orientalischer königlicher Pracht seinen Einzug gehalten habe. Wie andere hohe Gäste folgt Antipater der üblichen Routine und bittet erst bei Augustus, dann bei Tiberius um Audienz. In der Ochsenkopfstraße wird er unter Entwicklung aller Zeremonien empfangen, bei Tiberius jedoch hat die Audienz den Charakter eines privaten Besuches. Sie sprechen stundenlang unter vier Augen miteinander. Einige Tage später gibt es eine neue Situation – Tiberius hat sich entschlossen, Rom zu verlassen und an der Akademie auf Rhodos zu studieren.

Hatte sein erster Entschluß bereits Aufsehen erregt, setzt dieser die Geister noch heftiger in Bewegung. Alle raten herum und reden, und keiner versteht etwas von dem Ganzen. Nur ich bin stumm. Ich rate auch, aber im stillen. Ich lasse die Gedanken zurückgehen, während ich suche.

Rhodos ist ebenso dorisch wie Sparta. Tiberius' Vater Claudius ließ sich dort während seiner Landsflucht nieder, ehe er sich in Lakedämon ansiedelte. Tiberius war drei Jahre alt, als er in Spartas Ratsversammlung vorgestellt wurde und ein Asyl in der Stadt erhielt. Vater hat das Asylrecht zwar grundsätzlich aufgehoben, aber zwischen Dorern und Claudiern bestehen alte Verbindungen. Unter ihnen kann Tiberius sich sicher fühlen, was in Rom auch immer geschehen mag.

Um der Kinder willen muß ich hier bleiben, da die Jungen sich ihrer männlichen Reife nähern und Juliola heiraten soll. Alles, was mir bleibt, ist die Hoffnung, daß die Zukunft eine Lösung bringen wird. Aber Vater will auf seinen Schwiegersohn nicht verzichten. Er bietet ihm ein Kommando im Osten an, das Tiberius ausschlägt. Livia versucht ihn zum Bleiben zu bewegen, aber er hält an seinem Entschluß eisern fest. Zu guter Letzt verbietet Vater ihm das Reisen, denn er hat Verwendung für Tiberius' militärische Kenntnisse und will sie nicht gegen philosophische Weisheit ausgetauscht wissen. Tiberius beginnt einen Hungerstreik. Nach vier Tagen erhält er schließlich den Befehl, zu verschwinden und nie mehr heimzukehren. Am Nachmittag, ehe er reist, kommt er nach Carinene, um zu packen, und der kleine Drusus weilt über Nacht bei seinem Vater. Am nächsten Morgen setze ich mich in aller Frühe in meinen Vorraum und halte die Tür zum Atrium offen. Als ich seine Schritte höre, trete ich auf die Schwelle, so daß er mich sieht, ehe er den Ausgang erreicht. Er bleibt jäh stehen und kommt zu mir herüber. „Das hättest du nicht tun sollen", sagte er, „die Leute könnten uns sehen."

Er nimmt Drusus' Hand und legt sie in die meine.

„Bei dir ist er geborgen", flüstert er. „Danke", fügt er fast unhörbar hinzu.

Draußen wartet sein Gefolge.

15

Im nächsten Jahr sollte Gaius die Mannestoga erhalten, seine Ausbildung auf dem Forum sollte beginnen, und um selber seinen Sohn in der Männlichkeitsprozession führen zu können, hatte Vater sich zum Konsul wählen lassen.

Aus Anlaß des großen Tages hatte der Senat Gaius zum Führer der Jugendliga ausersehen und ihm eine Lanze und einen Silberschild mit Widmung überreicht. Diese Auszeichnung erfüllte den Jungen natürlich mit Stolz, und die jüngeren Brüder drückten laut ihre Bewunderung aus.

„Einen solchen Schild werde ich auch bekommen", meinte Lucius.

„Wir auch", riefen Drusus und Postumus.

„Nein, den bekommen nur Lucius und ich als Cäsars Söhne", erwiderte Gaius aufgeregt zu mir.

„Weshalb sind wir nicht auch Cäsars Söhne, Mutter?"

„Weil ihr nicht von ihm adoptiert seid", entgegnete ich. „Nicht alle können Cäsars Kinder sein. Wenn du erwachsen sein wirst, Drusus, wird dein Vater aus Rhodos heimkommen und dir Schild und Schwert geben, da du Oberhaupt aller Claudier werden sollst."

„Und ich?" fragte Postumus.

„Du sollst Agrippas Neptunkrone und Delphinring und seine Waffen erhalten und ebenso stark und tapfer werden wie er."

Damit gaben sie sich diesmal zufrieden, aber eines Abends weinte Postumus im Bett, weil jemand gesagt hatte, sein Vater sei nicht von hoher Geburt.

„Agrippa brauchte keine Vorväter, um sich einen Weg zu bahnen; er war mutig und klug genug, es selber zu tun", antwortete ich. „Du darfst ebenso stolz darauf sein, sein Sohn zu heißen, wie ich es bin, ihm Nachkommen gegeben zu haben."

„Neptun herrscht über alle Fische und alle Wogen, alle Meere und Schiffe", sagte er, denn in der Halle stand eine Statue von

Agrippa als Neptun, und in der Phantasie des Knaben verband sich der Gott mit seinem Vater. Ich lächelte und sagte gute Nacht.

Diese offenbare Privilegierung der beiden älteren durch Vater war zu einem Problem für mich gediehen; vor allem hatte sich die Zeit, da Tiberius und ich in Illyrien waren, ungünstig auf die Knaben ausgewirkt. Beide wiesen Anzeichen ihres Umgangs mit Pädagogen und Dienern auf; beide waren verwöhnt und dünkelhaft, denn statt ein starker Vater zu sein, war Vater ein stolzer Großvater und wies sie selten zurecht, wenn es nötig gewesen wäre. Als Tiberius das Versäumte in der Erziehung der Knaben einzuholen versuchte, hatte er bei Lucius guten Erfolg, aber Gaius war von unbewußter Eifersucht befallen und gebärdete sich verbissen und mürrisch, wenn er den Stiefvater erblickte. „Der Junge braucht einen ordentlichen Dämpfer", meinte Tiberius gereizt, aber er war auch nicht der Rechte dazu, ihn ihm zu geben.

Als ich allein geblieben war, stand ich einer schwierigen Aufgabe gegenüber, zumal ich nicht die volle Autorität besaß, sondern sie mit Vater teilen mußte. Ich stimmte mit Tiberius' Grundsatz eines einfachen Auftretens überein, während Vater es darauf anlegte, die Stellung der Knaben als Cäsaren besonders hervorzuheben.

Eines Tages war Lucius allein ins Theater gegangen – und weshalb sollte er es nicht, wenn alle Freunde es taten –, aber Vater putzte ihn herunter und verbot ihm, ohne Gefolge zu gehen. Lucius fügte sich still, aber Gaius, der seinem jüngeren Bruder immer beisprang, widersprach und sagte, wenn Lucius ständig mit einem solchen Gefolge herumziehen solle, dürfe ihn Vater gleich zum Konsul machen. Das war im höchsten Grade unverschämt, und ich mußte mir Gaius vornehmen, obwohl ich Vaters Verlangen unbillig fand. Aber das schlimmste daran war, daß die Geschichte in der Form unter die Leute gelangte, Gaius habe für seinen dreizehnjährigen Bruder die Konsulatswürde gefordert und ich die Jungen darin unterstützt.

Es war leicht zu erraten, wer uns so bloßgestellt hatte, aber als ich Vater bat, mit Livia zu reden, wurde er nur gereizt und gab mir an dem Ganzen die Schuld.

Mit den kleinen Mädchen gab es weniger Schwierigkeiten. Agrippa besaß ein bezauberndes Temperament, in der Liebe so heiß wie im Haß. Juliola war der geborene Sonnenstrahl, und ich kann mich nicht eines einzigen dunklen Schattens in ihrem Wesen erinnern.

Unmittelbar bevor Tiberius nach Rhodos reiste, wurde sie öffentlich mit Lucius Ämilius Paulus verlobt. Er war ein Sohn der Cornelia, die eine Tochter meiner Mutter Scribonia aus einer ihrer früheren Ehen war. Cornelia und ich waren Halbschwestern, aber sie war viel älter als ich und starb verhältnismäßig jung. Sie hinterließ mehrere Kinder, wurde allgemein verehrt, und Propertius schrieb eines seiner schönsten Gedichte über sie. In diesem Gedicht erwähnte er, sie sei eine würdige Schwester von Cäsars Tochter; diese Strophe hat mich immer sehr froh gemacht. Ich konnte übrigens das ganze Gedicht auswendig.

Juliola und Ämilius waren mit anderen Worten Halbvetter und Halbbase und kannten sich seit dem Feldzug in Illyrien. Er war damals Tiberius' Adjutant gewesen, und obwohl sie nicht mehr als zehn Jahre alt war, brannte ihr reizendes Gesicht, wenn er nur in unsere Nähe kam.

Eines Tages fuhren sie und ich von Tergeste nach Pola, um Tiberius zu treffen. Als wir ihm begegneten, sprang er vom Pferd direkt in den Wagen und war in seiner Wiedersehensfreude so stürmisch, daß ich ihn flüsternd bitten mußte, an Juliola zu denken, die uns mit großen Augen zusah. Er öffnete die Wagentür und rief Ämilius, der an den Wagen heranritt, und ehe ich ahnte, was Tiberius im Schilde führte, hatte er Juliola genommen und zu Ämilius auf den Pferderücken gehoben. Da ich wußte, wie ängstlich sie war, fürchtete ich, daß sie erschreckt werden könnte, und bat Tiberius, ihr nachzublicken.

„Du besorgte Kükenmutter", sagte er und öffnete die Tür einen Spalt. Dann winkte er mir, und ich sah hinaus. Ämilius führte die Zügel mit einer Hand, während er mit der anderen Juliola umschlungen hielt, die den Kopf an seine Schulter lehnte und hingerissen zu ihm aufblickte.

Sobald mir Tiberius Zeit zum Nachdenken ließ, begann ich zu erwägen, ob hieraus nicht etwas werden könne.

Vater hatte gegen diese Verbindung nichts einzuwenden, denn die Ämilier hatten immer im Gegensatz zu ihm gestanden, und er wollte sie gern mit Familienbanden an sich knüpfen. Er sondierte das Terrain, und an dem Tag, da Juliola dreizehn Jahre alt war, erschien Ämilius zu Besuch. Sie war frisch frisiert und geputzt und hatte vor Aufregung Rosen auf den Wangen. Sie sprachen lange miteinander im Peristyl, ehe Ämilius zu mir hereinkam. Wir plauderten erst über Menschen, die wir kannten, dann über den Feldzug in Illyrien und den Krieg in Germanien.

„Du erinnerst mich an Mutter“, sagte er nach einer Weile, „und so muß Großmutter ausgesehen haben, als sie jung war.“

„Weißt du, daß ich sie nie gesehen habe?“ sagte ich wehmütig, „denn ich wurde ihr genommen, als ich noch ganz klein war.“

„Sie spricht oft von dir, meint jedoch, es sei am besten, alles bleibe wie bisher, denn es könnte Menschen geben, die es nicht gern sähen, wenn ihr euch träfet.“

„Es ist nicht leicht gewesen, eine Stiefmutter zu haben“, seufzte ich.

„In deinem Fall ist es wohl auch nicht leichter, eine Schwiegermutter zu haben“, lächelte er, und ich warf ihm einen schnellen Blick zu. Hier hatte ich einen Verbündeten, mit dem ich reden konnte; ich habe Ämilius, sein ganzes Geschlecht und seinen Umgangskreis bald schätzen gelernt. Mit den Fabiern, Pompeiern, Scipionen und Scriboniern war ich über Mutter durch Blutsbande verbunden, und von nun an pflegte ich sie öfter zu treffen. Carinene wurde ein Treffpunkt für sie wie für meine alten Freunde, und ich führte eines der gastlichsten Häuser der Stadt. Auch Ovidius Naso war Stammgast, denn er war mit meiner Freundin Fabia verheiratet und wurde für mich ein lieber Freund. Wenn seine Muse auch als leichtfertig galt, war er persönlich doch geachtet und angesehen. Besonders unter den Jungen hatte sein Name einen hohen Klang.

Der Unterhaltungston, den wir führten, war froh und leicht, denn Vaters kleinbürgerlicher Klassizismus und Livias gewichtige, pathetische Würde paßten schlecht zu dem heranwachsenden Geschlecht. Die Kinder lasen im geheimen Cicero und waren eifrige ‚Humanisten'. Sie gähnten laut beim Gedanken an einen Abend in Livias Gesellschaft und zerrauften die Stoiker mit einer so vernichtenden Kritik, daß ich meinen alten Plagegeistern zum Entsatz eilen mußte. Ich betonte, daß Maßhaltung und Askese nicht ein Ziel für sich darstellten, sondern ein Mittel zu Selbstsdisziplin und Bildung. Im Ganzen versuchte ich, ein gewisses Niveau zu halten, und es hieß, daß niemand mein Haus verlasse, ohne sich bereichert zu fühlen. Ich ließ es mir besonders angelegen sein, den Geschmack der Kinder zu entwickeln, und war gespannt, wie Juliolas erster Empfang ablaufen werde.

In den letzten Jahren war die Geselligkeit zu einem Wettstreit von Riesenveranstaltungen ausgeartet, und es war allgemein Sitte geworden, viel mehr Menschen einzuladen, als man aufnehmen konnte. Die Gäste stauten sich wie der Mob im Zirkus, und während man schwatzte oder den letzten Skandal der Stadt einfing, nickte man so vielen wie möglich zu, um zu zeigen, daß man anwesend war. Für die armen Künstler interessierte sich niemand, und noch ehe man heimgelangte, hatte man vergessen, wo man gewesen und wer aufgetreten war.

Juliola hatte Qualität der Quantität vorgezogen, und schon während ich grüßte, empfand ich das Wohlbehagen, das gute Stimmung und eine angenehme Gesellschaft verleihen. Wir waren an kleinen Tischen placiert, und ich saß Antipater gegenüber, dem ich zwar flüchtig begegnet war, mit dem ich aber, seit er in Rom weilte, noch nicht ausführlich gesprochen hatte.

Ich benutzte die Gelegenheit, nach Neuigkeiten aus Jerusalem zu fragen, und erkundigte mich, wie Salome denn die Ehe gefalle, die sie eben eingegangen war.

Antipater lachte laut. Er selber hatte es nämlich bei Herodes durchgesetzt, daß Salome heiraten mußte, damit es endlich bei Hofe Frieden gab. Die Wogen waren hochgegangen, ehe er es zustande brachte, und er dankte mir für die Hilfe, die ich geleistet hatte, indem ich an Herodes schrieb. Herodes war selber stark im Zweifel gewesen, was er tun sollte, da Livia auf Salomes Seite stand und die Hochzeit zu verhindern suchte. Mein Brief gab den Ausschlag. Salome wurde an einen zuverlässigen Mann gebunden und stand jetzt unter ehelicher Aufsicht. Antipater hoffte, daß sie damit auf Lebenszeit unschädlich gemacht war. Er dankte mir ferner dafür, daß ich Herodes vorgeschlagen hatte, ihn nach Rom zu schicken, damit er Augustus persönlich treffen könne.

Beim Gedanken an Salome mußte auch ich lächeln, und ich konnte sie förmlich zischen hören. Aber ich erklärte, es sei überflüssig, für Hilfe zu danken, denn meine Briefe an Herodes seien nur ein Gegengeschenk an Salome für das Tauchbad, zu dem sie mir im Scamander verholfen habe.

Antipater hob erstaunt die Augenbrauen, daß ich den Zusammenhang zwischen Salome und dem Attentatsversuch kannte. Da ich soviel wisse, seien wir im Grunde Bundesgenossen, und er bat, sich mit mir darüber aussprechen zu dürfen.

Ich lud ihn für den nächsten Nachmittag nach Carinene ein, denn an ihm war ich allein zu Hause. Phöbe erteilte ich den Auftrag, uns jede Störung fernzuhalten, und setzte mich dann mit Antipater in den Garten. Ehe wir begannen, machte ich ihm klar, daß ich, auch wenn ich offene Rede suchte, doch ein Geheimnis bewahren könne, und ich schlug ihm vor, daß alles, worüber wir redeten, unter uns bleiben solle. Darin stimmte er mir zu, und er bat mich, zu erzählen, was ich vom Scamander wisse. „Daß es kalt im Wasser war“, lachte ich, wurde aber schnell wieder ernst. „Erzähl mir lieber, was ihr in Jerusalem gedacht habt, als Agrippa starb“, sagte ich.

„Das weißt du also auch!“ rief er aus.

„Ich weiß, wer seinen und meinen Tod wünschte“, erwiderte ich, „und deshalb wollte ich gerne etwas von deiner Seite hören.“

Ja, er und Herodes hätten sofort die Wahrheit von Agrippas Ableben erraten, aber sie seien sich im unklaren gewesen, welchen Standpunkt Augustus einnehmen werde, und davon hing ihre eigene Haltung ab, da es Herodes' ständiges Bemühen war, sich in allem Augustus' Politik anzupassen. In einer so delikaten Angelegenheit konnten sie allerdings keine festen Instruktionen erwarten und spähten deshalb nach einer versteckten Andeutung aus Rom.

Die fanden sie in der Begräbniszeremonie, in dem Teppich, der während der Leichenrede zwischen Podium und Bahre aufgehängt war; denn das wies darauf hin, daß Augustus nicht in Agrippas Tod Einblick zu nehmen wünschte. Als Antwort, daß der Wink verstanden war, schickte Herodes Geldgeschenke nach Troas, um die durch Agrippas Geldbußen entstandene Not zu lindern.

Eine lange Zeit verstrich, ohne daß etwas geschah. Doch in dem unruhigen Jahr, in dem der Senat gesäubert wurde, kreisten Vaters mißtrauische Gedanken um den Hof in Jerusalem, und um die Situation zu klären, habe Herodes Augustus aufgesucht. Die Folge sei, wie ich mich gewiß erinnerte, daß Tribunal in Berytos und der Tod der Mariamne-Söhne gewesen.

„Aber Vaters Nachforschungen galten damals durchaus nicht Agrippa, sondern Drusus“, erwiderte ich scharf.

„Statt dich zu bitten, zu berichten, was du weißt, darf ich dich wohl eher bitten, zu erzählen, was du nicht weißt“, entgegnete Antipater.

„Dann bleibe ich stumm“, sagte ich kurz, worauf er lachte.

Er blieb zum Abend, und wir saßen noch lange beieinander und erzählten. Ehe er ging, fragte ich beiläufig, welche Absicht er mit seinem Besuch bei mir verbunden habe, denn ich hegte keinerlei Illusionen darüber, daß ein Interesse für meine Person ihn dazu veranlaßt haben könne.

„Sei dessen nicht so gewiß“, sagte er und lächelte über meine rückhaltlose Offenheit, während er mir in die Augen zu blicken versuchte. Aber da ich nur ungeduldig mit den Schultern zuckte, wurde er wieder sachlich und berichtete, er habe vernichtende Beweise gegen alle, die Agrippa und mir nach dem Leben getrachtet hätten. Als er erfahren habe, daß ich die Verschwörung kenne, habe er gedacht, ich könnte auf einige Beweise, soweit sie die Hauptpersonen betrafen, Appetit haben.

„Es kommt auf die Bedingungen an“, erwiderte ich.

„Die Waren, die ich anbiete, sind von solcher Qualität, daß sie sich wertmäßig nicht festlegen lassen“, sagte er, „und deshalb muß die Gegenleistung ebenso unschätzbar sein. Worum ich bitte, sind dein künftiges Vertrauen und deine Unterstützung.“

„Beweise, die man im Besitz hat, sind gefährliche Waffen“, bemerkte ich nachdenklich. „Als Mutter von fünf Kindern ruht eine große Verantwortung auf mir, und ich fürchte mich, etwas Unüberlegtes zu tun. Ich brauche Bedenkzeit; sollte ich aber meinen, das Angebot annehmen zu können, sollst du von mir hören.“

Nachdem er gegangen war, blieb ich sitzen und überlegte. Ich mißtraute ihm nicht, hatte andererseits aber auch kein Vertrauen zu ihm, denn er war durchaus nicht so offen, wie er vorgab. Als ich anfangs auf die Nachforschungen im Zusammenhang mit Drusus zu sprechen kam, wich er aus, und nicht mit einem einzigen Wort wurde das Gespräch erwähnt, das er mit Tiberius geführt hatte. Je mehr ich die Sache überdachte, desto sicherer wurde ich, daß es in irgendeinem Zusammenhang mit Tiberius' plötzlicher Abreise stand. Deshalb fürchtete ich mich, die Beweise anzunehmen, von denen er sprach, wenn ich auch danach fieberte, einen festen Beweis für Livias Schuld in die Hand zu bekommen. Ich schob die Entscheidung immer wieder auf, und es sprach zu Antipaters Gunsten, daß er nie mahnte oder drängte oder die Angelegenheit auch nur andeutungsweise berührte, obwohl wir uns oft sahen.

Er hatte sich eineinhalb Jahre in Rom aufgehalten, als er plötzlich von Herodes nach Jerusalem zurückgerufen wurde. Am letzten Tag veranstaltete Messala ein Abschiedsfest für ihn. Messala war der Schwiegersohn der älteren Antonia und sein Vater einst ein guter Freund des Herodes. Ovidius war anwesend und befand sich in hervorragender Stimmung. Lang und hager und raffiniert zufällig nahm er auf dem Podium Platz, und mit vor Humor funkelnden Augen grüßte er sein Publikum. Er rezitierte ohne Manuskript und mit unglaublicher Ungezwungenheit, als ob eine graziöse Fontäne mit kleinen Sprühlichtern in der Sonne spielt und mit tausend wechselnden Reflexen das ewige Spiel der Geschlechter widerspiegelt. Wir saßen wie verzaubert, und der Beifall wollte kein Ende nehmen, als Domitia und Messala ihm Thyrusstab und Efeukranz überreichten.

Es wurde spät, ehe wir aufbrachen; die Sänften hatte man längst heimgeschickt. Alle, deren Ziel in gleicher Richtung lag, sammelten sich um eine Fackel, und ich schloß mich denen an, die zum Forum hinabgingen. Bei Rostra hielten wir an, denn hier trennten sich unsere Wege, da ich nach Carinene mußte.

Ovidius war noch immer in glänzender Stimmung, und beim Abschied krönte er mich mit dem Efeukranz und verherrlichte Roms angebetete Venus in übersteigerten Versen. Ich, die nicht minder angeregt war, schickte den Kranz an Antipater weiter, den Mittelpunkt des Festes und Roms diademgeschmückten Gast. Im Chor wünschten wir ihm eine gute Reise und boten ihm ein Willkommen zu seiner Rückkehr.

Antipater stand im Fackellicht, und mit dem roten Feuerschein über seinem rabenschwarzen Haar und der orientalischen Tracht sah er abenteuerlich, ja fast dämonisch aus. Ich hatte nie bemerkt, wie gefährlich schön er war.

Er hielt eine auserlesene kleine Rede und bedankte sich. Dieser Kranz sei ein Symbol all der Gastfreiheit und all der Freundschaft, die man ihm entgegengebracht habe, und daß ich ihn ihm gereicht hätte, werde ihm eine geschätzte Erinnerung an diesen unvergeßlichen Abend sein. Aber als Königssohn habe er wohl auf kein anderes Diadem Anrecht als das, das sein Vater ihm gebe, deshalb müsse er den Kranz weiterschicken zu ihm, den er einer solchen Auszeichnung für wert erachte. Und mit unglaublicher Treffsicherheit warf er den Efeuring auf die Marsyasstatue neben sich, das Freiheitssymbol der Kolonien, das bekränzt wurde, wenn eine Provinz Verbündetenstatus erhielt.

In einem Aufblitzen verstand ich, was Antipater erstrebte und wofür er erst Tiberius' und dann meine Hilfe erhofft hatte: den Verbündetenstatus für Palästina. Ich spürte seinen Blick auf mir ruhen und nickte ihm schnell zu.

Um Marsyas war ein furchtbares Gedränge entstanden, denn Vater war sehr zurückhaltend mit der Freiheit, und es war streng verboten, diese Statue ohne besondere Erlaubnis zu schmücken.

Der Träger der Fackel versuchte sie schnell zu löschen, indem er sie in die Erde preßte, doch sie begann Funken zu sprühen und heftig zischend zu qualmen, so daß wir uns hustend zurückzogen.

Im letzten Aufflackern der Fackel sah Antipater, daß ich ihm zunickte, und nach dem Verlöschen der Fackel ergriff er mich beim Handgelenk und zog mich im Dunkel zur Seite. Seine Hand glitt zwischen meine Brüste, und mit einem Ruck riß er mich an sich. Ich versuchte, mich ihm entgegenzustemmen, doch als er mich zu sich emporhob und ich den Halt auf der Erde verlor, gab ich nach. Seinen heißen Atem in meinem Gesicht spürend, schloß ich die Augen und öffnete die Lippen. Als er sie fand, schien ein wirbelnder Sog mich in einen brodelnden Malstrom zu reißen . . . ich rang nach Luft, mein Herz begann heftig zu pochen, und mir wurde so schwindlig, daß ich mich an ihn klammerte.

„Dies ist ein Pakt“, flüsterte er mir heiß ins Ohr.

„Ja“, erwiderte ich und rang bebend nach Luft.

„Hätte ich nicht schon von Augustus Abschied genommen, würde niemand mich jetzt aus Rom herausbekommen“, murmelte er.

Plötzlich erstarrte ich – jemand hatte sich hinter mir bewegt, und zwar so nahe, daß ich den Hauch seines Atems verspürte. Er mußte jedes unserer Worte gehört haben.

„Bist du es, Crispus?“ fragte ich aufs Geratewohl.

„Ja“, antwortete Crispus' Stimme im Dunkel.

„Ich habe mich eben von Antipater verabschiedet, vielleicht kannst du mich heimbegleiten“, sagte ich. „Aber erst muß ich den andern gute Nacht sagen.“

Damit ging ich rundum zu den andern und bot jedem eine Umarmung. Wieder entstand ein lautes ‚Hallo‘, denn im Dunkel konnte ich den einen nicht von dem andern unterscheiden, und alle forderten immer neue Küsse von mir. Schließlich erkannte ich Gracchus und rief ihm und Crispus zu, mich zu verteidigen und von diesem Räuberhaufen fortzubringen. Unter Gelächter und neuen Zurufen kamen wir endlich auf den Weg.

Gracchus war mürrisch und sagte, ihm gefalle der Gedanke an Marsyas und Vater nicht.

„Aber Lieber, es ist doch keiner unter uns, der klatschen würde“, erwiderte ich leichthin und nahm seinen Arm.

Crispus ging ohne ein Wort an meiner Seite. Er hatte sicher gehört, daß Antipater mich küßte, und hatte gewiß auch gehört, was wir sagten, aber er wußte nicht, daß ich unter dem Kleid, wo Antipater seine Hand gehalten hatte, auf der Brust ein kleines Päckchen trug. Wenn ich es berührte, knisterte es wie Papyrus.

Meine Hände bebten vor Spannung, als ich in mein Zimmer kam, aber ehe ich das Päckchen hervorzog, verriegelte ich die Türen und zog die Vorhänge gut zusammen. Dann setzte ich mich unter die Lampe und begann zu lesen.

In dem Päckchen befanden sich vier Briefe, und ich erkannte Salomes und Livias Handschrift. Der erste enthielt eine panikerfüllte Nachricht von Salome, daß Agrippa ihre Verschwörung enthüllt habe – der zweite eine scharfe Zurechtweisung Livias zu Ruhe und Geistesgegenwart – der dritte ein Aufstöhnen vor Erleichterung, daß Agrippa tot war, und einen Strom demütigen Dankes an Livia – der vierte eine Instruktion, die Schuld auf die Mariamne-Söhne abzuwälzen und jeden Beweis, der sie selber betraf, beiseitezuräumen.

Es war ein aufschlußreiches Konzentrat von Livias und Salomes umfangreicher Korrespondenz und bewies die Entwicklung bis hinab zur Begegnung in Berytos: überzeugende Schuldbeweise gegenüber jedem Gericht.

Ich lächelte triumphierend, während ich sie zusammenrollte. Jetzt war ich nicht mehr wehrlos. Ich hatte tödliche Waffen und brauchte vor Livia nicht mehr zu zittern.

Agrippa hatte mir gezeigt, wie ich geheime Dokumente aufbewahren mußte. Mit einwärtsgekehrter Schrift klebte er sie an den äußersten Rand der Rückseite einer Buchrolle. War sie aus dünnem Papyrus und vollzog man die Arbeit exakt, brauchte es eines Kenners Hand, zu fühlen, daß dort eine doppelte Schicht vorhanden war. Bei der großen Bibliothek, die wir besaßen, war es eine Chance von eins zu tausend, die richtige Buchrolle zu finden.

Der Rest der Nacht verging mit dem Verleimen der Briefe, und als Phöbe mit dem Frühstück erschien, hatte ich mich gerade niedergelegt. Während sie auf dem Bettrand saß, erzählte ich ihr von den Erlebnissen des vergangenen Tages und fragte, ob sie wisse, zu wem Antipater während seines Aufenthaltes in der Stadt ein Verhältnis unterhalten habe, denn ich hegte den Verdacht, daß es jemand aus Livias Umgebung sein müsse.

Phöbe besaß keinen festen Anhalt, aber sie schätzte, es müsse Livias Sekretärin, die wunderschöne Acme, gewesen sein, die Antipaters Gunst gewann, denn Acme habe sich in letzter Zeit Dinge gekauft, die sie sich sonst nie hätte anschaffen können. Im Laufe der Jahre hatten viele ihre Zuneigung gesucht, aber sie war standhaft geblieben und genoß Livias absolutes Vertrauen. Die Hoffnung auf eine Königskrone hatte sie dann wohl doch über alles gereizt. Antipater war durchtrieben und gefährlich. Mit einem Kuß hatte er sich diese Briefe verschafft, mit einem Kuß hatte er sie weitergereicht. Unwillkürlich biß ich mir auf die Lippen und bat Phöbe, mir ein Bad zu richten.

Ich bemühte mich, Vater allmählich zugunsten Antipaters zu bearbeiten, und hatte im Vorübergehen auch den Bündnisstatus für Palästina erwähnt – wie vorauszusehen war, ohne Erfolg, zumindest in der ersten Runde. Aber auch Tropfen können einen Stein höhlen, und ich dachte gerade an den nächsten Tropfen, als Vater plötzlich eine erschreckende Nachricht aus Jerusalem erhielt. Bei der Heimkehr war Antipater von Herodes gefangengesetzt und aller Verbrechen beschuldigt worden, derentwegen er die Mariamne-Söhne nach dem Treffen in Berytos hatte hinrichten lassen.

Vater war über Herodes empört, der einen solchen Schritt unternahm, ohne ihn um Rat zu fragen. Herodes wußte sehr wohl, welche Bedenken Vater bei dem vielberedeten Treffen gehegt hatte und daß sein Verfahren keine nähere Überprüfung vertrug. Eine solche Überprüfung war nach Drusus' Tod in Szene gesetzt worden, als Vaters geheime Agenten über das ganze Reich hin bemüht waren, einem Komplott auf die Spur zu kommen, an dessen Spitze Drusus stand. Sie hatten festgestellt, daß judäische Kuriere in Drusus' Lager in Germanien gewesen waren, und damit eine Spur gefunden, die bis nach Jerusalem führte, sich aber vor Herodes' Schloß verlief. Vater hatte Herodes und Antipater im Verdacht, aber es gelang Antipater, der Herodes' Nachrichtenwesen leitete, die Kuriere herauszufinden, und sie schworen, sie hätten im Dienste der Mariamne-Söhne gestanden. Mit diesem Beweis zog Herodes zu Augustus, um sich und seinen ältesten Sohn reinzuwaschen. Er forderte ein großes öffentliches Rechtsverfahren gegen diese beiden Söhne der Mariamne, damit ein für allemal den Gerüchten ein Ende bereitet werde, von denen der ganze Osten auf Grund der vielen Nachforschungen nach dem Attentat im Scamander, nach Agrippas Tod und jetzt nach dem Komplott zu Augustus' Sturz schwirrte. Aber Vater wollte Aufsehen vermeiden. Er fand es wenig ratsam, daß die Allgemeinheit von einer Verschwörung erfuhr, die bis in seinen eigenen Familienkreis reichte. Es hatte genug Skandale gegeben, als Drusus zur Welt kam; es sollte nach seinem Tod nicht noch mehr Wirbel geben. Drusus war vom Pferd gestürzt, das war ein einfacher, natürlicher Tod, die Verschwörung würde Vater in aller Stille bereinigen und sich die Schuldigen einen nach dem anderen vornehmen, wie er sie zu fassen bekam. Statt eine Sensation zu schaffen, indem man die Mariamne-Söhne hinrichten ließ, wäre es passender, sie des Landes zu verweisen.

Um seiner eigenen Sicherheit willen mißtraute Herodes jedoch der Landesverweisung und hielt daran fest, daß sie sterben müßten. Doch er wolle das Leben seiner Söhne nicht ohne rechtliche Grundlage nehmen und meinte deshalb, an einem Komplott gegen Augustus beteiligt zu sein, sei ein so ernstes Verbrechen, daß es geboten sei, ein Exempel zu statuieren.

Vater mußte ihm darin beipflichten, und so gelangten sie schließlich zu einem Kompromiß. Herodes sollte ein außerordentliches Gericht berufen, das Vater dadurch sanktionierte, daß er den römischen Legaten in Syrien das Präsidium übernehmen ließ.

Offiziell wurden beide Mariamne-Söhne dann wegen Majestätsverbrechens an Herodes zum Tode verurteilt, die Hauptanklage der Verschwörung gegen Augustus dagegen wurde überhaupt nicht erwähnt. Ein solcher Scheinprozeß hatte sich arrangieren lassen, weil Vater allmächtig war, aber Herodes mußte einsehen, daß es nicht anging, ihn durch ein Verfahren gegen Antipater erneut zur

Debatte zu stellen. Antipater mochte der Schuldige sein, aber wenn Herodes sich in seinen Söhnen geirrt hatte, mußte er den Irrtum in aller Stille berichtigen.

„Dies wäre nie geschehen, wenn Herodes gewußt hätte, wie wohlwollend du Antipater während seiner Anwesenheit in Rom behandelt hast“, stellte ich fest. „Deshalb müssen wir davon ausgehen, daß Herodes von den Ereignissen hier ebenso wenig gewußt hatte, wie wir von dem, was in Jerusalem durch Salome zusammengebraut wurde, denn ihr aalglattes Schlangengezücht erkenne ich in dem Schlamm. Die Post muß in beiden Richtungen gründlich zensuriert worden sein.“

Vater sah mich an.

„Das ist auch mein Gedanke“, meinte er finster.

Es gab nur einen Menschen, der über Leute und Mittel für einen so großen Zensurapparat verfügte, und Vater nahm sich Livia vor. Sie erwiderte behende, daß sie stehenden Fußes sich nicht zu einer Sache äußern könne, die sie nicht kenne, und versprach, sich über sie zu unterrichten. Aber statt mit einer Erklärung zu kommen, ließ sie plötzlich ihre Sekretärin verhaften und klagte sie an, Briefe in ihrem – Livias – und in anderer Namen verfaßt zu haben und diese Fälschungen für hohe Beträge Antipater verkauft zu haben.

Ich spitzte die Ohren – dies hatte offenbar mit den Briefen zu tun, die Antipater mir gegeben hatte. Nachdem Livia und Salome ihr Fehlen entdeckt hatten, versuchte Livia sie unschädlich zu machen, indem sie sie im voraus zu Fälschungen stempelte. Sie waren schlauer als Schakale, beide – Livia und Salome.

Acme verteidigte sich gut, doch da der Quästor beweisen konnte, daß Antipater weit größere Beträge in Rom verbraucht hatte, als für seinen Lebensunterhalt erforderlich waren, und sogar die Höhe der von Acme erhaltenen Beträge nennen konnte, wurde sie für schuldig befunden und hingerichtet.

Da war Antipater bereits tot. Während er noch gefangen saß, hatte Salome das Gerücht verbreitet, daß Herodes gestorben sei, und sobald Antipater es erfuhr, versuchte er die Wache zu überreden, ihn hinauszulassen, da jetzt Hoffnung für ihn bestehe. Salome hinterbrachte es Herodes, der über die Reaktion des Sohnes auf die Nachricht von seinem Tode in solche Wut geriet, daß er ins Gefängnis lief und ihn ermordete.

„Was sagst du dazu?“ fragte Vater bekümmert.

„Ich bin sprachlos“, rief ich aus, „und was sagst du?“

„Diese Situation ist so dunkel, daß es besser ist, über sie hinwegzusehen, als in ihr aufzuräumen“, erwiderte er mit einem Seufzer.

Er wirkte erschöpft.

Diese Antipater-Affäre erschreckte mich – nicht nur wegen Livias und Salomes List, sondern vor allem, weil sie offenbarte, wie stark Vater Livia verfallen war. Nach Drusus' Tod hatte Livia die Oberhand gewonnen und hielt ihn in festem Griff.

Mehrere Jahre hatte ich schlecht geschlafen. Die Unruhe um Tiberius und unsere Zukunft hatten mich oft wachgehalten, und nun, da mein Vertrauen in Vaters Allmacht geborsten war, wurde die Schlaflosigkeit zur Qual. Tiberius war der einzige, der seine Mutter in Schranken halten konnte; ich fühlte mich in dieser Zeit verlassener als damals, da er eben abgereist war. Es gab niemand, den ich um Rat fragen oder mit dem ich hätte sprechen können, und die Entbehrung des Liebeserlebens brannte in mir, daß ich ruhelos und gereizt wurde. Phöbe, die es meist ausbaden mußte, begann mich mit Sorge zu betrachten.

Eines Tages traf ich Julus Antonius, der eben vom Prokonsul-Dienst in Asien zurückgekehrt war. Wir blieben stehen und unterhielten uns; er berichtete, daß er den Sommer bei Antonia der Älteren zuzubringen gedenke. Dorthin sollten auch wir gehen, denn jetzt, da die Kinder groß seien, gebe es dort mehr Leben für sie als in Antium.

„Wie nett“, rief ich aus, „ich sehe dich ja nie in der Stadt.“

„Ich halte mich absichtlich fern“, lachte er, „damit du nicht in schlechter Gesellschaft gesehen wirst.“

„Ja, ist es nicht eigenartig, daß jeder, der nicht Livias Kreis angehört, als schlechter Umgang betrachtet wird?“ erwiderte ich . „Es ist geradezu ein Charakterfehler von mir, daß ich mich unter Freunden eigener Wahl wohlfühle.“

„Ja, du hast immer als moralisch verkommen gegolten, Julia, und ich zittere um meine Tugend bei dem Gedanken, mit dir im Sommer zusammenzusein", bemerkte er todernst. Ich schüttelte geschlagen den Kopf und ging lächelnd heim.

Als Tante Octavia gestorben war, übernahm Antonia die Jüngere den Flügel in der Ochsenkopfstraße, während Antonia die Ältere die Villa bei Baiae erbte. Domitius baute sie aus, so daß sie auch nach unseren Begriffen modern wurde. Sie führten ein offenes Haus, und die Kinder und ich hielten uns dort viele Monate auf. Attias alte Zimmer standen zu meiner Verfügung.

Das Haus und der Garten waren von solchen Dimensionen, daß es – wenn man Ruhe brauchte – genug stille Winkel und Wege gab, wo nicht ein Mensch zu sehen war. Hatte man aber Sehnsucht nach Gesellschaft, brauchte man nur zum Badestrand zu gehen oder sich unter das Sonnensegel auf der Terrasse oder die Platane im Binnenhof zu setzen. Es dauerte nicht lange, bis der oder jener vorbeikam und sich neben einem niederließ.

Vormittags pflegte ich stets für mich zu bleiben, denn ich fühlte mich vormittags nie sonderlich aufgelegt. Die Schlafmedizin aus Marcus' brauner Reisetasche war längst verbraucht; statt dessen nahm ich starken heißen Wein zu mir, wenn ich mich niederlegte. Aber oft quälten die Gedanken mich so, daß auch der Wein nichts half und ich beim Frühstück müder war als beim Niederlegen. Eine Schwimmtour erfrischte mich im allgemeinen, aber vor dem frühen Nachmittag wollte ich ungern Menschen sehen.

Eines Morgens stieß ich unerwartet auf Julus. Er fand, ich sähe niedergeschlagen aus, und ich erklärte ihm, ich hätte schlecht geschlafen. Ohne etwas dazu zu bemerken, begleitete er mich den Pfad entlang, aber als wir zu einer Bank kamen, fegte er sie mit einem Zweig sauber und lud mich zum Sitzen ein. Er wolle mit mir plaudern, wolle hören, ob ich oft ohne Schlaf sei oder mich niedergeschlagen fühle, und was ich dagegen unternehme. Ich berichtete ihm von der Medizin und dem Wein, aber das gefiel ihm nicht. „Ein Rausch mag zwischendurch wohl guttun", sagte er, „taugt aber nicht zu täglichem Gebrauch. Jetzt wirst du mit den Jungen und mir jeden Vormittag zum Fischen hinaussegeln, und jeden Abend werde ich dich zu einem Spaziergang abholen. Wenn du körperlich müde bist, wirst du sehen, kommt auch der Schlaf ..."

Plötzlich wurde alles nebelverhangen, und ich wandte den Kopf, damit er nicht sehen sollte, daß ich Tränen in die Augen bekam. Er fragte, was denn geschehen sei.

„Nichts, es ist nur so ungewohnt, daß jemand an mich denkt ... da siehst du, wie hysterisch ich zu dieser Tageszeit bin, und jetzt verstehst du vielleicht, weshalb ich mich immer erst später zeige. Geh bitte, wenn du lieb sein willst. Ich komme am besten allein zurecht."

„Nein", erklärte er bestimmt, „jetzt wirst du mit meiner Anwesenheit behelligt, bis wieder Schick in dir ist."

Jeden Morgen erschien er dann mit den Jungen, und wenn ich sagen ließ, ich sei noch nicht aufgestanden, kamen Postumus und der kleine Drusus mit Angelschnüren und Ködern in mein Schlafzimmer und erklärten, wenn ich nicht käme, erhielten sie auch nicht die Erlaubnis, mit Onkel Antonius zu gehen. Und da mußte ich sie dann doch begleiten.

Die Kur half übrigens, und nach kurzer Zeit hörte ich auf, abends Wein zu trinken.

„Es ist schön zu sehen, daß du dich erholst", sagte Antonia die Ältere. „Nachdem Tiberius fortgereist war, sahst du so mitgenommen aus, daß sogar Domitius es bemerkte."

Eines Tages wurde Antonia die Jüngere mit ihren drei Kindern, Germanicus, Livilla und Claudius, erwartet. Sie selber blieb nur einige Tage, aber die Kinder sollten für den Rest des Sommers in Baiae bleiben. Ich entschloß mich, mit Postumus und dem kleinen Drusus zu Abend zu essen, einige Briefe zu schreiben und Antonia erst am nächsten Tag zu begrüßen. Sie schwatzte für zehn, und ich selber hatte ihr im Grunde wenige zu sagen.

Drinnen war es heiß, und ich bat Phöbe, mit dem Anzünden der Lampen zu warten, damit ich die Türen noch eine Weile offenhalten konnte. Ich setzte mich auf die Treppe und lauschte der Brandung. Die Luft war milde, und in den Beeten vor mir begann eine

Grille ihr Lied. Um das Treppengeländer wuchernde Schlingrosen verbreiteten einen starken Duft. Ich lehnte mich gegen einen Blumenkasten und schloß die Augen.

Da hörte ich leise Schritte. Es war Antonius; als er mich auf der Treppe erblickte, zuckte er zusammen. Er hatte mich beim Abendtisch vermißt und unternahm nach dem Essen einen Spaziergang in den Garten, um mich zu suchen. Als er entdeckte, daß meine Fenster nicht erhellt waren, beschloß er, sich bei Phöbe nach mir zu erkundigen.

„Ich lausche der Stille", sagte ich, und er ließ sich neben mir nieder. So saßen wir lange stumm beieinander, aber nach einer Weile wurde es kalt und feucht, und als er fragte, ob wir nicht einen Spaziergang machen wollten, bat ich ihn, lieber zu mir hereinzukommen. Wir könnten vielleicht später gehen, jetzt brauchte ich Wärme.

Phöbe schloß die Türen, zog die Vorhänge vor und zündete die Lampen an – bald war es warm und behaglich um uns. Julus hatte sich, die Hände unter dem Nacken verschränkt, in einen Lehnstuhl gesetzt und streckte die Beine weit ins Zimmer. Er war braun wie ein Neger, und der weiße Kittel, den er auf dem Lande trug, kleidete ihn. Ich hockte mich in eine Sofaecke, wie ich immer zu tun pflegte. „Du liebst Antonia die Jüngere nicht?" fragte er plötzlich.

„Nein, sie hat mir einmal mit ihrem Gerede so weh getan, daß ich fast Furcht vor ihr empfinde. Ich weiß wohl, daß es mehr Gedankenlosigkeit als böser Wille war, aber mein Erlebnis ist deshalb nicht weniger bitter gewesen. Allein, daß sie bei Livia in so hohem Ansehen steht, genügt, mich ihr fernzuhalten. Was ich aber am meisten gegen sie habe, ist die Art, wie sie ihre Kinder behandelt. Ich ertrage es nicht anzuhören, wie sie mit Claudius umgeht. Ist es erstaunlich, daß der Junge nervös ist? Sie zerfließt, wenn sie nur Germanicus sieht, wenn aber Claudius sich zeigt, fährt sie auf wie ein Habicht. ‚Sitz nicht so da' – ‚Steh nicht so' – ‚Du siehst ja wie eine Vogelscheuche aus'. Und kürzlich hörte ich sie laut sagen, so daß der Junge es hören mußte: ‚Ja, der ist ebenso tölpelhaft wie mein Claudius.' Ist das die Rede einer Mutter, Antonius? Postumus ist auch ein nervöses Kind, aber gerade deshalb achte ich darauf, ihm nicht zu drohen oder ihn zu erschrecken. Wenn Claudius bei mir ist, ich ihn auf den Schoß nehme und ruhig mit ihm rede, stottert er nicht und schneidet auch keine Grimassen, und er spielt mit Postumus genau wie die anderen Jungen. Er ist weit davon entfernt, minderbegabt zu sein, und zehnmal begabter als seine Mutter. Ich werde einfach krank beim Gedanken an den brutalen Stallknecht, den sie zu seinem Aufpasser bestellt hat. Er verprügelt Claudius, daß der Junge zittert, wenn er ihn nur sieht. Nein, Antonius, sie ist eine Rabenmutter mit all ihrer prächtigen Tugend."

„Du liebst Tugend nicht."

„Nein, wenn Tugend darin besteht, Livia und Antonia der Jüngeren zu gleichen, bedanke ich mich."

Er lächelte. Etwas später erzählte er, daß Antonia die Ältere von einem unserer Freunde einen Brief erhalten habe. Ich wurde still, als ich das hörte, und auch Antonius sagte nichts mehr.

Auch ich schwieg.

„Ich muß wohl bald gehen?" fragte er nach einer Weile.

„Es tut gut, nicht allein zu sein", sagte ich, und er legte sich wieder in den Stuhl zurück.

Er fragte gedämpft, ob ich oft von Tiberius höre, worauf ich erwiderte, daß wir uns regelmäßig schrieben, aber da die Briefe unterwegs gelesen würden, hätten wir nicht viel, was wir einander sagen könnten. Ich hätte es einmal festgestellt, als ich erwähnte, daß Phöbe sich schwer damit abquäle, meine üppig hervorwuchernden grauen Haare herauszuziehen; auf diese Weise hätte ich ihn meine großen Schwierigkeiten wissen lassen wollen. Einige Wochen später hörte ich, man schwatze in der Stadt über meine Eitelkeit, wenn es grauen Haaren gelte. „Wir haben zwar einige Stichworte, die wir hin und wieder benutzen", fuhr ich fort, „aber wir wagen sie nicht so oft zu verwenden, daß sie auffallen. Am liebsten schreiben wir nur vom kleinen Drusus und den Kindern."

„Du hast es nicht leicht, Julia."

„Nein, das hat im Grunde wohl niemand."

Ich hielt einen Augenblick ein, ehe ich fortfuhr.

„Was mir so unverständlich ist, sind ihre Bosheit und ihr Haß. Oft verfolgen Schwiegermutters Blicke mich so, daß weder Türen noch Wände sie absperren. Deshalb ist es ein Balsam für mich, hier zu sein. Ich wage fast nicht daran zu denken, wie es sein wird, wieder in der Stadt zu leben und dich nicht jeden Tag bei mir zu haben."

„Den Gedanken wage ich auch nicht zu denken", sagte er leise.

Ich seufzte. „Ich plage dich mit meinem Kummer – du hast es selber nicht leicht – Antonius."

Er antwortete nicht, und es wurde so still, daß ich fast vergaß, daß er da war.

„Wie stellst du dir das Schicksal vor?" fragte er plötzlich.

„Die drei Schicksalsgöttinnen, meinst du?"

Er nickte.

„Livia von vorn, von hinten und von der Seite. Mit Rocken, Spindel und einem Korb voller Wolle und Prächtigkeit", entgegnete ich, und er lachte laut auf.

„Und du, Antonius?" Ein Schatten lief über sein Gesicht.

„Drei Frauen", sagte er langsam, „drei Frauen, die beisammensitzen – alte Frauen, so alt, daß Trauer sie nicht berührt und Lust sie nicht mehr lockt. Vielleicht sind sie einmal jung gewesen, sie auch, doch es ist so lange her, daß ihr Schoß verdorrt ist und ihre Brüste von Mißgunst und Neid ausgezehrt sind. Ihr Schlund speit Bosheit, ihr Speichel trieft Verleumdung und grüne Galle. Das Haar ist bleich vor Alter und die Haut in grimmige Falten gefurcht. Sie haben weder einen Glauben ans Leben noch eine Hoffnung auf den Tod, und in leerer Gewohnheit beugen sie sich nieder und greifen nach dem Nabelstrang, wenn ein Kind geboren wird.

‚Julus Antonius', sagen sie und lehnen sich über die Wiege, in der Fulvias Sohn liegt, ‚er hat einen stolzen Namen, aber keine Ehre; Kraft und Mut, aber keine Tat; Mannheit und Stärke, aber keine Aufgabe. Seines Vaters Ehre wird geschändet mit niederer Verleumdung, der Bruder auf heiligem Boden getötet, doch niemand straft die sündige Hand.' Sie befestigen den Nabelstrang an der Spindel, stecken ihn und zwirbeln den Faden des Lebens. ‚Er soll wohnen unter dem Dach des Mannes, der seinen Bruder mordete, aufwachsen im Geschlecht der Schänder seines Vaters und in Ohnmacht leben alle seine Tage.‘

Sie zerren ihre Lippen von den faulen Zahnstümpfen und lachen. Kannst du sie hören, Julia? Hohn und Schadenfreude der Göttinnen des Schicksals . . .“

„Ja“, sagte ich und schloß die Augen, „ich höre sie. Ich habe sie jahrelang Nacht um Nacht gehört, sie lachen wie Elstern und zischen wie sieche Greise. Sie haben mich zur Freude geschaffen und mir Trauer gegeben; sie haben mich zur Sonne geboren und in den Schatten gesetzt; sie haben mich mit Wärme erfüllt und halten mich im kalten Griff der Einsamkeit.“

„Und in meinen Schoß haben sie alle schönen Frauen Roms gelegt“, flüsterte er, „aber die eine, die ich liebe, haben sie anderen gegeben.“ Er stand auf, doch an der Tür blieb er stehen.

„Er, der mein Leben zerstört, er, der jeden Schritt, den ich tue, durch seine Spione bewachen läßt, er, den ich mit meinem ganzen innersten Wesen hasse – auf seine Tochter habe ich all meine Liebe gelegt. Siehst du den grausigen Hohn des Schicksals?

Kannst du hören, wie sie sich über Julus Antonius vor Lachen ausschütten wollen, der Cäsars Tochter mit seiner ganzen Seele und jeder Fiber seines Leibes liebt?“

Seine Stimme war heiser, er öffnete die Tür mit einem Ruck.

„Geh nicht!“ rief ich und sprang auf. „Cäsars Tochter ist nicht wie ihr Vater. Bleib Antonius. Niemand lacht. Hör, wie still es geworden ist“, sprach ich atemlos.

Seine Augen glühten, sein Gesicht war blaß geworden.

„Komm“, flüsterte ich noch einmal und streckte meine Arme nach ihm aus. „Komm . . .“

Es begann hinter den Vorhängen zu dämmern. Wir lagen in enger Umarmung, und ich spürte seine Muskeln sich zusammenziehen, als ob er sich erheben wolle, doch er sank wieder zurück. Ein Hahn krähte in der Ferne, ein Hund bellte im Park. Sacht löste Julus sich aus meinen Armen und stand auf. Während er den Gürtel befestigte, legte er seine Wange an meine, schlich still dann zum Ausgang, öffnete leise und ging. Als er die Tür hinter sich schloß, strömte ein Schwall der Morgenbrise über mich. Ich empfand einen kühlen Schauder und zog die Decke hoch.

Mir träumte, ich läge an einsamem Strand. Über den Himmel jagten Wolken wie ruhelose Gedanken, und der Sand war klamm von nächtlicher Nässe. Das Meer wogte grau, ich war von der Kühle durchfröstelt. Die Brecher schäumten und brandeten, und die Wogen spülten zur Bucht herein. Sie teilten sich in tausend flüsternde Zungen, zogen sich zurück, warfen sich wieder vor und spien kleine schäumende Spritzer aus. Ich versuchte, mein Haar um mich zu ziehen, aber der Wind wehte es wild in die Luft. Ich hatte nichts, wohinter ich mich verbergen konnte, nichts, womit ich mich bedecken konnte, und stand nackt in endloser Einsamkeit . . .

Phöbe machte die Tür weit auf und sicherte sie mit einem Haken. Dann zog sie die Läden von den Fenstern, und sonnenwarme Morgenluft erfüllte das Gemach. Während sie den Bademantel aufs Bett legte, spürte ich ihren Blick auf mir ruhen, ehe sie sich zum Ausgang wandte. Ich kämpfte mit mir, mich vom Traum zu lösen, aber sie war schon bis zur Treppe gelangt, ehe ich sie zurückrufen und nach den Kindern fragen konnte.

Agrippina war mit Livilla und Drusus fortgelaufen. Postumus und Claudius waren wie gewöhnlich draußen und fischten mit Antonius – heute hatte er sie noch vor Sonnenaufgang abgeholt.

„Mit Antonius?“ rief ich aus, und sie blickte mich verständnislos an. – Sie seien doch jeden Tag mit ihm draußen auf dem Meer.

Ich sagte nichts mehr, aber nach dem Schwimmen erzählte ich, während sie mit meinem Haar beschäftigt war, daß Antonius diese Nacht bei mir gewesen war.

„Du meinst . . .“ Fragend blickte sie mich an, und ich nickte.

„Venus sei gelobt“, sagte sie und legte den Kamm nieder. Dies mußte so kommen, sie hatte lange genug darauf gewartet. Wenn ein Mann von seiner Frau fortfuhr und sie jahrelang allein ließ, verdiente er nichts anderes. Ich war sechsunddreißig Jahre alt, und die Natur verlangte ihr Recht. Antonius war eine gute Wahl, durch den ich noch viel Freude finden würde.

Ich war über die Maßen irritiert.

Ich hatte durchaus nicht Antonius gewählt – es war so gekommen ... Und Tiberius konnte nichts dafür, daß er davon mußte, er war durch die Umstände dazu gezwungen, und ich konnte unmöglich die Kinder in dem Alter, in dem sie sich jetzt befanden, verlassen. Vielleicht würde er bald wieder nach Hause kommen.

Phöbe erwiderte nichts darauf und ließ mich allein.

Nach dem Essen ging ich in den Garten. Dort saß Antonia die Ältere mit ihrer jüngeren Schwester und den anderen Gästen. Ich fand einen freien Stuhl neben Crispus, und um das Gespräch nicht zu unterbrechen, fragte ich leise, ob er wisse, woher Antonia die kniende Venus bekommen habe, die vor der Buchsbaumhecke stand – die weichen Linien seien so schön vor dem dicht gewachsenen grünen Hintergrund. Als er sagte, Domitius habe sie gekauft, war ich erstaunt, denn ich glaubte, er mache sich nichts aus Kunst.

„Sie interessiert ihn nicht als Skulptur, sondern als Frau“, sagte er und blickte mich an. Sein Blick glitt über mich, so daß ich den Schal um die Schultern zog.

„Da kommen die Jungen“, bemerkte Antonia die Jüngere, und unten in der Allee kamen Claudius und Postumus von der See heraufgelaufen. Antonius folgte ihnen. Mit seinen kreideweißen Zähnen, dem lockigen Haar und den dunklen Augen sah er aus wie ein Faun.

„Sieh mal, Mutter!“ rief Postumus und wies ein Bündel Fische vor. Claudius war stehengeblieben und versteckte sich hinter Antonius.

„Und du, Claudius, laß sehen, was du bekommen hast“, sagte ich und winkte ihm.

Er kam zu mir und versuchte zu lächeln, aber es wurde nur ein schiefes Grinsen. Den Fisch hielt er vor sich und streckte ihn mir direkt ins Gesicht. Antonia die Jüngere schrie auf, aber ich legte den Arm um ihn und drückte ihn samt seiner Beute an mich.

„Wie tüchtig ihr gewesen seid“, sagte ich, „jetzt sollt ihr zu Phöbe gehen. Sie wird veranlassen, daß ihr den Fisch zum Abendessen bekommt. Dann werden Onkel Antonius und ich kommen und uns von euch einladen lassen.“

Er begann zu stottern, ich nahm ihn bei der Hand und ging mit ihnen ins Haus. Hinter mir hörte ich Antonia die Jüngere sagen, daß ich die Kinder verwöhne.

„Du bist verrückt“, sagte ich zu Julus, als wir allein geblieben waren, „du hast ja die ganze Nacht nicht geschlafen.“

„Ein Mann, der Lust hat, nach Afrika zu schwimmen, um Atlas das Himmelsgewölbe tragen zu helfen, hat keine Verwendung für Schlaf. Das wäre vergeudete Zeit, Geliebte. Außerdem muß ich mich unserer vielen Kinder annehmen.“

Seine Worte klangen so glücklich, daß ich seufzte.

Antonius war ein gottbegnadeter Liebhaber und legte eine weitgehende Übung darin an den Tag, seine Spuren zu verbergen. Ich neckte ihn, und er gestand, daß er im Laufe der Jahre die Freuden mitgenommen habe, die seine aufgezwungene Rolle ihm bot. Das Sprichwort ‚Übung macht den Meister‘ halte auch auf Liebespfaden Stich.

Dennoch schien Crispus uns gegenüber Verdacht zu hegen; ja, er schien mir sogar nachzustellen. Als Freund der jüngeren Antonia kam Crispus oft zur Ochsenkopfstraße, er war auch bei Livia gut angeschrieben. Im politischen und kulturellen Leben Roms versuchte er Mäcenas' Platz auszufüllen, und er besaß gewisse Voraussetzungen dafür. Durch Adoption hatte er den angesehenen Namen und das große Vermögen des Historikers Salustius Crispus geerbt, und er war als Literat und Kunstfreund bekannt, aber er war ehrgeizig, und gerade der Mangel an Ehrgeiz hatte Mäcenas zu dem gemacht, der er war. Vielleicht weil ich Mäcenas so hoch gestellt hatte, betrachtete ich voller Skepsis den, der ihn kopierte, insbesondere Crispus' Neugier fand ich wenig ansprechend. Obwohl ich wußte, daß es klug gewesen wäre, ihn zu meinem Vertrauten zu machen, wurde ich eher reserviert als mitteilsam, wenn ich ihn traf. Er begann, mich mit einem eigentümlichen Blick zu betrachten, und folgte mir, wo ich ging und stand.

Eines Tages hatte er sich mitten in der Türöffnung aufgepflanzt, als ich vom Garten hineingehen wollte. Er machte keine Anstalt, mich vorbeizulassen, und ohne ein Wort wandte ich mich um und ging um den breiten Absatz herum zum Haupteingang. Er folgte mir und fragte, ob ich flüchte . . . er sehne sich nach mir, flüsterte er, er könne mir Freuden bieten wie kein anderer. Ich beeilte mich und tat, als höre ich ihn nicht, aber er folgte mir dicht auf den Fersen. Erst in der Halle vor Antonias Tür blieb er unsicher stehen.

Antonia die Ältere ruhte sich aus, und ich setzte mich zu ihr. Ich müsse ihr ein Geheimnis anvertrauen, sagte ich, und erzählte ihr von Julus und mir. Sie freute sich und meinte, das sei herrlich zu hören, denn es sei schlimm, mich in Einsamkeit vor mich hinstarren zu sehen. Aber sie müsse mich warnen, Julus sei ein furchtbarer Schürzenjäger. Wir sollten zwei Zimmer nebeneinander bekommen, denn Marcella die Ältere werde im Sommer nicht nach Baiae kommen. Ich seufzte erleichtert auf, denn wenn Julus mir so nahe war, mußte Crispus sich in Abstand halten.

Diesen Sommer erwartete Juliola ihr erstes Kind, und als es soweit war, siedelte ich zu ihr über. Sie bekam eine Tochter, die Lepia genannt wurde, und es tat gut zu sehen, wie glücklich sie mit Ämilius war.

Am Tag, ehe ich nach Baiae zurück wollte, saß ich lange bei ihr. Sie ergriff meine Hand und sagte, daß sie und Ämilius oft über mich redeten und sich fragten, wie es mir wohl gehe. Sie verstünden nicht, weshalb ich mich nicht scheiden ließe und wieder heiratete, denn es gebe viele, die mich gerne haben wollten. Ich sagte, ich sei mit Tiberius verheiratet und wartete auf ihn. Sie fragte darauf, ob er denn nicht bald heimkomme, aber ich mußte ihr gestehen, daß ich es nicht wisse.

„Ja, aber ihr habt doch getrennt gelebt, ehe er fortfuhr, Mutter, nicht wahr?“

Ich erklärte, er habe es so gewollt, um mich außerhalb seiner Schwierigkeiten zu halten. Sobald die Situation sich ändere, werde er heimkommen. Und wenn keine Änderung eintrete, wolle ich zu ihm reisen, wenn die Kinder mich nicht mehr brauchten.

„Du bist allein, und Ämilius sagt, du bist ohne Schutz.“

„Ich habe Vater und Gaius, und bald wird auch Lucius erwachsen sein.“

Juliola antwortete nicht – sie begriff gewiß mehr, als ich glaubte. Einen Augenblick bedachte ich mich, aber dann berichtete ich ihr von Antonius, und daß wir zusammenlebten. Er habe mich immer gern gehabt und sei mein bester Freund.

„Kannst du ihn nicht heiraten, Mutter?“

Ich schüttelte stumm den Kopf.

„Ich möchte so gern, daß du froh wärst, denn das bist du nicht.“

„Nein“, erwiderte ich, „ich bin es nicht, aber vielleicht werde ich es einmal, wenn ich lange genug warte.“

Als ich nach Baiae zurückkam, setzte Schlechtwetter ein. Antonius gewann Künstler, Clowns und Schauspieler zur Unterhaltung der Gäste, aber ich bevorzugte Brett- oder Würfelspiel. Das war Vaters beständige Zerstreuung, und ich war es gewöhnt, stundenlang mit ihm beim Spiel zu sitzen. In diesen Regentagen war Piso oft mein Partner. Eines Tages kam Vinitius herein. Er blieb hinter meinem Stuhl stehen und sah zu. Ich werde immer nervös, wenn Leute in meinem Rücken stehen, und so begann ich zu verlieren.

Glücklicherweise kam bald Domitius und ließ sich mit Vinitius in ein Gespräch ein, so daß er sich von mir abwandte. Mein Spielstand besserte sich sofort, und mir gelangen mehrere gute Würfe, während ich mit halbem Ohr ihrem Gespräch zuhörte. Ich fing die Worte „Leichenbegängnis“ und „Testament“ auf, aber nicht, wer gestorben war. Plötzlich erwähnten sie Tiberius' Namen, und ich lauschte gespannt. Er war einer der Erben des Verstorbenen und bekam die Wahl zwischen einer Million Sesterzen und einem Gemälde. Er wählte das Gemälde.

Domitius, der nichts für Kunst übrig hatte, stöhnte bei dem Gedanken auf, aber Vinitius versicherte ihm, daß er die gleiche Wahl getroffen hätte. Das Bild stelle nach aller Meinung nämlich reine Pornographie dar – Atalanta in perverser Liebesvereinigung mit Meleager, in Farbe und Komposition zweifellos ein Kunstwerk und der Maler kein Geringerer als Parrhasios – aber als Wandschmuck sei es wenig geeignet. Tiberius habe es über seinem Bett.

Domitius lachte leise. So unterhalte man sich nun einmal in Landsflucht. Er habe Tiberius' Beweggrund, nach Rhodos zu reisen, nie verstanden, aber jetzt erkenne er, daß Livias asketischer Sohn in älteren Tagen Akademiker geworden sei, um seine Laster unter einem Philosophenmantel zu verbergen.

Ich war nun an der Reihe zu werfen, aber als Piso mir den Lederbecher reichte, zitterte meine Hand so, daß die Würfel über die Tischkante rollten. Während er sie aufsammelte, stand ich auf und ging zur Tür. Piso folgte mir, und auf der Loggia sagte ich, mir sei schwindlig, ich brauchte frische Luft. Er holte einen Stuhl und eine Decke, in die er mich wickelte, und als ich ihn bat, wieder hineinzugehen, versprach er, nach einer Weile zurückzukommen und sich um mich zu kümmern.

Es regnete gleichmäßig und still. Die Fliesen auf der Terrasse waren blankpoliert vor Nässe und fast schwarz. Die Olivenstämme standen dunkel unter silbergrauen, triefenden Kronen. Durch den Regen gewann der Garten eine endlose Weite, die schließlich fugenlos in den schweren Himmel überging. Ich versuchte, den Horizont zu erkennen, die tiefe Wolkendecke hatte ihn ausgewischt, die Augen starrten in ein endloses Grau.

Ich dachte an Rhodos. Agrippa und ich waren auf unserer Reise dort gewesen, denn Rhodos war ein Treffpunkt der großen Schiffsrouten und lag wie eine Schildwacht im Reiche Neptuns. Sein Tempel leuchtete über dem Steilhang zu Asiens zerrissener Küste hinüber als ein Seezeichen für alle, die das Meer befuhren. Die hügligen Hänge im Innern der Insel waren mit üppigem Grün bedeckt, Windmühlen pumpten Wasser auf die Felder, und in wohlgeordneten Gärten träumten reiche Kaufherrensitze in selbstzufriedenem Überfluß.

Weit weg von Handelshäusern und Villenvierteln lag die Akademie in kühler Isolation hinter Mauern und Säulengängen. Dort begegneten sich die Gedanken der ganzen Welt, und in den Hallen verglichen gelehrte Männer die Gesetze der Götter und der Menschen. In endlosen Diskussionen siebten sie die Theorien und Lehrmeinungen durch das haarfeine Sieb des Intellekts und legten ihre Ergebnisse in Solons kristallklarem Griechisch dar. In diesem Tempel der Weisheit lebte Tiberius, in hellenische Tracht gekleidet.

Unendlich fern lagen Rom, der Senat und das Forum, und nur wenn Freunde auf der Durchreise zu ihm kamen, fühlte er den Pulsschlag des Reiches. Dann empfing er Post und frische Grüße von daheim – sonst gingen die Tage in monotoner Ruhe dahin. Aber wenn das Dunkel kam und die Nachttischlampe angezündet wurde, fiel das Licht auf einen Frauenleib – Atalantas weiße Gestalt gegen Meleagers Lenden.

Ein scharfer Schmerz durchfuhr mich, und als Piso kam, bat ich ihn, Antonia auszurichten, daß sie zum Abend nicht mit mir rechnen könne.

In dieser Nacht verriegelte ich die Türen und trank viele Becher heißen Wein. Aber ich fand keine Ruhe und lauschte dem Dröhnen des Meeres. So brauste die Brandung auch gegen die Küste von Rhodos. Am nächsten Morgen wollte Julus wissen, was mir fehlte. „Nichts – nur Schlaflosigkeit", sagte ich.

Er nahm mein Gesicht in die Hände und sah mir in die Augen. „Verstehst du, welch eine Qual es ist, dem nicht helfen zu können, den man liebt?"

Ich vermochte ihm nicht zu antworten.

16

Gegen Herbst kam Quirinius nach Rom. Seit er Landeshauptmann in Syrien gewesen war, wurde er oft für Spezialaufträge im Osten verwendet, und er sollte nur kurze Zeit daheim sein. Er würde mir gewiß einen Besuch abstatten, denn ich hatte lange nichts von Tiberius gehört und wußte, daß Quirinius auf Rhodos gewesen war, deshalb wurde ich von dem starken Verlangen befallen, ihn sofort zu sehen. Ich hatte seine Ankunft während eines Essens erfahren und gab den Trägern auf dem Heimweg seine Adresse. Sie erhielten Befehl, sich im Schatten der Hausmauer zu halten, und ehe ich die Sänfte verließ, zog ich den Schleier gut vors Gesicht.

Die Türwache holte den Herrn des Hauses, der mich sofort einließ. „Welche Ehre“, sagte Quirinius, der viel zu weltgewandt war, um bei meinem nächtlichen Besuch Überraschung zu zeigen.

„Wie herrlich, daß du daheim bist“, seufzte ich und setzte mich über die Etikette hinweg. „Ich hörte zufällig, daß du in der Stadt seist, und ich konnte nicht so lange warten, bis du bei mir erschienst. Du warst bei Tiberius, nicht wahr?“

Ja, er bringe frische Grüße mit. Tiberius bitte mich, ihm zu schreiben.

„Aber ich schreibe doch immerfort!“ rief ich aus. „Die Briefe müssen verschwinden, denn ich höre auch nichts von ihm.“

Quirinius sagte, daß auch er die Kuriere im Verdacht habe, aber Tiberius habe gemeint, ich sei des Wartens müde geworden; dies sei eine verständliche Erklärung. Niemand könne es kritisieren, wenn meine Gefühle die Beanspruchung durch eine so lange Trennung nicht ertragen hätten.

„Hat er auf Antonius hingewiesen?“ fragte ich, und Quirinius nickte.

„Hat er von uns gesprochen?“

„Nicht direkt, er kam eher mit Selbstvorwürfen. Er fand es natürlich, daß du die Geduld verloren hättest, aber er habe keine andere Wahl gehabt. Erst nachdem Antipater und jetzt endlich auch Herodes gestorben seien, könne er an Heimreise denken.“

„Antipater und Herodes?“ rief ich verwundert aus.

Ja, Antipater, der an der unglücklichen Verschwörung des Drusus beteiligt war, hatte auf die eine oder andere Weise den inneren Kern des Komplottes entdeckt. Das wollte er ausnutzen, um Tiberius’ Hilfe zu erhalten, Palästina den Verbündetenstatus zu verschaffen. Aber als er nach Rom kam, war Tiberius’ eigene Stellung so exponiert, daß er keine politischen Fragen zu berühren wagte. Aus dem gleichen Grunde hatte er dem Oberkommando des Heeres entsagt und gebeten, sich ins Privatleben zurückziehen zu dürfen. Das war ein Schlag für Antipater, der wußte, daß Salome durch Livia über seine Verbindung mit Drusus unterrichtet war. Gelang es Salome, Beweise zu beschaffen, daß Antipater in voller Überlegung seine eigene Beteiligung an der Verschwörung gegen Augustus auf seine Halbbrüder, die Mariamne-Söhne, abgeschoben hatte, konnte nur ein großer diplomatischer Sieg sein Leben retten. Er versuchte, Tiberius unter Drohungen zu erpressen, ihm behilflich zu sein, aber Tiberius erwiderte, den Sieg müsse er sich selber schaffen, und entwich nach Rhodos. Allein hatte Antipater zu wenig Einfluß besessen, um in Rom das Erforderliche zu erreichen, und wie die ganze Welt wußte, war Salome aus diesem Streit mit dem Sieg hervorgegangen. Dies also war die Erklärung! Ich hatte gewußt, daß ein Zusammenhang zwischen Antipater und Tiberius bestand.

Ich bat Quirinius fortzufahren, und er berichtete, daß Tiberius sich nun, da Antipater und Herodes im Grabe ruhten, wieder sicher fühle. Er habe Augustus gebeten, zu seiner Familie heimkehren zu dürfen, nach der er sich sehne, aber Augustus hätte geantwortet, habe er nicht früher Rücksicht auf seine Angehörigen genommen, sei es jetzt dazu zu spät, da alle sich ohne ihn gut zurechtgefunden hätten. Es passe für alle Beteiligten am besten, wenn er dort bleibe, wo er sei. Ich fragte schnell, ob Tiberius glaube, daß ich hinter Vaters Antwort stehe.

Ja, Tiberius habe eingerämut, daß das sein erster Gedanke gewesen sei, nachdem er gerade durch Livia von mir und Antonius gehört hatte. Sie habe geschrieben, daß Crispus mit eigenen Augen Antonius aus meinem Schlafzimmer in Baiae habe kommen sehen und bereit sei, in einem Untreueverfahren gegen mich Zeugnis abzulegen. Ganz Rom rede über uns, und Livia sei froh, daß nun endlich die Scheidung bevorstehe. Sie sei nicht gefragt worden und habe dieser mißglückten Ehe niemals zugestimmt. Nicht lange danach habe Tiberius von Augustus eine Aufforderung erhalten, den Scheidungsbrief einzureichen.

Er habe sich jedoch darüber gewundert, daß ich nicht selber darum bat, wenn es wirklich mein Wunsch war. Deshalb erwiderte er, daß er keine Veranlassung zu einem solchen Schritt habe, mir aber keine Hindernisse in den Weg legen wolle, wenn ich darum bäte freizuwerden. So stehe die Sache jetzt.

Quirinius sah mich an. Während er berichtete, hatte ich mit gesenktem Kopf niedergeblickt, und als er erzählte, daß Tiberius keinen Scheidungsbrief schicken wollte, kamen mir die Tränen. Ich versuchte sie fortzuwischen, aber es nützte nichts, und zum Schluß strömten sie mir die Wangen hinab. Quirinius saß still neben mir und ließ mich weinen.

Er war in letzter Zeit etwas älter geworden, auch etwas rundlicher; das dünne Haar hatte er kunstvoll über den Schädel gelegt. Seine Hand zitterte leicht. Man mußte ein Asket sein, um die Jahre in den üppigen östlichen Provinzen ohne Einbuße zu ertragen. Doch trotz der typischen Zeichen des Verfalls hatte er die Festigkeit der Stimme und die Wärme und Redlichkeit der Augen bewahrt. Wenn ich mich ihm anvertraute, würde er mein Vertrauen nicht mißbrauchen, sondern Tiberius unverfälscht wiedergeben, was ich sagen wollte. Und da wir dem geschriebenen Wort nicht länger vertrauen konnten, brauchten wir einen Mittler. Quirinius berichtete, daß Tiberius ihn um das gleiche gebeten habe. Er habe ihm versprochen, sein Bestes zu tun.

Ich begann damit, daß es nun bald zehn Jahre seien, seit Tiberius und ich getraut wurden. Das sei eine Zeit höchsten Glücks gewesen, aber auch großer Enttäuschung und tiefer Trauer. In meinem armseligen Vermögen hätte ich versucht, ihn zu verstehen – ich liebe ihn ja –, aber er habe mich außerhalb vieler wichtiger Dinge gehalten. Den Brief, den Drusus geschrieben hatte, habe er zwar erwähnt, aber zu seinem Inhalt hätte ich mich selber vortasten müssen und erkannt, daß sie sich gegen Vater verschworen hätten. Das sei keine leichte Erkenntnis für mich als Tochter gewesen, aber ich hätte keinen Augenblick in der Wahl zwischen ihm und Tiberius gezaudert – ja, ich hätte es überhaupt nicht als Wahl empfunden, denn ich hätte immer Tiberius angehört, unabhängig von äußeren Verhältnissen und Umständen sei ich immer die Seine gewesen. Zwei Jahre des Getrenntlebens daheim und vier weitere Jahre größerer räumlicher Trennung hätten daran nichts geändert, und ich hätte mich in der Öde der Einsamkeit gewiß behauptet, wenn ich nicht einen Zweifel in mir getragen hätte, der wie eine Krebsgeschwulst an mir zehrte. Denn zur gleichen Stunde, da ich entdeckte, daß Tiberius gegen Vater arbeitete, schlug ein Verdacht in mir nieder, der mich Tag und Nacht beunruhigte: durch mich hatte Tiberius die Stellung erhalten, die er brauchte, um den Verschwörungsplan durchzuführen. Hatte er vielleicht deshalb Vipsania sofort verlassen und mich geheiratet? Ich wußte, es war häßlich von mir, so zu denken. Ich kämpfte dagegen an und versuchte, mich auf all unsere Liebe, unser Glück und nicht zuletzt den kleinen Nero zu konzentrieren. Aber ich mußte auch an Livias Giftsaat denken. Konnte Tiberius mich lieben, wenn er Vater aus dem Wege räumen wollte?

Als er davonfuhr, blieb ich allein zurück und suchte nach Erinnerungsbrocken unserer Liebe, wie ein Bettler unter den Tauben nach Brosamen sucht. Aber Brosamen sind keine Nahrung, und Erinnerungen löschen den Durst weder im Leib noch in der Seele; ich war herzenskrank und wund, als Antonius mich fand. Seine Wärme und Fürsorge linderten meine Not, stillten aber nicht die Entbehrung, und ehe ich nicht die Antwort darauf erhielt, ob ich für Tiberius nur ein Glied seines Planes war oder für ihn das Leben bedeutete wie er für mich, würden Zweifel und Qual fortfahren, mich zu peinigen.

„Die Antwort darauf kann ich dir geben", sagte Quirinius, „denn der Plan, von dem du redest, wurde von Drusus erdacht und ist nie Tiberius' Werk gewesen, er war noch nicht einmal konzipiert, als ihr heiratetet. Die Ehe ist für Tiberius ein Plan der Liebe gewesen, Julia."

„Ich brauche keinen Trost, sondern Wahrheit", flüsterte ich.

„Ich kann jedes Wort, das ich sage, beschwören. Ich habe auf Rhodos den Brief mit eigenen Augen gelesen, und gerade weil er ein unumstößlicher Beweis dafür ist, daß Drusus und nicht er der Verantwortliche war, hat er ihn all diese Jahre aufbewahrt. Drusus sandte ihm den Brief nach Aquileia, und Tiberius nahm ihn mit nach Rom, um dort die Einzelheiten mit Drusus zu erörtern. Nach dessen Tod fürchtete er, daß der Plan enthüllt sei, und verbarg den Brief, um einen Beweis dafür zu haben, daß nicht er der Haupträdelsführer war."

Ich war zu tief ergriffen, um etwas sagen zu können. Quirinius fuhr fort:

„Tiberius ist Claudius' Sohn und mit dem Keim der Republik im Herzen geboren. Er ist keiner von denen, die ihre Ideale um äußerer Vorteile willen preisgeben; für ihn ist es selbstverständliche Plicht, Rom vom Tyrannen zu befreien, auch wenn er dein Vater ist . Er hat es nicht leicht gehabt im Leben, Julia, und du darfst nicht glauben, daß er in Rom weniger einsam gewesen wäre als auf Rhodos."Er schwieg.

„Tiberius ist immer empfindsam gewesen", sagte ich still. „All das Böse, das er als Kind und als Erwachsener hat durchstehen müssen, hat ihn verschlossen gemacht."

„Du hast ihn immer geliebt, Julia", sagte Quirinius.

„Ja, immer", antwortete ich und stand auf.

Ehe Quirinius wieder nach Osten reiste, wollte er einige von Tiberius' Freunden zusammenrufen. Er fragte, ob ich kommen wolle, und bat mich, die Einladung nicht mißzuverstehen, wenn er hinzufüge, daß ich die einzige Dame sein werde. Er meinte, ich würde vielleicht Wert darauf legen, die zu treffen, die Tiberius nahestanden. Ich wollte ihm keine feste Zusage geben, aber im letzten Augenblick entschloß ich mich doch hinzugehen. Zu meinem großen Erstaunen traf ich meinen eigenen Schwiegersohn Ämilius Paulus unter den Gästen.

„Bist du hier?" rief ich aus. „Jetzt geht mir auf, weshalb Juliola so gut über Dinge unterrichtet ist, die mich interessieren."

Gnäus Piso zog die Augenbrauen in die Höhe, als er mich erblickte. „Hätte ich das geahnt, Julia", sagte er, „hätten wir im Sommer vernünftig reden können, statt Würfel zu spielen. Aber ich war gewiß, daß Tiberius deinetwegen nach Rhodos zog – es ist die allgemein übliche Auffassung, weißt du."

„Ja, entweder gibt man mir oder meinem Sohn Gaius die Schuld daran – armer Gaius, der noch nicht einmal die Mannestoga trug, als Tiberus sich zurückzog. Weshalb reden die Leute denn nicht von der bösen Stiefmutter oder gehässigen Schwiegermutter, über die so viele Geschichten umlaufen . . . Zumal in diesem Fall, da beide von derselben Person repräsentiert werden, sollte es zum Greifen naheliegen."

„Ist deine Zunge in letzter Zeit locker geworden?" fragte Piso.

„Nein", sagte ich, „aber ich genieße es, unter Verbündeten zu sein." Unter den Gästen befand sich Antistius Labeo, ein guter Jurist und eingefleischter Republikaner. Wenn man überhaupt von einer Opposition gegen Vater reden konnte, war er einer ihrer Führer. Er arbeitete gegen das neue Ehegesetz, das Vater erzwingen wollte, und Ovidius half ihm. Ovidius hatte gerade seine letzte Gedichtsammlung „Ars amandi" zur Vervielfältigung gegeben, sie sollte in guter Zeit vor der Senatsdebatte auf dem Markt erscheinen. Das Verhältnis zwischen Mann und Frau ließ sich nicht durch Gesetze und Paragraphen regulieren; von Augustus war dieser Weg über das Gesetz lediglich ein Kunstgriff, sich in die Eheangelegenheiten der römischen Bürger einmischen zu können.

Ich fragte, ob er glaube, daß Vater irgendeine Möglichkeit besitze, meine Ehe mit Tiberius aufzulösen, wenn wir uns widersetzten – ich sei in Tiberius' Hand, und als Haupt des Hauses der Claudier sei er sein eigener Herr. Ich verglich uns mit dem Fall Cornelias und Julius Cäsars, als Sulla in seiner Eigenschaft als Diktator vergeblich versucht hatte, ihre Ehe zu annullieren.

Labeo erwiderte, bei der Tüchtigkeit, die Augustus an den Tag lege, wenn es sich darum handele, seinen Handlungen den Anschein der Legalität zu geben, wolle er mir raten, nicht zu sicher zu sein.

Das Gespräch glitt allmählich auf andere Gebiete über, und als die judäische Erbangelegenheit erwähnt wurde, beteiligten sich alle lebhaft daran. Herodes' Hinterbliebene waren nämlich über das Erbe uneins geworden und mit verschiedenen Delegationen in Rom erschienen, um den Streit von Augustus entscheiden zu lassen. Die Sache wurde im Apollotempel vorgetragen, wo Vater und Gaius Urteil sprachen. Ich wurde nach verschiedenen Dingen gefragt, vermied es jedoch, eine direkte Antwort zu geben, sondern sagte, es sei ganz natürlich, daß es zum Streit komme, wo Salome Partnerin sei. Das erregte Heiterkeit, und einige Gäste, die sie bei Livia gesehen hatten, schilderten ihr furchtbares Aussehen. Sie war mit den Jahren riesig dick geworden, und das Doppelkinn ging unmittelbar in die aufgeschwemmte Brust über. Die Unterlippe zog sich feucht und liederlich zum Kinn hinab, und unter dem hennagefärbten Haar und den geschminkten Augenbrauen glitzerten zwei unruhige stechende Augen. Wenn man sie ansah, wich ihr Blick aus, wie wenn eine Schlange durchs Gras entweicht; mich schauderte allein bei dem Gedanken, ihr zu begegnen. Piso berichtete, sie sei beim Urteil gut berücksichtigt worden und habe, ehe sie Rom verließ, ein Testament hinterlegt, in dem sie Livia zu ihrer Haupterbin einsetzte.

Um nicht allen Leuten zu zeigen, wo ich mich befand, hatte ich die Sänfte heimgeschickt, und als ich aufbrach, begleitete mich die ganze Gesellschaft. Nach Carinene war es nicht weit, aber es erforderte seine Zeit, denn die Straßen waren stockdunkel. Wir stolperten beständig, und Labeo murmelte wütend, es wäre besser für die Moral der Stadt, wenn Augustus für Straßenbeleuchtung sorgen würde wie in Antiochia, statt sich um Ehegesetze zu kümmern.

Die Verhältnisse waren besonders unerträglich geworden, nachdem es auf Grund des starken Verkehrs verboten worden war, Pferd und Wagen in den Straßen zu gebrauchen, außer zur Nachtzeit. Mit Anbruch der Dunkelheit begannen daher die Lebensmitteltransporte hereinzurollen, und längs der Hauptverkehrsstraßen fuhren die Karren so dicht hintereinander, daß es für Fußgänger unmöglich war, voranzukommen. Die schweren Räder donnerten mit ohrenbetäubendem Lärm über die Brückensteine, und keiner, der es sich leisten konnte, blieb an den Durchgangsstraßen wohnen, sondern siedelte auf die stillen Hügelgelände über, um Nachtruhe zu finden. Bei Via Arviletum mußten wir lange warten, um über die Straße zu gelangen. Schließlich verlor einer meiner Begleiter die Geduld und packte eines der Pferde am Geschirr, während ich die Straße überquerte. Aber die Kutscher, die nichts sahen, glaubten, es handle sich um einen Überfall und schlugen wild mit den Peitschen um sich. Bald entstand ein chaotisches Handgemenge, das damit endete, daß eine Abteilung des Wachkorps der vierten Legion aus dem Dunkel auftauchte und von allen Beteiligten Namen und Adresse feststellte. Solche Ereignisse sind an und für sich im nächtlichen Rom nicht aufsehenerregend, und ihre Häufigkeit war der Grund dafür, daß Vater eine feste Ordnungswache einrichten ließ. Aber es war ein Ereignis, das unter den Erlebnissen der Tochter Cäsars nicht vorkommen darf, und in der Stadt wurde die Geschichte zum Skandal aufgebauscht. Schlimmer als der Klatsch war jedoch die Tatsache, daß Vater davon erfuhr, mit wem ich zusammengewesen war, denn ein Blick auf den Rapport zeigte ihm, daß ich mich nicht mehr zu seiner Gefolgschaft hielt. Er unternahm mehrere Versuche, mich auszufragen, aber ich hatte keine Lust, zu erzählen, worüber Quirinius und ich gesprochen hatten, und antwortete ausweichend.

Dieses Gespräch mit Quirinius war tief in meine Seele gedrungen. Die Welt war für mich neu geworden, wie Marcus zu sagen pflegte; ich fühlte wieder festen Boden unter den Füßen. Tiberius liebte mich, er sehnte sich nach mir, wollte heim zu mir. Er wagte es jetzt heimzukommen und hatte Vater um Rückkehrerlaubnis gebeten. Nichts auf der Erde konnte uns noch trennen.

Als erstes mußte ich mit Antonius brechen. Er weilte im Augenblick bei König Juba, seinem Schwager, in Afrika zur Jagd, aber sobald er heimkam, sollte es aus sein zwischen uns. Ich hatte Antonius gern, er war herzensgut, so knabenhaft geradezu und voll Wärme. Es würde schmerzlich sein, das Wort „Schluß“ zu sprechen. Gibt es etwas Unbarmherzigeres als dies? Ich sah ihn jäh stehenbleiben, seine Brauen runzeln und mir in die Augen blicken. Und ich meinte, das Licht in ihnen erlöschen zu sehen, ehe er sich langsam umwandte und ging. Ich schluchzte laut auf bei dem Gedanken, streckte die Hände nach ihm aus und flüsterte all die guten Worte, die ich zu sagen pflegte, wenn er mich in seinen Armen hielt. Alles war so einfach und gut gewesen. Es hatte sich von selber ergeben, daß wir einander liebten, er vor Sehnsucht, ich aus Einsamkeit. Es war ganz natürlich für mich, ihm von der Zartheit zu geben, die Tiberius nicht erhalten konnte – ob es falsch war oder richtig, dem hatte ich kaum einen Gedanken geschenkt. Jetzt erst ging mir auf, daß keine Frau Amor an ihre Brust nehmen kann, ohne sich an seinen Pfeilspitzen zu verletzen. Keine von uns kann ihren Leib geben, ohne einen Teil ihres Herzens zu geben – nur die, die das Band zwischen Leib und Seele zerrissen haben und nach Subura gehören, können Beilager und Liebe trennen. Venus' Gebot ist nicht den Gesetzen gleich, die die Menschen schaffen und die Vater und Ateius außer Kraft setzen können, wenn sie ihnen nicht mehr behagen. Venus ist heilig; was ich Antonius gab, mußte ich Tiberius stehlen. Diesen Diebstahl hatte ich begangen, während er Barmherzigkeit gegenüber Kranken übte und die Läuterung seiner Seele in Studien und Askese suchte. Es half nicht, daß er mich mit seinen Selbstvorwürfen zu decken versuchte – Angesicht zu Angesicht mir selber gegenüber hatte ich das Gesetz der Venus gebrochen.

Die Reue hatte sich tief in mein Herz gepflanzt, wie ein Speer mit Widerhaken, der an den innersten Wurzeln riß. Ich träumte nicht mehr von Wiedersehen und Seligkeit – ich träumte von Wiedersehen und Auseinandersetzung, ich lag zu Tiberius' Füßen und weinte und bettelte – nicht um Vergebung, denn die hatte ich, sondern um Strafe, daß ich mein Vergehen büßen könnte.

Zum erstenmal in meinem Leben prüfte ich so meinen eigenen Sinn, und das Urteil, das ich fällte, fiel hart aus. Ich hatte mich treiben lassen und meinem eigenen niedrigen Mißtrauen gelauscht. Blind war ich gewesen, verstockt – wie damals, als die Eifersucht Vipsania gegenüber meinen Verstand umnebelte und mich zur Törin machte. Ich hatte Tiberius mißtraut, als er mein Vertrauen am meisten brauchte, da er heimatlos, einsam und gefährdet war. Schwach war ich gewesen und hatte mich fortreißen lassen in eines anderen Mannes Arme. Ich hatte den Zufall walten lassen, war Schwierigkeiten aus dem Weg gegangen, hatte Vater stets nachgegeben und war vor Livia ausgewichen.

Das mußte anders werden. Fortan wollte ich fest auf meinem Recht beharren und, wenn es nötig war, Härte gegen Härte setzen. Da ich wußte, daß Tiberius heim wollte, wollte ich mit allen Mitteln darum kämpfen, ihn herzubekommen. Darin wollte ich jedenfalls nicht versagen.

Als erstes mußte ich Vater davon überzeugen, was es für uns bedeutete, wieder zusammenzukommen. Vater tat mir gern einen Gefallen, wenn mein Wille nicht den seinen kreuzte, und wenn ich mit ihm allein war, konnte ich ihn oft zu etwas überreden, was er mir vorher abgeschlagen hatte. Deshalb hieß es, Livia draußen halten, denn sie hatte stets gehofft, Tiberius von mir trennen zu können.

Zu dieser Jahreszeit pflegte sie nach Prima Porta hinauszufahren, um die Olivenernte zu überwachen, und ich wartete, bis sie abgereist war, ehe ich Vater zum Abendessen einlud. Bei Tische hatten wir es äußerst behaglich, und nach dem Essen setzten wir uns an den Würfelbecher. Ich neckte Vater, wie ich es stets zu tun pflegte, scherzte und bekam ihn in gute Stimmung, ehe ich das Gespräch auf Tiberius brachte. Ich bemerkte sofort, daß ihm das Thema mißfiel, gab mich aber unbekümmert und erklärte, ich sehne mich nach nichts mehr, als Tiberius wieder heimzubekommen, und ich wüßte, daß Tiberius das gleiche wünsche. Vater erwiderte, dann hätte er nicht seiner Wege ziehen, sondern daheim bleiben sollen. Er habe nie eine ausreichende Erklärung erhalten, weshalb Tiberius sich zurückgezogen habe, und ehe er die nicht bekomme, könne von einer Heimkehrerlaubnis keine Rede sein. Wie man sich bette, so liege man. Ich erklärte, Tiberius habe nicht einen, sondern viele Gründe gehabt. Mehrere seiner Freunde mißgönnten ihm den Oberbefehl – Arruntius, Gallus, Domitius und andere. Drusus' Tod sei ihm sehr nahegegangen, und nach dem langen Marsch mit dem Trauerzug sei er körperlich und seelisch erschöpft gewesen. Daß wir den kleinen Nero verloren, habe ihn härter getroffen, als jemand ahnte; gleichzeitig habe er Schwierigkeiten mit mir gehabt, denn Livia habe es fertiggebracht, mit dem Brief, den Gracchus und ich schrieben, Unfrieden zwischen uns zu säen. Kurz und gut, das Leben daheim habe sich ihm so verwirrt, daß er es nicht mehr ertragen habe. Jetzt sei alles zwischen uns geklärt, und wir sehnten uns danach, wieder zusammenzukommen und von neuem zu beginnen.

„Und es sollte sich statt dessen jetzt nicht zwischen dir und

Antonius zum gordischen Knoten verschlungen haben?" fragte Vater spitzfindig.

Ich wurde rot. „Durchaus nicht", entgegenete ich schnell, „wir sind genauso gute Freunde wie bisher, aber sobald er aus Afrika heimkommt, werde ich mit ihm Schluß machen. Du verstehst, ich habe ihn nie geliebt – habe nie in meinem Leben einen anderen geliebt als Tiberius. Die Bande, die uns miteinander verbinden, lassen sich nicht lösen. Als wir heirateten, schworen wir, in Leben und Tod aneinander festzuhalten. Du mußt ihn zurückkommen lassen, Vater, und mir helfen, den Eid zu halten, den ich gab."

„Den du bereits gebrochen hast . . ."

„Ja", sagte ich beschämt. „Aber nichts bereue ich so sehr, wie dies. Tiberius will alle Schuld daran auf sich nehmen, und als ich dies erfuhr, begann ich zu verstehen, was Zusammenhalt wirklich bedeutet. Nachdem ich die Tiefe unserer Liebe gelotet habe, wurde die Ehe heilig für mich", fügte ich leise hinzu.

Vater antwortete nicht, sondern nahm den Würfelbecher und machte geistesabwesend einige Würfe. Auch ich begann zu spielen. Meine Worte hatten offensichtlich Eindruck auf ihn gemacht.

„Livia meint, ihr paßt nicht zusammen, und am besten wäre es, wenn ihr geschieden würdet", sagte er plötzlich. „Ich selber habe auch der gleichen Auffassung zugeneigt."

„Das sagt sie nur, weil sie mich nicht leiden kann", sagte ich leichthin. „Sie erträgt es nicht, daß wir beide behaglich beisammen sind, denn sie will dich für sich haben. Alle Frauen sind so."

„Vielleicht", lächelte er. „Sie tut in jedem Fall ihr Bestes, daß ich es nicht verstehen soll."

Wir saßen noch lange beim Spiel, und als er aufbrach, dankte ich ihm für eine behagliche Stunde.

„Vergiß Tiberius nicht", rief ich ihm nach. Ich sann vor mich hin, als ich mich auskleidete . . . wenn man mich nur in Frieden ließ, würde ich bald Tiberius heimgeschmuggelt haben. Wie nett und behaglich hatten Vater und ich es gehabt, als wir allein waren!

Am nächsten Vormittag hatte ich gerade die Befehle fürs Haus erteilt und saß in der Bibliothek, als Livia gemeldet wurde.

„Liebe, bist du nicht in Prima Porta?“ begrüßte ich sie.

Nein, sie war früher als erwartet fertig geworden und gestern abend in ein leeres Haus heimgekehrt.

„Vater hat hier zu Abend gegessen“, sagte ich, „und wir haben wie gewöhnlich Würfel gespielt.“

„Ich hörte, ihr habt über Tiberius gesprochen.“

Ja, wir hätten das Thema berührt, und da sie es erwähne, würde ich gern wissen, ob es schon lange her sei, seit sie zuletzt von Tiberius hörte. Ich selber hätte, solange ich mich erinnern könne, keinen Brief erhalten. Die Post zeige eine seltsame Tendenz zum Verschwinden. Ich frage mich, ob sie vielleicht die gleiche Erfahrung gesammelt habe.

Nein, sie habe nichts bemerkt und höre regelmäßig von ihm . . . er schreibe lange liebevolle Briefe an seine Mutter. Wenn ich nichts von ihm hörte, hätten gewiß nicht die Briefboten Schuld daran.

„Dann gehe ich davon aus, daß du Antwort auf den Brief erhalten hast, in dem du ihm die Scheidung vorschlägst“, sagte ich scharf. „Es würde interessant sein, aus deinem eigenen Mund zu hören, weshalb es dir so sehr darum zu tun ist, daß wir auseinandergehen sollen.“

„Weil ich eurer Heirat nie zugestimmt habe“, erwiderte sie – gereizt, daß ich sie nun gestellt hatte.

„Es gab niemand, der für deine Zustimmung Verwendung gehabt hätte“‘, erwiderte ich. „Vater und Tiberius waren beide völlig kompetent, eine Bestimmung zu treffen, ohne dich um Rat zu fragen. Wenn ich mich damit abfinden konnte, was hinter meinem Rücken über mich verfügt wurde, wäre es keine Zumutung, wenn du das gleiche tätest. Tiberius war längst mündig und Haupt des Hauses der Claudier, und es gebührt sich wenig, daß du seiner Entscheidung entgegenarbeitest.“

„Du vergißt, daß er mein Sohn ist“, schnappte sie.

„Und du, daß er mein Mann ist“, biß ich zurück.

Sie kniff den Mund zusammen.

„Da du noch immer saure Miene zu der Hochzeit machst, die vor zehn Jahren gehalten wurde, mußt du gewichtige Gründe haben, gegen sie zu sein“, fuhr ich uneingeschüchtert fort. „Wenn du sie mir erklären würdest, will ich gern versuchen, die Fehler zu berichtigen, soweit sie bei mir liegen.“

„Ich bin keinem Rechenschaft schuldig und am allerwenigsten dir“, erwiderte sie zornig.

„Selbstverständlich nicht“, räumte ich ein, „aber als Stief- und Schwiegertochter glaubte ich, wir könnten einmal miteinander reden. Denn du bist doch hergekommen, um mit mir zu sprechen.“

Sie antwortete nicht.

„Nun?“ sagte ich nach einer Weile.

Noch immer kein Wort.

„Es sollte nicht etwa daran liegen, daß du mich nicht leiden kannst?“ fragte ich sanft. Sie tat, als sei ich Luft.

„Daß du mich nicht liebst? Daß du mich nie geliebt hast? Daß du mich vielleicht haßt und immer gehaßt hast . . . sogar, ehe ich das Licht der Welt erblickte, ja von dem Augenblick an, da du hörtest, daß Scribonia schwanger sei?“

„Hör auf“, sagte sie scharf.

„Ich war noch nicht mehr als ein werdendes Wesen, als ich dir in den Weg kam und du mich mit Haß verfolgtest. Der Haß wurde nicht geringer, als ich wuchs und du sahst, wie viele einen schützenden Ring um mich zogen – Octavia, Agrippa, Mäcenas, um nicht von Vater zu reden. Aber am schlimmsten wurde es, als du sahst, daß dein eigener Sohn Zuneigung zu mir gewann.“

„Zuneigung zu dir gewann?“ schnarrte sie. „Du hast es auf ihn angelegt, hast ihn mir abspenstig gemacht, hast dich an ihm festgesogen – wie ein Blutegel sitzt du an seinem Lebensnerv. Glaubst du, er, der mein Sohn ist, würde als ein demütiger Narr unter Schwächlingen und Gelehrten auf Rhodos einhergehen, wenn nicht du dahinterstündest?!“

„Es ist tatsächlich eine Ironie des Schicksals, daß gerade dein Sohn Wahrheitssucher geworden ist“, erwiderte ich geistesgegenwärtig, „aber mir die Schuld daran zu geben, daß er auf Rhodos ist, trifft völlig daneben. Ich habe ebensowenig Schuld daran wie an meiner eigenen Existenz. Und es absichtlich auf ihn anzulegen, war völlig überflüssig. Er kam von selber, all die Wärme und das Verständnis suchend, die er andernorts nicht bekam. Die Gefühle, die uns verbinden, kann niemand ersticken. Tiberius ist mein – mein für immer! Daß du ihn verloren hast, ist deine eigene Schuld; denn es geschah, als er groß genug war zu verstehen, daß du seinen Vater betrogen, ihn preisgeben hattest um meines Vaters willen."

„Schweig", spie sie, „du keifender kleiner Schoßhund, du herumtreiberische Hündin, du hast immer im Schutz derer geknurrt, vor denen du schwänzeltest und die dich tätschelten, und ich habe es geduldet. Jetzt aber ist Schluß."

„Ich bin nicht länger ein wehrloses Kind in deiner Gewalt, das du durch Drohungen um Verstand und Ruhe bringen kannst", entgegnete ich ruhig. „Du sagtest ‚dulden', Livia, ich bin es, die geduldet hat – geduldet und ihre Verluste schweigend getragen hat – Marcellus, Agrippa und den kleinen Nero. Wenn du versuchst, mir nun auch Tiberius zu nehmen, ist es zu Ende mit meinem Schweigen."

„Du drohst mir?" zischte sie.

„Nein, ich drohe nicht, aber ich wehre mich, und wenn du Tiberius zurückgewinnen willst, solltest du uns lieber vereinen. Denn wenn du uns zu trennen versuchst, wird er dich ebenso intensiv hassen, wie er mich liebt."

Ich trat dicht an sie heran.

„Damit du nicht im Zweifel darüber bist, daß ich mich verteidigen kann und verteidigen werde, sollst du wissen, daß deine Kuriere nicht immer gleich zuverlässig gewesen sind. Es gibt Briefe von dir und Salome, die nie ans Ziel gekommen sind, die aber, das gelobe ich, ihre Bestimmung im Gerichtssaal erreichen sollen, wenn du Tiberius und mich nicht in Frieden läßt."

Sie hatte sich erhoben.

„Du glaubst also, du könntest die Peitsche schwingen und ich würde vor dir schnatternder Törin Furcht empfinden? Tiberius wäre dein? Und nichts könnte ihn von dir trennen?" Sie lachte leise und gurrend. Ihre Augen waren dunkel geworden vor Haß, und Schimpfworte quollen aus ihrem Mund wie schleimiger Schmutz aus einem abgrundtiefen Pfuhl.

„Es ist ein Jammer, daß die Welt dich jetzt nicht sieht“, sagte ich verächtlich und wies zur Tür.

Dann ging ich in den Garten hinaus und holte tief Atem – es tat gut, frische Luft zu spüren. Endlich hatte ich sie gesehen, wie sie war, ohne Schleier und ohne Maske. Mich schauderte, und ich dachte an Antonius’ Schicksalsgöttin, während das heisere Lachen mir noch in den Ohren lag. Es bebte von giftigem Spott und Schadenfreude. Solange sie bei mir war, war es eine Erleichterung gewesen, eines der Geschwüre, das sich im Laufe der Jahre auf meine Seele gelegt hatte, zu öffnen, danach aber kamen mir Gedanken. Ich hatte das unbestimmte Gefühl, daß sie etwas im Hinterhalt hatte – sie hatte so siegesgewiß und herausfordernd gewirkt.

Es war gut, daß Juliola und Ämilius zu Besuch erschienen. Ich erzählte ihnen, daß Livia bei mir gewesen sei und ich Aufmunterung benötige. Ämilius bedauerte, daß er mich enttäuschen müsse; doch das, worüber sie mit mir sprechen wollten, sei alles andere als ermunternd. Es ging um Gaius.

Er befand sich jetzt im Felde, aber bevor er hinauszog, hatten die Freunde, wie es Brauch ist, ein Abschiedsessen veranstaltet, bei dem viel getrunken wurde. In vorgeschrittener Stunde hatte einer von ihnen sich prahlerisch erboten, nach Rhodos zu reisen und Tiberius über den Styx zu expedieren. Gaius hatte über das Angebot gelacht und erklärt, solange der verbannte Flüchtling nichts anderes betreibe als philosophische Narrheiten, sei eine solche Anstrengung die Mühe nicht wert.

Ämilius wollte mich darauf aufmerksam machen, mit welcher Art Freunden Gaius verkehrte und welchen Ton sie untereinander anschlügen.

Gaius war nie leicht gewesen. Er war begabt und stark, aber unreif, und keines der Kinder hätte Agrippas Festigkeit mehr gebraucht als er, denn Vater war wie Wachs in seiner Hand, und wenn ich ihn zurechtwies, zog er sich nur in die Ochsenkopfstraße zurück. Er war auch ein schöner Bursche, der eine gefährliche Neigung für Mädchen hatte, und ich ängstigte mich wegen Livias verlockenden Sklavinnen. Als Vater erwähnte, daß Gaius nach seinem ersten

Konsulat in den Osten sollte, wurde ich noch unruhiger, denn durch Agrippa und Tiberius wußte ich, welche Versuchungen ihn dort erwarteten.

Ich hatte schon seit langem erwogen, mit Vater über Gaius zu reden, und nach dem, was Ämilius erzählt hatte, wollte ich nun die Sache nicht länger aufschieben. Tiberius' Feind Lollius mußte hinter dem Wunsch stehen, Tiberius über den Styx zu expedieren, denn Lollius gewann großen Einfluß auf den Jungen, als er Leiter von Gaius' militärischer Ausbildung wurde. Es war scharf kritisiert worden, daß ein erfolgloser General als Stabschef für Agrippas Sohn dienen sollte, und ich stimmte dieser Kritik bei. Ich mußte auch diese Frage mit Vater erörtern.

Ich war gerade damit beschäftigt, mich zum Fortgehen fertigzumachen, als Phöbe mir einen Brief überreichte. Er war von Antonius, der gerade heimgekommen war, sich nach mir sehnte und fragte, wann er mich sehen könne. Ich seufzte. Mir war, als ob alle Schwierigkeiten sich auf einmal auftürmten. Mir graute zum Krankwerden vor dieser Begegnung, aber ich ließ Bescheid erteilen, daß er am selben Abend kommen könne.

In der Ochsenkopfstraße erklärte Vaters Sekretär, daß Vater sich bei Livia aufhalte, daß er aber jeden Augenblick kommen könne. Ich ging ins Büro und wartete.

Die Zeit kroch schneckenhaft dahin. Was in aller Welt konnte sie so lange beschäftigen? Es konnte Livia doch unmöglich viel Zeit kosten, ihm von unserem Zusammenstoß zu berichten. Es mußte etwas Wichtiges sein, denn Vater unterbrach seinen Arbeitstag sonst nicht. Ich versuchte an andere Dinge zu denken, aber Gaius und Antonius machten mich nur noch unruhiger.

Endlich kam er. Er befand sich in rabenschwarzer Stimmung. Ich grüßte ihn, so heiter ich konnte, und sagte, es sei mir zuwider ihn zu behelligen, aber ich müsse mit ihm über Gaius reden. Was ich auf dem Herzen hätte, sei so ernst, daß wir, die wir uns die Verantwortung für die Knaben teilten, uns über alle Fragen offen aussprechen müßten.

Er erwiderte kurz, daß ich mit dem heutigen Tage meine Aufgabe als Mitverantwortliche für Gaius und Lucius als beendet ansehen könne – beide hätten die Mannestoga erhalten und würden in Zukunft nur noch mit ihm zu tun haben.

Als ich ihn bat, den Grund für einen so plötzlichen und aufsehenerregenden Beschluß zu erfahren, fand er, es enthülle meine Verworfenheit, daß ich eine solche Frage zu stellen wagte. Meine Intrigen, mein Leben der Ausschweifungen zu verdecken, seien endlich durchschaut, und ich sollte ja nicht glauben, daß seine Tochter zu sein mich länger vor einer Abrechnung bewahren könne.

„Wenn es das Verhältnis zu Antonius ist, das du Ausschweifungen nennst, glaubte ich, wir hätten uns gestern darüber ausgesprochen", erwiderte ich ruhig. „Antonius ist heimgekommen, und wenn ich ihn heute abend treffe, werde ich damit Schluß machen."

Antonius sei nur einer von vielen, erwiderte er, meine Liederlichkeit sei bekannt, ich suche alleinstehende Herren auf, beteilige mich an zweifelhaften männlichen Gelagen, tränke ungemischten Wein, sei in Skandale auf dem Forum und nächtliche Auftritte verwickelt – kurz gesagt, meine Lasterhaftigkeit sei sprichwörtlich geworden.

Ohne die Fassung zu verlieren, wiederholte ich, daß ich mein Verhältnis zu Antonius zugebe, daß aber Tiberius der einzige sei, der deshalb von mir Rechenschaft fordern könne, und daß er mir vergeben habe. Die anderen Beschuldigungen seien böswillige Verdrehungen; von der Seite, von der Vater seine Aufschlüsse erhalte, sei jedoch nie anderes als Lüge und Verleumdung gekommen.

„Du versuchst also wieder, Livia anzugreifen", fuhr er auf, „aber sie ist über deine schmutzigen Versuche, sie anzuschwärzen, hoch erhaben. Ihr unangreifbares, tadelfreies Leben hat sie zu einem Muster für die Welt werden lassen. Mit übermenschlicher Geduld hat sie über dich und deine Intrigen hinweggesehen."

„So hoch wie zu einem Muster für die Welt habe ich nie gezielt, aber ich habe auf jeden Fall den guten Ton befolgt und die Tischsitten gewahrt, was mehr ist, als Livia in jüngeren Tagen getan hat", gab ich ihm zurück. „Und im Hinblick auf die Lasterhaftigkeit habe ich mich nie so gestellt, daß die Priester sich geweigert hätten, mich zu trauen – auch nicht, daß die Echtheit meiner Kinder jemals in Zweifel gezogen gewesen wäre."

Eine Flutwelle des Zornes flammte über sein Gesicht, aber ich hatte noch einen Pfeil im Köcher.

„Du erwähntest Intrigen. Worauf du hinzielst, weiß ich nicht, ich weiß nur, daß gegen mich nie die gleichen Beschuldigungen gerichtet worden sind, die deine eigene Schwester Octavia gegen die tadelfreie Livia erhob, als Marcellus starb."

Ich sah die Muskeln seiner Kiefer sich in rasender Wut verhärten, aber ich schlug mich für Tiberius und meine Jungen, und während ich ihm gerade in die Augen sah, fuhr ich mit gleichmäßig ruhiger, gemessener Stimme fort:

„Ich wünsche nicht, mit jemandem in Streit zu stehen, weder mit Livia noch mit anderen . . . aber sie mag damit aufhören, Unfrieden zu säen, und es lernen, mich und meine Ehe zu respektieren. Dies war es, was ich ihr zu erklären versuchte, als sie heute früh zu mir nach Carinene kam."

„Dich respektieren?" grinste er höhnisch. „Du glaubst wohl, daß ich deine Ausbrüche nicht kennte und nicht wüßte, daß du Livia an Leib und Leben bedroht hast . . . du erinnerst dich wohl nicht, daß du behauptet hast, ich und Tiberius seien in deiner Macht, und wenn sie mit Enthüllungen gegen dich zu kommen wage, würdest du Mittel wissen, sie aus dem Wege zu räumen."

„Das habe ich nie gesagt . . . niemals. Aber ich habe gesagt, daß ich nach all den Verlusten, die ich erlitten habe, mich nicht darein finden werde, Tiberius zu verlieren. Du sagtest gestern abend selbst, daß sie unsere Scheidung wünscht. Der Rest ist Lüge und Erfindung vom Anfang bis zum Ende."

„Nach allem, was ich jetzt weiß, darfst du dich darein finden, daß ich zu Livia mehr Vertrauen habe als zu dir. Du darfst dich weiter darein finden, daß sie als eine verantwortliche Mutter ihren Sohn von dir entfernt wissen will – das ist ein billiger Wunsch, in dem sie und ich einig sind."

Ich starrte ihn ungläubig an.

„Das meinst du nicht", rief ich aus.

„Das meine ich . . . diese Scheinehe soll endlich beendet werden.“

„Niemand als Tiberius und ich können bestimmen, ob wir uns trennen wollen.“

„Ich verlange, daß du um Scheidung ersuchst.“

„Dazu hast du kein Recht.“

„Weigerst du dich?“

„Du warst es, der diese Ehe zustande brachte, Vater. Du selber bist es gewesen, der mich Tiberius gegeben hat . . . ich bin in seiner Hand, und jetzt ist er es, der bestimmt.“

„So widersetzt du dich also mir, deinem eigenen Vater?“

„Ich bin immer gehorsam gewesen und habe deinen Willen befolgt, solange es in meiner Macht stand, aber auch der beste Sklave kann nicht zwei Herren dienen.“

Ich ging zu ihm hinüber.

„Ich bin Großmutter und alt genug, um dich zu bitten, Rücksicht darauf zu nehmen, was mir recht erscheint. Mein Gebet und mein einziger Wunsch ist es, mit den Kindern in Frieden zu leben und die Ehe wieder mit ihm aufzunehmen, der in Leben und Tod mein rechtmäßiger Gatte ist. Sonst magst du über mich bestimmen, wie du willst, und ich werde mein Bestes tun. Aber du darfst nicht zum viertenmal mein Leben in Stücke brechen, Vater.“ Ich legte ihm die Hände bittend auf die Schultern, aber er schob sie fort.

„Geh“, sagte er hart, „geh und belästige mich nicht mehr.“

„Sieh mich an“, bat ich, „und urteile über mich nach dem, was du selber von mir weißt, und nicht nach dem, was andere sagen.“

Er antwortete nicht.

„Sieh mich an, Vater“, bat ich ihn noch einmal.

Aber er saß reglos da und starrte geradeaus.

Ich blieb einen Augenblick stehen. Dann stellte ich meinen Stuhl wieder an seinen Platz, zog den Schal über den Kopf und ging.

Postumus war bei Antonia der Jüngeren und spielte mit Claudius. Er sollte mich heimbegleiten, aber ich konnte jetzt mit niemandem sprechen und ging die Treppe zu meinen alten Gemächern empor. Die beiden Jungen benutzten sie jetzt, aber sie waren nicht daheim, und ich mußte Zeit und Ruhe finden, mich zu sammeln.

Meine Hände bebten vor innerer Erregung, und mein Herz ging ungleichmäßig.

Es konnte nicht Vaters Absicht sein, mir Tiberius und Gaius und Lucius zu nehmen . . . es konnte nicht sein.

Wie lange ich da oben gesessen habe, weiß ich nicht, aber allmählich klärten sich meine Gedanken, und meine Verzweiflung wich einem festen Entschluß. Die Briefe Livias und Salomes lagen zu Hause. Sie und alle meine Tagebuchnotizen, die ich auch eingeklebt hatte, wollte ich holen. In ihnen waren das Attentat im Scamander, die Ereignisse um Agrippas Ableben und Neros Tod mit allen Einzelheiten verzeichnet.

Alles wollte ich Vater zusammen mit dem verfärbten Elfenbeinring zeigen, dann würde er gezwungen sein, mir zu glauben und nicht ihr. Ich wollte nicht mehr zögern und ängstlich sein, ich mußte stark und aktiv sein wie sie.

An der Tür blieb ich einen Augenblick stehen, um zu prüfen, ob ich wieder Gewalt über mich besaß. Ja, ich hatte meine Sicherheit wiedergewonnen und ging die Treppe hinab. Im Hofraum sah ich die Bürotür offenstehen, der Schreibtischstuhl war leer. Vater war vermutlich drinnen und sprach mit Livia.

In der Halle ging ich zum Eingang Antonias der Jüngeren, öffnete die Tür einen Spalt und rief Postumus. Er kam herbeigelaufen; erhitzt und atemlos glich er einem unausgewachsenen jungen Hund – schmal und ungelenk mit für sein Alter viel zu großen Füßen. An ihnen war zu erkennen, daß er einmal Agrippas Körpergröße erreichen würde. Das Haar bildete einen ebenso dichten Schopf wie das seines Vaters und wirkte zerzaust, als ob es nie mit einem Kamm in Berührung komme. Ich lächelte, als er an mir vorbei zum Ausgang lief, denn er pflegte den Wachen ‚Hab acht‘ zu kommandieren, wenn ich vorbeiging. Sie standen ebenso blankgeputzt und stramm da wie sonst, aber als er sich der Tür näherte, kreuzten sie plötzlich die Waffen. Jäh blieb er stehen. Auch ich blieb stehen und blickte sie verwundert an. Ihr Anführer nahm vor mir Haltung an und begann kurz und militärisch einen Befehl zu verlesen.

Auf Cäsars Befehl und in Cäsars Namen wurde ich, Julia, von

Sejus Strabo, dem Anführer der ersten Kohorte der Prätorianer, verhaftet, als ich Cäsars Haus verlassen wollte.

Plötzlich wurde es still, als ob das Leben selber aufhören wollte. Ich stand wie gefesselt.

„Was sagte er, Mutter?" fragte Postumus mit ängstlicher Stimme und drückte sich an mich.

Ich riß mich zusammen.

„Nur, daß Cäsar will, daß ich noch eine Weile bei ihm bleibe. Du darfst zu Claudius laufen und Tante Antonia bitten, dir Unterkunft zu geben. Ich komme, sobald ich mit Vater gesprochen habe."

Er blickte mich unsicher an, aber ich gab ihm einen kleinen Stoß in Richtung auf Antonias Tür. Er ging widerstrebend fort und wandte sich auf der Schwelle noch einmal um. Doch als ich ihm zuwinkte, winkte er zurück und schloß die Tür hinter sich.

Ich wandte mich zur Wache.

„Folgt eurem Befehl", sagte ich.

Sie umringten mich und führten mich durch die Halle. Dicht bei der Marsstatue, wo Tiberius mich zum erstenmal geküßt hatte, befand sich eine Tür, die immer verschlossen war. Als Kinder glaubten wir, es spuke hinter ihr. Ein Grauen ging aus von dieser Tür. Vater hielt dort böse Geister gefangen. Tiberius meinte, sie führe in einen Keller hinab, der voller Leichen sei. Heute stand sie offen. Sie führte nur zu einem Flur gleich den anderen Fluren des Hauses. An seinem Ende befand sich eine weitere Tür zu einem mittelgroßen Gemach. Es enthielt das Notwendigste für Schlaf, Toilette und täglichen Aufenthalt und mußte der Ort sein, an dem Vater Gefangene in Verwahr nahm, wenn er Konsul war; Gefangene von so hoher Herkunft, daß sie bei einem der Konsuln in Haft gehalten wurden, bis ihr Schicksal vom Senat entschieden wurde. Die Wache verließ mich, und als ich den Riegel von außen vorschieben hörte, sank ich auf einen Stuhl und schloß die Augen. Soweit war es nun mit Vater und mir gekommen.

Eigenartigerweise empfand ich keine Angst. Die Briefe und Tagebücher und den Elfenbeinring würde ich herbeischaffen, wenn meine Sache zur Sprache kam. Ich würde glaubwürdige Zeugen finden, alle, die Agrippa verehrten, würden mir zu Hilfe eilen, alle meine eigenen Freunde und die des Tiberius, ganz zu schweigen von ihm selber. Wenn man es ihm verweigern würde, nach Rom zu kommen, würde er schriftlich Zeugnis ablegen. Für den einzigen Anklagepunkt, in dem ich mich schuldig fühlte, hatte ich Vergebung erhalten. Je mehr ich meine Lage überdachte, desto sicherer wurde ich. Eher würde ich es sein, die durch ein Rechtsverfahren Gelegenheit erhielt, Livias lichtscheue Handlungen zu enthüllen als umgekehrt.

Allein der Gedanke an die Kinder beunruhigte mich, denn daheim würden sie es nicht verstehen, daß ich ohne Ankündigung fortblieb. Am nächsten Morgen bat ich deshalb die Wache, zu erforschen, wie lange mein unerwarteter Aufenthalt an diesem Ort dauern werde. Sie kehrte mit dem Bescheid zurück, daß es sich für einen Gefangenen nicht gezieme, Fragen zu stellen. Als im Laufe des Tages keine Änderung erfolgte, bat ich den Anführer, zu erwirken, daß Phöbe – am liebsten in Zeugen Gegenwart – zu mir kommen dürfe, damit ich ihr für die nächste Zukunft Anweisungen wegen der Kinder und der Verwaltung des Hauses geben könne.

Am nächsten Tag erhielt ich Antwort. Augustus ließ mitteilen, daß die freigelassene Phöbe gleichzeitig mit der Gefangenen verhaftet worden sei. Sie habe sich kurz nach der Verhaftung erhängt, und Augustus bedauere, daß Phöbe nicht seine Tochter gewesen sei.

Mir war, als öffnete sich die Erde unter mir. Phöbe hatte sich erhängt! Phöbe war nicht mehr. Phöbe war tot ... Phöbe, der einzige Halt meines Lebens! Sie, die immer dagewesen war. Was hatten sie gesagt? Verhaftet? Gleichzeitig mit der Gefangenen? Gleichzeitig mit mir? Als ich gefangengesetzt wurde? Aber die Kinder, wer nahm sich nun der Kinder an? Die Kinder waren doch allein! Heilige Venus ... Was meinte Vater? Was hatte er gesagt? Daß Phöbe nicht seine Tochter gewesen sei? Er bedauerte, daß Phöbe nicht seine Tochter gewesen sei. Bedauerte er, daß ich nicht tot war? Er wünschte mich tot ... erhängt ... mich, Julia, sein einziges Kind. Nein! Das war nicht Vater, der das wünschte ... Vater, mein Vater war nicht so. Das war sie, der Dämon, der hinter ihm stand . . . sie, die ihn festhielt, die ihn zwang, sie, die haßte und mordete, sie . . . Livia Drusilla . . . der Fluch des Lebens selber.

Am dritten Tag schickte Vater seinen letzten Gruß.

Meine beiden Geliebten und mein ganzer Haushalt seien verhaftet. Antonius sei tot, Gracchus aus der Stadt verwiesen. Meine Ehe mit Tiberius Claudius Nero sei auf Augustus' Befehl gelöst. Als Strafe für erwiesene Unzucht sei mein Heim beschlagnahmt und ich selber lebenslänglich auf Pandataria verwiesen. Meine beiden minderjährigen Kinder, Agrippina und Agrippa Postumus, seien zur Ochsenkopfstraße verbracht worden und würden dort unter Augustus' und Livias Aufsicht verbleiben.

Die Wache hatte Befehl, mir den Ehering abzunehmen. Er saß so fest, daß er mit Fett eingerieben werden mußte, um sich vom Finger zu lösen.

Am Abend legte man mir einen Mantel um die Schultern und einen Schleier über den Kopf und führte mich durch die Halle hinaus. Das Haus lag wie ausgestorben. Vor der Treppe wartete eine Sänfte. Nachdem ich mich hineingesetzt hatte, wurden mir Hand- und Fußeisen angelegt. Dann hoben sie mich auf und trugen mich vom Palatin durch die Porta Capena nach Antium.

Ich sah nichts und hörte nichts, meine Augen blickten unverwandt auf die linke Hand. Dort schimmerte ein scharfer heller Streifen. Dieses weiße Mal meines Eheringes hatte Vater mir nicht nehmen können.

17

Im Anfang der Zeiten hatte Vulcanus einst zwei schwere Brocken ins Meer geworfen. Sie waren weit draußen zwischen Änaria und Pontia nebeneinander niedergefallen und zu Inseln geworden. Die größere von ihnen war niedrig und flach, die kleinere hoch und rund; beide erhielten den Namen Pandataria. Hin und wieder suchte ein Fischer hier Schutz gegen den Wind und ging auf der flachen Insel an Land. Die hohe runde Insel dagegen blieb von Göttern und Menschen unberührt, bis die Dämonen der Unterwelt sie zu einem Aufbewahrungsort für unbehagliche Gefangene ausersahen. Von denen, die hierherkommen, hört man nichts mehr. Sie sind ‚geblieben', wie es unter den Seeleuten heißt.

Hier gibt es keine Bucht und keinen Strand, nur von der Brandung umtoste, steil herabstürzende Felsen. Das Boot muß auf der Dünung reiten, um beizulegen, und wer an Land will, springt empor und packt die Eisenstange, die in die Felswand eingelassen ist. Dort sind Stufen in eine schmale Kluft geschlagen; sie ist so steil, daß man sie mit Händen und Füßen ersteigen muß.

Das Haus auf dem Gipfel ist rund gebaut, um gegen Unwetter gesichert zu sein, und die Aussicht ist der ununterbrochene Zirkel des Horizonts. Auch die Gedanken gehen hier oben im Kreis – immer wieder rückkehrend zum Ausgangspunkt.

Ein Teil des Gebäudes steht leer, die Hälfte der Räume wird von der Wache benutzt, ein Zimmer ist meins. In ihm stehen eine Pritsche ohne Kissen, ein Tisch ohne Blumen, ein Stuhl ohne Lehne, ein Waschgeschirr ohne Salben.

Das Essen bekomme ich auf einem Brett gereicht – es ist die Kost der Strafgefangenen: Gerstengrütze und Wasser.

Die Tage gehen einer nach dem anderen dahin, auch die Nächte, doch sie sind länger. Es ist kein Unterschied zwischen ihnen – Tage, Monate und Jahre bleiben sich gleich für den, der lebenslänglich sitzt.

Bei klarem Wetter sehe ich im Süden Änaria schimmern, ich weiß auch, daß gen Osten Cumae liegt und hinter ihm Baiae. Im Sommer blicke ich hinüber und weiß, dort baden und lachen, fischen und segeln sie. Vielleicht sind Postumus und Agrippina mit einem Boot draußen. Vielleicht blicken sie herüber, werden still und denken an ihre Mutter. Im Winter gehen Blick und Gedanken gen Norden in Richtung auf Pontia und noch weiter nach Antium, Ostia und Rom. Bei gutem Wetter sitze ich auf der windabgekehrten Seite, bei Unwetter kauere ich mich auf dem Schemel zusammen und starre durch die Tür dorthin, wo ich die Küste weiß. So sitzen die Schatten der Toten und starren über den Styx zum Lande des Lebens hinüber.

Im Spätherbst kommen dick und schwer die Nebel. Sie sind so feucht, daß alles, was ich anfasse, kalt vor Nässe ist. Ich friere und ziehe die Decke um mich. Das Kleid, das ich trage, ist noch immer dasselbe, das ich trug, als ich mein Heim verließ. Es ist verblichen und fleckig und viel zu dünn, aber lieber soll es mir vom Leibe fallen, lieber will ich nackt einhergehen, als die Kleider tragen, die mir zugeteilt werden. Ich erkenne die prächtigen Zuchthausgewänder aus Livias Nähstube und stoße sie mit den Füßen zur Tür hinaus. Ob die Wachen oder der Wind sie nehmen, berührt mich nicht, denn ich ertrage ihren Anblick nicht.

Allmählich versagt die Verdauung. Die Gerste liegt mir wie Blei im Magen, und ich empfinde einen saugenden Schmerz vom Mittelleib zum Rücken. Das Wasser aus der Zisterne schmeckt schal, den ganzen Sommer über quält mich Durchfall, und ich träume von dem Weißwein, den ich daheim immer getrunken habe.

Hin und wieder legt die Wache eine Frucht oder ein Stück Brot auf das Brett, aber sie nehmen von ihren eigenen Rationen, und es ist nicht genug. Jeden Tag werde ich müder, und ich muß meinen ganzen Willen aufbringen, mich aus dem Bett zu erheben. Ich frisiere mich selber und richte mein Haar, aber es ist so lang und die Schultern schmerzen mich vor ungewohnter Bewegung – oder vielleicht ist es Gicht, denn auch die Handgelenke schmerzen mich. Wenn ich das Kleid übergestreift habe, muß ich mich ausruhen.

Durch die Tür sehe ich eine Galeere, die an der flachen Insel anlegt. Ich versuche mich zu erinnern, ob heute Wachablösung gewesen ist oder nicht . . . nein, gewiß gestern . . . vielleicht auch erst morgen . . . ich bin nicht sicher . . . es spielt übrigens keine Rolle.

Ein Ruderboot legt von der Galeere ab und nimmt Kurs auf meine Insel. Ein Helm blinkt, also muß ein Offizier an Bord sein. Ich spähe den Steig hinab und versuche den Rock so zu legen, daß die Flecken nicht sichtbar sind.

Es ist derselbe Anführer, der mich verhaftete und hierher brachte – offensichtlich hat er es als Spezialauftrag erhalten, die Gefangene auf Pandataria zu überwachen. Er grüßt stramm, legt den Helm auf den Tisch und zieht unter dem Lederpanzer zwei Dokumentenrollen hervor, während er sie zugleich vorzeigt zum Zeichen, daß das Siegel unverletzt ist.

Ich nicke.

Das Gesicht ist so jung, daß es fast kindlich ist, er hält es starr und unbewegt wie eine Maske, hinter der er sich verbirgt. Aber seine Augen leben, und wenn er mich anblickt, erinnern sie mich an Postumus, als er das erstemal einen gebratenen Vogel sah.

Als er fort ist, beginne ich darüber nachzusinnen, ob ich ihn hätte fragen können, wie es an dem Abend zuging, als sie mich verhafteten, ob Postumus heimkam oder über Nacht bei Claudius bleiben mußte. Vielleicht weiß er sogar, wie sich das mit Phöbe zugetragen hat.

Bei dem Gedanken an sie bricht mir der Schweiß aus, und ich stehe auf, um die Gedanken in eine andere Bahn zu zwingen. Der Schemel hinter mir fällt um, und als ich ihn wieder auf seinen Platz stelle, kommen mir die Dokumentenrollen in den Sinn.

Die erste, die ich aufhebe, ist von Cäsar. Ich bleibe stehen und betrachte das Siegel, ehe ich es aufbreche.

Wie oft habe ich auf Vaters Schoß gesessen und mit seinem Siegelring gespielt! In meiner Kinderphantasie stellte die Sphinx stets ein Sinnbild von Vaters Stärke und Weisheit dar. Während ich jetzt auf ihren Abdruck blicke, nimmt sie die Gestalt eines Schafes an. Und ich reiße an der Schnur, daß die Wachsstücke über den Fußboden springen.

Eine Abschrift des Scheidungsbriefes. Auf Cäsar Augustus' Befehl ist meine Ehe aufgelöst, steht da – vorschriftsgemäß mit den Namenszügen von Zeugen und Vaters eigener Unterschrift. Abgesehen davon, daß die Unterschriften der Betroffenen, Tiberius' Unterschrift und meine eigene, fehlen, ist alles in bester Ordnung. Daß ich ein Duplikat zur Aufbewahrung haben soll, ist auch ganz in Ordnung.

Vater ist peinlich genau und raffiniert konsequent, wenn er seine Gewalttaten in legale Formen kleidet, und die Welt hat sich noch immer von Ateius Capitos juristischen Zauberkünsten irreführen lassen.

Was soll ich mit dem Scheidungsdokument auf Pandataria?

Wäre es nicht besser gewesen, Vater hätte mir einen Brief geschickt, in dem er erklärte, er wünsche mir das Leben zu nehmen, mich in aller Stille verhungern zu lassen, da ich seiner Aufforderung zum Selbstmord nicht nachgekommen sei . . . und weshalb unterzeichnete er nicht wahrheitsgetreu: Tyrann, Meuchelmörder, Neffenmörder und Tochtermörder, statt Augustus und Vater des Vaterlandes?

Ich schleudere das Dokument von mir, als hätte ich etwas Faules angefaßt.

Die zweite Rolle, die der Anführer zurückließ, trägt ein Siegel, dessen ich mich nicht erinnern kann. Indem ich es öffne, sehe ich zuunterst eine Notiz mit Antistius Labeos Unterschrift, doch darüber steht Tiberius' Name, und der ganze Brief ist mit Tiberius' eigener Hand geschrieben.

Ich ringe nach Atem, die Buchstaben tanzen mir vor den Augen, und es dauert geraume Zeit, bis ich fähig bin, ihn zu lesen.

Er ist an Labeo gerichtet und trägt das Datum des zehnten Juli:

Mit der heutigen Post erhielt ich einen Bescheid von Augustus, daß er meine Ehe mit Julia annulliert hat. Aus offenkundigen Gründen bin ich verhindert, mich der Angelegenheit selber anzunehmen, aber ich bitte Dich, Antistius Labeo, mit meiner Vollmacht für mich zu handeln. Es ist mein ausdrücklicher Wunsch, daß meine Ehefrau die Gaben behalten soll, die ich ihr in unserer Ehe geschenkt habe, ob es sich nun um festes Eigentum, Inventar, Kleider, Schmuck, Ringe oder Gegenstände mit Gefühlswert handelt. Ich bitte Dich, dafür zu sorgen, daß die Einnahmen der illyrischen Güter, die ich auf sie übertrug, ihr regelmäßig zufließen und ihr zugute kommen, solange sie lebt. Ebenso ersuche ich Dich, persönlich dafür Sorge zu tragen, daß die Dinge, von denen hier die Rede ist und die meine Frau wünschen könnte, um sich

zu haben, an ihren gegenwärtigen Aufenthaltsort verbracht werden. Alle Auslagen für Deine Dienste und alle eventuellen Kosten trage ich.
Grüße *Tiberius Claudius Nero*

Darunter fügte Antistius hinzu, daß er den Auftrag übernehme. Wegen der juristischen Seite der Angelegenheit habe er einige seiner Freunde konsultiert, und er nennt eine lange Reihe der vornehmsten Advokaten des Forums, die alle meinen, daß eine Sache mit so vielen Präzedenzfällen und so einfachem Inhalt in keiner Instanz auf Widerstand stoßen könne. Mit Cäsar Augustus' Zustimmung sende er Tiberius' Brief nach Pandataria.

Ich lese ihn wieder und immer wieder. Was ist Tiberius' Wunsch anderes als ein Protest gegen Vater? Ist es nicht ein Gruß, den er mir schickt, wenn er von seiner Ehefrau spricht?

Er ist selber nicht viel mehr als ein des Landes Verwiesener und muß die Sache in andere Hände legen, aber er wählt seinen Stellvertreter mit Bedacht, und Labeo nimmt den Auftrag an. Durch seine befreundeten Advokaten verbreitet Labeo die Nachricht von Tiberius' Bestimmung, die ja jeder denkende Mensch als eine Rehabilitierung für mich ansehen muß. Es gibt kein Gesetz, das verhindern könnte, daß Tiberius' Wunsch erfüllt wird, und Vater läßt es geschehen, läßt den Brief passieren.

Ich bebe vor innerer Erschütterung und presse den Brief an mich. Eine lange Zeit vergeht. Dann legt eines Tages wieder eine Galeere an der flachen Insel an, und diesmal steigt eine togagekleidete Gestalt ins Ruderboot und setzt zu mir über. Den Steig hinauf kommen Antistius Labeo, der Anführer und ein Wachsoldat, der eine Kiste trägt.

Wir grüßen uns, und ich bitte Labeo, sich auf die Pritsche zu setzen und zu entschuldigen, daß die Umgebung nicht sonderlich repräsentativ ist, aber der Kurort, an dem ich mich aufhalte, sei im Geiste der Selbstentsagung gehalten. Er schlägt den gleichen Ton an, aber seine Augen merken sich alles: Inventar, Kleider, Gesundheit; dann und wann macht er sich kleine Notizen auf seiner Merktafel. „Du verstehst den Brief und auch, daß Tiberius' Wunsch ein Protest ist?“ fragt er.

Ich nicke.

Er blickt auf meine Hand und den Ring, den ich aus Haaren geflochten habe. Ich habe ihn im Sommer angefertigt, als ich fürchtete, die Sonne könnte das weiße Mal des Eheringes auslöschen. Ich hebe die Hand.

„Dies ist die einzige Art, in der ich habe protestieren können“, sage ich und zeige, daß die Spur scharf in die Haut geprägt ist.

„Ich habe einige Gegenstände mit, von denen ich wußte, daß Tiberius sie dir geschenkt hat“, sagt er und weist auf die Kiste. „In ihr liegt dein Schmuckschrein und der Ehering. Vielleicht willst du sie sofort öffnen?“

„Danke“, erwidere ich, „aber ich möchte am liebsten warten – du weißt, es soll fürs Leben reichen.“

Er wird still und blickt zur Seite, und ich beeile mich, nach Neuigkeiten aus Rom zu fragen.

Er erzählt, daß am Tag nach meiner Verhaftung Gerede entstand, Augustus sei aus der Stadt gereist und ich sei verschwunden, aber als Antonia die Jüngere Postumus' unzusammenhängende Schilderung wiedergab, zuckten die meisten mit den Schultern. Deshalb waren alle unvorbereitet, als sie sich zu einer plötzlich einberufenen Senatsversammlung einfanden. Die Versammlung war nicht einmal vollzählig und wirkte äußerst uninteressiert, als ein Quästor eine Botschaft von Cäsar vorzulesen begann. Aber er hatte noch nicht viele Sätze verlesen, als die Gleichgültigkeit wie fortgeblasen war, und mit dem Fortschreiten der Verlesung wechselte der Ausdruck von Unglauben zu Bestürzung. Und als der Schlußsatz mit lebenslänglicher Verweisung Julias nach Pandataria kam, saßen alle wie gelähmt.

Sie wagten nicht einmal, einander anzusehen. Hatten nicht sämtliche Mitglieder des Senats gerade Augustus gehuldigt und ihm den Titel ‚Vater des Vaterlandes‘ verliehen?

Zu protestieren war zwecklos. Man kannte Cäsars Befehl – seit der letzten Senatssäuberung waren noch nicht sechs Jahre vergangen. Zwar hatte man sich seit der Zeit im Schein des milden Fürsten gesonnt, aber das bekannte Wort des Mäcenas: „Steh auf, du Henker!" lebte noch immer unter ihnen.

Von ihrer eigenen Machtlosigkeit bedrückt, blieben sie stumm. Aber auch Schweigen kann sprechen. Je mehr die Zeit verstrich, niemand das Wort ergriff, alle versteinert vor sich hinstarrten, desto bedrückender und spürbarer wurde die Stille. Schließlich erhob sich der Sprecher des Senats. Er stellte kommentarlos fest, daß die Senatsversammlung die Botschaft gehört habe, und erklärte die Versammlung für aufgehoben.

Schneller als ein Sturmwind verbreitete sich die Nachricht über das Forum, über Rom und die Provinz. Sie fuhr die Reichsstraßen entlang, ritt durch die Grenzmarken, segelte über die Meere, und wo von Gallien bis Indien sich die Menschen begegneten, waren die Ereignisse in Rom Gesprächsthema.

Vater hielt sich bei Prima Porta auf.

Das Dokument, das den Vätern der Stadt vorgelesen worden war, schloß damit, daß Vater um die Unterstützung aller bat in dieser Zeit der Trauer und Sorge, da er mit seiner Scham und seinem Unglück allein sei. Er erhielt eine Unzahl von Besuchen, und alle beklagten das Geschehene, aber statt Mitleid mit ihm zu zeigen, setzten sie sich fürbittend für die Verstoßene ein. Er wurde mit Briefen und Bittschriften von nah und fern, von hoch und niedrig überschwemmt. Leute aus den ersten Familien Roms unterstützten die Aktion.

Livia war die einzige, die ihm beistand. Sie teilte seine Bitterkeit, daß das Mitleid nicht ihnen galt, und sie stärkte und tröstete ihn auf jede Weise. Nie war sie ihrer Tugend und ihres eigenen Rechtes sicherer gewesen, und nach ihrer Auffassung waren es nur Zeichen für die moralische Auflösung dieser Zeit, daß man nicht Abscheu zeigte, sondern für die Gefallene und ihre Liebhaber bat.

Der Gedanke an Gracchus und Antonius schmerzt mich so, daß ich erschauere, als Labeo sie erwähnt. Er sieht es und lehnt sich vor, während er mein Gesicht prüfend betrachtet.

„Ich habe viel über deinen Fall nachgedacht", sagt er. „Der

Advokat in mir hat versucht, das wenige, was ich weiß, zu kombinieren, und ich möchte gern, daß du hörst, welche Schlüsse ich ziehe. Hast du etwas hinzuzufügen oder fortzustreichen, mußt du mich darauf aufmerksam machen. Du darfst mir vergeben, wenn ich dich verletze, aber wer die Wahrheit erforschen will, muß ohne Umschweife reden."

Ich bitte ihn zu beginnen.

„Laß uns kurz sagen, daß du verstoßen und verwiesen worden bist auf Grund liederlichen Lebens. Trunkenheit und Hurerei entfalten sich oft im verborgenen, und du kannst ein unmoralisches Leben geführt haben, ohne daß deine Freunde es wußten. Die Beschuldigung läßt sich deshalb nicht ohne weiteres widerlegen.

Aber wenn die Laster auch hinter geschlossenen Türen geübt werden, pflegen ihre Spuren doch offenbar zu sein. Es hat viel Gerede über dich, deine Eitelkeit und deine Leichtfertigkeit gegeben, aber ich habe nie gehört, daß du die Merkmale eines liederlichen Lebens trügest, und das Gesicht, in das ich jetzt hineinblicke, ist eher von Reinheit als vom Laster geprägt.

Doch sagen wir, daß du tüchtiger als die meisten bist, die Maske der Anständigkeit zu bewahren. Denken wir einmal, daß du dich herumgetrieben und getrunken hast und Geliebte hattest. Ich darf dann fragen, weshalb niemand früher mit dir gesprochen und dich zu rechter Zeit gewarnt hat. Moralischer Verfall ist nicht ein plötzlich eintretendes Phänomen, sondern die Folge einer Entwicklung. Weshalb wurdest du nicht aufgefordert, deine Gewohnheiten zu ändern? Weshalb wurdest du zum Beispiel nicht in einem deiner Landhäuser isoliert, ehe du zu lebenslänglichem Aufenthalt nach Pandataria geschickt wurdest? Weshalb sprach dein Vater nicht eindringlich mit dir? Es kommt mir unglaublich vor, daß du mit deinem flinken Verstand nicht den Ernst einer Zurechtweisung durch Cäsar erfaßt hättest.

Im Hinblick auf deine beiden in der Beschuldigung erwähnten Geliebten laß uns sagen, du habest sie beide gehabt.

Du warst siebenunddreißig Jahre alt und dreimal gegen deinen Willen verheiratet. Ist es so haarsträubend, wenn du im Lauf einer siebenjährigen Trennung von deinem Mann einen Freund oder zwei nach eigenem Geschmack wähltest? Und würdest du nicht, die du durch deine Ehen bewiesen hast, daß du eine gehorsame Tochter bist, würdest du nicht von einer losen Verbindung Abstand genommen haben, wenn dein Vater es dir auferlegt hätte?

Kann man glauben, daß er, der selber eine Reihe außerehelicher Verbindungen gehabt hat, sich so über deine beiden Verhältnisse empört hätte, daß er dir wie Phöbe den Tod wünschte und dich an diesen dämonischen Ort verwies?

Die Beschuldigungen klingen in meinen Ohren hohl und stehen unter keinen Umständen in einem gerechtfertigten Verhältnis zu der verfügten Strafe. Dieser meiner Behauptung gegenüber würde Ateius Capito gewiß daran erinnern, daß Augustus im Begriff ist, die Moral im ganzen Reiche zu festigen und neue Ehegesetze auszuarbeiten. Deshalb ist er gezwungen, in seiner eigenen Familie und seiner engsten Umgebung die Moral in strengster Weise zu betonen. Meine Antwort muß sein, daß Cäsars unmenschlicher Ausbruch bei Phöbes Tod nicht von moralisch aufbauenden Gefühlen Zeugnis ablegt, sondern von einem brennenden Haß. Die Frage ergibt sich deshalb, ob leichtfertiges Verhalten Grund genug sein kann, um ein offenes und angenehmes Verhältnis zwischen Vater und Tochter in einen plötzlich aufflammenden Haß zu verwandeln. Ich meine ‚Nein‘, denn nach allgemeiner Erfahrung pflegt die Liebe der Eltern zuzunehmen, wenn ihre Kinder in Schwierigkeiten geraten. Weshalb bringt Augustus also die Anklage vor? Mit anderen Worten, was erreicht er damit, seine Tochter in den Schmutz zu ziehen? Laß uns sehen, was er erreicht hat.

Als Vater des Vaterlandes hat Augustus sich offensichtlich das Recht angemaßt, Ehen römischer Bürger aufzulösen. Indem er die Moral seiner Tochter angreift, findet er einen Anlaß, ihre Ehe mit Tiberius aufzulösen. Als Geschiedene fällt sie unter ihres Vaters Rechtsprechung zurück, und er kann sie sich ohne öffentlichen Prozeß, ohne Gesetz und ohne Urteil aus dem Wege schaffen.

Das war offensichtlich die Absicht und ist geschehen.

Der nächste Posten, den ich mir vornehmen muß, ist der, weshalb

Augustus seine Tochter forthaben will, ohne daß jemand ihre Stimme vernehmen darf. Und hier, Julia, kannst nur du mir helfen. Weißt du Dinge, die andere nicht kennen und die ihm schaden können? Oder hast du ihn verstehen lassen, daß du von solchen Geheimnissen weißt und sie bekanntmachen willst? Hast du in irgendwelcher Weise ihn unter Druck zu setzen versucht?"

„Vater hat viel auf dem Gewissen, Labeo. Die Leute sagen, er sei mit den Jahren milder geworden, aber die Wahrheit ist eher, daß seine Macht sich gefestigt hat. Er hat es nicht mehr nötig, gegen gehorsame Sklaven die Peitsche zu gebrauchen."

„Aber weshalb gebrauchte er sie gegen dich, Julia?"

„Wir hatten eine Auseinandersetzung."

Labeo hebt die Augenbrauen.

„Es war das erstemal, daß ich mich weigerte, Vaters Willen zu tun. Er wünschte, ich sollte mich von Tiberius scheiden lassen, und drohte, mir die Jungen wegzunehmen. Livia stand dahinter, und aus Notwehr ging ich zum Gegenangriff über und wies auf Dinge in der Vergangenheit hin. Ich gebe zu, es war unverzeihlich, aber ich war außer mir vor Verzweiflung."

„Dinge über Augustus?"

„Nein, über Livia."

„Bist du im Besitz von Geheimnissen über sie?"

„Das auch, aber in erster Linie von Verdachtsgründen, und meine gehen weiter als die anderer."

„Erzähltest du das deinem Vater?"

„Nein, ich wies nur auf den Mord an Marcellus und den Skandal, als Drusus geboren wurde, hin."

„Nur . . !" ruft Labeo aus.

„Ja, für Livia ist das ‚nur'."

„Du glaubst, sie ist an deiner Verweisung schuld?"

„Daran gibt es für mich keinen Zweifel."

Ich halte einen Augenblick ein, ehe ich fortfahre.

„Livia hat mich immer gehaßt, und als Vater mich Tiberius gab, schlug dieser Haß in offener Flamme empor. Mit allen nur denkbaren Kniffen versuchte sie Zwietracht zu säen, aber als alles nichts nützte, als wir glücklich waren und einen Sohn bekamen, war sie zum Mord bereit. Der kleine Nero starb."

„Was meinst du?" fragte Labeo scharf.

„Das mag der herausfinden, der Zeugen und Beweise braucht."

„Fahr fort", bittet er.

„Ich will mich nicht in Einzelheiten verlieren. Es genügt zu sagen, daß die Umstände mich und Tiberius auseinander zwangen und daß das für Livia süßer war als ein Sieg. Sobald sie von mir und Antonius hörte, war sie gewiß, daß Tiberius die Scheidung fordern würde. Ihre Erbittung kannte deshalb keine Grenzen, als sie von Vater erfuhr, Tiberius habe darum gebeten, zu Drusus und mir heimkehren zu dürfen. In diesem Augenblick beschließt sie, mich beiseite zu schaffen. Tiberius ist isoliert. Agrippa, Mäcenas, Musa und Octavia – alle, die sie vorher gefürchtet hat, sind nicht mehr, und niemand kennt noch ihren Hintergrund. Vierzig Jahre sind seit der Schlacht bei Philippi vergangen, in der ihr Vater sich ins Schwert stürzte. Dreißig Jahre ist es her, seit ihr Mann, Claudius, starb. Die Zeit ist reif, sie kann ihre Rache beginnen.

Jetzt ist nur noch die Frage nach den anzuwendenden Mitteln offen. Mord ist zweckdienlich, aber gefährlich. Selbst wenn das Gift auf Feigen gestrichen wird, die am Baume hängen, kann die Tat eines Tages ans Licht kommen. Außerdem hat sie schon früher Gift gebraucht und kann leicht in Verdacht geraten. Sie findet einen sicheren Weg zu meinem Untergang. Livia hatte von Vater gelernt, alles schrittweise vorzubereiten und still auf den richtigen Augenblick zu warten. Das Startsignal erhält sie, als sie unerwartet aus Prima Porta heimkommt und erfährt, daß Vater bei mir gewesen ist und erwägt, Tiberius heimzurufen.

Sie bittet Vater inständig, sich zu bedenken. Tiberius sei eine verschlossene Natur und habe nie davon gesprochen, was ihn nach Rhodos trieb. Sie selber habe auch geschwiegen, um Vater keine Trauer zu bereiten, aber jetzt sei er der einzige in der Stadt, der nicht wisse, daß ich ein Doppelleben führte. Daß ich solange meine nächsten Angehörigen hinters Licht zu führen vermochte, beweise nur meine Verschlagenheit.

Wie weit ich auf der schiefen Ebene gelangt sei, gehe daraus hervor, daß ich keinen Versuch unternähme, das Verhältnis mit Antonius zu verbergen, und daß wir offen über unsere erotischen Ausschweifungen sprächen. Gracchus sei viele Jahre einer meiner festen Liebhaber gewesen, Quirinius desgleichen und auch Antipater. Aber nicht nur dem Sexuellen sei ich erlegen, sondern Antonias Mädchen hätten ihr zu ihrem Entsetzen auch berichtet, daß Phöbe mir Wein ans Bett bringe und ich jede Nacht schwer betrunken sei. Wie alle wüßten, sei es sogar auf der Via Arviletum und bei Rostra zu nächtlichen Auftritten gekommen.

Idealistisch veranlangt, hoffte Tiberius, mich ändern zu können, wenn er heimkomme, denn er wisse nicht, wie weit meine Verderbnis vorgeschritten sei. Wenn es deshalb wirklich Vaters Meinung sei, diese unmögliche Ehe wiederaufzurichten, müsse sie als Tiberius' Mutter mich zurechtsetzen und mir eine Warnung geben dürfen.

Vater zuckt mit den Schultern. Livias Pflichtgefühl mag zu Zeiten unbehaglich sein, aber wenn er an die Gesellschaft bei Quirinius denkt, bei der ich die einzige Dame war, ist es vielleicht gar nicht so dumm mit einer Zurechtweisung.

Livia geht und kehrt aufgelöst zurück. Zum erstenmal in ihrer Ehe macht sie Vater eine Szene und wirft sich ihm laut schreiend an den Hals. Als sie mich habe verstehen lassen, daß sie meine Ausschweifungen kenne, sei ich außer mich geraten und hätte sie, rasend vor Wut, an Leib und Leben bedroht. Jetzt habe sie mich gesehen, wie ich wirklich sei: eine Furie, ein geifernder Dämon. Sie sei nicht nur empört, nicht nur erschüttert, sie habe recht und schlecht Angst.

Vater ist es nicht gewöhnt, sie so zu sehen, und fühlt sich hilflos. Bei diesem hemmungslosen Ausbruch empfindet er ein physisches Unbehagen und sehnt sich nach der nüchternen Ruhe seines Arbeitszimmers. Seine sonst so flecklose Toga ist voller Kniffe und Tränenflecke, als er sich endlich von ihr frei machen kann. Doch im Büro warte ich ernst und nervös auf ihn, und das ist mehr, als er zu bewältigen vermag. Sein Zorn wendet sich gegen mich.

Zum erstenmal in meinem Leben weigere ich mich, zu tun, was Vater befiehlt. Und außer diesem erregenden ‚Nein' zu der Scheidung komme ich mit unverschämten Andeutungen auf Livias Vergangenheit. Wenn ich eine solche Frechheit ihm gegenüber wage, wie muß ich dann zu ihr gewesen sein? Und nachdem ich verschwunden bin, fährt er fort, finster vor sich hin zu starren.

Da öffnet sich die Tür, und Livia kommt herein. Sie ist jetzt ruhig und bittet ihn, nicht die Gelduld zu verlieren. Sie bedauert, daß sie vorhin die Selbstbeherrschung verlor, aber auch sie sei nicht mehr als ein Mensch, und wenn sie es auch gelernt habe, zu schweigen und zu dulden, gebe es Grenzen, wie weit sie sich unter Druck setzen lasse. Jetzt sehe sie ein, daß sie nicht mehr allein tragen könne, was sie solange ihm ersparen zu können gehofft habe. Nach den Erlebnissen des heutigen Tages verstehe sie jedoch, daß es ihre Pflicht sei, mit ihm offen zu reden, denn es gehe um ihre eigene Sicherheit.

Sie macht eine kleine Pause, um Kräfte zu sammeln – dann läßt sie ihn mit sichtbarer Selbstüberwindung an ihrem Wissen teilhaben. Jedes Wort ist wohlüberlegt, jeder Satz vorausgeplant, die Beweisführung klar und das Beweismaterial überwältigend. Aus seiner langen Ehe hat Vater gelernt, daß er sich auf sie verlassen kann, wenn sie ihm erst ihr Wort gegeben hat. Sie hat immer recht gehabt, wenn sie eine Behauptung wirklich vorbrachte. Er glaubt ihr auch heute.

Als ich das Büro verlasse, erblickt Vater mich von oben. Daraufhin ruft er die Wache und erfährt, daß ich mich noch immer im Hause befinde. Der Anführer erhält Befehl, mich zu verhaften.

Du, Labeo, drückst die Gedanken klar nach einer bestimmten Richtschnur aus, während meine hin und her geworfen werden wie Seevögel im Sturm, unter Windstößen von Aufruhr und Trauer, aber doch gelangen wir beide, du und ich, zum gleichen Resultat und finden, daß die Anklage wegen Unmoral für Pandataria nicht ausreicht.

Nur zwei Gründe können gewichtig genug für die Strafe sein, die ich erleide. Entweder bin ich des Mordes oder der Verschwörung beschuldigt – oder beider Dinge. Der Zeugennachweis muß notwendigerweise falsch sein, und ich gehe davon aus, daß Livia die Anklage so formuliert hat, daß Vater einen offenen Prozeß zu vermeiden wünscht.

Mord? Verschwörung? Die Gedanken gehen unwillkürlich zu der Verschwörung zurück, die meine Ehe zerstörte. Hat Livia behauptet, ich sei an Drusus' Plan beteiligt gewesen? Dann ist Vaters Zorn gerechtfertigt, gleichzeitig trifft er aber auch ihre beiden Söhne. Zwar ist Drusus außer Reichweite von Vaters Zorn, aber Tiberius würde ebenso hart getroffen wie ich selber. Und wenn auch Livia die äußersten Mittel benutzen mag, ihren eigenwilligen Sohn zu zwingen, liebt sie ihn doch mit ihrer ganzen weiblichen Tigernatur und würde ihn nie einer solchen Gefahr aussetzen.

Diese These muß also fallen.

Ich versuche, andere Anklagen und neue Kombinationen zu finden, aber keine von ihnen taugt, und die Gedanken irren suchend umher. Während ich schlaflos liege und grüble, flammt plötzlich ein neuer Gedanke auf, wie eine Mohnblume in der Nacht, und im Schimmer des Lichts sehe ich alle Konturen fester und schärfer werden: Salome.

Vor knapp einem Jahr, als der Erbstreit nach Herodes' Tod entschieden wurde, war Salome nach Rom gekommen und ein ständiger Gast in Kybeles Straße gewesen, wo Livia die zu empfangen pflegt, mit denen sie sich vertraulich unterhalten will. Aus Vaters Archiv hat Livia sich mit dem letzten Brief versehen, den Herodes ihm schrieb. Er war wie ein Schrei voll unbändiger Wut über Antipaters Treulosigkeit und wirkte fast geisteskrank in der Fülle seiner Anschuldigungen, deren schwerste die Verschwörung gegen Augustus war. Eine jede dieser Anklagen hätte Antipaters Tod gerechtfertigt. Salome besaß Beweise für alle. Und da der durchtriebene Herodes in dieser Angelegenheit nicht Wahrheit von Lüge und Echtes von Falschem unterscheiden konnte, vermochte es auch kein anderer. Livia, die das Beweismaterial tagelang studierte, fand nicht einen einzigen Makel – das war eine Grundlage, auf der sich weiterbauen ließ.

Der nächste Schritt bestand darin, mich an Antipater zu koppeln. Auch in dieser Hinsicht war Salome vorausschauend gewesen. Unter Herodes' Hinterlassenschaft hatte sie die Briefe gefunden, die ich im Laufe der Jahre an ihn geschrieben hatte. Einige handelten von Herodes' jüngsten Söhnen, die Freunde von Gaius und Lucius waren und sich über das Zusammentreffen in Berytos respektlos geäußert hatten. Ich hatte dabei betont, daß ein solches Verhalten sich für Königssöhne nicht gebühre, und Herodes gebeten, sie zu warnen. In anderen Briefen hatte ich Herodes ermuntert, Salome mit einem kräftigen Mann zu verheiraten, der sie im Zaume halten könne. In meinem letzten Brief schließlich hatte ich Antipaters Reise nach Rom befürwortet – denn als künftiger König von Palästina brauche er gute Verbindungen – und versprochen, ihm zu persönlichem Kontakt mit Vater zu verhelfen.

An und für sich waren diese Briefe durchaus nicht aufsehenerregend, denn es war eine meiner Pflichten, mich fremder Fürsten anzunehmen, aber gegen den Hintergrund von Herodes' letztem Brief über Antipater gesehen wirkten sie verdächtig. Wenn dazukam, daß Antipater hier in Rom mein Geliebter gewesen war, wurden sie belastend. Und nach der Demonstration bei Rostra konnte kein Zweifel bestehen, daß Antipater und ich an einem Strang zogen.

Aber unsere Verbindung sollte weit älteren Datums sein, da Antipater mein Geliebter geworden war, als Agrippa und ich in Jerusalem weilten. Salome konnte selbst bezeugen, daß Antipater jedesmal mit mir Beilager gehalten hatte, wenn Agrippa sich auf der Jagd befand oder mit Herodes beschäftigt war. Sie nannte Zeugen in Jerusalem, die es beeiden konnten.

Agrippa war klug gewesen, aber nicht klug genug für mich, und ich hatte ihn wie alle anderen hinters Licht geführt. Bis zu seiner letzten Stunde hatte er an mich geglaubt und einen anderen wegen meiner Verbrechen in Verdacht gehabt. Denn ich war es, die Agrippa das Gift gegeben hatte, als ich das letzte Mal bei ihm draußen in Campania gewesen war. Kaltblütig hatte ich ihn, den Vater meiner Kinder, ermordet, um die Bahn frei zu machen für

Antipater, meinen Geliebten, und Postumus' Geburt sei mein Alibi gewesen. Deshalb hätte ich mich so heftig der Ehe mit Tiberius widersetzt, und deshalb sei Tiberius nach Rhodos gezogen, als Antipater in Rom erschien. Und erst als Antipaters Pläne enthüllt wurden, war es wichtig für mich, Tiberius zurückzubekommen, damit ich ihn als Deckung benutzen konnte.

Während Vater Livias Rede lauscht, wächst in ihm das Gefühl, in ein Schlangennest zu starren, in dem die Schlangen sich ineinander verknoten, so daß er nicht zu erkennen vermag, wo die eine beginnt und die andere endet. Er empfindet Widerwillen und schiebt jäh das Beweismaterial von sich, das Livia auf den Tisch gelegt hat. Nur die Briefe, die ich selber geschrieben habe, zieht er heraus und liest sie mehrmals. Sie sind echt. So schreibe nur ich. Er vergleicht sie mit den Anklagen gegen Antipater in Herodes' letztem Brief und kneift den Mund zusammen. Einen Moment schließt er die Augen und denkt an mein Verhalten.

Die Gründe, die ich für Tiberius' Abreise nach Rhodos anführe, wirkten vage. Es war auffallend, wie Tiberius' Reise mit Antipaters Audienz zusammentraf und wie die Zeitpunkte von Antipaters Tod und Tiberius' Bitte, zurückkehren zu dürfen, übereinstimmen ... und wie hektisch ich plötzlich daran interessiert war, ihn wieder heimzubekommen. Der Auftritt bei Rostra trug das seine dazu bei, denn Vater wußte, daß ich Antipater den Kranz gereicht hatte und daß er ihn mit voller Überlegung auf die Statue warf. Plötzlich durchzuckte es ihn, daß ich in verblümten Worten von einem neuen Status für Palästina gesprochen habe, und im selben Augenblick sieht er klar, daß die Kurierspuren aus Drusus' Lager nach Jerusalem und Carinene nicht zu Antipater und Tiberius, sondern zu Antipater und mir führen. Er stützt sich schwer auf die Tischkante, sein Gesicht wechselt die Farbe, sein Atem kommt stoßweise.

„Sie soll sterben!" sagt er leise.

Livia hat sich erhoben. Sie kann nicht mehr stillsitzen. Aber statt in einen Siegesschrei auszubrechen, der in ihr jauchzt, sieht sie bekümmert aus. „Nein, Augustus", sagt sie fest. „Du darfst nicht wie Herodes deinem eigenen Kind das Leben nehmen. Bedenke, daß die Augen der Welt auf dir ruhen. Zeige Milde. Verweise sie nach Pandataria."

Ich schweige. Labeo hat gespannt gelauscht. „Dann bist du also als Antipaters Mitschuldige und Agrippas Mörderin verurteilt worden", sagt er nachdenklich. „Ja, dann hat Augustus einen Grund, dich tot zu wünschen wie Phöbe. Dann stimmt es auch, daß er eine öffentliche Anklage vermeidet, um den Scheinprozeß in Berytos nicht zu näherer Untersuchung aufgerollt zu sehen. Es sieht aus, als ob du recht haben könntest, Julia . . . Sicher können wir dessen selbstverständlich nicht sein, solange Augustus und Livia schweigen, aber deine Deutung ist die einzige Erklärung, die Zusammenhang besitzt. Nicht einer all der Menschen, mit denen ich diese Angelegenheit erörterte, hat die Beschuldigung ausreichend gefunden, die Augustus im Senat verlesen ließ. Deshalb wurde er schließlich gezwungen, mit einer Zusatzerklärung herauszukommen. Nach ihr sollen genauere Nachforschungen in deiner Sache ergeben haben, daß du dich gegen deinen Vater verschworen habest, um deinen Geliebten – Julus Antonius – an die Macht zu bringen.

Auf den ersten Blick mag es aussehen, als ob diese Behauptung das Urteil rechtfertigt, aber untersucht man sie näher, ist sie ebenso hohl wie die erste Anklage. Sie wurde nämlich zu spät vorgebracht. Denn Phöbe, deine Vertraute, hat sich unmittelbar, nachdem du verhaftet wurdest, erhängt, und bei ihrem Tod, nicht bei der Enthüllung der sogenannten Verschwörung, hat dein Vater den unmenschlichen Wunsch ausgesprochen, dich an Phöbes Stelle zu sehen. Man kann rechtlich auch nicht von Nachforschungen in deiner Sache reden, da gar keine Sache existiert. Die Anklagen gegen dich haben nie zur Verhandlung gestanden, du hast nicht einmal einen Verteidiger gehabt. Vor allem entzieht die letzte Erklärung der ersten den Boden. Wer könnte glauben, daß du mit Gracchus buhltest, wenn deine wahre Absicht darin bestand, Antonius an die Macht zu bringen. Die Zusatzerklärung ist ein Flickwerk, das nicht widerlegt werden kann, weil Antonius tot ist. Die Absicht muß gewesen sein, dein Andenken mit dem Fluch des Senats zu belasten. Damit ist es nämlich veboten, deinen Namen zu nennen, und alle Aktivität, dir zu Hilfe zu kommen, wird gelähmt. Deine Sache bleibt unberührt liegen, bis Vergessenheit sie auslöscht.

Tiberius ist der einzige, der Augustus' Bann zu trotzen wagt, er schreibt Brief um Brief und bittet um Gnade für dich. Seine Immunität als Tribun ist zu Neujahr abgelaufen; er riskiert mit seiner Haltung also sein Leben. Deshalb muß er sich von der Akademie zurückziehen und lebt zur Zeit im Innern von Rhodos im Verborgenen.

Livia spricht für ihn, aber Augustus liebt keine Widersetzlichkeit. Um sich von ihrem Druck zu befreien, legt er alles, was mit Tiberius zu tun hat, in Gaius' Hände. Gaius hat Lollius, den geschworenen Feind des Tiberius, zum Stabschef und läßt sich von anderen nicht beeinflussen. Auf diese Weise hat Augustus Livias Bemühungen, Tiberius heimzubekommen, sowie Tiberius' Bemühungen, dir zu Hilfe zu kommen, wirksam ausgeschaltet."

„Du glaubst also, daß ich hier ohne einen Hoffnungsschimmer bleiben muß?" frage ich.

„Nein", antwortet Labeo und steht auf. „Du hast zu viele Freunde, als daß wir die Hoffnung aufgeben müßten. Aber es wird nicht leicht sein, eine Lösung zu finden."

Ich sitze und blicke ihm nach, wie er den Steg zum Hauptmann und zur Wache hinabgeht. Er kehrt zurück zum Land der Lebenden mit Grüßen der Gefangenen von Pandataria – mit Grüßen von ihr, deren Name verboten und deren Andenken verflucht ist.

Verflucht!

Ich schließe die Augen, und das Wort wird Gestalt, es wird zu einem breiten harten Lederriemen, dessen Schlag mir das Rückgrat bricht. Ich bin an Pandatarias Felsen gekettet und spüre Vaters Hand sich zum Schlag erheben.

„Vater", flüstere ich, „sieh mich an, Vater."

Aber er hört mich nicht, und der Riemen saust herab. Er ist treffsicher und besitzt die brutale Kraft des Tyrannen. Alle verhüllen den Kopf und wenden sich ab. Nur Livia steht reglos da und sieht zu, während ein spöttisches Lächeln ihre Lippen kräuselt.

Um mich von dem qualvollen Gesicht zu befreien, lege ich mich, den Kopf auf den Armen, über den Tisch. Aber die Spur des Riemens hat sich in mein Gehirn gefressen, und neue Bilder tauchen auf.

Rundum in Rom, ja, im ganzen Reich, stehen Säulen und Gedenktafeln an Cäsars Tochter. Heute rücken Abteilungen der Polizeiwache mit Leitern, Schlaghämmern und Meißeln aus. Statuen umzustürzen pflegt sonst eine Volksbelustigung zu sein, aber diesmal ist es eigenartig still, als die Marmorblöcke fallen. Nachdem Märkte, Hallen und Tempel gesäubert sind, kommen die Privathäuser an die Reihe. In Carinene, bei Antonia der Älteren, in Julus' versiegelter Wohnung, bei Juliola und in der Ochsenkopfstraße öffnen sich die Türen. Überall, wo man meine Gesichtszüge und meinen Namen findet, ertönen Hammerschläge.

Postumus sieht seiner Mutter Gestalt in Brocken auf der Erde liegen und stürzt in sein Zimmer hinauf. Die Kamee, die von ihm und mir zu seinem Zehnjahrestag im letzten Frühling geschaffen wurde, liegt zwischen seinen Spielsachen verborgen. Er steckt sie unter die Tunika und schleicht in den Garten hinaus. In der äußersten Ecke vergräbt er sie unter einer Steinbank.

Nachdem die Statuen verschwunden sind, kommen Sklaven mit Schaufeln und Besen und fegen und polieren, bis der leere Raum übrig ist. Bald nehmen neue Kunstwerke den Platz ein. Aber Agrippina findet einen Marmorbrocken, den die Reinigungsfrauen übersehen haben, und nimmt ihn mit sich auf ihr Zimmer.

Als nächstes Mal eine Friedensprozession zum Altar auf dem Marsfeld stattfindet, stehen sie und Juliola – unter der Priesterinnengestalt am Seitenfries. Juliola, die die Tracht der verheirateten Frau trägt, wirft den Schal über den Kopf, als sie das zerschlagene Gesicht ihrer Mutter erblickt, aber das junge Mädchen Agrippina hat nichts, womit es sich bedecken könnte, und sie neigt den feinen zarten Hals, damit niemand sehen soll, daß sie weint.

Ich richte mich auf und streiche mir über die Augen. Mein Blick fällt auf die Kiste, die Labeo brachte. Ich öffne sie, finde das Schmuckkästchen und knie nieder. Der Schlüssel steckt im Schloß, ich drehe ihn um. Eigentlich hatte ich damit warten wollen, einen Blick hineinzuwerfen, hatte an Tagen der Mutlosigkeit jeweils ein Stück aus der Kiste nehmen wollen. Aber als ich sehe, was vor mir liegt, kann ich nicht widerstehen und greife begierig zu. Der syrische Schal, die Alabasterkrüge mit meinem Namenszug, das kleine Mohnmosaik, die perlengestickten Sandalen, der Goldspiegel – Erinnerungen, die das Herz erbeben machen.

Schließlich finde ich den Ehering.

Nun ist es mit meinen Kräften zu Ende. Die Bewegung meiner Sinne jagt mir in Wellen durch den Leib, der Schweiß tritt mir auf die Stirn, und ich taste suchend nach der Tischkante, um mich hochzuziehen. Ich gelange auf die Beine, ehe das Erbrechen beginnt, und das Letzte, was mein Gehirn registriert, sind rote blutige Fäden im Auswurf.

Ich treibe auf einem Meer ohne Leben dahin, und die Bewußtlosigkeit liegt wie ein Nebel über meinem Gemüt. Hin und wieder hebt er sich – Erinnerungen und Fieberträume schwemmen vorbei wie Wrackstücke nach einer Havarie.

Postumus raunt mir ins Ohr: „Großvater schickt mich ohne Essen zu Bett und Livia schließt mich in ein dunkles Zimmer ein, wenn ich nach dir frage, Mutter.“

Er schaudert.

„Ich fürchte mich vor Schlangen“, flüstert er und preßt sich an mich. Kurze Zeit später fährt er so leise fort, daß ich kaum hören kann, was er sagt: „Lucius hat gesagt, wenn Großvater stirbt, werden wir fortreisen und dich holen. Vielleicht stirbt er bald, vielleicht kann ich ihn töten. Ich bete zu Neptun, daß ich so stark werde wie Vater. Wenn ich fische, blicke ich zu dir hinaus, Mutter ... Erinnerst du dich, im vergangenen Jahr hast du uns jeden Tag begleitet.“

Er entschwindet ... statt seiner sitzt Julus da. Er streckt die Beine weit in den Raum, wie er es zu tun pflegt, und lehnt den Kopf gegen die Stuhllehne. Aber er ist stumm und still, und das ist so ungewöhnlich, daß ich zu ihm gehe. Er hat die Augen geschlossen und ist spukhaft bleich.

„Julus“, sage ich, aber er bewegt sich nicht, und plötzlich sehe ich die Schüssel an seiner Stuhllehne. Sie ist rot von Blut, und während ich hinstarre, füllt sie sich. Stoßweise strömt es aus dem Schnitt in seinem Handgelenk, wird dick und schwarz und erstarrt in der Schale. Ich will schreien, aber meine Stimme versagt, und ich habe ein Gefühl, als sollte ich ersticken. Dann schwindet alles in grauem Nebel.

Eine Hand streicht mir über den Rücken. Ich schrumpfe ein, ich werde klein und liege im Bett in der Ochsenkopfstraße. Phöbe sitzt auf dem Bettrand.

„Du bist die Liebste, die ich kenne“, murmele ich und will ihr die Arme um den Hals legen, da sehe ich den Gürtel in einer Schlinge um ihren Nacken und während er sich zusammenzieht, erstarre ich vor Schreck. Sie gurgelt und keucht, das Gesicht wird blau, und aus dem Munde kommt geschwollen und dunkel die Zunge hervor, dann verdreht sie die Augen und der Kopf fällt zur Seite. Ich schreie gellend auf und werfe mich zurück.

Beständig befinde ich mich in meiner Kindheit. Eines Tages liege ich in Mutters Schoß – Mutters warmem, gutem Schoß –, aber ich wage nicht aufzublicken, denn alles ist traurig, so traurig, daß ich zu weinen beginne. Es ist herrlich, geborgen zu sein und still zu ruhen.

Ich höre ihre Stimme. Sie sagt, ich schlafe. Vorsichtig öffne ich die Wimpern einen Spalt.

„Julia“, sagt sie und legt mir vorsichtig die Hand auf die Stirn. Ein gesegneter Frieden verbreitet sich um mich.

Als ich das nächste Mal aufblicke, steht sie am Tisch. Sie merkt, daß ich erwache, und setzt sich auf mein Bett. Ich will etwas sagen, doch es wird nur ein Seufzer, und ich schlafe wieder ein.

Eines Tages will ich aufstehen, aber sie drückt mich vorsichtig in die Kissen zurück, sie nimmt eine Tasse und einen Löffel und gibt mir Suppe. Suppe? Keine Grütze? Ich versuche, mich umzusehen, aber mein Blick hängt an der Hand, die den Löffel führt. Sie ist schmalfingrig und lang. Ich blicke auf meine eigene Hand hinab und werde den Ehering gewahr.

„Tiberius“, sage ich, und sie nickt.

Ich beginne, Furcht zu empfinden, daß sie fortgleiten wird, wie so manche Erscheinung inmitten meiner Träume. Tastend strecke ich meine Hand aus und fasse sie an. Sie ist warm und fest. Die Gestalt meiner Mutter sitzt bei mir Tag um Tag.

„Mutter“, sage ich, wenn ich nachts erwache und sie im Dunkel nicht sehen kann. „Ja“, antwortet sie und streichelt mir den Arm – sie hat ihr Bett neben dem meinen stehen.

Sie ist es – Scribonia. Meine leibliche Mutter. Eine neue Angst ergreift mich. Ich erinnere mich, wie Labeo den Pfad hinunterstieg, und ich sehe Mutter an seiner Statt. Jedesmal wenn der Anführer sich zeigt, glaube ich, er komme sie holen. Und wenn ich die Wachen vor dem Hause sprechen höre, zittere ich. Wenn Mutter zur Tür geht, richte ich mich auf, sie zurückzuhalten.

„Du mußt bleiben“, bettele ich, als sie sich wieder setzt.

„Ja“, sagt sie, „ich bleibe.“

„Immer?“

„Ja, Julia, immer.“

Stunden liege ich und sehe sie an. Die Tür steht offen, ich erkenne schwach das Meer und den Horizont und höre tief unten die Brandung.

Es ist das gleiche graue Gemach und doch so verändert. Das Bett ist voller Kissen, die Grütze ist verschwunden, auf dem Tisch liegen Bücher und Schreibzeug. An meinem Kopfende hängt eine Glocke, und wenn ich läute, kommt ein Mädchen und fragt nach meinen Wünschen. Tagsüber werde ich in die Sonne getragen und empfinde Wärme und Wohlbehagen. Die Kräfte kehren langsam zurück.

Nachdem Antistius Labeo aus Pandataria heimgekommen war, beriet er sich mit seinen Kollegen auf dem Forum, aber sie waren genauso hilflos wie er. Der ausgesprochene Bannfluch vereitelte jeden Versuch, etwas zu meiner Unterstützung zu unternehmen. Er stand gerade im Begriff, Tiberius zu schreiben, daß er nichts ausrichten könne, als Ämilius Paulus ihn bat, ihn zu Scribonia, Juliolas Großmutter, zu begleiten.

Sie war nun über siebzig Jahre alt, hatte still und zurückgezogen für sich gelebt. Nach der Scheidung von Cäsar hatte sie sich ausschließlich den Kindern ihrer beiden ersten Ehen gewidmet. Ihr Haar war schneeweiß, ihre Gesichtszüge waren milde. Sie hatte große, etwas schwermütige Augen und lächelte warm, als sie Labeo begrüßte. So schonend wie möglich berichtete er von seinem Besuch auf Pandataria, aber sie bat ihn, ohne Umschweife zu reden, und fragte, was sie tun könne, um mir zu helfen. Er antwortete, daß er bereit sei, alles zu tun, aber daß er keinen Ausweg sehe, den ausgesprochenen Bannfluch zu umgehen. Ämilius unterbrach ihn mit der Bemerkung, es heiße allgemein, daß der Landesverwiesene einen seiner Angehörigen in die Verbannung mitnehmen dürfe. Selbstverständlich könne man keines der Kinder nach Pandataria senden, dagegen werde es sich vielleicht ordnen lassen, daß ein anderer der Verwandten dorthin übersiedle.

Labeo erwiderte, daß es keine festen Gesetze darüber gebe, aber sogar Augustus könne in Schwierigkeiten geraten, wenn er eine solche Barmherzigkeit verweigere. Da richtete Scribonia sich entschlossen auf.

„Wenn das zutrifft, Antistius Labeo, bitte ich dich, darum anzusuchen, daß ich das Schicksal meiner Tochter teilen darf."

Labeo willigte ein, und mit Hilfe der Öffentlichkeit erreichte er alle Vorteile, auf die Scribonia infolge ihres hohen Alters Anspruch erheben konnte. Sie durfte eigene Ausstattung und Bedingung, Speisen und Getränke mitführen und erhielt das Recht, ihre Vorräte laufend zu erneuern. Ferner erhielt sie die Erlaubnis, mit der Familie und Freunden in Briefwechsel zu stehen und mit Hilfe der Verpflegungsboote Besuche zu empfangen. Wer zum Besuch erschien, mußte Cäsar ein körperliches Merkmal nennen, das während der Leibesvisitation in Antium kontrolliert wurde. Die Post wurde zensiert, der Lebensmittelnachschub überprüft und Pandataria ebenso streng bewacht wie bisher, aber auch mit all diesen Einschränkungen wurde das Leben nach Mutters Ankunft ein völlig anderes für mich. Nicht nur die materielle Besserung, die sie herbeiführte, ihre eigene Anwesenheit vor allem half mir. Mutter brach die Einsamkeit meiner Verbannung, sie jagte die Angstphantasien in die Flucht – ihr liebevoller Opferwille rettete mich.

Zuweilen beruhigte sich der Wind nach Sonnenuntergang, so daß wir auf dem Felsen sitzen und das Aufflammen der Sterne beobachten konnten. Dann sprachen wir von Dingen, die so tief im Gemüt verborgen liegen, daß sie das scharfe Licht des Tages nicht vertragen. Alles, was ich verbarg an Bösem und Gutem, legte ich in ihren Schoß. Alles verstand sie, alles teilte sie mit mir. Aber wie die alten Bürden leichter wurden, wuchs allmählich eine neue empor und legte sich mir wie Blei auf die Seele.

Eines Abends war es stiller als sonst, und wir saßen lange schweigend beisammen.

„Mutter . . .“, sagte ich endlich.

Sie antwortete nicht, aber im Sternenschimmer sah ich sie nicken.

„Jetzt bin ich gesund, Mutter. Jetzt mußt du abreisen.“

„Ich bleibe“, antwortete sie. „Ich habe es dir bereits gesagt.“

„Das ist zu groß, ich kann es nicht annehmen. Ich habe nie etwas für dich getan . . . Ich hatte dich vergessen, Mutter.“

Sie ergriff meine Hand.

„Die Menschen haben träge Herzen und begreifen spät, daß Liebe nicht wägt, was sie bekommt und was sie gibt – weil sie selber ohne Zweck und Ziel ist, Julia.“

Hatte Agrippa nicht einst das gleiche gesagt?

Es war eine mondlose Nacht. Am Horizont schimmerte der Venusstern, das Licht der großen Göttin. Er strahlte still und rein, klarer als die anderen Sterne. Wir blieben draußen, bis er im Meer versunken war. Mutter hielt noch immer meine Hand und ließ sie nicht los, bis ich die Tür öffnete.

Ich habe nie mehr erwähnt, daß sie reisen müsse.

18

Ämilius war der erste, der uns besuchte. Er stand auf dem Deck des Verpflegungsschiffes und winkte. Als wir einander begrüßten, war ich so bewegt, daß ich zu weinen begann.

„Und Juliola?“ fragte ich unter Tränen.

„Sie hat mich bis Antium begleitet“, erwiderte er.

Sie erwartete ein Kind, und er hoffte, daß das Ereignis ihr helfen werde, denn mein Verschwinden war für sie ein grausamer Schlag gewesen. Es war nicht nur die Härte der Verbannung, sondern die Art der Beschuldigungen, die sie mit Abscheu erfüllten.

Kein rechtdenkender Mensch sei imstande, zu begreifen, wie ein Vater solche Anklagen öffentlich gegen die eigene Tochter vorbringen könne, und Juliola habe große Schwierigkeiten, ihre Bitterkeit Augustus gegenüber zu verbergen. An Livia vermochte sie nicht einmal zu denken.

Aber wenn auch die meisten Leute von dem Geschehenen abrückten, wagte keiner zu sagen, was er dachte. Dennoch konnte weder Vater noch Livia die Kälte entgehen, der sie allerseits begegneten, und Ämilius war dankbar dafür, daß Juliola und er jetzt einen Vorwand hatten, sich der Ochsenkopfstraße fernzuhalten.

Am schlimmsten war es für die beiden Jüngsten. Sie hatten nicht nur mich und Phöbe verloren – ihre ganze Lebensführung hatte sich von Grund auf geändert, als sie aus unserem Heim in Carinene in Livias pflichtbeladenes Heim übersiedeln mußten.

Postumus hielt sich meist für sich, Agrippina war hart und verschlossen. Es war erschreckend zu sehen, wie sie in so jungem Alter es fertigbrachte, sich in den Haß gegen Livia und ihren Großvater zu verbeißen. Postumus dagegen hatte sich mehrere Ausbrüche zuschulden kommen lassen und war streng bestraft worden. Beide hielten sich in dieser Zeit viel bei Juliola auf, und auch Lucius war oft bei ihnen. Er war gerade mit Lepida verlobt worden und Gaius mit Livilla. Über Tiberius gab es wenig Neues.

Livia bat beständig für ihn, aber Lollius achtete sorgfältig darauf, Vaters Unwillen gegen ihn wachzuhalten. Wenn nicht etwas Unerwartetes eintrat, würde er für den Rest seines Lebens auf Rhodos bleiben. Die Leute meinten, daß ich da bessere Aussichten hätte, denn wenn Augustus eines Tages stürbe, würde ich die Freiheit wiedererlangen.

Mit jedem Versorgungsschiff kam Besuch, und wenn auch die Nachrichten nicht immer gleich neu waren, konnten Mutter und ich doch an allem, was sich in Rom ereignete, teilhaben.

Es gab viele Anzeichen dafür, daß ich nicht vergessen war. Die Leute begannen, sich um meinen verbotenen Namen als ein Symbol des Widerstandes gegen Unterdrückung zusammenzuschließen, und es wurde eine Julia-Partei gegründet, die im ganzen Reich Anhänger besaß. In Rom kam es zu Demonstrationen und Fackelzügen, und wenn diese auch mit harter Hand unterdrückt wurden, tauchten doch unaufhörlich neue Gerüchte um mich und meine Sache auf. Schließlich war Vater gezwungen, ein Verbot, in der Vergangenheit zu forschen, zu erlassen, und deutlicher konnte er nicht zugeben, daß er sich klar darüber war, daß die Anklagen gegen mich unhaltbar waren.

Manche mutigen Männer versuchten mich zu befreien, aber Livia hatte einen sicheren Verwahrungsort ausersehen, als sie Pandataria wählte. Bei jedem neuen mißlungenen Versuch wurde ein weiterer Name der Liste meiner Geliebten hinzugefügt und erneut ein ehrlicher Name in den Schmutz gezogen. Auf wie lockerem Boden diese Liste errichtet war, ging daraus hervor, daß Scipio und Lentulus, meine Halbbrüder, auf ihr standen, obwohl Blutschande die einzige Ausschweifung war, deren ich nicht angeklagt wurde.

Ich war zwei Jahre auf Pandataria, als Gaius nach Osten zog. Tiberius suchte ihn auf, um sich mit ihm über die Geschehnisse der letzten Jahre auszusprechen, aber Lollius wich nicht einen Augenblick von Gaius' Seite, und Tiberius mußte unverrichteterdinge nach Rhodos zurückkehren.

Nicht lange danach traf Gaius den König der Parther, um Dinge zu erörtern, die für beide Reiche von Interesse waren, und dieser öffnete Gaius' Augen gegenüber den Vorgängen in Jerusalem und

Rom. Die Mutter des Königs war einst Cäsars Sklavin gewesen und kannte Vater und Livia so, wie nur Sklaven dazu Gelegenheit finden. Der König selber war in Rom erzogen und in der Ochsenkopfstraße ständiger Gast gewesen. Aus dieser Zeit stammte seine enge Freundschaft mit Tiberius. Als Parther war er ein Gegner der von Salome und Livia betriebenen Politik und über ihre Intrigen und Antipaters Tod empört. Er und Gaius sprachen einen ganzen Tag unter vier Augen miteinander, und als Gaius am Abend zum Römerlager auf dem rechten Ufer des Euphrat zurückgerudert wurde, war ihm vieles klargeworden, was vorher dunkel gewesen war. Er war nicht von ungefähr ein Sohn des tatkräftigen Agrippa, und schon am nächsten Tag hatte er Lollius verabschiedet und Quirinius zum neuen Stabschef ernannt. Lollius starb einige Tage danach.

Mit Quirinius als Ratgeber unterschrieb Gaius die Heimkehrerlaubnis für Tiberius und sandte eine Bittschrift zu meinen Gunsten an Augustus, mit einem Bericht über das Übereinkommen mit dem Partherkönig, Arabien anzugreifen, sobald die armenische Frage geklärt war. Aber als er in Armenien war, wurde er in einen Hinterhalt gelockt und verwundet. Es sah nicht wie eine gefährliche Wunde aus, aber sie schwächte ihn stark, und die Heilung verzögerte sich. Auch Quirinius erkrankte fast zu gleicher Zeit und war selber der Meinung, daß man ihn vergiftet habe.

Während dies im Osten geschah, kamen noch erregendere Nachrichten aus dem Westen. Lucius, der sich auf dem Wege nach Spanien befand, erkrankte plötzlich in Massilia und starb bald darauf. Im ganzen römischen Reich flüsterte man von Mord.

Die Nachrichten über Gaius wurden immer schlimmer. Seine Gelenke begannen anzuschwellen, und er wurde von den furchtbarsten Schmerzanfällen heimgesucht. Sein Gesicht war von Qualen verzerrt, und sein Körper glich einem Skelett. Als er nicht mehr gehen konnte, ließ er sich an seinen Schreibtisch tragen. Seine Hand zitterte wie die eines Greises und besaß nur noch zu wenigen Zeilen Kraft. Er schrieb Vater, er fürchte nicht den Tod in offenem Kampf und sei nie vor dem Feind zurückgewichen. Aber im Kampf gegen

Dunkelmächte und Giftmischer besitze er keine Erfahrung, und deshalb bitte er, von seinen Pflichten als Cäsar entbunden zu werden und das Leben an einem Ort zubringen zu dürfen, wo die Dämonen der Arglist ihn nicht erreichten, und sollte dies der äußerste Rand der Erde sein.

Vater war sehr bekümmert. Ehe der lebensfrohe, starke Gaius einen solchen Brief schrieb, mußte er Tantalusqualen erlitten haben, und Vater konnte an der Schrift erkennen, wie schwach und unsicher er war. So fürsorglich er vermochte, erwiderte er, daß man in Fieber und Verzweiflung leicht auf dunkle Gedanken komme, jedoch solle er als sein Sohn wegen einer Erkrankung den Mut nicht verlieren. Ihn von den Pflichten als Cäsar zu befreien, gehe nicht an, er könne ihn lediglich seines Auftrages im Osten entbinden und ihn bitten, nach Rom zurückzukehren. In einem Postskriptum fügte Vater hinzu, er habe mich, um ihm eine Freude zu bereiten, von Pandataria nach Regium auf dem Festland übersiedeln lassen.

Sobald es möglich war, begab Gaius sich auf den Heimweg.

Er wurde die ganze Strecke zur Küste hinab getragen und wartete in Limyra auf ein Schiff. Dort erlitt er einen Rückfall und starb. Vater war damals siebenundsechzig Jahre alt; für einen Mann in so hoher Stellung ist das ein vorgeschrittenes Alter, aber er hatte bereits viel von der Spielerfreude am Leben verloren. Viele Jahre hatte er sich danach gesehnt, daß Gaius und Lucius die Verantwortung für das Reich übernehmen sollten; es war ein harter Schlag für ihn, sie zu verlieren. Aber er sagte selber, daß mein Verlust schwerer zu tragen sei und daß der Gedanke an mich sein Gemüt wie eine Krebsgeschwulst belastet habe. Trauer und Entbehrung lassen sich am besten mit Wunden vergleichen, und wenn Vater also den Ausdruck Geschwür oder Geschwulst gebrauchte, konnte ich heraushören, daß Zweifel und Unruhe an ihm nagten; am enthüllendsten war, daß er oft betonte, wenn Mäcenas oder Agrippa gelebt hätten, wäre überhaupt nichts geschehen.

An dieses sein schmerzhaftes Gewissen wurde er offensichtlich jedesmal erinnert, wenn er Postumus sah, denn die feindselige Einstellung des Knaben Livia gegenüber wurde im Laufe der Jahre eher stärker als schwächer. Aber jetzt war er der einzige männliche Sproß des Stammes und nicht lange, nachdem Postumus die Mannestoga erhielt, wurde er von Vater adoptiert. Auf diese Weise war das Fortleben des Geschlechtes noch einmal gesichert, aber wenn Vater den großen unausgereiften Jungen betrachtete, der jeden unter den Tisch trinken konnte und Waffenübung geistigen Betätigungen vorzog, dachte er voll Sorge an die Zukunft Roms.

Die Stellung des Reiches war bei weitem nicht befriedigend. Steigende Steuern erregten Mißvergnügen in den Provinzen, längs der Grenzen herrschten Unruhe und Unsicherheit. Was aber die Lage auf längere Sicht unhaltbar gestaltete, war die militärische Führung, denn Tiberius' Nachfolger in der Heerführung waren den Aufgaben nicht gewachsen. Die Verteidigung im Nordosten war gefährdet, und die römischen Legionen sehnten sich nach einem erfahrenen Feldherrn, der die Führung im Felde übernehmen konnte. Vater entschloß sich deshalb zu einem Schritt, der ihn noch mehr Bedenken kostete als Postumus' Adoption. Es ließ sich nur mit jenem Schritt vergleichen, da er Agrippa zu sich berief, um ihn zu fragen, ob er sein Schwiegersohn werden wolle: Er sandte einen Boten zu Tiberius und bot ihm Versöhnung an.

Tiberius weilte damals bereits seit zwei Jahren in Rom und hatte sich in dieser Zeit ganz seiner Familie gewidmet. Er hatte den kleinen Drusus auf dem Forum eingeführt und sein Männlichkeitsfest in Carinene gefeiert. Doch da so viele Erinnerungen an unserem alten Heim hafteten, vermochte er nicht in ihm zu bleiben und kaufte statt dessen das luxuriöse Haus des Mäcenas, um dort still und zurückgezogen seinen Studien zu leben.

Als Gaius an Vater schrieb und seiner Stellung als Cäsar enthoben zu werden bat, hatte er gleichzeitig Livilla den Scheidungsbrief gesandt. Sie wurde jetzt mit ihrem Vetter, dem kleinen Drusus, verheiratet, und als erstes Kind gebar sie eine Tochter. Alle stutzten, als sie den Namen des Kindes hörten; es wurde nicht, wie man hätte erwarten können, Claudia, Drusilla oder Livia, sondern nach mir, der Verwiesenen, Julia genannt.

Wenn auch Tiberius ganz seiner Familie lebte und sich nur selten auf dem Forum oder im Senat sehen ließ, bedeutete es doch keineswegs, daß er über die Stellung des Reiches und die militärische Lage nicht unterrichtet gewesen wäre. Er war sich seiner eigenen Fähigkeiten durchaus bewußt, und es kam keineswegs unerwartet für ihn, als Augustus ihn rufen ließ.

Vater begann damit, daß die Zeiten sich so schwierig gestaltet hätten, daß ein Mann von Tiberius' Tüchtigkeit und Erfahrung sich unmöglich außerhalb des öffentlichen Lebens halten könne. Er habe früher wichtige Aufträge im Reiche erhalten, und Vater habe ihn damals zu seinem Schwiegersohn gemacht. Die Umstände hätten ihn später dazu gezwungen, den zwischen ihnen geschlossenen Pakt zu lösen, und er lasse sich nicht mehr erneuern. Aber um seine versöhnliche Einstellung zu beweisen, wolle Vater Tiberius anbieten, mir volle Bewegungsfreiheit in Regium zu geben gegen mein Versprechen, nie mehr nach Rom zurückzukehren. Als Oberhaupt des Staates könne er nach dem Vorgefallenen nicht weiter gehen.

Es schmerze ihn, daß der alte Pakt nicht gehalten habe; deshalb wolle er heute einen neuen und noch festeren vorschlagen – er bitte Tiberius, sein Sohn zu werden. Tiberius und Postumus sollten gemeinsam den Platz der Cäsaren ausfüllen, die seine Hoffnung und Stütze gewesen seien und die ein unbarmherziges Schicksal ihm entrissen habe. Er schloß damit, daß er sich alt fühle und Hilfe brauche, seine Bürden zu tragen.

Tiberius hatte wohl Versöhnung erwartet, aber von einer Wiedererhebung wie dieser hatte er nicht geträumt. In einem blitzhaften Aufleuchten erlebte er seines Bruders Drusus Sturz vom Pferde, die Preisgabe alles dessen, was ihm lieb gewesen war, die schmachvollen Jahre des Untertauchens auf Rhodos und die Rückkehr nach Rom, wo viele seiner Freunde ihn nicht mehr zu grüßen wagten.

Vater wartete auf seine Antwort, ein kleiner, in sich gesunkener Mann mit von Krankheit und Mühen zerfurchtem Gesicht . . . ein alter Mann mit einer übermächtigen Bürde. Und während Tiberius kalt berechnete, wieviel Zeit dem Alten wohl noch verbleiben mochte, empfand er zugleich ein dumpfes Mitleid.

Vater sah sein Zögern.

„Um des Reiches willen bitte ich dich darum“, betonte er nochmals.

Tiberius erhob sich und trat zu ihm. „Roms Ruf an einen Claudier ist nie ungehört ergangen“, entgegnete er stolz.

Nach vollzogener Adoption fuhr er sogleich an die Front. Von den Soldaten mit Jubel begrüßt, verband er, gerieben und geschmeidig, militärische Operationen mit Diplomatie und wehrte so die Gefahren ab, die das Reich bedrohten und die von vielen als die ernstesten der römischen Geschichte betrachtet wurden. Mehr als fünf Jahre weilte er fast ununterbrochen im Felde.

Inzwischen hatte Postumus die Zivilausbildung, die Rekrutenschule und die Feldausbildung absolviert. Er war neunzehn Jahre alt, als er nach Rom zurückkehrte, und besonders das letzte Jahr hatte viel dazu getan, ihn reifer werden zu lassen. Aber er hatte noch immer Schwierigkeiten, seine Abneigung gegen Livia zu verbergen, denn er besaß Agrippas geraden, offenen Sinn und konnte nicht vergessen, wer ihn geboren hatte.

Eines Tages wartete er in Livias Zimmer auf Vater. Mit Spinnen beschäftigt, begann Livia von alten Tagen aus der Bürgerkriegszeit zu erzählen, wie sie, den Feind auf den Fersen, flüchten mußten. Agrippa habe sie wie ein wildes Tier gejagt, wobei sie Andeutungen über seine niedrige Herkunft und seine Roheit einzuflechten wußte. Postumus tat, als höre er nicht.

Ohne aufzusehen, glitt Livia dann in eine andere Geschichte über von jener Frau, die auf Grund ihres liederlichen Lebenswandels in Verweisung lebe.

Das war mehr, als mein Sohn ertragen konnte. Er blickte sie drohend an und fragte, ob sie etwa schwerhörig sei, da sie offenbar nicht wisse, was die Leute sich in der Stadt erzählten. Dort könne man auch Geschichten aus alten Tagen hören von Arglist und teuflischer Bosheit. Habe sie nie die eigenartigen Krankheiten erwähnen hören, die Marcellus, Agrippa, Lucius und Gaius aus dem Leben rissen? Die Geschichte von dem grausamen Spinnen der Schicksalsgöttin? Eigenartig an dieser Geschichte sei vor allem, daß die Göttin einen Namen wie andere Sterbliche trage – wenn er nicht fehlgehe, nenne man sie Livia Drusilla.

Es zuckte ihm in den Fingern vor Verlangen, ihr die Kehle zuzudrücken und ihr den giftigen Schlund mit Wolle zu füllen, bis jeder Funke Leben in ihr erloschen war. Impulsiv machte er eine jähe Bewegung, als wolle er sich auf sie stürzen, doch er faßte sich und schritt zur Tür.

Auf der Schwelle sah er sich Vater gegenüber, der ihn ob dieses Vorfalls nach Sorrent verwies.

Juliola war untröstlich. Nachdem Agrippina geheiratet und ihren Mann nach Germanien begleitet hatte, war ihr von allen Geschwistern nur Postumus geblieben. Sie hatte immer ein herzliches Gefühl für den jüngsten Bruder gehegt; der Verlust der älteren Brüder nach der Landesverweisung der Mutter und ihr gemeinsamer Haß gegen Livia hatten sie noch enger verbunden. Jetzt war auch er fort. Ämilius tat alles, was in seiner Macht stand, um sie zu trösten. Da er wußte, daß sie das Schöne liebte, baute er eine Villa für sie, die er mit Kunstgegenständen füllte. Dort trug er alles zusammen, was von Agrippas und meinem Besitz noch erhalten war und Vater nicht beschlagnahmt hatte, darunter unsere wertvolle Bibliothek. Niemand hatte sich seit meiner Verhaftung ihrer angenommen. Juliola bat Ovidius Naso, sie durchzusehen und zu ordnen.

Das war eine willkommene Aufgabe für den Dichter. Tagsüber beschäftigte er sich mit seinen Bücherlisten, nachts studierte er in aller Ruhe und Stille. Er fand Werke, die auf Grund ihres Inhaltes, ihrer Ausstattung, ihres Alters und ihrer Seltenheit von unschätzbarem Wert waren, und seine Kennerhände liebkosten die Rollen, wenn sie durch seine Hände glitten. Mit seinem scharfen Verstand erkannte er, was Agrippa gesammelt hatte und was mein Eigentum gewesen war. Als er Agrippas Notizen zwischen den Zeilen mit den meinen verglich, durchzuckte es ihn, wie nahe wir doch einander gestanden hatten.

Eines Nachts jedoch, als das Licht fast niedergebrannt war – das gewöhnliche Zeichen für ihn, daß es nun an der Zeit war, sich etwas

Schlaf zu verschaffen –, schoben sich seine Fingerspitzen längs der Kante einer Buchrolle spielerisch vor und zurück. Aufmerksam geworden, betrachtete er die Rolle eingehender, vorsichtig untersuchte er den Papyrus mit dem Nagel. Dort waren zwei Schriften – beide beschrieben – aneinandergeklebt.

Ämilius glaubte, Ovidius wandle im Traum, als er in sein Schlafzimmer trat und ihn und Juliola weckte. Er sah verstört aus, als er die Toga ohne ein Wort auf ihr Bett legte und öffnete. Vor ihnen lag ein Bündel Rollen, die an den Kanten aufgespleißt waren, und mitten in dem Haufen ein verfärbter Elfenbeinring.

Sie rückten eng zusammen und begannen zu lesen – gefesselt, gebannt, als hörten sie meine Stimme durch die Nacht. Sie erkannten meine Art zu reden, meine Ausdrücke, die halben Sätze, die Gedankensprünge.

Juliola begann plötzlich zu schluchzen, als sie im Tagebuch vom Ableben des kleinen Nero, dem Gespräch mit Mäcenas und all seinen Enthüllungen über Agrippas, ihres eigenen Vaters, Tod lasen. Sie zitterte vor Erregung, ihr Gesicht leuchtete . . . ‚Niemand, niemand in der ganzen Welt wird daran zweifeln, daß dies echt ist!' Jetzt würde sie ihre Mutter reinwaschen.

Nun schmieden sie und Ämilius einen Plan, sie arbeiten in aller Stille. Ihr Freund Silanus, der im Osten zu tun hat, bringt die Dokumente mit, die sie aus Jerusalem brauchen, und selber sammeln sie Dieneraussagen und Listen über Zeugen, die in Frage kommen könnten. Als Ämilius zuletzt in Regium bei mir und Mutter zu Besuch weilt, ist alles zum Losschlagen bereit. Sobald Juliola das Kind, das sie erwartet, geboren hat, wird er Livia öffentlich des Mordes und der Fälschung anklagen.

Doch ehe dies verwirklicht werden konnte, brach das Unglück über sie herein. Ihre Ehe wurde aufgelöst, Juliola der Unzucht mit Silanus beschuldigt und aus diesem Grunde lebenslänglich auf eine Insel in der Adria verbannt, Silanus als ihr Verführer bestraft und Ämilius, der – wenn die Beschuldigungen wahr gewesen wären – wohl eher eine Gutmachung als ein Urteil hätte erhalten sollen, gleichfalls aus Rom verwiesen. Um jeden Beweis zu vernichten, den

Vaters und Livias Agenten übersehen haben könnten, wurde die Villa unter dem Vorwand, daß ihr Luxus einen öffentlichen Anstoß bilde, dem Erdboden gleichgemacht. Und der arme Ovidius, der meine Tagebücher und Briefe gefunden hatte, wurde an den unwirtlichen Schwarzmeerstrand von Tomi deportiert. Dort saß er unter bärtigen fellbekleideten Barbaren, sang seine Klagelieder und schrieb seine Bittbriefe – er, der keine andere Schuld trug, als daß seine Augen Cäsars Schmerz gesehen hatten.

In der Ochsenkopfstraße wurde die ganze Angelegenheit damit beiseite gefegt, daß Juliola in die Fußstapfen ihrer leichtsinnigen Mutter getreten war; das Kind, das sie gebar, ließ man auf Vaters Befehl in der Wiege zu Tode hungern. Postumus aber wurde aus Sicherheitsgründen von Sorrentum nach Planasia, einer Insel nicht weit von Korsika, geschafft.

Inzwischen war er zum erwachsenen Mann gereift, der auffallend Agrippa glich, dem jedoch das humoristische Funkeln der Augen fehlte, das Agrippa auszeichnete; statt dessen trug er einen nachdenklichen, melancholischen Ausdruck im Blick.

Die Verweisung hatte seinem Leben ein festes, streng eingehaltenes Gepräge verliehen. Morgens schwamm und turnte er, um den Körper leistungsfähig zu erhalten, vormittags studierte er Militärkunde, nachmittags Philosophie und Wissenschaft, abends las er Gedichte und leichtere Literatur. Hin und wieder begleitete er die Fischer aufs Meer hinaus – das war seine einzige Unterhaltung.

Kriegsführung bedeutete ihm nicht reine Waffenübung mehr, sondern Planung und Studium der Strategie und Taktik. Hellwach las er die Schriften Agrippas und Julius Cäsars, studierte er die Eroberungen der Scipionen und Alexanders des Großen. Er besaß auch die gleiche Leidenschaft für die großen Bahnbrecher in der Welt der Gedanken wie sein Vater. Kameraden und Vergnügen entbehrte er nun nicht mehr im gleichen Maße wie in den ersten Jahren der Verbannung, aber er sehnte sich nach einem, den er fragen, mit dem er Gedanken austauschen konnte, und er empfand die Einsamkeit als eine schwärende Wunde, die sich nicht schließen wollte.

Im Sommer des Jahres, in dem Postumus sechsundzwanzig Jahre alt wurde, unternahm Vater in den Ferien eine seiner üblichen Segelfahrten längs der Küste. Ohne daß jemand es in Rom wußte, kreuzte er nach Korsika hinüber und legte bei Planasia an. Dort ging er an Land und verbrachte einen ganzen Tag mit Postumus. Vater fand ihn sehr verändert, und es kam zu voller Versöhnung zwischen ihnen. Alle auf dem Schiff wurden Zeugen, daß beide sehr bewegt waren, als sie sich umarmten und am Kai voneinander Abschied nahmen.

Vater erließ an Bord ein strenges Verbot, diese Begegnung auch nur andeutungsweise zu erwähnen. Aber das Ereignis war so sensationell, daß die Schweigepflicht nicht gewahrt wurde und die Neuigkeit zu Livias Ohren gelangte. Er, der nicht hatte schweigen können, starb bald darauf – ob es Mord war oder Selbstmord habe ich nie erfahren.

Hatte Postumus vorher unter der Einsamkeit gelitten, war sie nach Vaters Besuch noch schlimmer geworden. Endlich hatte er mit einem Gleichgestellten sprechen dürfen, hatte gefragt, Antwort erhalten, seine Meinung gesagt, Widerrede erhalten, hatte selber widersprochen und war überzeugt worden. Er hatte Sympathie fühlen dürfen, hatte sich seinem ehrwürdigen Großvater eröffnet und ihn in sein warmes, ehrliches Herz blicken lassen. Das war ein so einzigartiges und ungewohntes Erlebnis, daß er nicht wieder zur Ruhe kommen konnte. Sehnsucht quälte ihn wie eine Besessenheit. Stunden konnte er am Ufer stehen und zur Küste hinüberstarren. Freiheitsträume raubten ihm nachts den Schlaf, tags die Ruhe zum Studium und trieben ihn rastlos den Strand entlang.

Mehr als ein Monat verging, bis er eines Morgens ein Schiff am Kai anlegen und einen Mann an Land gehen sah – einen Mann im Panzer, mit Cäsars Adler auf dem Helm.

Freiheit!

Vor jubelnder Freude begann es in ihm zu singen. Er legte die Toga in die rechten Falten und hob den Kopf. Mit Würde wollte er des Lebens teuerstes Geschenk entgegennehmen. Seine Augen leuchteten, als der Fremde grüßte und näher trat.

„Botschaft von Cäsar Augustus“, meldete der Centurio und griff unter den Panzer. Postumus streckte die Hand aus, die Depesche entgegenzunehmen. Ein helles Funkeln – und schneller als der Blitz stieß der Centurio ihm seinen scharfen Dolch ins Herz.

Ohne einen Laut sank Postumus zu Boden. Ein tiefroter Fleck färbte seine Toga. Ein zitternder Ruck durchfuhr ihn, dann breitete sich ein Zug unsagbarer, schmerzlicher Trauer über seine Züge und erstarrte . . .

Als Tiberius sich nach Illyrien begeben sollte, kam es zwischen Vater und ihm zu einem bewegten Abschied. Vater hatte ein Alter erreicht, in dem jeder Abschied ihn angriff. Nach der Adoption hatte sich zwischen beiden ein von tiefer gegenseitiger Achtung geprägtes Verhältnis entwickelt. Als Tiberius einmal krank und vom Felddienst erschöpft war, bat Vater ihn, sorgsam auf sich acht zu geben, damit eine etwaige Nachricht, daß es ihm schlecht ergehe, nicht ihn und Livia töte und den Staat in Gefahr bringe. „Was bedeutet meine eigene gegenüber deiner Gesundheit?“ schrieb er ihm.

Livia mißfiel dieser Ton. Sie hatte Tiberius dorthin gebracht, wo er war; dieses gegenseitige Verständnis zwischen ihm und Augustus lag außerhalb ihrer Berechnung. Statt daß man den Weg über sie einschlug, wurde sie bei allen Anlässen draußen gelassen. In ihrem Ärger griff sie zu ihrem bewährten Trick und holte einen alten Brief aus dem Archiv hervor, in dem Augustus sich in derben Redewendungen über den Starrsinn und schwierigen Charakter ihres Sohnes beklagte. Aber als sie Tiberius diesen Brief zeigte, schleuderte er ihn verächtlich beiseite und blickte sie höhnisch an.

„Du bist zu spät aufgestanden, Mutter – das beweist, daß du alt zu werden beginnst“, sagte er boshaft.

Der Abschied zwischen ihr und dem Sohn in Beneventum war kühl. Tiberius wahrte den Schein angemessener Höflichkeit, aber seine Kälte der Mutter gegenüber konnte niemand verborgen bleiben. Livia kniff den Mund zusammen. Dies war also der Dank für all ihr Streben . . . nicht nur übersehen, sondern beiseite gesetzt zu werden. Auch sie war gewiß ein abgekartetes Spiel zwischen Augustus und Tiberius: diese Reise nach Planasia hinter ihrem Rücken. Es traf zu, daß sie alt war, aber noch war sie nicht so alt, daß jemand mit ihren Anordnungen nach Belieben verfahren konnte, nicht einmal Augustus. Sie würde Tiberius beweisen, daß sie trotz ihres Alters Pläne ersinnen und durchführen konnte.

Vater fühlte sich nach dem Abschied von Tiberius sehr mitgenommen, und auf der Reise nach Nola erkrankte er. Er selber meinte, daß es nun mit ihm zu Ende gehe, deshalb ließ er sich herrichten und rasieren und rief sein Gefolge zu sich. Ruhig und in scherzhaftem Ton, wie es seine Gewohnheit war, fragte er, ob sie der Meinung seien, er habe seine Rolle im Leben gut gespielt. Danach verabschiedete er sich von jedem einzelnen von ihnen.

Bald setzte sein Todeskampf ernstlich ein. Er stritt und schlug um sich; wirren Sinnes kämpfte er gegen die jungen Männer an, die ihn umringten. Fürchtete er, Cäsarion und Antyllus, Gaius und Lucius zu begegnen? Niemand erfuhr es, denn Livia hatte die Leitung übernommen, nicht nur im Krankenzimmer, sondern in allen Geschäften. Sie erteilte Crispus als dem Nächsten des Gefolges Vollmacht, Befehle auszufertigen und der Wache ihre Losung zu geben. Livia bat ihn, Doppelposten um das Haus zu stellen und einen Eilboten zu Tiberius zu schicken. Ein anderer Reiter müsse nach Planasia geschickt werden, denn es sei Augustus' ausdrücklicher Wunsch, daß sein halbirrer Sohn ihn nicht überleben solle. Crispus tat, wie sie befahl, und fertigte einen schriftlichen Mordbefehl über Postumus aus. Als sie ihn kontrolliert hatte, ging sie zu dem Kranken, setzte sich an sein Bett und wartete.

Die Verwirrung wich, Vaters Bewußtsein wurde wieder klar. Er öffnete die Augen und sah sie dort ruhig und gefaßt, wie er sie über fünfzig Jahre hatte sitzen sehen.

„Gedenke unserer Ehe, Livia“, sagte er.

Das sollten seine letzten Worte sein, denn bald darauf hörte sein Herz zu schlagen auf. Livia erhob sich und gab Bescheid, die Nachricht vom Tode Cäsars nicht bekanntzugeben, ehe die notwendigen Vorbereitungen erledigt waren. Der Tote mußte hergerichtet werden, sie selber sich ausruhen, das Haus in Trauerzustand versetzt werden. Der Chef der Leibwache erhielt Befehl, keine Mitteilung nach Rom zu schicken, ehe die Bestätigung vorlag, daß der Befehl in Planasia ausgeführt worden war.

Sobald Tiberius eintraf – er erhielt die Heimberufung, gerade nachdem er in Illyrien an Land gegangen war –, fragte er, ob der Senat unterrichtet worden sei, doch man gab ihm zur Antwort, man habe damit gewartet, in der Vermutung, daß er sich der offiziellen Angelegenheit annehmen werde. Während er einen Bericht schrieb und einen Plan für die Überführung des Verstorbenen nach Rom entwarf, meldete der Chef der Leibwache, daß der Centurio von Planasia zurück sei. Er trat ein und meldete Postumus' Tod.

„Der Befehl wurde nicht von mir erteilt", erklärte Tiberius, „für die Annahme und Ausführung dieses Befehls wirst du dich vor dem Senat zu rechtfertigen haben."

Der Centurio ging, der Chef der Leibgarde aber wurde von Tiberius verhört. Habe er andere Befehle gleicher Art erhalten? Er leugnete es. Um sicherzugehen, erteilte Tiberius jedoch Befehl, sofort einen Reiter nach Regium zu senden, daß die Wache um die Villa der Scribonier verstärkt werden solle. Niemand von drinnen dürfe hinaus, niemand von außen dürfe hinein – nur Scribonia selbst solle sich frei bewegen dürfen.

Inzwischen hatte der Centurio Crispus aufgesucht, denn Tiberius' scharfer Ton hatte ihn erschreckt. Crispus begab sich zu Livia, die ihren Sohn aufsuchte und ihm erklärte, es sei Augustus' Wille gewesen, daß Postumus sterben sollte.

Tiberius blickte sie mit harten eisgrauen Augen an.

„Erzähl mir nicht, was meines Vaters Wille gewesen ist", sagte er kalt. Ohne weitere Worte mit ihr zu wechseln, begab er sich dann auf schnellstem Wege nach Rom, wo eine Unzahl von Pflichten auf ihn wartete.

Die erste war die Eröffnung des Testaments, auf das der Senat in Rom, ja das ganze Reich voller Spannung wartete.

In ihm adoptierte Augustus seine eigene Ehefrau und machte sie mit Tiberius zur Haupterbin. Es scheint, als ob Vater weder Tiberius noch mir vertraute und meinen Platz mit ihr ausfüllte, damit ich nicht zurückkehren kann. Sogar nach seinem Tod streckte er noch seine Arme vor, sie zu beschützen und ihre Stellung zu stärken. Und wenn Tiberius davon absah, die Frage um Postumus im Senat aufzurollen, spielte diese Adoption Livias sicherlich eine ebenso große Rolle wie Crispus' eindringlicher Appell, unmittelbar nach der Feier zu Augustus' Leichenbegängnis einen Skandal zu vermeiden. Aber alle Ehrenbezeigungen, mit denen Rom Livia ehren wollte, lehnte er kategorisch ab, und er nahm ihr alle Privilegien, die sie seit Jahren innegehabt hatte.

Als einen letzten Ausdruck seines Willens wiederholt Vater im Testament sein bereits vorher ausgesprochenes Verbot, mich in dem Mausoleum zur Ruhe zu betten, in dem er selber beigesetzt wird. Tiberius antwortet dem Verstorbenen in seiner Leichenrede und bestätigt, daß er alle Wünsche berücksichtigen werde. Bis in die kleinsten Einzelheiten folgt er dem Wortlaut des Testamentes, und mit gewissenhafter Sorgfalt achtet er darauf, daß Augustus' letzter Wille vollzogen wird. Denn der Augenblick ist nahe, da sein eigener Wille Gestalt annehmen soll.

Es hat lange gewährt – sechsundfünfzig Jahre. Das Leben und die Lehre des Stoizismus haben ihn gelehrt, Erfolg und Mißerfolg mit Gleichmut zu tragen, und da er nun endlich am Ziel steht und den Senat zusammenruft, um die Stellung und Zukunft des Reiches nach Augustus' Ableben zu erörtern, ist er ebenso ruhig und beherrscht, wie in den Tagen seiner Erniedrigung.

Keiner der Senatoren bemerkt, wie bewegt er ist, als er das Wort ergreift – keiner versteht, daß hinter der ruhigen Stimme die ganze claudische Tradition im Dienste der Republik steht. Tiberius' Kindheitserinnerungen an den sterbenden Claudius, an Drusus, seine eigenen Jugendträume und die Jahre des Verzichts und der Entbehrung.

Er grüßt die versammelten Väter und läßt das Protokoll über den Zustand des Reiches verlesen. Es ist ein fundierter Bericht, und die Versammlung weiß, daß er dank Tiberius' Arbeit so ausgefallen ist. Dann geht man dazu über, die Zukunft des Reiches zu erörtern. Tiberius leitet damit ein, daß niemand die Bürde der Macht besser kenne als er selber. Zehn Jahre an Augustus' Seite haben ihn die Bedürfnisse des Reiches kennenlernen lassen, und er ist sich dessen voll bewußt, daß die Regierungspflichten für einen einzelnen zu vielseitig und zu schwer sind. Er bittet deshalb die Anwesenden, ihm die Bürde des Reiches tragen zu helfen, Macht und Verantwortung mit ihm zu teilen, wie die Römer es von den Zeiten der Könige an bis in Cäsars Tage getan haben.

Jetzt müßten alle im Saale aufspringen und vor jubelnder Begeisterung die neuerstandene Republik begrüßen und ihm huldigen, der ihnen die Freiheit wiedergibt. Statt dessen sitzen sie stumm da und sehen sich unsicher an.

Was meint er? Wohin will er? Hat Cäsar ihm nicht den Weg zur Macht gebahnt? Was für ein Hinterhalt ist das?

Tiberius blickt sich um und wartet auf Antwort.

Die Senatoren bleiben stumm.

Sie müssen ihn mißverstehen – vielleicht hat er sich nicht klar genug ausgedrückt.

Er erklärt ruhig, daß er sich der Verantwortung und der mit ihr verbundenen Arbeit nicht entziehen will und nicht deshalb vorschlägt, die Macht wie in republikanischer Zeit zu teilen, sondern weil die Last für einen Mann allein zu schwer ist. Er will damit jedoch nicht sagen, daß er nicht bereit wäre, seinen Anteil zu tragen. Asinius Gallus fragt, welchen Teil der Arbeit er sich selber zugedacht habe.

Tiberius wirft ihm einen vorwurfsvollen Blick zu.

Mißtraut man ihm in diesem Moment?

Er erwidert beherrscht und würdig, daß es ihm nicht zukomme, zu wählen oder zu verwerfen, sondern den Teil zu übernehmen, den zu tragen der Senat ihn für geeignet halte.

Das schlägt ein, und Gallus versichert schnell, daß er seine Frage nicht gestellt habe, um ihn zu verletzen, sondern um zu zeigen, daß die Macht ein ebenso unteilbares Ganzes sei wie das Reich.

Sechshundert der besten Männer Roms sitzen auf ihren Klappstühlen vor ihm. Sie sind geschickte Rechtsanwälte, gute Redner, rechtschaffene Beamte, wohlhabende Ritter und geachtete Patrizier. Aber unter all den Augen, die Tiberius anblicken, sieht er nicht in einem einzigen die Flamme der Freiheit aufblitzen. Fünfzig Jahre unter Vaters eisernem Willen haben jeden Funken Freiheit erstickt.

Eine unsagbare Enttäuschung ergreift Tiberius. Zum zweiten Male in seinem Leben zerbrechen ihm alle Hoffnungen.

Ein quälendes Einsamkeitsgefühl befällt ihn. Er sieht sich allein. Der einzige Republikaner des Senats, der letzte Republikaner Roms.

Doch nicht mit einer Miene verrät er, wie die Bitterkeit sich ihm ins Herz frißt; er gibt die Hoffnung, für die er so lange gekämpft hat, nicht mit einem Schlage auf. In wiederholten Versammlungen legt er den gleichen Vorschlag vor, und schließlich zieht er den zerschlissenen Brief des Drusus hervor und verliest, wie sein Bruder vor über zwanzig Jahren den Plan hegte, die Republik wieder einzuführen; er erklärt dazu, er selber habe stets den gleichen Gedanken gehegt.

Aber der Sklavensinn hat im Senat so fest Wurzel geschlagen, daß viele die öffentliche Verlesung als einen Versuch deuten, das Andenken seines Bruders anzuschwärzen. Als die Versammlung ihn schließlich einstimmig und flehentlich bittet, das Werk des Göttlichen Augustus fortzuführen, gibt er widerstrebend nach.

Aber sein Herz ist voll bitterer Verachtung für die Herde, zu deren Wächter er bestellt worden ist.

Nun ist es zwölf Jahre her, daß Tiberius aus Rhodos heimkehrte und ich nach Regium auf das Festland verbracht wurde. Volle sechzehn Jahre bin ich verwiesen gewesen – ein langer Zeitraum in einem Menschenleben.

Die Mauer, die rund um das Haus und den Park zur Bucht hinabführt, schließt nicht mehr ab – sie ist im Laufe der Jahre ein schirmender Schutz geworden. Wenn die Tore sich öffnen, sehne ich mich nicht hinaus, und kommt Besuch, sehe ich mich scheu nach Deckung um. Am liebsten ziehe ich mich in mein Zimmer zurück, ich erschrecke sogar, wenn Mutter ins Zimmer tritt. Ich bebe vor bösen Nachrichten.

Sie ist behutsam und milde, aber ehe sie den Satz formt, weiß ich, was kommt.

Die erste Unglücksbotschaft erhielten wir, als Lucius starb. Mutter hatte die Post gelesen und wandte sich zu mir um.

„Komm her, Julia", sagte sie.

Ich wußte es schon.

Die Kinder sind ein Teil meines Selbst, mir näher als das Herz in meiner Brust.

Lassen sich Unglück, Trauer, Haß und Verzweiflung in Worte fassen? Ist nicht Unglück ein bodenloser Abgrund, ist Trauer nicht ein gellender Schrei? Sind Haß und Verzweiflung nicht nässende Wunden, die zu brüchigem Schorf erstarren . . .?

Gleicht der Sturm im Gemüt eines Menschen nicht dem Toben brandender Wogen, die sich in ohnmächtigem Zorn auf die Felsen werfen? Sie geifern unter dem wilden Schrei des Sturmes – sie schäumen, gischten und fauchen und krümmen sich unter dem unerbittlichen Peitschen der himmlischen Mächte.

Im ganzen Universum habe ich nur Mutters Arme, die mich halten – Mutters Liebe als den Felsen, auf dem ich lebe. Und wie die Sonne nach dem Sturm die kalten Felsen wärmt, so trocknet sie meine Tränen und wärmt mein verbittertes Gemüt.

Lucius, Gaius, Juliola, Postumus . . . Ich frage, rufe, beschwöre, bitte.

Klatschnaß von Schweiß jage ich aus Alpträumen auf.

Sieh uns an, Vater!

Sieh mich an – Julia – dein einziges Kind mit dem kleinen Nero im Arm! Sieh sie an: den guten Lucius, den stolzen Gaius, den ehrlichen Postumus, die zarte Juliola! Sieh uns an und vergiß nicht das Kind in der Wiege, den Säugling, den du verhungern ließest . . . dein eigenes Fleisch und Blut!

Dein eigenes Geschlecht ist verbannt, verwiesen, gemeuchelt – aber sie, die Arglist und Rache und Haß ist, sie umhegst du mit fürsorglicher Güte.

Aber er sieht nicht . . . wagt nicht zu sehen, will nicht sehen, kann nicht sehen.

Mit dem Mord an Postumus ist mein Lebensnerv gelähmt.

Noch bin ich imstande, mich aus eigener Kraft zu erheben, und wenn ich mich auf das Geländer stütze, gelange ich in den Garten. Dort sinke ich auf eine Bank und versuche, dem Brausen in den Wipfeln zu lauschen. Aber bald sinke ich wieder – ohne zu hören, ohne zu sehen – in mich zurück.

Als ich von Pandataria nach Regium kam, war es gleichsam eine Wiedergeburt, im Park umherzugehen. Stundenlang konnte ich die grüne Farbe eines Blattes betrachten, die Jungen in einem Vogelnest und die Blumen, die sich der Sonne öffneten. Ich konnte mich auf die Knie legen, die Hände mit feuchtwarmer Erde füllen und in tiefen Zügen den fruchtbaren Brodem einatmen.

Tag um Tag beobachtete ich den Wuchs der Halme, der jungen Blätter, der schwellend sich füllenden Knospen. „Daß Leben wird, ist das größte Wunder, das auf Erden geschieht“, hatte Agrippa gesagt, und von neuem spürte ich die Zusammengehörigkeit mit allem Leben. Wenn der Axthieb des Gärtners gegen den Baumstamm erklang, erbebte mein Herz. Aber von mir selber wußte ich, daß der Baum nicht starb, wenn der Stamm auch stürzte, sondern erst, wenn die Wurzeltriebe vom Stumpf gehauen wurden.

Wenn ich sehr lange draußen saß, kam Mutter zu mir. Ich spürte, daß sie bekümmert war.

„Könntest du dir nicht etwas vornehmen?“ fragte sie. „Es ist nicht gesund, Körper und Seele zu lange ruhen zu lassen. Kannst du nicht spinnen oder weben, Julia?“

„Könnte ich das, würde ich jetzt in Livias Stuhl auf dem Palatin sitzen“, erwiderte ich hart.

Sie erhob sich still und ging zum Haus hinauf – ich eilte ihr nach. „Ich wollte doch nur dein Bestes“, sagte sie.

„Das weiß ich, Mutter“, weinte ich, denn nichts war schlimmer, als ihr weh zu tun, die selber gut war.

„Kannst du nicht anfangen, zu schreiben?“ schlug sie ein anderes Mal vor.

„An wen?“ fragte ich. „An dich?“ Und wieder hatte meine Stimme einen bösen Klang.